Laura Walden studierte Jura und verbrachte als Referendarin
viele Monate in Neuseeland. Das Land fesselte sie so sehr,
dass sie nach ihrer Rückkehr darüber Reportagen schrieb und
den Wunsch verspürte, es zum Schauplatz eines Romans zu machen.
In der Folge gab sie ihren Berufswunsch Rechtsanwältin auf und
wurde Journalistin und Drehbuchautorin.
Wenn sie nicht zu Recherchen in Neuseeland weilt,
lebt Laura Walden mit ihrer Familie in Hamburg.

Weiterer Titel der Autorin:

15 940 Der Fluch der Maorifrau

Dieser Titel ist auch als Hörbuch bei Lübbe Audio lieferbar

Laura Walden

IM TAL DER GROSSEN GEYSIRE

Neuseelandsaga

BASTEI LÜBBE TASCHENBUCH
Band 16 400

1. Auflage: April 2010

Bastei Lübbe Taschenbücher in der Bastei Lübbe GmbH & Co. KG

Ungekürzte Ausgabe der bei Weltbild erschienenen Originalausgabe

Lektorat: Regina Maria Hartig
Titelillustration: mauritius/age/ © Getty Images/Iconica/Pete Turner/
© Christina Krutz, Riedstadt
Umschlaggestaltung: Christina Krutz Design
Autorenfoto: © Andres Schlippe
Satz: Urban SatzKonzept, Düsseldorf
Gesetzt aus der Adobe Garamond
Druck und Verarbeitung: GGP Media GmbH, Pößneck
Printed in Germany
ISBN 978-3-404-16400-4

Sie finden uns im Internet unter
www.luebbe.de
Bitte beachten Sie auch:
www.lesejury.de

Der Preis dieses Bandes versteht sich einschließlich
der gesetzlichen Mehrwertsteuer.

Prolog

Das kleine Mädchen war schweißgebadet aufgewacht und hatte ängstlich nach der Mutter gerufen, denn es hatte von Hexen und Dämonen geträumt. Aber die Mutter war nicht sofort an sein Bett geeilt, wie sie es sonst zu tun pflegte. Mit klopfendem Herzen lag die Kleine nun wach in der Stille der Nacht. Plötzlich hörte sie von weitem ein eigenartiges Gemurmel. Neugierig krabbelte sie unter der warmen Decke hervor, schlüpfte in ihre Hausschuhe und lief – wie magisch angezogen von den tiefen Stimmen – in die kalte Nacht hinaus. Ohne zu überlegen, folgte sie den Lockrufen, die vom See zu kommen schienen. Am Ufer beobachtete sie mit großen Augen, wie aus einer Nebelwand ein Kanu auftauchte. Die Stimmen gehörten dunklen Männern mit bemalten Gesichtern, die das Boot dicht an ihr vorüberlenkten. Gebannt verfolgte das Mädchen jede ihrer Bewegungen. Kraftvoll und im selben Takt stießen sie die Paddel ins Wasser. So schnell, dass sie sich schon wieder vom Ufer entfernten und ihre Stimmen allmählich verklangen. Lautlos paddelten sie dahin.

Die Kleine lachte erleichtert und rief ihnen nach.

Einer der dunkelhäutigen Männer drehte sich noch einmal um, erwiderte ihren Gruß und winkte das Kind zu sich heran. Ohne zu zögern, setzte das Mädchen einen Fuß vor den anderen. Seine Pantoffeln füllten sich augenblicklich mit eiskaltem Wasser, aber das störte es nicht. Es hatte nur noch Augen für den Mann, der das Kind mit kehligen Lauten lockte. Die Kleine war gerade vier Jahre alt, wusste aber dennoch, dass sie nicht mit fremden Männern mitgehen durfte. Das hatte sie ihrer Mutter stets hoch und heilig versprechen müssen, aber sie hatte gar keine andere Wahl. Sie war machtlos, ihre Füße bewegten sich wie von selbst. Bis zu den Knien stand sie bereits in dem ruhigen See, als plötzlich eine Welle heranrollte und sie umzuwerfen drohte. Ein heftiger Windstoß wirbelte ihr Haar durcheinander, verfing sich unter ihrem weißen Nachthemdchen und brachte sie ins Straucheln. Nur mit Mühe konnte sie sich aufrecht halten. Als sie nach dem Schrecken wieder auf den See hinausblickte, war das Boot verschwunden – als habe das Wasser es einfach verschluckt. Eine Regenböe peitschte über den See direkt in ihr Gesicht, und das Mädchen zitterte vor Angst und Kälte.

Wie sehr es sich jetzt nach der Mutter sehnte! Wenn die sie doch nur in die Arme schließen und sie wärmen, ihr eine heiße Schokolade kochen, sie ins Bett bringen und ihr ein Lied singen würde!

»Mama!«, schluchzte das Kind. »Mama!« In diesem Augenblick wurde es aus dem kalten Wasser gerissen. »Mama«, rief die Kleine, aber als sie sich umdrehte, blickte sie in das Gesicht einer schwarzen Frau.

»Wa wairua«, flüsterte die Fremde und deutete auf die Stelle, an der das Kanu so plötzlich verschwunden war. Doch dann wandte sie sich wieder dem Kind zu. »Komm, wir müssen uns beeilen«, erklärte sie ihm und zog es mit sich fort. Kaum dass sie wieder festen Boden unter den Füßen hatten, begann die Frau zu rennen. »Schneller!«, rief sie im Laufen. Dabei hielt sie das Handgelenk des Kindes fest umklammert. »Dort hinauf!«, japste sie und ließ den Arm des Mädchens los.

Die Kleine hatte aufgehört zu weinen. Sie spürte, dass sie der Frau stumm gehorchen sollte. Die schubste sie einen Berg hinauf, stolperte, fiel hin und rappelte sich klaglos wieder auf. Das Kind lief mit ihr über Fels und Geröll, durch einen dichten Wald. Zweige schlugen ihnen entgegen, die Hiebe brannten wie Feuer im Gesicht. Das Mädchen wollte stehen bleiben, die Fremde bitten, den Schmerz fortzupusten, doch die versetzte ihm einen unsanften Stoß ins Kreuz. »Beeil dich!«, schrie sie mit sich überschlagender Stimme. »Schneller!«

Da zitterte die Erde unter ihren Füßen. »Rua Mokos Rache!«, brüllte die Frau wie von Sinnen, während sie das Kind erbarmungslos vor sich herschob. Erst als sie oben auf dem kahlen Berg angelangt waren, hielt sie schnaufend inne und wandte den Blick zurück. Panische Angst stand der schwarzen Frau ins Gesicht geschrieben, doch das Mädchen war fasziniert von dem Schauspiel, das sich ihnen unten am Seeufer bot. Seine Angst war verflogen. »Da! Die Sonne!«, juchzte das Kind und klatschte vor Freude in die Hände, auch wenn es noch immer nach Atem rang.

Glutrot leuchtete der Himmel. Aber es war nicht das Rot der Sonne. Der Berg spuckte Feuer und Steine, die mit ohrenbetäubendem Lärm in den See krachten.

»Renn!«, ächzte die Fremde mit letzter Kraft. »Los! Renn!«, befahl sie noch einmal, bevor ein infernalisches Donnern ertönte und ihre Stimme erstarb.

1. Teil

Annabelle, Olivia und Abigail – die drei Schwestern

Rotorua, Februar 1899

Der Schwefelgeruch war an diesem heißen Sommertag besonders intensiv. Wie eine geschlossene Dunstglocke lag er über dem Ort und drang den Menschen in jede Pore.

Hätte ihre Schwester sie nicht darauf aufmerksam gemacht, wäre es Annabelle Parker allerdings gar nicht aufgefallen, weil ihr dieser Geruch so vertraut war, dass sie sich ein Leben ohne ihn nicht mehr vorstellen konnte. Er gehörte ebenso hierher wie der grün-gelblich schimmernde See, an dem ihr kleines Hotel lag, und die stinkenden Schwaden, die immer wieder aus den Blumenbeeten rechts und links vom Haupteingang emporwaberten. Auch an das ständige Blubbern in dem braunen Schlammloch im Garten sowie an den kleinen Pool mit trübem Wasser, in den man gar nicht gern steigen mochte, dafür aber herrlich erfrischt herauskam, hatte sie sich gewöhnt. Sie lebte nun einmal auf einem Flecken Erde, unter dessen Oberfläche »das Höllenfeuer« tobte, wie der alte Reverend Alister im Gottesdienst einst gemahnt hatte. »Wir tanzen eben auf dem Vulkan«, erklärte Annabelle lächelnd, wenn die Hotelgäste sie neugierig auf die vulkanischen Aktivitäten in und um Rotorua ansprachen.

Olivia stand im Flur des Hotels und jammerte angewidert: »Wie faule Eier – igitt! Wenn ich mir vorstelle, dass ich hier den Rest meiner Jugend verbracht habe. Ich bekomme sofort Kopfschmerzen. Darling, bitte nimm mir den Koffer ab! Mir wird übel.« In ihrer Stimme schwang, wie immer, ein Vorwurf mit.

Annabelle entfuhr ein tiefer Seufzer. So früh hatte sie ihre

Schwester gar nicht erwartet. Hastig wischte sie sich die Finger an der Schürze ab, doch es nutzte nichts. Sie hatte soeben in der Küche eine ihrer selbst gefangenen Forellen ausgenommen, und alles stank nach Fisch. Aber nun blieb ihr keine Zeit mehr zum Waschen und Umziehen. Natürlich hätte Gordon ihr das Ausnehmen der Fische jederzeit abgenommen, aber Annabelle liebte es, am frühen Morgen allein zu einem einsamen Stückchen Strand zu rudern, um dort ihrer Leidenschaft, dem Fliegenfischen, zu frönen. Und anschließend ihre Beute, diese herrlichen Forellen, auch selbst zuzubereiten.

Annabelle setzte ein Lächeln auf, was ihr nicht leichtfiel. Zu sehr lasteten die Ereignisse der letzten Tage auf ihrer Seele. Erst der tragische Unfall ihrer Mutter und in der letzten Nacht schon wieder einer dieser entsetzlichen Träume. Sie war schreiend aufgewacht und hatte nicht mehr einschlafen können. Ihr fehlte die Nachtruhe – und das seit Wochen.

Annabelle schüttelte die Erinnerung an den Albtraum ab, reichte Olivia die Hand und fragte betont höflich: »Meine Liebe, ich hoffe, du hattest eine gute Reise?«

Die beiden Schwestern umarmten einander nicht einmal mehr zur Begrüßung, seit sie erwachsen waren, doch auch diese Berührung war der jüngeren schon zu viel.

Olivia rümpfte ihr wohlgeformtes Näschen, während sie Annabelle hastig die Hand entzog und schnippisch erwiderte: »Entsetzlich, diese Fahrt nach Rotorua. Fast neun Stunden hat der Zug gebraucht.« Dann musterte sie die ältere Schwester von Kopf bis Fuß.

Annabelle wurde rot vor Scham. So ein fadenscheiniges mausgraues Kleid würde Olivia wahrscheinlich nicht mal zum Putzen tragen, fuhr ihr durch den Kopf, bis ihr einfiel, dass ihre Schwester gar nicht erst in die Verlegenheit kommen würde, im Haushalt überhaupt etwas anzufassen. Lady Hamilton hatte schließlich Dienstboten.

Die eisige Begrüßung war sofort vergessen, als Olivias Sohn Duncan seine Tante überschwänglich in die Arme nahm und wild herumwirbelte.

»Lass dich anschauen, mein Junge!«, japste Annabelle völlig außer Atem, als sie wieder festen Boden unter den Füßen hatte.

Wie gut er aussah und wie männlich er geworden war! Annabelle konnte kaum den Blick von ihm wenden. Zwei Jahre lag sein letzter Besuch inzwischen zurück, und aus dem schlaksigen Jüngling war ein Bild von einem Mann geworden: hochgewachsen, schlank, jedoch nicht zu dünn, pechschwarzes Haar, ein kantiges Gesicht, eine gesunde Hautfarbe und volle, wohlgeformte Lippen, die nicht weiblich wirkten, sondern seine Männlichkeit im Gegenteil noch unterstrichen. Er kommt ganz nach Olivia, schoss es Annabelle durch den Kopf, nur die Nase, die hat er nicht von ihr. Duncans Nase war besonders kräftig, fügte sich jedoch harmonisch in sein ausdrucksstarkes Gesicht ein. So, als hätte die Natur ein besonders ansehnliches männliches Wesen schaffen wollen und dabei nicht mit Übertreibungen gegeizt. Er hat jetzt, wo er zum Mann heranwächst, immer weniger von Allan, stellte Annabelle fest. Und doch war er, wenn sie Duncans Briefen Glauben schenken durfte, immer noch der heiß geliebte Kronprinz seines Vaters.

Annabelle war so begeistert, dass sie wiederholt kicherte: »Die Damenwelt wird entzückt sein!« Dann wurde sie wieder ernst. Warum Helen wohl nicht mitgekommen war?

»Wo ist Mutter?«, unterbrach Olivia die Gedanken ihrer Schwester schroff, während sie auf einen Fremden deutete, der soeben eingetreten war. »Das ist Mister Harper, unser Begleiter!«, erklärte sie rasch.

Der große Mann mit dem rötlichen Schopf grüßte Annabelle förmlich. »Ich bin der Anwalt der Familie Hamilton!«, sagte er mit Nachdruck, als wolle er Spekulationen über sein Verhältnis zu der schönen Olivia entgegenwirken.

Duncans spöttisch verzogener Mund weckte bei Annabelle allerdings die Vermutung, dass dieser Herr offensichtlich auch zu den vielen Verehrern seiner Mutter zählte, die sich glücklich schätzten, wenn sie allein in der Nähe ihrer Angebeteten sein durften. Merkwürdig, mir ist so, als hätte ich den schon mal gesehen, dachte sie. Aber wo? Wäre er ein Hotelgast gewesen, würde sie sich daran erinnern.

In diesem Augenblick eilte Jane, Annabelles rechte Hand, herbei, bückte sich rasch, um Olivias Koffer zu nehmen, aber Duncan kam ihr zuvor. »Bitte lassen Sie mich das machen.«

Jane schenkte ihm ein dankbares Lächeln und richtete sich ächzend auf. Beim Anblick ihres Bauchumfanges wurde Annabelle schmerzlich bewusst, dass sie bald auf die junge Frau würde verzichten müssen, die kurz vor der Niederkunft stand. Nach der Geburt des Kindes würde Jane nur noch den eigenen Haushalt führen. Schade, dachte Annabelle bedauernd, ich habe mich so an sie gewöhnt. Und außerdem habe ich eigentlich gar keine Zeit, ein junges Ding anzulernen.

Ihre alte Köchin Ruiha hatte ihr zwar bereits eine Nachfolgerin aus ihrem Stamm angetragen, aber Annabelle spielte mit dem Gedanken, sich lieber bei den weißen Mädchen vor Ort umzuhören. Jetzt, wo zu allem Überfluss auch noch die Betreuung »der unleidlichen Dame aus der Matratzengruft« anfiel, wie Gordon seine Schwiegermutter schon vor deren Unfall manchmal scherzhaft genannt hatte. Annabelle wusste doch, wie kritisch ihre Mutter den Maori gegenüberstand.

»Bitte, zeig Mister Harper die Nummer neun«, bat sie Jane nun nachdenklich.

»Die neun?«, mischte sich Olivia ein. »Ist das ein Zimmer mit Seeblick?«

»Nein, leider nicht, die anderen sind alle belegt. Wir haben das Haus voller Gäste.« Annabelle bemühte sich, an ihrer Schwester vorbeizusehen, denn sie wusste, was für ein Gesicht Olivia ziehen würde. Das hatte sie schon als Kind getan, wenn sie ihren Willen nicht durchsetzen konnte.

Aber es gab noch einen anderen Grund, weshalb sie den Blickkontakt mit ihrer Schwester vermied. Ihr missfiel Olivias Begleiter. Ein Anwalt! Rechnete ihre Schwester etwa damit, dass der Besuch am Krankenbett zu einem Abschied am Totenbett werden würde? Hatte sie einen Anwalt mitgebracht, weil sie einen Streit um das Erbe befürchtete?

Annabelles unschöne Gedanken wurden unterbrochen, als ihr Mann Gordon, schwitzend und in einem Hemd mit hochgekrempelten Ärmeln, von draußen hereinkam und fröhlich in die Runde grüßte.

»Wo ist denn Allan?«, fragte er arglos. Ein breites Grinsen ging über sein gütiges rundes Gesicht, während er Duncan in die Arme schloss. Als er seinen Neffen wieder losgelassen hatte, merkte Gordon, dass man ihm die Antwort schuldig geblieben war. »Es ist ihm doch nichts passiert?«, setzte er hinzu. Er klang besorgt.

Annabelle befürchtete sofort, ihre Schwester könne in der Nachfrage eine böse Unterstellung ihres Schwagers wittern, und sie hatte richtig vermutet.

Olivia hatte die Lippen fest aufeinandergepresst, bevor sie nur »Geschäfte!« schnaubte.

Gordon nickte, als sei ihm das Erklärung genug, warf Annabelle jedoch einen fragenden Blick zu. Sie bedeutete ihm stumm, es dabei zu belassen.

Nun schickte sich auch endlich Olivias Begleiter an, den Hausherrn zu begrüßen. »Harper, ich bin der Anwalt der Hamiltons!«

Gordon sah verwirrt von einem zum anderen, bis sein bohrender Blick bei Olivia verharrte. »Du glaubst doch nicht etwa, wir würden uns hier um Mutters Erbe streiten? Die alte Dame ist zäh und wird uns ohnehin alle überleben«, erklärte er geradeheraus.

»Blödsinn!«, zischelte Olivia. »Mister Harper ist ein alter Bekannter; du müsstest ihn eigentlich noch kennen, liebe Annabelle. Er hat uns freundlicherweise auf der Zugfahrt begleitet, weil so viele schreckliche Leute mitfahren und ich ständig von irgendwelchen Kerlen belästigt werde. Ich weiß zwar nicht, was all diese Menschen in Rotorua wollen, aber das kann mir auch egal sein. Ich würde mich jedenfalls nicht freiwillig auf diese Reise machen, um im stinkenden Schlamm zu waten oder in heißem Wasser zu baden. Und nun würde ich gern wissen, was geschehen ist. Du hast telegrafiert ...« Olivia legte eine Pause ein und zog ein fein zusammengefaltetes Blatt aus der Tasche. »... *Mutter gestürzt. Seitdem ans Bett gefesselt. Sieht nicht gut aus. Bitte kommt sofort!* Also, was ist passiert? Ich möchte schließlich wissen, in welchem Zustand sie ist, bevor ich an ihr Bett trete. Ist sie überhaupt bei Bewusstsein?«

Annabelle war erschüttert. Wie gefühllos ihre Schwester über ihre Mutter sprach! Dabei war Olivia doch immer Mutters erklärter Liebling gewesen. Musste sie auch hier die vornehme Lady Hamilton geben, die stets die Contenance wahrte? Und was würde ihre Schwester erst sagen, wenn sie erfuhr, wie alles geschehen war und wer wieder einmal die Schuld daran trug?

Annabelle suchte noch nach den richtigen Worten, als Gordon ihr zuvorkam. »Olivia, du weißt sicher, dass wir seit damals keine Ausflüge zu den Sinterterrassen mehr machen können, weil es die gar nicht mehr gibt ...« Er senkte die Stimme und warf seiner Frau einen hilflosen Blick zu.

Annabelle spürte, wie sehr ihn das alles auch noch dreizehn Jahre nach dem grausamen Unglück berührte. Auch er würde diesen Tag, an dem nicht nur die Landschaft um den Mount Tarawera aus den Fugen geraten und sich von Grund auf verändert hatte, sondern ihr gesamtes Leben, niemals vergessen.

»Seit dem Vulkanausbruch bieten wir unseren Gästen deshalb nur kleine Ausflüge zum Pohutu an«, fuhr Gordon fort. »Eure Mutter hasst den Geysir, aber neulich wollte sie uns unbedingt begleiten. Annabelle konnte ihr diesen Wunsch nicht abschlagen. Sie hat sie in der Kutsche mitgenommen. Ich war an dem Tag mit der Planung unseres Badehauses beschäftigt, sodass Annabelle allein mit den Gästen war. Sie sind alle zum Geysir gefahren, und in einem unbeobachteten Moment ist eure Mutter ausgerutscht und unglücklich auf den Rücken gefallen ...«

»In einem unbeobachteten Moment? Heißt das, du hast nicht auf sie geachtet? Du weißt doch, dass sie Probleme hat, das Gleichgewicht zu halten, weil sie immer nur im Bett und auf der Terrasse herumliegt«, bellte Olivia und funkelte ihre Schwester vorwurfsvoll an.

Annabelle wurde über und über rot. Ja, ja, und noch einmal ja, ihre Schwester hatte ja Recht. Sie machte sich selbst die allergrößten Vorwürfe, seit sie ihre Mutter reglos auf den feuchten Steinen der Geysirterrasse gefunden hatte.

»Ich habe es doch nicht gewollt«, stöhnte sie.

»Nicht gewollt? Du hast sie doch sich selbst überlassen! Du hättest sie keine Sekunde aus den Augen lassen dürfen«, warf Olivia ihr nun vor.

Gordon atmete tief durch, bevor er die ganze Gesellschaft energisch in die Privaträume der Familie dirigierte. »Die Gäste müssen unseren Zank ja nicht unbedingt mit anhören«, knurrte er und fügte hinzu: »Einige von ihnen waren Zeugen des Unfalls, und das war schrecklich genug für sie.« Er warf seiner Frau einen tröstenden Blick zu. Annabelle verstand. Den Rest sollte sie ihnen schildern.

Annabelle räusperte sich nervös, bevor sie zögernd erklärte: »Wir standen gerade gespannt in sicherem Abstand vom Pohutu und warteten auf die nächste Fontäne. Da fing er mächtig zu spucken an. Höher, als ich ihn jemals zuvor habe spucken sehen – bis in den Himmel hinein. Der alte Geysir lieferte unseren staunenden Gästen ein unglaubliches Schauspiel, doch mitten hinein, gerade als er auf seinem höchsten Punkt angelangt war, gellte ihr Schrei. Sie war auf die Steine geklettert und gefallen. Ich bin sofort zu ihr geeilt, aber da war es zu spät. Seitdem redet sie noch weniger mit mir.«

Den letzten Satz hatte sie leise an sich selbst gerichtet, doch Olivia hatte ihn offenbar gehört, denn sie sagte mit schneidender Stimme: »Das kann ich gut verstehen!«

Annabelle ignorierte die bissige Bemerkung ihrer Schwester.

»Liebe Misses Parker, Sie wissen wohl wirklich nicht mehr, wer ich bin, oder?«, fragte der Anwalt plötzlich in die peinliche Stille.

»Nein, keine Ahnung, wo wir uns schon einmal begegnet sind.«

»Ich gebe Ihnen ein Stichwort: Misses Beeton!« Er grinste breit.

Annabelle zuckte mit den Achseln, doch dann schwante ihr plötzlich etwas. Natürlich, die kalten blauen Augen! »Tut mir leid, ich kann mich nicht an Sie erinnern«, erklärte sie hastig.

Als alle um den Wohnzimmertisch versammelt waren, platzte es ungeduldig aus Olivia heraus: »Meine Güte, Annabelle, nun schau doch nicht wie ein verletztes Tier. Typisch, dass dir das passiert ist!«

In diesem Moment fühlte Annabelle, wie sich eine männliche Hand unter ihre schob. Zuerst dachte sie, es wäre Gordon, aber dann blickte sie in Duncans mitfühlendes Gesicht. »Nimm es dir nicht zu Herzen!«, flüsterte er.

Annabelle nickte und erwiderte den Druck seiner Hand. Wie sie ihren Neffen liebte! Wie ein eigenes Kind! Bei diesem Gedanke krampfte sich ihr Magen so zusammen, dass ihr übel wurde. War sie nicht auch schuld am Tod ihrer einzigen Tochter gewesen? Brachte sie nicht allen Menschen, die sie liebte, nur Kummer oder sogar den Tod? War sie nicht weit fort gewesen, als ihre Liebsten sie gebraucht hatten? Tränen traten in ihre grünen Augen, aber sie wischte sie energisch fort. Es hatte keinen Zweck zu weinen. Das würde das Unglück nicht ungeschehen machen und ihr Kind nicht zurückbringen.

Olivia fasste sich indessen mit schmerzverzerrtem Gesicht an die Schläfen. Dass sie ganz offensichtlich Kopfweh hatte, hinderte sie nicht daran, sich in die Vorwürfe gegen ihre Schwester hineinzusteigern.

Während sich Olivia immer mehr in Rage redete, musterte Annabelle sie schweigend. Dabei spielte sie ihr altes Spiel. Sie driftete ganz langsam in ihre eigenen Gedanken ab, bis die vorwurfsvolle Stimme nur noch ein unverständliches Hintergrundgemurmel abgab. So hatte Annabelle sich schon als Kind verhalten, wenn ihre Mutter Maryann ihr wegen irgendwelcher Kleinigkeiten Vorhaltungen gemacht hatte: weil sie einen Fleck auf dem Kleid oder ihr Haar nicht sorgfältig genug aufgesteckt hatte.

Annabelle hörte zwar nicht mehr hin, dafür sah sie ihre Schwester jedoch umso deutlicher. Wie Olivia vor Zorn das Gesicht verzerrte! Aber nicht einmal das minderte die Schönheit ihrer jüngeren Schwester.

Olivia besaß ein so ebenmäßiges Gesicht, dass es schmerzte. Und wie ähnlich sie Maryann war! Nur dass Mutters einst pechschwarzes Haar inzwischen eisgrau ist, sinnierte Annabelle. Ja, sie stammten unübersehbar aus einer Familie. Maryann, Olivia und Duncan. Nur besaß Olivias Sohn ein völlig anderes Wesen als seine Mutter und seine Großmutter. Er war sanftmütig, mitfühlend und herzlich, was Annabelle von den beiden Frauen nicht guten Gewissens behaupten konnte.

»Kommt Abigail eigentlich auch?«, fragte Olivia ganz unvermutet.

Diesen Satz konnte Annabelle beim besten Willen nicht überhören. Sie nickte stumm, bevor sie zurück in ihre Gedankenwelt versank, in der ihr keiner etwas anhaben konnte. Ach, Abi, hoffentlich kommst du wirklich!, flehte sie insgeheim. Ihre immer zu Scherzen aufgelegte Schwester Abigail würde die angespannte Atmosphäre mit Sicherheit auflockern. Annabelle betete inständig, dass Abi über ihren Schatten springen, ihrer Bitte folgen und wenigstens ihr zuliebe nach Hause kommen würde.

Die quirlige, lebenslustige Abigail war ihrer Mutter ebenfalls wie aus dem Gesicht geschnitten. Mit dem einen Unterschied: Sie war blond. Annabelle seufzte bei dem Gedanken an ihre Lieblingsschwester. Olivia, Abigail, Duncan und auch seine Schwester Helen, die hatten etwas abbekommen von Maryanns sagenhafter Schönheit. Eigentlich alle – bis auf sie, Annabelle. Sie selbst ähnelte – und dessen war sich Annabelle sicher – zweifellos ihrem Vater William C. Bradley. Er war der gütigste Mensch, den Annabelle je gekannt hatte. Außer Gordon Parker. Aber schön war er bestimmt nicht gewesen. Genauso wenig wie Gordon.

Annabelle schluckte trocken. Sie konnte die Tränen gerade noch zurückhalten, als sich erneut eine Hand unter ihre schob. Die raue Hand eines Mannes, der zupacken konnte. Sie gehörte Gordon, der seine Frau ein wenig hilflos ansah. Dennoch ging ihr Herz bei seinem Anblick auf. Sie liebte diesen einfachen Mann, den sie einst gegen den erklärten Willen ihrer Mutter und mit der ausdrücklichen Billigung ihres Vaters geheiratet hatte. Diesen aufrechten Menschen, der immer zu ihr stand und sie stets beschützte, besonders vor den Anschuldigungen ihrer Mutter. Er hatte niemals auch nur ein einziges böses Wort oder den leisesten Vorwurf gegen seine Frau gerichtet. Selbst damals nicht, als sie Elizabeth im Stich gelassen hatte.

»Nicht traurig sein!«, flüsterte er und tätschelte unbeholfen ihre Hand.

Aber Annabelle war traurig, denn ihre Gedanken weilten nun bei ihrer Tochter. Letzte Nacht, im Traum, hatte Elizabeth wieder einmal verzweifelt nach ihr gerufen, bevor sie mit einem erstickten »Mama! Mama!« unter einem infernalischen Lava- und Ascheregen begraben wurde. Ihre durchdringenden Rufe klangen Annabelle noch in den Ohren.

»Jetzt mach doch endlich den Mund auf, Annabelle! Wie geht es Mutter?«, forderte Olivia sie nun unwirsch auf.

Annabelle fuhr zusammen, räusperte sich und blickte verlegen an sich herunter, während sie verzweifelt nach den richtigen Worten suchte. O nein, sie hatte in der Hektik vergessen, sich die Schürze abzubinden. Hastig holte sie das nach. Der Gestank von totem Fisch wehte ihr in die Nase. Ihr Blick heftete sich an das sackartige Kleid, das sie darunter trug. Das hatte auch schon bessere Zeiten gesehen. An den Ärmeln war der dunkle Stoff bereits ausgefranst. Außerdem trug sie kein Korsett. Sie wusste, dass dieser Stil nicht schicklich war, aber sie liebte die Bequemlichkeit. Seit sie in einer englischen Zeitschrift ein Schnittmuster gefunden hatte, nähte sie sich nur noch diese praktischen Kleider. Allerdings zu selten, wie sie jetzt feststellte. War es wirklich schon zwei Jahre her, seit sie das letzte Mal zum Nähen gekommen war?

An Olivias schmalem Mund konnte Annabelle erkennen, dass sie nun nicht mehr länger zögern durfte, ihrer Schwester die traurige Wahrheit zu überbringen.

»Sie kann ihre Beine nicht mehr bewegen. Der alte Doktor Fuller sagt, es ist eine Lähmung. Es tut mir leid«, brachte Annabelle schließlich heiser hervor.

»Gelähmt?«, schrie Olivia mit überschnappender Stimme auf. »Gelähmt? Und das sagst du mir erst jetzt? Warum hast du keinen anderen Arzt gerufen? Doktor Fuller muss doch inzwischen steinalt sein ...«

Wie fremd und fern ihre Stimme doch klingt!, dachte Annabelle. Olivia schien aus einer völlig anderen Welt zu kommen. Einhundertsiebenundfünfzig Meilen waren zwar keine Ewigkeit entfernt, aber in Annabelles Augen war Auckland ebenso weit weg wie das ferne Deutschland, aus dem ihre Mutter stammte.

»Ich will sie sofort sehen«, verlangte Olivia.

»Sie liegt oben in ihrem Zimmer. Alles ist in bester Ordnung«, versicherte Annabelle, sichtlich um Beherrschung bemüht. »In einer Stunde ist das Essen fertig. Speisen Sie mit uns?« Diese Frage galt Mister Harper, der zustimmend nickte.

Mit einem vernichtenden Seitenblick rauschte Olivia an Annabelle vorbei. Ihr feines Taftkleid raschelte bei jedem ihrer Schritte wie ein einziger Vorwurf. Im Türrahmen blieb sie kurz stehen, um Duncan in scharfem Ton aufzufordern, sie zu begleiten.

Der junge Mann antwortete in seiner ruhigen Art, dass er nachkommen werde.

Annabelle gab vor, dringend in der Küche gebraucht zu werden, was nur die halbe Wahrheit war. Sie wollte einfach allein sein, denn lange würde sie es nicht mehr schaffen, Haltung zu bewahren. Auch wenn sie einen Weg gefunden hatte, nicht jedes Wort an sich heranzulassen, so hatten Olivias Anschuldigungen sie doch mitten ins Herz getroffen.

Kaum hatte sie die Küchentür hinter sich geschlossen, wurde sie auch schon von heftigen Schluchzern geschüttelt. Es klopfte, und, ohne eine Antwort abzuwarten, trat zögernd Duncan ein. Annabelle sah kurz auf und tat nichts, um ihre Tränen zu verbergen. Vor ihm schämte sie sich ihres Kummers nicht.

Duncan nahm sie fest in den Arm und versuchte sie zu trösten. »Bitte, Tante Annabelle, nicht weinen. Nicht ihretwegen! Bitte! Sie ist im Moment unausstehlich. Zu jedermann! Sie wird in letzter Zeit von schrecklichem Kopfweh geplagt. Das soll keine Entschuldigung sein, aber glaube mir, sie meint es wirklich nicht so!«

»Du hast Recht, mein Junge, sie meint es nicht so«, wiederholte Annabelle wider besseres Wissen. Warum sollte sie den Jungen damit belasten, dass sie schon als Kind hatte lernen müssen, an den kränkenden Bemerkungen ihrer Schwester nicht zu verzweifeln und sich damit abzufinden, dass Olivia von der Mutter verwöhnt und allen anderen vorgezogen wurde?

ROTORUA, JANUAR 1878

Das lang gestreckte Holzhaus am Lake Rotorua war an diesem Tag über und über mit Girlanden geschmückt, doch Maryann Bradley war immer noch nicht zufrieden. Noch einmal schickte sie ihren Mann William auf die Leiter, damit er weiteren Raumschmuck anbrachte. William tat, was seine Frau verlangte. Er widersprach ihr eigentlich nur, wenn sie ungerecht gegen ihre älteste Tochter wurde. Dann konnte auch William C. Bradley die Stimme erheben. Ansonsten war er so gutmütig, wie er aussah. Er war groß, beinahe massig, litt mit zunehmendem Alter an Übergewicht und hatte schon in jungen Jahren schütteres blondes Haar besessen. Er hatte warme braune Augen und ein rundliches Gesicht.

Warum ist sie bloß kein Junge geworden?, fragte er sich einmal mehr, als er Annabelle besorgt unten an der Leiter stehen sah. Dann hätte sie die Liebe ihrer Mutter vielleicht trotz ihres Aussehens bekommen, mutmaßte er, während er die Stufen vorsichtig hinabstieg. Ihm floss das Herz über vor Liebe für das Mädchen. In Annabelles Gesicht stand die Sorge geschrieben, dass er von der Leiter fallen könne. Er spürte förmlich, wie sie sich ängstlich gegen das hölzerne Ungetüm stemmte, damit sie auch ja nicht umkippte. Annabelle hing abgöttisch an ihm und fürchtete ständig, ihm könne etwas zustoßen. Er durfte nicht einmal allein in ein Ruderboot steigen, ohne dass sie ihn begleitete. Sie müsse ihn beschützen, sagte sie immer. Maryann fragte ihn manchmal, ob diese Anhänglichkeit seiner Ältesten ihm nicht auf die Nerven gehe, aber William C. Bradley rührte sie nur.

Erst als er sicher einen Fuß auf den Boden gesetzt hatte, trat Annabelle einen Schritt beiseite. Er strich ihr flüchtig über das blonde Haar. Es ist so dünn und fusselig wie mein eigenes, dachte er, man könnte fast glauben, sie kommt ganz nach mir.

»Annabelle, du musst dich umziehen. Du willst doch nicht etwa in diesem Lumpen auf das Fest gehen?«, ertönte Maryanns strenge Stimme.

William Bradley tat es in der Seele weh, mit anzusehen, wie das Mädchen zusammenzuckte. Bestimmt hat sie sich bereits in ihr schönstes Kleid geworfen, vermutete er, aber da sie nun einmal keine solche Taille wie ihre Mutter oder ihre Schwestern besitzt, kann kein Kleid dieser Welt die Silhouette zaubern, die man heutzutage von den jungen Frauen erwartet.

»Annabelle, wird's bald!« Maryann klang gereizt.

Manchmal bedauerte William insgeheim, dass er sich damals vor knapp zwanzig Jahren bei der Namensgebung seiner Tochter schließlich doch noch durchgesetzt hatte. Er hatte auf dem Namen Annabelle bestanden, getrieben von der Hoffnung, sie würde früher oder später zu einer wahren Schönheit heranwachsen. Heute klang es manchmal wie Hohn, wenn man sie »Annabelle« nannte.

Bella, schön, war die Kleine eben schon bei ihrer Geburt nicht gewesen. Maryann hatte sie eigentlich Hildegard taufen wollen, nach ihrer Mutter, aber William hatte dieser deutsche Name ganz und gar nicht gefallen. Damit wird man sie später bestimmt hänseln, dachte er damals, zumal es für englischsprachige Zungen kaum auszusprechen war. Er hatte einen anmutigen Namen für die Erstgeborene gefordert. Er erinnerte sich noch heute genau an seine Worte: *Sagen die Italiener nicht* Bella *zu schönen Mädchen? Nennen wir sie doch einfach Annabelle.* Maryann hatte skeptisch die Augenbrauen hochgezogen und »Meinetwegen!« gegrummelt. Letztlich war es ihr gleichgültig gewesen. William versetzte es noch heute einen Stich, wenn er daran dachte, wie enttäuscht seine Frau auf das faltige, haarlose Bündel reagiert hatte. Sie hatte das Kind kaum stillen wollen, so sehr war sie von der Hässlichkeit des kleinen Wesens abgestoßen.

William hatte damals befürchtet, Maryann sei gar nicht zu Muttergefühlen fähig, doch die Geburten ihrer beiden jüngeren Töchter hatten ihn eines Besseren belehrt. Bei ihnen hatte sich seine Frau schier überschlagen vor Zärtlichkeit und Liebe. Keine Frage, Olivia und Abigail waren ungleich hübscher als die Älteste, und doch schlug sein einfaches Herz insgeheim umso mehr für die benachteiligte Tochter mit dem großen Herzen. Ihr verlässlicher, uneitler Charakter, ihre Liebe zur Natur und ihre offene Art lagen ihm näher als das überhebliche Getue der mittleren Tochter. Bei Abi konnte man noch nicht sagen, wie sie sich entwickeln würde. Sie war noch ein Kind, und was für ein fröhliches! Natürlich liebte er jede Tochter auf ihre Art, aber Annabelles Wesen rührte ihn zutiefst.

»Annabelle, muss ich dir erst Beine machen?«

»Tu lieber, was Mutter sagt!«, raunte er ihr verschwörerisch zu.

Annabelle schaute ihn verzweifelt an.

»Geh und lass dir von Olivia helfen«, riet er mit sanfter Stimme und schob sie aus dem Wohnzimmer und damit aus dem Blickfeld ihrer gestrengen Mutter.

Annabelle ließ sich Zeit, die knarrende Treppe zum Mädchenzimmer emporzusteigen. Es war doch völlig gleichgültig, was sie anzog, sie würde ohnehin niemandem gefallen. Sie wusste, dass der heutige Tag ihrer Mutter überaus wichtig war. Zu Olivias achtzehntem Geburtstag hatte Maryann alle jungen Männer aus den sogenannten guten Familien der gesamten Umgebung eingeladen. Da es in den Augen ihrer Mutter in diesem abgelegenen Flecken Erde nicht genügend angemessene Heiratskandidaten für ihre Töchter gab, hatte sie ihre Fühler sogar bis nach Auckland ausgestreckt. Annabelle bewunderte Maryann grenzenlos. Mit ihrem Charme hatte sie es sogar geschafft, die Hotelgäste mit Söhnen im besten Heiratsalter an das *Hotel Mount Tarawera* und an die Familie zu binden. Einige waren sogar aus Auckland angereist. Wie die Harpers, deren Sohn Maryann ihr, Annabelle, zugedacht hatte. Sie will mich loswerden und schnellstens unter die Haube bringen, dachte Annabelle, während sie zögernd ins Zimmer trat.

Vor dem Spiegel stand Olivia in einem bezaubernden roten Kleid, dessen Rock über und über mit weißen Stoffrosen verziert war. Maryann hatte es in langen Nächten selbst genäht. Ihr schwarzes Haar hatte Olivia zu einer üppigen Hochfrisur getürmt, und auf ihren Locken thronte keck ein rotes Hütchen, dessen Bänder unter dem Kinn zusammengebunden waren.

»Gefalle ich dir?«, fragte sie strahlend.

»Du bist umwerfend!« Annabelle war beeindruckt.

Im Vergleich zu ihrer schönen Schwester tauchte sie selbst nun im Spiegel auf wie ein Geist aus einer anderen Welt. Ihr dunkelblaues Kleid war wirklich nicht gerade schmeichelhaft, aber ein besseres besaß sie nicht. Olivia aber würde wohl auch so einem Kleid noch den nötigen Glanz verleihen. Das Einzige, was Annabelle an ihrem eigenen Aussehen mochte, war, dass sie alle um einen Kopf überragte. Maryann fand die Größe ihrer Ältesten allerdings eher hinderlich. Sie predigte Annabelle gnadenlos von Kindheit an, eine Frau müsse klein und zierlich sein, sie dürfe dem Mann höchstens bis zur Schulter reichen. Diesem Ideal entsprach Annabelle ganz und gar nicht. Im Gegenteil, es gab kaum einen Jungen in ihrem Alter, dem sie nicht über die Schulter spucken konnte.

»Vater meint, du könntest mir helfen, das richtige Kleid auszusuchen«, bemerkte Annabelle nun zögernd, aber Olivia schien ihre Anwesenheit kaum wahrzunehmen. Sie drehte sich vor dem Spiegel hin und her, als berausche sie sich an ihrem eigenen Anblick. Dann hielt sie plötzlich mitten in der Bewegung inne, sah mit zusammengekniffenen Augen zu ihrer Schwester hoch und stöhnte: »So wird dir John Harper nie einen Antrag machen. Du siehst ja aus wie ein Dienstmädchen!«

Annabelle zuckte mit den Achseln. Sie konnte diesen überheblichen Kerl ohnehin nicht leiden. Außerdem hatte er nur Augen für Olivia. Warum hatte Mutter sich bloß in den Kopf gesetzt, dass sie den Sohn des Richters aus Auckland heiraten sollte?

»Ich weiß. Deshalb bitte ich dich ja, mir zu helfen«, bemerkte Annabelle schwach.

»Oje«, stöhnte Olivia laut. »Dann wollen wir mal schauen, was du noch zu bieten hast. Das wird nicht leicht, aus dir einen schönen Schwan zu machen.«

Mit diesen Worten öffnete sie Annabelles Kleiderschrank und durchwühlte mit Kennerblick die bescheidene Garderobe ihrer Schwester.

»Das ist doch ganz nett!«, murmelte sie, während sie ein himmelblaues Kleid mit gerüschtem Rock hervorzog. »Wenn du das anziehst, wirst du die jungen Herren mit deinem Anblick blenden.« Olivia kicherte und drückte es ihrer Schwester in die Hand.

Die aber schüttelte nur traurig den Kopf. »Das kann ich nicht tragen. Es hängt nur noch im Schrank, damit du es eines Tages erbst.«

»Ich? Nein! So etwas würde ich niemals anziehen! Aber warum willst du das denn nicht tragen?«, gab Olivia schnippisch zurück.

»Es ist das Kleid, in dem ich letztes Jahr in Ohnmacht gefallen bin. An deinem siebzehnten Geburtstag. Schon vergessen?«

Olivia rollte mit den Augen. Nein, sie erinnerte sich nur zu genau. Es war furchtbar peinlich gewesen, als ihre Schwester, die ohnehin mit Abstand das dickste Mädchen war, das sie kannte, plötzlich vor allen Gästen die Augen verdreht hatte und zu Boden gesunken war. Nur, weil ihr Kleid zu eng war und sie keine Luft mehr bekam. Olivias Freundinnen hatten sich das Maul über Annabelle zerrissen. Dass sie wohl schwanger sei, aber von wem bloß?, hatten sie hinter vorgehaltener Hand getuschelt. Mit einem energischen Griff hängte Olivia das Kleid in den Schrank zurück. Nein, noch einmal sollte Annabelle ihr nicht das Fest verderben.

»Ich glaube, es liegt gar nicht am Kleid«, seufzte Olivia, und ihr Blick fiel auf ein schwarzes Haarteil, das auf der Frisierkommode thronte und das sie für sich selbst zu üppig fand. »Es ist dein dünnes Haar. Wie wäre es damit?«

Annabelle erschrak, als ihr die jüngere Schwester mit einem monströsen Schopf dunkler Haare vor dem Gesicht herumwedelte.

Maryann wurde zunehmend nervöser. Dieses Fest musste einfach ein Erfolg werden. Schließlich konnte sie es sich nur einmal im Jahr leisten, solch einen Aufwand zu betreiben.

Sie warf einen letzten prüfenden Blick in die Küche. Dort bereitete Ruiha, ihre unentbehrliche Maoriköchin, bereits das Lamm vor. Sehr gut. Auf Ruiha war Verlass. Maryann wollte die Küchentür gerade wieder schließen, als sie einen hochgewachsenen Jungen entdeckte, der ungeschickt Kartoffeln schälte.

»Doch nicht so!«, fuhr sie ihn harsch an, während sie zu ihm eilte, ihm das Messer aus der Hand riss, eine Kartoffel schälte und ihn aufforderte, sich das genau anzusehen.

Aber der Junge trat nur einen Schritt zurück und ließ den Blick gelangweilt in die Ferne schweifen. Man sah es ihm förmlich an: Er dachte nicht daran, sich von der weißen Frau vorschreiben zu lassen, wie er zu arbeiten hatte.

Ruiha warf ihm einen strafenden Blick zu und befahl ihm auf Maori, höflich zu Maryann zu sein, aber er starrte sie finster an.

»Tante Ruiha, du kannst es gern in ihrer Sprache sagen. Ich kann nicht nur Englisch lesen, sondern auch sprechen. Damit sie auch weiß, dass du mir mehr Respekt für sie abforderst.«

»Was ist das für ein Junge?«, fragte Maryann erstaunt.

»Verzeihen Sie, Missy, es ist der Sohn einer Freundin aus meinem Stamm; sie ist schwer krank, und der Junge brauchte mal ein bisschen Abwechslung, da –«

»Schon gut«, unterbrach Maryann die junge Maori ungeduldig, legte Messer und Kartoffel in die Schüssel zurück und suchte den Blick des Jungen, der die Augen abwandte. »Wenn er schon hilft, dann soll er das ordentlich machen. Hast du gehört? Meine Sprache verstehst du ja, also tu, was ich dir sage!«

Kopfschüttelnd rauschte sie davon.

Kaum hatte Maryann die Küche verlassen, als Ruiha mit dem Jungen zu schimpfen begann. »Anaru, du bist störrisch wie ein Maultier. Sie wollte dir doch nur zeigen, wie du es richtig machen kannst.«

»Sie ist eine überhebliche *Pakeha!*«

Ruiha seufzte laut auf. »Nein, sie ist eine nette Frau. Sie ist nur ein wenig aufgeregt, weil ihre Tochter Olivia heute ihren achtzehnten Geburtstag feiert und sie viele junge Herren eingeladen hat, damit ihre Töchter gute Ehemänner bekommen.«

»Du meinst wohl *reiche* Pakeha!«

»Ach, Anaru, wenn du dich nicht benehmen kannst, dann nehm ich dich nie wieder mit in dieses Haus.«

»Darauf lege ich auch gar keinen Wert. Was soll ich in den Häusern der Weißen, die uns doch nur unser Land gestohlen haben?«, zischte er trotzig.

»Junge, was bist du nur für ein sturer Bengel! Ich arbeite seit drei Jahren hier und bin immer gut behandelt worden. Mister Bradley ist auch nicht mit dem goldenen Löffel im Mund geboren. Er hat als Goldgräber in Australien geschuftet und sich dort das Geld verdient, mit dem er vor drei Jahren in unserer Wildnis noch einmal neu angefangen hat. Für dieses Stückchen Land, mein Junge, hat er einem unserer Stammesführer viel Geld bezahlt. Dass der nachher dem Alkohol verfallen ist, dafür kann Mister Bradley nichts. Die Bradleys haben hart geschuftet, um sich das hier aufzubauen. Mister Bradley hat es mit eigenen Händen getan. Erst haben sie nur ein paar Kammern im eigenen Haus vermietet, später hat er den Anbau für die Herberge gemacht. Die Fremden sind nicht vom ersten Tag an hergeströmt, aber inzwischen hat es sich bis in weite Teile des Landes herumgesprochen, dass es hier ein Hotel für Weiße gibt. Dein Groll missfällt deinen Ahnen und auch dein Neid, mein Junge.« Ruiha hielt erschöpft inne. Es war nicht ihre Art, lange Reden zu halten.

»Ich werde später auch mal reich sein«, erklärte der Junge trotzig, während er ins Leere zu starren schien. »Wenn jemand ein Recht hat, mit Fremden zum Mount Tarawera zu fahren und die Terrassen zu bestaunen, dann die Maori vom *iwi* der Te Arawa. Aber nicht die raffgierigen Pakeha!« Mit hoch erhobenem Kopf verließ er die Küche.

»O mein Gott, wie siehst du denn aus?«, fragte Maryann voller Entsetzen, als ihre Älteste wackelig die Treppe hinunterstieg. Auf einem schwarzen Lockenkopf thronte ein keckes Hütchen.

»Olivia meinte, mit meinem dünnen Haar guckt mich keiner der Burschen an.«

Maryann schluckte herunter, was ihr auf der Zunge lag. Annabelles Babylöckchen waren wirklich nicht gerade anziehend. Annabelles Äußeres hatte tatsächlich gewonnen. Dunkles volles Haar stand ihr gut. Wenn sie bloß eine schmalere Taille hätte! Gegen ihre üppigen Formen konnte auch das Korsett nichts ausrichten. Selbst wenn man es eng schnürte, würde man nie eine Wespentaille erreichen wie bei Olivia. Außerdem bestand die Gefahr, dass Annabelle dann wieder ohnmächtig wurde.

»Kannst du Ruiha bitte in der Küche helfen?«, bat sie ihre Tochter. Wenn Annabelle etwas perfekt beherrschte, war es jegliche Form von Hausarbeit. Sie wird einmal eine gute Ehefrau, dachte Maryann. Wenn sich doch nur endlich ein junger Mann für sie interessieren würde! John Harpers Mutter hätte wenigstens nichts gegen Annabelle als Schwiegertochter einzuwenden. Jetzt musste der junge Mann nur noch Feuer fangen.

Ob es richtig war, all diese jungen Männer einzuladen?, fragte Maryann sich im selben Atemzug. Wird nicht jeder sofort erahnen, dass ich die Große schnellstens unter die Haube bringen will, damit ich in aller Ruhe einen richtigen Ehemann für meine Olivia suchen kann? Ich hatte doch keine andere Wahl, beruhigte Maryann sich schließlich. Schließlich leben wir nicht mehr in Dunedin, wo es jede Menge guter Partien gibt. In diesem entlegenen Winkel, wo die weißen Siedler in der Minderheit sind, muss ich dem Glück meiner Töchter eben ein wenig nachhelfen.

»Wie schaust du denn aus?«, krähte jetzt Abigail, die mit ihren knapp acht Jahren noch nichts von den Sorgen der Großen ahnte. In ihrem weißen Rüschenkleid sah das Kind herzallerliebst aus. Maryann war immer wieder erstaunt, wie sehr die Kleine ihr ähnelte. Bis auf die Haarfarbe, die hatte Abi wohl von William geerbt. Der hatte als Kind vermutlich einen dichten goldblonden Schopf besessen. Maryanns Anspannung fiel für einen Augenblick von ihr ab, während sie ihrem Goldkind, wie sie Abigail stets zärtlich nannte, über die Lockenpracht strich.

»Hast du dich jetzt sattgesehen an meiner Schönheit?«, fragte Annabelle nun lachend, denn ihrer kleinen Schwester verzieh sie alles. In ihrer Gegenwart fühlte Annabelle sich sofort unbeschwerter. Kein Wunder, Abigails helles Kinderlachen war ansteckend.

»Mama, hast du für mich auch einen Jungen eingeladen?«, kicherte die Kleine nun und warf kokett den Kopf in den Nacken.

»Nein, du bist schön ruhig, wenn sich die Großen unterhalten. Dann darfst du auch recht lange mitfeiern.«

Abigail lachte und ergriff fordernd die Hand ihrer älteren Schwester. »Ich möchte aber nur mit dir feiern. Wir tanzen auch. Ja?«, plapperte sie treuherzig drauflos.

Dann habe ich wenigstens auch jemanden, der mir nicht von der Seite weicht, dachte Annabelle, die trotz des Haarteils, das Olivia geschickt an ihren Kringellöckchen festgesteckt hatte, nicht zu hoffen wagte, dass einer der Gäste ihr heute ernsthaft den Hof machen würde. Im Grunde ihres Herzens hatte sie sich bereits damit abgefunden, ihr Leben als alte Jungfer zu verbringen.

»Na, wie gefall ich euch?«, fragte Olivia, als sie nun die Treppe hinunterstolziert kam. In spöttischem Ton fügte sie hinzu: »Sieht Annabelle nicht umwerfend aus?«

Maryann aber hatte nur Augen für Olivia. Ein zufriedenes Strahlen huschte über ihr Gesicht.

»Du siehst bezaubernd aus, mein Schatz«, entfuhr es ihr, und der Stolz einer Mutter schwang unüberhörbar mit.

»Findest du?«, gab Olivia geschmeichelt zurück und drehte sich einmal um die eigene Achse.

Nach dem Essen wurde auf der hölzernen Veranda, die zum See führte, nach Herzenslust getanzt. Maryann hatte den irischstämmigen Lehrer Gerald O'Donnel überredet, auf dem Harmonium zu spielen. Die Jugend wiegte sich zu einer wilden Polka, und auch Maryann und William hatten sich unter die Tanzenden gemischt.

Maryann konnte sich allerdings nicht auf die Schritte konzentrieren, denn ihr Mann trat ihr ständig auf die Füße; außerdem sorgte sie sich um Annabelle. Das Mädchen stand mit der kleinen Abigail an der Hand in einer Ecke und beobachtete das fröhliche Treiben. Statt mit Annabelle zu tanzen, tobte John Harper mit Olivia im Arm an ihr vorbei, was Maryann außerordentlich missfiel. John Harper war der Mann, den sie für Annabelle ausgesucht hatte, nicht für Olivia. Die Familie Harper war zwar gesellschaftlich anerkannt, aber nicht reich. Für Olivia hoffte Maryann auf den Sohn von Mister Hamilton aus Auckland; doch leider war der Stammgast des Hotels allein angereist und schien nur Augen für die Wirtin zu haben. Jedenfalls schickte er ihr bewundernde Blicke vom Rande der Tanzfläche. Maryann zog es vor, den Kauriharzhändler aus Auckland einfach zu übersehen. Sie beobachtete stattdessen Olivia. Erleichtert stellte sie fest, dass der Tanzpartner ihrer

Tochter nicht besonders zu behagen schien, denn sie zog ein säuerliches Gesicht, während John Harper sie anhimmelte. Das war die Gelegenheit, Schicksal zu spielen. Maryann blieb abrupt stehen und erklärte William, dass sie keine Lust mehr zum Tanzen habe.

Er entschuldigte sich betreten für seine Tollpatschigkeit, aber sie versicherte ihm, sie sei nur müde. In Wirklichkeit war Maryann wütend. Ihr schöner Plan schien überhaupt nicht aufzugehen. Es blieb ihr wohl nichts anderes übrig, als ein wenig nachzuhelfen, doch da hatte sich Olivia schon vom Arm ihres Kavaliers losgerissen und war in Richtung Garten gerannt. Eine gute Gelegenheit, Annabelle ins Spiel zu bringen.

Gesagt, getan. Maryann ließ William allein auf der Tanzfläche stehen und eilte zu Annabelle, griff sie am Arm und zog sie mit den Worten »Ich muss dir jemanden vorstellen« mit sich fort. Abigail aber ließ die Hand ihrer Schwester nicht los, sodass sie nun zu dritt vor dem Tisch der Harpers standen, an dem nur noch zwei Plätze frei waren.

»Abi, mein Goldkind, du suchst dir jetzt mal jemanden zum Spielen, hörst du?«, zischte Maryann ihrer Jüngsten zu.

Eleonore Harper, die so rundlich war, dass Annabelle dagegen schlank wirkte, strahlte über das ganze Gesicht, als sich Mutter und Tochter zu ihr setzten. Auch ihr Mann nickte höflich, bevor er wieder interessiert zur Tanzfläche stierte.

Merkt denn keiner, dass er all die jungen Mädchen förmlich mit den Augen verschlingt?, ging es Annabelle durch den Kopf, bevor die alte Harper sie in ein Gespräch über *Mrs Beeton's Book of Household Management* verwickelte und von dem »himmlischen Werk« schwärmte. Zum Glück konnte Annabelle mitreden, denn dieses Buch hatte sie zum letzten Weihnachtsfest geschenkt bekommen. Annabelle kochte für ihr Leben gern, und die Rezepte hatten ihr Interesse geweckt. Während Eleonore Harper auf sie einredete, fiel Annabelle ein, dass sich Olivia über dieses Geschenk mokiert hatte. Zum Kochen habe man doch später eine Köchin, hatte sie behauptet. In Rotorua hatte keiner eine Köchin – bis auf ihre Mutter, aber Maryann leitete ein Hotel und brauchte eine Hilfe, weil sie zahlreiche Gäste zu versorgen hatte.

»Ich denke, es kann nichts schaden, wenn wir Hausfrauen die besseren Köchinnen sind als unser Personal, vor allem wenn sie Maori sind«, erklärte Eleonore Harper nun mit Nachdruck, als habe sie erraten, was in Annabelles Kopf vorging.

Damit riss sie Annabelle aus ihren Gedanken. Oder war es der Ellenbogen ihrer Mutter, den sie jetzt unsanft in der Seite spürte? Jedenfalls nickte Annabelle zustimmend. In dem Augenblick trat John Harper an den Tisch. Meine Schwester hat ihm bestimmt einen Korb gegeben, mutmaßte sie schadenfroh angesichts der tief eingekerbten Zornesfalte auf seiner Stirn.

»Haben Sie vielleicht Olivia gesehen?«, fragte er Maryann. Die schüttelte energisch den Kopf.

John wollte sich gerade auf die Suche nach ihr machen, als seine Mutter mit strenger Stimme befahl: »Bitte hol dir einen Stuhl, und nimm bei uns Platz!«

»Aber ich suche Olivia ...«

»Kein Aber!«

Mit hochrotem Kopf gehorchte er. Sichtlich verärgert ließ er sich auf einen Stuhl fallen.

»Stell dir vor, Annabelle kennt Misses Beetons wunderbares Buch«, redete Misses Harper nun auf ihren störrisch dreinblickenden Sohn ein.

»Beeton?«, fragte er gelangweilt.

»Das Werk der besten Kochbuchautorin der Welt, der guten Isabella Beeton, die so tragisch verunglückt ist, und das so jung.«

»Kochbuch?« Sein Blick schweifte suchend über die Tanzfläche. Vergeblich. Von Olivia keine Spur.

Wahrscheinlich hat sie sich versteckt. Das ist ihr Lieblingsspiel, dachte Annabelle und grinste schadenfroh in sich hinein.

»Wollt ihr beiden euch nicht einmal die Hand geben?«, schlug

Eleonore Harper vor und bediente sich dabei des Tons einer Kinderschwester, die den Nachwuchs ermahnte, den Finger aus der Nase zu nehmen.

Annabelle stieß einen unüberhörbaren Seufzer aus, was ihr einen kleinen Tritt ihrer Mutter unter dem Tisch einbrachte.

John stöhnte ungehemmt auf, streckte Annabelle die Hand entgegen, ohne sie anzusehen, und murmelte: »Guten Tag, wissen Sie vielleicht, wo Olivia steckt?«

Das Desinteresse beruhte ganz offensichtlich auf Gegenseitigkeit. Annabelle mochte weder seinen hochmütig verzogenen Mund noch seine kalten blauen Augen. Statt ihm zu verraten, wo sie Olivia vermutete, zuckte sie nur mit den Schultern.

»Er wird sicher einmal Richter wie sein Vater. Wir haben ihn auf die beste Schule in Auckland geschickt, und er hat in London studiert. Im nächsten Jahr wird er in der Kanzlei seines Onkels in Dunedin anfangen. Wir werden dort ein Haus für ihn und seine zukünftige Familie bauen lassen«, bemerkte Eleonore Harper, nun sichtlich bemüht, ein Gespräch zwischen den beiden jungen Leuten in Gang zu bringen.

Annabelle hörte nur ein einziges Wort, das ihr Interesse weckte. Das war Dunedin, jene Stadt auf der Südinsel, die sie vor über drei Jahren Hals über Kopf verlassen hatten. Sie hatte sich nicht einmal mehr von ihrer besten Freundin verabschieden können.

Während Annabelle an diesen merkwürdigen Tag zurückdachte, hörte sie John Harper seiner Mutter für alle hörbar zuraunen: »Gib's endlich auf, mich mit der da verkuppeln zu wollen. Ich werde in meinem Leben nicht so ein dickes Landei heiraten!«

Annabelle lief augenblicklich rot an vor Scham. Dann sprang sie behände von ihrem Stuhl auf, funkelte ihre Mutter an und zischte: »Er hat Recht. Wenn ich ehrlich bin, kann ich gut und gern darauf verzichten, diesen Angeber näher kennenzulernen. Ich konnte ihn vom ersten Augenblick an nicht ausstehen! Und Olivia mag ihn übrigens auch nicht! Sie findet ihn grässlich langweilig.«

Annabelle blickte noch einmal in die Runde, um sich an John Harpers verdutztem Gesicht zu weiden, bevor sie in Richtung See davonstolzierte. Nur nicht umdrehen!, ermahnte sie sich, während sie zum Bootssteg schritt.

Maryann entschuldigte sich mit hochrotem Kopf bei Misses Harper und wollte gerade aufspringen und ihrer Tochter nachlaufen, als Mister Harper sie zum Tanzen aufforderte.

»Aber ... ich ... ich bin ... kann gerade nicht ... Meine Tochter ...«, begann sie, um sich herauszureden, doch er ließ ihr keine Wahl. Er nahm ihre Hand und führte sie zur Tanzfläche.

»Ich heiße Frank«, flüsterte er Maryann ins Ohr. Sie reagierte nicht auf diese plumpe Vertraulichkeit, sondern überlegte fieberhaft, wie sie den Kerl schnellstens wieder loswerden könnte.

»Maryann, ich darf dich doch so nennen, oder?« Er wartete keine Antwort ab, sondern duzte sie vertraulich, während er ihr ganz unverblümt ein Angebot machte. Nicht nur sein alkoholgetränkter Atem erregte bei ihr Übelkeit. »Verlass deinen Farmer! Der hat doch gar nicht dein Format. Und zieh zu mir nach Auckland!«

Maryann war sprachlos. Schließlich stieß sie fassungslos »Aber Sie sind doch verheiratet!« hervor und versuchte sich loszumachen.

Aber Frank Harper drückte sie nur noch fester an sich. »Das alte Walross werde ich schon irgendwie los. Bei mir musst du bestimmt nicht so hart schuften wie hier, Maryann. Du kannst deine schönen Hände ganz allein auf mich verwenden.«

Unvermittelt blieb Maryann stehen. Sie funkelte den unverschämten Richter voller Empörung an und fauchte: »Nur aus Rücksicht auf Ihre Frau, die uns die ganze Zeit beobachtet, werde ich Ihnen jetzt die Ohrfeige ersparen, die Ihnen gebührt. Aber wenn Sie noch einmal wagen sollten, mich anzurühren oder mir so einen unschicklichen Antrag zu machen, dann werden Sie noch bedauern, jemals geboren zu sein. Mein Mann ist tausendmal anständiger als so einer wie Sie!«

Mit diesen Worten stieß sie ihn von sich, drehte sich auf dem Absatz um und lief geradewegs Mister Hamilton in die Arme.

»Wollen wir tanzen, schöne Frau?«, säuselte er, aber Maryann zischte nur ein schneidendes »Nein« und verschwand im Haus.

Dort atmete sie ein paarmal tief durch und kämpfte gegen die Tränen an. Am liebsten würde sie das Fest sofort beenden, aber so schnell wollte sie sich nicht geschlagen geben – schon gar nicht wegen so einem widerlichen Kerl wie Harper. Sie, Maryann Bradley, würde sich nicht von ihrem Plan abbringen lassen. Sie wollte reiche Ehemänner aus den allerbesten Familien für ihre Töchter! Harper ist ab sofort von der Liste gestrichen, doch wie wäre es mit dem Sohn des Holzhändlers aus Taupo für Annabelle?, ging Maryann durch den Kopf. Entschieden wischte sie sich eine Träne aus dem Augenwinkel, setzte ihr strahlendes Lächeln auf und steuerte auf Mister Hamilton zu, der ihr gefolgt war.

»Entschuldigen Sie bitte, dass ich Ihnen eben einen Korb gegeben habe, aber ich hatte mich über meine Tochter Annabelle geärgert. Warum haben Sie Ihren reizenden Sohn, von dem Sie mir schon so viel vorgeschwärmt haben, eigentlich nicht mitgebracht? Wissen Sie, ich würde ihn wahnsinnig gern einmal kennenlernen. Wie hieß er noch gleich?«

Mister Hamilton schien förmlich dahinzuschmelzen. »Allan!«, flötete er und fügte einschmeichelnd hinzu: »Ich verspreche Ihnen hoch und heilig: Beim nächsten Mal bringe ich ihn mit!«

Na hoffentlich!, dachte Maryann grimmig.

Annabelle hatte nur noch einen Wunsch: Weg, weit weg zu sein von diesem verlogenen Fest, bei dem es nur darum ging, sie irgendwie unter die Haube zu bringen. Sie schüttelte sich bei dem Gedanken, dass ihre Mutter sie mit so einem dummen Burschen verkuppeln wollte.

Der See lag ganz ruhig da. Kein Lüftchen regte sich, und unter dem blauen Januarhimmel schimmerte das Wasser heute gar nicht so gelblich wie sonst, sondern grün wie in der Sonne blitzende Jade. Ohne nachzudenken, sprang Annabelle in eines der Ruderboote, mit denen die Hotelgäste kleine Lustfahrten auf den See hinaus unternehmen konnten. Sie wollte gerade ein paar kräftige Züge tun, um möglichst schnell weit weg vom Ufer zu gelangen, als sie Abigail rufen hörte: »Bitte, Annabelle, nimm mich doch mit! Es ist so blöd mit all den Erwachsenen.«

Annabelle wäre in diesem Augenblick lieber allein gewesen, aber der Kleinen konnte sie keinen Wunsch abschlagen. Ihr Herz ging auf, als sie ihre süße Schwester mit den blonden Löckchen und dem lachenden Gesicht erwartungsfroh auf dem Steg stehen sah.

»Komm, ich heb dich ins Boot.« Annabelle stand vorsichtig auf, womit sie die Nussschale dennoch gefährlich zum Schaukeln brachte. »Du musst aber still sitzen«, mahnte sie, während sie auf den See hinausglitten.

»Olivia hat sich vor John Harper im Garten versteckt.« Abigail kicherte.

Annabelle holte die Ruder ein und ließ das Boot in der Sonne dümpeln, damit sie sich Schuhe und Strümpfe ausziehen konnte. »John Harper ist ein Dummkopf!«, sagte sie. Dann verfiel sie in Schweigen und schaute über den See. Wie gern würde sie einmal nach Mokoia rudern! Aber sie traute sich nicht. Man erzählte sich, dass die Geister der Toten, die den Überfällen des rebellischen Häuptlings Te Kooti zum Opfer gefallen waren, dort ihr Unwesen trieben und unerlöste Kinderseelen auf der Insel wohnen würden.

»Komm, wir fahren nach Mokoia«, schlug Abigail vor, sprang hoch und klatschte vor Vergnügen in die Hände. Dabei geriet das Boot gefährlich ins Wanken.

»Nein, du weißt doch, dass es viel zu weit ist. Außerdem finde ich es da unheimlich.«

»Ich weiß, du hast Angst vor den toten Kindern, aber das ist nicht wahr. Das haben mir die Maorikinder in der Schule auch weiszumachen versucht, aber ich glaube ihnen kein Wort. Bitte, lass uns zur Insel fahren ...«

Schließlich bettelte sie so lange, bis Annabelle nachgab. »Gut, aber nur bis zum Ufer. Wir steigen auf keinen Fall aus. Verstanden?«

Abigail nickte, und Annabelle ruderte kräftig drauflos. Ihre Gedanken schweiften noch einmal zurück zu der peinlichen Situation auf dem Fest. Was dachte sich ihre Mutter eigentlich dabei, sie so einem Fremden anzudienen? Wobei, wenn sie es so recht überlegte, war es ja eher seine Mutter gewesen, die das Ganze auf die Spitze getrieben hatte. Annabelle konnte nichts dagegen tun. Sie gönnte es diesem Bengel von Herzen, dass Olivia ihn hatte abblitzen lassen. Nur fürchtete sie die Schelte, mit der ihre Mutter sie strafen würde. Sie ahnte schon, was sie sagen würde. *So redet eine junge Dame nicht. Du wirst nie einen Mann finden!*

Dann eben nicht!, dachte Annabelle trotzig. Dann werde ich eben eine alte Jungfer wie die Tante des Doktors, die alte Miss Fuller.

»Da schau nur!«, rief Abigail begeistert und deutete auf einen Vogel, der über ihre Köpfe hinwegflatterte. »Eine Möwe mit rotem Schnabel.«

Annabelle hielt die Augen jedoch starr nach vorn gerichtet. Vor ihnen lag nun wie ein grüner Hügel die Insel Mokoia. Je mehr sie sich dem Ufer näherten, desto stärker wuchs Annabelles Unbehagen. Wahrscheinlich wollen die Maori vom Stamm der Te Arawa uns Weiße mit diesen schaurigen Geschichten wirklich nur davon abhalten, die Insel zu betreten, weil sie ihnen heilig ist, dachte sie und redete sich gut zu. Trotzdem traute sich Annabelle nicht, das Boot festzumachen, auszusteigen und durch den Urwald zu wandern.

»Noch näher!«, bat Abigail begeistert, als das Ufer bereits zum Greifen nahe war.

Annabelle ruderte so dicht heran, dass man nur noch aufstehen und hinüberspringen müsste, wenn man es denn wollte. Ehe sie sich versah, versuchte Abigail genau das, doch sie landete nicht am rettenden Ufer, sondern mit einem lauten Platsch im Wasser.

»Stell dich hin! Versuch, Grund unter die Füße zu bekommen«, befahl Annabelle der Schwester.

Doch die schrie nur »Geht nicht, zu tief!« und zappelte wild umher.

Annabelle überlegte fieberhaft. Was sollte sie tun? Anscheinend war das Wasser der Uferzone tiefer, als sie geglaubt hatte. Sollte sie springen? Aber sie konnte doch nicht schwimmen.

»Ich gehe unter. Hilfe!«, brüllte Abigail aus Leibeskräften und schlug um sich.

Panisch warf Annabelle der Kleinen das Tau zu, mit dem das Boot festgemacht wurde, aber Abigail nahm es gar nicht wahr. Sie versuchte sich mit aller Kraft über Wasser zu halten und brüllte wie am Spieß.

Das wird sie nicht lange durchhalten, durchfuhr es Annabelle, als plötzlich ein Boot auftauchte. Der Mann, der es mit kräftigen Schlägen ruderte, rief wütend: »Ihr verscheucht mir die Fische!« Doch als er erfasste, was passiert war, sprang er, ohne zu zögern, in den See und schwamm auf ihre Schwester zu.

Annabelle zitterte am ganzen Körper, während der Mann Abigail packte und über die Bordwand hielt. Sie spuckte und schrie.

»Zieh!«, brüllte der Mann Annabelle zu. »Nun zieh doch endlich!« Wie von Sinnen zerrte sie am Kleid ihrer Schwester, bis sie die klatschnasse Kleine sicher zu sich ins Boot geholt hatte.

Der Mann schwamm bereits zu seinem Boot zurück und bemühte sich ächzend, wieder hineinzukriechen. Ein Bein hatte er schon über die Bordwand gehievt, während das andere über dem Wasser zappelte. Das sah so komisch aus, dass Annabelle in wieherndes Gelächter ausbrach. Es war eine Mischung aus Erleichterung darüber, dass Abigail nichts geschehen war, und dem Vergnügen, den Mann so strampeln zu sehen. Schließlich plumpste der Retter fluchend in sein Boot, rappelte sich auf und drehte sich um. Annabelle befürchtete schon, er würde sie ausschimpfen, denn wer wurde zum Dank für seine Hilfe schon gern ausgelacht?

Doch als sich ihre Blicke trafen, hellte sich sein Gesicht merklich auf, und er fiel sogar in ihr Lachen ein. Selbst Abi, die sich wie eine nasse Katze schüttelte, lachte mit. Mit wenigen Schlägen näherte sich der Fremde dem Boot der Mädchen und fragte mit gespielter Strenge: »Was seid ihr bloß für leichtsinnige Frauenzimmer?« Seine Augen lachten.

»Ich bin Annabelle, und das ist meine kleine Schwester Abigail«, erklärte Annabelle artig, wobei sie den Blick nicht von ihm wenden konnte. Er hatte spärliches blondes Haar, ein freundliches Gesicht und wirkte von Nahem viel jünger. Er schien nicht viel älter zu sein als sie.

»Ja, dann seid vorsichtig, wenn ihr zurückrudert, und versucht bloß nicht noch mal, meine Forellen zu verjagen!« Er zwinkerte und machte Anstalten fortzurudern.

Annabelle fühlte einen Anflug von Bedauern. Sie hätte gern noch mit ihm geplaudert.

»O weh!«, hörte sie jetzt ihre Schwester ausrufen, während diese aufgeregt auf die Schlaufe, in der eben noch das rechte Ruder befestigt war, deutete. »Das Ruder ist weg!«

Statt fortzurudern, kam der junge Mann nun näher heran. Er runzelte die Stirn. »Mit einem Ruder werdet ihr es schwerlich nach Hause schaffen, so ungeschickt, wie ihr seid«, brummelte er.

Die beiden Schwestern nickten schuldbewusst.

»Gut, dann bringe ich euch sicher ans Ufer.« Mit diesen Worten schnappte er sich die Leine ihres Bootes, befestigte sie an seinem Boot und befahl: »Hinsetzen und nicht schaukeln!« Dann warf er den beiden noch einen beschwörenden Blick zu, bevor er sich in die Riemen warf.

Annabelle hoffte, er würde sie endlich wirklich wahrnehmen, aber als sich ihre Blicke trafen, schaute er rasch zur Seite. Täuschte sie sich, oder war er rot geworden? Ebenso rot wie sie, denn mit einem Mal liefen Hitzewellen über ihr Gesicht, die sich ganz anders anfühlten als die Wärme der Sonne, die sich im See spiegelte.

»Bringen Sie uns bitte zum *Hotel Mount Tarawera*«, bat Annabelle wohlerzogen.

Der junge Mann sah sie fragend an. »Ich bin nicht von hier, aber ich denke, ich rudere euch nach Ohinemutu, oder?«

»Genau! Wir wohnen direkt am See«, pflichtete Annabelle ihm bei und starrte unverwandt auf seinen Rücken.

Bei jedem Ruderschlag bewegten sich seine Oberarme unter dem Hemd, das ihm am Körper klebte. Er war ein kräftiger, nicht gerade schlanker Mann. Annabelle zog gerade das magisch an. Was sollte sie mit einem dürren Mann, wenn sie selber keine Elfe war? Sie lächelte verschmitzt in sich hinein.

Abigail erzählte unentwegt lustige Geschichten aus der Schule und von Lehrer O'Donnel, aber Annabelle hörte gar nicht zu. Sie überlegte stattdessen fieberhaft, ob sie es wohl wagen sollte, ihren Retter auf das Fest einzuladen. Und vor allem, wie sie es ihrer Mutter, die bestimmt bitterböse auf sie war, schmackhaft machen könnte.

»Das ist meine Bank!«, fuhr Olivia den Maoriburschen an, der sich, ohne sie zu fragen, neben sie setzen wollte. Sie war in den hintersten Teil des Gartens geflüchtet, damit keiner dieser schrecklichen Männer sie mit dummen Komplimenten langweilen konnte. Nicht dass sie etwas dagegen hatte, dass ihr ein junger Mann schöne Augen machte, aber die, die ihre Mutter heute eingeladen hatte, waren eher für Annabelle gedacht. Außerdem gefiel ihr ohnehin keiner von ihnen.

Der dunkelhaarige junge Mann beachtete Olivia aber gar nicht, sondern ließ sich trotz ihres Ausbruchs auf die Bank fallen. »Diese Pakeha denken doch alle, dass sie etwas Besseres sind, aber die werden sich noch wundern!«

»Hast du keine Ohren? Das ist meine Bank!«, wiederholte Olivia energisch.

Statt aufzustehen, wandte er sich ihr zu und betrachtete sie ungeniert von Kopf bis Fuß. »Wer bist du denn?«, fragte er schließlich.

»Was geht es dich an?«, erwiderte sie schnippisch.

»Um festzustellen, ob du ein Recht hast, mir zu untersagen, auf dieser Bank zu sitzen, müsste ich wissen, ob sie dir gehört. Denn du kannst mir nur verbieten, etwas zu benutzen, was in deinem Eigentum steht. Aber das, was Eigentum ist, legen die Pakeha ja stets großzügig aus!«

»Was redest du da? Wer bist du überhaupt? Ich kenne dich nicht!«

»Du hast mir meine Frage noch nicht beantwortet. Gehört dir die Bank?«

»Ja, mir gehört alles, was du hier siehst«, sagte Olivia schnippisch. »Die Blumen, die Bank und sogar das Schlammloch dort.« Wie zur Bekräftigung ihrer Worte erfolgte ein kräftiges Blubbern, und der grau-braune Schlamm hob sich ein wenig. Olivia musterte den jungen Mann herausfordernd.

Er hielt ihrem Blick stand und grinste dabei spöttisch, doch je länger er sie ansah, desto mehr ging sein Grinsen in ein nettes Lächeln über.

Olivia spürte auf einmal, dass sie ihm nicht viel entgegenzusetzen hatte, zumal ihr Herz plötzlich kräftig pochte.

Er hatte ein ausdrucksstarkes Gesicht, erstaunlich helle Haut, schwarzes Haar, und seine Nase war viel schmaler als die der anderen Maori, die Olivia kannte. Und sein Lächeln strahlte nun so intensiv, als ginge die Sonne auf. Olivia hoffte, dass er sie nicht durchschaute.

»Warum kenne ich dich nicht?«, fragte sie nun, bemüht, nicht ganz so verzaubert zu klingen, wie sie sich fühlte.

»Weil ich aus Tauranga komme und erst nach dem Tod meines Vaters vom Iwi der Ngatiterangi mit meiner Mutter zu ihrem Stamm in diese Gegend zurückgekehrt bin, zu den Arawa aus Te Waiora. Aber ich möchte niemals zu ihnen gehören! Die machen nämlich gemeinsame Sache mit den Weißen – im Unterschied zu uns! Wir sind ein stolzer Stamm. Mein Vater war ein tapferer Krieger. Er hat in der Schlacht von Gate Pa gegen die verdammten Engländer gekämpft. Und nun ist er bei den Ahnen, und meine Mutter ist sehr krank. Um mich auf andere Gedanken zu bringen, hat Ruiha mich heute mitgenommen in das Haus dieser eingebildeten Pakeha.«

»Und wer ist die eingebildete Pakeha?«, wollte Olivia wissen. Was für ein schreckliches Schicksal, keinen Vater mehr zu haben und eine kranke Mutter! Das mochte sich Olivia beileibe nicht vorstellen.

»Diese Misses Bradley!«

»Du magst sie nicht?«

»Nein, nicht besonders. Ich mag keine Weißen.«

»Gar keine?«, fragte Olivia erschrocken.

»Ich bin Anaru«, sagte er nun mit sanfter Stimme und rückte ein Stückchen näher.

Es machte sie ein wenig verlegen. »Anaru, du magst wirklich keine Pakeha?«

»Nein, aber ich kann meine Meinung ändern«, sagte er leise und berührte mit seiner Nase ganz zärtlich ihre Nase. Dann drückte er ohne Vorwarnung seine weichen Lippen hart auf ihre.

Olivia erschrak und wollte ihm eine Ohrfeige versetzen, wie man es mit unverschämten Jünglingen zu tun pflegte, aber dann spürte sie nur noch, dass er sie fordernd in die Arme riss. Olivia war machtlos. Sie ließ es einfach geschehen. Ja, mehr noch, sie spürte, wie ihr schwindlig wurde, aber angenehm. Nicht wie bei einer nahenden Ohnmacht. Zugleich durchfuhr ein Kribbeln ihren Körper. Als sie die Spitze seiner Zunge in ihrem Mund fühlte, stieß sie einen kleinen Seufzer aus. Sie wünschte, es würde niemals aufhören, aber da raunte er bereits: »Verrat mir, wie du heißt!«

»Olivia«, seufzte sie und bot ihm ihre Lippen zu einem neuerlichen Kuss an. Dieser war inniger als der erste, und sie trauten sich, ihre Zungen spielen zu lassen. Wieder war er es, der seine Lippen abrupt von ihren löste und diesem schönen Traum ein Ende bereitete.

»Ich mag eigentlich keine Pakeha, aber du gefällst mir. Dich werde ich eines Tages heiraten«, keuchte er leise und suchte noch einmal ihren Mund.

Olivia ließ es geschehen. Erst als eine schrille Stimme »Du unverschämter Bursche!«, brüllte, stoben die beiden erschrocken auseinander.

Vor ihnen stand Maryann wie eine Rachegöttin, die nun ausholte und ihrer Tochter eine saftige Ohrfeige versetzte. Und dann noch eine, während sie Anaru anschrie: »Verschwinde von hier, du schamloser Verführer, du!«

Während die beiden jungen Leute wie erstarrt auf der Bank saßen, trat Ruiha hinzu. Sie zitterte am ganzen Körper. »Anaru, bitte komm!«, bat sie, doch der junge Mann rührte sich nicht vom Fleck.

Mit fester, klarer Stimme sagte er: »Olivia, denk an das, was ich dir versprochen habe, und dann werden wir –«

»Wage es nicht noch einmal, meine Tochter anzufassen«, schrie Maryann, außer sich vor Zorn. Sie versuchte ihn an den Haaren emporzuziehen.

»Ich verspreche Ihnen, Missy, das wird nicht noch mal vorkommen«, schluchzte Ruiha laut auf, aber Maryanns Empörung kannte keine Grenzen.

Sie hatte doch nicht all diese Strapazen der letzten Jahre auf sich genommen und auf so vieles verzichtet, um ihre Tochter zu einer guten Partie zu machen, damit sie sich von einem ungewaschenen Maorilümmel verführen ließ.

»Raus aus meinem Haus!«, brüllte Maryann wie von Sinnen. »Alle beide. Und wagt es ja nicht, mir je wieder unter die Augen zu treten!«

Ruiha starrte Maryann fassungslos an.

»Aber, Missy, ich –«

»Du auch, du hast ihn in unser Haus gebracht. Fort, alle beide!«

Ruiha taumelte bei diesen Worten gefährlich, doch Anaru sprang von der Bank auf und gab ihr Halt. Er funkelte Maryann hasserfüllt an, sagte aber kein Wort und eilte mit seiner Tante im Arm davon, ohne Olivia noch eines Blickes zu würdigen.

Olivia saß immer noch regungslos da. Ihre Mutter hatte ja Recht. Wie hatte sie ihr das bloß antun können? Wie kam sie dazu, einen Maori zu küssen, wo ihre Mutter ihr einen Prinzen versprochen hatte? Hatte er sie mit einem Zauberbann belegt?

»Hat er dich gezwungen?«, fragte Maryann in schrillem Ton.

Olivia schwieg.

»Hat er dich dazu gezwungen, will ich wissen!«

Olivia nickte stumm.

Annabelles Wangen waren vor Freude gerötet, weil es ihr gelungen war, den Retter ihrer Schwester zu überreden, mit zum Fest zu kommen.

»Mom muss doch wissen, wer mich gerettet hat«, sagte Abigail kichernd und nahm vertrauensselig seine Hand.

»Dann sollten Sie uns aber vorher verraten, wie Sie heißen«, flötete Annabelle und blieb erwartungsvoll stehen.

»Ich bin Gordon Parker aus Hamilton. Ich will mir in Auckland Arbeit suchen, weil mein Bruder die Farm geerbt hat und es für mich da keine Zukunft gibt«, erklärte er. Er war sehr ernst geworden. Dabei blickte er Annabelle tief in die Augen, doch ganz plötzlich hellte sich sein Gesicht merklich auf, und er brach in ein dröhnendes Gelächter aus, während er auf ihren Kopf deutete.

Abigail folgte seinem Blick und schüttelte sich ebenfalls aus vor Lachen.

Sofort ahnte Annabelle das Schlimmste, und sie tastete vorsichtig nach dem Haarteil. Schon hielt sie es mitsamt Hut in der Hand. »Oh!«, entfuhr es ihr und noch einmal: »Oh!« Sie verspürte den Impuls wegzurennen, weil sie glaubte, sich bis auf die Knochen blamiert zu haben, aber da flüsterte Gordon Parker bereits mit sanfter Stimme: »Entschuldigen Sie, wenn ich das so offen sagen, aber Sie sehen so viel besser aus. Ich mag blonde Löckchen, und diese Hüte finde ich scheußlich!«

»Wirklich?«, gab sie erstaunt zurück. Aus Dankbarkeit hätte sie sich vermutlich in seine Arme geworfen, wäre nicht ausgerechnet jetzt ihre Mutter suchend auf die Terrasse getreten. Mit wutverzerrtem Gesicht hielt sie auf sie zu.

Annabelle zuckte zusammen, weil sie ein Donnerwetter befürchtete, das ihr vor dem Fremden unendlich peinlich wäre. Deshalb wollte sie ihrer Mutter rasch zuvorkommen. »Mutter, tut mir leid, dass ich eben so unerzogen war, aber ich habe eine Bitte: Dürfte Mister Parker wohl –«

»O Gott, wie siehst du denn aus?«, unterbrach Maryann sie und deutete auf Annabelles Kopf. Dabei bemerkte sie nicht einmal, dass die klatschnasse Abigail an ihrem Kleid zerrte, um auf sich und ihren Retter aufmerksam zu machen.

»Mom, darf ich dir Mister Parker vorstellen? Er hat Abi ...« Annabelle versuchte ihr Glück noch einmal, aber Maryann schien mit den Gedanken ganz woanders zu sein.

»Du gehst sofort auf dein Zimmer und richtest dein Haar!«, befahl sie harsch, ohne Gordon Parker oder ihre kleine Tochter auch nur eines Blickes zu würdigen.

»Na, komm schon!« Um ihre Worte zu unterstreichen, nahm sie Annabelle bei der Hand und zog sie fort. Abigail folgte ihnen. Erst am Ende der Treppe gelang es ihr, ihre Mutter aufzuhalten.

»Mom«, brüllte die Kleine aus Leibeskräften, stampfte mit dem Fuß auf und stellte sich ihr in den Weg. »Mom! Du musst unbedingt Mister Parker kennenlernen. Er hat mich vor dem Ertrinken gerettet und ist ganz nett.«

»O, mein Goldkind. Du bist ja patschnass!«, rief Maryann erschrocken aus. Im selben Atemzug fuhr sie Annabelle an: »Was hast du bloß mit ihr gemacht?«

»Es ist meine Schuld. Ich wollte unbedingt auf die Mokoia-Insel und bin aus dem Boot geklettert. Sie kann nichts dafür!«, erklärte Abigail eilig.

»Gut, dann sollten wir deinem Retter eine kleine Belohnung geben«, sagte Maryann beschwichtigend und strich Annabelle flüchtig über die Wange. »Tut mir leid, dass ich so aufbrausend war, aber Olivia, die ist ... Ach, es spielt keine Rolle! Und mit John Harper brauchst du kein Wort mehr zu reden. Hörst du, der ist gestorben, aber du wirst ein Tänzchen mit diesem jungen Mann aus Taupo wagen.«

»Mutter, der ist zwei Köpfe kleiner als ich. Niemals!«, widersprach Annabelle energisch.

»Gut, gut, ich finde schon noch jemanden für dich. Gehen wir erst einmal zu diesem Mister Parker und sprechen ihm unseren Dank aus.«

»Mutter, kann er nicht als Belohnung ein wenig auf unserem Fest bleiben?« Annabelle versuchte, ihre Stimme nicht allzu bettelnd klingen zu lassen.

»Ja, bitte, Mom«, pflichtete Abigail ihr bei.

Maryann seufzte: »Nun gut, aber sagt mir erst: Wisst ihr denn, wer er ist und woher er kommt? Wie alt ist er denn?«

»Ganz alt«, erklärte Abigail im Brustton der Überzeugung. »Bestimmt schon so alt wie John Harper!«

Maryann musste wider Willen lächeln. »Und?«, hakte sie ungeduldig nach. »Wer ist dieser Gordon Parker? Ich meine, was macht er?«

Annabelle hatte rote Ohren bekommen. Sie war schon ganz aufgeregt bei dem Gedanken, dass sie mit Gordon Parker vielleicht eine Polka tanzen könnte.

»Er ist aus Hamilton. Auf dem Weg nach Auckland, weil sein Bruder die Farm geerbt hat«, erzählte sie nun freimütig und hörte nicht einmal, wie Maryann murmelte: »Ein Farmer. So, so!«

Als sie endlich wieder auf die Terrasse hinausgingen, klopfte Annabelles Herz bis zum Hals, doch sosehr sie sich auch den Hals verrenkte, von Gordon Parker fehlte jede Spur.

Rotorua, Februar 1899

Maryann Bradleys Schafzimmer lag am äußersten Ende der oberen Etage. Es war ein kleiner Raum, in dem nur ein Bett, eine Kommode und ein Stuhl Platz fanden. Früher einmal hatte Abigail dort gewohnt, aber nach Williams Tod hatte Maryann das Hotel samt Haus Annabelle und Gordon überlassen und sich ganz bescheiden in zwei ehemaligen Zimmern ihrer Töchter eingerichtet. Die genügten ihr vollkommen.

»Mutter?«, fragte Olivia mit zitternder Stimme in das Dunkel hinein. Die dicken Samtvorhänge waren zugezogen, und nur, weil sich ein vorwitziger Lichtstrahl einen Weg durch einen Spalt gebahnt hatte, konnte sie schemenhaft erkennen, dass ihre Mutter wie tot im Bett lag. Tränen schossen Olivia in die Augen. Vorsichtig schlich sie zu dem Stuhl, der neben dem Bett stand. Sie setzte sich und nahm die knochige Hand ihrer Mutter.

»Mutter«, raunte Olivia mit tränenerstickter Stimme. Sie führte die kalte Hand an die Lippen und küsste sie verzweifelt. Olivias schönes Gesicht war verzerrt vor Kummer. Schon auf der Treppe nach oben hatte sie die Maske der Überheblichkeit abgelegt. Inzwischen tat es ihr auch ein wenig leid, dass sie Annabelle mit Vorwürfen überschüttet hatte, aber sie konnte es einfach nicht ertragen, wie Duncan seiner Tante beistand. Er ist verdammt noch mal mein Sohn, der auf meiner Seite stehen sollte!, sinnierte Olivia nun. Je mehr sie über sein Verhalten nachdachte, desto heftiger zitterte sie vor Eifersucht. Warum ergriff Duncan stets Partei für Annabelle? Das ist doch ungerecht, nach allem, was ich für ihn getan habe, ging Olivia durch den Kopf. Und warum behandeln sie mich so, als wäre ich schuld an Mutters Sturz? Annabelle hat nicht aufgepasst! Typisch Annabelle! Das ist nicht zum Aushalten! Olivia rieb sich die Schläfen. Sie hämmerten so heftig, als wolle ihr Kopf bersten. Warum fielen sie nur immer alle über sie, Olivia, her, obwohl sie nur die Wahrheit aussprach? Trotzdem nahm sie sich fest vor, sich ab sofort etwas zurückzuhalten. Allein, um sich Duncans Mitgefühl für Annabelle zu ersparen.

»Ach, Mutter!«, seufzte Olivia und betrachtete deren schlafendes Gesicht voller Zärtlichkeit. Es war blass, fast weiß, aber immer noch ebenmäßig und bildschön.

Wenn sie sich vorstellte, dass ihre Mutter vielleicht nie mehr würde laufen können, kochte schon wieder die ungezügelte Wut auf ihre Schwester hoch. Annabelle hätte Mutter nicht eine Sekunde aus den Augen lassen dürfen. Jedenfalls nicht auf den rutschigen Steinen rund um den Pohutu.

Wie einfältig Annabelle und ihr Gordon doch waren! Glaubten sie tatsächlich, ihr liege etwas an dem bisschen Geld, das ihre Mutter gespart hatte? Nein, wenn sie etwas im Überfluss besaß, war es Geld. Sie hatte John Harper eigentlich nur mitgebracht, weil er ihr in den Ohren gelegen hatte, dass es besser sei, wenn ein Anwalt da wäre, falls ihre Mutter sterben sollte und man das Erbe verteilen müsse. Sie hatte es einfach nicht fertiggebracht, ihn vor den Kopf zu stoßen, obwohl sie natürlich ahnte, dass er nur mit ihr anbändeln wollte. Sie hatte diese Verehrer, die ihr hündisch ergeben waren, gründlich satt. Olivia verfluchte sich selbst für den Gedanken, der plötzlich in aller Deutlichkeit zutage trat: Es hat nur einen Mann in meinem Leben gegeben, den ich wirklich geliebt habe, aber ich hatte nicht den Mut, mich zu ihm zu bekennen. Olivia seufzte und strich sich eine Träne aus dem Augenwinkel.

»Olivia, mein Schatz!« Maryanns Stimme klang schwach.

»Mutter!« Olivia beugte sich über sie und gab ihr einen Kuss auf die Wange.

»Wie schön, dass du gekommen bist, mein Kind! Ich möchte nur dich um mich haben. Du sollst mich pflegen und nicht sie ...«

Olivia zuckte zusammen. *Pflegen?* Die Vorstellung, sich um eine gelähmte alte Frau zu kümmern, auch wenn es die eigene Mutter war, trieb ihr den Schweiß auf die Stirn.

»Hast du etwas dagegen, wenn ich das Fenster ein wenig öffne?«, fragte sie, damit ihre Mutter nicht merkte, wie ihr zumute war. Noch dazu diese verdammten Kopfschmerzen. Hörten die denn gar nicht mehr auf?

»Nein, mein Kind, jetzt, wo du hier bist, kann ich auch wieder das Licht ertragen. Lass nur die Sonne herein!« Maryann lächelte zaghaft.

Olivia sprang hastig auf, öffnete die Vorhänge, doch kaum hatte sie das Fenster geöffnet, wehte mit dem ersten Luftzug eine Wolke von Schwefelgestank in das Zimmer. Sie hielt den Atem an. Das würde sie keinen Tag länger ertragen. In ihrem Kopf hämmerte es wie die Waggons auf den Schienen des ARAWA-Express, der sie heute von Auckland hergebracht hatte. Erneut fragte sie sich, warum ihre Mutter nach Vaters Tod nicht zu ihr nach Auckland gezogen war. Sie hatte niemals gewagt, ihre Mutter um eine Erklärung zu bitten, weil Maryann damals so entschlossen gewirkt hatte.

Inzwischen waren mehr als zehn Jahre vergangen. Olivia holte tief Luft. Sie wollte endlich eine befriedigende Antwort auf diese Frage, denn es hatte sie damals schwer getroffen, dass ihre Mutter in Rotorua bei Annabelle geblieben war.

»Mutter?« Olivia drehte sich abrupt um und blieb regungslos stehen. »Warum bist du damals nach Vaters Tod nicht zu mir gezogen und hast dich hier in deinen Kammern vergraben? Warum hast du unser Angebot abgelehnt, mit uns in *Hamilton Castle* in angemessenen Verhältnissen zu leben?«

»Ach, mein Kind, das ist schon so lange her. Nun ist es zu spät.

Ich werde dort sterben, wo ich den Großteil meines Lebens verbracht habe. In diesem verdammten Haus, in dem ich mir den Buckel krumm geschuftet habe«, murmelte Maryann.

Olivia erschrak. So offen hatte sie ihre Mutter noch nie zuvor klagen hören. Das Einzige, was sie stets gepredigt und was sich in Olivias Seele eingebrannt hatte, war, dass ihre Töchter das Leben von Prinzessinnen verdient hätten. Kein Wort hatte sie je darüber verloren, dass sie mit ihrem eigenen Leben haderte. Diese Klage gab Olivia noch mehr Rätsel auf. Warum war sie in Rotorua geblieben, wenn es nichts als Mühsal für sie bedeutet hatte? Es musste doch einen triftigen Grund für diese Entscheidung geben.

Olivia trat entschlossen an das Bett heran und setzte sich. »Warum, Mutter?«

»Wegen Elizabeth!«, flüsterte Maryann tonlos.

Olivia sah ihre Mutter fassungslos an. »Wegen Elizabeth? Ja, gut, ich weiß, du hast sie geliebt, aber sie ist gestorben, als Vater noch lebte. Danach hättest du zu uns kommen können.«

»Ich konnte sie nicht verlassen«, entgegnete Maryann leise.

»Mutter, sie ist tot! Und das schon eine halbe Ewigkeit!«, erklärte Olivia energisch.

»Aber ihr Geist, der lebt in diesem Haus und an diesem Ort. Hier ist sie mir ganz nahe.«

»Mutter! Was redest du da für ein wirres Zeug? Du glaubst doch nicht an Geister, oder?«

»Die Maori sagen ...«

»Mutter, bitte! Wir sind Weiße und glauben an Gott und nicht an die Geister der Toten!«

Olivia wischte sich mit dem Ärmel ihres Kleides über die Stirn. Ist es hier wirklich so warm, oder liegt es an dem dummen Geschwätz, dass mir so heiß ist?, fragte sie sich erschöpft, während ihr Kopf zu platzen drohte.

»Kind, du weißt, dass ich es nicht mit dem heidnischen Glauben der Maori halte, aber ich schwöre dir: Sie ist mir an diesem Ort nahe. Sie spricht manchmal nachts mit mir, und das macht mich sehr glücklich.«

Olivia biss die Zähne aufeinander, dass sie knirschten, und ballte die Fäuste. Nur so schaffte sie es, ihrer Mutter nicht zu widersprechen. Deutliche Widerworte lagen ihr auf der Zunge. Dass Mutter es wagte, den Glauben der Maori ins Gespräch zu bringen! Und immer wieder die alte Leier: Elizabeth. Sie konnte es nicht mehr hören. Olivia stieß einen tiefen Seufzer aus. Sie musste das Gespräch auf etwas anderes bringen, denn sie wollte nicht ausfallend werden.

»Erzähle mir doch, was am Pohutu geschehen ist und wie es dir geht«, schlug sie vor.

Maryanns Augen füllten sich mit Tränen.

»Ich hatte in der Nacht einen Traum. Elizabeth' Geist hat zu mir gesprochen und mich angefleht, sie zu suchen. Sie hat versprochen, dass ich sie am speienden Geysir finden würde ...«

»Mutter, bitte, jetzt ist Schluss mit diesem Unsinn! Das war nicht ihr Geist. Du hast von deiner toten Enkelin geträumt. Mehr nicht!«

Maryann stieß einen gequälten Seufzer aus, aber Olivia ließ nicht locker. Sie war entschlossen, diesem Spuk ein Ende zu bereiten.

»Und deshalb bist du mit zum Pohutu gefahren? Weil Elizabeth dich im Traum dorthin befohlen hat? Das ist nicht dein Ernst.«

»Doch, mein Kind!«

»Und dann?« Olivia klang gereizt.

»Dann hat Annabelle mich mitgenommen, zu einem Felsen gebracht und mir befohlen, mich dorthin zu setzen. Aber kaum war sie fort, da glaubte ich, oben auf der Terrasse ...« Sie stockte und stöhnte: »Du wirst es mir ja doch nicht glauben.«

»Nun red schon!«

»Da war ein kleines Mädchen mit schwarzen Locken. Es sah aus wie Elizabeth, und da bin ich auf eine der glitschigen Terrassen gestiegen und ausgerutscht.«

»Annabelle hätte auf dich aufpassen müssen!«, spie Olivia förmlich aus. Sie zitterte am ganzen Körper vor lauter Wut. Wann hörte das endlich auf? Immer wieder Elizabeth!

Maryann aber griff nach ihrer Hand. »Nein, das darfst du deiner Schwester nicht vorwerfen. Das nicht!«

Olivia blickte sie erstaunt an. »Aber sie sagt, du sprichst seit dem Tag des Unfalls kaum noch mit ihr. Machst du ihr denn keinen Vorwurf?«

»Nein, den nicht!«

»Welchen dann?«

»Dass sie meinen kleinen Engel damals im Stich gelassen hat, das werde ich ihr nie verzeihen«, erwiderte Maryann und schloss erschöpft die Augen.

»Ich verstehe ja, dass du Elizabeth geliebt hast. Wir haben sie alle geliebt, aber warum hast du nie an deine anderen Enkelkinder gedacht? Warum bist du nicht zu Duncan und Helen gezogen? Warum nicht zu den Lebenden? Die hätten dich gern in ihrer Nähe gewusst. Und die hätten wenigstens noch etwas davon gehabt!«

»Wo sind eigentlich Allan und Duncan?«, fragte Maryann, statt ihr eine Antwort zu geben. Bei dem Gedanken an den Mann und den Sohn von Olivia huschte ein Lächeln über ihr Gesicht.

Olivia sprang von dem Stuhl auf und machte ein paar energische Schritte durch das kleine Zimmer, bevor sie sich schnaufend wieder setzte. Sie stand kurz davor, die Fassung vollends zu verlieren. Warum fragte Maryann nicht einmal aus Höflichkeit nach ihrer noch lebenden Enkelin Helen? Warum heuchelte sie nicht wenigstens Interesse? Olivia atmete einmal tief durch. Sie würde ihr noch eine letzte Brücke bauen. Vielleicht begriff sie dann, wie verletzend das alles war.

»Allan musste in Auckland bleiben, und Helen wollte ihn nicht allein lassen ...«

»Und Duncan?«

Olivia gab es auf. Es hatte keinen Sinn. »Der wird sicher gleich kommen. Er ist zu seiner Lieblingstante in die Küche geschlichen.« Ihr Ton klang bitter, doch sie konnte nichts dagegen tun.

Sie fragte sich, wie so oft, was ihr Sohn nur an seiner unscheinbaren Tante fand, die gar nichts auf sich hielt. Das Einzige, worum Olivia ihre Schwester beneidete, war das merkwürdig jugendlich gebliebene Gesicht. Auch wenn Olivia sich damit zu trösten versuchte, dass rundliche Frauen oft Puppengesichter haben, spürte sie, wie der Neid auch in diesem Punkt an ihr fraß. Was stelle ich nicht alles an, um mir die Jugend längst vergangener Tage zu bewahren?, dachte sie. Die Zeichen der Vergänglichkeit schlagen mir eben aufs Gemüt. Olivia verspürte plötzlich den dringenden Wunsch, schnellstens dieses Zimmer zu verlassen, in dem es nach Krankheit und Tod roch, und sich von diesem stinkenden Flecken zurück in ihre Welt zu flüchten.

»Wie geht es Allan?«, fragte Maryann interessiert. Wenn sie von ihrem Schwiegersohn sprach, blitzten ihre Augen stets lebendig.

»Gut«, erwiderte Olivia knapp, aber an dem fragenden Blick ihrer Mutter erkannte sie, dass sie wohl ein wenig mehr von zu Hause würde berichten müssen, um nicht deren Argwohn zu wecken. Also erzählte sie ihr von ihren neuen Möbeln, aber auch von Allans Exportfirma, die dank des gestiegenen Preises für das bernsteinartige Harz des Kauribaums bestens lief. Und sie betonte, dass Helen fleißig lerne, um ihren Abschluss auf der Highschool zu schaffen.

Als es um Allans Geschäfte ging, fragte ihre Mutter eifrig nach, zu Helen sagte sie kein Wort. Es schmerzte Olivia, dass Maryann nicht einmal versuchte, ihre Gleichgültigkeit zu verbergen, wenn es um ihre einzige noch lebende Enkeltochter ging. Helen hatte niemals eine echte Chance bei ihrer Großmutter bekommen. Sie war eben nicht Elizabeth, die Unerreichbare.

»Du bleibst doch erst einmal hier, oder?«, fragte Maryann nun und sah ihre Tochter erwartungsvoll an.

Olivia schluckte trocken, weil sie genau wusste, dass sie es hier keinen Tag länger aushalten würde. Insgeheim sah sie sich bereits morgen zusammen mit John Harper und Duncan nach Auckland zurückkehren. John Harper! Sie hoffte inständig, dass keiner ihrer Mutter verraten würde, dass er als ihr Reisebegleiter hier war. Sie verstand sich ja selber nicht. Sie empfand nichts für ihn. Nicht mehr und nicht weniger als damals in jungen Jahren. Gar nichts! Und doch hatte sie sich von ihm beschwatzen lassen, dass sie unbedingt Unterstützung benötige. Und sich damit zu allem Überfluss Duncans Missbilligung eingehandelt. Er hatte während der Reise keinen Hehl daraus gemacht, dass er den Anwalt nicht leiden konnte.

»Mein Mädchen, bitte bleib! Ich brauche dich.«

Olivia wusste vor lauter Angst, ihre Mutter könne ihr die Fluchtgedanken ansehen, nicht mehr, wohin sie schauen sollte. Nervös wanderten ihre Augen durch das Zimmer. Vom Bett zur Kommode, vom Fenster zurück zum Bett.

»Ich glaube, du solltest ein bisschen schlafen«, murmelte sie schließlich. Dabei blickte sie sehnsüchtig zum Fenster, als könne sie wie ein Albatros hinausfliegen, weit fort von hier, weit fort von allem …

»Weißt du es schon, dass ich ein Krüppel bin?«, fragte Maryann in die Stille hinein.

Olivia wollte sich herausreden, behaupten, dass sie nicht wisse, wovon die Mutter sprach, aber es war sinnlos. Sie nickte.

»Der Arzt sagt, es gibt keine Hoffnung. Gordon baut schon an einem Rollstuhl für mich.«

»Ach, Mutter!«, brach es aus Olivia heraus, und sie schlug die Hände vor das Gesicht.

»Nicht weinen«, versuchte Maryann sie zu trösten. »Ich habe doch vorher auch nur im Bett gelegen oder auf der Terrasse gesessen und auf den See gestarrt. Hauptsache, du bist bei mir. Mein einziges braves Mädchen.«

»Abigail wird vielleicht auch kommen«, bemerkte Olivia und erschrak darüber, dass die Miene ihrer Mutter schon bei der Erwähnung ihrer jüngsten Schwester hart und unversöhnlich wurde.

»Ich möchte nicht, dass ihr Name in meinem Zimmer fällt. Hast du verstanden? Und ich will sie niemals wiedersehen. Selbst wenn sie herkäme, um sich von meinem Leiden zu überzeugen.«

»Ja, Mutter!« Mit diesen Worten sprang Olivia von ihrem Stuhl auf. Sie würde es keine Minute länger ertragen. Den Geruch von Schwefel, die Ahnung von Tod und die Erinnerung an eine Kindheit, die unwiderruflich verloren war. Sie war keine Prinzessin mehr. Schon lange nicht mehr! Und dazu dieses entsetzliche Kopfweh.

»Mutter, ich muss gehen. Ich schicke dir Duncan, ja?«

»Du bleibst doch erst mal in Rotorua, oder?«, hakte Maryann mit unüberhörbarer Verzweiflung nach.

»Natürlich, Mutter«, log Olivia.

»Weißt du noch, eure wunderbare Hochzeit?«, schwärmte Maryann, nun sichtlich entspannter. »War das nicht der schönste Tag in deinem Leben?« Sie strahlte über das ganze Gesicht.

»Ja, Mutter«, log Olivia erneut.

»Du hast doch nie bereut, dass du ihn geheiratet hast und mit ihm ein Leben führen kannst, wie es einem Mädchen wie dir zusteht, nicht wahr?«

»Nein, Mutter!« Damit hatte Lady Olivia Hamilton bereits zum dritten Mal gelogen.

Auckland, Dezember 1879

Hamilton Castle, wie die Familie Hamilton ihre erst kürzlich erbaute, schneeweiß gestrichene Holzvilla zu nennen pflegte, lag erhaben und allein auf einem grünen Hügel. Eine Vielfalt großer Giebel und Türmchen bestimmte das Bild der Vorderfront. Maryann hatte es bei ihrer Ankunft nicht geschafft, sie zu zählen. Sie war einfach nur überwältigt von der verspielten Pracht dieses Hauses im englischen Stil. Was sie besonders beeindruckte, war die Aussicht auf die malerische Hobson Bay, die man von allen Zimmern auf der Rückseite bewundern konnte. Es gab sogar drei Balkons, die von verzierten gusseisernen Säulen getragen wurden.

So etwas Schönes sucht man in Rotorua vergeblich, ging Maryann durch den Kopf, während sie den Blick in die Ferne schweifen ließ. Sollten sich ihre kühnsten Träume erfüllen, würde ihre Tochter Olivia in Zukunft hier leben.

In Maryanns Schwärmerei schlich sich ungewollt Williams Abneigung gegen die Hamiltons. Sie hatte ihn nicht einmal dazu überreden können, der lang ersehnten Einladung der Hamiltons nach Auckland zu folgen. Er hatte behauptet, er könne das Hotel nicht allein lassen, doch Maryann ließ sich nichts vormachen. Sie kannte den wahren Grund. Ihr Mann fühlte sich nicht wohl in der Gesellschaft von Peter D. Hamilton, seiner Frau Rosalind und ihrem einzigen Sohn Allan.

Maryann seufzte. William hatte keinen Hehl aus seiner Meinung über ihre ehrgeizigen Heiratspläne gemacht. Seine mahnenden Worte klangen ihr noch im Ohr. »Sie passen nicht zu uns. Du treibst deine Tochter in die Arme einer Gesellschaft, aus der weder du noch ich kommen. Das kann nicht gutgehen.« Sie hatte ihn einen »grimmigen Schwarzseher« genannt und ihn daran erinnert, dass es Frauensache sei, die Töchter gut zu verheiraten.

»Töchter?«, hatte er daraufhin verächtlich gebrummelt. »Für unsere Annabelle hast du immer noch keinen Mann gefunden. War es wirklich richtig, den jungen Mann einfach wieder fortzuschicken, der sich nach ihr erkundigt hat?«

Wenn Maryann darüber nachdachte, kamen ihr Zweifel, ob es nicht doch unfair gewesen war, Annabelle zu verschweigen, dass ein gewisser Gordon Parker vor ein paar Tagen nach ihr gefragt hatte. Vielleicht war es die letzte Chance ihrer Tochter, überhaupt noch einen Mann abzukriegen. Aber so einen? In seinem abgerissenen Anzug hatte er nicht annähernd so ausgesehen, wie sie sich ihren Schwiegersohn wünschte. Nicht im Entferntesten zu vergleichen mit dem stets elegant gekleideten Allan Hamilton.

Maryann seufzte bei der Erinnerung an den heftigen Streit mit William, der überaus verärgert reagiert hatte, weil sie den jungen Mann fortgeschickt hatte. William hatte wieder einmal wie ein Löwe für die Belange von Annabelle gekämpft und einen Sieg erzielt. Maryann musste sich damit einverstanden erklären, dass William Annabelle wenigstens nachträglich von dem Besuch berichtete. Aber erst, wenn ich nach Auckland abgereist bin, hatte sich Maryann ausgebeten. Sie konnte also nur hoffen, dass Annabelle keine Ahnung hatte, wo sie diesen Bauernburschen finden würde. Noch einmal würde der ihnen sicherlich nicht die Aufwartung machen. Dazu war sie viel zu abweisend gewesen.

Maryann versuchte krampfhaft, all die Gedanken abzuschütteln, die in ihrem Kopf umherwirbelten. Sie holte ihr prächtiges Kleid aus dem Schrank. Aber auch das lenkte sie nicht ab. Selbst in diesem Paradies verfolgte ihr fernes Leben in Rotorua sie auf Schritt und Tritt. Das machte sie wütend.

Entschieden trat sie auf den Balkon hinaus. Dort fuhr sie sich seufzend durch das Haar, in dem sich ein leichter Wind verfing, und der Blick blieb an ihren Händen hängen. Die gehörten bestimmt nicht zu einer feinen Dame, die in einer Villa wohnte. Nein, diese Hände trugen die Spuren jahrelanger harter Arbeit. Nun gut, ihr Lebensrad konnte sie nicht zurückdrehen, aber eines würde sie niemals dulden: dass Olivias zarte, vornehme Finger jemals von solchen Rissen und Narben gezeichnet wurden!

Verschämt legte sie die Hände auf den Rücken, krampfhaft bemüht, sich auf ihren Triumph zu konzentrieren. Auf diesen Augenblick hatte sie seit über einem Jahr hin gelebt. Seit Mister Hamilton zum ersten Mal seinen Sohn mit ins *Mount Tarawera* gebracht und sie, Maryann, alles Erdenkliche unternommen hatte, damit Olivia und Allan einander näher kennenlernten. Und heute, dessen war sie sich ganz sicher, war sie am Ziel ihrer Träume. Wozu sollte diese Einladung nach *Hamilton Castle* denn sonst dienen? Doch wohl nur dem einen Zweck: Die Kinder würden sich endlich verloben!

Während Maryann über die Zukunft ihrer Tochter nachdachte, wanderte ihr Blick hinunter in den Park. Der Rasen war von einem satten Grün und sehr gepflegt. Die Hamiltons hatten Geld und Geschmack. Keine Frage. Der Garten war ganz im englischen Stil angelegt und deshalb völlig anders geartet als die wilde Natur, die Maryann zu Hause umgab.

Sie sog die frische Luft noch einmal tief in die Lungen ein. Diese kühle Brise war frei von Schwefelgeruch und duftete herrlich nach Meer und sattem Grün. Eigentlich durfte sie mit sich zufrieden sein. Besser hätte sie es gar nicht einfädeln können als bei dem Besuch der Hamiltons in ihrem Hotel. Was für eine wunderbare Idee, Olivia mit zu einem Ausflug zum Mount Tarawera zu nehmen! Allan hatte bereits in der Kutsche dorthin Feuer gefangen und war ihrer Tochter fortan auf Schritt und Tritt gefolgt. Ja, sie hatte alles richtig gemacht, was man von einer liebenden Mutter nur erwarten durfte. Die Hamiltons waren nicht nur reich, sondern auch eine angesehene Familie. Sie waren ganz entfernt verwandt mit Captain John Charles Fane Hamilton, einem verdienten Kämpfer der Royal Army, der sein Leben in der Schlacht von Gate Pa gegen die Maoris gelassen hatte. Peter D. Hamilton, Allans Vater, verdankte seinen Reichtum dem Besitz riesiger Ländereien mit Kauribäumen, deren Harz er in großem Stil nach Europa verkaufte. Böse Zungen behaupteten, er habe sich den Landbesitz hinterlistig erschlichen, weil er den Häuptling betrunken gemacht hatte, aber das hielt Maryann für ein Gerücht. Er war ein guter Geschäftsmann und beschäftigte Hunderte von Kauriharzgräbern, den *Diggern*, die das begehrte Kauriharz aus dem Boden gruben. Unter erbärmlichen Bedingungen. Das jedenfalls behauptete William, der seiner Frau nicht verhehlte, dass er Peter D. Hamilton für einen Menschenschinder hielt.

Maryann hatte ihm allerdings strengstens untersagt, seine Meinung jemals in Olivias Gegenwart kundzutun. William hatte sich zwar daran gehalten, aber Maryann wusste genau, dass auch das ein entscheidender Grund dafür war, dass er der großzügigen Einladung der Familie Hamilton nach *Hamilton Castle* nicht gefolgt war. Er wäre wohl glücklicher gewesen, wenn Olivia einen jungen Burschen aus Rotorua geheiratet hätte. Am besten Bernard Smith, den Sohn des Kolonialwarenhändlers. Maryann schüttelte sich allein bei der Vorstellung, dass ihre Tochter hinter dem Ladentisch stehen und Mehl verkaufen würde. So wie sie es einst in Dunedin getan hatte.

Während sie ihren Gedanken nachhing und sich fragte, was für eine Ausrede William wohl vorschieben würde, wenn erst die Hochzeit anstand, bemerkte sie ihre Tochter, die, Arm in Arm mit Allan, durch den Garten schlenderte. Die beiden wirkten sehr vertraut. Maryann lächelte in sich hinein und trat einen Schritt zurück.

Wie hübsch sie wieder aussieht!, dachte sie voller Stolz, und was für ein schönes Paar sie abgeben! Die zierliche Olivia reichte dem hochgewachsenen Allan bis zur Schulter. Seine blonden Locken und ihr pechschwarzes Haar bildeten einen reizvollen Kontrast. Besser hätte Olivia es gar nicht treffen können. Dabei hatte sie sich dem Werben des jungen Mannes am Anfang heftig widersetzt. Maryann hatte schon befürchtet, sie würde ihn verprellen, konnte er doch jede junge Frau in Auckland bekommen, wie seine Mutter stets betonte. Allan aber war hartnäckig am Ball geblieben.

Seufzend erinnerte sie sich an einige schlimme Auseinandersetzungen mit ihrer Tochter. »Eine Heirat mit ihm ist das Beste, was dir je passieren kann«, hatte sie ihrem Kind gebetsmühlenartig gepredigt, aber Olivia war zunächst stur geblieben. »Ich mag ihn nicht!«, hatte sie behauptet, aber nun schien sie ihren eigenen Trotzkopf besiegt zu haben, denn die beiden steckten kichernd die Köpfe zusammen. Was für schöne Enkelkinder ich bekommen werde!, freute sich Maryann, glücklich angesichts der Vorstellung, dass ihre Tochter es einmal besser haben würde als sie selbst. Beseelt von diesem Gedanken, verließ sie den Balkon, um sich den Vorbereitungen für die abendliche Gesellschaft zu widmen. Schließlich strebte sie einen glanzvollen Auftritt an.

»Es kommen ein paar wichtige Menschen, liebste Maryann«, hatte Rosalind ihr mit einem merkwürdigen Unterton angekündigt. So, als könne sie sich nicht vorstellen, dass Maryann sich in deren Gegenwart zu benehmen wisse. Ein kleiner Seitenhieb war das, was soll's? Damit schob Maryann es beiseite. Allans Mutter konnte ohnehin kaum verbergen, dass sie sich für ihren Sohn etwas Besseres wünschte als die Tochter einfacher Hotelbesitzer aus Rotorua, doch das störte Maryann herzlich wenig. Dafür war Allans Vater umso begeisterter von dieser Verbindung. Das hatte er ihr gegenüber gerade noch einmal bei seinem letzten Besuch in Rotorua überschwänglich betont. »Wenn ich nicht schon in festen Händen wäre, ja dann ...«, wiederholte er unentwegt, woraufhin Maryann in schöner Regelmäßigkeit erwiderte: »Tja, aber Sie sind nun einmal verheiratet, Mister Hamilton!« Rosalind schien zu ahnen, wie Peter Hamilton Maryann verehrte, denn sie versäumte keine Gelegenheit, kleine Spitzen gegen sie oder auch Olivia abzuschießen. Nur trafen sie alle ins Leere, denn im Hause Hamilton galt das Wort des Mannes auch, was die Wahl der Schwiegertochter anging. »Liebe Maryann«, hatte er ihr neulich gerade vorgeschwärmt, »wenn ich jünger wäre, Ihre Tochter hätte mein Herz im Sturm erobert.«

Maryann seufzte. Vielleicht ist es wirklich besser, dass William daheim geblieben ist, ging es ihr durch den Kopf, während sie ihr neues Kleid anzog, das sie sich eigens für diesen Abend genäht hatte. Er hat schrecklich altmodische Ansichten und verabscheut Konversation. Nein, das wäre wahrlich kein Vergnügen gewesen, mit ihrem schlechtgelaunten, schweigsamen Ehemann eine Tischgesellschaft zu besuchen. Er besaß nicht ein Quäntchen Ehrgeiz dazuzugehören. Die Vertreter der sogenannten feineren Kreise durften zwar jederzeit in seinem Hotel absteigen, aber mit ihnen zu dinieren, vermied er. Womöglich hätte er sogar mit Absicht den ungehobelten ehemaligen Goldgräber heraushängen lassen.

»Ach, Will!«, stöhnte Maryann, bevor sie die Gedanken an ihren Mann verscheuchte und ihre rauen Hände mit einem Balsam einrieb.

»Du machst mich zum glücklichsten Mann der Welt«, flüsterte Allan Hamilton gerührt und zog Olivia im Schatten eines rot blühenden Eisenholzbaums noch dichter zu sich heran.

Neckisch lächelnd forderte sie ihn auf: »Nun küss mich schon!«

Er zögerte kurz, aber dann presste er seine Lippen auf ihre und küsste sie stürmisch und leidenschaftlich. Als er wieder Luft geholt hatte, sah er sie aus glasigen Augen begehrlich an. »Hast du mich so lange auf die Folter gespannt, weil du wusstest, dass ich von Tag zu Tag verrückter nach dir werde, du kleines Biest?«

»Allan, du wirst doch wohl keinem verraten, dass du mir bereits bei unserem ersten Treffen einen Antrag gemacht hast? Und vor allem nicht, dass ich ihn abgelehnt habe. Hörst du? Sonst nehme ich mein Jawort zurück und du wirst mich niemals wiedersehen.«

Allan Hamilton überhörte den Ernst in ihrer Stimme. »Küss mich noch einmal!«, verlangte er. Olivia bot ihm bereitwillig ihre Lippen dar.

»Mein Liebling, wenn ich nicht wüsste, dass du vor mir noch niemals einen Mann geliebt hast, würde ich dich für eine Liebesgöttin halten«, keuchte er.

»Allan, ich will dich für immer und ewig, aber unter zwei Bedingungen.«

Allan Hamilton sah Olivia verwirrt an. »Bedingungen? Das ist wenig romantisch!«

»Versteh mich bitte nicht falsch. Es ist mein größter Wunsch, dich möglichst rasch zu heiraten. Ich sehne mich doch so sehr nach dir. Jeder Kuss verspricht mir, dass ich in deinen Armen glücklich werde. Vergeuden wir also keine Zeit! Wie wäre es, wenn wir bereits an Weihnachten heiraten würden?«

Allan wurde blass. »Aber Liebste, so schnell? Das ist in knapp drei Wochen. Dann denken die Leute womöglich, wir müssen heiraten.«

Olivia entwand sich seiner Umarmung und presste in spitzem Ton hervor: »Ich wusste es: Du liebst mich nicht genug, um mir meine Wünsche zu erfüllen. Und ich verzehre mich vor Sehnsucht, dir so schnell wie möglich ganz zu gehören!«

»Aber, Liebste, nein, es ist nur . . .«, stammelte Allan.

»Ich habe verstanden. Ich will aber nur einen Mann, der mich über alles liebt. Verstehst du? Ich bin eine richtige Frau, und ich möchte begehrt werden! Ich würde mir wünschen, du könntest es nicht mehr erwarten, mich in deinen Armen zu halten.«

Allan schluckte trocken. »Aber, Liebste, wenn ich könnte, ich würde noch heute Nacht zu dir kommen und dir beweisen, dass ich jede Nacht nur davon träume, dass du endlich mir allein gehörst.«

»Gut, dann beweise es mir heute Nacht. Das ist mein zweiter Wunsch. Ich möchte dir gehören, und zwar noch heute!«

Allan Hamilton blieb der Mund offen stehen. Es dauerte einen Augenblick, bis er seine Fassung wiedererlangte. »Du meinst, ich kann heute Nacht in dein Zimmer kommen und ...?«

Zur Bestätigung, dass er ihr Angebot richtig gedeutet hatte, schmiegte sich Olivia an ihn und hauchte: »Ich liebe dich.«

»Gut, mein Liebling, wie du willst. Wir heiraten an Weihnachten, und ich komme heute noch zu dir«, erklärte Allan mit heiserer Stimme. Er spürte seine drängende Männlichkeit, was ihn verlegen machte. »Komm, wir müssen jetzt zu den anderen«, fügte er bemüht sachlich hinzu, obwohl er plötzlich nur noch an das denken konnte, was ihn später in ihrem Zimmer erwartete. Sanft strich er über ihre Wangen. Er konnte sich gerade noch beherrschen, sie nicht noch einmal leidenschaftlich zu küssen. Ihre Wangen waren leicht gerötet. Allan deutete es als Ausdruck ihrer Begierde.

»Lass uns zu Tisch gehen«, flötete sie.

Als das junge Paar das Esszimmer betrat, schauten alle auf. Die Familie und einige Freunde der Familie Hamilton saßen bereits bei Tisch, und Olivia fing einen vorwurfsvollen Blick ihrer Mutter auf. Allan aber strahlte über das ganze Gesicht, beugte sich zu seinem Vater hinunter und flüsterte ihm etwas ins Ohr. Nun erhellte sich auch das Gesicht von Peter D. Hamilton. Er nahm eine Gabel und stieß damit an sein Weinglas, bevor er sich feierlich von seinem Platz erhob und zu reden begann.

»Liebe Freunde, ich darf die Verspätung der beiden jungen Leute zum Anlass nehmen, Ihnen allen mit Freuden die Verlobung der beiden bekannt zu geben. Sie haben sich soeben die Ehe versprochen, und das kann selbst ich als Entschuldigung für eine Verspätung bei Tisch akzeptieren ...« Er machte eine Pause und warf seiner Frau einen ermunternden Blick zu. Die war bei seinen Worten blass geworden, aber das schien ihrem Gatten herzlich wenig auszumachen. Er räusperte sich und blickte intensiv zur Brautmutter hinüber.

Maryann bemerkte in seinen Augen wieder jenen begehrlichen Ausdruck, den sie stets geflissentlich zu übersehen versuchte. Sie hoffte nur, dass er nicht auch Rosalind ins Auge stach. Maryann kannte diesen Blick nur zur Genüge von den Männern, mit denen sie einst das Tanzbein hatte schwingen müssen. Bei dem Gedanken an damals erschauderte sie. Oh, wie sie dieses kompromittierende Benehmen hasste!

Schon warf die Dame des Hauses ihr einen warnenden Blick zu. Wenn Maryann ehrlich war, verstand sie nicht, warum ein halbwegs attraktiver Mann wie Peter D. Hamilton eine Frau wie Rosalind überhaupt geheiratet hatte. Rosalind war eine Matrone mit glanzlosem Haar und groben Gesichtszügen, die keinerlei verführerische Grazie, ja nicht einmal eine vornehme Ausstrahlung besaß.

Maryann nickte dem Brautvater nur kurz zu und sagte förmlich: »Sie haben Recht, Peter. Dafür entschuldige auch ich das Benehmen meiner Tochter! Auf die Verlobung unserer Kinder!« Damit lächelte sie artig in die Runde.

Beim Anblick eines Gastes erstarb Maryanns Lächeln. Ihr schräg gegenüber saß kein Geringerer als Frank Harper mit Gattin Eleonore. Maryann fielen sofort die dreisten Worte ein, mit denen er sie auf dem Fest zu Olivias achtzehntem Geburtstag in Rotorua dazu hatte bewegen wollen, William zu verlassen. Maryann schlug die Augen nieder, denn der widerwärtige Kerl starrte sie unverfroren an. Sie spürte, dass sich ihre Wangen vor Verlegenheit röteten, was ihre Empörung nur noch größer machte. Wie gern würde sie über den Tisch langen, um ihm endlich die verdiente Ohrfeige zu verpassen! Um ihren Zorn abzukühlen, lauschte sie angestrengt Peter D. Hamiltons Worten.

»Natürlich hätten wir uns gewünscht, dass unser Allan ein Mädchen aus Auckland zur Frau nehmen würde und nicht aus Rotorua …«

Er machte wieder eine Pause, und alle lachten. Bis auf Rosalind Hamilton, die wie versteinert dasaß. Die anderen Gäste waren sichtlich gerührt.

Als Maryann sich ihrer Tochter zuwandte, stellte sie mit Unmut fest, dass auch Olivia keinerlei Regung zeigte. Im Gegenteil, sie war mit ihren Gedanken offensichtlich ganz woanders. Merkwürdig, sie sieht überhaupt nicht verliebt aus. Dabei müsste sie vor Glück doch nur so sprühen, sinnierte Maryann, sie hat ihm schließlich gerade das Jawort gegeben. Je mehr sie ihre Tochter beobachtete, desto weniger Freude vermochte sie in deren Augen zu erkennen. Dafür strahlte Allan, der neben ihr saß, umso mehr. Maryann versuchte, ihr ungutes Gefühl zu verdrängen. Wahrscheinlich ist sie nur aufgeregt, redete sie sich ein, bis sie selbst daran glaubte.

»… Der Schwefel, der unsere müden Knochen wieder munter macht, scheint noch eine andere Wirkung zu besitzen. Noch nirgendwo haben wir – meine Frau, mein Sohn und ich – ein solch wunderbares Wesen getroffen wie Olivia Bradley. *Ihre Schönheit blendet mich, Vater!*, hat unser Sohn mir während unserer ersten gemeinsamen Ferien in Rotorua verträumt gestanden. Und schon damals sagte er: *Ich werde sie eines Tages heiraten.* Da mein Sohn seinen Kopf immer durchsetzt, ist er nun am Ziel seiner Träume angelangt. Die Prinzessin aus Rotorua gehört ihm. Und ich darf auch im Namen meiner Frau sagen, dass uns seine Wahl sehr glücklich macht …«

Wieder applaudierte Maryann mit all den anderen zusammen. Bis auf Rosalind, die immer noch wie versteinert dasaß. Und neben ihr eine junge Frau, die ebenfalls nicht gerade begeistert zu sein schien von der Nachricht, dass Allan Hamilton sich soeben verlobt hatte. Wahrscheinlich ist das die junge Dame, die seine Mutter für ihn ausgesucht hat, mutmaßte Maryann, und sie konnte nicht umhin, eine gewisse Genugtuung zu empfinden.

Ihre Tochter war doch um Längen hübscher als dieses pausbäckige Kind, das Allan offen anschmachtete. Merkte denn Olivia nicht, was da vor sich ging? Offensichtlich nicht. Ihre Tochter schien mit ihren Gedanken überall, nur nicht bei ihrem Bräutigam zu sein. Maryann wünschte sich, sie könnte sie mit einem kleinen Tritt gegen das Schienbein unter dem Tisch schnellstens aus ihren Tagträumen holen, aber dazu saß sie zu weit weg. Stattdessen räusperte sie sich laut, aber auch das verfehlte die Wirkung bei Olivia. Dafür zog Maryann damit Rosalinds missbilligenden Blick auf sich. Wenn der töten könnte, würde ich auf der Stelle umfallen, dachte Maryann, beinahe amüsiert. Sie hatte ihr Ziel erreicht, und diesen Sieg würde sie sich um keinen Preis von dieser hässlichen Person schmälern lassen. Im Gegenteil, sie würde ihn auskosten. »Ach, lieber, guter Peter«, flötete sie, »Ihre Rede ist bezaubernd.«

Während Peter D. Hamilton Maryann für dieses Lob anlächelte, ließ seine Frau die Mundwinkel nur noch mehr hängen.

»Wir wollen die Ursache aber nicht allein im alles verjüngenden Schwefeldampf suchen«, fuhr Peter Hamilton – immer noch selig lächelnd – fort, »denn auch die Familie meiner zukünftigen Schwiegertochter hat das Ihre dazugetan. In diesem Sinne darf ich die bezaubernde Brautmutter, Maryann Bradley, in unserer Familie willkommen heißen ...« Er bedeutete ihr, dass sie sich vom Stuhl erheben möge.

Damenhaft stand Maryann auf, winkte huldvoll in die Runde und genoss es sichtlich, als ein Raunen durch den Salon ging. Maryann lächelte zu allen Seiten und schenkte Allans Mutter einen betont freundlichen Blick. Die sah sich nun bemüßigt, verkrampft zurückzulächeln. Eine schöne Kapitulation, stellte Maryann mitleidlos fest, und sie war hochzufrieden.

Peter D. Hamilton zwinkerte ihr verschwörerisch zu. Sie zwinkerte zurück. Als Brautmutter war ihr alles recht, was ihre Stellung stärkte. Wenn Rosalind nur ahnen würde, wie gleichgültig Maryann Peter Hamilton war. Es ging ihr allein um Olivia. Olivia, die sollte es einmal besser haben als sie. Viel besser! Sie sollte verwöhnt und auf Händen getragen werden. Sie sollte im Reichtum schwelgen, statt sich für ein bisschen Wohlstand krumm zu machen!

Ich habe es geschafft, meiner Tochter das zu ermöglichen!, sagte sich Maryann zufrieden, während sie nicht müde wurde, Allans Vater zuzulächeln. Meine Tochter wird in eine der reichsten Familien Neuseelands einheiraten. Was für ein erhebender Augenblick! Olivia schien die eigene Verlobung allerdings zu verschlafen. Sie träumte mit offenen Augen und sehnsüchtigem Blick, als wünsche sie sich zurück an den See von Rotorua.

Bitte mach mir keine Schande, Kind!, dachte Maryann, während sie sich wieder setzte. Nun erhob Peter das Glas und forderte die ganze Gesellschaft auf, der Brautmutter zuzuprosten.

Aus den Augenwinkeln sah Maryann zu ihrer großen Erleichterung, dass Allan Olivia in diesem Moment zärtlich anstupste. Sogleich setzte Olivia ihr liebreizendes Lächeln auf und griff nach ihrem Glas. Sie ist wahrscheinlich nur müde von der langen Reise, mutmaßte Maryann, denn auch ihr hing das tagelange Schaukeln der Kutsche noch immer in allen Knochen.

»Ein Prosit auf die schönste Brautmutter Neuseelands!«, lallte nun jemand mit lauter Stimme. Maryann ahnte, wer der Betrunkene war, und sah ihre Vermutung mit einem strengen Blick in seine Richtung bestätigt. Es war tatsächlich Frank Harper, der offensichtlich bereits im Übermaß dem schweren roten Wein zugesprochen hatte.

Um diese Peinlichkeit zu überspielen, blickte Maryann einfach an ihm vorbei hinüber zu seiner Frau Eleonore und sagte betont freundlich: »Zum Wohl, Misses Harper!«

Die Dame erhob ihr Glas und erwiderte nicht minder höflich: »Ich entschuldige mich für meinen Mann, aber er verträgt den schweren Roten nicht, müssen Sie wissen.«

Mister Harper versuchte daraufhin, sich wie ein Gentleman zu verhalten. Schweigend erhob er sein Glas, wenngleich sein hochroter Kopf und sein verschwitztes Haar verrieten, dass er dem Alkohol mächtig zugesprochen hatte.

Maryann war hochzufrieden mit sich, weil sie diesen ungehobelten Kerl geschickt in die Schranken gewiesen hatte. Entspannt lauschte sie Allans Vater.

»Wir werden uns also alle im nächsten Jahr zu einer Hochzeit wiedersehen«, schloss Peter D. Hamilton feierlich, erhob das Glas noch einmal und ließ sich sichtlich zufrieden auf seinen Stuhl fallen.

In diesem Augenblick sprang Allan Hamilton ungestüm auf. Mit einem Messer brachte er sein Weinglas zum Klingen, sodass sich alle Augen auf ihn richteten. »Danke, Vater, für diese erwärmenden Worte, die ich in deinem Sinne ergänzen möchte«, sagte er mit fester Stimme. »Wir wollen Sie alle nicht so lange warten lassen und bereits zum diesjährigen Weihnachtsfest Hochzeit feiern! Sie werden verstehen, dass ich die langen Kutschfahrten nach Rotorua in Zukunft meiden und meine Braut als meine Frau sicher an meiner Seite in Auckland wissen möchte.« Dann setzte er sich wieder.

Einen Augenblick herrschte Totenstille, nur unterbrochen von Lady Rosalind Hamiltons »Nein, o nein!«. Doch ihr heiserer Protest ging sofort in dem begeisterten Klatschen der Gäste unter.

Auch Maryann fiel in den Applaus ein und lächelte in alle Richtungen. Dabei war sie genauso überrascht wie die Mutter des Bräutigams.

Zurück auf ihrem Zimmer, seufzte Maryann laut auf. So überstürzt? Schon an Weihnachten? Einerseits war es mehr, als sie erhofft hatte. Andererseits würde eine derart kurze Verlobungszeit nicht Anlass zu Spekulationen geben? Nicht, dass man in der feinen Gesellschaft nun munkelte, Allan müsse das arme Landei Olivia heiraten, weil er sie geschwängert habe. Egal, was die Leute reden. Sie sind ein so glückliches Paar, redete sich Maryann gut zu, um sich in demselben Atemzug zu fragen: Aber ist Olivia wirklich glücklich? Tiefe Traurigkeit überfiel sie. Die Freude über diese Hochzeit hatte mit einem Mal einen schalen Beigeschmack. Warum strahlte Olivia nicht vor Freude? Wo war das Glitzern in ihren Augen, an dem man Liebende erkannte? Das Glitzern und Funkeln, um das Maryann so manche Frau in ihrem Leben glühend beneidet hatte? Und wenn sie, Maryann, damals einen Mann wie Allan Hamilton hätte heiraten können – gutaussehend, wohlerzogen, vermögend und charmant –, wäre ihr das selige Lächeln nicht für alle Ewigkeit ins Gesicht gemeißelt gewesen?

Es klopfte an der Tür. Ohne eine Antwort abzuwarten, trat Olivia ein. Maryann hatte ihre Tochter ausdrücklich gebeten, sie vor dem Schlafengehen noch einmal aufzusuchen. Sie musste sich Gewissheit verschaffen, ob der schnelle Termin wirklich nur in Allans Abneigung gegen lange Kutschfahrten begründet war.

»Du siehst blass aus, mein Liebling. Ist dir nicht gut?«, fragte Maryann lauernd, als sich Olivia stöhnend in einen der Sessel fallen ließ. Ihr Kleid aus grüner Atlasseide bauschte sich so sehr, dass von dem feinen englischen Bezugsstoff des edlen Sitzmöbels nichts mehr zu sehen war. »Bist du krank, oder hat dich die Reise so erschöpft?« Maryanns Stimme klang besorgt.

»Nein, es ist nichts. Die Luftveränderung setzt mir ein wenig zu. Hast du es nicht bemerkt, Mutter? Auckland duftet wie eine grüne Wiese und nicht wie ein Schlammloch. Wahrscheinlich schlägt mir die ungewohnt frische Luft aufs Gemüt.«

Maryann sah ihre Tochter skeptisch an. Ihr konnte sie nichts vormachen. Sie spürte doch, dass ihr Kind Sorgen hatte, aber was sollte sie dagegen tun, wenn es sich ihr nicht anvertrauen wollte?

»Liebst du Allan?«, fragte Maryann nach einer Weile des Schweigens.

»Über alles!«, erwiderte Olivia, ohne zu zögern.

Wieder schwiegen sie sich eine Weile an. Maryann fröstelte.

Warum nur war nicht alles so, wie sie es sich in ihren Träumen erhofft hatte?

»Kind, es fällt mir schwer, dich das zu fragen, aber du bist doch nicht etwa in anderen Umständen, oder?«

»Mutter!«, entgegnete Olivia empört und schürzte beleidigt die Lippen. »Wie kannst du es wagen? Und jetzt entschuldige mich bitte, ich bin müde.« Sie unterstrich ihre Worte mit einem anhaltenden Gähnen.

»Gut, mein Liebling, geh nur! Gute Nacht.« Maryann schämte sich ein wenig für ihre Verdächtigung. Und doch ... Warum wirkte ihre Tochter am Tag ihrer Verlobung so düster wie das blubbernde Loch in ihrem Garten?

In diesem Moment glaubte Maryann ein leises Klopfen zu hören. Es kam vom Flur. Olivia sprang von ihrem Stuhl auf. Gar nicht mehr erschöpft, sondern flink wie ein Wiesel, wie Maryann verwundert bemerkte.

Sie sah ihre Tochter prüfend an. Pochte da etwa jemand an deren Zimmertür?

»Gute Nacht, Mom!«, flötete Olivia nun artig und gab ihrer Mutter einen flüchtigen Kuss auf die Wange, bevor sie zur Tür hinausschlüpfte.

Maryann blieb verwirrt zurück. Erschöpft ließ sie sich in den Sessel fallen. Dann hörte sie Stimmen vom Flur her. Sie brauchte keine große Phantasie, um sich vorzustellen, wer sich da miteinander unterhielt. Ihre Tochter und Allan Hamilton!

Dann klappte eine Tür, und es war wieder still.

Maryann schritt ein paarmal im Zimmer auf und ab, bevor sie energisch die Balkontür aufriss. Sie brauchte dringend frische Luft.

Sie trat auf den Balkon und atmete tief durch. Ihr war mulmig zumute. Müsste sie nicht eingreifen, um zu verhindern, was aller Wahrscheinlichkeit nach gerade nebenan vor sich ging? Andererseits, was war denn schon dabei, wenn das junge Paar sich seiner Leidenschaft bereits vor der Hochzeitsnacht hingab?

Schließlich würden sie bereits in drei Wochen verheiratet sein. Und wenn ein paar klatschsüchtige Weiber dann Gerüchte in die Welt setzten, was konnte das ihrer Tochter, die dann eine Hamilton wäre, schon groß anhaben? Hauptsache, sie schenkt mir gesunde Enkelkinder, sagte sich Maryann, während sie ihren Blick über den dunklen Park gleiten ließ. Der Rasen sah im fahlen Mondlicht aus wie gemalt. Alles wird gut, ich werde viele wunderbare Enkelkinder bekommen. Wenn auch Annabelle und Abigail geeignete Ehemänner gefunden haben …

Da blieb ihr Blick an einem Schatten hängen, der über den Rasen krabbelte. Ein Igel? Aber nein, plötzlich breitete das Wesen Flügel aus, hob vom Boden ab und flatterte direkt auf Maryann zu. Sie zuckte zusammen, doch da wechselte das Tier die Richtung und schwirrte zum Wald hinüber. Ein Schaudern durchfuhr sie, denn sie hatte das Gefühl, der Geist des Todes hätte sie gestreift. Wirre Bilder zogen in Sekundenschnelle durch ihren Kopf. Sie sah ein kleines Mädchen, das nach seiner Mutter schrie, doch die Mutter war fort, wie vom Nebel verschluckt. Manchmal schon hatte sie diesen Traum geträumt, aber nun erschien alles so real. Es lag bestimmt daran, dass William den Kindern immer diese schaurige Gutenachtgeschichte erzählt hatte: von einer Fledermaus, in der die Seele eines toten Mädchens wohnte. Die Kälte kroch Maryann bis ins Mark. Sie flüchtete zurück ins Zimmer und schloss fröstelnd die Balkontür hinter sich, aber das Gesicht des Mädchens verfolgte sie bis in ihre Träume.

Rotorua, Februar 1899

Olivia verließ eilig das Schlafzimmer ihrer Mutter und ging mit zitternden Knien die Treppe hinunter. Ihr erster Gedanke war, auf der Stelle zu flüchten, zumal Annabelle und Duncan im Flur eng beieinanderstanden und die Köpfe zusammensteckten.

»Sie erwartet dich!«, bellte sie ihren Sohn an.

»Ich sehe ja gleich nach ihr, Mom«, erklärte Duncan beschwichtigend. An Annabelle gewandt sagte er leise: »Ich glaube fest daran, dass ihre Seele ganz in der Nähe ist.«

Mit einem ängstlichen Seitenblick auf ihre Schwester raunte Annabelle zurück: »Ach, du bist ein großartiger Mensch, aber nun geh nur! Deine Großmutter wartet sicher schon sehnsüchtig auf dich.«

»Das hast du ja wunderbar hinbekommen«, fauchte Olivia ihre Schwester an, kaum dass ihr Sohn außer Hörweite war. »Jetzt hast du nicht nur Mutter, sondern auch Duncan mit diesem dummen Gerede von Elizabeth' Geist angesteckt.«

»Wie kommst du denn darauf, dass ich mit Mutter darüber rede? Sie hat mir untersagt, den Namen meiner Tochter in ihrer Gegenwart jemals wieder in den Mund zu nehmen.« Annabelle traten Tränen in die Augen.

»Ach, hör doch auf! Sie hat mir eben genau solche wirren Dinge von Elizabeth und ihrem Geist erzählt. Das hast du ihr doch eingeredet. Genauso wie du ihr nach Vaters Tod eingeredet hast, dass es besser wäre, wenn sie hierbleibt, statt zu uns nach Auckland zu ziehen. *Geist*, so ein Blödsinn!«

Nun verlor Annabelle vollends die Fassung. Sie schluchzte laut auf und schwor ihrer Schwester unter Tränen, dass sie niemals von Elizabeth' Geist gesprochen habe. Und dass sie auch überhaupt nicht an Geister glaube, sondern nur diese quälenden Träume habe.

Olivia sah ihre Schwester missbilligend an. Mit verschränkten Armen baute sie sich vor Annabelle auf. »Wer soll ihr das denn sonst eingeredet haben? Und wieso hat mein Sohn, der über einen messerscharfen Verstand verfügt, gerade eben auch den Geist deiner Tochter im Munde geführt?«

»Ich wollte ihn gar nicht damit behelligen, aber er hat gefragt, was mit mir los ist. Ich hatte nur wieder diesen Traum, in dem sie mich um Hilfe bat, ich aber nichts für sie tun konnte. Ich habe nicht von ihrem Geist gesprochen ...«

»Ich kann dir nur raten: Hör endlich auf damit! Lass verdammt noch mal die Toten ruhen.«

»Ganz die Alte!«, ertönte nun von der Tür her eine raue Frauenstimme in belustigtem Ton.

Die Schwestern stoben auseinander und drehten sich erschrocken um. Im Türrahmen stand kopfschüttelnd Abigail.

»Die liebe Olivia! Kannst du es immer noch nicht lassen, dauernd auf deiner armen Schwester rumzuhacken? Meinst du nicht, sie hat genug gelitten? Schließlich war es ihre kleine Tochter, die der Vulkan verschlungen hat, und nicht deine, du garstiges Mädchen.«

»Abi! Abi! Abi!«, wiederholte Annabelle außer sich vor Freude, eilte juchzend auf die jüngere Schwester zu und nahm sie herzlich in den Arm. »Lass dich anschauen! Gut siehst du aus!«

Das war gelogen, aber Annabelle neigte nicht dazu, Salz in die Wunden ihrer Mitmenschen zu streuen. Außerdem musste sie erst einmal ihren Schrecken über Abigails Veränderung überwinden. Die Schwester war fülliger geworden, besonders im Gesicht. Es wirkte beinahe aufgequollen.

»Ein bisschen zu viel Schminke und zu viel Tand, würde man in unseren Kreisen wohl sagen, aber für eine Schauspielerin gerade richtig herausgeputzt«, bemerkte Olivia spitz, während sie die Jüngste von Kopf bis Fuß musterte. Aber dann ging sie gemessenen Schrittes auf Abigail zu und umarmte sie.

»Du bist ja immer noch nett anzusehen; ganz die feine Lady Hamilton, die was Besseres ist als wir«, konterte Abigail, als sie die Schwestern ihrerseits kritisch beäugte.

Annabelle blickte derweil interessiert von einer zur anderen. Einen größeren Kontrast konnte es zwischen zwei Schwestern, die einander einmal so ähnlich gewesen waren, gar nicht geben.

Olivia trug ein schlichtes Kleid in einem dunklen Blau, das sie vornehm streng aussehen ließ, während Abigail in ihrem roten Kleid mit dem verspielten Glockenrock und den Keulenärmeln beinahe kindlich wirkte, wenn man von dem weißlich geschminkten Gesicht mit dem Wangenrouge absah. Zu dem auffälligen Kleid trug sie einen kecken Hut in derselben Farbe, der vorn mit einer riesigen Feder geschmückt war, die steil nach oben ragte.

In diesem Aufzug wird sie in unserer ländlichen Idylle sicherlich für Aufsehen sorgen, befürchtete Annabelle. Und Mutter wird ihr vorhalten, dass sie wie ein Flittchen herumläuft. Elf Jahre hatten sie einander nicht gesehen. Eine verdammt lange Zeit. Bei näherer Betrachtung fiel Annabelle auf, wie müde Abigail wirkte. Ob sie Kummer hatte? Ihre Briefe hatten stets den Eindruck erweckt, sie führe ein wahnsinnig aufregendes, unbeschwertes Künstlerleben, aber in ihren Augen war etwas völlig anderes zu lesen. Sie hatten einen traurigen, verlorenen Ausdruck.

Annabelle war so tief in ihre Überlegung versunken, dass erst Gordons dröhnende Stimme sie in die Wirklichkeit zurückholte.

»Ich glaube, ich träume! Der kleine Dickkopf hat sich zu einer Frau von Welt gemausert. Komm, lass dich in die Arme schließen!« Mit diesen Worten hob er seine ehemals zarte Schwägerin hoch in die Luft und wirbelte sie ein paarmal herum.

»Gordon, du alter Bär, hab Erbarmen und lass mich runter!« Abigail lachte.

In diesem Augenblick kam Duncan mit ernster Miene die Treppe hinunter. »Wir sollten ein wenig leiser sein. Grandma möchte schlafen, sie …«, sagte er, doch dann hielt er inne und starrte Abigail neugierig an.

»Du schaust so, als würdest du dich fragen: Wer ist diese lustige Dame, und wo kommt sie her?«, kicherte Abigail.

»Mit Ihrer Vermutung liegen Sie nicht ganz verkehrt«, erklärte Duncan höflich.

»Da haben wir beide doch denselben Gedanken, denn das habe ich mich eben gerade auch gefragt: Wer ist dieser attraktive junge Mann, und wo kommt er her? Aber ich glaube, ich ahne, wer du bist. Lass mich raten: War dein Lieblingsspielzeug nicht einst ein Schaukelpferd, das Onkel Gordon dir gebaut hat? Und hast du nicht in dem Sommer, als du acht warst, mit einer älteren Piratenbraut dein Unwesen auf den Meeren getrieben?«

»Was? Du bist Tante Abi, die mit mir und den Maorikindern die Räuberhöhle auf Mokoia gebaut hat?«, fragte er ungläubig.

»Ja, ich war deine Piratenbraut. Und du hast dich vom Lausebengel in einen wahren Gentleman verwandelt! Komm, lass dich von deiner alten Tante umarmen.« Ohne eine Antwort abzuwarten, riss Abigail ihren Neffen stürmisch an sich.

Ihn schien das ein wenig verlegen zu machen.

»Willst du denn gar nicht wissen, wie es Mutter geht?«, fragte Olivia streng dazwischen.

Abrupt ließ Abigail Duncan los. »Lass mich doch erst mal ankommen. Ich weiß ja nicht mal, ob sie mich überhaupt sehen will.«

»Nein, will sie nicht!«, erwiderte Olivia scharf. »Aber das sollte dich nicht davon abhalten, dich nach ihrem gesundheitlichen Zustand zu erkundigen. Frag doch am besten mal Annabelle, was passiert ist.«

»Mutter, bitte lass gut sein!«, fauchte Duncan.

Olivia beachtete ihren Sohn gar nicht. Stattdessen schrie sie mit überschnappender Stimme: »Gut, wenn *sie* es dir nicht sagt, dann muss *ich* es wohl tun. Mutter ist ...«

»Verdammt noch mal, Olivia!«, polterte Gordon dazwischen.

»Mutter!«, mahnte Duncan, doch Olivia war nicht mehr zu halten.

»Sie hat nicht auf Mutter geachtet, da ist sie gefallen, und nun ist sie gelähmt!«

»Gelähmt?«, fragte Abigail entsetzt.

»Ja, sie kann ihre Beine nicht mehr bewegen und wird wohl den Rest ihres Lebens im Bett oder, wenn sie Glück hat, in einem Rollstuhl verbringen müssen. Hilflos auf Pflege angewiesen.«

»Olivia!«, krächzte in diesem Augenblick die Stimme ihrer Mutter von oben. »Olivia!«

»Sie ruft nach dir«, bemerkte Annabelle tonlos, als ihre Schwester sich nicht vom Fleck rührte.

»Ich gehe aber nicht. Es ist dein Haus, und du hast sie in diese Lage gebracht!«

»Olivia, du bist ja richtig garstig«, schimpfte Abigail. Ihr freundlicher Ton war verschwunden.

Duncan zischte: »Ich weiß nicht, was in dich gefahren ist, Mutter, dass du wie eine Furie auf deine Schwester losgehst, aber ich höre mir das nicht länger tatenlos an.«

Olivia starrte ihren Sohn fassungslos an. So hatte er noch nie zuvor mit ihr gesprochen.

»Olivia!« Die Stimme ihrer Mutter klang kläglich und flehend.

»Nun geh schon!«, bettelte Abigail, doch Olivia verschränkte trotzig die Arme vor der Brust und erklärte, sie werde nicht noch einmal dieses düstere Zimmer betreten, in dem es nach Tod rieche.

Annabelle warf ihr einen entsetzten Blick zu, bevor sie wortlos die Treppe emporeilte.

»Hab ich nach *dir* gerufen?«, ächzte Maryann, als Annabelle das Zimmer betrat.

»Was kann ich dir bringen?«, fragte Annabelle zurück, bemüht, sich nicht anmerken zu lassen, wie verwirrt und verletzt sie wegen des ungehörigen Benehmens ihrer Schwester war. Olivia war zwar immer schon launisch, verwöhnt und überheblich gewesen, aber niemals bösartig. Warum hatte sie sich so zu ihrem Nachteil verändert?

»Ich möchte ein Glas Milch. Aber *sie* soll es mir bringen. *Sie* wird mich in Zukunft versorgen. Ich möchte, dass Olivia mich pflegt.« Das war keine Bitte, das war ein Befehl.

Annabelle hatte die allergrößte Mühe, die Widerworte, die ihr auf der Zunge lagen, zu unterdrücken. Stattdessen drehte sie sich hastig auf dem Absatz um und verließ wortlos das Zimmer. Tränen verschleierten ihren Blick. Entschlossen wischte sie sich diese verräterischen Spuren aus dem Gesicht. Die anderen sollten sie nicht für eine Heulsuse halten. Sie hatte zwar schon seit jeher nah am Wasser gebaut, aber seit Olivias Ankunft konnte sie sich kaum mehr beherrschen.

»Mutter verlangt ausdrücklich nach dir, Olivia!«, erklärte sie schließlich mit fester Stimme. Alle Augen waren nun auf die mittlere der drei Schwestern gerichtet.

Olivia stand immer noch wie versteinert da und machte keinerlei Anstalten, sich zu rühren. »Sag ihr, so wie man mich in diesem Hause behandelt, bleibe ich keine Sekunde länger. Und du, mein lieber Sohn, solltest dich schnellstens bei mir entschuldigen. Wir gehen!«

»Bitte seid leise, sonst hört Mutter uns noch. Olivia, du darfst sie doch jetzt nicht alleinlassen«, flüsterte Annabelle in flehendem Ton, doch Olivia reagierte nicht auf ihre Worte, sondern wandte sich an ihren Sohn.

»Duncan, bitte sage Mister Harper Bescheid, dass wir sofort abreisen. Er soll herausfinden, wann der nächste Zug geht. Wenn es sein muss, ziehen wir in ein anderes Hotel. Es ist ja nicht mehr so, dass dieses Haus das einzige am Platz ist.«

Duncan rührte sich nicht.

Olivia funkelte ihn wütend an und trat ganz dicht zu ihm. »Hast du mich nicht verstanden? Wir reisen ab!«

»Deine Worte verstehe ich, Mutter«, erwiderte er mit gefährlich ruhiger Stimme. »Ich weiß auch, dass dich wieder dieses böse Kopfweh quält, seit wir hier sind, doch all das darf kein Grund sein, auf Tante Annabelle herumzuhacken und deine Mutter im Stich zu lassen ...«

»Das wird ja immer schöner. Wer hier wohl wen im Stich gelassen hat!«, schnappte Olivia und fasste ihren Sohn ungeduldig am Arm, aber Duncan machte sich behutsam los.

»Ich bleibe noch ein paar Tage, denn ich denke, es wird für uns alle nicht leicht, wenn Großmutter erfährt, dass du nicht für sie da sein wirst, jetzt, wo sie dich wirklich braucht.«

Wutschnaubend, aber ohne ein weiteres Wort, machte sich Olivia erhobenen Hauptes auf zu Zimmer neun.

Annabelle fand als Erste die Sprache wieder. »Und wer bringt ihr jetzt das Glas Milch?«

»Tante Abigail«, schlug Duncan vor, doch Abigail hatte sich auf ihren Reisekoffer gesetzt und murmelte in einem fort: »Sie ist ja unausstehlich geworden.«

»Einer muss ihr schonend beibringen, dass Olivia fort ist«, bemerkte Annabelle und fügte hastig hinzu: »Ich würde es gern auf mich nehmen, aber es ist gleich Zeit zum Abendessen für die Gäste, und ich muss Ruiha in der Küche helfen.«

»Ruiha?«, fragte Abigail erstaunt. »Unsere Ruiha?«

»Ja, ich habe sie wieder eingestellt, nachdem Mutter uns nach Vaters Tod das Hotel überlassen hat«, erklärte Annabelle fast entschuldigend.

»Das ist doch wunderbar. Ich habe sie immer gern gemocht!«

»Ich werde zu Großmutter gehen«, erklärte Duncan.

Nachdenklich betrat Duncan wenig später das Zimmer seiner Großmutter. Ihm setzte das Verhalten seiner Mutter schwer zu. Sie war doch im Grunde ihres Herzens ein guter Mensch. Sie war ihm stets eine fürsorgliche Mutter gewesen. Ob es damit zu tun hatte, dass Vater immer häufiger von zu Hause fortblieb? Oder waren es wirklich nur diese Kopfschmerzen?

»Wo ist deine Mutter? Und was habt ihr da unten zu tuscheln gehabt? Und wer ist da so laut geworden?«, fragte Maryann lauernd. Sie saß bereits aufrecht im Bett und trommelte ungeduldig mit ihren knochigen Fingern auf die Bettdecke.

Duncan räusperte sich mehrmals und reichte ihr das Glas.

»Wo ist Olivia?«, wiederholte sie.

»Meine Mutter leidet seit Wochen unter fürchterlichen Kopfschmerzen, musst du wissen, Grandma. Das hat sich durch die Luft hier so verschlimmert, dass sie sofort abreisen musste.«

Es tat ihm in der Seele weh zu beobachten, wie die alte Frau binnen Sekunden in sich zusammenfiel. Sie sah aus, als wäre sie mit einem Schlag um Jahre gealtert.

»Deine Mutter hat Rotorua verlassen, ohne sich von mir zu verabschieden?« Tränen standen ihr in den Augen.

»Ich soll dir ausrichten, dass sie bald wiederkommt. Wenn sie wieder ganz gesund ist«, log Duncan.

»Sie ist krank? Aber warum sagt mir das denn keiner? Das arme Kind! Sie hat die lange Reise auf sich genommen, obwohl ihr nicht wohl ist. Um Himmels willen, was hat sie denn? Hat sie schon einen Arzt konsultiert?« Erschöpft hielt Maryann inne und trank die Milch in einem Zug aus.

»Ich denke, es wird ihr bald wieder besser gehen«, bemerkte Duncan schwach.

»Aber wer soll mich jetzt pflegen? Annabelle ist doch nur für die Gäste da. Niemals für mich. Außerdem werde ich immer so traurig, wenn ich sie sehe. Ich muss an Elizabeth denken. Und dann tut sie so, als würde sie sich aufopfern, aber in Wahrheit hasst sie es, mich zu betreuen. Ich brauche jemanden, der sich nicht nur widerwillig um mich kümmert. Jemanden, den ich gern um mich habe ...«

»Grandma, wir sind doch alle für dich da. Tante Annabelle, Onkel Gordon, ich und –«

»Du bleibst also noch eine Weile?«, unterbrach sie ihn mit einem unüberhörbaren Vorwurf in der Stimme.

Duncan sah verlegen zur Seite und murmelte: »Sie wollte, dass ich statt ihrer ein paar Tage bei dir bleibe.«

»Aber diese schreckliche Zugfahrt. Wer ist bei ihr, wenn ihr nicht wohl ist?«, fragte Maryann besorgt.

»Sie wird sicher im Zug schlafen.« Dann fiel ihm ein, womit er seine Großmutter von Olivias überstürzter Abreise ablenken und ihr sicherlich eine große Freude bereiten könnte. »Grandma. Da ist noch jemand, der darauf brennt, sich um dich zu kümmern.« Er lächelte, denn er war froh, dass ihm das noch rechtzeitig eingefallen war.

»So? Ist Helen gekommen?«, entgegnete sie, nicht sonderlich begeistert.

»Nein, nicht meine Schwester, sondern Tante Abigail. Stell dir vor, sie hat Tante Annabelles Nachricht erhalten und sich sofort auf die lange Reise gemacht. Deine Tochter brennt darauf, dich zu sehen, und wird sicher ein Weilchen bei dir bleiben.«

»Ich habe keine Tochter mit dem Namen Abigail! Und nun lass mich allein!« Mit diesen Worten warf Maryann sich zurück in die Kissen und drehte ihrem Enkel einfach den Rücken zu.

Der Platz unten am Steg war schon als Kind ihr Lieblingsplatz gewesen. Besonders zu dieser Tageszeit. Die Sonne, die eben erst untergegangen war, tauchte den Himmel noch in ein rotgelbes Licht. Bizarre Wolkenformationen schwebten am Himmel wie ein Rudel feuerspeiender Drachen. Die Insel Mokoia, die gerade noch von der untergehenden Sonne überstrahlt worden war, lag nun im See wie ein düsterer Ort voller Geheimnisse. Abigail konnte den Blick kaum von diesem einzigartigen Schauspiel wenden. Es lenkte sie ein wenig ab von dem brennenden Schmerz, der in ihrem Herzen loderte. Sie war Duncan die Treppe hinauf gefolgt und hatte dann gezögert, das Schlafzimmer ihrer Mutter zu betreten. Die Tür hatte einen Spaltbreit aufgestanden, sodass der vernichtende Satz ihrer Mutter bis auf den Flur hinausgedrungen war: *Ich habe keine Tochter mit dem Namen Abigail.* Jedes Wort hatte sie wie ein Messerstich getroffen. Sie hatte nicht erwartet, dass ihre Mutter sie mit offenen Armen empfangen würde, aber diese Unversöhnlichkeit erschütterte sie bis ins Mark.

Abigail hörte Schritte nahen, und sie drehte sich verärgert um. Sie wollte allein sein. Niemand sollte merken, wie sehr sie unter der Ablehnung ihrer Mutter litt. Als sie erkannte, wer ihr auf dem Steg Gesellschaft leisten wollte, atmete sie erleichtert auf. Es war Duncan, der einen sichtlich betretenen Eindruck machte.

»Setz dich zu deiner Piratenbraut!«, forderte Abigail ihren Neffen in betont scherzhaftem Ton auf.

Duncan gehorchte. Er sagte eine Weile kein Wort und schien finster vor sich hinzubrüten.

Wahrscheinlich überlegt er noch, wie er mir Mutters Abfuhr schonend beibringen soll, dachte Abigail und entschloss sich, ihn von seiner Last zu befreien.

»Duncan, ich weiß, was sie gesagt hat. Ich bin dir gefolgt und habe alles mit eigenen Ohren gehört.«

»Wirklich?«, fragte Duncan sichtlich entsetzt und fügte zögernd hinzu: »Auch, dass du nicht mehr ...« Er kam ins Stocken.

»... auch, dass ich nicht mehr ihre Tochter bin.«

»Aber um Himmels willen, was ist denn nur geschehen, dass sie dir nicht verzeihen will? Ich kann mich nur noch daran erinnern, dass du eines Abends fort warst. Ich muss acht oder neun gewesen sein. Ich habe die Ferien bei euch verbracht und an jenem Tag mit

Mutter die Sinterterrassen besichtigt. Als ich nach unserer Rückkehr nach dir fragte, sagte Großmutter, du seiest fortgelaufen. Ich weiß noch, dass sie am nächsten Tag leichenblass im Bett lag und alle Erwachsenen traurig waren. Keiner hat ein Wort gesprochen, und Großvater hat auf der Terrasse gesessen und geweint. Ich dachte schon, es sei jemand gestorben.« Duncans Stimme klang verzweifelt.

Mein Junge, damals ist auch jemand gestorben. Die kleine Abi, das »Goldkind«, dachte Abigail. Wie gern hätte sie sich diesem einfühlsamen jungen Mann anvertraut! Wie gern hätte sie sich endlich Erleichterung verschafft, aber sie durfte sich um keinen Preis dazu verleiten lassen, nur weil sie nicht mehr weiterwusste. Nein, sie musste ihr Geheimnis für immer und ewig tief in ihrem Inneren bewahren.

Manchmal, wenn sie sich in der Ferne abends einsam in den Schlaf geweint hatte, hatte sie der Gedanke getröstet, dass sie nach Mutters Tod alles ihren Schwestern anvertrauen könnte. Doch bei Licht besehen, hatte sie den Plan stets wieder verworfen. Da ihre Mutter sogar ihr »Goldkind« geopfert hatte, um das Geheimnis zu wahren, musste auch sie selbst dann nicht für immer schweigen?

»Tante Abigail, ist dir nicht gut? Du bist weiß wie eine Wand«, fragte Duncan besorgt, doch Abigail machte eine wegwerfende Geste.

»Das ist nur die Schminke«, witzelte sie.

Ihrem Neffen konnte sie allerdings nichts vormachen. Er sah sehr wohl, dass ihr Mund lachte, ihre Augen hingegen weinten. Noch einmal wagte er einen Vorstoß, um der Wahrheit auf die Spur zu kommen.

»Ich will nicht neugierig sein, aber ich habe Großmutter noch nie etwas so Böses sagen hören. Nicht einmal zu Tante Annabelle, und die behandelt sie ja wirklich schlecht. Also, wenn du darüber reden möchtest, dann kannst du mir ganz und gar vertrauen.«

Abigail war so gerührt, dass sie spontan den Arm um ihren Neffen legte. »Woher hast du die nur, diese Gabe mitzufühlen?«

»Du meinst, das ist verwunderlich bei meinen Eltern?« Er musste über ihre Offenheit lächeln.

»Das habe ich nicht gesagt.«

»Aber gemeint. Und du hast Recht. Uns Kindern hat meine Mutter alles gegeben, aber das Schicksal anderer Menschen liegt ihr sonst nicht gerade am Herzen. Und Vater trachtet allein nach Geld und Ansehen. Er hat mich zum Beispiel nie gefragt, ob ich nach dem Sommer in sein Geschäft einsteigen möchte.« Er klang sehr traurig.

»Möchtest du denn?«

Duncan stieß einen tiefen Seufzer aus. »Nein, ich würde lieber Medizin studieren und den Menschen helfen, statt sie unter fragwürdigen Bedingungen für mich schuften zu lassen.«

»Warum tust du es dann nicht? Dein Vater besitzt doch die Mittel, um dich zur Universität zu schicken.«

»Es würde ihn wahnsinnig enttäuschen. Schon als kleiner Junge hat er mich mit in die Kauriwälder genommen. Aber wo er die Grundlage seines Wohlstands sieht, sehe ich nur schwer schuftende Männer mit gebeugtem Rücken, die das Kauriharz aus der Erde graben und aus dem Baum schneiden. Und die ärmlichen Siedlungen, in denen sie leben. Vater würde das nicht verstehen. Und er würde sich grämen, wenn ich nicht das machte, was er für gut hält. Denn natürlich will er nur mein Bestes, nur fragt er nicht, ob ich seine Ansicht teile.« Er seufzte noch einmal tief.

»Ich kenne das. Dass jemand dein Glück plant«, gestand Abigail ihm zögernd. »Ich habe schon als kleines Mädchen gesungen und getanzt. Als ich meiner Mutter zum ersten Mal gestand, dass ich Tanzmädchen werden möchte, da hat sie mir die erste Ohrfeige meines Lebens versetzt und mir angedroht, sie würde mich grün und blau schlagen, wenn ich das noch einmal äußere. Meine Aufgabe wäre es, einen Prinzen zu heiraten, hat sie gesagt, damit ich ein schönes Leben hätte. Und weißt du was? Das hat meinen Trotz nur noch mehr angestachelt. Ich habe mir geschworen, niemals jemanden zu heiraten, der ihr gefiel. Aber das habe ich ihr nie verraten. Mein Entschluss wohnte still in mir. Schließlich war ich ja ›ihr Goldkind‹. Ich habe zwar nie wieder ein Wort darüber verloren, aber heimlich habe ich getanzt und gesungen bis zu jenem Tag, als sie mich ermahnte, dass ich mich ja nicht noch einmal mit Patrick O'Donnel, dem Sohn des Lehrers, herumtreiben solle. Dabei war ich in seine wunderschönen blauen Augen verliebt. Sie aber hatte längst ein Auge auf einen unserer Gäste geworfen, einen Sohn reicher Eltern aus Wellington. Den mochte ich aber nicht. Er hatte längst nicht so schöne blaue Augen wie Patrick. Und längst nicht so ein sanftmütiges Wesen. An jenem Tag ist alles aus mir herausgeplatzt. Ich habe Mutter an den Kopf geworfen, dass ich dann gar nicht heiraten, sondern lieber in einem Theater tanzen und singen würde … Und sie hat mir gedroht, sie würde mich eher einsperren, als mich in die Fremde ziehen zu lassen. Ja, und den Rest der Geschichte kennst du. Noch am selben Abend war ich fort.«

Abigail war bei ihren letzten Sätzen immer leiser und leiser geworden. Den Kopf hielt sie gesenkt. Sie hoffte, dass Duncan sich damit zufriedengeben und keine Fragen stellen würde. Er sollte um keinen Preis erfahren, was an jenem schicksalhaften Tag wirklich geschehen war.

Rotorua, Februar 1888

Es war ein besonders heißer Tag, wenn nicht sogar der heißeste dieses Sommers. Die Luft hing wie eine Glocke über dem Ort und mit ihr ein schwerer Schwefelgeruch.

Abigail stöhnte vor Hitze, als sie in das Ruderboot stieg. Gegen die gleißende Sonne konnte auch ihr Hut nicht viel ausrichten. Das Beste wäre, sich nicht vom Fleck zu rühren, aber wenn Abigail ihr Vorhaben in die Tat umsetzen wollte, blieb ihr nichts anderes übrig, als sich mächtig anzustrengen. Wenn ihre Mutter nichts von ihrer Verabredung mitbekommen sollte, dann musste sie allein nach Mokoia hinüberrudern. Sie durfte sich auf keinen Fall mit Patrick O'Donnel in einem Boot erwischen lassen. Das würde ein schlimmes Donnerwetter nach sich ziehen. Noch unangenehmer war allerdings die Vorstellung, ihre Mutter würde sie wieder unter einem Vorwand mit diesem entsetzlichen James Morgan aus Wellington zum Einkaufen schicken. Nur weil er der Erbe eines reichen Holzhändlers war. Abigail schüttelte sich vor Abscheu.

Ich denke gar nicht dran, so einen zum Mann zu nehmen, dachte sie trotzig. Wenn ich überhaupt mal heirate, dann Patrick. Der junge Lehrer hatte Augen wie ein Aquamarin, eine Farbe, die sie noch nie bei einem Menschen gesehen hatte. Und er besaß ein umwerfendes Lächeln. Außerdem war er sehr gebildet und wusste über alles Bescheid, was sie interessierte. Sie kam sich oft wie ein kleiner Dummkopf vor, wenn er ihr Geschichten aus der großen, weiten Welt erzählte. Besonders gern sprach er über die satten grünen Hügel seiner Heimat Irland, obwohl er bereits als kleiner Junge mit seinen Eltern nach Neuseeland übergesiedelt war. Abigail hing ihm jedenfalls stundenlang an den Lippen und, was das Schönste war, Patrick ermunterte sie stets zu singen.

Beim Rudern musste sie an die vielen Winterabende denken, an denen er sie im Hause seines Vaters auf dem Harmonium begleitet hatte. Er kannte so viele Lieder auswendig und brachte sie ihr bei. Ihr erklärtes Lieblingslied war *Red Is The Rose*, ein altes irisches Liebeslied. Sie hatte immer das Gefühl, er habe es für sie geschrieben. Und wie andächtig er ihr zuhörte, wenn sie es voller Inbrunst sang. Was hatte er beim letzten Mal noch gesagt? *Du könntest in einer dieser Opern auftreten.* Und dann hatte er begeistert geschildert, wie er jüngst in Auckland so eine Aufführung besucht hatte.

Während Abigail ihren Gedanken nachhing, erreichte sie Mokoia. Seit sie als Kind einmal unfreiwillig vor der Insel ins Wasser gefallen war, ruderte sie stets zu einer seichten Stelle, an der sie aus dem Boot gleich auf den Strand springen konnte. Doch selbst wenn sie ins Wasser gefallen wäre, wäre es nicht mehr zur Katastrophe geworden, denn sie hatte sich jüngst von Patrick das Schwimmen beibringen lassen. Ihr Herz klopfte ein wenig, als sie sein altes Boot an Land erblickte. Er selbst war nirgendwo zu entdecken.

»Patrick!«, rief sie, erhielt aber keine Antwort. Na warte!, dachte sie, ich krieg dich schon! Seit sie sich das erste Mal auf Mokoia getroffen hatten, spielten sie immer dasselbe Spiel. Wer die Insel als Erster erreichte, versteckte sich in dem dichten Urwald, der gleich hinter dem schmalen Uferstreifen begann. Wenn sie einander gefunden hatten, rangelten sie wie die Kinder. Beim letzten Mal hatte Patrick jedoch mitten in der schönsten Rangelei innegehalten, sie plötzlich ganz ernst angesehen und zärtlich geküsst. Abigail seufzte bei dem Gedanken. Es war zugleich schön und beängstigend gewesen. Der Kuss hatte ihr gefallen und ein ungewohntes Verlangen in ihr ausgelöst, aber damit war auch ihre Jugend unwiderruflich zu Ende. Dabei hatte Abigail doch alles darangesetzt, so lange wie möglich als Kind zu gelten, um den Verkupplungsversuchen ihrer Mutter zu entgehen. Es war ihr zuwider, dass Maryann seit Jahren versuchte, sie in die Arme reicher, lediger junger Männer aus gutem Hause zu treiben.

»Patrick!«, rief sie noch einmal, wobei sie sich suchend um die eigene Achse drehte. Da tauchte sein Kopf plötzlich im See auf, lachend und prustend.

»Du bist zu früh dran. Ich habe dich noch nicht erwartet«, rief Patrick ihr zu.

»Komm schon! Komm zu mir!«

»Das wäre ein kompromittierender Anblick für eine wohlerzogene junge Dame«, gab er zurück und klang dabei wenig überzeugend.

»Gut, dann schau ich eben weg«, schlug Abigail vor. Sie drehte ihm den Rücken zu. Als sie ihn aus dem Wasser waten hörte, konnte sie ihre Neugier jedoch nicht mehr zügeln. Sie wandte sich um. Im ersten Augenblick erschrak sie, denn er stand so nackt vor ihr, wie Gott ihn geschaffen hatte. Sie wurde rot. Ein bisschen erinnerte er sie an die Bilder, die sein Vater ihnen im Unterricht gezeigt hatte. Die Bilder von griechischen Statuen.

Patrick war stehen geblieben und versuchte mehr schlecht als recht, seine Scham zu bedecken. Etwas hilflos deutete er zu seinem Boot hinüber.

Erst jetzt sah Abigail, dass seine Kleidung sorgsam über der Bordwand drapiert war. Mit weichen Knien lief sie hin und holte die Sachen. Als sie ihm gegenüberstand und ihm seine Kleidung reichen wollte, zögerte sie. Ihr Gesicht hellte sich merklich auf, und sie raunte kokett: »Nein, du kriegst deine Sachen nicht. Wann habe ich schon mal die Gelegenheit, einen nackten Mann zu betrachten?«

Bei diesen Worten ließ sie seine Kleidungsstücke einfach in den heißen Sand fallen und schmiegte sich ohne Scheu an ihn. Seine Haut war wunderbar kühl von dem kalten Bad. Patrick gab seine schützende Haltung auf, nahm sanft ihren Kopf zwischen die

Hände und küsste Abigail. Ihr Herz klopfte bis zum Hals, als sie seine wachsende Begierde spürte.

Als sie wieder Luft holen konnte, flüsterte sie »Komm!«, nahm ihn bei der Hand und zog ihn fort an einen schattigen Platz unter einem riesigen immergrünen Puriribaum.

Gemeinsam ließen sich die Liebenden auf den weichen Boden fallen. Abigail konnte sich nicht mehr beherrschen. Sie musste ihn berühren, seine Haut spüren. Zart strich sie mit den Fingerspitzen über Patricks Arme und Brust. Tiefer traute sie sich nicht.

Er stöhnte bei ihren Berührungen leise auf. »Willst du es wirklich?«, fragte er mit belegter Stimme.

Statt ihm eine Antwort zu geben, sprang Abigail behände auf, um sich ihres Kleides zu entledigen. Sie war froh, dass es zweiteilig war. Ein rosafarbenes Jäckchen mit einem in Falten gelegten Schößchen und einem passenden Rock.

»Das wird jetzt aber kein schöner Anblick.« Sie kicherte verlegen, als sie nun in ihrer Tornüre vor ihm stand, doch er hauchte nur: »Du bist wunderschön, Liebste!«

Hastig befreite sich Abigail von ihrem Unterzeug, bevor sie sich eng an Patrick kuschelte. Abigail glühte vor Verlangen, und sie gab sich freimütig seinen forschenden Händen hin. Dabei keuchte sie vor Lust. Als er vorsichtig in sie eindrang, wurde sie fortgerissen von einer Woge des Glücks. Eines Glücks, das ihr den Mann geschenkt hatte, mit dem sie ihr restliches Leben verbringen wollte. Sie liebte alles an ihm, und sie war froh, dass sein muskulöser Körper ihr Herzklopfen bereitete. Plötzlich pulsierte ein Feuer in ihrem Bauch, das alles verzehrend durch ihren Körper züngelte, bis die Hitze in jede Pore gedrungen war. Sie erbebte und stieß kleine heisere Schreie aus.

Als sie schließlich erschöpft und verschwitzt, aber wie berauscht nebeneinanderlagen, fragte Patrick mit einer ihr unbekannten rauen Stimme: »Weißt du, dass Mokoia die Insel der Liebenden ist?«

»Nein«, sagte Abigail und schmiegte sich noch enger an ihn.

»Möchtest du die Geschichte von Hinemoa und Tutanekai hören?«

Abigail nickte verzaubert.

Patricks einschmeichelnde Stimme klang jetzt nah an ihrem Ohr, und ein innerer Frieden durchströmte sie wie früher als Kind, wenn ihr Vater ihr eine Gutenachtgeschichte vorgelesen hatte. Sie fühlte sich unendlich leicht und geborgen.

»Hinemoa war so schön, dass ihr Stamm das Mädchen für heilig erklärte. Sie lebte mit ihrer Familie in Owhata, am Ostufer des Lake Rotorua. Ein passender Mann für sie sollte ausgesucht werden, sobald sie alt genug für die Ehe war. In dieser Zeit lebte auf Mokoia der junge Tutanekai. Seine Mutter hatte ihn als ein illegitimes Kind mit einem anderen Stammesfürsten gezeugt, aber ihr Mann, der Häuptling, hatte ihn wie einen leiblichen Sohn angenommen. Seine älteren Brüder wollten alle Hinemoas Hand gewinnen. Tutanekai aber mochte sein Glück gar nicht erst versuchen, weil er als angenommenes Kind von niederem Stand und somit nicht wert war, von der wunderschönen Prinzessin geliebt zu werden. Als sie einander das erste Mal in die Augen sahen, war es um die beiden geschehen. Sie sprachen kein Wort miteinander, und doch machte ihre unerfüllte Liebe jeden von ihnen immer trauriger. Hinemoas Leute ahnten, wie es um die Prinzessin stand, und vorsichtshalber trugen sie alle Kanus an Land, damit sie niemals allein nach Mokoia gelangen könnte. Aber sie verzehrte sich so vor Sehnsucht nach ihm, dass sie beschloss hinüberzuschwimmen. Dazu bastelte sie sich aus sechs ausgehöhlten Flaschenkürbissen eine Schwimmhilfe. Bei Nacht schwamm sie auf den See hinaus und folgte dabei der Musik, die der liebeskranke Tutanekai auf einer Panflöte spielte. Sie fand ihren Liebsten, die beiden verbrachten die Nacht zusammen, und selbst Hinemoas Familie, die sich in kriegerischer Absicht nach Mokoia begeben hatte, war so überwältigt von dieser Liebe, dass sie keinen Krieg führte, sondern den beiden Liebenden erlaubte, ihre Liebe zu leben.«

Patrick beugte sich über Abigail und bedeckte ihr Gesicht mit Küssen.

»Ich liebe dich«, schnurrte Abigail, die sich von seiner Stimme wie gestreichelt fühlte. Halb scherzend fügte sie hinzu: »Glaubst du, meine Mutter könnte auch so ein Einsehen haben wie Hinemoas Familie?«

»Wenn du so mutig bist wie sie.« Er lächelte.

»War ich doch schon. Ich bin zwar nicht geschwommen, aber ich bin mit dem Boot zu dir nach Mokoia gefahren. Du müsstest mal meine Schwester Annabelle hören. Sie ist die Einzige, die weiß, dass wir uns heimlich treffen. Sie ist voller Sorge und warnt mich jedes Mal: ›Mokoia ist gefährlich. Da wohnen böse Geister. Das ist kein gutes Omen. Trefft euch woanders!‹ Dabei hat sie noch nie einen Fuß auf diese Insel gesetzt. Trotzdem hat sie ihr Kind verloren. Die arme, kleine Lizzy! Ich muss so oft an sie denken. Sie wäre jetzt sechs Jahre alt.«

Patrick strich ihr zärtlich über die Wangen, doch dann hielt er inne.

»Weißt du was? Ich werde noch heute bei deiner Mutter um deine Hand anhalten.«

»Heute noch?« Abigail fuhr erschrocken hoch. »Heute ist kein guter Tag, weil ...«

»Das sagst du immer, aber wenn heute kein guter Tag ist, wann denn? Stell dir doch nur vor, unsere Liebe bliebe nicht folgenlos ...«

»O weh, du meinst, ich könnte ein Kind bekommen?« Abigail hatte sich vor Schreck die Hand vor den Mund geschlagen.

Er nickte. »Ich frage noch heute! Ich fürchte deine Mutter nicht, auch wenn sie mir verboten hat, mich dir zu nähern. Schließlich gibt es auch noch deinen Vater, auf den ich große Stücke halte.«

Abigail seufzte. »Ja, mein lieber, guter Daddy würde unsere Verbindung sicher befürworten, nur ist er immer so furchtbar müde in letzter Zeit. Er hat nie viel mit Mutter gestritten, aber inzwischen kann er sich gar nicht mehr gegen sie durchsetzen. Ich möchte ihn nicht unnötig belasten.«

»Abi!« Patricks Stimme klang ungewohnt streng. »Wir ziehen uns jetzt an, rudern zurück, gehen zu deiner Mutter, und ich halte um deine Hand an, es sei denn, du liebst mich nicht.«

»Und wie ich dich liebe! Aber ich kenne meine Mutter. Sie wird mir ewig Vorhaltungen machen. So wie Annabelle, weil sie Gordon geheiratet hat. Wenn du sie heute fragst, dann nur unter einer Bedingung: Wir ziehen fort aus Rotorua.«

»Ich bin hier in Lohn und Brot«, protestierte Patrick schwach.

»Überleg es dir gut! Ich werde deine Frau, aber nur, wenn wir nach unserer Heirat gleich fortgehen. Weit weg von hier.«

»Ich gehe mit dir überallhin, mein kleiner Liebling, wenn ich meine Angelegenheiten in Ordnung gebracht habe«, sagte Patrick zärtlich. »Aber nun lass uns keine unnötige Zeit mehr verlieren, um die Voraussetzungen dafür zu schaffen: die Zustimmung deiner Eltern!« Er sprang auf und griff sich seine Hose.

Abigail tat es ihm lustlos nach. Sie suchte ihre Sachen zusammen und kleidete sich betont langsam an.

Bevor sie in ihre Boote stiegen, gab Patrick Abigail einen leidenschaftlichen Kuss, der sie mit seinem forschen Plan versöhnte. Er hatte ja Recht. Und nun, da sie beschlossen hatten, nach ihrer Heirat gemeinsam fortzugehen, fürchtete Abigail ihre Mutter auch nicht mehr so sehr.

»Und du meinst, ich kann dort singen und tanzen, wenn wir in eine Stadt gehen, in der es ein Theater gibt? Denkst du, ich habe das Zeug zu einer Schauspielerin?«, fragte sie aufgeregt.

»Natürlich hast du das!« Mit diesen Worten begann er kräftig zu rudern, und sie folgte ihm in ihrem Boot. Ganz nah beieinander überquerten sie den See.

Abigails Herz pochte bis zum Hals, als sie das Wohnhaus über die Veranda betraten. Es war totenstill. Abigail vermutete bereits, ihre Mutter wäre mit Gästen draußen beim Pohutu oder zum Baden zu den Naturbecken von Kauanga gefahren. Sie zuckte bedauernd mit den Achseln und wollte Patrick gerade erklären, dass keiner zu Hause sei, als Maryann zur Tür hereinkam. Sie war wie immer in Eile, doch als sie den jungen Lehrer sah, blieb sie abrupt stehen.

»Ach, Mister O'Donnel, ich hatte Ihnen doch bereits mehrmals gesagt, dass ich es nicht wünsche, Sie noch einmal in Begleitung meiner Tochter zu sehen. Oder sind Sie aus einem anderen Grund hier? Haben Sie es sich überlegt, ob sie morgen Abend für Ihren kranken Vater einspringen und zu unserem Tanzabend das Harmonium spielen?«

Abigail warf ihm einen fragenden Blick zu.

»Nein, Misses Bradley, das führt mich nicht zu Ihnen. Aber vielleicht werde ich für Sie spielen. Es hängt davon ab, wie Ihre Antwort ausfällt. Ich habe ein ganz anderes Anliegen: Ich liebe Ihre Tochter und möchte sie heiraten.«

Maryanns Augen verengten sich zu Schlitzen. »So? So? Sie möchten also meine Tochter heiraten? Hab ich's mir doch gedacht, dass Sie es darauf anlegen! Sie scharwenzeln ja schon lange genug um sie herum. Dann darf ich Ihnen auf Ihre ehrliche Frage eine ebenso ehrliche Antwort geben: Meine Tochter ist bereits in festen Händen. Deshalb rate ich Ihnen: Halten Sie sich von ihr fern! Ihr Verlobter wird nicht sehr erfreut darüber sein, wenn er erfährt, dass ihr einer der Landburschen den Hof macht.«

»Aber Mutter!«, schrie Abigail wütend.

»Du bist verlobt?«, wiederholte Patrick fassungslos.

»Natürlich nicht! Was denkst du denn von mir?«

»Dass du vielleicht ein böses Spiel mit mir spielst?«

»Du glaubst ihr doch nicht etwa mehr als mir?«

»Mister O'Donnel, es tut mir schrecklich leid für Sie, aber

meine Tochter gedenkt, einen jungen Mann aus Wellington zu ehelichen. Ich weiß nicht, was sie Ihnen erzählt hat, aber ihr flatterhaftes Wesen hat uns schon häufig in Schwierigkeiten gebracht. Sie werden doch nicht am Wort einer besorgten Mutter zweifeln, oder?«

Patrick kämpfte mit sich. Er war höchst verunsichert, doch mit einem Blick auf die verzweifelte Abigail siegte sein Gefühl. Er straffte die Schultern und erklärte mit fester Stimme: »Verzeihen Sie, Misses Bradley, aber ich glaube, dass Ihre Tochter die Wahrheit sagt. Ich befürchte, dass Sie allein sich eine Ehe zwischen ihr und diesem Mister aus Wellington wünschen. Ihre Tochter hat ihr Herz jedenfalls bereits an mich verschenkt. Deshalb mache ich Ihnen einen Vorschlag: Sie beide sprechen sich miteinander aus, und ich komme morgen wieder. Dann werde ich in aller Form bei Ihrem Mann und Ihnen um die Hand Ihrer Tochter anhalten.«

Wie vom Donner gerührt stand Maryann Bradley da, doch Patrick O'Donnel ignorierte das und wandte sich nur liebevoll an Abigail. »Ich komme morgen wieder, und dann wirst du endlich meine Frau, mein Liebling. Ich glaube dir, dass dir der Herr aus Wellington nichts bedeutet.«

Abigail schluckte trocken. Sie hatte ja geahnt, dass ihre Mutter nichts unversucht lassen würde, Patrick O'Donnel in die Flucht zu schlagen, doch dieses Mal hatte sich ihre Mutter verschätzt. Der Lehrer aus Rotorua hatte ihr Spiel durchschaut. Eine heiße Woge der Zuneigung flutete durch Abigails Körper. In schnellen Bildern zog der Nachmittag an ihr vorüber. Die Erinnerung an diese glücklichen Stunden versöhnte sie damit, dass Patrick sie nun mit ihrer Mutter allein lassen würde. »Ja, Liebster. Dann werde ich deine Frau und nichts auf der Welt kann uns je wieder trennen.«

Maryann zitterte vor Wut. Sie mochte diesen hochgewachsenen, gutaussehenden Iren, aber er würde ihrem Goldkind nur ein Leben in bescheidenen Verhältnissen bieten können. Sie musste doch nur an seine Mutter denken. Was war das denn für ein mühseliges Leben an der Seite eines kleinen Dorfschullehrers? Sie brauchte nur die Hände von Misses O'Donnel anzusehen. Es waren die Hände einer hart arbeitenden Frau. Wie ihre eigenen Hände! Das hatte ihre Jüngste nicht verdient. Abigail stand doch Olivia, was ihre Schönheit anging, in nichts nach. Im Gegenteil. Mit ihrem goldig schimmernden Haar machte sie die Männer schier verrückt. Gerade heute hatte sich Mister Morgan bei ihr beklagt, dass Abigail so abweisend sei, und er hatte ihr noch einmal ausdrücklich versichert, dass er sie vom Fleck weg heiraten und mit nach Wellington nehmen würde. Die Familie besaß dort einen prosperierenden Holzhandel und ein imposantes Haus, das ihr James Morgan in allen Einzelheiten beschrieben hatte. Und dann der prächtige Garten ...

Maryann schaute grimmig zur Seite, als sich die beiden jungen Leute aneinanderklammerten wie zwei Ertrinkende. Es tat ihr weh, denn wenn sie ehrlich war, musste sie zugeben, dass Patrick O'Donnel wirklich ein anständiger junger Mann war. Und doch, er würde ihrem Goldkind niemals das Leben bieten können, das sie glücklich machte. So wie Allan es ihrer Olivia bieten konnte! »Darf ich Sie bitten, auf der Stelle mein Haus zu verlassen!«, befahl sie nun in scharfem Ton.

Patrick O'Donnel beachtete sie nicht. Er schloss Abigail noch einmal fest in die Arme und versprach: »Bis morgen!« Dann verließ er, ohne ihre Mutter auch nur noch eines Blickes zu würdigen, das Haus der Bradleys.

»Bis morgen!«, rief Abigail, während sie ihm sehnsüchtig nachschaute.

»Mein Kind, ich will doch nur dein Bestes«, säuselte ihre Mutter nun.

»Hör endlich auf, zu bestimmen, was mein Glück ist!«, schrie Abigail aus voller Kehle und rannte davon.

Sie wusste, dass ihr in einem Augenblick wie diesem nur eines helfen würde, ihr aufgewühltes Gemüt zu besänftigen. Schnellen

Schrittes durchquerte sie den Garten, bahnte sich den Weg zwischen dichten Bäumen hindurch und blieb vor einer kleinen Holzhütte stehen. Dort verwahrte der Vater sein Werkzeug, hieß es immer, aber seit ihre Mutter sie einmal aus dem Schuppen hatte kommen sehen, war ihr der Zutritt ausdrücklich verboten. Ihre Schwestern hätten so ein Verbot ohne Widerrede befolgt. Nicht aber Abigail. Ihr wollte nicht einleuchten, warum eine Hütte voller Werkzeuge für sie nicht zugänglich sein sollte. Also hatte sie ihre Mutter zunächst mit Fragen gelöchert. Warum? Ihre Mutter hatte ihr weismachen wollen, es wäre zu gefährlich, aber das hatte Abigail nicht davon abgehalten, die Hütte aufzusuchen. Im Gegenteil, dieser fadenscheinige Grund hatte erst recht ihre Neugier geweckt.

Und so war sie heimlich noch einmal dorthin gegangen, und siehe da! Es gab einen triftigen Grund, warum man sie von der Hütte fernhalten wollte. Ganz hinten in der Ecke hatte sie ihn gefunden: Einen eingestaubten Kasten! Dieser hatte sich zu Abigails Entzücken als Musikinstrument entpuppt, aber sie hatte zunächst nicht gewusst, wie man diesem Kasten Musik entlockte. Daraufhin hatte sie ihren Lehrer Mister O'Donnel, Patricks Vater, mit Fragen gelöchert. Was ist das für ein Instrument, das wie ein Kasten aussieht, eine Kurbel besitzt, die, wenn man sie dreht, die Saiten zum Schwingen bringt? Eine Drehleier hatte er erwidert, und Abigail hatte so viel Begeisterung ausgestrahlt, dass er ihr Unterricht erteilt hatte. Er besaß eine uralte Drehleier, in deren Geheimnisse er seine fleißige Schülerin mit wachsender Begeisterung eingeweiht hatte.

Wie oft hat Patrick sich zu mir gesetzt, wenn wir geübt haben?, überlegte Abigail verträumt, während sie die Tür der Hütte hinter sich schloss. Natürlich hatte sie keinem verraten, dass sie selber im Besitz einer eigenen Drehleier war, denn sie ahnte, dass ihre Mutter ihr nicht nur das Spielen untersagt, sondern ihr das Instrument mit Sicherheit gleich fortgenommen hätte. Sie schimpfte ja schon, wenn Abigail manchmal vor Übermut fröhlich singend durch das Haus tanzte.

Für Abigail war die Drehleier zu einer unverzichtbaren heimlichen Begleiterin geworden. Immer, wenn sie Kummer hatte, versteckte sie sich in der Hütte und spielte darauf. Es war jetzt über sechs Jahre her, dass sie diesen Schatz gehoben hatte. Inzwischen konnte sie wirklich gut spielen. Wenn ich mit Patrick fortgehe, nehme ich sie einfach mit, beschloss sie, bevor sie behutsam die Kurbel zu drehen begann. Sie spielte eine traurige irische Weise, die der Melodie ihres Herzens entsprach. Sie war überzeugt davon, dass ihre Mutter sie über alles liebte, aber wie konnte sie so grausam sein, von ihr zu verlangen, einen ungeliebten Mann zu heiraten? Die Mütter ihrer Freundinnen würden vor Stolz bersten, wenn ihre Töchter den jungen Lehrer heiraten könnten. Warum war ihre Mutter nur so schrecklich verbissen darum bemüht, sie mit einer sogenannten guten Partie zu verkuppeln? Dass das allein nicht glücklich machte, dafür war Olivia der beste Beweis, aber was die Ehe ihrer Schwester mit Allan Hamilton anging, war ihre Mutter ja blind und taub zugleich. Was sollte sie mit einem Haus voller Dienstboten, wenn ihr Mann stets unterwegs war? Und was sollte sie mit einem Mann, den sie nicht wirklich liebte?

Abigail spielte voller Inbrunst weiter, begleitete die Melodien aber nicht mehr mit ihrem Gesang. Dazu war sie viel zu tief in Gedanken versunken. Wem das Instrument wohl einmal gehört haben mag? Das hatte sie sich schon oft gefragt. Im Grunde kannte sie die Antwort bereits. Da ihr Vater ein durch und durch unmusikalischer Mensch war – genau wie Gordon –, gehörte die Drehleier mit Sicherheit nicht ihm. Sie musste ihrer Mutter gehören, obwohl Abigail dann nicht verstand, warum Maryann ihr das Musizieren verbot. Wie eine Furie hatte sie sich neulich auf sie gestürzt, als Abigail das Harmonium gespielt und dazu gesungen hatte. Den Gästen hatte es gefallen, aber ihre Mutter hatte sie sofort auf ihr Zimmer geschickt. Ansonsten konnte doch gar nicht genug für das Wohlbefinden der Gäste gesorgt werden … Abigail seufzte. Das Verhalten ihrer Mutter blieb ihr ein Rätsel. Obwohl der Gedanke, dass sie bald ihr Zuhause verlassen würde, sie traurig stimmte, hatte er auch etwas Befreiendes. Die Einzigen, die sie in der Ferne furchtbar vermissen würde, waren ihr Vater, Annabelle und Gordon. Sie tröstete sich mit dem Gedanken, dass sie eines Tages mit ihrer eigenen Familie nach Rotorua zurückkehren würde. Wenn genügend Zeit verstrichen war und ihre Mutter die Entscheidung ihrer Jüngsten akzeptiert hätte und sie mit Patrick und ihren Kindern in Frieden in ihrer Nähe leben könnte. Ja, sie wollte Kinder. Mindestens drei, doch das hatte noch ein wenig Zeit. Erst einmal würde sie ein wenig Theaterluft schnuppern, und Patrick würde sie dabei sicher unterstützen. Wie sie es drehte und wendete, sie musste fort, um wiederkommen zu können. Anders würde sie ihre Mutter nicht von der Richtigkeit ihres Weges überzeugen können.

Abigail hatte inzwischen ganz mit dem Spielen aufgehört. Beim Gedanken an ihre Zukunft brachte sie keinen geraden Ton mehr heraus. Ihr Blick schweifte unruhig durch die Hütte. An den Wänden hing neben Hammer und Zange auch das Zaumzeug für die Pferde. Plötzlich sah sie einen verstaubten Gegenstand in einer Ecke, der sofort ihr Interesse weckte. Es war eine verzierte Dose, die so gar nicht zwischen all das Werkzeug passen wollte. Abigail legte die Drehleier zur Seite und griff nach dem Gefäß. Nachdem sie den Staub fortgepustet hatte, entpuppte es sich als Spieluhr mit einer Melodie, die Abigail noch nie zuvor gehört hatte. Doch die Dose barg noch mehr Überraschungen. Wenn man den Deckel ganz öffnete, konnte man etwas darin verstecken. Jedenfalls hatte man dort wohl einst einen Brief oder etwas Ähnliches hineingestopft. Neugierig zog Abigail das vergilbte Stück Papier hervor und faltete es interessiert auseinander. Es war ein Zeitungsartikel aus der *Otago Daily Times*, datiert vom 11. Januar 1875. Abigail wurde heiß und kalt. Sie wusste noch nicht, was sie erwartete, aber sie wusste, dass ihre Familie Dunedin in jenem Jahr überstürzt verlassen hatte. Sie war erst fünf Jahre alt gewesen, aber sie erinnerte sich noch genau daran, dass sie aus ihrem schönen Haus bei Nacht und Nebel ausgezogen und zu einer Hütte in den Bergen geritten waren. Sie hatte damals bittere Tränen vergossen, weil man ihr nicht erlaubt hatte, alle ihre Puppen mitzunehmen. Ein paar Tage hatten sie in dieser einsam gelegenen ehemaligen Goldgräberhütte in der Nähe von Lawrence gelebt, bevor sie nach Rotorua weitergereist waren. Abigail konnte sich zwar nicht so recht an die Einzelheiten erinnern, doch Annabelle hatte ihr oft davon erzählt.

Trotzdem zitterte Abigail am ganzen Körper, während sie sich redlich bemühte, die vergilbten Buchstaben zu entziffern:

Das Geheimnis um den unbekannten Toten, den man aus der Otago Bay gefischt hat, ist offenbar gelüftet. Nach Zeugenaussagen des schottischen Goldsuchers McKennen ist der Mann ein Deutscher namens Waldemar von Cleeberg. Er hat mit ihm in einer Unterkunft für Bergarbeiter gewohnt. Dort hat ihm Von Cleeberg eines Tages anvertraut, dass er eine offene Rechnung mit einem alten Kumpel aus Goldgräbertagen in Dunedin zu begleichen habe, und sei noch am selben Abend dorthin gefahren und niemals zurückgekehrt. Bei dem angeblichen Kumpel soll es sich um William C. Bradley, den bei allen beliebten Kolonialwarenhändler, handeln. Von ihm und seiner Familie fehlt jede Spur. Ein Zeuge will an jenem Abend vor dem Haus der Familie Bradley einen Wagen mit einer verdächtigen Ladung beobachtet haben. War es der Tote?

Sosehr sich Abigail auch bemühte, alles Weitere konnte sie beim besten Willen nicht entziffern. Ihr Herz klopfte bis zum Hals. Hatten sie ihr Zuhause deshalb fluchtartig verlassen, weil ihr Vater einen Mann getötet hatte? Der Gedanke war so unfassbar, dass

Abigail übel wurde. Doch nicht ihr Vater, der keiner Fliege etwas zuleide tun konnte! Nein, das war absurd. Um diesen ungeheuerlichen Verdacht im Keim zu ersticken, griff Abigail erneut nach der Drehleier und spielte wie eine Verrückte drauflos. Dazu sang sie so laut, bis der Gesang in ein verzweifeltes Schreien überging. Sie war gerade bei einem schottischen Lied, als die Tür aufgerissen wurde.

Als Abigail verstummte, war ihre Mutter bereits bei ihr, riss ihr die Drehleier aus der Hand, schwang sie gefährlich durch die Luft und schmetterte sie mit voller Wucht gegen die Hüttenwand. Das Instrument zerbarst mit einem lauten Knall, Holz splitterte, aber ihre Mutter holte noch einmal aus und schlug die bereits zerborstene Drehleier so lange gegen die Wand, bis von dem stolzen Instrument nur noch Kleinholz übrig war.

Dabei atmete sie schwer und stieß wilde Flüche aus. »Ich werde dir das Musizieren schon austreiben. Meine Tochter wird kein Tanzmädchen. Meine Tochter nicht!« Und als ob es nicht genug wäre, trampelte sie mit den Füßen auf den am Boden liegenden Resten der Drehleier herum.

Abigail sah wie betäubt zu. Sie konnte sich vor Entsetzen kaum rühren. Nur ein heiseres Röcheln entsprang ihrer Kehle. Das Gesicht ihrer Mutter war zur Fratze verzerrt. Hätte Abigail nicht gewusst, dass sie ihre Mutter vor sich hatte, sie hätte die Rasende nicht erkannt. In Maryanns Gesicht, in dem eben noch Schönheit wohnte, stand nur noch blanker Hass.

Noch einmal trat sie nun auf dem Holz herum, bückte sich und nahm sich eine der Saiten. Schnaubend griff sie sich die Zange von der Wand und durchtrennte sie. Mutter hat den Verstand verloren, dachte Abigail, bevor sie einen Schmerz auf der Wange spürte. Ihre Mutter hatte ihr, »dem geliebten Goldkind«, mitten ins Gesicht geschlagen.

Die Ohrfeige löste Abigail aus ihrer Erstarrung. »Mutter, du bist von Sinnen«, zischte sie.

Das hätte ihr eine weitere Ohrfeige eingebracht, hätte Abigail den Arm ihrer Mutter nicht festgehalten.

»Lass mich los!«, schrie Maryann.

»Dann versprich mir, dass du mich nicht noch einmal schlägst.«

»Ich verspreche dir gar nichts, du undankbares, widerspenstiges Kind. Du wirst dir jetzt das Gesicht waschen, dich nützlich machen und mit den Gästen zum Pohutu fahren. Und diesen Lehrerburschen wirst du niemals wiedersehen. Das verspreche ich dir. Ich lasse nicht zu, dass du dich an so einen verschenkst.«

»Zu spät, Mutter, ich habe mich ihm bereits geschenkt«, erwiderte Abigail mit bebender Stimme. Sie empfand kein Mitleid mit ihrer Mutter, als diese jetzt an der Hüttenwand hinunterrutschte und am Boden hocken blieb. Ihr Blick war leer und tot.

»Mutter, ich gehe nach Dunedin, und dort werde ich in einem Theater nach Herzenslust singen und tanzen. Ich werde reich und berühmt. Ich brauche keinen wohlhabenden Mann, ich kann selbst für mich sorgen.«

»Bitte, Abigail, quäl mich nicht weiter! Bitte, sei vernünftig! Meinetwegen heirate auch Patrick O'Donnel, aber schlag dir das aus dem Kopf. Singen und tanzen für fremde Menschen, das ist kein Leben. Bitte, tu das nicht! Du willst doch ein anständiges Mädchen bleiben, oder? Das kannst du Vater und mir nicht antun. Wir haben doch nicht ein Leben lang geschuftet und ein gottesfürchtiges Leben geführt, damit du ...«

»Anständig? Dass ich nicht lache!«, erwiderte Abigail höhnisch, griff nach dem Zeitungsartikel und hielt ihn ihrer Mutter unter die Nase. »Darum seid ihr aus Dunedin fortgegangen. Weil ihr einen Menschen umgebracht habt.«

Bei diesen Worten schnappte Maryann nach Luft wie ein Fisch, der auf dem Trockenen gestrandet war. »Gib das her!«, keuchte sie und riss Abigail den Papierfetzen aus der Hand. Ehe sich Abigail versah, hatte sie ihn in tausend Schnipsel verwandelt.

»Du kannst die Drehleier zerschmettern, du kannst den Artikel vernichten, aber du kannst die Wahrheit nicht töten«, schrie Abigail und sprang auf. Sie baute sich kämpferisch vor ihrer Mutter auf, die immer noch zusammengesackt am Boden kauerte. »Los, sag es mir! Was ist damals geschehen? Und wenn du es mir nicht sagen willst, dann werde ich Vater fragen, was es mit diesem Deutschen mit dem Namen Waldemar auf sich hatte!«

Der Anblick des Gesichts, das nun zu ihr hochsah, ging Abigail durch Mark und Bein. Es war ein uraltes, zerknittertes Gesicht, das unmöglich zu ihrer schönen Mutter gehören konnte.

»Geh!«, befahl Maryann mit fremder Stimme. »Geh mir aus den Augen! Ich will dich nie wiedersehen.«

Abigail verstand nicht so recht, was das bedeutete, aber dann wiederholte ihre Mutter jene Worte in einem kalten Ton, der ihr schier das Herz zerriss: »Geh in die Stadt, tanze und singe für Geld, aber wage es niemals, in dieses Haus zurückzukehren. Und bevor du deinen Vater nach Waldemar fragst, bring ich dich um.«

Abigail taumelte ein paar Schritte zurück, blieb stehen und stöhnte verzweifelt: »Mutter, bitte, ich ...«

Doch Maryann wiederholte ungerührt: »Geh mir aus den Augen, sofort! Und lass dich nie wieder hier blicken!«

»Mutter, ich bin es doch, dein Goldkind«, rief Abigail und kämpfte gegen die Tränen an.

»Ich habe kein Goldkind mehr und vor allem keine Tochter namens Abigail«, sagte Maryann Bradley und ergänzte mit irrem Blick: »Und nun geh mir endlich aus den Augen! Verschwinde, bevor du noch größeres Unheil anrichtest. Und wehe, du verrätst deinem Vater auch nur ein Wort von dem, was hier geschehen ist!«

Abigail starrte ihre Mutter fassungslos an. Sie konnte nicht wirklich glauben, was ihre Mutter da redete, bis es langsam, ganz langsam, in ihr Bewusstsein drang, dass ihre Mutter sie tatsächlich verstoßen wollte.

Als Abigail die schreckliche Wahrheit erfasst hatte, drehte sie sich auf dem Absatz um und rannte auf ihr Zimmer, als wäre der Teufel hinter ihr her. Atemlos packte sie ihre Sachen und stopfte das Nötigste in einen kleinen Reisekoffer. Sie hatte nur noch einen Wunsch: Fort von hier! Nur weit fort von hier. Doch dann hielt sie inne. Sie konnte das Haus nicht verlassen, ohne sich von Annabelle verabschiedet zu haben.

Mit dem Koffer in der Hand betrat sie wenig später zögernd die Küche. Sie hatte Glück. Annabelle bereitete gerade das Mittagessen für die Gäste vor und schien sie nicht zu bemerken. Wie traurig sie aussieht, wenn sie sich unbeobachtet fühlt, dachte Abigail voller Mitgefühl für ihre Schwester, die in diesem Haus bleiben musste. Umgeben von dieser vergifteten Stimmung! Dauernd Mutters stummem Vorwurf ausgesetzt, dass sie schuld an Lizzys Tod sei. Dabei war es doch der verdammte Vulkan.

Tränen traten Abigail in die Augen. Durfte sie dieses arme Menschenkind wirklich allein zurücklassen? Ja, sie musste es tun, wenn sie ein anderes Leben führen wollte. Sie hat ja Gordon, tröstete sich Abigail.

»Annabelle?« Vorsichtig tippte sie ihrer Schwester auf die Schulter. Erschrocken fuhr Annabelle herum.

»Willst du verreisen?«, fragte sie mit einem skeptischen Blick auf Abigails Koffer.

Abigail schluckte trocken. Dann fasste sie sich ein Herz. »Annabelle, ich verlasse dieses Haus.«

»Was soll das heißen?« Das Entsetzen stand Annabelle ins Gesicht geschrieben.

»Ich werde Patrick O'Donnel heiraten, und Mutter will das nicht!«

»Aber, Kleines, das ist doch kein Grund wegzugehen. Sieh mich an, ich habe Gordon auch gegen ihren Willen geheiratet.«

»Ja, aber den Streit mit ihr hat Vater für dich ausgetragen. Schau dir Vater doch an. Er ist müde. Er schafft das nicht noch einmal. Ich kann ihm diese Last nicht aufbürden.«

»Was meinst du, wie sehr du ihn belastest, wenn du fortgehst?«, widersprach Annabelle ihr mit Nachdruck.

Abigail kämpfte mit sich. Sollte sie nicht wenigstens ihrer Lieblingsschwester die Wahrheit anvertrauen? Eingestehen, dass sie keine Wahl hatte, dass sie nicht freiwillig ging? Dass sie ihrer Mutter nicht mehr unter die Augen treten durfte? Dass es ein dunkles Geheimnis gab, warum sie damals aus Dunedin weggezogen waren? Und dass ihre Mutter befürchtete, sie könne ihren Vater mit der Wahrheit konfrontieren? Doch mit einem Blick in Annabelles Augen, die verdächtig feucht schimmerten, beschloss Abigail zu schweigen.

»Da ist noch etwas. Ich möchte Schauspielerin werden, und das wird Mutter niemals dulden. Glaube mir, ich muss fort. Sonst ersticke ich hier. Ich möchte in einer Stadt leben, in der es Theater gibt.«

»Aber du gehst doch nicht, ohne dich von ihnen zu verabschieden, oder?«, gab Annabelle verzweifelt zu bedenken.

»Mutter weiß, dass ich gehe; sie hat eingesehen, dass sie mich nicht halten kann. Es Vater zu sagen, bringe ich aber nicht übers Herz.«

Nun konnte Annabelle sich nicht mehr zusammenreißen. Schluchzend fiel sie Abigail um den Hals. »Versprich mir zu schreiben!«

»Natürlich, und du berichtest mir, was hier geschieht, ja?«

Annabelle nickte und hielt ihre Schwester so fest im Arm, als wollte sie sie niemals wieder loslassen. Abigail musste sich schließlich sanft aus ihrer Umarmung befreien. Ohne sich noch einmal umzudrehen, verließ sie die Küche. Annabelle durfte ihre Tränen nicht sehen.

Als Abigail durch das Wohnzimmer schlich, um das Haus über die Terrasse zu verlassen, blieb sie plötzlich wie erstarrt stehen. In dem alten Ohrensessel saß ihr schlafender Vater. Abigail konnte nicht anders. Sie stellte leise den Koffer ab und näherte sich ihm auf Zehenspitzen. Zart streichelte sie über sein Gesicht, das seit dem Tod seiner Enkelin immer schmaler geworden war. Der Tod schleicht auch schon um ihn herum, durchfuhr es Abigail eiskalt, und sie erschrak über ihren eigenen Gedanken. Während sie ihm über das spärliche graue Haar fuhr, griff er plötzlich mit seiner faltigen Hand nach ihrer. Die Augen hatte er noch geschlossen, während er flüsterte: »Lass mich raten, das ist meine Abigail.« Dann öffnete er die Augen und lächelte sie an. Sein Blick blieb verwundert an ihrer Reisekleidung hängen.

»Wohin, junge Dame?«, fragte er scherzend.

Abigail versuchte, ihre drängenden Tränen zurückzuhalten. »Vater, ich verlasse euch, um mein Glück in der Stadt zu machen.«

»Das habe ich kommen sehen. Einen Wildfang wie dich kann man hier nicht einsperren. Und vor allem kann Mutter dich nicht mit einem jungen Mann verheiraten, den du nicht liebst.«

»O, Vater, ich liebe dich so«, seufzte Abigail, während ihr die Tränen in Sturzbächen über das Gesicht liefen. Sie umarmte ihn noch einmal kräftig, küsste ihn auf die Wange, griff sich ihren Koffer und rannte, so schnell sie konnte, aus dem Haus. Auf der Veranda blieb sie atemlos stehen. Dann schlich sie sich doch noch einmal zurück zur Tür. Der Anblick wollte ihr das Herz zerreißen. Tränen kullerten dem Vater, den sie noch niemals zuvor hatte weinen sehen – nicht einmal an jenem Unglückstag, an dem der Vulkan Elizabeth für immer verschluckt hatte – aus den geschlossenen Augen.

Abigail verspürte den Impuls, ihm die ganze Wahrheit zu sagen und ihn darum zu bitten, sie vor dem Wahnsinn ihrer Mutter zu beschützen, doch sie drehte sich abrupt um und verließ ihr Elternhaus.

Auf dem Weg durch den Garten wäre sie beinahe mit ihrer Mutter zusammengestoßen. Sie hoffte inständig, dass sie sich inzwischen beruhigt hatte und sie um Verzeihung bitten würde. Voller Erwartung blieb Abigail stehen.

Doch ihre Mutter wollte nur eines wissen: »Du hast doch nicht etwa mit Vater über den Artikel gesprochen, oder?«

Abigail wischte sich entschlossen die Tränen fort und erwiderte kalt: »Nein, Mutter, alle denken, dass ich freiwillig gehe. Keiner wird je erfahren, was sich in der Hütte zugetragen hat. Keine Sorge, ich komme nie wieder! Sie denken, ich laufe weg, weil du mich mit einem Mann verheiraten willst, den ich nicht liebe, und weil ich davon träume, in der großen Stadt Schauspielerin zu werden! Jeder glaubt es, weil es ein Teil der Wahrheit ist. Aber beileibe nicht die ganze Wahrheit!« Mit diesen Worten schritt Abigail Bradley hocherhobenen Hauptes an ihrer Mutter vorbei. Dein Goldkind ist tot, Mutter. Mausetot!, dachte sie.

Patrick O'Donnel war allein zu Hause, als Abigail bei ihm anklopfte.

»Liebes, was ist geschehen?«, fragte er besorgt, als er ihr verheultes Gesicht und den Koffer in ihrer Hand wahrnahm.

»Gehen wir fort von hier. Und zwar sofort!«, flehte sie.

»Jetzt?« Patrick sah sie fragend an.

»Ja, jetzt sofort. Ich kann nicht mehr an diesem Ort bleiben. Du hast versprochen, dass wir woanders hingehen, also pack deine Sachen und komm. Ich weiß auch schon, wohin wir reisen. Nach Dunedin. Auf die Südinsel!«

»Bitte, Liebes, sei vernünftig. Komm doch erst einmal rein. Ich kann nicht sofort mit dir gehen. Denk an meine armen Eltern!«

»Du hast es mir versprochen.« Trotzig stampfte Abigail mit dem Fuß auf. »Also, worauf wartest du noch? Lass uns auf der Stelle fortgehen und heiraten! Und ich werde singen und tanzen.«

»Abigail!«, erwiderte Patrick in strengem Ton. »Wir werden hier in Rotorua heiraten. Wie vereinbart. Ich gehe morgen zu deinen Eltern und halte um deine Hand an. Sobald wir verheiratet sind, kümmere ich mich um eine Stellung anderswo. Und wenn ich dort in Lohn und Brot bin, dann werden wir fortgehen, aber wir werden nicht flüchten. Ich habe keine Angst vor deiner Mutter. Wenn deine Eltern uns die Erlaubnis versagen, werde ich dich eben entführen, das verspreche ich dir, aber –«

»Kommst du jetzt mit oder nicht?«, unterbrach Abigail ihn ungehalten.

Patrick machte einen Schritt auf sie zu und wollte sie in den Arm nehmen, aber sie entzog sich seiner Umarmung.

»Ich frage dich jetzt zum letzten Mal. Kommst du jetzt mit oder nicht?«, wiederholte Abigail zornig.

Statt ihr eine Antwort auf ihre Frage zu geben, erklärte er kopfschüttelnd: »Ich liebe dich, Abigail, aber nun ist Schluss mit diesem dummen Gerede! Du gehst jetzt nach Hause, und wir sehen uns morgen. Und dann, so schwöre ich dir, werden wir so bald wie möglich glücklich verheiratet sein. Wenn du dich nicht allein nach Hause zurücktraust, dann werde ich dich begleiten und deiner Mutter gern noch deutlicher sagen, was ich davon halte, dass sie alles unternimmt, um dein Glück zu zerstören. Und wenn du partout nicht zurück zu deinen Eltern willst, dann kannst du auch erst einmal bei uns übernachten ...«

Abigail hörte ihm bereits nicht mehr zu. Mit versteinertem Gesicht hatte sie sich umgedreht. Sie hörte ihn noch hinter sich herrufen: »Abigail, bitte, sei vernünftig!«, aber das änderte ihre Meinung über Patrick O'Donnel nicht mehr. Sie fühlte sich von ihm verraten und verlassen. Er hatte ihr auf der Insel in der Hitze der Liebe versprochen, mit ihr ans Ende der Welt zu gehen. Nun musste sie ihren Weg allein antreten, denn noch jemand, den sie von Herzen liebte, war in diesem Augenblick gestorben: Patrick O'Donnel!

Ohne sich noch einmal umzudrehen, schritt sie die lange, staubige Straße entlang. Sie hatte ein wenig Geld eingesteckt, aber wie lange würde das reichen? Und wie würde sie überhaupt auf die Südinsel kommen? Sie beschloss, sich zunächst nach Wellington durchzuschlagen. Zum Glück hatte sie in der Schule aufgepasst und wusste über ihr Land gut Bescheid. Wellington lag an der Südspitze der Nordinsel. Von da aus würde sie versuchen, mit einem Schiff auf die Südinsel zu gelangen. Der Rest würde sich schon finden. Oder sollte sie sich einfach ein Pferd beschaffen und nach Tauranga an der Ostküste reiten? Während sie noch darüber nachgrübelte, wie sie Rotorua auf schnellstem Wege verlassen konnte, hörte sie Pferdegetrappel hinter sich.

Im ersten Augenblick hoffte sie, es wäre Patrick, der sie zurückholte und dem sie nun endlich gestehen würde, was wirklich geschehen war, doch diese Hoffnung zerschlug sich, als die Kutsche neben ihr hielt und kein Geringerer als James Morgan ausstieg.

»Wohin des Weges, schöne Frau?«, fragte er sie mit einem Lächeln auf den Lippen.

»Nach Wellington«, erklärte sie knapp.

»Was für ein Zufall! Das ist auch mein Reiseziel. Darf ich Ihnen anbieten, mich zu begleiten?«

Abigail zögerte einen Moment lang. Ihr war das nicht ganz geheuer. Wieso fuhr er gerade jetzt nach Wellington?

»Jetzt kommen Sie mir nicht mit einem Zufall«, entgegnete sie scharf.

Statt verlegen zu werden, grinste James Morgan von einem Ohr zum anderen. »Ihnen kann man wirklich nichts vormachen. Ich habe gesehen, wie Sie mit Ihrem Koffer das Haus verlassen haben, und mir erlaubt, Ihnen in gebührendem Abstand zu folgen. Da wurde ich bedauerlicherweise Zeuge Ihres unerfreulichen Gesprächs mit dem Herrn Ihres Herzens. Und als er Ihnen einen Korb gab, habe ich die Gunst der Stunde genutzt und mir eilends eine Kutsche für die Prinzessin besorgt.«

Abigail musste wider Willen lächeln. Wenigstens war er ehrlich.

»Gut, ich nehme Ihr Angebot an. Ich fahre mit Ihnen, aber lassen Sie auch mich mit aller Ehrlichkeit antworten. Ich hege nicht die geringste Absicht, mich mit Ihnen zu verbinden. Nehmen Sie mich trotzdem mit?«

»Selbstverständlich! Ich bin doch ein Ehrenmann!« Damit bückte James Morgan sich und nahm ihr galant den Koffer ab.

Rotorua, März 1899

Annabelle wartete auf das neue Dienstmädchen, eine seltene Gelegenheit, einmal kurz auszuspannen. Erschöpft ließ sie sich auf einen der alten Wohnzimmerstühle fallen. Er wackelte bedenklich. Gordon sollte unbedingt neue Stühle bauen, dachte Annabelle, diese hat Vater noch gezimmert. Seit Gordon mit dem Bau des eigenen Badehauses beschäftigt war, hatte er für nichts anderes mehr Zeit. Sie versprachen sich von einem Badehaus, das zum Hotel gehörte, noch mehr Gäste. Wie soll ich das bloß auf Dauer schaffen?, fragte sich Annabelle, während sie den Schmerz in ihren müden Füßen spürte. Zum Glück habe ich derzeit wenigstens Unterstützung von Duncan und Abigail, tröstete sie sich. Die beiden packen mit an, dass es eine wahre Freude ist. Ihr Neffe, der inzwischen fast vier Wochen bei ihnen weilte, fuhr die Gäste zum Geysir und kümmerte sich seit Olivias überstürzter Abreise rührend um seine Großmutter. Duncan brachte ihr das Essen, saß an ihrem Bett, nur waschen ließ sie sich allein von ihrer Tochter. Der Arzt hatte ihnen noch einmal bestätigt, dass sie wohl nie wieder würde laufen können. Duncan hatte versucht, sie trotzdem zum Aufstehen zu bewegen, aber der Rollstuhl, den Gordon ihr gebaut hatte, stand weiterhin nutzlos neben dem Bett. Sie weigerte sich hartnäckig, sich anzuziehen und in diesem Gefährt umherschieben zu lassen.

Annabelle stieß einen tiefen Seufzer aus, als ihr wieder einfiel, dass Duncan sie noch heute verlassen würde. Sein Vater hatte ihm einen vorwurfsvollen Brief geschickt. Wenn Duncan sich nützlich machen wolle, könne er das auch in der väterlichen Firma tun, hatte er geschrieben und ihn ausdrücklich nach Hause beordert.

Leise Musik drang aus dem Salon des Hotels. Es war Abigail, die für die Gäste auf dem Harmonium spielte. Annabelle hoffte, dass wenigstens sie noch ein wenig bleiben könnte. Abigail hatte zwar in ihrer unbeschwerten Art behauptet, dass sie im nächsten Theaterstück unbedingt wieder mitspielen müsse, doch Annabelle hegte den Verdacht, dass sie in Wirklichkeit gar nicht nach Wellington zurückkehren wollte. Sie schien sich pudelwohl zu fühlen in ihrem Hotelzimmer. Das hatte sie sich nämlich ausgebeten: »Bitte, Annabelle. Ich möchte nicht in mein altes Mädchenzimmer ziehen. Wenn Mutter mich nicht sehen will, dann kann ich auch nicht neben ihr wohnen.«

Annabelle hatte bereits mehrfach versucht, ihre Mutter wegen Abigail umzustimmen. Aber vergeblich. Ihre Mutter weigerte sich beharrlich, die jüngste Tochter zu empfangen. Sie hatte ihre Älteste grob angefahren und ihr zornig den Mund verboten.

Hoffentlich ist die Neue fleißig, dachte Annabelle, als es an der Tür klopfte. Sie zupfte ihr Kleid zurecht und rief laut »Herein!«.

Sie war erstaunt, als anstelle der alten Ruiha, die ihr das Mädchen bringen wollte, ein stattlicher, gutaussehender, auffallend hellhäutiger Maori das Wohnzimmer betrat. Ihm folgte eine hochgewachsene, dunkelhaarige junge Frau, von der man auf den ersten Blick kaum mit Sicherheit sagen konnte, ob sie eine Weiße oder eine Maori war. Nach der Farbe und der Struktur ihres gekräuselten Haars zu urteilen, zweifelsohne eine Maori, die aber ein auffällig schmales, nicht besonders dunkles Gesicht mit einer schmalen Nase besaß. Bestimmt das Kind eines Europäers und einer Maori, mutmaßte Annabelle, bevor sie die beiden an den Tisch bat und dem Unbekannten die Hand reichte. Er hatte einen kräftigen, warmen Händedruck.

»Entschuldigen Sie, Misses Parker, dass ich hier so unangemeldet hereinplatze, aber meine Tante Ruiha, also, ich nenne sie Tante, sie war die Freundin meiner Mutter, sagt, sie müsse unbedingt in die Küche. Das Haus sei voller Gäste. Deshalb habe ich es übernommen, Ihnen meinen Schützling zu bringen.«

Er machte eine Pause, die das Mädchen dazu nutzte, einen Knicks anzudeuten. »Ich heiße Paika und möchte gern für Sie arbeiten, Misses Parker.«

Annabelle war überrascht. Alle Maori, die für sie arbeiteten, nannten sie »Missy«. Außerdem strahlte diese junge Frau bei aller Höflichkeit etwas Unnahbares aus. Sie war freundlich, aber in ihrem Ton lag nichts Schmeichelndes. Sie wirkte sehr ernst und ein wenig überheblich.

»Mein Name ist Rangiti. Von Ruiha weiß ich, dass Sie eine Hilfe in Ihrem Hotel anlernen wollen. Da habe ich gleich an Paika gedacht. Sie ist ...« Er hielt inne und fragte das Mädchen etwas auf Maori. Es nickte.

Rangiti wandte sich daraufhin wieder Annabelle zu. Entschuldigend bemerkte er: »Ich habe Paika gefragt, ob es ihr recht ist, wenn ich Ihnen etwas über ihr Schicksal erzähle, und sie ist einverstanden. Ich habe Paika aus einem Waisenhaus geholt, wohin man sie vor ungefähr sechs Jahren nach dem Tod ihres Vaters gebracht hatte. Er war ein Kaurigräber in Dargaville, der für Hamilton geschuftet hat.«

»Allan Hamilton?«

»Ja, er ist einer der größten Kauriharzhändler des gesamten Nordens. Warum fragen Sie? Kennen Sie ihn persönlich? Ist er ein Gast Ihres Hauses?«

Annabelle wollte ihm gerade wahrheitsgemäß berichten, dass er ihr Schwager sei, doch ein gefährliches Funkeln in den Augen von Mister Rangiti hielt sie davon ab. Da sie nicht lügen wollte, tat sie so, als habe sie diese Frage gar nicht gehört.

»Erzählen Sie weiter von dem Mädchen! Ich möchte natürlich wissen, wer es ist, denn wenn wir uns verstehen, dann werden wir wohl eine ganze Zeit miteinander verbringen!« Annabelle lächelte Paika aufmunternd zu, die jedoch keine Miene verzog.

Ich glaube allerdings, dass wir uns eher nicht verstehen werden. Sie wirkt so verschlossen, ging Annabelle durch den Kopf.

»Ich weiß, dass Sie nett sind zu den Leuten«, bemerkte Mister Rangiti, während er Annabelle prüfend musterte. »Schließlich haben Sie meine Tante gegen den Willen Ihrer Mutter wieder eingestellt. Das wird sie Ihnen ewig danken. Sie sind eine gute Pakeha, sagt sie immer!«

Täuschte sich Annabelle, oder lag versteckter Spott in seiner Stimme? Mit einem Mal fühlte sie sich unwohl in Gegenwart dieser beiden Maori. Dieser fremde Mann, der ebenfalls eine gewisse Überheblichkeit ausstrahlte, und das unnahbare, so wenig typische Maorimädchen, das niemals lächelte.

Deshalb war sie froh, als Duncan ins Zimmer gestürmt kam. »Tantchen, ich muss euch verlassen. Der Zug nach Auckland wartet nicht und ...« Er hielt mitten im Satz inne, weil er erst jetzt die beiden Gäste wahrnahm.

»Das ist Mister Rangiti, und das ist Paika; sie möchte meine neue Hilfe werden im Hotel.«

»Sie haben noch eine gute Stunde Zeit, junger Mann«, bemerkte Mister Rangiti ruhig. »Ich nehme denselben Zug, aber ich möchte Sie nicht bei der Verabschiedung stören.«

Doch Duncan hörte gar nicht zu; er starrte wie abwesend das Mädchen an. »Willkommen in diesem Haus, Paika«, sagte er schließlich lächelnd, ohne sie aus den Augen zu lassen.

»Danke, Mister.« Sie lächelte zurück.

Annabelle blieb vor Staunen der Mund offen stehen. Es war so, als sei die Sonne in Paikas Gesicht aufgegangen. Ihr fröhliches Lächeln überstrahlte plötzlich alles. Wie schön sie ist, wenn sie lächelt!, durchfuhr es Annabelle, aber dann spürte sie, dass sie dieser innigen Begrüßung der beiden jungen Menschen möglichst rasch ein Ende bereiten sollte. Olivia würde ihr den Kopf abreißen, wenn sie erfuhr, dass ihr Sohn sich im Haus seiner Tante in ein Maorimädchen verguckt hatte. Deshalb umarmte sie ihren Neffen schnell und wünschte ihm alles Gute für die Reise. Doch Duncan machte, auch nachdem er sich aus der Umarmung seiner Tante befreit hatte, keinerlei Anstalten, das Zimmer zu verlassen.

»Sie werden sich bestimmt sehr wohlfühlen hier im *Hotel Pohutu*«, erklärte er nun mit schmeichelnder Stimme.

»Ich hoffe es«, antwortete Paika. Und wieder lächelten sie einander zu.

»Duncan, vergiss nicht, Onkel Gordon auf Wiedersehen zu sagen! Er ist draußen, auf der Baustelle des Badehauses. Und Tante Abigail unterhält gerade die Gäste. Und dann die Großmutter.«

»Schon gut, Tante Annabelle. Wird gleich erledigt!« Dennoch ließ er es sich nicht nehmen, zuerst Paika die Hand zu geben. Er hielt sie etwas länger fest, als es schicklich war.

Mit einem Seitenblick auf Mister Rangiti erkannte Annabelle, dass auch ihm dieses kleine Schauspiel missfiel. Er sah finster drein. »Ja, dann auf Wiedersehen«, bemerkte er schließlich, »wir sehen uns sicher noch im Zug, Mister ... Mister ...«

»Hamilton«, ergänzte Duncan arglos.

»Sind Sie vielleicht verwandt mit Allan Hamilton?«, fragte Mister Rangiti scheinbar freundlich, während er Annabelle, die nun auf ihren Neffen zutrat, um ihn von einer Antwort abzuhalten, einen warnenden Blick zuwarf.

»Ja, genau, das ist mein Vater! Also, bis gleich im Zug!« Duncan lächelte noch immer fröhlich.

»Der Zug ist groß. Wahrscheinlich werden wir uns dort doch nicht wiedertreffen, Mister Hamilton!« Mister Rangitis Stimme hatte einen scharfen Unterton angenommen, aber das bemerkte nur Annabelle. Genau wie das leichte Zucken seines Augenlids, das eingesetzt hatte, nachdem Duncan sich zu seiner Verwandtschaft mit Allan Hamilton bekannt hatte.

Duncan wandte den Blick nur widerwillig von dem Mädchen

ab, lächelte noch einmal in die Runde und verließ zögernd das Wohnzimmer.

»Gut, Misses Parker, dann sollten wir unser Gespräch zügig weiterführen, damit auch ich den Zug nicht verpasse«, sagte Mister Rangiti in überraschend geschäftigem Ton. Jegliche Hinweise auf mögliche Gefühle waren aus seinem Gesicht wie weggewischt. »Was wollen Sie über Paika wissen? Kind, du kannst es Misses Parker auch gern selbst erzählen. Sie müssen wissen, sie spricht Ihre Sprache ohne Probleme. Ich kenne Paika ja selbst kaum. Ich habe sie nur begleitet, weil ich wohl ihr einziger noch lebender Verwandter bin, wenn auch ein sehr entfernter.«

Paika jedoch sah nur verträumt zur Tür, die Duncan soeben hinter sich zugezogen hatte. Sie hatte Mister Rangiti offenbar gar nicht zugehört.

Wie gut, dass der Junge heute abreist!, dachte Annabelle erleichtert und lauschte den Worten Mister Rangitis.

»Ihre Mutter Mere, eine Maori aus Te Wairoa, ist vor ein paar Jahren gestorben. Sie ist bereits als junge Frau aus Te Wairoa fortgegangen, und dort im Norden muss sie ihren Mann, Mister Gradic, Paikas Vater, geheiratet haben –«

»Mister Gradic war nicht mein Vater«, unterbrach Paika ihn ungehalten und fuhr zögernd fort: »Wir haben ihn erst getroffen, als ich schon zehn Jahre alt war. Bis dahin habe ich mit meiner Mutter allein gelebt. Beim Iwi meiner Großmutter in Tauranga. Dort hat sie meinen Stiefvater kennengelernt. Er stammt aus Dalmatien, wie viele der Kaurigräber im Norden. Mit ihm sind wir nach Dargaville gezogen. Meine Mutter hat mir nur gesagt, dass mein Vater ein Weißer war, der sie schon vor meiner Geburt verlassen hat. Sie wollte mir nicht einmal seinen Namen nennen.«

Nun warf auch Mister Rangiti Paika einen interessierten Blick zu.

»Das wusste ich gar nicht«, erklärte er beinahe entschuldigend. »Aber ich habe deine Mutter ja auch gar nicht persönlich gekannt. Ich weiß nichts über sie.«

»Das macht doch nichts, lieber Mister Rangiti. Sie waren so nett zu mir, ohne dass Sie mich kennen. Dafür werde ich Ihnen immer dankbar sein.«

Annabelle blickte die junge Frau erstaunt an. Wie gewählt sie sich auszudrücken wusste! Und was für eine tiefe, volle Stimme sie besaß, der von Abigail gar nicht unähnlich. Paika schaute nun auch nicht mehr ganz so abweisend drein, sondern lächelte versonnen – als hätte die Begegnung mit Duncan nicht nur ihre Zunge gelöst.

»Warum haben Sie, liebe Misses Parker, mir nicht gesagt, dass Mister Hamilton Ihr Schwager ist?«, fragte Mister Rangiti unvermittelt.

»Ich ... Ich habe Ihre Abneigung gegen ihn gespürt, und wenn ich ganz ehrlich bin, kann ich nicht behaupten, dass ich besonders stolz auf dieses verwandtschaftliche Verhältnis bin«, stammelte Annabelle und schlug sich in demselben Augenblick die Hand vor den Mund. Was fiel ihr ein, diesem Fremden einen Einblick in ihre wahren Gefühle zu geben? Lag es daran, dass er sie keinesfalls vorwurfsvoll ansah, sondern eher zugewandt? Und mehr noch, er lächelte sogar. Sie konnte nicht umhin: Sein Lächeln war überzeugend.

»Meine Abneigung gegen Mister Hamilton ist gar nicht persönlich begründet, sondern eher berufsbedingt«, erklärte Mister Rangiti nun, und er fügte hastig hinzu: »Ich bin als Maori der Mitarbeiter eines Richters beim Landcourt in Auckland. Ich erstelle Gutachten und mache den Richter mit den Bräuchen unserer Leute auf den Grundstücken vertraut, um die bei Gericht zwischen Weißen und Maori gestritten wird. Und es ist mir ein Dorn im Auge, wie Mister Hamilton in den Besitz der Kauriwälder gelangt ist. Ansonsten habe ich mit diesem Herrn nichts zu tun. Ich kenne ihn nicht einmal persönlich. Aber sprechen wir noch einmal von Paika. Ich bin nur ein entfernter Verwandter ihrer Mutter Mere. Ich bin überhaupt nur auf das Mädchen gekommen, weil das Waisenhaus mich davon unterrichtet hat, dass ein Mädchen dort lebt, das aus dem Stamm meiner Mutter stammt. Ja, und da habe ich nachgeforscht und tatsächlich: Meine Mutter war Meres Großtante. Daraufhin habe ich ihr angeboten, bei mir zu leben, aber sie wollte in ein Dorf nach Tauranga. Der Häuptling aber teilte mir unmissverständlich mit, dass man sie dort nicht aufnehmen könne. Als das nicht ging, wollte sie zum Iwi ihrer Mutter. Da habe ich von Ruiha erfahren, dass Sie eine Hilfe suchen. Paika gefiel die Aussicht, ihr Geld selber zu verdienen. Na ja, hier hat sie es vielleicht besser als bei mir, einem verschrobenen Junggesellen, in der Stadt. Ich weiß nur nicht, ob sie bei Ihnen wohnen möchte. Wie ich sie verstanden habe, würde sie lieber in Ohinemutu wohnen. Aber was rede ich eigentlich so viel? Paika kann sehr gut für sich allein sprechen. Paika?«

Er rief ihren Namen, aber sie schien vor sich hin zu träumen, und Annabelle ahnte auch, wie der Traumprinz hieß.

Da Paika gar nicht reagierte, wandte sich Mister Rangiti wieder an Annabelle. »Misses Parker, nur eines noch: Seien Sie gut zu ihr! Sie hat Schlimmes durchgemacht.«

»Mister Rangiti! Jane lebt bei uns wie eine eigene Tochter«, beeilte sich Annabelle zu versichern, nicht ohne einen gewissen Vorwurf in der Stimme.

»Jane ist auch eine Weiße!«, bemerkte er plötzlich in scharfem Ton, und in seinem Gesicht war nichts mehr von jener Wärme zu lesen, die Annabelle eben noch gespürt hatte. Was für ein merkwürdiger Mann!, dachte sie. In ihm steckt so viel menschliche Wärme, aber er hegt auch große Wut gegen uns Weiße.

»Mister Rangiti, Sie haben doch selbst gesagt, Ruiha hält mich für eine gute Pakeha. Wenn Sie mir misstrauen, fragen Sie doch Ruiha, ob ich sie jemals schlecht behandelt habe und ob ich einen Unterschied mache –«

»Bitte, verzeihen Sie mir«, unterbrach er sie reumütig. »Ich habe nur gehört, dass Ihre Mutter nicht gerade ein freundlicher Mensch ist, und deshalb habe ich mich zu dieser Bemerkung hinreißen lassen.« Seine Stimme klang wieder warmherzig und verständnisvoll, und in seinen Augen lag Bedauern.

»Meine Mutter hütet das Bett. Sie ist seit einem Unfall gelähmt. Es wird nicht zu Paikas Aufgaben gehören, sich um sie zu kümmern. Das regeln wir innerhalb der Familie. Aber seien Sie versichert, meine Mutter würde sich Paika gegenüber stets anständig verhalten.« Annabelle hatte das mit Nachdruck vorgebracht.

Was ging es den Fremden an, dass ihre Mutter niemanden mit ihren bösen Sprüchen verschonte? Und ganz bestimmt kein fremdes Maorimädchen. Mit dieser alten, verbitterten Frau würde sie das Mädchen natürlich niemals allein lassen.

»Gut, Paika, dann werde ich mich jetzt verabschieden. Wenn du Sorgen hast, vertraue dich Ruiha an, oder schreibe mir. Du kennst ja meine Adresse. Aber ich bin davon überzeugt« – er wandte sich Annabelle zu –, »dass es dir bei Misses Parker gefallen wird.«

Die junge Frau schien aus ihren Träumen erwacht zu sein und hörte ihm mit ernster Miene zu. Sie blieb seltsam unberührt. Annabelle beobachtete sie genau. In Paikas Blick lag weder Angst vor dem Neuen noch Traurigkeit. Im Gegenteil, sie straffte die Schultern und reichte ihrem Wohltäter ungerührt die Hand. »Auf Wiedersehen, Mister Rangiti. Machen Sie sich keine Sorgen um mich. Ich werde auch keine Umstände machen und vorerst hier im Hause statt im Dorf meiner Ahnen wohnen, so wie Sie es, Misses Parker, von Ihren Mädchen erwarten. Grüßen Sie die anderen, wenn Sie sie sehen, Mister Rangiti. Und kommen Sie bitte bald wieder, um mich zu besuchen.«

Annabelle hörte verwirrt zu. Das war kein kindliches Betteln, nein, das war die Bitte einer erwachsenen Frau. Einer stolzen Frau, wie es Annabelle nun durch den Kopf schoss. Allein diese aufrechte Haltung. Groß ist sie, stellte sie überrascht fest, fast so groß wie ich.

Mister Rangiti trat nun einen Schritt auf Paika zu, umarmte sie und raunte: »Für dich, mein Kind, bin ich Onkel Anaru. Hörst du?«

In diesem Augenblick flog die Tür auf. Mit hochroten Wangen, in Reisekleidung und mit einem Koffer in der Hand stürzte Duncan herein.

»Ach, liebste Tante, noch einen letzten Abschiedskuss!« Mit diesen Worten drückte er der verdutzten Annabelle einen Kuss auf die Wange und wandte sich dann Paika zu.

»Und Ihnen wünsche ich, dass Sie sich hier ganz zu Hause fühlen. Meine Tante ist der beste Mensch der Welt. Wenn sie Sie in ihr Herz schließt, dann haben Sie hier den Himmel auf Erden. Und ich verspreche Ihnen, ich werde bald wiederkommen und mich vergewissern, dass es Ihnen gutgeht.« Dabei zwinkerte er Annabelle spitzbübisch zu.

Das stolze Maorimädchen läuft nicht einmal rot an!, stellte Annabelle erstaunt fest. Es schien Paika in keiner Weise in Verlegenheit zu bringen, dass Duncan so offen Interesse an ihr zeigte, im Gegenteil, sie schenkte ihm ein bezauberndes Lächeln.

Für einen Moment sahen die beiden jungen Leute einander tief in die Augen, bis Abigail hereingestürzt kam, ihren Neffen aus dieser innigen Begegnung riss und ihn zum Abschied herzlich umarmte.

»Und grüß mir deine Mutter! Obwohl ich ja finde, dass der lieben Olivia ihr feines Leben als Lady Hamilton langsam zu Kopf steigt.«

»Olivia?«, wiederholte Mister Rangiti tonlos, doch außer Annabelle hatte das keiner gehört. Und niemand außer ihr bemerkte, dass ein düsterer Schatten über sein Gesicht gehuscht war und seine Hände zitterten.

Rotorua, April 1899

Annabelle und Paika waren an diesem regnerischen Herbsttag dabei, die Zimmer der Gäste zu putzen. Annabelle machte in diesen ersten Wochen, seit sie die junge Maorifrau eingestellt hatte, alles gemeinsam mit ihr, um sie anzulernen.

Annabelle war ganz angetan von den Fertigkeiten der Maori. Ihre Bedenken, Paika könne ein wenig zu stolz für die Arbeit im Hotel sein, hatten sich in Wohlgefallen aufgelöst. Paika war nicht nur fleißig und geschickt, nein, sie verlor im täglichen Umgang auch immer mehr von ihrer Verschlossenheit. Nachdem sie in der ersten Woche nur stumm all das ausgeführt hatte, was Annabelle von ihr verlangte, hatte sie in der zweiten Woche bereits ohne Scheu Fragen gestellt. Und seit kurzem ließ sie sich sogar auf persönliche Gespräche ein.

Dieses Geplauder während des Bettenmachens und Fußbodenschrubbens liebte Annabelle. Das hatte ihr schon die Arbeit mit Jane stets angenehm gemacht. Mit jedem Tag wuchs Annabelles Zuneigung für Paika, denn deren Worte trafen Annabelle oft mitten ins Herz.

»Ihr Mann liebt Sie über alles, nicht wahr?«, hatte sie gestern erst bemerkt. Annabelle wäre beinahe in Tränen ausgebrochen. Gordons Liebe war für Annabelle das größte Geschenk auf Erden, und es rührte sie, dass die junge Frau das spürte, obwohl Gordon seine Liebe nicht an die große Glocke hängte. Er wirkte nach außen eher hölzern und war alles andere als ein Meister blumiger Worte.

Annabelle fand die junge Frau allerdings immer noch viel zu ernst für ihr Alter. Seit Paika Duncan zugelächelt hatte, war die Sonne in ihrem Gesicht nicht ein einziges Mal mehr aufgegangen. Annabelle vermutete, dass das Mädchen eine schwere Kindheit erlebt hatte.

Und nun hörte Annabelle zum ersten Mal, dass Paika bei der Arbeit sang. Fasziniert lauschte sie der fremdartigen Weise, einem Maorilied. Paikas Stimme und die traurige Melodie berührten Annabelle so sehr, dass ihr Tränen über das Gesicht liefen. Erinnerungen an die letzte Nacht drängten sich auf. Wieder einmal hatte sie von Elizabeth geträumt und sich entsetzlich hilflos gefühlt. Schreiend hatte sie sich in Gordons Arme geflüchtet. Als sie ihm von ihrem Traum erzählt hatte, hatte auch er geweint. Das hatte ihr das Herz zerrissen. Sie vertraute Gordon diese Albträume nur selten an, weil sie wusste, wie sehr auch er darunter litt. Gestern Nacht jedoch war sie so verzweifelt gewesen, dass sie ihm alles haarklein geschildert hatte. Auch den verzweifelten Ruf: »Mama, Mama!« Vor Schmerz über seine Tränen war sie schließlich in die Nacht hinaus geflohen. Erst am Schlammloch im Garten war sie zur Ruhe gekommen; sie hatte im fahlen Mondlicht reglos dagestanden und in die blubbernde Masse gestarrt.

Armer Gordon!, dachte Annabelle, während sie eine Hand vom Besen nahm, um sich unauffällig die Tränen zu trocknen. In diesem Augenblick spürte sie, wie sich eine feingliedrige Mädchenhand tröstend auf ihren Arm legte.

Annabelle versuchte zu lächeln, aber Paika schnurrte mit ihrer tiefen Stimme: »Sie sind eine tapfere Frau, aber es ist gut für Ihr Herz, wenn Sie den Kummer hinausweinen. Das habe ich immer zu meiner Mutter gesagt, wenn die Tränen sie wieder einmal besiegt hatten. Wenn Sie mir sagen wollen, was Ihr Herz beschwert, ich höre Ihnen gerne zu.«

Annabelles Tränen versiegten bei Paikas tröstenden Worten sofort. Sie fühlte sich seltsam hingezogen zu diesem Mädchen und kämpfte mit sich, ob sie Paika von Elizabeth erzählen sollte. Sie vermied es, von ihrer Tochter zu sprechen, doch ihr Herz sagte ihr, dass die junge Frau zu echtem Mitgefühl fähig war.

Stockend erzählte Annabelle der Maori, dass sie einmal eine Tochter gehabt habe, die ihr mit noch nicht einmal vier Jahren wieder genommen worden war. Und dass sie die Kleine oft nachts in ihren Träumen verzweifelt »Mama!« rufen höre.

Paikas stille Antwort war eine sanfte Umarmung. Annabelle war beinahe versucht, ihr Herz noch weiter zu öffnen und ihr alles anzuvertrauen. Wie das Kind gestorben war und dass sie Schuld daran trug, doch während sie noch mit sich rang, ertönte von unten lautes Klopfen an der Haustür.

Annabelle war beinahe erleichtert, dass sie das Mädchen nicht weiter mit ihrer Geschichte belasten konnte. Dadurch würde Paika womöglich noch ernster werden. Ich muss Abigail unbedingt bitten, Paika zum Lachen zu bringen, nahm Annabelle sich fest vor, bevor sie die Treppe hinuntereilte. »Du hast so ein mitfühlendes Herz, mein Kind«, raunte sie noch.

»Das habe ich von meiner Mutter«, antwortete Paika nachdenklich, aber das hörte Annabelle schon nicht mehr, denn das Pochen war lauter geworden. Fordernd und voller Ungeduld.

Als Annabelle die Tür öffnete, stand ein heruntergekommener Fremder vor ihr. Er kam bestimmt aus der Stadt. Solch einen schmuddeligen Hemdkragen, der mit der albernen Weste offensichtlich fest verbunden war, und einen derartig lächerlichen Zylinder auf dem Kopf trug in Rotorua kein Mensch.

»Sie wünschen?«, fragte Annabelle eine Spur zu abweisend, wie sie selbstkritisch befand. Sollte er ein Gast sein? Aber nein, wie ein feiner Reisender sah er ganz und gar nicht aus. Und er benahm sich auch nicht so. Weder stellte er sich vor, noch grüßte er wohlerzogen. Stattdessen musterte er Annabelle missmutig und bellte: »Ich will zu Miss Abigail Bradley. Und sagen Sie mir bitte nicht, sie ist nicht zu Hause. Darauf falle ich nicht herein!«

Annabelle wollte ihren Ohren nicht trauen. Das hatte sie schon einmal gehört – wortwörtlich sogar. Allerdings mit einem entscheidenden Unterschied: Damals, vor vielen Jahren, hatte die Stimme des Mannes zugleich verzweifelt und liebevoll geklungen. Sie war Musik in ihren Ohren gewesen, während die Stimme dieses Fremden kalt, drohend und alles anders als vertrauenerweckend klang. Und doch schob sich jenes andere *Und sagen Sie mir bitte nicht, sie ist nicht zu Hause* so lebendig in Annabelles Erinnerung, als hätte sie es erst gestern vernommen.

Rotorua, Dezember 1879

Annabelle war an diesem schönen Frühsommertag intensiv damit beschäftigt, die letzten Dinge für die geplante Fahrt zu den Sinterterrassen einzupacken. Sie überlegte gerade, wie viele Decken sie brauchte. Alle acht Gäste, die zurzeit im Hotel wohnten, davon vier Europäer, wollten an dem Ausflug teilnehmen. Es war sozusagen der Höhepunkt ihrer Reise nach Rotorua. Diese Menschen wollten einmal im Leben die rosaroten und weißen Terrassen am Fuße des Mount Tarawera bestaunen, die als das achte Weltwunder galten. Sie zogen jährlich Hunderte von Reisenden an und hatten Rotorua und seine Umgebung zu dem gemacht, was es heute war: eine Attraktion für Fremde aus der ganzen Welt.

Annabelle holte elf Decken aus der Truhe im Wohnzimmer. Acht für die Gäste und drei für ihren Vater, sich selbst und für ihre kleine Schwester, die stets wie eine Klette an ihr hing.

Annabelle hatte sich spontan zur Teilnahme an dem Ausflug entschlossen. Nicht allein der Zauber des Naturwunders lockte sie, sondern die Aussicht, ihre Freundin Mabel Weir wiederzusehen. Deren Mann Benjamin war erst vor wenigen Tagen in Rotorua gewesen und hatte geklagt, dass seine Frau sich mit dem Baby in Te Wairoa einsam fühle. Es gab dort tatsächlich kaum weiße Frauen in Mabels Alter, und die meisten Maorifrauen hatten ganz andere Sorgen, als mit ihr beim Tee über Säuglinge zu plaudern. Das hatte Benjamin Annabelle jedenfalls erzählt, und er hatte hinzugefügt, dass viele der Maori dort dem Alkohol verfallen seien und damit ihr Leben und das ihrer Familien zerstören würden. Daraufhin hatte Annabelle Benjamin versprochen, die nächste Fahrt zum Mount Tarawera mitzumachen und bei ihm gleich Zimmer für die Gäste bestellt.

Mabel und Benjamin besaßen in Te Wairoa am Lake Rotomahana ein kleines Hotel mit Namen *Mabel's House*. Dort übernachteten die Gäste, die das Wunder am anderen Ufer des Sees besichtigen wollten. Vom *Mount Tarawera Hotel*, wie das Hotel der Bradleys im Jahre 1879 noch hieß, war es für eine Tagesreise zu den Terrassen einfach zu weit. Man fuhr immerhin zwei Stunden bis zu *Mabel's House* und musste dann noch zwei Stunden über den See fahren. Deshalb machten sie stets für eine Nacht Station bei Mabel und Benjamin, bevor sie sich von Maoris in Kanus zur anderen Seite des Sees bringen ließen.

Annabelle freute sich sehr auf ihre Freundin. Seit Mabel von Rotorua nach Te Wairoa übergesiedelt war, sahen sie einander selten, denn Annabelles Mutter erlaubte ihrer Tochter nur selten mitzufahren, weil sie dann auf deren Mitarbeit im Haus verzichten musste. Da Maryann derzeit mit Olivia in Auckland bei den Hamiltons weilte, bot sich Annabelle die Gelegenheit, ihren Vater dieses Mal zu begleiten.

Ein energisches Klopfen an der Haustür holte sie aus ihren Gedanken. Sie ließ alles stehen und liegen, um zu öffnen, doch der Vater war ihr bereits zuvorgekommen. Sie wollte sich gerade wieder ihrer Arbeit zuwenden, als sie eine laute und verzweifelt klingende Stimme sagen hörte: »Mein Name ist Gordon Parker. Und Sie sind sicherlich Mister Bradley. Ich möchte zu Ihrer Tochter Annabelle Bradley. *Und jetzt sagen Sie mir bitte nicht, sie ist nicht zu Hause. Darauf falle ich nicht herein!*«

Annabelle blieb wie versteinert stehen. Keine Frage, das war die Stimme von Mister Parker, an den sie so manches Mal vor dem Einschlafen sehnsüchtig gedacht hatte. Und das seit über einem Jahr. Sie hätte jedoch niemals zu hoffen gewagt, ihn eines Tages wiederzusehen. Ihr Herz klopfte bis zum Hals, als sie begriff, dass er tatsächlich vor der Tür stand, denn ihr Vater bat ihn nun höflich ins Haus.

Annabelle schaffte es gerade noch, ins Wohnzimmer zu entwischen. Es wäre doch peinlich, wenn er sie beim Horchen ertappte. Im trüben Glas der Anrichte versuchte sie ihr Haar zu richten und sich den Schweiß aus dem erhitzten Gesicht zu wischen, aber es war zu spät. Die beiden Männer hatten das Wohnzimmer bereits betreten. Vor lauter Verlegenheit wusste Annabelle gar nicht, was sie sagen sollte. In ihrer Not plapperte sie einfach drauflos: »Ach, Mister Parker, wie entzückend, dass Sie uns besuchen kommen! Es war ja nicht besonders nett von Ihnen, unser Fest so überstürzt zu verlassen, aber ich kann Ihnen gar nicht sagen, wie dankbar ich bin, dass Sie meine kleine Schwester gerettet haben. Was führt Sie her? Darf ich Ihnen etwas zu trinken anbieten?«

Mister Parker und ihr Vater begannen wie aus einem Munde zu lachen.

»Annabelle, so kenne ich dich ja gar nicht«, bemerkte ihr Vater belustigt. »Du sprichst so geziert, wie Mutter es sich jetzt wahrscheinlich den lieben langen Tag bei den Hamiltons anhören muss.«

Annabelle brach ebenfalls in ein befreiendes Gelächter aus. Naiv, wie sie nun einmal war, öffnete sie dem Fremden sogleich ihr Herz. »Ich wollte doch nur überspielen, dass ich Ihre Stimme bereits eben im Flur gehört habe und beinahe in Ohnmacht gefallen wäre.«

Erschrocken hielt sie inne, doch Gordon Parker, der aufgehört hatte zu lachen, lächelte sie stattdessen gewinnend an. »Da bin ich aber froh, dass Sie doch noch so natürlich geblieben sind, wie ich Sie in Erinnerung hatte. Sonst wäre meine lange Reise womöglich umsonst gewesen.«

»Was führt Sie denn her, junger Mann, außer dass Sie vor meiner Tochter Süßholz raspeln wollen?«, fragte William verschmitzt.

»Ich bin hier, weil ich nun eine Stellung bei einem Holzhändler in Auckland vorzuweisen habe und einer Frau Sicherheit bieten könnte. Deshalb bin ich auch damals geflüchtet. Ihre Mutter, liebe Annabelle, machte mir den Eindruck, als würde sie Männer, die Gefallen an ihren Töchtern finden, nur zu gern in die Flucht schlagen. Was ihr vergangene Woche ja auch beinahe gelungen wäre«, sagte Gordon treuherzig.

Annabelle, deren Herz vor Freude beinahe Purzelbäume schlagen wollte, stutzte. »Sie waren letzte Woche schon mal hier?«

Gordon nickte. »Ja, ich war auf dem Weg nach Hamilton, um meine Familie zu besuchen, und wollte Sie etwas Wichtiges fragen. Dann hätten Sie bis zu meiner Rückkehr eine Woche Zeit gehabt, sich Ihre Antwort gut zu überlegen ...«

»Sie wollen damit sagen, dass Sie vor einer Woche nach mir gefragt haben?«

Gordon seufzte. »Ja, aber Ihre Mutter behauptete, Sie wären nicht da. Ich habe sie gebeten, auf dem Rückweg noch einmal vorbeischauen zu dürfen. Aber sie hat mir eine unmissverständliche Absage erteilt: *Lieber nicht, junger Mann! Machen Sie sich nicht unnötig Mühe. Meine Tochter ist bereits vergeben!*«

Bei seinen letzten Worten hatte er unfreiwillig Maryanns Tonfall imitiert, was sowohl Vater als auch Tochter mit einem breiten Grinsen zur Kenntnis nahmen, doch dann rief Annabelle empört aus: »Vater, was sagst du dazu? Sie hat Mister Parker einfach wieder weggeschickt.«

William C. Bradley räusperte sich verlegen: »Sie hat es mir später erzählt und inzwischen eingesehen, dass das keine Heldentat war. Ich sollte dir von Mister Parkers Besuch erzählen, und ob du es glaubst oder nicht, ich hätte es noch heute auf der Fahrt zu den Terrassen getan.«

»Sie fahren zu den Sinterterrassen?«, fragte Gordon verzückt. Seine Augen leuchteten. Schwärmerisch fügte er hinzu: »Man hat mir von ihrer umwerfenden Schönheit berichtet, aber ich war noch nie dort. Es ist einer jener Träume, die ich mir in meinem Leben ganz sicher noch erfüllen werde.«

Annabelle warf ihrem Vater einen flehenden Blick zu, den William mit einem aufmunternden Nicken erwiderte. Mit geröteten Wangen fragte sie ihren Besucher aufgeregt: »Mister Gordon, dürfen wir Sie einladen, mit uns dorthin zu reisen? Wir veranstalten diese Fahrt für unsere Gäste, und zufällig haben wir noch einen freien Platz im Pferdewagen. Es ist keine Reise in einer bequemen Kutsche, aber unsere Gäste lieben diese Fahrten durch grüne Wälder und Täler.«

Gordon Parker sah Annabelle aus großen Augen an. »Macht das auch wirklich keine Umstände?«, fragte er ungläubig.

»Nur unter einer Bedingung!«, sagte William streng.

Annabelle fuhr zusammen, und auch Gordon schaute ihn verunsichert an.

»Wenn du von ihm verlangst, dass er sich dafür hier nicht mehr sehen lässt, sobald Mutter zurück ist, kann er gut und gerne auf die Einladung verzichten«, schimpfte Annabelle.

»Nun lass *ihn* doch reden, Kind! Mister Parker, auf meine Bedingung werden Sie sicherlich liebend gern eingehen. Sie müssen uns nämlich noch verraten, was Sie meine Tochter eigentlich fragen wollten.«

Gordons gutmütiges Gesicht lief auf der Stelle rot an. Er holte einmal tief Luft und erklärte mit fester Stimme: »Meine Frage geht mehr an Ihre Adresse, Mister Bradley. Ich möchte bei Ihnen hiermit in aller Form um die Hand Ihrer Tochter anhalten.«

Annabelle konnte sich nicht mehr beherrschen. Mit einem Satz war sie bei Gordon und fiel ihm um den Hals. »Ja«, jauchzte sie. »Ja, ich möchte deine Frau werden.«

William beobachtete das Ganze schmunzelnd. »Was soll ich dazu noch sagen? Es würde meiner Tochter wohl das Herz brechen, wenn ich Ihnen eine Abfuhr erteilen würde.« Er reichte Gordon die Hand. Dann holte er aus der Anrichte eine Flasche Whisky und zwei Gläser und füllte sie reichlich. Annabelle rümpfte bereits beim Geruch die Nase.

»Jetzt gehörst du zur Familie, mein lieber Gordon.« Mit diesen Worten prostete ihr Vater seinem künftigen Schwiegersohn zu, und beide Männer tranken das Teufelszeug mit Todesverachtung.

Gordons Augen blitzten vor Freude, aber dann wirkte er plötzlich besorgt. »Und was wird Ihre Frau dazu sagen? Ich glaube nicht, dass sie erfreut sein wird. Ich ... Ich hatte den Eindruck, ich ... ich bin ihr nicht gut genug«, stammelte Gordon.

»Junger Mann«, erwiderte William in betont scharfem Ton. »Was meinst du, wer hier im Haus die Hosen anhat? Meine Frau oder ich?«

Gordon zog es vor, die Antwort schuldig zu bleiben, war jedoch offensichtlich erleichtert.

Annabelle schmiegte sich an ihren Vater heran und flüsterte: »Das ist deine Rache für Allan Hamilton. Stimmt's?«

»Blödsinn!«, zischte er unwirsch, während seine Augen lachten. Dann wandte er sich an Gordon. »Ich bin jetzt dein Schwiegervater und stehe zu dir. Du hast also eine Stelle bei einem Holzhändler in Auckland. Und du willst meine Tochter dorthin mitnehmen?«

Gordon nickte.

»Das wird nicht gehen«, erwiderte William knapp. Als er bemerkte, wie fahl Gordon geworden war, fügte er eilig hinzu: »Was kannst du denn, mein Junge? Kannst du mit Holz umgehen? Möbel, Häuser bauen? Bist du geschickt mit den Händen? Kannst du unser Land bestellen, Gemüse ernten, Obst pflücken? Fische fangen?«

Gordon sah seinen zukünftigen Schwiegervater verunsichert an, bevor er ihm antwortete: »Ich stamme von einer Farm, und Vieh- und Landwirtschaft sind mir nicht fremd. Ich könnte sogar Schafe züchten. In Auckland habe ich mir ein kleines Haus mit Veranda gebaut. Und auch sämtliche Möbel geschreinert. Meine Frau soll es doch schön haben in Auckland.«

William seufzte laut auf. »Ich kann sie dir nicht mitgeben, mein

Junge. Sie ist neben meiner Frau und mir das Herz unseres Familienunternehmens. Ohne sie würde hier alles zusammenbrechen; ich brauche zunehmend Hilfe in meinem Alter. Ich schaffe die vielen Ausflugsfahrten nicht mehr allein. Ich habe Pläne für einen Ausbau des Hotels in der Schublade, aber allein kann ich sie nicht anpacken. Und was soll werden, wenn meine Frau und ich nicht mehr können? Meine jüngste Tochter wird das Hotel sicher nicht übernehmen ...«

Als hätte man sie gerufen, kam nun Abigail ins Zimmer gestürzt. Sie stutzte einen Augenblick, als sie Gordon sah, doch dann flötete sie: »Mister Parker, mein Retter! Das ist aber nett, dass Sie mich besuchen.«

Annabelle strich der Kleinen amüsiert über den Lockenkopf. »Mister Parker ist vor allem meinetwegen hier. Wir werden heiraten. Du kannst also gern Gordon zu ihm sagen.«

»Das ist ja wunderbar, Gordon, dann bleibst du für immer hier?«

Gordon Parker atmete einmal tief durch, bevor er leise seufzte: »Ja, für immer! Er lässt mich ja nicht nach Auckland zurück, und ich lasse sie nicht hier!« Bei diesen Worten blickte er Annabelle zärtlich an.

Te Wairoa/Mount Tarawera, Dezember 1879

Es war für Annabelle wie ein Nachhausekommen, als sie am nächsten Tag die schlichte Herberge am Lake Rotomahana betrat. Mabel Weir begrüßte sie überschwänglich.

»Wenn ich den Gästen ihre Zimmer gezeigt habe, musst du mir in der Küche Gesellschaft leisten und mir alle Neuigkeiten aus Rotorua berichten«, raunte sie ihrer Freundin zu. Dann begrüßte sie Annabelles Vater und ihre Schwester Abigail, die sich sogleich für das Baby interessierte. »Wenn du magst, kannst du sie ein wenig im Kinderwagen am See entlangschieben«, bot Mabel Abigail an. Das ließ sich der quirlige Lockenkopf nicht zweimal sagen. Abigail hatte bereits auf der Fahrt begriffen, dass ihre Schwester viel Zeit allein mit Mister Gordon verbringen wollte.

Annabelle zwinkerte ihr dankbar zu. Sie hatte jetzt wirklich anderes im Sinn, als sich um die kleine Schwester zu kümmern. Ja, sie brannte förmlich darauf, Mabel an ihrem Glück teilhaben zu lassen. Wie oft hatte sie der Freundin in den Ohren gelegen, dass sie nur einen einzigen Mann auf der Welt zu heiraten wünschte, aber der sei einfach aus ihrem Leben verschwunden. »Abigails Retter«, hatte sie ihn genannt. Und nun war er da und bereitete ihr noch immer so viel Herzklopfen wie bei ihrer ersten Begegnung.

»Mabel, stell dir vor ...«, flüsterte sie nun aufgeregt, aber ihre Freundin war noch voll und ganz mit der Zimmerzuteilung beschäftigt. Schließlich stand nur noch Gordon Parker vor ihr und bat schüchtern um seinen Schlüssel.

Mabel kratzte sich verlegen am Kinn. »Sind Sie wirklich für

heute angemeldet? Oder sollte ich mich verzählt haben?«, murmelte sie vor sich hin.

Bevor Gordon antworten konnte, kam Annabelle ihm zuvor: »Nein, Mabel, er ist nicht angemeldet. Gordon hat uns heute überraschend besucht. Er ist unser Gast. Ich habe dir doch von ihm erzählt. Er ist Abigails Retter! Hast du noch ein Zimmer für ihn?«

Mabel strahlte plötzlich über beide Wangen und blätterte in einem dicken Buch mit Ledereinband. »Sie haben Glück!«, sagte sie und nahm den letzten Schlüssel vom Haken.

»Die Nummer zwei ist noch frei. Sie liegt direkt neben deinem Zimmer, Bella«, fügte sie augenzwinkernd hinzu. Mabel war der einzige Mensch, der Annabelle so nannte.

Annabelle drückte verstohlen Gordons Hand und bot der Freundin kichernd an, ihm das Zimmer zu zeigen.

»Aber mach bloß nicht so lange! Ich bin zu gespannt, was es für Neuigkeiten in Rotorua gibt. Ich platze vor Neugier!«, bemerkte Mabel lächelnd und händigte ihrer Freundin grinsend den Zimmerschlüssel aus.

Kaum hatte Annabelle die Nummer zwei aufgeschlossen, zog Gordon sie in die Kammer, schlug die Tür hinter sich zu und umarmte seine Braut. Er fasste sie bei den Hüften und wollte sie übermütig herumwirbeln, doch angesichts der Enge des Raums zog er Annabelle nur noch näher an sich und küsste sie zaghaft. Erst auf die Stirn, dann auf die Wangen, bis sich ihre Münder fanden.

Annabelle erschrak. Diese Leidenschaft machte ihr Angst. Aber hatte Olivia ihr nicht immer vorgeschwärmt, ein Kuss sei süßer als ein Christmas Pudding? Typisch Olivia!, dachte Annabelle, während sie sich inniglich seinen Liebkosungen hingab. Die nimmt schließlich nicht zu, wenn sie nur an Essen denkt. Nein, Gordons Küsse schmeckten nach einem frischen, verheißungsvollen Sommermorgen in Rotorua – allerdings ohne Schwefelgeruch.

Da bereitete Gordon diesem Sommermorgen ein jähes Ende. »Wenn wir so weitermachen, werden wir die Hochzeitsnacht nicht mehr so erleben, wie es sich für brave Eheleute gehört«, stöhnte er.

Annabelle errötete. Dachte er auch daran, wie es wohl wäre, wenn sie sich einfach auf das Bett fallen ließen? Allein bei dem Gedanken rieselten wohlige Schauer ihren Rücken hinunter. Aber sie wollte vernünftig sein und sich von Stund an auf ihre Hochzeitsnacht freuen. Sie wollte die Tage zählen, die Stunden, die Minuten. »Lass uns schon morgen heiraten«, rief sie begeistert aus.

»Ein bisschen werden wir wohl noch warten müssen. Ich muss ja erst nach Auckland reisen und meine Angelegenheiten in Ordnung bringen«, widersprach Gordon schwach.

Annabelle seufzte. »Mutter sagt immer, ein anständiges Mädchen sollte mindestens neun Monate lang verlobt sein, aber so lange kann ich nicht warten. Das halte ich nicht aus. Und ich habe sogar einen Grund, schneller zu heiraten als andere. Ich bin schließlich schon einundzwanzig.«

Gordon lachte: »Du hast Recht. Neun Monate sind zu lang, aber jetzt gehst du wohl besser. Sonst muss ich dich gleich noch mal küssen.«

Annabelle bot ihm ihre Lippen zu einem Abschiedskuss dar, und er konnte nicht widerstehen. Dieses Mal beendete sie das süße Vergnügen. »Mich zieht es zu Mabel in die Küche. Na, die wird Augen machen, wenn sie erfährt, dass ich doch noch einen Mann gefunden habe.«

»Willst du damit sagen, ich bin deine letzte Rettung?«, fragte Gordon, gespielt beleidigt.

»Ich will damit sagen, dass ich mir, seit du über den See gerudert bist und ich deinen Rücken bewundert habe, nichts sehnsüchtiger gewünscht habe, als dass du wiederkommen und nie wieder aus meinem Leben verschwinden sollst.«

Gordon zog sie noch einmal dicht zu sich heran und sah ihr tief in die Augen. »Und ich habe mich in dich verliebt, als dir dieses dumme Haarteil vom Kopf gerutscht ist.«

Annabelle lachte. Es fiel ihr schwer, sich von ihm zu trennen, aber schließlich siegte die Neugier, wie Mabel wohl auf die frohe Botschaft reagieren würde. Sie eilte zur Küche.

Als Annabelle eintrat, war Abigail gerade dabei, Mabel zu erzählen, dass Gordon Parker, ihr Retter, nun ihr Schwager werden würde.

»Du bist doch eine kleine Kröte. Das wollte ich ihr doch sagen!«, seufzte Annabelle und nahm Abigail in den Arm.

»Magst du mich denn in Zukunft auch noch leiden oder nur noch deinen Gordon?«, fragte die Kleine kokett.

»Wenn du dich anständig benimmst«, erwiderte Annabelle lachend.

Am nächsten Tag standen sie in aller Herrgottsfrühe auf und wanderten zum See hinunter, um dort in das Kanu zu steigen. Annabelle war mit Gordon ein Stückchen hinter den anderen zurückgeblieben, als sich ihnen plötzlich ein Maori in den Weg stellte. Der Mann schien betrunken zu sein, denn er lallte mit verwaschener Stimme: »Ihr noch weinen. Ahnen nicht wollen Menschen auf Berg. Ruo Moko, Gott von Erdbeben, machen Rache. Ich schwör!«

Annabelle durchfuhr ein eisiger Schrecken. War der Berg nicht tatsächlich eine geheiligte Stätte der Maori, ein Tapu, ein Begräbnisplatz ihrer Ahnen?

Gordon überhörte die Worte des Alten einfach, nahm sie bei der Hand und umrundete den Mann, der knurrend davonwankte.

Annabelle aber saß der Schrecken in allen Knochen, doch sie versuchte, sich zu beruhigen. Mahora, unser Führer, ist schließlich selber ein Maori und der würde uns Weiße niemals gegen Geld zu den Terrassen bringen, wenn es seinem Glauben widerspräche. Oder doch?

Kaum waren sie in das Kanu gestiegen, beugte sich Annabelle zu Mahora hinüber und berichtete ihm aufgeregt von dem Maori. Zu ihrer großen Erleichterung winkte er lachend ab. Das sei der alte Tane, der nur neidisch sei, weil er keine eigenen Kanus besitze, mit denen er seinen Lebensunterhalt verdienen könne. Annabelle wollte ihm das gern glauben, doch ein leiser Zweifel nagte weiterhin an ihr.

Je näher sie dem anderen Ufer kamen, desto aufgeregter wurde die Stimmung in dem großen Boot, das von Mahora und seinem kräftigen Bruder gleichmäßig über den See gelenkt wurde.

Die Gäste, die lange auf diesen Augenblick gewartet hatten, verrenkten sich die Hälse, als das achte Weltwunder immer näher in den Blick geriet und immer mehr von seinem geheimnisvollen Glanz offenbarte. Das Kunstwerk der Natur lag am Fuße des majestätisch emporragenden Mount Tarawera. Noch war es nur ein weißes Glitzern, aber als sie den Fuß des Berges ansteuerten, erschloss es sich in seiner bizarren Schönheit.

So weit das Auge reichte, breiteten sich hell leuchtende Terrassen vor ihnen aus. Sie sahen aus wie ein riesiger Wasserfall, durch Magie erstarrt, ein Zaubergarten aus einem Märchen, ein verborgenes Geheimnis der Natur, das Menschen nicht ergründen sollten.

Doch Mahora nahm ihnen den Zauber, denn er erklärte ihnen, wie es zu diesen märchenhaften Formationen gekommen war: Das salzhaltige heiße Wasser, das den Berg hinuntergeflossen war, hatte weiße Ablagerungen aus Kalkstein und marmorartigem Travertin hinterlassen, die sich wie Terrassen formten und kleine Wasserbecken umschlossen.

Gordon hörte gar nicht hin. Er blickte mit glänzenden Kinderaugen auf das im Sonnenlicht faszinierend funkelnde Gestein und nahm ergriffen Annabelles Hand. Er hatte nicht einmal Lust, mit den anderen zu den rosafarbenen Terrassen zu wandern, die nicht so imposant, aber dafür zum Baden geeignet waren.

Ihm genügte es, Hand in Hand mit Annabelle am Rand eines Wasserbeckens zu sitzen und den Blick fasziniert nach oben zu richten.

»Es ist wirklich so, als würden sie in den Himmel steigen«, raunte er ergriffen.

Annabelle betrachtete die Terrassen an diesem schönen Dezembertag noch einmal mit neuen Augen. Mit einem Mann an ihrer Seite, den sie liebte und mit dem sie den Rest ihres Lebens verbringen wollte, erschien ihr das Wunder der Natur noch wunderbarer. Und weil dieser Moment so vollkommen war, überkam Annabelle ganz plötzlich die dumpfe Angst, in einem schönen Traum gefangen zu sein, aus dem sie jäh erwachen würde. Und während ihre Augen Gordons Blicken folgten und sie von Ferne das Lachen der Gäste hörte, die in den Becken badeten, schlichen sich erneut die Worte des Maori in ihre Gedanken und die düstere Ahnung, dass ihr Glück nicht ungetrübt bleiben würde, überfiel sie. Sie erschauderte. War dies nicht wirklich ein heiliger Ort, an dem die Ahnen der Maori in Frieden ruhen sollten? War es vielleicht nur ein Stück vom Paradies, aus dem man sie schon bald vertreiben würde? Oder war es tatsächlich nur das dumme Geschwätz eines Betrunkenen, als er prophezeite, dass der Gott des Erdbebens sich eines Tages für den Frevel, den sie am heiligen Berg begangen hatten, rächen würde?

»Ach, Annabelle, dieser Tag wird uns ein Leben lang im Gedächtnis bleiben«, hörte sie Gordon wie aus einer anderen Welt beseelt seufzen. »Er ist untrennbar mit unserem Glück verbunden.«

Dann küsste Gordon sie, und dieser Kuss ließ Annabelle in dem Augenblick, als sich ihre Lippen berührten, all ihre Ängste vergessen.

Rotorua, April 1899

»Hey, Lady, aufwachen!«, befahl eine unfreundliche Stimme.

Annabelle zuckte zusammen. Ihre Gedanken waren zu glücklicheren Zeiten abgedriftet. Ich bin wirklich überarbeitet, dass ich schon zur Tagträumerin werde, dachte sie, während sie sich den Fremden genauer ansah. Ein Schauer lief ihr über den Rücken. Er hatte einen verschlagenen Blick. Am liebsten würde sie ihn wegschicken.

»Was ist jetzt? Führen Sie mich jetzt zu Miss Abigail, oder muss ich härtere Saiten aufziehen?«, bellte er.

Annabelle überlegte fieberhaft, wie sie diesen unangenehmen Kerl wohl schnellstens loswerden könnte. An ihrem Entschluss, ihn auf keinen Fall ins Haus zu lassen, änderte auch die Tatsache nichts, dass er seinen Mund gerade zu einem Lächeln verzog. Sie spürte sofort, dass es eine falsche Freundlichkeit war, und fragte sich, was dieser Widerling wohl mit ihrer kleinen Schwester zu tun habe.

In diesem Augenblick schob er frech einen Fuß in die Tür. »Ich glaube, Sie haben mich nicht ganz verstanden, gnädige Frau, ich möchte mit meiner Verlobten sprechen. Und Sie können nicht leugnen, dass sie hier bei Ihnen Unterschlupf gefunden hat. Sie waren es doch sicher, die ihr telegraphiert haben, sie möge sofort kommen. Meine Abi liebt im Grunde ihres Herzens nichts mehr als ihre Familie. Und wenn Sie mich nicht augenblicklich zu meiner Liebsten lassen, dann bringen Sie mich doch gleich zu Ihrer Frau Mutter. Die ist bestimmt brennend daran interessiert zu erfahren, was für einen Lebenswandel ihre Tochter in Wellington geführt hat ...«

Annabelles Herz schlug zum Zerbersten. Dieser Mann war Abigails Verlobter? Das wollte sie nicht glauben.

»Lass den Kerl schon rein!«, ertönte da die schneidende Stimme ihrer Schwester aus dem Hintergrund.

Annabelle drehte sich erschrocken um. Hinter ihr stand Abigail, totenbleich im Gesicht. Annabelle trat beiseite.

Sofort stürzte der Mann zu Abigail. »Meine Herzallerliebste, freust du dich, dass ich die weite Reise auf mich genommen habe, um bei dir zu sein?«, gurrte er mit einem gefährlichen Unterton, während er Annabelle einen triumphierenden Blick zuwarf.

»Was wollen Sie hier?«, giftete Abigail ihn an.

»Ach, meine kleine Kratzbürste, immer noch böse auf mich? Ich möchte mit dir sprechen.«

»Dann kommen Sie. Das muss ja nicht jeder hören«, bellte Abigail und schob ihn unsanft ins Wohnzimmer.

Annabelle zögerte. Sollte sie ihre Schwester wirklich mit diesem widerwärtigen Kerl allein lassen? Nein, das würde sie auf keinen Fall riskieren! Schnellen Schrittes folgte sie den beiden, doch der Fremde zischte: »Ich sagte, unter vier Augen!«

»Dies ist mein Haus, und hier bestimme ich, wo ich mich aufhalte«, erwiderte Annabelle entschlossen. Sie hoffte, dass er das Zittern ihrer Hände nicht bemerkte.

Der Fremde lachte laut auf. »Meinetwegen, nehmen Sie nur Platz. Ich habe allerdings meinen Zweifel, ob Abi ...«

»Nennen Sie mich nicht Abi! Für Sie bin ich immer noch Miss Bradley«, brüllte Abigail und ballte die Fäuste.

»Wie konnte ich das nur vergessen?«, fragte er mit ironischem Unterton und fuhr, an Annabelle gewandt, fort: »Also, gnädige Frau, ich weiß nicht, ob Miss Abigail Bradley so erbaut ist, wenn Dritte Zeugen unseres Gespräches werden. Ich vermute, sie hat mehr zu verbergen als ich. Deshalb wäre es besser, Sie verließen dieses Zimmer!« Er wedelte mit der Hand, als wolle er eine lästige Fliege verscheuchen.

Annabelle blieb jedoch stur sitzen, wenngleich ihr ganz übel wurde vor Sorge, weil sie großes Unheil aufziehen sah. Sie suchte Abigails Blick. Was sie in den Augen ihrer Schwester las, brach ihr fast das Herz. So viel Traurigkeit, Mutlosigkeit und Angst.

Aber Annabelle spürte auch mit jeder Faser, dass Abigail jetzt ihre Hilfe benötigte. »Abi, Kleine, was dieser Mann da auch immer zu sagen hat, ich schwöre dir, es wird meine Liebe zu dir nicht erschüttern. Überleg es dir gut: Wenn du einen Menschen brauchst, der erfahren soll, wie es um dein Leben wirklich bestellt ist, dann bleibe ich hier. Wenn du keinen möchtest, der dir gegen diesen schrecklichen Kerl beisteht, dann werde ich gehen.«

»Oho, Sie sind wohl eine von den ganz Edelmütigen. Wollen helfen um jeden Preis, aber da gibt es nichts zu helfen. Das hier geht nur Miss Bradley und mich etwas an. Sie möchte vor Ihnen bestimmt nicht über ihr feines Leben in Wellington auspacken. Merken Sie denn nicht, dass Sie stören? Ich will mit meiner Verlobten allein reden, verstanden?«

Annabelle hielt den Atem an und schaute angespannt zu ihrer Schwester.

»Bitte, bleib!«, raunte Abigail, die einen Augenblick wie betäubt dastand, bevor sie wie eine Furie auf den Fremden losging und mit den Fäusten auf seinen Brustkorb eintrommelte. »Sie sind nicht mein Verlobter. Und jetzt verschwinden Sie! Es gibt nichts zu klären zwischen uns. Ich möchte Sie nie wiedersehen!« Erschöpft ließ sie die Fäuste sinken und schlug die Hände vors Gesicht.

»Sie haben doch gehört, was meine Schwester gesagt hat. Sie sollen verschwinden!« Zur Bekräftigung ihrer Worte sprang Annabelle auf, öffnete die Wohnzimmertür und deutete nach draußen.

Wieder lachte der Fremde laut auf. »Auch wenn sie nicht mit mir reden will, ich habe ihr etwas zu sagen.« Er wandte sich an

Annabelle: »Sie sind also die heilige Schwester des gefallenen Mädchens? Dann gehört Ihnen wohl das Hotel? Gut, ich hätte gern ein Zimmer!«

»Niemals werden Sie in diesem Hotel übernachten!«, schrie Abigail.

Annabelle schloss eilig die Wohnzimmertür von innen. Sie wollte vermeiden, dass ihre Mutter mitbekam, was hier vorging. Wenn doch bloß Gordon zu Hause wäre!, dachte sie, aber er war nach Auckland gereist, um sich mit dem Ingenieur des Badehauses zu beraten. Bei der Verlegung der Pumpen, die das gesunde Wasser aus dem Pool in die zwei Baderäume bringen sollten, waren Schwierigkeiten aufgetreten. Zurzeit waren nur wenige Gäste im Haus, sodass er die günstige Gelegenheit beim Schopf gepackt hatte, bis zum Abend fortzubleiben. Annabelle überlegte fieberhaft. Was würde Gordon in dieser Situation tun? Natürlich, er würde den Mann aus dem Haus werfen. Wenn nötig, mit Hilfe seiner Fäuste. Sie aber musste es mit Worten schaffen.

Annabelle holte einmal tief Luft, bevor sie in scharfem Ton befahl: »Verlassen Sie auf der Stelle mein Haus! Sie haben hier nichts zu suchen. Meine Schwester ist nicht daran interessiert, mit Ihnen zu reden. Und nun hinaus mit Ihnen!« Zur Bekräftigung ihrer Worte deutete Annabelle mit großer Geste zur Tür.

Seine Antwort war ein breites Grinsen. »Gut, meine liebe Abigail, du hast es so gewollt! Dann wird deine Schwester eben Zeugin dessen, was ich dir zu sagen habe. Du schuldest mir noch Geld! Schließlich hatten wir beiden Hübschen eine Vereinbarung. Und deshalb werde ich in diesem Hotel warten, bis du deine Schulden bezahlt hast. Wenn es sein muss, eine ganze Woche lang. Und wenn du dich weiterhin weigerst, dann werde ich allen in diesem Ort erzählen, was und wer du wirklich bist!«

Noch einmal stürzte sich Abigail auf den Kerl und versetzte ihm dieses Mal eine schallende Ohrfeige. »Wenn Sie das wagen, sind Sie ein toter Mann!«, brüllte sie.

Er lachte böse auf, bevor er ihre Hände packte und zischelte: »Wag es ja nicht noch einmal, mich zu schlagen! Das würdest du bitter bereuen. Du weißt genau, dass ich kein Mann der leeren Drohungen bin. Auch die Maori kann nun ein Lied davon singen.«

Abigail zuckte bei diesen Worten zusammen und ähnelte plötzlich einem gehetzten Tier.

Annabelle konnte das Elend nicht länger mit ansehen. Sie hatte noch nie einen Menschen geschlagen, aber in diesem Augenblick war sie fest entschlossen, diesen Verbrecher notfalls mit Gewalt aus dem Haus zu treiben. Was sagte Gordon immer bewundernd zu ihr? Du hast Kraft für zwei! Mit hocherhobenem Arm trat sie auf ihn zu, und sie hätte keine Sekunde gezögert, ihn zu schlagen, wenn Abigail sie nicht davon abgehalten hätte.

»Bitte nicht, er ist stärker als wir beide zusammen. Und glaube mir, er würde nicht davor zurückschrecken, dich zu schlagen, wenn ihm nicht gar Schlimmeres einfällt.«

Bei diesen Worten streifte Abigail den Ärmel ihres Kleides nach oben, bis eine hässliche Narbe sichtbar wurde. »Er hat eine Zigarre auf meinem Arm ausgedrückt!«, sagte sie tonlos.

»Du übertreibst, das war ein Unfall!«, entgegnete der Fremde grinsend.

Annabelle wich erschrocken einen Schritt zurück. Bei diesem Anblick verließ sie der Mut. Sie zitterte am ganzen Körper. Noch niemals zuvor war sie einem derartig brutalen Menschen begegnet.

»Wie viel Geld wollen Sie?«, fragte Abigail ihn jetzt mit eisiger Stimme.

»Dreihundert Pfund Sterling.«

»Aber Sie wissen doch genau, dass ich Ihnen alles gegeben habe, was ich hatte, und mit dem Rest meine Heimreise bezahlt habe«, entgegnete Abigail verzweifelt.

»Genau, du hast mir nicht alles gegeben. Du hast dich aus dem

Staub gemacht. Deshalb war ich inzwischen auch leider gezwungen, der feinen Lady einen Brief zu schreiben, nachdem der feine Herr Abgeordnete sich geweigert hat, mir auch nur einen Penny für mein Schweigen zu zahlen. Sie hat ihn verlassen. Du glaubst gar nicht, was in Wellington los ist. Und du kannst dich niemals mehr in der Stadt blicken lassen. Du hast nur noch diesen Ort, an dem du dich verstecken kannst. Du willst doch nicht, dass man hier alles über deine Machenschaften erfährt? Vielleicht greift dir deine Familie unter die Arme. Sie sind doch so ein guter Mensch, Misses Bradley. Sie wollen doch sicher nicht, dass das Ansehen Ihrer Familie unter den Geschichten leidet, die ich über Ihre Schwester unter die Leute bringen könnte. Und denken Sie an Ihre kranke Mutter!«

Abigail brachte keinen Ton mehr heraus. Ihre Knie zitterten so, dass sie sich kaum mehr aufrecht halten konnte. Sie ließ sich auf einen Stuhl fallen und starrte an die Wand.

In Annabelles Kopf wirbelte alles wild durcheinander. Ihre Mutter durfte niemals erfahren, was Abigail zugestoßen war. Womit dieser Mann ihre Schwester auch immer erpresste, es verhieß nichts Gutes.

Plötzlich fiel ihr die Schatulle ein, in der Gordon das Geld verwahrte, das er für den Bau des Badehauses benötigte. Sie wusste nicht genau, wie viel er zurückgelegt hatte, aber sie vermutete, dass es mehrere hundert Pfund waren. Ob sie diesem miesen Kerl Gordons Ersparnisse geben sollte, damit er für immer aus Abigails Leben verschwand? Und ob Abi dann bei ihnen in Rotorua unbehelligt leben konnte? Diese Frage würde sie aber erst beantworten können, wenn sie das dunkle Geheimnis ihrer Schwester kannte. Schließlich würde sie ansonsten etwas riskieren, was der gute Gordon ihr vielleicht nie verzeihen würde. Sie würde seinen Traum vom Badehaus mit einem einzigen Griff in seine Kasse zerstören. Das kann ich nicht tun, ohne zu wissen, wofür, beschloss Annabelle seufzend. Ich brauche Bedenkzeit.

»Mister«, sagte sie mit fester Stimme, »geben Sie mir Ihr Ehrenwort, dass Sie auf Nimmerwiedersehen verschwinden, wenn Sie das Geld bekommen?«

»Abgemacht«, grunzte er und streckte die Hand aus, was Annabelle geflissentlich übersah. Sie wollte den Mann nicht anfassen. Nicht einmal, um dieses Abkommen zu besiegeln.

»Gut, dann gebe ich Ihnen jetzt ein Zimmer im Hotel. Und Sie werden sich wie ein normaler Gast verhalten und vor allem einen großen Bogen um meine Schwester und mich machen. Und Sie werden umgehend abreisen, sobald Sie das Geld erhalten haben.«

»Bitte, Annabelle, nicht, ich will nicht, dass du ihm Geld gibst. Lieber gehe ich von hier fort und –«, brachte Abigail schwach hervor.

»Schweig!«, unterbrach Annabelle sie barsch. »Werden Sie sich an diese Bedingungen halten?«, fragte sie den Mann in scharfem Ton.

Er lachte. »Nichts lieber als das, gnädige Frau. Mir behagt weder dieser gottverlassene, stinkende Flecken Erde noch die Gegenwart dieses Flittchens.«

»Kommen Sie!«, befahl Annabelle.

Er folgte ihr widerspruchslos zur kleinen Empfangsecke des Hotels, allerdings nicht, ohne Abigail noch einen warnenden Blick zuzuwerfen.

Absichtlich überreichte Annabelle ihm den Schlüssel für das kleinste Zimmer mit Blick in den Garten. Ein Zimmer mit Aussicht auf den See für diesen Kerl, das hätte noch gefehlt.

»Ich darf Sie bitten, sich möglichst auf Ihrem Zimmer aufzuhalten, denn ich bin nicht darauf erpicht, Ihnen im Hause zu begegnen. Sagen Sie« – Annabelle sah ihn durchdringend an –, »so einer wie Sie, der hat doch sicher schon mal im Gefängnis gesessen, oder?«

Es war ein kurzes Vergnügen zu beobachten, wie ihm die Farbe aus dem Gesicht wich, denn er zögerte keine Sekunde, zum Gegenschlag auszuholen.

»Eine Erfahrung, die Ihrer Schwester vielleicht noch bevorsteht!«

Annabelle bebte am ganzen Körper, als sie schließlich ins Wohnzimmer zurückkehrte.

Abigail saß dort wie ein Häufchen Elend, den Kopf in die Hände gestützt, und schluchzte laut.

Annabelle setzte sich seufzend neben sie und legte sanft den Arm um die Schwester. Schon früher waren ihr Vater und sie die Einzigen gewesen, die Abigail trösten konnten. »Kleines, es wird alles gut, glaub mir«, sprach sie beruhigend auf Abigail ein.

Mit großen verheulten Augen blickte Abigail sie schließlich an und stammelte: »Es tut mir so leid. Ich konnte doch nicht ahnen, dass er mich sogar bis nach Rotorua verfolgen würde. Ich dachte, hier wäre ich sicher. Annabelle, mein Leben ist nicht so unbeschwert und fröhlich gewesen, wie ich es dir stets in meinen Briefen versichert habe. Ich musste einen hohen Preis für meinen Traum zahlen. Ich ...« Abigail schluchzte verzweifelt auf.

Annabelle strich ihr zärtlich über das Haar und flüsterte: »Ich weiß, Kleines, ich habe es sofort erkannt. In deinen Augen konnte ich es lesen, dass deine Briefe nicht der Wahrheit entsprochen haben. Aber nun erzähl mir bitte genau, was geschehen ist. Und was es auch sein mag, du wirst immer meine geliebte kleine Schwester bleiben!«

Abigail war tief gerührt, aber die Angst, dass Annabelle ihr Versprechen nicht halten könnte, wenn sie erst die Wahrheit erfuhr, wollte nicht weichen.

Wellington, Februar 1888

Abigail lief in ihrem kleinen, schäbigen Pensionszimmer nervös auf und ab. Sie fragte sich zum wiederholten Male, ob sie James Morgan wirklich trauen durfte. Sicher, er hatte sich während der anstrengenden Reise in die Hauptstadt als wahrer Gentleman erwiesen. Doch dass er ihr nun dabei helfen wollte, an einem Theater unterzukommen, ohne eine Gegenleistung zu verlangen, machte sie skeptisch. Andererseits schien er wirklich Beziehungen zu haben, denn er warf mit den Namen bedeutender Schauspieler nur so um sich: Louise Pomeroy, Daniel Bandmann und Bland Holt.

Abigail kannte diese Namen nur, weil Olivia ihr bei den seltenen Besuchen in Rotorua stets die Magazine von Auckland mitgebracht hatte, die von dem Klatsch über die großen Bühnenstars lebten.

Reicht mein Talent wirklich aus, um eine große Schauspielerin zu werden?, fragte Abigail sich. Und übertreibt James Morgan nicht ein wenig? Gestern beim Abschied hatte er ihr versprochen, bei Mister Moore, dem Betreiber der örtlichen Shakespeare Company, ein gutes Wort für sie einzulegen. Ob James nur ein Großsprecher war oder wirklich etwas für sie tun konnte?

Für James Morgan sprach, dass er nicht einen einzigen Versuch unternommen hatte, sich ihr unsittlich zu nähern. Auch nicht, als sie in der Bahnstation übernachtet hatten. Und er hatte es mit sanften Worten geschafft, sie zu überreden, ihr Glück erst einmal in Wellington zu versuchen, anstatt allein nach Dunedin weiterzureisen. Sie habe Talent, hatte er behauptet, als sie ihm unterwegs ein Lied vorgeschmettert hatte. Abigail hatte ihm auch nicht verübelt, dass er, aus voller Kehle lachend, hinzugefügt hatte: »Zumindest können Sie Menschen unterhalten.«

Es gibt schlimmere Orte, um eine Zwischenstation zu machen und sich das Geld für die Weiterreise zu verdienen, dachte sie, während sie das Fenster öffnete und über die Häuser von Thorndon – so jedenfalls hatte James diesen Teil von Wellington bezeichnet – bis zum Hafen hinunterblickte. Sie brannte darauf, endlich durch die belebten Gassen zu schlendern und das Leben in der großen Stadt in sich aufzunehmen. Allein die Geräusche, die von draußen in ihr bescheidenes Zimmer drangen, waren so anders als daheim in Rotorua.

Rotorua! Abigail durfte gar nicht erst daran denken. Sofort wurden ihre Augen feucht, denn so schön sie Wellington auch fand, was würde sie darum geben, wenn sie nicht so kopflos aus Rotorua abgereist wäre! Schon in der Kutsche hatte sie bitterlich bereut, dass sie sich ihrem Vater nicht doch anvertraut hatte. William C. Bradley hätte niemals zugelassen, dass man seine geliebte kleine Tochter aus dem Haus warf. Er hätte ihr in seiner ruhigen Art wahrscheinlich sogar erklärt, was damals in Dunedin geschehen war.

Abigail wischte sich hastig mit dem Ärmel ihres Kleides über die Augen. Nur nicht weinen!, ermahnte sie sich. Und bloß nicht an Patrick denken! Jedes Mal, wenn sie sich ihre Hände auf seiner kühlen Haut vorstellte und sich an die Leidenschaft erinnerte, die sie auf dem weißen Strand von Mokoia geteilt hatten, verging sie vor Sehnsucht nach ihm. Es konnte doch nicht sein, dass sie ihn niemals wiedersehen würde. Sie liebte ihn doch. Warum, verdammt noch mal, ist er nicht einfach mitgekommen?, fragte sie sich einmal mehr.

James Morgan hatte sie kein Sterbenswort von dem verraten, was sie von zu Hause fortgetrieben hatte, obwohl er immer wieder versucht hatte, sie über ihre Beziehung zu Patrick O'Donnel auszuhorchen.

Natürlich hatte sie sich wiederholt gefragt, ob sie sich nicht einfach in die nächste Kutsche setzen sollte, die sie zurückbrachte, aber hatte ihre Mutter sie nicht grausam des Hauses verwiesen? Außerdem war da noch etwas, was sie davon abhielt: das Prickeln, das sie bei dem Vorsatz spürte, ihr Glück in der großen Welt des Theaters zu machen.

Ein Klopfen riss sie aus den Gedanken. Es war James, der nun zögernd eintrat. Wenn Abigail ihn als netten Reisebegleiter betrachtete und nicht als den verhassten jungen Mann, mit dem ihre Mutter sie unbedingt verheiraten wollte, erschien er gar nicht so übel. Er war mittelgroß, hatte volles dunkles Haar und ein kantiges Gesicht. Seine Kleidung zeugte von gutem Geschmack, und sein untadeliges Benehmen überraschte Abigail zunehmend.

»Guten Tag, Miss Bradley, ich hoffe, Sie haben sich von den Strapazen der Reise erholt. Verzeihen Sie mir, dass ich Sie auf die Schnelle in diesem einfachen Zimmer untergebracht habe. Ich werde mich schnellstens um ein anderes bemühen«, erklärte James entschuldigend.

»Falls Sie damit sagen wollen, dass ich in Ihr Haus ziehen soll, muss ich Sie enttäuschen. Das werde ich nicht tun«, erwiderte sie trotzig.

»Keine Sorge! Ich kann Ihnen versichern, dass das nicht geschehen wird«, antwortete er prompt, und Abigail wunderte sich, dass er dabei lächelte. »Ich habe eine gute Nachricht. Mir ist es gelungen, Sie und mich heute Abend in das Haus von Mister Walter Moore und seiner Gattin einzuladen. Mein Vater ist ein Freund des Impresarios. Mister Moore freut sich darauf, uns in seinem Haus zu begrüßen. In einer Stunde schon. Erlauben Sie mir eine Frage: Wollen Sie in Ihrem Reisekostüm dinieren?«

Abigail lief feuerrot an. »Natürlich nicht!«, fauchte sie und forderte ihn barsch auf, das Zimmer zu verlassen.

Mit einem Knall schlug sie die Tür hinter ihm zu, öffnete ihren Reisekoffer und holte das zweiteilige rosafarbene Kleid hervor. Sofort stand ihr das Bild vor Augen, wie sie es für Patrick abgelegt hatte. Wie es lautlos in den warmen Sand geglitten war und sie in ihrer Tornüre vor ihm gestanden hatte. Und sie fühlte seinen liebevollen und zugleich begehrlichen Blick auf ihrer Haut brennen. Das Verlangen nach ihm überfiel sie mit solcher Heftigkeit, dass es schmerzte. Es hilft nichts, dachte sie, ich habe kein anderes. Sie entkleidete sich und zog das Erinnerungsstück an unvergessliche Stunden an. Sie betrachtete sich prüfend in einem halbblinden Spiegel und setzte als Krönung das farblich passende Hütchen auf, das mit dem Blond ihrer Haare perfekt harmonierte.

»So sieht eine angehende Schauspielerin aus«, flötete sie ihrem Spiegelbild zu, entschlossen, die Vergangenheit hinter sich zu lassen. Das hier ist der Beginn eines neuen Lebens, eines Lebens in der großen Stadt, von der du einst im fernen Rotorua so manche Nacht geträumt hast, redete sie sich ein. Und doch ruhte ihr Blick länger als geplant auf dem Kleid, und eine dicke Träne rollte ihr über die Wange. Die Sehnsucht nach Patrick O'Donnel tat weh. Wenn sie vor drei Tagen geahnt hätte, wie sehr sie ihn einmal vermissen würde, hätte sie die beschwerliche Reise bestimmt nicht angetreten. Zunächst mit der Kutsche nach Hamilton, dann mit der Eisenbahn gen Süden, dann wieder mit der Kutsche. Warum bin ich nicht einfach bei ihm geblieben? Er hätte mich bestimmt unter seinem Dach aufgenommen, wenn ich ihm die Wahrheit gestanden hätte. Abigail war hin- und hergerissen zwischen ihrem Schmerz und einer gewissen Vorfreude auf das, was sie heute noch erleben würde. Schluss mit den Sentimentalitäten!, befahl sie sich schließlich. Du willst dein Glück versuchen, also lächele!

Mit einem strahlenden Lächeln trat sie auf den düsteren Flur hinaus, wo James Morgan ungeduldig auf und ab marschierte. An seinem Blick konnte sie unschwer erkennen, dass er ihr Schluchzen durch die Tür sehr wohl gehört hatte. »Miss Bradley, ich –«

Aber Abigail fuhr ihm rasch über den Mund. »Kommen Sie, Mister Morgan, ich glaube, so können Sie sich mit mir sehen lassen«, flötete sie kokett.

Das Haus des Impresarios war eines jener prachtvollen Holzhäuser, die das Stadtbild von Wellington bestimmten. Abigails Herz klopfte ein wenig, als ihnen ein Herr mittleren Alters die Tür öffnete und James Morgan wie einen alten Freund begrüßte. Man merkt, dass Mister Moore vom Theater ist, schoss es Abigail durch den Kopf, denn er deklamiert, als stände er auf der Bühne. Ein wahrer Redeschwall ergoss sich über sie.

»Das ist also die bezaubernde junge Dame, die einen Ruf zum Theater verspürt. Lassen Sie sich anschauen! Ganz reizend. Und so schönes helles Haar. Und so jung. Ja, ich sehe Sie bereits als Jungfer Anne Page in den *Lustigen Weibern*. Ja, Sie haben das Unschuldige, verbunden mit einem neckischen ...«

Abigail lächelte und nickte, als wisse sie, wovon er sprach, dabei kannte sie weder das Stück noch die Rolle.

»Lieber Mister Moore, die junge Dame ist noch sehr erschöpft von der Reise. Vielleicht sollten wir das bei Tisch besprechen«, unterbrach James den Redefluss des Impresarios.

Abigail schenkte James ein dankbares Lächeln.

Auch Moores Frau begrüßte die Gäste überschwänglich und bat gleich zu Tisch. Dort überflügelten sich die beiden Künstler mit Schilderungen ihrer letzten Auftritte, bis Mister Moore sich an Abigail wandte. »Wo haben Sie das Schauspiel gelernt?«

Vor Schreck verschluckte Abigail sich beinahe an ihrem Lammbraten. »Ich, ich komme aus Rotorua, wo es keine Möglichkeiten gibt, diesen Beruf zu erlernen, aber ich kann singen und tanzen«, stammelte sie verlegen.

An der Art, wie Misses Moore ihre Stupsnase kräuselte, konnte Abigail erkennen, dass sie die falsche Antwort gegeben hatte.

Mister Moore musterte sie nun streng. »Sie können also singen und tanzen? So, so! Ich weiß nicht, was Ihnen unser werter Mister Morgan über uns erzählt hat, aber wir spielen keine Opern. Wir führen nur Stücke von Shakespeare auf. Sie kennen doch Shakespeare, oder?«

James Morgan wollte gerade zu Abigails Verteidigung ansetzen, als Abigail bereits trotzig erwiderte: »Ja, seine Bühnenstücke sind sogar bei uns, im fernab gelegenen Tal der großen Geysire, bekannt. Unser Lehrer Mister O'Donnel liebt Shakespeare. Er hat mich sogar einmal die Julia spielen lassen.«

»Das ehrt Sie, Miss Bradley«, mischte sich Misses Moore ein. »Aber solche Rollen sind an unserem Theater mir vorbehalten.«

In diesem Augenblick spielte Abigail kurz mit dem Gedanken, aufzustehen und dieses Haus auf der Stelle zu verlassen, aber da legte James beschwichtigend eine Hand auf ihren Arm.

»Natürlich wird sich Miss Bradley zunächst mit den bescheidenen Rollen begnügen, aber sie hat Talent. Das darf ich Ihnen aufrichtig versichern. Ich habe sie selber in ihrer Rolle als Julia gesehen. Sie war ungemein überzeugend. So leidenschaftlich. Wo hingegen der Romeo mich leider in keiner Weise überzeugt hat. Er hat sich als feiger Drückeberger entpuppt, der nicht bereit war, für seine große Liebe zu kämpfen.«

Abigail verstand die Doppeldeutigkeit dieser verlogenen Worte sehr wohl, und sie bebte vor Zorn. »Da bin ich anderer Meinung. Der Romeo hatte nicht so ein ungestümes Wesen wie die Julia, aber er liebte sie aufrichtig!«

»Schon gut. Wir wollen uns hier nicht mit der Beurteilung einer Schüleraufführung aufhalten«, stöhnte Mister Moore gelangweilt. »Ich mache Ihnen einen Vorschlag, Miss Bradley. Wir proben gerade den *Sommernachtstraum*, haben aber die vier Elfen noch nicht besetzt. Noch hätten Sie die Wahl. Welche Rolle möchten Sie spielen: Erbsenblüte, Spinnweb, Motte oder lieber Senfsamen?«

Abigail sah den Impresario mit offenem Mund an. Sie wusste

nicht, ob sie lachen oder weinen sollte. Aber eines, das wusste sie in diesem Augenblick genau: Sie wünschte sich ganz weit fort! Wenn das die große Welt des Theaters sein sollte ... Was würde sie darum geben, bei Annabelle in der Küche herumzulungern und ihr brühwarm von diesem verrückten Gespräch zu berichten! Und sie würde sowohl Mister Moore imitieren wie auch Misses Moore.

»Miss Bradley, ich warte noch auf Ihre Antwort. Ich biete nicht jedem an, sich eine Rolle auszusuchen. Das mache ich nur für Bekannte von Mister Morgan.« Das klang süffisant.

Abigail zuckte mit den Schultern. »Das ist mir eine Ehre, aber ich überlasse Ihnen die Entscheidung.«

Mister Moore schien diese Antwort nicht zufriedenzustellen. Er zog ein grimmiges Gesicht. »Junge Damen, die nicht wissen, was sie wollen, können wir beim Theater nicht gebrauchen«, bellte er.

»Aber, aber Mister Moore, die junge Dame weiß sehr wohl, was sie will. Sie ist immerhin ihrem geliebten Zuhause entflohen, nur um zum Theater zu gehen. Alles, was ihr lieb und teuer war, hat sie hinter sich gelassen für diesen Traum. Also geben Sie ihr die Rolle einer der Elfen, und haben Sie ein wenig Verständnis dafür, dass sie sich in dieser fremden Welt noch unsicher fühlt. Sie braucht Ihre Anleitung, Mister Moore. Seien Sie ihr ein guter Lehrer!«, bat James in schmeichelndem Ton, bevor er sich mit zuckersüßer Stimme an die Dame des Hauses wandte: »Diese Bitte möchte ich auch an Sie herantragen, gnädige Frau. Dieses Mädchen ist von weit her allein in die große Stadt gekommen. Sie hat hier keine Familie. Bitte seien Sie ihr eine Familie. Sie ist noch so jung und unerfahren.«

Misses Moore wischte sich verstohlen eine Träne aus dem Auge. »Entschuldigen Sie bitte, Mister Morgan, mein Mann und ich dachten natürlich, sie wäre Ihnen, also ...«

»Ich weiß, Sie dachten, Miss Bradley und ich wären einander in besonderer Weise zugetan und ich würde versuchen, ihr eine Beschäftigung zu verschaffen, aber beides entspricht nicht den

Tatsachen. Ich habe Miss Bradley nur nach Wellington begleitet. Das Theater ist ihr Leben. Und ich wäre Ihnen dankbar, wenn Sie Ihre Vermutungen ob unseres Verhältnisses nicht weitertragen würden. Meine Braut wäre sicher nicht entzückt, wenn ihr derlei Gerüchte zu Ohren kämen.«

»Ihre Braut? Wer ist denn die Glückliche?«, fragte Misses Moore neugierig.

»Mary Walters.«

»Etwa die Tochter des Abgeordneten Clemens Walters, die reichste Partie der Stadt?«, entfuhr es Misses Moore, wofür sie sich sogleich entschuldigte. »Das geht mich natürlich gar nichts an.«

Abigail, die das Gespräch angespannt verfolgt hatte, traute ihren Ohren nicht. James war verlobt? Was sollte sie davon halten? Nun konnte sie sicher ganz beruhigt sein, was seine Absichten betraf. Aber warum hatte er ihrer Mutter vorgelogen, dass er ihre Jüngste zu heiraten wünsche? Er hatte sich ja wohl kaum über Nacht entschieden, das reichste Mädchen der Stadt zur Frau zu nehmen. Oder hatte er sich das gerade nur aus den Fingern gesogen, um den Moores ihren Argwohn zu nehmen? Abigail war verwirrt. Es fiel ihr schwer, sich auf die Konversation zu konzentrieren. Immer wieder drifteten ihre Gedanken zu James Morgan ab. Gefiel ihm diese Mary vielleicht besser als sie?

Mister und Misses Moore versicherten Abigail zum Abschied, dass sie in ihrem Haus jederzeit herzlich willkommen sei und dass man sie in knapp einer Woche zu den Proben im Theater erwarte.

Die Rückfahrt nach Thorndon verlief schweigend. James Morgan machte keine Anstalten, sie genauer in seine Heiratspläne einzuweihen, und Abigail war zu stolz, um ihn danach zu fragen.

Als die Kutsche vor dem Haus hielt, ließ James den Kutscher warten, um sie bis zu ihrer Tür zu begleiten.

»Das werden Sie sicherlich brauchen«, sagte er und steckte ihr ein paar Pfundnoten zu. Eine innere Stimme warnte Abigail davor, Geld von ihm anzunehmen, aber hatte sie denn eine andere Wahl?

»Ich werde mich darum kümmern, dass Sie demnächst ein schöneres Zimmer bekommen. Außerdem werde ich Sie jeden Mittag zu einem Essen ausführen und Sie ab nächster Woche zum Theater bringen und wieder abholen«, erklärte er, ohne sie zu fragen, was sie davon hielt.

Abigail war nach dem Abend zu verunsichert, um ihm zu widersprechen. Sie fühlte sich verloren und war insgeheim froh, dass James Morgan die Dinge für sie in die Hand nahm. Und vielleicht würde sie all das, was sie an diesem Abend erlebt hatte, in Gedanken so sehr beschäftigen, dass sie heute Nacht nicht vor Heimweh in die Kissen weinte. Das jedenfalls hoffte Abigail, nachdem sich James – wie immer formvollendet – von ihr verabschiedet hatte.

Zwei Wochen waren inzwischen seit jenem denkwürdigen Abend vergangen. Die Probenarbeiten hatten bereits begonnen und zogen Abigail in ihren Bann. Jedes Mal, wenn sie das Haus betrat, atmete sie ganz bewusst diesen unverwechselbaren Geruch ein, den nur ein Theater verströmte: den harzigen Geruch von alten Dielen, gepaart mit den süßlichen Aromen von Puder und Parfum und dem Duft der schweren Kostümstoffe. Ihr Herz tat jedes Mal einen kleinen Hüpfer, wenn sie die Garderobentür hinter sich schloss, um sich in Erbsenblüte zu verwandeln. Vor allem freute sie sich, dass Mister Moore sie gleich am ersten Tag als wahres Naturtalent bezeichnet hatte. Auch schätzte sie den freundlichen Umgang der Schauspieler miteinander. Die meisten von ihnen waren lustige Gesellen und stets zu Scherzen aufgelegt. Alle bedauerten zutiefst, dass Abigail am Abend niemals mit ihnen ausging. Sie verspürte zwar die Lust, es zu tun, wagte aber nicht, James Morgan vor den Kopf zu stoßen. Jeden Abend stand er pünktlich mit einer Kutsche vor dem Bühnenausgang und wartete auf sie. Manchmal führte er sie noch zu einem Essen aus, aber oftmals eskortierte er sie nur nach Hause.

An diesem Abend hatte sich Abigail fest vorgenommen, ihn darum zu bitten, sie nicht zu ihrer Pension, sondern zu dem Treffpunkt zu bringen, an dem sich ihre Kollegen zu einem kleinen privaten Beisammensein verabredet hatten. Es kostete sie sehr viel Überwindung, ihre Bitte vorzubringen. Sie hatte Sorge, dass er beleidigt sein könnte, doch er erklärte nur ungerührt: »Tut mir leid, heute geht das nicht!«

Abigail wusste nicht so recht, ob sie James böse sein sollte oder nicht. Vor ihrer Pension angekommen, befahl er ihr: »Packen Sie Ihre Sachen, und bringen Sie den Koffer mit. Und bitte, machen Sie schnell!«

Abigail blickte ihn ungläubig an und fasste sich endlich ein Herz. »Mister Morgan, ich bin Ihnen unendlich dankbar für das, was Sie für mich tun, aber Sie können deshalb doch nicht einfach über mich bestimmen.«

»Wollen Sie nun ein schöneres Zimmer oder nicht?«, entgegnete er kalt.

Abigail atmete tief durch und tat, was er von ihr verlangte. Nichts wünschte sie sich sehnlicher als eine größere Bleibe.

Als sie mit ihrem gepackten Koffer zurückkehrte, empfing er sie mit zerknirschter Miene. »Entschuldigen Sie, Miss Bradley, ich möchte Sie natürlich nicht herumkommandieren. Ich dachte, Sie mögen mich ein bisschen und sind froh, dass ich Ihre Angelegenheiten in dieser Stadt für Sie regele.«

»Aber natürlich bin ich froh darüber. Ich möchte auch nicht undankbar erscheinen, aber Sie fragen nicht, Sie befehlen einfach.«

»Gut, dass Sie mir das sagen. Dann will ich das ändern. Ich frage Sie deshalb in aller Form: Möchten Sie jetzt Ihr neues Zuhause sehen?«

»Gern, Mister Morgan.« Sie musste lachen, als sie in sein übertrieben zerknirschtes Gesicht blickte, und war erleichtert, dass er in ihr Lachen einfiel.

Wenig später hielten sie vor einem der kleinen gemütlichen Holzhäuser Thorndons.

»Das ist ja bezaubernd!«, rief sie begeistert aus, nachdem sie übermütig aus der Kutsche gesprungen war. »Hoffentlich sind die Menschen nett, die mir das Zimmer vermieten.«

James Morgan lächelte geheimnisvoll. Vor der Haustür holte er einen Schlüssel aus der Tasche und schloss bedächtig auf.

»Gehört es etwa Ihnen?«, fragte Abigail ernüchtert.

»Nein, ich würde eher sagen, Ihnen«, erwiderte James Morgan, während er ihr den Schlüssel reichte.

Abigail schnappte nach Luft. Sie konnte es nicht glauben. Und vor allem, was hatte das zu bedeuten? Er konnte ihr doch kein Haus schenken! Er wusste, dass sie keinen Penny besaß, denn ihre bescheidene Gage würde man ihr erst am Ende des Monats aushändigen.

»Sie wollen mir doch kein Haus schenken, oder?«, fragte Abigail angriffslustig.

»Diese Frage beantworte ich Ihnen unter einer Bedingung: Sie schauen sich erst einmal um und entscheiden dann, ob Sie wieder zurück in das ungemütliche Zimmer wollen.«

»Gut, aber Sie versprechen, mir nach der Hausbesichtigung Rede und Antwort zu stehen. Ich muss wissen, was das alles zu bedeuten hat!«

Er nickte stumm und ließ ihr den Vortritt.

Das Häuschen war nicht groß, aber vollständig möbliert. Der Wohnraum war äußerst geschmackvoll mit teuren englischen Möbeln eingerichtet. Olivia würde ihre helle Freude daran haben, schoss es Abigail durch den Kopf. In einem Kamin loderte ein Feuer.

»Gibt es hier auch gute Geister, die Kamine anzünden?«, fragte sie betont rau, um ihr ungläubiges Erstaunen zu verbergen.

»Nein, das war ich, aber ab morgen kommt Aroha und wird das Haus in Ordnung halten und für Sie und Ihre Gäste kochen.«

»Aroha?«

»Eine Maori, die ich meinen Eltern unter Mühen abschwatzen konnte.«

Abigail wurde zunehmend mulmiger zumute. Als sie die Schlafzimmertür öffnete, stockte ihr der Atem. Dort stand ein Ehebett!

»Ich habe Ihnen doch deutlich gesagt, dass ich Sie nicht zu heiraten wünsche«, zischte sie.

»Und ich erinnere mich gut daran, dass Sie dabei waren, als ich von meiner bevorstehenden Heirat mit Mary Walters berichtete. Sie wird noch in den nächsten Monaten meine Frau.«

»Und was soll dann dieses Doppelbett?«

Er antwortete nicht, sondern trat einen Schritt auf sie zu, nahm ihr Gesicht in beide Hände und gab ihr einen Kuss auf den Mund. Dann ließ er sie eilig wieder los und schaute sie durchdringend an. »Bist du wirklich so naiv, Abigail, oder spielst du so gut?«

Abigail brauchte einige Sekunden, um die Fassung wiederzugewinnen, doch als sie begriffen hatte, was das alles bedeutete, versetzte sie ihm eine schallende Ohrfeige.

»Bilden Sie sich ja nicht ein, Sie könnten mich besitzen! Ich habe keine Angst vor Ihnen, und ich rate Ihnen dringend: Lassen Sie die Finger von mir! Ich werde nicht Ihr Liebchen, darauf können Sie Gift nehmen.«

James Morgan hatte sich inzwischen auf das Bett geworfen, wo er sich provozierend räkelte. »Noch nicht, meine Liebe, aber ich kann warten. Ich muss dich weder unter Druck setzen noch mit Gewalt nehmen. Eines Tages wirst du mir freiwillig geben, was ich mir wünsche. Ich weiß es. Wollen wir eine Wette eingehen?«

Abigail schnappte nach Luft. »Sie Widerling! Das werden wir ja sehen. Ich gehe!«

Mit diesen Worten lief sie, ohne zu überlegen, aus dem Zimmer, die Treppe hinunter und dann in die kühle Nacht hinaus. Sie rannte und rannte, bis sie atemlos unten am Wasser angekommen war. Ein Stechen in der Brust hinderte sie am Weiterlaufen. Erst jetzt spürte sie den kalten Westwind. Sie fröstelte in ihrem leichten Kleid und lief trotz des Stechens weiter, dem Wind entgegen, der ihr fast die Luft zum Atmen nahm. Als sie nicht mehr konnte, setzte sie sich erschöpft auf einen Stein und stierte auf das dunkle Meer. Alles tat ihr weh. Nicht einmal weinen konnte sie, weil sie sich starr fühlte wie jener Stein. Und ihr war bitterkalt, nicht nur äußerlich, nein, am meisten fror sie tief in ihrem Herzen. Wie dumm sie doch gewesen war! Wie hatte sie James Morgan nur vertrauen können? Welcher Mann kümmerte sich schon um das Wohl eines einsamen Mädchens, ohne dafür eine Gegenleistung zu verlangen? Was sollte sie nur tun? Ein Hustenanfall schüttelte sie mit solcher Heftigkeit, dass sie am ganzen Körper zu zittern begann. Immer düsterer wurde das Wasser, bis ihr ganz schwarz vor Augen war.

Als Abigail wieder aufwachte, sah sie als Erstes den besorgten Blick von James Morgan. »Was ist passiert?«, fragte sie mühsam, weil ihre Zunge sich pelzig anfühlte und sie einen entsetzlichen Druck auf dem Brustkorb verspürte.

»Du bist sehr krank«, sagte er.

In diesem Augenblick fiel Abigail alles wieder ein. Das dunkle Meer, die Kälte, der eisige Wind, der in ihre Kleider gekrochen war, und James übertriebenes Geschenk. Vorsichtig sah sie sich im Zimmer um. Es gab keinen Zweifel. Sie lag in dem Ehebett, das James für sie beide angeschafft hatte.

»Ich gehe«, flüsterte sie, bevor sie erschöpft und mit fiebrigen Wangen wieder einschlief.

James Morgan wich Abigail in den folgenden Tagen nicht von der Seite. Er trocknete ihren Schweiß, schaffte die besten Ärzte herbei und lauschte den gequälten Worten, die die Kranke im Fieberwahn von sich gab. Häufig rief sie nach ihrer Mutter, aber noch häufiger nach Patrick. Und immer wieder murmelte sie: »Ich gehe!«

Abigail aber ging nicht fort, auch nicht, nachdem sie wieder genesen war. James brachte ihr an dem Tag, an dem sie wieder auf eigenen Beinen stehen konnte, einen Brief von Annabelle, der Abigail in tiefe Verzweiflung stürzte. Ihr Vater war bereits vor Wochen in seinem Sessel eingeschlafen und nicht wieder aufgewacht. Abigail weinte und schrie tagelang. Die bange Frage, ob er sich ihretwegen zu Tode gegrämt hatte, hielt sie nächtelang wach.

James, an dessen Schulter sie sich jederzeit lehnen konnte, war ihr einziger Trost. Er las ihr jeden Wunsch von den Lippen ab. Von einer Heirat mit der anderen war plötzlich nicht mehr die Rede. Ein Ehemann hätte Abigail nicht besser beistehen können. James schenkte ihr neuen Lebensmut. Und Abigail fragte sich in diesen schweren Tagen mehr als einmal, ob sie nicht doch seine Ehefrau werden solle.

Als sie wieder völlig genesen war, wollte sie ihm gestehen, dass sie sich nun zur Hochzeit entschlossen habe, doch an diesem Abend teilte er ihr ungerührt mit, dass er noch in derselben Woche Mary Walters heiraten werde. Abigail behielt also für sich, was sie ihm hatte mitteilen wollen. Im Grunde ihres Herzens war sie auch ein wenig erleichtert. Denn konnte Dankbarkeit jemals das Gefühl der Liebe ersetzen? Trotzdem waren sie einander näher gekommen, und Abigail betrachtete James als einen echten Freund. Weder er noch sie hatten je ein Wort darüber verloren, was in jener kalten Nacht zwischen ihnen vorgefallen war.

Für Abigail begann nun eine Zeit, in der sie sich rundherum wohl fühlte. James besuchte sie nach seiner Hochzeit nur noch donnerstags, doch sie langweilte sich nicht. Ihre Rolle als Elfe hatte sie wegen ihrer Krankheit nun nicht spielen können, aber Moore hatte ihr eine Rolle in *Romeo und Julia* versprochen. Zwar nicht die der Julia, sondern die der Amme, aber immerhin. Der Gedanke, dass sie die Amme von Misses Moore spielen sollte, die die dreißig bestimmt schon weit überschritten hatte, erheiterte sie.

Dass diese Besetzung keineswegs ideal war, hatte schließlich auch der Impresario bemerkt, und so wurde Abigail auf seine Anweisung hin doch noch zur Julia. Seine Frau weinte zwar heiße Tränen, aber der Impresario vertröstete sie auf eine andere große Rolle und machte ihr deutlich, dass sie sich als Julia der Lächerlichkeit preisgeben würde. Das sah schließlich auch die eitle Misses Moore ein.

Abigail jedenfalls kniete sich in die Arbeit und war glücklich, wenn sie abends in ihr eigenes Heim kam. Sie gab hin und wieder kleine Gesellschaften, wobei sich ihr Bekanntenkreis auf das Theater beschränkte. Mit Hilfe Arohas nahm sie das Haus nach und nach in Besitz und erfüllte es mit Leben. Inzwischen freute sie sich sogar auf die vergnüglichen Donnerstagabende, denn es war anregend, mit James Morgan zu plaudern. Und er benahm sich stets tadellos. Ja, sie würde es inzwischen wahrscheinlich schmerzlich vermissen, wenn seine Kutsche am Donnerstag einmal nicht vor dem Theater stehen würde.

Am Premierenabend glich Abigails Garderobe einem tropischen Paradies. James hatte die schönsten Blumen geschickt. Sie leuchteten in sonnigem Gelb, sattem Grün, hellem Rot und Purpur. Der betörende Duft nahm Abigail beinahe die Luft zum Atmen. Trotzdem freute sie sich über das Blütenmeer.

In den letzten Minuten vor dem Auftritt wollte Abigail das Herz zerspringen vor lauter Aufregung. Sie befürchtete, kein Wort herauszubringen, doch kaum stand sie auf der Bühne, vergaß sie alles um sich herum und gab sich ganz dem Lieben und Leiden der jungen Julia Capulet hin.

Als am Schluss tosender Applaus aufbrandete, konnte sie nicht glauben, dass er ihr galt. Sie war nach der Vorstellung völlig überdreht und trank bei der kleinen Feier, die Mister Moore hinter der Bühne organisiert hatte, ein Glas nach dem anderen von dem prickelnden französischen Wein. Sie hatte noch nie zuvor Alkohol genossen, aber die Wirkung gefiel ihr. Sie spürte so etwas wie Glück, und das Gefühl unendlicher Leichtigkeit steigerte sich von Glas zu Glas. Es war, als wüchsen ihr Flügel.

Im Überschwang küsste sie James, den sie mit fortschreitender Stunde immer anziehender fand. Er war während der Feier nicht eine Minute von ihrer Seite gewichen. Deshalb kam es ihr auch gar nicht sonderbar vor, dass er sie auch in ihre Garderobe begleitete, als sie sich nach dem Fest umziehen wollte. Kaum war die Tür hinter ihm ins Schloss gefallen, umarmte er sie innig und überraschte sie mit einem Kuss. Es blieb nicht bei einer kurzen Berührung ihrer Lippen, sondern es ging weiter und weiter, doch Abigail empfand zu ihrem eigenen Erstaunen nichts als Lust dabei.

Als sie ihr Juliakleid ablegen wollte, bat sie ihn, sich umzudrehen, aber er ignorierte diesen Wunsch und betrachtete sie begehrlich. Es berührte sie nicht einmal peinlich. Im Gegenteil, es schmeichelte ihr sogar, dass er sie mit seinen Blicken auszuziehen schien. Als er auf dem Heimweg in der Kutsche seine Hand wie selbstverständlich auf ihren Oberschenkel legte, wehrte sich Abigail nicht dagegen, denn sie genoss es, von einem Mann begehrt zu werden.

Vor dem Haus hob er sie plötzlich hoch und trug sie über die Schwelle. Sie ließ es sich kichernd gefallen.

»Ich möchte noch mehr von dem französischen Getränk«, bettelte sie, nachdem er sie hineingetragen hatte. Er ließ sie sanft in einen Sessel gleiten und verschwand einen Augenblick, bevor er mit einer Flasche Champagner zurückkehrte. Er holte zwei Gläser, reichte ihr eines davon und wollte mit ihr auf ihren Erfolg anstoßen, aber sie wurde plötzlich wohlig müde.

»Bringst du mich ins Bett?«, schnurrte sie und schmiegte sich dicht an ihn, als er sie fest in den Arm nahm. Sie kicherte auch noch, als er ihr bereits die Unterwäsche auszog. Leise stöhnend genoss Abigail, dass er sie streichelte. Patrick, seufzte sie still in sich hinein, schloss die Augen und träumte sich nach Mokoia. James' Hände wurden immer forscher und ertasteten schließlich ihre festen, kleinen Brüste. Wieder stöhnte sie leise auf. Ihr gesamter Körper pulsierte, aber es war nicht unangenehm. Im Gegenteil, jede Berührung steigerte Abigails Verlangen, ihre Lust, dem zu gehören, den sie einst auf der Insel geliebt hatte. Sie musste nur die Augen geschlossen halten. Als James in sie eindrang, hallte ihr Inneres wider von einem Namen: Patrick!

Erschöpft ließ sich James neben sie fallen. Er betrachtete ihren schlanken, wohlgeformten Körper mit lüsternem Blick und wanderte dann zu ihren geschlossenen Augen. Er seufzte. Sie hatte ihn während seiner leidenschaftlichen Umarmungen nicht ein einziges Mal angesehen und auch alles nur mit sich geschehen lassen. Obwohl sie Wachs unter seinen Händen gewesen war, hatte er doch ihr Feuer gespürt, ihre Leidenschaft. James überkam ein heißer Schauer, der wie ein Pfeil von seinen Lenden bis in sein Herz schoss. »Ich habe dich vom ersten Augenblick an geliebt«, flüsterte er dicht an ihrem Ohr. »Und ich wusste, du würdest es eines Tages wollen.«

Abigail trafen seine Worte wie ein Eimer kaltes Wasser. Augenblicklich ernüchtert, setzte sie sich abrupt auf. Natürlich hatte sie gewusst, dass er nicht Patrick war, aber sie hatte ihrem Körper unter dem Einfluss des Getränkes erlaubt, von Patrick zu träumen.

»Ich muss dich nun verlassen, Liebes!«, flüsterte er bedauernd.

»Gut«, hauchte sie, und ein Frösteln durchlief ihren Körper bei dem Gedanken, diese Nacht allein zu verbringen. Obwohl sie ihn nicht liebte und sich in die Arme eines anderen wünschte, sehnte sie sich in dieser Stunde nach ein bisschen Geborgenheit. Und während er sich widerwillig aus dem Bett erhob, legte sich die Einsamkeit wie ein dunkles Tuch auf ihre Seele. Eine Einsamkeit, die fortan ihre ständige Begleiterin werden sollte.

Rotorua, April 1899

Abigail hatte ihre Beichte ganz plötzlich mitten im Satz abgebrochen, und seitdem brütete sie stumm vor sich hin.

Annabelle traute sich nicht, sie zum Fortfahren zu drängen. Natürlich brannte sie darauf zu erfahren, wann der Fremde ins Spiel gekommen war. Schließlich musste sie doch wissen, wofür sie Gordons Traum opfern würde.

Völlig abwesend schien Abigail zu sein, bis sie überraschend fragte: »Was macht eigentlich Patrick O'Donnel?«

Annabelle hatte nichts mehr gefürchtet, als dass ihre Schwester sie eines Tages nach ihm fragen würde. Sein Schicksal war allen in Rotorua sehr nahegegangen. »Es geht ihm gut«, log sie.

»Ach, Annabelle, die Schauspielerin in der Familie bin immer noch ich. Du hast dich noch nie verstellen können. In deinen Augen steht geschrieben, dass du lügst, um mich vor einer unangenehmen Wahrheit zu schützen. Was ist mit ihm? Ist er etwa …?« Abigail brachte es nicht fertig, das Ungeheuerliche auszusprechen.

»Nein, er lebt. Aber seine Frau, die hat sich … Also die ist gestorben und hat ihn mit dem Kind allein zurückgelassen.«

»Er hat ein Kind?«

»Ja, ein Mädchen. Eine reizende Kleine. Sie ist sein ganzer Trost, wenngleich …« Annabelle stockte.

»Annabelle, bitte sage mir die Wahrheit! Was ist mit seiner Frau geschehen? Du willst doch von etwas ablenken.«

Annabelle sah verlegen zu Boden. Abigail konnte sie nichts vormachen. Sie zögerte. Seit June O'Donnels plötzlichem Tod vor einem Jahr kursierten die wildesten Gerüchte in Rotorua. Eines Tages würde Abigail ohnehin davon Wind bekommen.

»Seine Frau hat sich umgebracht!«, erklärte Annabelle schließlich.

»Um Gottes willen. Wer war sie überhaupt?«

»June Fuller, die Tochter unseres Doktors. Er hat sie geheiratet, nachdem du genau ein Jahr fort warst. Sie war eine Freundin von mir. Am Abend vor der Hochzeit hat sie mich besucht und um Rat gefragt. Sie hat mir ihr Herz ausgeschüttet und die Vermutung geäußert, dass er dich immer noch liebt. Aber dass er dir nicht verzeihen kann, dass du einfach fortgegangen bist, und dass er eine Familie möchte. Und nur deshalb sie, die nette June, heiraten möchte. Wenn ich gewusst hätte, dass sie wegen dieser einseitigen Liebe gemütskrank wird, hätte ich ihr niemals zu dieser Ehe geraten.«

»Du meinst, er hat sie nicht geliebt?«

»Er hat nie aufgehört, dich zu lieben. June hat bis zuletzt gehofft, er würde dich eines Tages vergessen, aber sie hat all die Jahre vergeblich gehofft. Er war stets liebevoll zu ihr, aber June hat gespürt, dass der Platz in seinem Herzen trotz der gemeinsamen Tochter und all der Ehejahre besetzt war. Und damit hat sie nicht mehr leben können. Das Schlimme war nur: Die kleine Emily hat ihre Mutter gefunden. Sie ist unten am Ufer, vor unserem Hotel, ins Wasser gegangen.«

»Es ist alles meine Schuld«, stöhnte Abigail gequält auf.

»Nein, dafür kannst du nichts. Sie hat von Anfang an gewusst, dass er einmal eine andere geliebt hat. Wenn dir etwas leidtun sollte, dann höchstens, dass du ihn und uns damals von heute auf morgen einfach verlassen hast. Vater hat oft von dir gesprochen, Mutter hingegen hat nie ein Wort über dich verloren. Das war beinahe gespenstisch. Sie hat sogar von uns verlangt, deinen Namen nicht mehr in den Mund zu nehmen. Wir haben uns aber nicht daran gehalten.«

Sie hat mich aus dem Haus gejagt wie einen räudigen Hund, dachte Abigail mit einem Gefühl von Bitterkeit. Einen Augenblick lang verspürte sie den Impuls, Annabelle die ganze Wahrheit über jenen unglückseligen Tag anzuvertrauen. Doch dann schweiften ihre Gedanken wieder zu Patrick O'Donnel ab.

»Ob ich ihn wohl mal besuchen sollte?«, fragte Abigail mehr sich selbst.

»Lieber nicht! Junes Schwester Gwendoline kümmert sich jetzt um die Familie. Sie ist Witwe, und wir alle hoffen, dass sie dem Mädchen eine neue Mutter sein kann und dass alles wieder gut wird«, antwortete Annabelle wie aus der Pistole geschossen.

Abigail schmerzte diese Antwort, obwohl sie im Grunde ihres Herzens wusste, dass Annabelle Recht hatte. Sie würde mit ihrem Besuch bei Patrick nur alte Wunden aufreißen.

Annabelle entging der gequälte Blick ihrer Schwester nicht. »Abi, bitte versteh mich doch. Patrick O'Donnel hat ein neues Glück verdient. Und Junes Schwester steht mitten im Leben und packt es von der praktischen Seite an. Das wird ihm sicher guttun. Und wenn du in sein Leben treten würdest, wer weiß, ob er das verkraften könnte ...«

»Ich weiß, du meinst es gut«, stöhnte Abigail. »Ich bin keine Frau für ihn. Ich komme aus einer anderen Welt und habe viele Fehler begangen ...« Sie stockte und verfiel in grüblerisches Schweigen.

Ob ich sie jetzt nach dem Fremden fragen soll?, ging es Annabelle durch den Kopf. Ich muss unbedingt wissen, womit er sie erpresst. Sonst kann ich Gordons Geld nicht nehmen. Sie hatte den Gedanken kaum zu Ende geführt, als sie sich bereits für ihre Engherzigkeit schämte. Was auch immer Abigail ihr verheimlichte, sie blieb ihre kleine Schwester, die zweifelsohne in großer Not war. Annabelle musste ihr bedingungslos helfen. So, wie sie es seit jeher getan hatte. Aber sie dürfte ihr nicht verraten, woher das Geld stammte. So, wie sie Abigail kannte, würde sie es dann nicht annehmen.

»Pass auf, Abigail, ich werde das Geld besorgen, damit du bei dem Kerl deine Schulden bezahlen kannst.«

»Aber ich habe doch gar keine Schulden bei ihm«, widersprach Abigail ihr aufs Heftigste. »Er ist ein billiger Erpresser, und er kennt keine Skrupel!«

»Ich habe etwas gespart, das soll er haben«, log Annabelle, während sie Gordons Kiste aus der Anrichte hervorholte. Sie schüttete das Geld auf dem Tisch aus und zählte es. Es waren genau dreihundertzwanzig Pfund. Genug also, um diesen Kerl aus Rotorua zu vertreiben, bevor er größeres Unheil anrichten konnte.

Abigail aber blickte ihre Schwester nur traurig an. »Nein, ich kann das nicht annehmen, weil ich mir die ganze Geschichte allein zuzuschreiben habe. Du hast mir schon früher stets geholfen und mich vor Strafen bewahrt, wenn ich Unsinn gemacht habe. Aber da war ich noch ein Kind. Jetzt bin ich erwachsen. Und wenn du mir helfen willst, dann höre dir lieber erst an, was er über mich weiß.«

Annabelle widersprach ihr leidenschaftlich. »Was du auch immer getan hast, du bist meine Schwester, und ich möchte nicht, dass dieser Mensch dich in der Hand hat.«

»Ich gehe lieber fort, als dich um dein Erspartes zu bringen«, seufzte Abigail.

»Abi, ich weiß, dass du ein gutes Herz hast. Was dieser Kerl auch immer meint gegen dich verwenden zu können, es wird nichts sein, wofür du dich schämen musst.«

»Sag das nicht, liebe Schwester! Ich habe etwas Unverzeihliches getan, auch wenn er mich dazu gezwungen hat. Und ich bin genau das geworden, was Mutter mir stets prophezeit hat: ein gefallenes Mädchen!«

Wellington, Februar 1899

Aroha warf einen strafenden Blick auf die halbleere Whiskyflasche, die auf dem Nachttisch stand, bevor sie Abigail weckte. Die drehte sich knurrend auf die andere Seite.

»Missy, ich sollte Sie wecken. Haben Sie vergessen, dass Sie sich bei diesem Zirkus vorstellen wollen?« Wie Aroha das Wort »Zirkus« aussprach, ließ keinen Zweifel daran, dass sie diese Art von Theater für wenig seriös hielt.

Die in die Jahre gekommene Maori ließ keine Gelegenheit aus, Abigail zu zeigen, dass sie aus einem feinen Haushalt stammte und Abigails Leben als Geliebte eines reichen Mannes missbilligte. Und sie ließ auch keine Gelegenheit aus zu betonen, dass sie viel lieber im Hause von Mister James und seiner Gattin Mary arbeiten würde.

Abgesehen von der Tatsache, dass sie Miss Bradleys Lebenswandel strikt ablehnte, besaß die Maori ein Herz aus Gold und überschüttete Abigail mit Zuneigung und Sorge. Sie führte ein strenges Regiment und nötigte Abigail, dreimal täglich richtig zu essen, und sie erinnerte die bequem gewordene Abigail auch sonst an ihre Pflichten.

»Missy, es wird Zeit!«, wiederholte sie und zog an ihrer Bettdecke. Abigail kam langsam zu sich und fasste sich als Erstes leidend an den Kopf.

»Selbst schuld!«, schimpfte Aroha. »Das Teufelszeug wird Sie eines Tages umbringen. Was haben Ihre weißen Schwestern nicht alles unternommen, damit die Männer nicht dem Suff verfallen, und jetzt fangen auch die Frauen an zu trinken.«

»Ich habe nur ein Glas getrunken«, wandte Abigail ein, aber Aroha machte eine wegwerfende Bewegung. »Das behaupten Sie immer. Ich sage Ihnen: Wenn Mister Morgan das merkt, wird er sehr böse.«

»Der soll doch seiner Frau Vorschriften machen, aber nicht mir. Ich bin frei, meine Liebe«, erklärte Abigail trotzig, während sie sich langsam aus dem Bett quälte.

Aroha schüttelte energisch den Kopf. »Bilden Sie sich bloß nicht zu viel ein! Sie sind genauso abhängig von ihm wie die arme Misses Mary. Sie ist eine so herzensgute Frau. Wenn sie wüsste, dass er jeden Donnerstag bei Ihnen verbringt. Ach, die Ärmste! Es ist bestimmt seine Schuld, dass sie keine Kinder kriegen. Das ist die Strafe dafür, dass er sie betrügt!«

Abigail zuckte unwillkürlich zusammen, als die ahnungslose Aroha von Kindern sprach. Trotz ihres dröhnenden Schädels stand die Erinnerung an das Grauen vor ihr, als wäre es gestern gewesen. Damals vor fünf Jahren, als James Morgan sie gezwungen hatte, sich ihr Kind wegmachen zu lassen. Damals hatte er noch darauf gesetzt, dass Mary ihm die nötigen Nachkommen schenken würde. Er hatte auf keinen Fall einen Bastard gewollt. Danach war Abigail nie wieder schwanger geworden. Damals hatte sie auch die Anstellung bei Mister Moore verloren, weil sie wochenlang das Bett hatte hüten müssen.

»Ja, ja, die gute, nette Misses Mary Morgan«, spottete Abigail. »Sie ist eine wahre Lady!« Es ärgerte sie maßlos, wenn Aroha ehrfurchtsvoll über James' Ehefrau sprach. James erwähnte seine Ehefrau nie. Das verlangte Abigail von ihm zum Schutz für ihre ohnehin verletzte Seele. Für sie existierte diese Misses Morgan einfach nicht. Manchmal schlich sich die Dame jedoch in ihre Träume ein und stand stumm da, in ihrem Blick die Frage: Warum tust du mir das an?

Ein einziges Mal hatte Abigail die feine Lady von der Bühne aus gesehen. Es war in ihrer ersten Rolle als Julia, kurz bevor sie

Lorenzos Schlaftrunk zu sich nehmen sollte. Sie schaute noch einmal leidenschaftlich ins Publikum, das Fläschchen bereits in der Hand, als sie neben James eine Frau bemerkte. Sie war nicht hässlich und auch blond, aber eine eher unscheinbare Person. Dieses Urteil jedenfalls traf Abigail, während sie scheintot auf der Bühne zusammensackte.

Abigail seufzte. Sie wollte doch nie mehr an diesen Abend denken und auch nicht an ihre verlorenen Jahre als die Geliebte eines verheirateten Mannes. Sie wollte es nicht, aber sie tat es doch. Ihre Gedanken und Gefühle machten sich selbständig, während sie sich zum Vorsingen ankleidete. Sie hasste James nicht mehr, wie sie es vor fünf Jahren getan hatte. Inzwischen war er ihr gleichgültig. Dabei hatte sie diesen Mann einst sogar in ihr Herz geschlossen, nachdem sie erfahren hatte, dass sein Kind in ihr heranwuchs. Bis zu jenem Tag, an dem er sie gezwungen hatte, zur Engelmacherin zu gehen. Abigail wurde übel bei der Erinnerung. Sie musste sich auf der Konsole ihres Waschtisches abstützen. Jetzt bloß nicht übergeben!, ermahnte sie sich. Das war nicht einfach bei den Bildern, die wie ein Albtraum durch ihren Kopf zogen: der schmierige Seemann, den James gut bezahlt hatte, damit er sie in das schreckliche Haus brachte, dessen eiserner Griff, die Drohungen aus seinem dreckigen Mund, der starrende Dreck bei dieser grässlichen Alten, der jähe Schmerz, das viele Blut ...

Abigail richtete sich langsam wieder auf und atmete tief durch. Und doch wurde sie mit Macht immer tiefer in den Sog der Erinnerungen gezogen. Ihr war, als wäre es gestern gewesen. Der Tag, an dem sie James hatte umbringen wollen, bevor der Mut sie schließlich verließ und sie den Whisky und seine wohltuende Wirkung entdeckt hatte. Seitdem reiste sie so oft wie möglich in das Land des Vergessens. Als James Monate danach das erste Mal wieder zu ihr ins Bett gekrochen kam, hatte sie sich mit Händen und Füßen gewehrt. Da hatte er sie mit Gewalt genommen. Anfangs war sie nur donnerstags betrunken gewesen. So wenig, dass er es nicht merkte, aber genug, um seine Nähe zu ertragen. Inzwischen war sie täglich berauscht, und es kümmerte sie nicht, dass James es merkte.

Nach jener Nacht hatte er ihr, vermutlich aus schlechtem Gewissen, ein größeres Haus bauen lassen. Ganz oben auf dem Hügel mit einem Blick über den Hafen und einem riesigen Garten. Nur, was nutzte ihr all dieser Wohlstand, wenn sie keine Gäste mehr hatte, die sie einladen konnte? Schon lange gingen keine Schauspielkollegen mehr bei ihr ein und aus. Freunde besaß sie nicht, denn James Morgan hatte stets Angst, sie könne sich mit jemandem anfreunden, der ihn oder seine Familie kannte. Besonders, seit er Parlamentsabgeordneter geworden war, tat er alles, damit ihr Verhältnis nicht zum Stadtgespräch wurde. Und sein Bemühen um Diskretion schien von Erfolg gekrönt. Nicht einmal bei der Schneiderin, dem Zentrum der Wellingtoner Gerüchteküche, brachen die Gespräche ab, wenn Abigail hereinrauschte, um sich ein neues Kleid anfertigen zu lassen. Und das sollte etwas heißen. Abigail war im Modesalon als die »schweigsame Schauspielerin« mit dem Hang zu den teuersten Modellen bekannt und nicht als Mister James' Liebchen. Die teuren Roben führte sie dann allein in ihrem Salon oder im Garten spazieren. Dazu trank sie Champagner. Und erst, wenn sie davon genug hatte, griff sie zum Whisky.

»Brauchen Sie noch etwas?«, fragte Aroha nun und riss Abigail damit aus ihren Gedanken. Die Maori fügte mit einem besorgten Blick auf Abigails verquollenes Gesicht hinzu: »Missy, Missy, Sie ruinieren noch Ihre Schönheit, wenn Sie nicht damit aufhören!«

Abigail überhörte diese Warnung und erwiderte mit einem gefährlichen Unterton: »Ja, lassen Sie eine Kutsche kommen, und bitte schicken Sie den Wagen dann zum Parlamentsgebäude!«

Aroha sah sie fragend an. »Sie wollen doch nicht etwa zum Parlament und Mister Morgan kompromittieren?«

»Gute Idee! Schauen Sie nicht so entsetzt! Das hebe ich mir für später auf. Vorerst werde ich dem Herrn Abgeordneten James Morgan einen Brief durch den Kutscher überbringen lassen ...«

»Das sollten Sie nicht tun«, unterbrach Aroha sie hastig.

»O doch! Heute ist Donnerstag«, widersprach Abigail trotzig. »In dem Brief wird stehen, dass er heute von seinem Besuch bei mir absehen möge. Ich wünsche nämlich keinen Besuch. Besonders nicht seinen. Es wäre doch gelacht, wenn ich von ihm abhängig wäre. Bin ich nicht. Ich allein entscheide, ob ich ihn empfangen möchte oder nicht! Und mir ist viel zu übel, um ihn zu treffen. Ich glaube, sonst müsste ich mich erbrechen!«

»Missy, bitte! Ich würde ja verstehen, wenn Sie ihn das nächste Mal ersuchen, gar nicht mehr zu kommen. Das ist unwürdig, was er mit Ihnen macht.«

Abigail schaute Aroha erstaunt an. Noch niemals zuvor hatte die Maori Verständnis für ihre verzweifelte Lage gezeigt.

»Kind, wenn Sie sich retten wollen, dann gehen Sie fort. Weit fort von ihm. Sie sind doch ein guter Mensch. Sie haben ein großes Herz, Missy. Aber Sie haben sich verführen und in einen goldenen Käfig sperren lassen. Haben Sie denn keine Familie? Können Sie nicht nach Hause zurück? Gehen Sie, solange Sie noch so jung sind und bevor das Teufelszeug Sie umbringt. Aber was Sie mit diesem Brief vorhaben, das hilft Ihnen nicht. Das können Sie doch nicht machen! Wenn der Brief in falsche Hände gerät, dann ist Mister James die längste Zeit Abgeordneter gewesen.«

»Ich habe ihn nicht gewählt!«, erklärte Abigail schnippisch, um zu verbergen, dass die Maori mit jedem Wort Recht hatte. Doch Abigail wollte die unbequeme Wahrheit nicht an sich heranlassen.

»Man sollte Frauen gar nicht wählen lassen«, schimpfte Aroha.

»Sie tun das, was ich sage! Ich will ihn heute nicht sehen. Verstanden?« Trotzig setzte sich Abigail an ihren Damenschreibtisch und verfasste die Nachricht, die sie Aroha mit strengem Blick aushändigte. »Schärfen Sie dem Kutscher ein, ihn nur Mister James Morgan höchstpersönlich zu übergeben!«

»Und ich sage Ihnen: Das ist eine große Dummheit. Damit ändern Sie gar nichts!«, knurrte Aroha und nahm den Brief widerwillig entgegen.

»Und bestellen Sie bitte eine zweite Kutsche, Aroha. Ich muss gleich in der Music Hall zum Vorsingen sein!«

»O, o!«, bemerkte die Maori mit einem prüfenden Blick auf Abigails taubenblaues Kleid aus besseren Tagen, das um die Hüften herum gefährlich spannte.

»Ja, ich sage doch immer: Dreimal essen am Tag ist nicht gut für mich.«

»Ich glaube, das sind eher die drei Gläser Whisky zu viel«, brummelte Aroha, aber Abigail besaß gute Ohren.

»Sie sind schlimmer als James!«

»Und ich hoffe, es ist bald wieder so weit, dass er alle Ihre Flaschen vernichten wird!«

Mit einem entschlossenen Griff öffnete Abigail die angebrochene Flasche auf dem Nachttisch, nahm einen kräftigen Schluck, dann noch einen und ließ sie unter dem Bett verschwinden.

Die Music Hall war voller Menschen, als Abigail in ihrem auffälligen Kleid hereinrauschte und nach dem amerikanischen Mister fragte, bei dem das Vorsingen stattfand.

Mister Miller saß im dunklen Zuschauerraum und rief gerade die nächste Sängerin auf die Bühne. Als sie anfing, zuckten alle zusammen. Sie brachte keinen geraden Ton heraus. Abigail nutzte ihre Chance und setzte sich neben Mister Miller.

»Ich bin Abigail Bradley und komme zum Vorsingen«, flötete sie und wusste bereits, dass sie gute Karten hatte, als der Mann sich ihr zuwandte. Obwohl sie längst nicht mehr die Erbsenblüte spielen konnte, war ihre Anziehung auf Männer doch unverändert groß. Sie lächelte, und siehe da, er lächelte zurück.

»Wollen Sie Ihr Glück versuchen?«, flüsterte er und fügte verschwörerisch hinzu: »Wenn Sie besser sind als die Dame, dann engagiere ich Sie auf der Stelle.«

»Wollen Sie mich beleidigen?«, gab sie kokett zurück.

»Die Nächste ist Miss Bradley«, rief Mister Miller nun durch den Saal.

Abigail stolzierte mit hocherhobenem Haupt auf die Bühne. Da sie wusste, dass Mister Miller ihr nachschaute, wackelte sie ein wenig mehr mit den Hüften, als es nötig gewesen wäre.

Es war das erste Vaudeville-Theater, bei dem sie sich vorstellte. Bislang hatte sie die Nase gerümpft angesichts dieser Unterhaltungsshows, bei denen auf der Bühne wild zusammengewürfelt wurde, was in ihren Augen gar nicht zusammenpasste: Akrobaten, Dompteure, Magier, Sänger und Bauchredner.

Aber sie musste es trotz ihres Widerwillens versuchen, denn sie wollte endlich wieder etwas erleben und nicht in ihrem Haus lebendig begraben sein. Mister Miller und seine Truppe kamen aus Amerika und befanden sich auf einer großen Tournee. Ihnen waren ausgerechnet in Neuseeland eine Sängerin und ein Bauchredner abgesprungen. Wenn das kein Abenteuer war! So jedenfalls redete sich Abigail ihre Abneigung gegen diese Art von Theater schön, während sie sich auf der Bühne bereit machte. In dem Augenblick bekam sie fürchterliches Lampenfieber, denn sie hatte ja gar kein Lied, das sie singen konnte. Außer den alten Weisen, die sie einst mit Patrick gesungen hatte. Sie hatte lange nicht mehr an ihn gedacht. Aller Augen waren auf sie gerichtet. Leise und voller Leidenschaft begann sie *Red Is The Rose* zu singen. Ihr war plötzlich so, als würde sie nur für ihn singen.

Als sie fertig war, rief Mister Miller von unten herauf. »Singen können Sie, Miss Bradley, aber *Red Is The Rose* ist etwas zu traurig für unser Programm. Wir wollen hören, ob Sie einen Song schmettern und das Publikum zum Mitsingen animieren können. Also, singen Sie uns noch einen lustigen Song, Lady!«

Abigail aber fühlte sich mit einem Mal wie gelähmt. Der morgendliche Whisky machte sich bemerkbar. Sie konnte nicht einmal mehr lächeln, geschweige denn, sich einen einzigen Ton abringen. Ihr fiel auch nicht ein, was sie hätte singen sollen, aber selbst wenn, sie hätte wohl genauso verwirrt und stumm dagestanden wie in diesem Augenblick. Sie räusperte sich verlegen, um Zeit zu gewinnen, aber schon rief Mister Miller ungeduldig: »Miss MacKean, bitte!«

Abigail gelang es, gerade noch rechtzeitig die Bühne zu verlassen, bevor eine junge Brünette voller Inbrunst ein amerikanisches Lied zu schmettern begann. Mit gesenktem Kopf verließ sie den Saal. Erst als der fremde Mann sie ansprach, merkte sie, dass jemand sie verfolgte.

»Warten Sie, Miss! Mich hat er auch nicht genommen, obwohl ich der beste Bauchredner ganz Neuseelands bin.« Zum Beweis führte er der verdutzten Abigail seine Kunst sogleich vor. Abigail musste wider Willen lächeln, aber nur, weil er so schlecht war.

»Was machen wir mit dem angebrochenen Tag?«, fragte er nun.

Abigail zuckte mit den Achseln. »Ich für meinen Teil gehe nach Hause und trinke einen Whisky«, erwiderte sie schließlich gequält.

»Das ist eine wunderbare Idee. Ich könnte Sie begleiten.«

»Nein, das können Sie bestimmt nicht«, entgegnete Abigail in scharfem Ton.

»Ich würde aber gern mit Ihnen plaudern«, beharrte er.

Abigail überlegte. Es war ein warmer Sommertag. Sogar der sonst immer wehende Wind, der sie einmal fast das Leben gekostet hatte, hatte sich gelegt. Sie vermisste ihn beinahe und spürte, dass eine unerträgliche Reizbarkeit wie ein schleichendes Gift in ihr emporkroch. Sie wollte jetzt nicht allein sein. Obwohl ihr die Gesellschaft dieses Mannes nicht einmal besonders angenehm war, wäre es immer noch besser, als die Einsamkeit in der Hitze dieses Tages zu ertragen. Außerdem schmerzte die Erinnerung an Patrick, der sich seit ihrem verunglückten Vorsingen in ihre Gedanken geschlichen hatte. Sie musste sich ablenken, sonst würde sie daran zerbrechen. Nur noch einmal Linderung im Whisky suchen, redete sie sich ihr Bedürfnis nach dem entsetzlich schmeckenden braunen Zeug schön, nur noch ein einziges Mal und dann nie wieder!

»Ich mache Ihnen einen Vorschlag. Sie nennen mir Ihre Adresse, ich besorge etwas zu trinken und besuche Sie damit.«

»Ich begleite Sie gern bis zu Ihrem Haus.«

»Nein, Sie haben nur die eine Möglichkeit, mir Gesellschaft zu leisten. Ich komme zu Ihnen oder gar nicht!«, bellte Abigail.

Der Bauchredner grinste. »Schon gut, ich mache alles, was Sie sagen. Wenn Sie mich nur aufsuchen.«

»Damit Sie sich keine falschen Hoffnungen machen. Ich bin keine, die mit jedem mitgeht. Ich rate Ihnen, mich nicht anzufassen!«

Wieder grinste er. »Keine Sorge, Miss! Sie sind nicht die Art Lady, die ich zu verführen gedenke.« Dann nannte er ihr seine Adresse und ging laut pfeifend von dannen. Jedenfalls glaubte Abigail das.

Sie war froh, dass sie Aroha nicht begegnete, als sie die angebrochene Whiskyflasche und eine volle, die sie im Kamin versteckt hatte, in einer Tasche verstaute und das Haus in Richtung Hafen verließ. Vor der verabredeten Adresse angekommen, zögerte sie. Das Haus wirkte nicht gerade einladend. Nicht zu vergleichen mit den schönen Holzhäusern oben am Berg. Abigail wollte schon umkehren, als sie die Stimme des Bauchredners neben sich einschmeichelnd sagen hörte: »Hier hinauf!«

Sie fand es merkwürdig, dass er noch nicht zu Hause war, aber sie dachte in ihrem angetrunkenen Zustand nicht weiter darüber nach – so wie sie viele verräterische Zeichen in den nächsten Minuten einfach übersah.

Die Angst vor der Einsamkeit ließ sie alle Vorsicht vergessen. Sonst hätte sie bemerken müssen, dass der Fremde sich in dem spärlich möblierten Wohnraum zwar auch ein Glas einschenkte, es aber nicht anrührte, während sie den ersten Whisky hastig hinunterstürzte. Sie wollte endlich alles vergessen. Ihr armseliges Leben als Gefangene von James Morgan, Patrick, den sie einst verlassen hatte, und die Hoffnungslosigkeit. Der Traum von der Tournee war ausgeträumt. Das Einzige, was sie wirklich fühlte, war die Schadenfreude, James Morgan endlich nicht mehr zu Diensten zu sein. Ja, er würde sie heute nicht wie sein Eigentum benutzen und dann beschmutzt in ihrem Bett liegen lassen, während er wieder in sein sauberes Leben zurückkehrte. Er hatte wenigstens ein Leben. Er gehörte mittlerweile zu den einflussreichsten Bürgern der Stadt. Aroha erzählte manchmal von den schönen Festen, die im Hause Morgan gefeiert wurden. Schon manches Mal war Abigail versucht gewesen, sich in eines ihrer schönen Kleider zu werfen und sich auf einen der Bälle zu schleichen.

»Wie heißen Sie eigentlich?«, fragte der Bauchredner. Er schenkte ihr gerade das dritte Glas ein, das sie wie Wasser hinunterstürzte.

»Ich bin Misses ...« Abigail zögerte und griff selbst zur Flasche. Das vierte Glas schenkte sie sich randvoll. Ich darf nicht so viel trinken, dass ich ihm etwas über mich verrate, warnte sie eine innere Stimme. Ihren Namen würde sie ihm auf keinen Fall preisgeben. »... Misses O'Donnel.« Sie lief rot an. Nicht, weil sie ihn belogen hatte, sondern weil ihr wieder nur Patricks Name eingefallen war. »Und Sie?«, fragte sie, um von ihrer Verlegenheit abzulenken.

»Mein Name ist Herbert Hunter«, erklärte er und sah sie dabei prüfend an. Dann verengten sich seine Augen von einer Sekunde zur anderen zu Schlitzen. »Miss Bradley, warum belügen Sie mich?«

Abigail fuhr der Schrecken in alle Glieder. Sie wollte von dem schäbigen Sessel aufspringen und auf der Stelle gehen, aber sie konnte sich nicht einmal mehr aufrichten. Stattdessen sackte sie zurück in die Polster und hatte plötzlich das Gefühl, dass ihr Körper ihr nicht gehorchte.

»Was haben Sie mir in den Whisky getan?«

»Gar nichts. Sie sind betrunken, meine Liebe! Vier Gläser werfen den stärksten Kerl um.« Er grinste anzüglich.

»Was wollen Sie von mir?« Abigail spürte, dass ihr der Angstschweiß aus jeder Pore kroch.

»Geld!«

»Geld? Ich habe kein Geld«, stammelte sie und glaubte, ihn damit täuschen zu können.

»Miss Bradley, Sie haben das schönste Haus in der ganzen Hill Street. Der Herr, der Sie aushält, wird Sie sicher auch sonst verwöhnen. Schmuck, Geld ...«

»Es gibt keinen Herren, der mich aushält«, log sie verzweifelt. Ihre Stimme zitterte vor Angst.

»Das hat mir Ihr Mädchen aber ganz anders erzählt. Ich habe Ihre Maori zufällig getroffen, kurz nachdem Sie ins Haus gegangen sind. Sie verließ das Haus, und ich habe sie gefragt, ob der Eigentümer Mister Bradley – Ihren Namen habe ich übrigens schon im Theater erfahren, als Mister Miller Sie aufgerufen hat – dieses schöne Haus wohl verkaufen würde. Sie sagte mir treuherzig, nein, es gäbe keinen Mister Bradley. Kann ich dann mit Misses Bradley verhandeln?, habe ich sie gefragt. Da hat sie gelacht und mir gesagt, eine Misses Bradley gäbe es auch nicht, aber Miss Bradley würde es niemals hergeben. Reicht das, oder wollen Sie mich weiter belügen?«

»Ich habe wirklich kein Geld.«

In dem Augenblick sprang er von seinem Stuhl auf, in der Hand eine Zigarre, mit der er Abigail gefährlich nah vor der Nase herumfuchtelte.

»Erst einmal will ich den Namen!«

»Welchen Namen?«

Er stöhnte theatralisch auf. »Welchen Namen wohl? Nicht den deines Hausmädchens. Wer ist der Mann, der dich aushält? Wessen Flittchen bist du?«

Abigail lief ein kalter Schauer über den Rücken, aber sie schwieg eisern. Auch als der Mann ihr den Ärmel ihres Kleides nach oben schob.

»Du wirst mir jetzt eine Antwort geben!«, zischte er und kam ihrem Arm mit der Zigarre bedrohlich nahe. Der ekelhafte Rauch stieg ihr in die Nase, und sie musste husten. »Ich will den Namen!«, schrie er mit verzerrter Miene.

Abigail schwieg, aber als sie den höllischen Schmerz auf ihrem Arm spürte, keuchte sie nur noch: »James Morgan!« Dann fiel ihr Kopf zur Seite, und sie wurde ohnmächtig.

Das Aufwachen war die Hölle. Ihr Arm brannte wie Feuer, und das hämische Grinsen des Kerls verriet ihr, dass sie James' Namen preisgegeben hatte.

»Was für ein dicker Fisch!«, frohlockte er.

»Ich gebe Ihnen alles, wenn Sie Ihren Mund halten!«, versprach sie mit heiserer Stimme und fügte leise hinzu: »Kommen Sie mit!« Sie wusste sich keinen anderen Rat mehr, als ihn zu sich in die Hill Street zu locken. Hier, in diesem Dreckloch, würde er sie noch umbringen. Vielleicht hat James meine Anweisung ja ignoriert und wartet in der Hillstreet auf mich, dachte sie, dann können wir gemeinsam überlegen, mit wie viel Schweigegeld wir dem Kerl das Maul stopfen können.

»Wenn Sie mich nicht bezahlen, werde ich erst seiner Ehefrau einen Brief schreiben, dann seinen Eltern, den Schwiegereltern und allen anderen Abgeordneten«, drohte der Erpresser und fuchtelte erneut mit der brennenden Zigarre vor ihrem Gesicht herum.

»Sie bekommen alles, was ich habe.« Mit diesen Worten richtete sie sich unter Ächzen und Stöhnen auf. Ihr Blick fiel auf einen Schürhaken. Es hätte nicht viel gefehlt, und sie hätte ihm das schwere Eisenteil über den Kopf gezogen. Sie befürchtete nur, für den richtigen Schlag zu schwach zu sein.

Als sie in die Hill Street einbogen, hoffte sie inständig, dass James bereits ungeduldig auf ihre Rückkehr wartete. Abigails Knie wurden weich, als sie das Haus betraten.

»Folgen Sie mir! Und keinen Mucks! Tun Sie nur, was ich Ihnen sage. Denn wenn Aroha einen Mann wie Sie in diesem Haus sieht, wird sie gleich um Hilfe schreien. Sie besitzt mehr Menschenkenntnis als ich!«, schärfte Abigail dem Erpresser ein.

Als sie die Tür zum Salon öffnete, hielt sie den Atem an. Wenn James doch bloß in seinem Sessel sitzen würde! Abigail war unendlich enttäuscht, als eine gähnende Leere sie erwartete.

»Sie bleiben hier!«, bellte sie.

Aber der Erpresser verhielt sich erstaunlich ruhig.

Er wittert das große Geld und will den Fang nicht durch unbesonnenes Verhalten aufs Spiel setzen, mutmaßte sie. Wahrscheinlich fühlt er sich sicher.

Abigail eilte in die Küche, getrieben von ihren Gedanken: Aroha muss sich schnellstens zu James begeben und ihn unter einem Vorwand herlocken. Ich kann das Problem nicht allein lösen. Wenn der Erpresser mein Erspartes erst in der Hand hält, wird er nicht zögern, sich auch noch an James Morgan schadlos zu halten und dessen Leben zu zerstören.

Aroha saß am Küchentisch, das Gesicht grüblerisch in die Hände gestützt. Vor ihr lag ein Stück Papier. Abigail hoffte im ersten Moment, Aroha hätte sich ihren Anordnungen widersetzt und die Nachricht für James zurückgehalten, sodass sie noch mit ihm rechnen konnten. Doch der merkwürdige Blick, mit dem Aroha sie ansah, als sie ihr das Papier reichte, verhieß nichts Gutes.

Abigail beugte sich über den Text, murmelte *»Mutter gestürzt. Seitdem ans Bett gefesselt. Sieht nicht gut aus. Bitte komm sofort!«* und wurde bleich. In ihrem Kopf ging alles durcheinander. Niemals würde sie nach Hause zurückkehren, vor allem nicht jetzt, wo von ihrem Leben nicht mehr geblieben war als so ein Schlammloch, wie es im Garten in Rotorua vor sich hinblubberte.

»Kind, so traurig der Anlass auch ist, nutzen Sie diese Gelegenheit! Fahren Sie nach Hause. Lassen Sie all das hinter sich! Der Preis hier ist zu hoch, Missy!«

Abigail hielt die Luft an. Hatte Aroha nicht Recht? War der Unfall der Mutter nicht ein triftiger Grund, nach Rotorua zurückzukehren? Erst jetzt drang ihr ins Bewusstsein, was geschehen war. Ihre Mutter war verunglückt!

Abigail spürte, wie ihr die Beine den Dienst versagten, und sie ließ sich auf einen Stuhl fallen. Wie lange hatte sie nicht mehr an ihre Mutter gedacht! Und wenn, dann nur im Zorn. Ja, sie hatte sie in schwarzen Stunden sogar dafür verantwortlich gemacht, was ihr, Abigail, zugestoßen war. Wie oft hatte sie sich gefragt, was ihre Mutter wohl sagen würde, wenn sie erführe, was der feine James Morgan ihrer Tochter angetan hatte? Wahrscheinlich würde ihre Mutter bereuen, dass sie ihre Jüngste einst verstoßen hatte, und sie um Vergebung bitten …

Während Abigail die tröstende Hand der Maori auf ihrer spürte, traf sie eine Entscheidung. Das hier war ihre letzte Chance! »Ich fahre gleich morgen früh. Teile es bitte Mister Morgan mit, wenn er das nächste Mal zu Besuch kommt.«

Aroha warf ihr einen ermutigenden Blick zu.

In diesem Moment wussten sie beide, dass sie einander niemals wiedersehen würden. Ohne Vorwarnung drückte Abigail der verdutzten Aroha einen Kuss auf die faltige Wange. »Danke für alles! Und bitte geh jetzt spazieren oder einkaufen. Ich fange sonst noch zu weinen an, wenn ich dich weiterhin sehe.« Dann eilte sie ins Schlafzimmer. Dort wartete sie so lange, bis sie die Haustür zufallen hörte.

Jetzt war sie mit dem Erpresser allein, und es galt, ihm eine gute Vorstellung zu bieten. Dies war die wichtigste Rolle, die sie jemals gespielt hatte.

Ihr Erspartes war unter der Matratze verstaut. Mit zittrigen Fingern griff sie einen Großteil der Scheine und ließ nur so viele liegen, wie sie vermutlich für die Fahrt nach Rotorua benötigen würde. Sie hatte das Geld gerade zusammengerafft, als der Erpresser sich auf leisen Sohlen ins Schlafzimmer schlich, doch Abigail besaß gute Ohren.

»Das ist alles, was ich habe!«, zischte sie und drückte ihm das Bündel von Scheinen, die sie in der Eile nicht einmal gezählt hatte, in die Hand. Er hingegen begann zu zählen und grinste dreckig, als er fertig war.

»Miss Bradley, wollen Sie mich auf den Arm nehmen? Damit können Sie mir nicht den Mund verschließen. Passen Sie auf! Ich verlasse Ihr Haus, bevor mich noch jemand sieht, und Sie besorgen sich morgen von ihrem Liebhaber das Dreifache dieser Summe. Dreihundert Pfund! Kommen Sie damit spätestens morgen Abend in meine Wohnung. Sollten Sie nicht allein kommen oder mich irgendwie hintergehen, dann sorge ich dafür, dass der Brief an Misses Morgan sofort auf den Weg kommt. Verstanden?«

»Gut. Gehen Sie jetzt, ich werde morgen bei Ihnen sein! Mit den dreihundert Pfund«, versprach Abigail ein wenig zu voreilig für ihren Geschmack. Sie hoffte, sie hatte es damit nicht verpatzt. Die Knie wurden ihr weich.

»Gut!«, knurrte der Erpresser und verließ das Haus, nicht ohne noch einmal die Drohung auszustoßen, dass sie ihn ja nicht unterschätzen solle.

Abigail atmete erleichtert auf, doch mit der weichenden Anspannung flossen nun die Tränen. Die Wunde an ihrem Arm schmerzte, aber ebenso die Gewissheit, dass sie James Morgan nicht vor dem beschützen konnte, was nun auf ihn zukommen würde. Dass sie endlich den Mut aufbringen würde, ihrem goldenen Käfig zu entfliehen, war ihr nur ein schwacher Trost. Denn sie fragte sich, wie ihre Mutter sie wohl aufnehmen würde. Erst als ihre Tränen versiegt waren, empfand Abigail Vorfreude bei dem

Gedanken an ihre Rückkehr. Liebe, gute Annabelle, bald werde ich dich wiedersehen, dachte sie. Jetzt muss ich dir keine Briefe mehr schreiben.

Rotorua, April 1899

Annabelle schob Abigail wortlos das Geld über den Tisch. Ihre Augen waren gerötet von den Tränen, die sie bei der Erzählung ihrer Schwester geweint hatte. Sie griff nach Abigails Hand und drückte sie mitfühlend. »Und denkst du noch manchmal an diesen James?«

Abigail stieß einen tiefen Seufzer aus. »Wenn ich ehrlich bin, nein. Du wirst es mir vielleicht nicht glauben, aber meine Erinnerung an ihn ist bereits so verschwommen, dass ich mir sein Gesicht nur noch mit Mühe vorstellen kann. Und trotz allem, was mir James Morgan auch angetan hat, tut es mir leid, dass dieser miese Teufel ihn und seine Frau zerstören wird. Die arme Frau wird doch ihres Lebens nicht mehr froh, wenn sie erfährt, dass ihre Ehe vom ersten Tag an auf einer Lüge fußte. Nun sind wir alle drei ein Opfer dieser unseligen Beziehung geworden.«

Energisch schob Abigail das Geldbündel zurück. »Ich werde nach Dunedin gehen und mich dort durchschlagen. Ich komme bestimmt an einem der Theater unter. Ich will nicht, dass du Gordons Traum meinetwegen zerstörst. Meinst du, ich weiß nicht, dass es sein Geld ist? Du hast mir geschrieben, dass er für ein Badehaus spart. Es ist rührend von dir, dass du sogar bereit bist, ihn zu bestehlen, um mir zu helfen. Aber ich muss mich allein vor diesem miesen Erpresser in Sicherheit bringen.«

»Nein, das erlaube ich nicht. Du wirst nicht schon wieder flüchten!«

Die beiden Schwestern waren so in ihr Gespräch vertieft, dass sie das Klappen der Tür überhört hatten. Sie zuckten gleichermaßen zusammen, als sie Gordons Stimme hörten.

»Flüchten? Wovor denn?«

»Gordon?«, riefen sie wie aus einem Munde.

Sein Blick blieb an dem Geld auf dem Tisch hängen und wanderte dann zu der leeren Schatulle.

»Was hat das zu bedeuten?«, raunte er tonlos.

»Gar nichts!«, beeilte sich Abigail zu sagen. »Annabelle wollte mir nur zeigen, wie viel du gespart hast, bevor ich abreise.«

»Du reist ab?«

Abigail nickte stumm.

»Das ist nicht wahr!«, widersprach Annabelle energisch. »Abigail wird von einem miesen Kerl erpresst, und wenn sie ihm keine dreihundert Pfund gibt, wird er bei Mutter und auch im Ort unschöne Dinge über ihr Leben in Wellington verbreiten ...«

»Ich hab mich dort von einem verheirateten Abgeordneten aushalten lassen, dessen Frau –«, begann Abigail.

Gordon unterbrach sie schroff. »Ich will gar nichts davon wissen. Es geht mich nichts an, womit man dich zu erpressen versucht. Ihr wolltet diesem Kerl also mein sauer verdientes Geld in den Rachen stopfen?«

»Bitte, Gordon, es tut mir leid, aber ich kann doch nicht zulassen, dass Abi erpresst wird, und da habe ich in meiner Not dein Geld genommen. Ich weiß, es war nicht richtig«, erklärte Annabelle zerknirscht.

»Du hast Recht. Das war keine gute Idee.«

»Gordon, bitte, mach Annabelle keinen Vorwurf! Sie hat es für mich getan, aber ich gehe fort. Ich bin weg, ehe der Kerl das begreift. Ich hätte dein Geld niemals angenommen. Leg es wieder zurück, Gordon!«

»Annabelle, du hast gehört, was deine Schwester gesagt hat! Bitte leg das Geld wieder in die Schatulle und verschließe sie gut.«

»Aber, Gordon, wir können sie doch nicht ihrem Schicksal überlassen«, sagte Annabelle unter Tränen.

»Wer hat denn behauptet, dass wir sie ihrem Schicksal überlassen? Natürlich ist es goldrichtig, ihr zu helfen, und natürlich wird sie bleiben. Doch wehret den Anfängen! Wenn du einem Erpresser den kleinen Finger reichst, wird er nach der ganzen Hand greifen und dich vernichten. Wenn du dich einem Erpresser auslieferst, dann bist du verloren, glaub mir.«

»Aber was sollen wir denn machen?«, fragte Abigail ängstlich.

»Ihn fortjagen, und zwar so, dass er niemals wiederkommt.«

»Gordon, er ist gefährlich!« Mit diesen Worten schob Abigail den Ärmel ihres Kleides hoch und zeigte ihm ihre Narbe. »Sieh nur, was er mir angetan hat. Er hat eine Zigarre auf meinem Arm ausgedrückt.«

»Dafür wird er büßen! Jetzt bin ich in der richtigen Stimmung, ihm eine Lehre zu erteilen, an die er noch lange denken wird!«, rief Gordon und fügte zu allem entschlossen hinzu: »Wo ist der Kerl?«

»In Zimmer sieben!«, flüsterte Annabelle.

»Bitte, Gordon, tu das nicht!«, flehte Abigail, doch da war er bereits zur Tür hinaus.

Abigail war kalkweiß geworden und sah ihre Schwester Hilfe suchend an. »Bitte, halt ihn zurück!«, bettelte sie.

»Aber Abi, er hat Recht. Wenn es einer schafft, diesen Kerl in die Flucht zu treiben, dann ist es Gordon.«

»Das ist es ja gerade. Er hat Bärenkräfte, mit denen er diesen Wurm zermalmen kann. Genauso wie Vater! Ich habe Angst, er könnte ... Ich meine ... Nachher passiert ihm dasselbe wie Vater, und er macht sich schuldig ...«

In diesem Augenblick ertönte von oben die Stimme ihrer Mutter: »Wie oft soll ich denn noch rufen? Warum kommt denn keiner? Ich verdurste! Und was ist da unten für ein Geschrei?«

Annabelle reagierte jedoch nicht. Sie starrte ihre Schwester durchdringend an. »Was hast du damit gemeint?«

»Gar nichts.«

»Abigail, was wolltest du damit sagen?«

»Es soll jemand kommen!«, brüllte ihre Mutter wieder.

»Gleich, Mutter!« Damit wandte Annabelle sich wieder ihrer Schwester zu und flüsterte: »Wieso hat Vater sich schuldig gemacht?«

In diesem Augenblick erschien Paika schüchtern im Flur. Als sie merkte, dass es wohl nicht der rechte Zeitpunkt wäre, Annabelle nach dem nächsten Auftrag zu fragen, wollte sie sich schnell wieder zurückziehen. Doch die fordernde Stimme von oben ließ sie zusammenzucken.

»Kommt denn keiner? Verdammt noch mal!«

Annabelle bat Paika, ihrer Mutter rasch ein Glas Wasser zu bringen. Kaum war die junge Frau in Richtung Küche geeilt, bedrängte Annabelle ihre Schwester weiter. Sie wusste, dass Abigail ihr etwas verschwieg.

Abigail schnappte nach Luft, zog ihre Schwester ins Wohnzimmer zurück, wo sie widerwillig preisgab: »Vater war in Dunedin wohl in eine Schlägerei verwickelt, und sein Gegner hat diesen Zweikampf vermutlich nicht überlebt. Deshalb haben wir die Stadt bei Nacht und Nebel verlassen.«

»O Gott, es war an dem Tag, an dem dieser unheimliche Kerl mich auf dem Weg ins Haus so merkwürdig angesprochen hat. Woher willst du wissen, dass Vater ihn umgebracht hat?«

In knappen Worten berichtete Abigail ihrer Schwester von der Drehleier und dem Zeitungsartikel. Und von den harten Worten ihrer Mutter. Sie nahm Annabelle den Schwur ab, nicht einmal Gordon, geschweige denn ihrer Mutter gegenüber mit einer Silbe zu erwähnen, was sie nun über ihre Eltern wusste. Dann aber unterbrach sie sich hastig und stammelte: »Wir müssen verhindern, dass Gordon ihn versehentlich wie eine Wanze zerquetscht.«

Unverzüglich eilten die beiden zum Zimmer des Erpressers. Auf dem Flur schallte ihnen bereits Gepolter und Geschrei entgegen.

Als Annabelle die Tür aufriss, verschlug ihr der Anblick die Sprache. Sie sah gerade noch, wie Gordon einen alten Stuhl auf dem Kopf des Erpressers zertrümmerte. Der schmächtige Kerl wankte, sackte zusammen wie ein leerer Mehlsack und fiel zu Boden, wo er leblos liegen blieb. Gordon rieb sich lachend die Hände.

»Ist er tot?«, stammelte Abigail.

»I wo! Er schläft nur ein bisschen.« Gordon grinste triumphierend.

»Und wenn er nun doch tot ist?«, fragte Annabelle ängstlich. In diesem Augenblick stöhnte der Erpresser leise und hielt sich den Kopf. Gordon stellte sich breitbeinig über ihn und bellte: »Hast du genug, du Verbrecher, oder willst du noch eine Abreibung?« Zur Bekräftigung hob er die Faust.

»Nein, ist gut!« Der Mann hielt sich schützend die Hand vors Gesicht.

»Es handelt sich um einen bedauerlichen Irrtum. Ich wollte Miss Bradley doch nichts Böses tun, ich ...«

»Ach nein!«, fauchte Gordon zurück. »Und die Brandwunde hat sie sich wohl selber beigebracht, was?«

Die Schwestern klammerten sich ängstlich aneinander, während sich der Erpresser wortlos aufrappelte. Er wankte und machte den Eindruck, als würde er gleich wieder in sich zusammensacken, fand jedoch am Bettpfosten Halt. Er hatte ein geschwollenes Auge, um das ein Veilchen blühte.

»Und jetzt raus aus meinem Haus!«, knurrte Gordon und versetzte dem Mann einen kräftigen Tritt in den Hintern. Der Erpresser prallte gegen die Wand, stöhnte auf und rannte so schnell, wie es sein Zustand erlaubte, an den Schwestern vorbei.

Gordon verfolgte ihn bis zur Straße. »Verschwinde! Und trau dich nie wieder ins Tal der Geysire! Und wenn mir zu Ohren kommen sollte, dass du hier im Ort mit irgendjemandem gesprochen hast, finde ich dich schneller, als dir lieb ist!«, schimpfte er ihm hinterher, bevor er sich zufrieden an die Schwestern wandte. »Und für diesen Lumpen sollte ich mein Badehaus opfern? Niemals! Den werden wir bestimmt nicht wiedersehen. Wie hieß er eigentlich?«

»Herbert Hunter, aber ich glaube, das war ein falscher Name«, erwiderte Abigail mit ungläubigem Staunen, dass der Spuk nun ein Ende haben sollte. »Gordon, wie soll ich dir das bloß vergelten?«

Er kratzte sich nachdenklich den Bart. »Kannst du mit Nagel und Hammer umgehen?«

Abigail nickte, obwohl sie noch nie zuvor einen Hammer in der Hand gehalten hatte.

Gordon grinste. »Lieber nicht. Das ist Männersache. Aber vielleicht könntest du zur Einweihung unseres Badehauses mit Patrick O'Donnel vierhändig auf dem Harmonium spielen?«

Annabelle sah ihren Mann sogleich strafend an, doch er merkte es nicht einmal. Ihm entging auch, dass Abigails Wangen zu glühen anfingen, denn alle wurden nun abgelenkt von einer wunderschönen Melodie, die aus einem offenen Fenster ertönte.

»Um Himmels willen, ich muss nach Mutter schauen«, rief Annabelle schuldbewusst. »Ich habe Paika zu ihr geschickt. Mutter wird das arme Kind tyrannisieren. Sie mag keine Fremden und schon gar keine Maori in ihrer Nähe. Und warum singt sie bloß? Mutter kann es nicht ausstehen, wenn man singt. Das kann nichts Gutes bedeuten!« Damit drehte sich Annabelle auf dem Absatz um und stürmte ins Haus.

Paika sang ein so trauriges Lied, dass Annabelle plötzlich einen Kloß im Hals spürte. Sie konnte da nicht einfach hineinplatzen und diesen hingebungsvollen Gesang unterbrechen. Mit jedem Ton verzauberte er Annabelle mehr und mehr, bis sie sich plötzlich wie auf den Schwingen eines Adlers über den Lake Rotorua getragen fühlte. Alles unter ihr wurde klein und unbedeutend. Nur noch diese Stimme erfüllte Annabelles Herz. Leise, ganz leise begann sie die unbekannte Weise mitzusummen. Erst als der letzte

Ton verklungen war, erwachte Annabelle aus ihrer Verzauberung. Sie stand vor der Zimmertür ihrer Mutter und lauschte. Insgeheim tadelte sich Annabelle dafür. Sie war doch gekommen, um die junge Maori zu beschützen!

Ohne zu zögern, trat sie nun ein und wollte ihren Augen nicht trauen. Paika strich der schlafenden Maryann sanft über das Haar. Der Schreck fuhr Annabelle durch alle Glieder. Wenn ihre Mutter aufwachte, würde es ein fürchterliches Donnerwetter geben. Was ihre Mutter noch mehr hasste, als dass jemand in ihrer Nähe sang, waren Berührungen Fremder.

Als Paika Annabelle erblickte, lächelte sie, aber Annabelle forderte sie durch ein Handzeichen auf, das Zimmer sofort zu verlassen. Ganz vorsichtig löste Paika die Hände vom Kopf der alten Frau und wollte aufstehen, als Maryann flüsterte:

»Bitte, geh nicht! Du sollst bei mir bleiben. Du bist so ein schönes Kind! Und so sanftmütig. Eine Fee unter all diesen groben Menschen. Sag meiner Tochter, du sollst dich fortan um mich kümmern! Du sollst mir Geschichten vorlesen und mich in den Schlaf singen.« Mit diesen Worten öffnete sie die Augen und schenkte dem Maorimädchen Paika ihr schönstes Lächeln.

Annabelle war wie betäubt. Das war alles so unwirklich. Ohne von ihrer Mutter bemerkt zu werden, hatte sie sich hinausgeschlichen. Eigentlich wurde sie in der Küche gebraucht, aber sie konnte jetzt nicht zum Tagwerk übergehen. Es war zu viel geschehen in diesen letzten Stunden. Es kam ihr alles so unwirklich vor. Ihr Vater ein Mörder? Ihre Schwester die langjährige Geliebte eines verheirateten Mannes? Eines Mannes, der ihr ein Kind genommen hatte? Annabelle war zutiefst beunruhigt. Denn sie fragte sich, wie lange sie ihr eigenes Geheimnis wohl noch hüten könnte. Ihre Hände zitterten. Dagegen half nur eines: Sie musste auf den See hinausrudern und dann weiter an ihren einsamen Strand, wo sie allein mit sich und ihren Gedanken war.

Während sie ihre Angel mit der schweren Schnur, die sie zum

Fischen benötigte, aus einem Abstellraum hervorholte, haderte sie damit, wie ungerecht das Leben doch war. Warum war es weder Abigail noch ihr vergönnt gewesen, ihre Kinder zu behalten? Und warum hatte Olivia, die nur an sich selber dachte, gleich zwei? Doch Annabelle schämte sich sogleich für diesen missgünstigen Gedanken.

Unten am Steg begegnete sie Abigail.

»Kann ich dich begleiten?«, fragte ihre Schwester bittend.

»Meinetwegen, aber verscheuch mir nicht die Forellen!«

»Nein, ich werde stumm wie ein Fisch sein«, versprach Abigail, und sie mussten beide unwillkürlich lachen.

»Kannst du auf die Insel zuhalten?«, bat Abigail. Es lag etwas Flehendes in ihrer Stimme, sodass Annabelle den Kurs zu ihrem Strand hin änderte und wortlos hinaus auf den See in Richtung Mokoia ruderte.

»Hast du die Insel inzwischen mal betreten?«, fragte Abigail.

Annabelle schüttelte den Kopf.

»Immer noch Angst vor den Seelen der Toten?«

»Schon möglich.«

Sie schwiegen, bis sie sich dem Ufer genähert hatten.

Abigail erschrak, als sie vor sich plötzlich das kleine Stück Strand und den immergrünen Puriribaum wiedererkannte. Und vor allem den einsamen Mann, der im Sand hockte und auf das Wasser stierte. »Patrick!«, flüsterte sie. »O, Patrick!«

Doch ehe sich Abigail bemerkbar machen konnte, ruderte Annabelle mit schnellen Schlägen davon, bis Patrick außer Sichtweite und die Gefahr eines Wiedersehens gebannt war.

2. Teil

Paika und Duncan – die Liebenden

ROTORUA, 31. DEZEMBER 1899

Das prächtige Badehaus des *Hotel Pohutu*, das Gordon wie einen Pavillon im Tudorstil gebaut hatte, war rechtzeitig zum Jahrhundertwechsel fertig geworden. Die Frauen hatten die Einrichtung der beiden Badezimmer und des Massageraums übernommen, und Abigails Phantasie hatte keine Grenzen gekannt: hier noch ein Bild an die Wand, eine Statue zur Belebung einer Ecke, dort noch eine Vase. Annabelle und Paika hatten sich köstlich darüber amüsiert, dass Abigail die Bäder wie Wohnräume einzurichten versuchte. Aber sie alle hatten bei der Arbeit herrliche Stunden zusammen verbracht.

Paika schmunzelte noch jetzt bei der Erinnerung an den unbeschwerten gestrigen Tag. Miss Abigail hatte alle mit skurrilen Geschichten aus dem Wellingtoner Theaterleben zum Kichern gebracht. Auch Misses Parker hat endlich einmal wieder aus vollem Herzen gelacht. Es wäre doch schön, wenn auch die Mutter der beiden am Einweihungsfest teilnehmen würde, dachte Paika. Zumal sich sogar die dritte Schwester, Misses Olivia, die Paika nur vom Hörensagen kannte, zur allgemeinen Überraschung mitsamt Familie angekündigt hatte. Paikas Herz hüpfte bereits seit Tagen, weil sie Duncan wiedersehen würde.

»Mein Kind, träumst du?«, fragte Maryann sanft.

»Ja. Ich habe gerade geträumt, dass Sie zur Feier des Tages aufstehen und mit uns feiern werden.«

»Im Rollstuhl?«, gab Maryann bissig zurück.

Paika seufzte. »Immer noch besser als hier oben in der Matratzengruft«, entfuhr es ihr. »Oh!« Sie schlug erschrocken die Hände vor den Mund.

»Wer sagt das? Das ist doch nicht auf deinem Mist gewachsen, mein Kind. Sagen das meine Töchter?«

Paika zog es vor zu schweigen; sie wollte sich das gute Verhältnis zu Misses Bradley nicht verscherzen. Sie mochte die alte Dame von Herzen. Nur das Verhältnis der alten Dame zu ihren Töchtern bekümmerte Paika. Die herzensgute Annabelle konnte ihrer Mutter nichts recht machen. Und warum weigerte Maryann sich gar, ihre jüngste Tochter nach elf Jahren in die Arme zu schließen? Abigail wohnte nun bereits seit über zehn Monaten drüben im Hotel und war der lustigste und freundlichste Mensch, den Paika sich nur vorstellen konnte. Sie hatte zwar in der Küche bei der alten Ruiha läuten hören, dass Abigail als junge Frau von zu Hause ausgerissen war, aber war das ein Grund, so unversöhnlich zu sein?

»Was denkst du, mein Kind?«, fragte Maryann und musterte sie eindringlich.

»Ach, gar nichts.«

»Ich spüre doch, dass dich etwas beschäftigt. Wenn ich dir helfen kann, dann rede es dir von der Seele.«

Paika zögerte, bevor sie all ihren Mut zusammennahm. »Es betrifft Sie, Maryann!« Es fiel ihr noch immer schwer, die alte Dame mit dem Vornamen anzureden, aber die hatte es selbst vorgeschlagen: »Lass das dumme ›Misses Bradley‹! Am liebsten wäre mir, du würdest mich Grandma nennen, aber das kann ich wohl nicht von dir verlangen. Dann sag wenigstens Maryann zu mir.«

»Fühlst du dich nicht wohl bei mir alten Frau, die zu nichts mehr taugt?«, fragte Maryann unsicher.

»Aber nein, Maryann, ich bin gern bei Ihnen. Es ist nur: Ich frage mich, wie ein so netter Mensch wie Sie es fertigbringen kann, sein eigenes Kind abzuweisen. Ich meine, nicht einmal ihren Namen darf man aussprechen. Dabei hat sie so ein sonniges Gemüt, und sie leidet bestimmt –«

»Sprichst du von Abigail?«, unterbrach Maryann sie schroff.

Paika nickte ängstlich.

»Du magst sie?«, setzte Maryann nach.

Wieder nickte Paika.

»Wie sieht sie aus?«

Paika schluckte trocken. »Sie ist sehr schön und viel hübscher und schlanker geworden, seit sie bei uns lebt. Sie hat das goldenste Haar, das ich je gesehen habe.«

»Mein Goldkind!«, murmelte Maryann versonnen und fügte mit einem Blick auf Paikas fragenden Blick hinzu: »So habe ich sie als Kind genannt.«

»Und was hat sie Ihnen angetan, dass Sie ihr nicht verzeihen wollen?«

Maryanns Augen füllten sich mit Tränen. »Nicht sie hat mir etwas Unverzeihliches angetan, sondern ich ihr!«

Paika fühlte sich mit einem Mal nicht mehr wohl in ihrer Haut. Sie war zu weit gegangen. Noch niemals hatte sie Tränen in Maryanns Augen gesehen. »Entschuldigen Sie bitte, Maryann, ich wollte Ihnen nicht zu nahe treten.«

»Das tust du nicht, mein Kind. Ich habe mir so gewünscht, dass ich mich eines Tages einem Menschen anvertrauen kann. Und jetzt ist der Zeitpunkt gekommen. Dir vertraue ich nämlich. Ich habe Angst, ihr zu begegnen. Furchtbare Angst. Denn wenn ich sie an mein Bett lasse, dann nur, um sie um Vergebung zu bitten für etwas, was ich ihr einst angetan habe. Und wenn ich sie um Vergebung bitten würde, müsste ich ihr verraten, welchem Geheimnis sie damals auf der Spur war. Aber damit würde ich einen Schwur brechen, den ich einst meinem Mann gegenüber geleistet habe ...« Maryann hielt erschöpft inne und starrte mit gequälter Miene an Paika vorbei. Ihre Augen glitzerten feucht, aber sie hielt die Tränen zurück. »Bitte, mein Kind, du musst mir versprechen, dass du niemals ein Wort darüber verlauten lässt, was ich dir gerade anvertraut habe. Glaube mir, es ist leichter zu ertragen, dass

Abigail mich für eine unversöhnliche, verbitterte alte Hexe hält, als diesen Schwur zu brechen.«

Paika streichelte Maryanns Hand und behielt ihre Gedanken für sich. Was mochte das für ein Schwur sein, der eine Mutter davon abhielt, ihr eigenes Kind in die Arme zu schließen? Aber hatte ihre eigene Mutter nicht auch immer behauptet, sie könne ihr den Namen ihres Vaters nicht nennen, weil sie es ihm einst geschworen hatte?

Mit Wehmut erinnerte Paika sich an ihre eigene Mutter. Wenn sie von ihr etwas im Übermaß bekommen hatte, dann Zuwendung und Zärtlichkeit. Paika war umhegt und umsorgt worden wie eine kleine Prinzessin. Mere hatte stets gefürchtet, ihrer Tochter könne etwas zustoßen. Vielleicht wegen der schrecklichen Träume, die Paika so manche Nacht gequält hatten. Wenn sie schweißgebadet und schreiend erwacht war, hatte ihre Mutter ihr jedes Mal liebevoll die Hand gehalten und beruhigend auf sie eingeredet.

Sie hatten in einem Dorf bei Tauranga gelebt. Dort hatten die Nachbarskinder sie niemals wegen ihrer Andersartigkeit gehänselt. Trotzdem hatte sie stets erlebt, dass die Gespräche der Alten plötzlich abrissen, sobald sie auftauchte. Lag es daran, dass sie anders aussah? Ihre Haut war heller und ihre Nase schmaler als die der anderen Kinder. Und doch hatte sie sich stets wie eine von ihnen gefühlt. Sie war dort glücklich gewesen, bis ihre Mutter diesen Mister Gradic kennengelernt hatte. Paika versuchte die Erinnerung an den Umzug und die bitteren Tränen, die sie damals geweint hatte, abzuschütteln, doch es war zu spät. Eine Träne kullerte ihr über das Gesicht.

Maryann bezog das sofort auf sich und vermutete, Paika weine ihretwegen. Erschrocken versicherte sie der jungen Maori: »Paika, ich verspreche es dir hoch und heilig: Eines Tages werde ich über meinen Schatten springen und meiner Tochter Abigail die ganze Wahrheit sagen. Spätestens, wenn der Tod ums Haus schleicht.

Aber seit du bei mir bist, fühle ich mich wieder verdammt lebendig. Also, weine nicht, sondern feiere mit den anderen!«

Paika wischte sich energisch die Tränen aus dem Gesicht und versprach, vergnügt mit den anderen in das neue Jahrhundert zu feiern.

Maryann drückte die schmale Hand der jungen Maorifrau und fügte hinzu: »Ich wünsche dir, mein liebes Kind, dass alle deine Wünsche in Erfüllung gehen.«

Wünsche, fragte Paika sich, was wünsche ich mir eigentlich? Ich möchte einem aufrechten Maorimann begegnen, ihn heiraten und ihm in sein Dorf folgen, dachte sie und sehnte sich plötzlich nach der Geborgenheit ihrer Kindheit und den einfachen Ritualen und Gepflogenheiten ihres Volkes, etwa nach einem *hangi*, jenem Gericht aus Fleisch und Gemüse, das im Erdofen zubereitet wurde. Energisch schob sie die Erinnerung beiseite.

»Die Wünsche bewahre ich mir für heute Nacht auf. Es ist noch viel zu tun. Ich schaue aber vorher noch ein paarmal nach Ihnen. Wenn Sie etwas benötigen, brauchen Sie nur zu läuten.« Paika deutete auf eine kleine Glocke auf dem Nachttisch.

»Das will ich doch hoffen, dass du mich noch mal besuchst, bevor ein neues Jahrhundert anbricht«, bemerkte Maryann ernst. Dann sah sie plötzlich an Paika vorbei, und ein Strahlen huschte über ihr Gesicht. »Duncan, mein Junge! Das ist aber eine Überraschung. Lass dich drücken!«

Paika drehte sich um wie der Blitz. Sie spürte, wie ihr das Blut in den Kopf schoss. Er war noch männlicher geworden. Täuschte sie sich, oder huschte auch über sein Gesicht eine leichte Röte?

Er beugte sich artig über seine Großmutter und küsste sie auf die Wangen. »Liebste Grandma, du musst heute unbedingt mit uns feiern!«, rief er aus.

»Das hat Paika auch schon gesagt, aber ich fühl mich nicht danach.«

Duncan hatte sich bereits Paika zugewandt. »Ich freue mich, Sie wiederzusehen, Miss Paika. Ich hatte Ihnen doch versprochen, dass Sie hier unter lieben Menschen sind.«

»Sie ist inzwischen nur für mich da und füttert mich mit Maorigeschichten. Und singen kann sie, da geht einem das Herz auf«, erklärte Maryann nicht ohne Stolz.

»Aber heute Abend hat sie doch frei, Großmutter?«

»Natürlich, mein Junge. Vorausgesetzt, dass du ab und zu nach mir siehst oder, besser noch, ihr beide. Aber sag mal, wo ist deine Mutter?«

»Sie macht sich frisch. Du weißt doch, die lange Reise. Die hat ihr wieder arg zugesetzt.«

»Und dein Vater?«

»Der schaut sich das Badehaus an; aber später wird er dich besuchen.«

»Und, wie schmeckt dir die Arbeit?«

Duncans Gesicht verfinsterte sich merklich. »Ich kann nicht behaupten, dass ich zum Kauriharzhändler geboren bin«, seufzte er.

»Kauriharz?«, fragte Paika.

»Ja, mein Vater ist der größte Händler in ganz Auckland. Allan Hamilton. Große Teile der westlichen Wälder gehören ihm«, erklärte Duncan, allerdings ohne den leisesten Stolz in der Stimme.

»Ich kenne die Siedlungen der Digger. Mein Stiefvater hat für Mister Hamilton gearbeitet. Ich habe dort gelebt«, sagte Paika trocken. Im selben Augenblick erinnerte sie sich sogar daran, dass die Erwachsenen an dem Tag, als sie bei den Parkers angekommen war, über Allan Hamilton gesprochen hatten. Doch sie hatte damals nur Augen für Duncan gehabt und nicht zugehört.

Maryann blickte Paika erstaunt an, bevor sie sich wieder ihrem Enkel zuwandte. »Aber, mein Junge, ein bisschen mehr Begeisterung könntest du schon aufbringen für die Geschäfte deines Vaters. Du wirst schließlich mal alles erben!«

Duncan verdrehte die Augen.

»Ich gehe dann mal. Ich glaube, Misses Parker kann mich gut in der Küche gebrauchen.« Paika erhob sich eilig.

»Ich melde hiermit einen Tanz mit Ihnen an«, sagte Duncan lächelnd.

Paikas Miene erhellte sich. Sie konnte gar nicht anders als zurückzulächeln. Dennoch verabschiedete sie sich nun ohne Umschweife. Er durfte auf keinen Fall das Pochen ihres Herzens hören.

Wenn er wüsste, wie oft ich in den vergangenen Monaten an ihn gedacht habe!, fuhr es Paika durch den Kopf, während sie versonnen die Treppe hinunterging. Dennoch war sie fest entschlossen, sich nicht in ihn zu verlieben. Sie wollte keinen weißen Mann heiraten. Sie hatte schließlich bereits erfahren, wie es sich anfühlte, als Maori unter Weißen zu leben. Davon abgesehen hatte sie ihrer Mutter hoch und heilig versprechen müssen, nicht denselben Fehler zu begehen wie sie. In den Sohn dieses Menschenschinders darf ich mich erst recht nicht vergucken, versuchte sie sich energisch einzureden, während ihr Herzklopfen verriet, dass dieser Vorsatz zu spät kam.

»Ach, wie gut, dass es in diesem Haus wenigstens einen Dienstboten gibt!«, schreckte eine weibliche Stimme sie aus ihren Gedanken. Vor ihr stand ein dunkelhaariges Mädchen, das sich nun eine Haarsträhne, die sich unter seinem Hütchen gelöst hatte, energisch zur Seite pustete. In seinem Blick lag etwas Hochnäsiges. Paika schätzte, dass die Unbekannte nicht viel älter war als sie. Eher jünger.

»Worauf wartest du?«, fragte die gut gekleidete junge Dame nun ungeduldig, während sie Paika ihren Koffer reichte.

Die zögerte, ihn anzunehmen, denn ein Hotelgast konnte dieses verwöhnte Ding schwerlich sein. Dann hätte sie ihr unter Umständen den Koffer abgenommen, damit es Mister Parker nicht machen musste. Doch das Hotel beherbergte zum Jahrhundertwechsel keine Gäste. Mister Parker hatte ein Machtwort gesprochen und beschlossen, das Hotel eine Woche zu schließen, damit auch seine Frau mitfeiern konnte. Dafür wurde die gesamte Familie erwartet. Demnach ist dieses unerzogene Mädchen wohl eine Verwandte der Familie, vermutete Paika.

»Na, wird's bald?«, hakte die Dunkelhaarige schnippisch nach.

Paika versteckte die Hände hinter dem Rücken und sagte freundlich, aber bestimmt: »Entschuldigen Sie, aber ich bin die Pflegerin von Misses Bradley und nicht im Hotel beschäftigt.«

»So eine Unverschämtheit! Ich werde mich bei Tante Annabelle über dich beschweren!« Das hübsche Gesicht der jungen Frau lief rot an vor Zorn.

»Was ist denn hier los, mein Schatz?«, mischte sich nun eine ältere, gut aussehende Dame ein.

Paika betrachtete sie interessiert. Wenn das keine Schwester von Misses Abigail ist!, dachte sie. Bis auf das Haar ähneln sich die beiden verblüffend.

»Die da weigert sich, meinen Koffer zu tragen«, zeterte die junge Frau.

»Wer sind Sie?«, fragte die Ältere streng.

»Ich kümmere mich um Ihre Mutter.« Paika hatte sich um einen freundlichen Ton bemüht.

»Und was hindert Sie daran, den Koffer meiner Tochter aufs Zimmer zu bringen?«

Paika spürte, wie ihr das Blut ins Gesicht schoss. Ihr lag eine freche Erwiderung auf der Zunge, aber sie biss sich auf die Lippen. Stattdessen drehte sie sich wortlos auf dem Absatz um, doch eine scharfe Stimme in ihrem Rücken hinderte sie daran zu verschwinden.

»Halt! Sind Sie etwa eine Maori?«

Paika überlegte, ob sie das einfach überhören und sich in die Küche zu Ruiha und Misses Parker flüchten sollte, als sich eine schwere Hand auf ihre Schulter legte.

»Würden Sie wohl antworten, wenn ich mit Ihnen spreche! Sind Sie eine Maori, will ich wissen?«

Paika drehte sich um und funkelte ihr Gegenüber zornig an. Sie hätte niemals damit gerechnet, dass sie hier so behandelt würde. In diesem Haus hatte sie sich bis zum heutigen Tag so beschützt gefühlt. In Rotorua gab es mehr Maori als Pakeha, und alle lebten friedlich zusammen.

Die ältere Frau streckte ihr nun fordernd den Koffer ihrer Tochter entgegen. Paika ignorierte ihn.

»Ja, ich bin eine Maori, aber ich wüsste nicht, warum ich deshalb den Koffer der Lady aufs Zimmer tragen sollte. Ich bin nicht kräftiger als die junge Dame«, spie Paika förmlich aus. Dabei klopfte ihr Herz bis zum Hals.

»Wissen Sie, was Sie sind?«, fragte jetzt die Ältere und musterte Paika verächtlich.

Paika hielt stumm ihrem Blick stand.

»Sie sind eine verdammte Lügnerin. Sie wollen sich doch nur vor der Arbeit drücken. Typisch für euch! Meine Mutter würde niemals dulden, dass eine Maori sich um sie kümmert.«

»Stimmt. Grandma würde dich nie in ihrer Nähe dulden!«, zischte die junge Frau.

»Helen! Mutter! Seid ihr verrückt geworden? Wie kommt ihr dazu, Paika so zu beleidigen? Sie hat euch nichts getan!«, brüllte jetzt Duncan, der von oben kam und zwei Stufen auf einmal nahm.

Paika stand wie betäubt da.

»Sie hat sich geweigert, meinen Koffer zu tragen, diese Maori«, zeterte Helen.

»Ihr werdet euch auf der Stelle bei ihr entschuldigen«, rief Duncan erbost und deutete auf Paika, die immer noch fassungslos dastand. Als er »Hören Sie nicht auf sie, Paika, ich nehme den Koffer« hinzusetzte, lief Paika davon.

Sie verließ das Haus, ohne sich noch einmal umzudrehen. Die Erinnerung an all das, was sie für immer hatte vergessen wollen, schoss plötzlich in ihr empor wie der Pohutu, wenn er zu spucken anfing. Und sie dachte an den Schwur, den sie sich vor vielen Jahren gegeben hatte. Niemals mehr wird mich ein Pakeha erniedrigen, schwor sie sich erneut, während sie verbissen durch die staubigen Straßen von Rotorua rannte.

Dargaville, Juli 1893

Es war ein milder Wintertag. Paika Gradic, wie sie nach der Heirat ihrer Mutter mit Zoltan Gradic offiziell hieß, rannte so schnell sie konnte aus der kleinen Schule in Dargaville nach Hause. Sie war stets die Erste, die nach Unterrichtsschluss ihre Sachen zusammenpackte, denn sie wollte vor den Hänseleien der anderen davonlaufen. Im ersten Jahr hatte sie sogar eine Freundin unter den Mitschülerinnen gehabt, Lucija, die Tochter eines Freundes ihres Stiefvaters. Doch seit Darko, ein stämmiger älterer Junge, in der Klasse das Sagen hatte, war Paika nicht nur bei ihr abgeschrieben. Daran änderte auch nichts, dass sie Klassenbeste und überdies der erklärte Liebling des Lehrers war. Im Gegenteil, das fachte den Zorn von Darko und seinen Freunden nur noch mehr an, denn sie quälten sich leidlich herum mit der englischen Sprache, während sie Paika problemlos über die Lippen kam. Aus lauter Neid auf ihre schulischen Erfolge ließen ihre Mitschüler keine Gelegenheit aus, Paika auf dem Heimweg zu verfolgen und sie wegen ihrer Hautfarbe zu beleidigen. Dabei waren einige der dalmatinischen Jungen sogar dunkler als sie; aber das hielt sie nicht davon ab, »Maorimädchen! Maorimädchen!« hinter ihr her zu brüllen.

Zunächst hatte Paika allein ihre Mutter für diese Häme verantwortlich gemacht. »Warum hast du auch so braune Haut?«, hatte sie ihr vorgeworfen. Ihre Mutter hatte ihr mit Engelsgeduld erklärt, dass es kein Makel sei, zu den Maori zu gehören. Das tröstete Paika jedoch nicht. Sie selbst wäre unter den weißen Kindern nicht besonders aufgefallen, aber alle kannten ihre dunkelhäutige Mutter Mere.

In ihrer Not hatte Paika eines Tages Darko gegenüber einfach behauptet, sie sei die Tochter ihres Stiefvaters, aber nicht die von Mere. Das war eine Zeitlang gutgegangen, bis Darko es seiner Mutter erzählt und diese es Mere zugetragen hatte. Und die wiederum hatte Paika öffentlich der Lüge bezichtigt. Zum ersten Mal in ihrem Leben hatte Paika erlebt, dass ihre sanftmütige Mutter vor Zorn bebte.

»So wahr ich hier stehe: Du bist mein Fleisch und Blut!«, hatte Mere so laut gerufen, dass es jeder hören konnte.

Paika hatte es ihr bis zum heutigen Tag nicht verziehen, dass sie sie vor allen Kindern bloßgestellt hatte, denn danach wurde sie wegen ihrer Herkunft nur noch mehr gehänselt.

Warum bin ich auch das einzige Maorikind in diesem Nest?, fragte sich Paika einmal mehr, während sie mit gesenktem Kopf zu dem kleinen Holzhaus lief, in dem sie mit ihrer Mutter und ihrem Stiefvater lebte.

Es unterschied sich in nichts von den anderen Häusern im Ort. Sie waren alle schlicht und aus dem widerstandsfähigen Holz der Kaurifichte gebaut. In Dargaville wohnten Hunderte dalmatinischer Auswanderer, die es durch das Kauriharz zu Reichtum bringen wollten. Aber reich wurden nicht die einfachen Gumdigger, die das bernsteinartige Harz unter Entbehrungen aus dem Boden buddelten, sondern nur die Händler, die den begehrten Rohstoff für Lacke und Möbelpolitur, Linoleum und Bucheinbände teuer verkauften. Über Bahngleise, die sie im Wald verlegt hatten, und per Schiff schafften sie ihre Ware über den Wairoa River bis nach Auckland oder sogar bis nach Europa.

Auf Zehenspitzen schlich Paika sich in die stickige, fensterlose Schlafkammer, in der ihre Mutter seit Tagen elend daniederlag. Paika erschrak bei ihrem Anblick. Mere sah fürchterlich aus. Sie schien um Jahre gealtert. Paika fürchtete sich fast ein wenig vor ihr. So fremd war sie ihr plötzlich. Sie musste sich regelrecht zwingen, ihr über die lederartige Haut zu streicheln. Wo steckt nur mein

Stiefvater?, fragte sich Paika verzweifelt, aber sie konnte sich diese Frage selbst beantworten. Wahrscheinlich sitzt er in einem der Saloons. Im Kauriwald war er jedenfalls seit Tagen nicht gewesen. Sein Werkzeug stand unbenutzt in einer Ecke.

Paika seufzte. Auch wenn er ihr gegenüber noch niemals ausfallend geworden war, hatte sie nicht viel für den unberechenbaren Mann übrig, der seit zwei Jahren ihr Stiefvater war. Er schrie ihre Mutter an, wenn ihm das Essen nicht schmeckte, und er schlug sie, wenn er betrunken war und Mere ein Wort zu sagen wagte. Trotzdem wünschte sie sich jetzt, er möge sich endlich zu Hause sehen lassen, weil es der Mutter immer schlechter ging.

Als Mere von einem Hustenanfall geschüttelt wurde, unentwegt würgte und kaum noch Luft bekam, fühlte sich Paika hoffnungslos verloren. Sie konnte kaum ertragen, ihre Mutter so leiden zu sehen. Meres Haut schimmerte gelblich, und ihre Augen verdrehten sich.

»Einen Eimer!«, keuchte Mere, und Paika rannte davon. Kaum hatte sie das Gewünschte herbeigeschafft, spuckte ihre Mutter in hohem Bogen einen gelblichen Auswurf hinein.

Paika wurde übel. Zwischen Mitleid und Ekel hin- und hergerissen, rief sie: »Ich gehe Vater holen.«

Doch ihre Mutter winkte ab. »Nicht! Er erträgt das hier nicht«, flüsterte sie schwach.

Paika atmete tief durch. Das ging ihr auch nicht viel anders, aber sie hatte keine Wahl. Sie musste am Bett ihrer Mutter ausharren, ob sie es wollte oder nicht.

Man hatte sie ja auch nicht gefragt, ob sie Tauranga hinter sich lassen und nach Dargaville gehen wollte. Sie hatte es von Anfang an nicht verstanden, warum ihre Mutter für diesen grobschlächtigen Dalmatier, der kaum Englisch, geschweige denn ein Wort Maori sprach, das vertraute Leben im Maoridorf aufgegeben hatte. Sie erinnerte sich nur noch dunkel, dass es in der Nacht zuvor einen Streit zwischen ihrer Mutter und dem Stammesältesten gegeben hatte. Und schon am nächsten Tag in aller Herrgottsfrühe waren sie mit dem weißen Mann fortgegangen.

»Bitte bleib hier!«, bat ihre Mutter sie nun schwach, sah ihre Tochter aus braunen Augen traurig an und fügte leise hinzu: »Mein Kind, ich spüre, dass die Ahnen mich zu sich holen. Und sie befehlen mir, dass ich dir die Wahrheit erzähle über den Tag, an dem Ruo Moko sich gerächt hat.«

»Ruo Moko?«, fragte Paika verängstigt. Die Worte ihrer Mutter waren ihr unheimlich.

»Ruo Moko, der Gott des Erdbebens. Er hat sich eines Tages vor Zorn erhoben, weil die Pakeha die Ruhe unserer Ahnen gestört haben, und großes Unglück über die Menschen gebracht.« Sie hielt inne und begann zu röcheln.

»Du darfst nicht so viel sprechen!«, bat Paika ihre Mutter inständig.

»Ich muss. Die Ahnen verlangen es von mir! Nur deshalb bin ich aus Tauranga fortgegangen, weil sie verlangt haben, dass ich die Wahrheit sage«, flüsterte Mere mit letzter Kraft. Sie wollte ihren Arm heben, aber es gelang ihr nicht. »Pakeha!«, flüsterte sie mit ersterbender Stimme. Und noch einmal: »Pakeha!«

Dann verstummte sie, und ihr Blick wurde seltsam starr.

»Nein, Mutter, bitte, verlass mich nicht!«, bettelte Paika, gelähmt vor Entsetzen.

Paika brauchte eine Weile, um zu begreifen, was geschehen war. Als ihr bewusst wurde, dass ihre geliebte Mutter sie für immer verlassen hatte, rüttelte sie die Tote schluchzend. Als Mere sich nicht regte, rannte das Mädchen schreiend aus dem Haus.

»Maoribankert! Maoribankert!«, rief jemand hinter ihr her, doch zum ersten Mal erreichte die Häme von Darko und seiner Gang sie nicht. Es gab einen Schmerz, der größer war als alles andere.

Ohne zu zögern, betrat Paika den Saloon. Ihr Stiefvater saß mit ein paar Männern an einem Tisch, trank und spielte Karten.

»Mutter!«, wimmerte sie. »Mutter!«

Alles, was dann folgte, nahm Paika nur wie durch einen Nebelschleier wahr. Zoltan stand auf, nahm sie wortlos an die Hand und zog sie zur Tür hinaus. Auf dem Heimweg begegneten ihnen Darko und seine Kumpane, aber sie stierten Paika und ihren Stiefvater nur dumpf an.

Am Bett der Mutter begann Zoltan erbärmlich zu schluchzen. Paika hatte ihn niemals zuvor weinen sehen. Laut jammernd warf er sich über seine Frau und bedeckte ihr Gesicht mit Küssen. Dass ihr Stiefvater ihre Mutter umarmte oder gar küsste, hatte Paika ebenfalls noch nie beobachtet.

Als er sich wieder etwas gefasst hatte, schickte Zoltan seine Stieftochter zu dem katholischen Priester am Ende der Straße.

»Aber Mutter wollte zurück zu ihren Ahnen«, wagte Paika zu widersprechen, woraufhin der Stiefvater ihr nur »Tu, was ich dir sage!« entgegenschleuderte. Schluchzend machte sie sich auf den Weg.

Ein paar Tage nach Meres Beerdigung stattete Vater Tomislav den Hinterbliebenen einen überraschenden Besuch ab. Dem Priester lag das Schicksal des Waisenkindes sehr am Herzen, wie er nicht müde wurde zu betonen, und er schlug Zoltan Gradic vor, Paika in ein Heim zu geben. In ein gutes Heim, in dem sie viel lernen könne. Doch Zoltan wies das weit von sich und versprach, sich wie ein Vater um das Mädchen zu kümmern.

»Was willst du denn, mein Kind?«, fragte der Priester Paika.

»Zurück nach Tauranga, zu meinem Stamm«, erwiderte sie, ohne zu zögern.

Mit dieser Antwort hatte Vater Tomislav nicht gerechnet. Da war es doch allemal besser, wenn das Mädchen beim Stiefvater blieb, als es womöglich den Wilden zu überlassen, wie er die Maori insgeheim nannte.

Nach dem Tod ihrer Mutter wurde Paika in der Schule nicht mehr gehänselt. Sogar Darko verhielt sich ihr gegenüber anständig. Das half Paika zwar nicht über den schweren Verlust hinweg, aber es erleichterte ihr den Alltag, der ihr nach dem Tode der Mutter viel abverlangte: Sie musste das Haus sauber halten und für ihren Stiefvater, der immer unleidlicher wurde, kochen. Die gesamte Last des Haushalts lag auf ihr.

Ihr Stiefvater hatte große Ansprüche an Sauberkeit und Ordnung, an Speis und Trank, brachte aber zunehmend weniger Geld mit nach Hause, weil er immer seltener in den Kauriwäldern arbeitete, sondern sich stattdessen in den Saloons herumtrieb. Irgendwann konnte Paika im Kolonialwarenladen nicht mehr anschreiben lassen. Als nur noch Süßkartoffeln auf den Tisch kamen, beschimpfte er sie. Dabei verzichtete Paika oft selbst auf eine Mahlzeit, sodass sie regelrecht abmagerte.

Eine Zeitlang konnten die dalmatinischen Vorarbeiter und die alten Freunde aus der Heimat ihren Stiefvater noch decken, doch eines Tages fiel er einem von Hamiltons Leuten betrunken vor die Füße. Bereits am nächsten Tag teilten sie ihm mit, dass er gar nicht mehr in den Kauriwald kommen müsse. Paika mit ihren zwölf Jahren verstand sehr wohl, was das hieß. Ihr Stiefvater hatte keine Arbeit mehr. Nun würde es nicht einmal mehr Süßkartoffeln geben. Insgeheim hoffte sie, dass man sie nun endlich zum Iwi ihrer Großmutter schicken würde. Manchmal spielte sie auch mit dem Gedanken, einfach wegzulaufen und sich allein auf den Weg dorthin zu machen. Allein das Mitleid mit ihrem Stiefvater, der nur noch ein Schatten seiner selbst war, hinderte sie daran. Es schien ihm etwas zu bedeuten, dass sie bei ihm blieb, denn in klaren Augenblicken brachte er ihr etwas zu essen mit nach Hause und nötigte sie, alles allein zu vertilgen, weil sie vom Fleisch falle, wie er besorgt feststellte. Diese Nettigkeit konnte aber am nächsten Tag bereits wieder in blanke Wut umschlagen, wenn sie keine Mahlzeit auf den Tisch gebracht hatte.

Trotz allem traute Paika sich nicht, Zoltan zu verlassen, denn immerhin hatte er verhindert, dass man sie in ein Heim steckte. Das rechnete sie ihm hoch an. Auch wenn der Alltag mit ihm alles andere als einfach war. Er redete kaum noch, sondern brütete meistens stumpf vor sich hin, selbst wenn er nüchtern war. Er ließ sich gehen und wusch sich nicht mehr. Paika schämte sich sehr, wenn sie mit ihm auf die Straße hinausgehen musste. Sie zog sich immer mehr in ihre eigene Welt zurück, in der sie alles las, was der Lehrer an Büchern für sie auftreiben konnte. Ihr Stiefvater ließ sie gewähren.

Bis zu jener schrecklichen Nacht. Paika hatte vergeblich mit dem Abendessen auf ihren Stiefvater gewartet – sie hatte sich bei einem Nachbarn ein paar Süßkartoffeln erbettelt – und las nun beim Schein einer Kerze in ihrem Bett, als ihr Stiefvater mit polterndem Schritt nach Hause zurückkehrte. Sie glaubte, er würde wie immer in sein Schlafzimmer wanken, aber da roch sie schon seinen stinkenden Atem.

»Komm mit!«, lallte er, riss ihr das Buch aus der Hand, schleuderte es in eine Ecke und zog sie am Arm aus dem Bett.

Paika zitterte vor Angst, folgte ihm jedoch bis ins Schlafzimmer. Bevor sie überhaupt denken konnte, stieß er sie um, und sie landete unsanft auf seinem Bett. Verängstigt rappelte sie sich auf, aber er vertrat ihr den Weg und hielt sie fest.

»Du bleibst hier. Leg dich wieder hin!«, herrschte er sie an.

Paika würde übel von seinem Gestank. Was wollte der betrunkene Kerl von ihr? Mit jeder Faser spürte sie, dass sie in Gefahr war.

»Bitte, lass mich gehen!«, bettelte sie. »Ich möchte in mein Bett!«

Seine Antwort war eine schallende Ohrfeige. Ihr Kopf dröhnte von dem kräftigen Schlag, und sie zitterte am ganzen Körper.

»Das hier ist dein Bett. Du bist jetzt meine Frau«, lallte er. Dann warf er sie noch einmal auf die Kissen und zerrte grob an ihrem Nachthemd.

Paika war starr vor Angst. Doch als er unter ihr Hemd griff, wehrte sie sich heftig. So schnell sie konnte, zog sie die Beine an und rammte ihm die Füße mit voller Wucht in den Bauch.

Er sackte zusammen und wimmerte laut.

Paika sprang auf und rannte zur Tür. Dort blieb sie noch einmal stehen und drehte sich um, denn er jammerte nun lauthals: »Der Herr möge mir verzeihen!« Er sah bemitleidenswert aus, aber Paika hatte nur noch ein Ziel: sich in Sicherheit zu bringen.

Sie rannte hinaus. Suchend blickte sie sich im Wohnzimmer um. Wo wird er mich nicht finden?, hämmerte es fieberhaft in ihrem Kopf. Ihr verzweifelter Blick blieb an dem Schrank hängen, in dem ihre Mutter die Wäsche aufbewahrte. Mit einem Satz schlüpfte sie hinein; sie kauerte sich in die hinterste Ecke und machte sich so klein wie möglich. Mit klopfendem Herzen lauschte sie, aber zunächst blieb alles still. Schließlich hörte sie laute Schritte, die näher und näher kamen, doch dann endlich verhallten. Eine Tür schlug zu.

Paika atmete auf. Ihr Stiefvater war aus dem Haus gegangen. Trotzdem wagte sie nicht, ihr Versteck zu verlassen. Sie harrte in dem Schrank aus und schlief schließlich vor Erschöpfung ein. Und sie träumte wieder denselben Traum, der sie schon oft gequält hatte. Sie rief in der Stille der Nacht nach ihrer Mutter, aber sie hörte sie nicht.

Paika erwachte von Stimmengemurmel.

»Wir müssen es dem Kind schonend beibringen«, raunte Vater Tomislav besorgt.

»Wo steckt das Mädchen bloß?«, fragte Darkos Vater mit seinem brummigen Bass.

Paika stieß den Schrank auf und kletterte hinaus. Täuschte sie sich, oder sahen die beiden Männer sie mitleidig an?

»Was wollen Sie mir schonend beibringen?«

Vater Tomislav räusperte sich. »Mein Kind, pack deine Sachen! Ich bringe dich nach Auckland!«

Paika schaute den Priester forschend an.

»Du kommst mit nach Auckland«, erklärte er in einem Ton, der keinen Widerspruch duldete.

»Wo ist mein Stiefvater?«

»Er ist ...« – Pater Tomislav räusperte sich, bevor er leise fortfuhr –, »Er ist ... Also, man hat ihn im Kauriwald gefunden.«

»Erhängt an einem Baum«, setzte Darkos Vater eilig hinzu.

Paika brauchte einen Augenblick, um zu begreifen, was passiert war.

»Kann ich dann endlich zurück zum Stamm meiner Mutter?«, fragte sie leise. Trauern um ihren Stiefvater konnte sie nicht. Dazu hatte er ihr in der Nacht viel zu viel Angst eingejagt.

»Nein!«, entgegnete Vater Tomislav streng. Versöhnlicher fügte er hinzu: »Ich bringe dich in ein Waisenheim. Da wird es dir gut gehen.«

Rotorua, 31. Dezember 1899

Annabelle drehte sich in ihrem neuen blauen Kleid mit dem weißen Spitzenkragen kokett vor dem Spiegel. Sie trug kein Korsett und betrachtete besonders zufrieden ihre Taille. Durch die viele Arbeit in den vergangenen Wochen hatte sie an der verhassten Stelle deutlich abgenommen.

Gordon stieß einen anerkennenden Pfiff aus. »Du siehst ganz bezaubernd aus!«, sagte er und küsste ihren Nacken. Während Annabelle ihn im Spiegel betrachtete, musste sie sich eingestehen, dass sie ebenfalls äußerst angetan war. Gordon hatte sich doch tatsächlich in Auckland einen dunklen Anzug schneidern lassen.

»Du wirst noch dem schönen Allan Konkurrenz machen.« Annabelle lachte.

»Wie schön, dass du wieder lachst!«, sagte Gordon und fügte scherzend hinzu: »Aber, was die Konkurrenz zu meinem Schwager angeht, muss ich leider passen. Ich bin ihm eben begegnet, und ich kann schwerlich gegen eine Spitzenweste auf blaugrünem Atlasgrund mit Edelsteinen bestehen.«

»Sag bloß, dass er sich wie ein Pfau herausgeputzt hat?«

»Na ja, ich würde sagen, er hat sich seiner Gattin angepasst. Deine Schwester hat nämlich auch nicht mit ihren Reizen gegeizt. Sie trägt Lila mit einem auffälligen Muster und einen gigantischen Hut.«

»Meinst du, ich sollte auch einen aufsetzen?«, fragte Annabelle verunsichert.

Gordon schüttelte energisch den Kopf. »Nein, dann sieht man so wenig von deinen blonden Löckchen. Sie sind noch genauso entzückend wie bei unserer ersten Begegnung.« Er lachte, und Annabelle musste schmunzeln. Sein dröhnendes Lachen war einfach ansteckend.

Immer wenn sie sich daran erinnerten, wie ihr damals das schwere Haarteil vom Kopf gerutscht war, schütteten sie sich aus vor Lachen.

»Kommen Sie, gnädige Frau!« Gordon hakte sich bei ihr ein. So schritten sie übertrieben vornehm bis zur Schlafzimmertür. Gutgelaunt fügte er hinzu: »Was ich dir die ganze Zeit noch sagen wollte: Da du anscheinend vergessen hast, Patrick einzuladen, habe ich das übernommen. Er wird uns die Tanzmusik liefern.«

Abrupt machte sich Annabelle von seinem Arm los. Sie starrte ihren Mann empört an. »Du hast *was?* Du hast Patrick O'Donnel eingeladen?« Ihre Stimme klang schrill.

Jetzt war es an ihm, sich zu wundern. »Ja. Sollte ich nicht? Das war doch auch dein Wunsch, oder?«

»Nicht mehr«, entgegnete sie unwirsch.

»Wieso? Hat er dir was getan?«

Annabelle seufzte. Es hatte keinen Sinn, Gordon etwas vorzumachen. Sie sollte ihm erklären, warum sie absichtlich »vergessen« hatte, den Lehrer einzuladen.

»Es ist nicht meinetwegen. Es ist nur, weil Abigail und er sich einmal geliebt haben.«

Gordon schaute sie erstaunt an. »Ja, und? Vielleicht freuen sie sich, wenn sie sich nach so langer Zeit wiedersehen.«

»Ich möchte aber nicht, dass sie sich in unserem Haus wiedersehen, und ich möchte auch nicht, dass sie sich über ein Wiedersehen freuen«, entgegnete Annabelle trotzig.

Gordon ließ sich ächzend auf das Bett fallen und musterte seine Frau skeptisch. »Annabelle, sei nicht albern! Die beiden sind erwachsen und werden sich früher oder später ohnehin über den

Weg laufen. Es wundert mich sowieso, dass sie sich noch nicht getroffen haben.«

»Das konnte ich gerade noch verhindern!«

»Aber Annabelle, das geht dich gar nichts an, wenn du mich fragst.«

»Ich frag dich aber nicht. Wir alle hoffen, dass er Gwendoline heiratet und glücklich mit ihr wird. Es ist kein günstiger Zeitpunkt, wenn er jetzt seine alte Liebe wiedertrifft.«

»Mein Herz, du gehst zu weit. Ich weiß ja, dass du gern Schicksal spielst, aber du wirst nichts ausrichten, wenn die beiden einander immer noch lieben. Ich kann dir nur raten: Halt dich da raus! Sie sind doch keine Kinder mehr!«

»Ach, was weißt du denn schon?«, bemerkte Annabelle schnippisch. »Abigail wird immer ein kindliches Gemüt haben. Und sie sehnt sich so sehr nach einer großen Liebe, dass sie vielleicht nicht genügend Rücksicht auf Gwen nehmen würde.«

»Und wenn schon? Vielleicht beruht es ja auf Gegenseitigkeit. Was wäre dagegen einzuwenden, wenn sie in der Liebe noch einmal Glück hätte? Hat sie nicht genügend Jahre verschwendet als Liebchen von ...« Gordon verstummte.

»Woher weißt du davon?«

Gordon seufzte. »Du wirst dich erinnern, ich habe diesen Erpresser verjagt. Und Abigail wollte mir unbedingt erzählen, womit er sie erpresst hat. Ich habe zwar die Ohren zugeklappt, aber das mit dem verheirateten Kerl war leider nicht zu überhören. Also, halte dich besser aus dieser Angelegenheit raus!«

»Gordon, bitte, glaube mir, ich meine es doch nur gut! Nicht, dass es wieder ein Unglück gibt.«

Gordons eben noch gestrenger Blick wurde bei ihren Worten ganz weich. »Annabelle, ich weiß doch, dass du es gut meinst. Und ich glaube dir, dass du nur helfen willst, aber ich denke, du musst es Abigail und Patrick O'Donnel selbst überlassen. Ich kann ihn mir übrigens hervorragend als Schwager vorstellen.«

»Gordon, jetzt hör schon auf! Ich kann mir Abigail nämlich nicht als Mutter eines verstörten Mädchens vorstellen, das seit dem Tod seiner Mutter nicht mehr sprechen will!«, schimpfte Annabelle ärgerlich.

Gordon sah ein, dass er nichts gegen ihre Sturheit ausrichten würde. So stand er auf und reichte ihr erneut den Arm. »Gnädige Frau, können wir endlich?«

»Du bist unmöglich!«, brummelte sie und hakte sich lächelnd bei ihm unter.

Auf der Veranda und im großen Salon war alles üppig geschmückt. Die große Tafel war festlich gedeckt, und Ruiha betrachtete ihr Werk noch einmal zufrieden. Sie hatte Annabelle kaum dazu bewegen können, die Vorbereitungen für das Essen in ihre Hände zu legen. Erst als Ruiha ihr angedroht hatte, sie werde mit ihren Leuten in Ohinemutu feiern, wenn Annabelle nicht gleich aus der Küche verschwinden würde, hatte diese ihr das Feld überlassen.

Das Einzige, was die Maori beunruhigte, war die Tatsache, dass sie Paika seit Stunden nicht mehr gesehen hatte. Und das, obwohl die junge Frau ihr ihre Hilfe versprochen hatte und sonst die Zuverlässigkeit in Person war. Wo steckte sie bloß?

»Haben Sie Paika gesehen?«, fragte Duncan in diesem Augenblick. In seiner Stimme lag große Besorgnis.

»Leider nicht! Sie hätte längst bei mir in der Küche sein müssen.« Ruihas Beunruhigung wuchs.

»Sie hatte Streit mit meiner Mutter und meiner Schwester«, knurrte er grimmig.

Der junge Herr scheint sehr unglücklich zu sein, dachte Ruiha bedauernd. Sie hätte ihm gern geholfen, aber sie hatte keinen Schimmer, wo Paika sich aufhielt. Obwohl: Was hatte die junge Frau neulich noch erzählt? *Wenn ich nicht weiterweiß oder Heimweh nach meinem Dorf habe, dann besuche ich immer den Pohutu.*

Ob sie am Geysir ist?, fragte die Köchin sich. Sie wollte dem jungen Mann gerade raten, es dort einmal zu versuchen, als sich ihnen seine Mutter näherte. Ruiha mochte sie nicht besonders und zog es vor, in ihrer Gegenwart zu schweigen.

»Gibt es schon etwas Anständiges zu trinken?«, fragte Olivia.

»Vor dem Essen wird Champagner serviert«, erklärte Ruiha ausweichend.

»Ja, worauf warten Sie dann noch? Bringen Sie mir einen!«, befahl Olivia und wandte sich mit strafendem Blick ihrem Sohn zu. »Wie gut, dass ich dich vor dem Essen treffe. Kannst du mir mal verraten, was das zu bedeuten hat? Du stellst deine Schwester und mich vor einer unverschämten Hausangestellten bloß? Die lügt doch, wenn sie nur den Mund aufmacht. Meine Mutter würde niemals eine Maori in ihrer Nähe dulden!«

»Frag Großmutter doch, liebe Mama! Paika ist ihre Pflegerin! Und außerdem darf ich bitten, nicht so gemein über das Mädchen zu sprechen!« Duncans Ton klang scharf.

»Deine Großmutter schläft. Eine Maori als ihre Krankenschwester? Das ist doch ungeheuerlich!«

»Mutter? Was hast du eigentlich gegen Maori? Redest du so verächtlich, weil Vater das tut, oder glaubst du, dass wir etwas Besseres sind? Du und ich, nur weil in uns kein Maoriblut fließt?«

Olivia lief plötzlich rot an. Sie trank das Glas Champagner, das Ruiha ihr wortlos gereicht hatte, in einem Zug aus.

»Noch eines!«, befahl Olivia.

»Mutter, ich habe dich was gefragt. Stell dir vor, ich würde mich in eine Maori verlieben. Dann wären deine Enkel halbe Maori. Würdest du sie deshalb weniger lieben?«

Olivia schnappte nach Luft.

»Schweig!«, zischte sie. »Und sag das nicht noch einmal, dass du eine Maori lieben wirst.«

»Zu spät! Ich habe mich in das Mädchen verliebt, ob es dir passt oder nicht!«, fauchte Duncan zurück.

In diesem Augenblick trat Allan mit Helen am Arm auf sie zu.

»Na, mein lieber Sohn, entschuldigst du dich gerade für dein ungebührliches Verhalten deiner Mutter und deiner Schwester gegenüber?«, fragte er lauernd.

»Woher weißt du denn davon?«, wollte Olivia wissen. In ihrem Gesicht stand immer noch das nackte Entsetzen über Duncans Worte geschrieben.

»Ich habe Vater davon unterrichtet.« Helen grinste breit.

Duncan maß sie mit einem verächtlichen Blick. Dabei empfand er eher Mitleid mit seiner kleinen Schwester als Zorn. Sie ließ keine Gelegenheit aus, ihn beim Vater anzuschwärzen, weil sie eifersüchtig auf ihn, Vaters erklärten Liebling, war.

Allan legte jetzt vertraulich die Hand auf den Arm seines Sohnes. »Das ist wahrscheinlich ein bedauerliches Missverständnis, dass du dich für diese Maori eingesetzt hast, nicht wahr, mein Sohn?«

Helen verging augenblicklich das Grinsen.

Sie hat offensichtlich gehofft, dass Vater mich zurechtweisen wird, aber da kann sie lange warten, dachte Duncan. Er beschloss, vorsichtiger an die Sache heranzugehen und nicht auch noch seinen Vater gegen sich aufzubringen. Er räusperte sich. »Vater, wir dürfen uns nicht wie ungehobelte Goldgräber aufführen. Was macht das denn für einen Eindruck, wenn Helen und Mutter das Personal angiften?«

»Du hast völlig Recht, mein Junge, das haben wir gar nicht nötig«, bekräftigte Allan und schickte den beiden Frauen einen strafenden Blick.

Olivia schien das gar nicht zu bemerken. Sie war tief in Gedanken versunken. Dabei sah sie aus, als habe sie einen Geist gesehen. In ihrem Kopf wirbelte nur ein einziger Satz von Duncan herum: *Dann wären deine Enkelkinder halbe Maori!*

Helen hingegen ließ nicht locker. »Vater, er ist verliebt in das Mädchen. Deshalb hat er uns so böse zurechtgewiesen.«

Statt die Worte seiner Tochter ernst zu nehmen, lachte Allan Hamilton laut auf: »Helen, du scherzt. Dein Bruder wird sich doch nicht in eine Maori verlieben, wo ihm in Auckland sämtliche heiratswilligen Töchter der besten Familien zu Füßen liegen. Er weiß doch, dass Mutter und ich niemals eine dunkelhäutige Schwiegertochter dulden würden. Nicht wahr, mein Junge?« Dabei klopfte er ihm vertraulich auf die Schulter.

Duncan jedoch war mit seiner Aufmerksamkeit längst woanders. Ruiha hatte ihm ein unauffälliges Zeichen gemacht. Offenbar hatte sie ihm etwas zu sagen, allerdings nur unter vier Augen.

Olivia, die inzwischen weiß wie eine Wand geworden war und nun bereits das zweite Glas Champagner in einem Zug leerte, murmelte: »Ich sehe mal nach Mutter!«

Maryann war gerade aufgewacht, als Olivia grußlos in ihr Zimmer rauschte.

»Kind, du siehst nicht gut aus!«, entfuhr es der alten Frau beim Anblick ihrer Tochter.

Olivia ließ sich stöhnend auf den Stuhl fallen. »Du hast Recht, Mutter; mir liegt etwas auf dem Herzen. Ich möchte, dass du auf der Stelle diese junge Hausangestellte entlässt.«

»Welche Hausangestellte?«

»Na, diese Maori, die behauptet, sie würde sich um dich kümmern.«

Maryann runzelte die Stirn. »Das behauptet sie nicht nur. Das entspricht der Wahrheit. Sie ist meine Perle, und ich möchte sie um keinen Preis missen.«

»Aber, Mutter, bist du denn von allen guten Geistern verlassen? Eine Maori, die dich pflegt? Das ist unerhört.«

»Ach, Kind, was soll ich machen? Paika tut mir gut. Sie ist ein schönes Mädchen mit einer erstaunlich hellen Haut und, was viel wichtiger ist, mit einem reinen Herzen. Ich wusste sofort, dass sie etwas Besonderes ist. So merkwürdig es klingen mag, sie war mir vom ersten Augenblick an völlig vertraut. Es gefällt mir, wenn sie singt und mir Geschichten erzählt. Ihre Stimme ist bezaubernd. Sie erinnert mich an Abigails –« Sie unterbrach sich und fügte rasch hinzu: »Außerdem ist sie nur eine Halbmaori. Ihr Vater war ein Weißer.«

»Mutter, bitte, du musst sie vor die Tür setzen!«

»Nein! Das werde ich nicht tun!« Maryanns Stimme klang trotzig.

»Und wenn ich dir sage, dass sich mein Sohn in dieses Mädchen verliebt hat und dass es ein Unglück gibt, wenn sein Vater davon erfährt?« Olivias Stimme bebte vor Aufregung.

»Nun beruhige dich doch! Ich werde mit Duncan und dem Mädchen ein ernstes Wort reden. Ihnen erklären, dass es nicht geht. Schon wegen der Kinder aus so einer Verbindung. Es liegt kein Segen auf Mischlingskindern. Nicht auszudenken, dass Allan Hamiltons Enkel dunkelhäutig werden.«

Olivia starrte ihre Mutter entsetzt an.

»Dunkelhäutig? Ja, ist das denn möglich, dass bei den Kindern das Maoriblut durchbricht, wenn ein Mischling einen Weißen heiratet? Ich ... Ich meine, das wären doch immerhin drei weiße Vorfahren?«, stammelte Olivia.

»Ich denke schon, denn die dunkle Farbe setzt sich meistens durch. Sieh dir doch nur unsere Haare an! Nur bei Abigail war das Blond deines Vaters stärker!«, erwiderte Maryann ungerührt, doch sie fügte tröstend hinzu. »Aber mach dir keine Sorgen, die beiden jungen Leute werden schon vernünftig genug sein. Doch eines darfst du mir glauben: Wenn in Paika kein Maoriblut fließen würde, hätte ich nichts dagegen, sie in unsere Familie aufzunehmen –« Sie unterbrach sich und musterte ihre Tochter besorgt. »Kind, Kind, du siehst wirklich nicht gut aus.«

»Es sind wieder diese Kopfschmerzen, die mich quälen. Ich komme gleich noch einmal nach dir sehen«, murmelte Olivia, während sie sich erhob und wie betäubt aus dem Zimmer ihrer Mutter wankte. Draußen im Flur lehnte sie sich mit zitternden Knien gegen die Wand. Immer wieder gingen ihr die Worte ihrer Mutter durch den Kopf: *Ich denke schon, denn die dunkle Farbe setzt sich meistens durch.*

Ihr Herz begann wie wild zu rasen. Das änderte alles! Sie musste sich auf Duncans Seite schlagen, wenn sie nicht riskieren wollte, dass ihre Lebenslüge aufflog. Eine Lüge, deren Enthüllung viel Leid über die Familie bringen würde. Warum hatte sie all die Jahre niemals so weit gedacht? Wenn Duncan mit einer hellhäutigen Frau ein Kind zeugte, würde dieses Kind ihr Geheimnis womöglich ans Licht bringen ... Er musste eine Maori heiraten, ob sie es nun wollte oder nicht. Das würde dunkelhäutige Kinder erklären! Wie hatte sie diese Gefahr, die doch seit Duncans Geburt wie ein Damoklesschwert über ihr schwebte, nur verdrängen können? Sie war fest entschlossen, ihren Sohn in die Arme der kleinen Maori zu treiben. Hübsch war das Mädchen ja!

Abigail trug zur Feier des Tages ihr altes rosarotes Kleid, denn es passte endlich wieder. Eigentlich hatte sie es nie mehr tragen wollen, aber sie fühlte sich so wohl darin. Es war, als könne sie sich darin jenen Tag zurückholen, an dem sie noch an die wahre Liebe geglaubt hatte. Ein Blick auf die alte Standuhr in ihrem Zimmer zeigte ihr, dass sie sich sputen musste, wenn sie pünktlich zum Essen erscheinen wollte.

Als sie die Diele des Wohnhauses betrat, erstarrte sie, denn vor ihr stand kein Geringerer als Patrick O'Donnel. Er hat sich gar nicht verändert!, schoss es ihr durch den Kopf. Sie wollte ihn begrüßen, brachte jedoch kein Wort heraus.

Ihm schien es ähnlich zu ergehen. Er wirkte wie versteinert.

Stumm starrten sie einander an. Abigail wurde abwechselnd heiß und kalt. Die Heftigkeit ihrer Gefühle machte sie schwindlig.

Erst eine schrille Frauenstimme brachte sie in die Gegenwart zurück. »Du musst Abigail sein! Erinnerst du dich noch? Wir sind zusammen zur Schule gegangen.«

Abigail zuckte zusammen und nahm erst jetzt die Frau an Patricks Seite wahr. Sie war groß und dürr und hatte dunkles Haar. Ihr schmaler Mund lächelte, ihre grünen Katzenaugen hingegen funkelten beinahe gefährlich. Abigail spürte sofort die Bedrohung, die von dieser Person ausging. Ganz dunkel erinnerte sich Abigail daran, dass sie Gwendoline schon zu Schulzeiten nicht gemocht hatte.

Besitzergreifend legte diese nun eine Hand auf Patricks Arm und fragte ihn lauernd: »Hat es dir die Sprache verschlagen?«

»Nein, liebe Gwen, ich bin nur ein wenig überrascht, Miss Abigail so unvermutet gegenüberzustehen. Elf Jahre sind eine lange Zeit«, erklärte er, scheinbar gefasst, und streckte Abigail förmlich die Hand entgegen. »Es hat sich im Ort schon herumgesprochen, dass du ins Tal der Geysire zurückgekehrt bist. Schön, dich endlich zu sehen.«

»Die Freude ist ganz auf meiner Seite«, sagte Abigail höflich, während sie seine Hand nahm und ihm unverwandt in die Augen schaute. Sie musste sich regelrecht zwingen, seine Hand loszulassen und sich seiner Begleiterin zuzuwenden.

»Guten Tag, Gwendoline«, sagte sie förmlich und reichte auch ihr die Hand. Gwendolines Händedruck war kräftig. Ein wenig zu kräftig für Abigails Geschmack.

»Ja, dann wollen wir uns mal ins Vergnügen stürzen«, flötete Gwendoline, fasste Patrick bei der Hand und zog ihn mit sich fort.

Abigail atmete ein paarmal tief durch. Dass die Liebe zu ihm niemals gänzlich erloschen war, das war ihr immer klar gewesen, aber dass sein Anblick ihr Herzrasen und zitternde Knie bereitet hatte, das überraschte sie. Und wenn ihr Gefühl sie nicht trog, dann war es ihm ähnlich ergangen. Was sollte sie nur tun? Sie konnte in diesem Zustand doch nicht an dem Fest teilnehmen und so tun, als sei nichts geschehen. Andererseits durfte sie auch nicht fehlen, zumal sich Annabelle und Gordon solche Mühe mit den Vorbereitungen gegeben hatten.

Abigail beschloss, ihr erhitztes Gemüt für einen Moment unten am See abzukühlen und danach ihren Pflichten nachzukommen. Schließlich hatte sie Gordon versprochen, dass sie ein paar Lieder zum Besten geben würde.

Schon beim Anblick des Sees wurde sie ruhiger. Wozu war sie Schauspielerin, wenn sie es nicht einmal schaffte, einen einzigen Abend ihre wahren Gefühle zu verbergen?

»Abi!« Das war seine Stimme. So liebevoll hatte sie nie wieder jemand gerufen. Elf lange Jahre lag das letzte Mal zurück!

Ganz langsam drehte sie sich um. Ehe Abigail einen vernünftigen Gedanken fassen konnte, zog Patrick sie in die Arme und küsste sie.

»Patrick«, hauchte sie, als sich ihre Lippen nach einer halben Ewigkeit voneinander gelöst hatten, »ich werde dich nie wieder verlassen!«

Täuschte sie sich, oder verfinsterte sich sein Blick?

»Ich habe Gwendoline heute gebeten, meine Frau zu werden«, erklärte er tonlos.

Abigail starrte ihn fassungslos an, bevor sie sich wortlos auf dem Absatz umdrehte und zum Haus zurücklief. Das kann doch nicht wahr sein!, hämmerte es in ihrem Kopf.

Bevor Abigail den Salon betrat, wischte sie sich die Tränen aus den Augen und ordnete ihr Haar. Auf der Türschwelle wäre sie beinahe mit Gwendoline zusammengeprallt, die sie giftig anfunkelte und ohne Umschweife fauchte: »Hände weg von meinem Verlobten! Ich bin nicht wie meine Schwester. Ich werde um ihn kämpfen. Es wird dir nicht gelingen, ihn mir wegzunehmen.«

Abigail schob sich wortlos an Gwendoline vorbei, die sich drohend vor ihr aufgebaut hatte, und ließ sie einfach stehen. Keine

Sorge, dachte sie, bevor ich mich noch einmal mit einem verheirateten Mann einlasse, wird eher die Hölle zufrieren.

»Was hattest du da mit Gwen für eine Auseinandersetzung?«, flüsterte Annabelle, als Abigail sich auf ihren Platz neben sie an den Tisch setzte.

»Die Dame möchte, dass ich die Hände von ihrem Verlobten lasse.«

»O Gott, warst du etwa mit Patrick allein da draußen? Und ihr habt doch nicht etwa ...«

»Doch, wir haben uns geküsst.«

»Nein!«, entfuhr es Annabelle.

»Keine Sorge, ich werd's nicht wieder tun«, flüsterte Abigail, während sie aus den Augenwinkeln beobachtete, wie Patrick den Salon betrat und Gwendoline sich bei ihm einhakte, nicht ohne einen siegessicheren Blick in ihre Richtung zu werfen.

»Was findest du bloß an dieser Person?«, entfuhr es Abigail seufzend.

»Ich denke an das Kind. Sie braucht dringend eine Mutter. Und Gwen hat zwar keine eigenen, aber sie ist eine Frau mit einem tadellosen Ruf.«

»Im Gegensatz zu mir, wolltest du sagen, oder?«, zischte Abigail.

»Nein, das habe ich doch nicht so gemeint«, erklärte Annabelle hastig, aber da erhob sich Gordon und beendete den Streit zwischen den Schwestern vorläufig mit einer kleinen Rede. Er war kein Mann der großen Worte, aber seine unbeholfene Danksagung an seine Frau rührte die Gäste. Selbst Abigail wischte sich verstohlen die Tränen aus den Augenwinkeln, nachdem Gordon Annabelle »das größte Glück, das das Leben mir beschert hat« genannt hatte.

Dass Abis Tränen noch eine weitere Ursache hatten, ahnte wohl niemand. Es brach ihr das Herz, Patrick schräg gegenüber neben dieser unangenehmen Frau sitzen zu sehen. Er war deutlich bemüht, nicht in Abigails Richtung zu blicken, während Gwendoline ihn offen anhimmelte.

Um sich abzulenken, versuchte Abigail während des Essens mit ihrer Schwester Olivia, die zu ihrer Linken saß, ins Gespräch zu kommen, aber die schien mit ihren Gedanken ganz woanders und überdies bereits leicht angetrunken zu sein.

Und mit Annabelle wollte Abigail heute Abend nicht mehr reden. Gwendoline, eine Frau von »tadellosem Ruf«! Wie hatte Annabelle ihr das nur so taktlos an den Kopf werfen können?

Vorsichtig ließ Abigail den Blick noch einmal über den Tisch schweifen. Im selben Moment schaute Patrick unauffällig zu ihr hinüber. In seinen Augen las Abigail nichts als Sehnsucht, und wenn sie nicht bereits der Kuss überzeugt hätte, wüsste sie spätestens jetzt mit Gewissheit, dass er sie ebenso sehr liebte wie sie ihn. Das Geständnis wurde allerdings von Gwendoline gestört.

Mit scharfer Stimme bellte sie über den ganzen Tisch: »Miss Abigail, genügt es Ihnen nicht, dass Sie für den Tod meiner Schwester verantwortlich sind? Wollen Sie noch mehr Unheil anrichten, indem Sie einem Mann erst den Kopf verdrehen und dann wieder bei Nacht und Nebel verschwinden?«

Abigail schluckte trocken. Alle Augen waren jetzt auf sie gerichtet. Sie suchte nach den Worten für eine gepfefferte Erwiderung, aber ihr wollte partout nichts einfallen. Ihr Kopf war leer.

Niemand setzte zu ihrer Verteidigung an. Patrick blickte mit hochrotem Kopf an ihr vorbei, und Annabelle schaute nur betreten auf ihren Teller.

Doch plötzlich stand Olivia auf und lallte: »Gwendoline Fuller oder wie du inzwischen auch immer heißen magst, du hattest schon immer ein böses Mundwerk. Was kann meine Schwester dafür, dass du unbedingt einen Mann heiraten willst, der dich nicht liebt? Lass sie in Ruhe! Sonst kriegst du es mit mir zu tun. Und das ist noch keinem gut bekommen. Hörst du?«

Nun richteten sich alle Blicke auf Olivia, die sich ächzend

zurück auf ihren Stuhl fallen ließ, zu ihrem halbvollen Weinglas griff und es mit einem Schluck leerte.

»Das muss ich mir nicht gefallen lassen. Komm, Patrick, wir verlassen dieses Haus.« Gwendoline stand auf.

»Bitte, Gwen, meine Schwester hat es nicht so gemeint«, sagte Annabelle vermittelnd, aber Olivia brachte kichernd hervor: »Und ob ich das so gemeint habe!«

Da sprang Abigail auf. »Ich danke dir, Olivia, dass du mir als Einzige hier bei Tisch beistehst. Die Wahrheit ist: Ja, ich habe niemals aufgehört, Patrick O'Donnel zu lieben. Und wenn er mich auch noch liebt, was ich hoffe, dann kann uns keine Macht dieser Welt daran hindern, zusammen glücklich zu werden. Noch ist er ein freier Mann.« Sie lächelte ihn an in der Hoffnung, er werde ihr Lächeln erwidern.

Patrick war jedoch kalkweiß geworden und wirkte eher peinlich berührt als erfreut. Sichtlich verlegen, räusperte er sich mehrmals, bevor er zögernd erwiderte: »Nein, Abi, du hast mich schon einmal unglücklich gemacht. Gwen hat Recht. Was ist, wenn du mich wieder verlässt? Ich glaube dir nicht mehr. Meine Entscheidung ist gefallen. Ich werde Gwen heiraten. Uns ging es gut, bevor du wieder aufgetaucht bist. Bitte lass uns einfach in Ruhe!«

Mit diesen Worten erhob er sich zitternd. Er wirkte plötzlich wie ein alter, gebrochener Mann. »Komm, Gwen, wir gehen.«

»Aber das kannst du doch nicht machen! Du wolltest doch für uns aufspielen«, mischte sich nun Gordon ein, der das Ganze bislang mit stummem Entsetzen verfolgt hatte.

»Tut mir leid, Gordon. Aber unter diesen Umständen möchte ich nicht mit euch feiern.«

»Gwen, bitte bleibt doch!«, bettelte Annabelle.

Abigail blickte ungläubig von einem zum anderen, bevor sie ans Harmonium eilte. Sie intonierte eine fröhliche irische Weise und sang mit fester Stimme dazu. Sie wollte und konnte nicht mit ansehen, wie sie die Liebe ihres Lebens für immer verlor. Stattdessen spielte und sang sie gegen den Schmerz an, der ihr das Herz zu zerreißen drohte. Er ist ein Feigling!, hämmerte es in ihrem Kopf, er ist ein erbärmlicher Feigling! Schließlich stimmte sie lauthals *Red Is The Rose* an. Sie sang es so rau und laut wie ein irisches Trinklied.

»Bist du von allen guten Geistern verlassen?«, fauchte Allan Hamilton seine Frau an, nachdem es ihm gelungen war, sie einigermaßen aufrecht aus dem Salon in eine dunkle Ecke der Veranda zu führen.

Sie aber kicherte wie ein kleines Mädchen, das einen lustigen Streich gespielt hatte, und hörte erst auf, als er ihr eine kräftige Ohrfeige versetzte.

»Was sollen denn die anderen denken?«, zischte er.

»Aua! Du hast mich geschlagen«, bemerkte sie sichtlich überrascht, und sie klang auf einmal vollkommen ernüchtert.

»Ich werde dich so lange schlagen, bis du mir erklärst, wieso du dich sinnlos betrinkst und uns bis auf die Knochen blamierst.«

»Ach, du Armer, fürchtest du um unseren Ruf? Aber was würde die liebe Familie erst sagen, wenn ich ihr verraten würde, dass der ehrbare Allan Hamilton ein billiges Flittchen unterhält?«

»Halt deinen Mund!«, befahl er barsch und fügte zornig hinzu: »Dann vergiss bloß nicht allen zu erzählen, dass sich die schöne Olivia gleich nach der Geburt ihres Sohnes in einen kalten Fisch verwandelt hat. Und dass es für sie nur einen Grund gegeben hat, mich zu heiraten: mein Geld!«

Olivia schnaufte verächtlich: »Für Geld, mein Lieber, hätte ich mich nicht an einen so selbstsüchtigen Mann wie dich verkauft. Den wahren Grund wirst du niemals erfahren.«

»Was soll das denn nun wieder heißen?«, fragte er drohend.

»Gar nichts!«, erwiderte sie. Sie war rot geworden. Schnell wollte sie an ihm vorbei zurück ins Haus schlüpfen, doch er hielt sie am Arm fest.

»Ich habe dich etwas gefragt: Was soll das heißen?«

»Schlag mich doch! Aber es wird sowieso nichts nutzen. Ich habe es einfach nur so dahergesagt. Wie Betrunkene es eben tun.«

»Ja, das will ich dir gern glauben, dass du dummes Zeug redest. Aber wenn du schon so drauflosplapperst, solltest du mir vielleicht auch verraten, warum unser Sohn nicht zum Essen erschienen ist.«

Olivia zuckte mit den Achseln. »Vielleicht ist er bei dem Mädchen.«

Allan sah seine Frau durchdringend an. »Welchem Mädchen?«

»Na, die Maori, die Mutter pflegt«, sagte sie betont gleichgültig.

»Wie kannst du es wagen, so etwas Absurdes zu behaupten? Das Gerücht hat unsere Tochter doch nur in die Welt gesetzt, um sich wichtig zu machen. Duncan ist mein Sohn, und er weiß, was er seiner Familie schuldig ist. Und er kennt meine Einstellung, was eine Ehe zwischen unsereins und den Maori angeht. Nein, meine Liebe, damit kannst du mich nicht provozieren. Der Junge kommt nach mir. Und wenn es wirklich so wäre, dann würdest du Zeter und Mordio schreien. Ich weiß doch, dass du so eine Verbindung niemals dulden würdest. Du wärest die Erste, die eine Ehe zwischen unserem Sohn und einer Maori mit allen Mitteln zu verhindern wüsste! Ich kenne deine Einstellung zu Mischehen nur allzu gut!«

»Ich habe meine Meinung eben geändert«, erklärte sie ungerührt, ließ ihren Mann stehen und lief hinaus in den Garten.

Dort fand sie sich auf jener Bank wieder, auf der ihre erste Liebe sie geküsst und ein Verlangen in ihr geweckt hatte, das Allan in all den Jahren niemals hatte entfachen können.

ROTORUA, ENDE NOVEMBER 1879

Olivia lief in ihrem Zimmer nervös auf und ab. Seit Tagen war sie von Ruhelosigkeit getrieben. Sie wusste nicht viel über ihren Körper, aber immerhin so viel, dass die monatliche Blutung bei Frauen ausblieb, wenn sie schwanger waren. Nun wartete sie bereits eine Woche vergeblich darauf, und ihre Sorge wuchs stetig. War es etwa an jenem letzten Abend, an dem sie sich heimlich mit Anaru unten am See getroffen hatte, geschehen? In jener Nacht, in der sie sich wieder einmal voller Leidenschaft vereint hatten?

Allein bei dem Gedanken an Anarus herrlich geformten dunkelhäutigen Körper liefen ihr wohlige Schauer über den Rücken. Sie liebte ihn mit jeder Pore und sehnte sich in diesem Augenblick unbändig nach ihm. Sie waren für heute Nacht wieder unten am See verabredet. Genau wie damals ...

Ein halbes Jahr nachdem ihre Mutter sie gemeinsam auf der Bank erwischt hatte, hatte Anaru Olivia vor dem Kolonialwarenladen abgefangen und sie in der Nacht zum See befohlen. Sie hatte schnippisch erwidert: »Ich denke gar nicht daran, mich mit dir zu treffen«, und war dann doch pünktlich am Treffpunkt gewesen. Als er unten am Steg vor ihr gestanden, sie wortlos in den Arm genommen und leidenschaftlich geküsst hatte, war es um sie geschehen gewesen. Sie hatte nicht einen Augenblick gezögert, sich ihm am Ufer des Sees im Sand hinzugeben. Und nun liebten sie sich schon seit über einem Jahr, und es war nie etwas passiert.

Immer, wenn sie bei ihm war, konnte sie sich kaum vorstellen, ihr Leben einmal ohne ihn zu verbringen. Dabei gab es ihre Mutter nicht auf, ihr den bleichen Allan Hamilton als Ehemann schmackhaft zu machen. Er war ein netter Kerl und sicher keineswegs unattraktiv, aber Olivia begehrte ihn nicht. Und sie konnte es sich gar nicht vorstellen, sich jemals einem anderen Mann hinzugeben als Anaru. Wenn sie in seinen Armen lag, gab es nur ihn, und sie träumte davon, mit ihm weit fortzugehen.

Doch kaum war sie wieder zu Hause, siegte ihr Verstand. Und der sagte ihr unmissverständlich, dass es verrückt wäre, ihre Mutter zu enttäuschen und Allan Hamilton einen Korb zu geben. Im Gegensatz zu Anaru lebte Allan in seinem weißen Schloss, wie er sein Zuhause scherzhaft nannte, in gesicherten Verhältnissen. Vor wenigen Wochen war Allan mit seinem Vater zu Gast im Hotel gewesen und hatte ihr gleich nach einer Kutschfahrt einen Antrag gemacht. Sie hatte ihn gebeten, sich noch ein wenig zu gedulden.

Der verliebte Allan hatte ihr versprochen zu warten.

Es lockte Olivia, ihr Leben in der Welt der Reichen zu verbringen. Ein schönes Haus mit erlesenen Möbeln, die schönsten Kleider nach der neuesten Mode und gesellschaftliche Anerkennung … Besonders wenn Anaru fern war, stellte sie sich eine Zukunft mit dem Maori eher armselig vor. Womöglich in einer Hütte, vor der sie dann im Schweiß ihres Angesichts Lamm im Erdofen zubereiten müsste. Doch kaum lag sie wieder an der Brust ihres Geliebten und lauschte der Melodie seiner Stimme, wollte sie ihm jedes Wort glauben und ihm bis ans Ende der Welt folgen. Er werde es einmal zu etwas bringen, versprach er ihr stets. Er werde etwas für sein Volk tun, sich ein Vermögen erarbeiten und seine weiße Prinzessin verwöhnen.

Während sich Olivia nun in die Arme ihres Liebsten träumte und in ihrer Phantasie seine Hände auf ihrer Haut spürte, wurde ihr mit einem Mal übel. Der Schreck fuhr ihr durch alle Glieder. Ihre größte Sorge war damit zur Gewissheit geworden. Sie erinnerte sich nur zu gut daran, wie elend ihre Mutter sich gefühlt hatte, als Abigail unterwegs war.

Nachdem Olivia sich erbrochen hatte, ließ sie sich erschöpft auf ihr Himmelbett fallen und versuchte einen klaren Gedanken zu fassen. Nur eines war sicher: Sie durfte niemals mit Anaru ein Kind bekommen! Dann würden sich ihre Träume, jemals in einem weißen Schloss zu leben, für immer zerschlagen. Wollte sie das wirklich riskieren? Als sich der Nebel in ihrem Kopf lichtete, hatte sie die einzig vernünftige Lösung gefunden, wie sie das Kind der Liebe zur Welt bringen konnte.

Rasch sprang sie vom Bett auf. Unverzüglich schrieb sie einen schmachtenden Brief an Allan in Auckland. Sie hielt sich nicht lange mit zarten Andeutungen auf, sondern legte ihm nahe, ihre Mutter und sie umgehend nach Auckland einzuladen, weil sie ihm etwas zu sagen habe. Sie könne keinen Tag länger warten. Olivia stöhnte bei jedem geheuchelten Wort, das sie zu Papier brachte, laut auf. Sie endete mit den Worten: *Voller Sehnsucht* …

Hastig verschloss sie den Brief, damit sie es sich nicht noch anders überlegte.

Ob sie Anaru an diesem Abend einfach versetzen sollte? Aber nein, so impulsiv, wie er war, stand zu befürchten, dass er dann bei ihr zu Hause aufkreuzen würde. Und das durfte um keinen Preis geschehen. Wenn ihre Mutter erfuhr, dass sie sich liebten, würde ein Unglück geschehen. Kein Mensch durfte je erfahren, dass sie, Olivia Bradley, sich einem Maori hingegeben hatte.

Olivia hatte eine Übelkeit vorgeschützt, um nicht mit der Familie zu Abend essen zu müssen. Als es im Haus dunkel und still geworden war, schlich sie sich hinaus in die klare Nacht.

Ihr Herz klopfte bis zum Halse. Wie stolz er im Licht des fahlen Mondes dasteht!, dachte sie, während sie sich ihm näherte. Ihr Herz pochte nun, als wolle es zerspringen. Und mit jedem Schritt sank ihr Mut, ihm ins Gesicht zu sagen, dass sie einander niemals wiedersehen würden.

»*Kua aroha au kia koe.* Ich liebe dich!«, begrüßte Anaru sie mit schmeichelnder Stimme.

Es versetzte Olivia einen Stich. Eine schönere Liebeserklärung konnte sie sich gar nicht wünschen. Sie spielte mit dem Gedanken, umzudrehen und wegzulaufen, schob ihn jedoch beiseite. Sie durfte jetzt nicht weich werden! Was würde sonst geschehen? Mit zitternden Knien trat Olivia zu ihm.

Kaum hatte er den Arm um sie geschlungen, war sie in seinem Bann gefangen, eingehüllt in einen Zauber, durch den die Welt dort draußen verblasste. Du musst vernünftig sein, ermahnte sie sich. Sie zuckte unter seinen zarten Berührungen, als Anaru ihr über das Haar strich. Aber er bemerkte es nicht. Beschwörend redete er in seiner Sprache auf sie ein, zog sie eng an sich und küsste sie.

»Komm!«, flüsterte er, als sich ihre Lippen voneinander gelöst hatten, und nahm sie bei der Hand.

Olivias Gedanken wirbelten wild durcheinander. Ihre Seele und ihr Herz wollten ihm willenlos folgen, keine Fragen nach der Zukunft stellen und sich dem Zauber des Beisammenseins bedenkenlos hingeben. Ich darf es nicht, sonst bin ich verloren, raunte eine innere Stimme, doch es fiel ihr unendlich schwer, sich aus seiner Umarmung zu lösen. Sie schaffte es nicht.

Sie waren bereits an ihrem verschwiegenen Ort angelangt.

»Ich werde dich heiraten, Olivia Bradley. Ob deine eingebildete Mutter es will oder nicht!«, keuchte er, während er sich ins hohe Gras fallen ließ und sie sanft mit sich zog.

Olivia setzte sich mit steifem Rücken auf und atmete tief durch. Seine Worte hatten sie ernüchtert. Nein, er würde sie nicht heiraten und das Kind, das unter ihrem Herzen wuchs, würde niemals in einer Hütte leben, sondern im Haus der Familie Hamilton. Sie wollte nicht in Schimpf und Schande aus Rotorua fliehen. Sie durfte ihrem Kind keinen schweren Weg bereiten. Sie durfte jetzt nicht an sich denken; das Einzige, was jetzt noch zählte, war das ungeborene Kind.

»Anaru«, sagte sie leise. »Ich werde dich niemals heiraten. Wir kommen aus zu verschiedenen Welten.«

»Olivia, du bist eine Pakeha und ich ein Maori, aber wir lieben uns«, flüsterte er zärtlich.

»Anaru, ich werde einen Pakeha heiraten!«, brachte sie unter Mühen heraus. Ihr wurde übel.

Nun setzte sich auch der junge Maori auf. »Was soll das heißen?«, fragte er sie tonlos und starrte sie finster an.

»Ich werde schon bald einen Mann aus Auckland heiraten«, wiederholte sie und versuchte, forsch zu klingen.

»Liebst du ihn?«

Olivia zitterte am ganzen Körper, als sie log: »Ja, ich liebe ihn!«

»Ich war also nur ein Abenteuer für dich?« Anarus Stimme klang zornig und traurig zugleich.

So traurig, dass Olivia plötzlich in ihrer Entscheidung schwankte. Sie wollte den Mann ihres Herzens um keinen Preis verletzen. Doch dann fasste sie sich wieder. Und ihr dämmerte eine schreckliche Erkenntnis: Nur wenn sie Anaru tief verletzte, würde er für immer von ihr lassen. »Ich wollte einmal im Leben einen Maori lieben. Was ist schon dabei?«, fragte sie betont lässig, obwohl ihr diese Worte beinahe das Herz zerrissen.

Aber was sollte sie tun? Diesem stolzen Mann gestehen, dass sie ein Kind von ihm erwartete? Niemals würde er auf sein Recht als Vater verzichten. Das Einzige, was ihn für immer in die Flucht treiben würde, war, seine Ehre zu beschädigen. Olivia ekelte sich vor sich selbst. Aber sie hatte keine Wahl.

»Anaru, ich bin deiner überdrüssig. Verstehst du das nicht? Ich wollte einmal in deine Welt eintauchen, nur aus Spaß. Aber nun heirate ich den Mann, der mir das bieten kann, was meiner würdig ist.« Olivia musste schlucken. Sie betete, dass sie ihre Heuchelei durchhalten würde, die sie selbst kaum ertrug.

Die Augen dieses stolzen Mannes weinten, auch wenn keine Träne floss, doch sie spürte, wie er sich quälte. Schon sprang er auf.

»Dann heirate deinen reichen Pakeha! Aber mich wirst du niemals wiedersehen, du weißes Ungeheuer, du!«

Kaum hatte er diese vernichtenden Worte gesprochen, lief er von dannen, ohne sich noch einmal umzudrehen.

Erleichterung überkam Olivia, weil sie die richtigen Worte gefunden hatte, um Anaru in die Flucht zu schlagen. Doch zugleich empfand sie grenzenlose Trauer, weil sie ihn für immer verloren hatte.

Rotorua, 31. Dezember 1899 bis 1. Januar 1900

Paika saß schon eine halbe Ewigkeit auf einem der weißen Felsen in sicherem Abstand zum Pohutu. Noch hatte der Geysir kein einziges Mal gespuckt, aber das war ihr gleichgültig. Sie wollte nur Ruhe finden. Ruhe vor der Häme der Weißen und dem Aufruhr ihrer Gefühle.

Bis auf das leise Blubbern des Wassers war es totenstill an diesem Ort, an dem sich tagsüber viele Fremde tummelten. Wehmütig atmete Paika die erfrischende feuchte Luft ein. Aber sie schaffte es nicht, die Erinnerung an Duncan zu verscheuchen, der sie schrecklich verwirrte. Ohne zu zögern, hatte der junge Mann sich auf ihre Seite gestellt und seine Schwester ebenso energisch in die Schranken gewiesen wie seine Mutter. Trotzdem ärgerte Paika sich darüber, dass der Gedanke an ihn ihr Herz höher schlagen ließ.

Verträumt blickte sie zum kleinen Geysir hinüber, der in diesem Augenblick eine Fontäne blies. Er war der Vorbote des großen Pohutu. Der heiße Dampf wehte direkt in Paikas Richtung. Im Nu war sie über und über nass, was sie jedoch nicht störte. Juchzend sprang sie auf, denn sie spürte, dass ihre Lebensgeister durch den warmen Schauer wieder erwacht waren.

Kaum dass sich der kleine Geysir beruhigt hatte, spuckte der große Bruder eine riesige Fontäne in den Himmel. Erneut wehte der feuchte Nebel zu Paika herüber und hüllte sie in einen feinen Schleier.

»Schau nur, ein Regenbogen um dich herum!«, rief plötzlich eine männliche Stimme, und mit einem Satz stand Duncan neben ihr.

Paika war nicht entgangen, dass er sie ganz vertraulich angesprochen hatte. »Duncan, was machst du denn hier?«, fragte sie verblüfft.

»Ich habe dich gesucht und gefunden.« Er lächelte verschmitzt.

»Um dir deinen Tanz abzuholen?«

»Gute Idee!« Er lachte und wirbelte sie ohne Vorwarnung herum. »Sieh mal«, rief er vergnügt aus, »auf deinem Kleid sind lauter weiße Flecken vom Wasser des Geysirs.«

Paika bückte sich, raffte ihr Kleid und musterte es kritisch.

Duncan hingegen, der ganz dicht hinter ihr stand, betrachtete fasziniert ihren schönen Nacken, auf dem er ein kleines Muttermal entdeckte.

»Ein süßes Muttermal, fast wie ein Herz geformt«, murmelte er mehr zu sich selbst, doch Paika fuhr bei seinen Worten blitzschnell herum. »Wenn du mich weiter so eingehend betrachtest, bestehe ich darauf, dass wir so lange warten, bis du auch gesprenkelt bist, damit ich dich auch beäugen kann. Du siehst Gespenster. Ich habe gar kein Muttermal.«

Duncan lachte und deutete auf ihren Hals. »Ich bin doch nicht blind. Und du hast hinten keine Augen. Deshalb weißt du nichts davon!«

»Aber meine Mutter hätte es mir doch erzählt, oder?«

Duncan zuckte mit den Achseln. »Keine Ahnung. Jedenfalls ist es niedlich. Es sieht beinah aus wie ein Herz.« Mit diesen Worten ließ Duncan sich auf einen der Steine fallen.

»Komm, lass uns gehen!«, bat Paika. Es war ihr offenbar unangenehm, dass er sie so intensiv betrachtet hatte.

»Nein!«, widersprach Duncan grinsend. »Ich bleibe jetzt hier sitzen, bis er wieder spuckt. Und dann darfst du mich betrachten. Und wenn ich ein Muttermal habe, dann sag es mir ruhig!«

»Und wenn der Geysir uns den Gefallen nicht mehr tut, bevor es dunkel wird ...«

»Dann übernachten wir eben hier und feiern das neue Jahrhundert am Pohutu«, sagte er, immer noch lachend.

»Du bist ja verrückt!« Paika kicherte und setzte sich neben ihn.

»Es tut mir leid, wie sich meine Mutter und meine Schwester benommen haben«, bemerkte er nach einer Weile des Schweigens ernst.

Paika seufzte. »Schon gut, als Maori bin ich es gewohnt, gehänselt zu werden.«

Duncan sah sie erstaunt an. »Woher denn? Wer hat dich sonst noch schlecht behandelt? Doch keiner hier in Rotorua, oder?«

Paika schüttelte den Kopf und begann ihm zögernd von ihrer Zeit in Dargaville zu erzählen. Sie ließ nur das schreckliche Erlebnis mit ihrem Stiefvater aus und wunderte sich selbst darüber, wie vertrauensselig sie diesem Fremden begegnete.

Duncan hörte ihr gebannt zu. Ihre Schilderungen gingen ihm unter die Haut, und der Klang ihrer Stimme berührte sein Herz. Er betrachtete sie von der Seite, während sie sprach. Was für ein schönes Profil sie hat!, dachte er, versucht, sie einfach tröstend in den Arm zu nehmen, doch er fürchtete, sie damit zu verschrecken.

Abrupt beendete sie ihren Bericht und wandte sich ihm zu. Er fühlte sich ertappt, weil er sie so anstarrte. »Das ist dir bestimmt alles völlig fremd, was ich da erzähle?«, fragte sie und suchte fordernd seinen Blick. »Jemand wie du, der kennt keine Sorgen. Oder hat deine Mutter jemals überlegen müssen, wie sie euch sattmachen soll?«

Duncan wirkte verlegen. »Nein, sicher nicht. Sie muss das Essen ja nicht einmal selber kochen, weil sie für alles Bedienstete hat. Natürlich hat man mir schon als Kind jeden Wunsch erfüllt, allerdings hat man mir auch immer klargemacht, dass ich in Vaters Fußstapfen treten soll. Aber wenn ich ehrlich bin, dann hasse ich den Kauriharzhandel. Nur hatte ich nie eine andere Wahl. Mein Vater bestimmt, was für einen Beruf ich ergreife, welche Menschen ich treffe und –« Er brach unvermittelt ab.

»– und welche Frau du heiratest.«

Duncan nickte. »Ja, und wo ich wohnen und was ich denken soll. Dabei sind wir so verschieden. Ich strebe nicht nach dem Geld. Ich möchte etwas schaffen zum Wohl der Menschen. Ich kann mich nicht eines Reichtums erfreuen, der auf dem Rücken anderer geschaffen wurde. Wenn ich Angehörige deines Volkes sehe, fühle ich mich seltsamerweise zu ihnen hingezogen. Das war schon so, als ich noch ein Junge war. Ich habe jede Ferien hier, bei meiner Tante, verbracht. Und einmal habe ich dann in Ohinemutu eine Familie beobachtet, die um ein Hangi herumsaß und aß. Stell dir vor, ich habe mich dazugesetzt. Ausgerechnet an dem Tag, an dem meine Eltern mich abholen kamen. Als Mutter mich dort am Boden sitzen sah, dachte ich, sie würde mich gleich grün und blau schlagen, aber sie hat nur geweint. ›Mach das nie wieder!‹, hat sie geschluchzt. Ich musste es ihr versprechen.«

Paika hörte ihm mit angehaltenem Atem zu. Seine Stimme war wie das sanfte Streicheln eines warmen Windes, doch nun starrte er stumm zum Pohutu, als hielte der Geysir Antworten auf seine drängenden Fragen bereit.

Leise begann Paika zu singen: *»E pā tō hau he wini raro, he hōmai aroha, kia tangi atu au i konei, He aroha ki te iwi, ka momotu ki tawhiti ki Paerau –«* Dann unterbrach sie ihren Gesang, um ihm zu erklären, was diese Worte bedeuteten. »Es ist ein Lied der friedlichen Ngati Apakura. Sie lebten bei Te Awamutu und pflanzten Pfirsiche, Äpfel und Mandeln für den Markt in Auckland an. Obwohl sie sich im Krieg friedlich gegenüber den Weißen gezeigt haben, wurden sie nach dem Waikato-Krieg in den Süden verbannt, nach Taupo. Übersetzt heißt das Lied in etwa: *Der Nordwind streichelt mich und bringt die Erinnerungen zurück, sodass ich in Trauer um meine Sippe klage, die im Schatten der Geisterwelt verloren ist.*«

Ein Schauer durchfuhr Duncan, und er deutete auf seine Brust. »Was du singst, berührt mich tief. Du hast eine Stimme, mit der du Menschen verzaubern kannst«, sagte er sichtlich ergriffen und blickte sie schwärmerisch an. Er überlegte, ob er sie nun in die

Arme schließen durfte, aber die Eruption des kleinen Geysirs lenkte ihn ab. Er ergriff Paikas Hand und rief: »Komm, wir stellen uns genau in die Richtung, in die der Wind den Schleier des Pohutu blasen wird.«

Lachend erwiderte Paika: »Nein, nein, mich hat er bereits bespuckt. Jetzt bist du dran!«, aber sie machte keine Anstalten, sich von seiner Hand zu lösen.

Kreischend wie Kinder, näherten sie sich der heißen Quelle. Sie brodelte und zischte bereits, bevor der große Geysir seine Fontäne ausstieß. »Schau, er spuckt bis in den Himmel!«, rief Paika begeistert. Und schon waren sie von feuchten Schwaden eingehüllt. Erst als es wieder totenstill war, musterten sie einander. Paika deutete kichernd auf die weißen Spritzer, die das mineralhaltige Wasser auf Duncans feinem Anzug hinterlassen hatte. »Jetzt bist du genauso gesprenkelt wie ich.«

»Na warte, du schadenfrohes Ding!«, neckte Duncan sie und griff nach ihr, aber Paika tauchte unter seinen Arm hindurch und lief davon. »Fang mich doch!«, lockte sie ihn, als sie weit genug entfernt war.

Das ließ sich Duncan nicht zweimal sagen. »Ich krieg dich schon!«, rief er übermütig und verfolgte sie. Aber Paika konnte schnell laufen. Das hatte sie schließlich in Dargaville gelernt. Sie war viel flinker als er, und er holte sie nur deshalb ein, weil sie kurz vor dem Hotel auf ihn wartete.

»Und jetzt bestehe ich auf meinem Tanz«, befahl Duncan mit gespielter Strenge.

»Ich wollte das Fest zwar meiden, aber wir Maori halten unsere Versprechen. Gut, ich komme mit, aber was wird deine Familie sagen, wenn du mit mir tanzt?«

»Das, liebe Paika, ist mir vollkommen gleichgültig. Wenn ich mein Leben weiterhin von meinem Vater bestimmen lasse, werde ich womöglich genauso verbohrt und unglücklich wie er. Ich habe manchmal das Gefühl, dass er sein Herz verhärtet hat. Die Kraft und Schönheit eines alten Kauribaums scheint ihm gar nichts zu bedeuten, wenn er ihm nur sein letztes Harz nehmen kann. Und auch seine Frau –« Duncan hielt unvermittelt inne. Hatte er das Recht, so über seinen Vater zu sprechen, der doch so sehr danach trachtete, seinen Sohn glücklich zu sehen?

»Liebt dein Vater sie?«

Duncan zuckte mit den Achseln. »Ich weiß es nicht. Vielleicht hat er sie einmal geliebt, aber solange ich denken kann, gehen sich die beiden aus dem Weg. Und meine Mutter wird immer trauriger. Was du erlebt hast, ist nur das, was sie nach außen von sich zeigt, aber ich kenne sie in schwachen Momenten, wenn sie ihre Traurigkeit nicht länger verbergen kann. Dann wird sie ganz weich, beinahe melancholisch.«

Die beiden waren so tief in ihr Gespräch versunken, dass sie erst vor dem Eingang bemerkten, dass sie bereits am Hotel angekommen waren. Das rustikale Holzschild *Hotel Pohutu* baumelte im Wind.

»Lass uns durch den Hoteleingang und dann über den Flur ins Wohnhaus gehen«, schlug Duncan vor.

»Du meinst, da laufen wir ihnen eher nicht über den Weg?« Paika sah belustigt zu, wie er rote Ohren bekam, weil sie ihn ertappt hatte. Und sie fügte schelmisch hinzu: »Dann sollten wir uns durch den Garten und über die Veranda aufs Fest schleichen.«

»Wunderbare Idee!« Er grinste, nahm sie einfach bei der Hand und fügte kämpferisch hinzu: »Damit meine Familie gleich sieht, dass wir nicht zufällig gemeinsam hier sind.«

Hand in Hand liefen sie in Richtung Veranda, als jemand aus dem Dunkel des Gartens direkt auf sie zuwankte.

»Mutter!«, entfuhr es Duncan erschrocken. »Was machst du denn hier draußen?«

»Dein Vater wollte mich ins Bett verfrachten, aber ich bin ihm entwischt. Ich will den Wechsel ins neue Jahrhundert doch nicht verschlafen.«

Duncan stutzte. Ihre Stimme klang leicht verzerrt.

»Hast du wieder diese Kopfschmerzen?«, fragte er und wunderte sich insgeheim darüber, dass seine Mutter ihrem Unmut darüber, dass er Paika immer noch bei der Hand hielt, noch keine Luft gemacht hatte.

»Das auch, aber Vater meint, ich hätte zu viel getrunken. Findet ihr auch, dass ich betrunken bin?«

Duncan zuckte zusammen. Hatte sie da gerade von »ihr« gesprochen? Auch Paika sah seine Mutter fassungslos an.

»Nein, nein, du bist sicher nicht betrunken«, stammelte Duncan wenig glaubhaft, weil seine Mutter ganz deutlich mit schwerer Zunge gesprochen hatte, »aber du benimmst dich wirklich befremdlich. Ich meine ...« Sanft entzog er Paika die Hand.

Olivia musterte Paika von Kopf bis Fuß, während sie auf die beiden zustolperte und dem Mädchen zur Begrüßung eine Hand entgegenstreckte, die Paika aber nicht nahm. »Ach so, du verlangst, dass ich mich entschuldige? Das kann ich gut verstehen. Das kannst du haben. Also ich entschuldige mich in aller Form für mein Benehmen, liebe ... Ob du mir noch mal deinen Namen nennst?«

Paika schluckte trocken. Für sie gab es keinen Zweifel. Duncans Mutter war schwer betrunken. Misses Hamilton lallte zweifelsohne. Paika wurde übel. Unwillkürlich fühlte sie sich an ihren Stiefvater erinnert.

Mit stolzer Stimme erwiderte sie: »Ich bin Paika, aber es ist wirklich nicht nötig, dass Sie sich bei mir entschuldigen. Es ist längst vergessen.«

Der Auftritt von Misses Hamilton war ihr zutiefst unangenehm. Die herrische Lady strahlte plötzlich etwas plump Vertrauliches aus. Aber auch unberechenbare Stimmungsschwankungen kannte Paika von ihrem Stiefvater.

»Mutter, vielleicht ist es wirklich besser, ich bringe dich jetzt ins Bett. Du siehst in der Tat nicht gesund aus.« Es klang hilflos.

»Nein, ich will nicht, denn ich habe euch etwas zu sagen. Lieber

Duncan, liebe Paika, ihr sollt wissen ... Also, liebe Kinder, wenn ihr euch liebt, dann habe ich gar nichts ... gar nichts gegen eine Heirat einzuwenden. Die Liebe, die Liebe ...«

»Heirat?«, fragten die beiden wie aus einem Mund und sahen einander verwirrt an.

»Ja, willst du denn nicht, dass sie, ich meine Miss Paika, deine Frau wird? Ich dachte nur, denn ich meine, Paika kann sich doch glücklich schätzen ...«, stammelte Olivia ohne Rücksicht auf die betretenen Mienen der beiden.

»Mutter, bitte, wie kommst du darauf, dass –«, sagte Duncan verlegen.

»Ich sehe dann mal nach deiner Großmutter«, unterbrach Paika ihn mit hochrotem Kopf. Was dachte sich diese Frau eigentlich dabei, sie beide so in Verlegenheit zu bringen? Und wieso bildete sie sich ein, dass sie Duncan heiraten wollte?

Paika wollte nur noch eines: dieser peinlichen Situation entfliehen. Sie wandte sich zum Gehen, als Mister Hamilton zu ihnen trat, sich wütend vor ihr aufbaute und schnauzte: »Was hat das zu bedeuten, das mit Ihnen und meinem Sohn?«

Paika versuchte noch, wortlos an ihm vorbei ins Haus zu schlüpfen, aber er packte ihren Arm und hielt sie fest.

»Lass das, Vater!«, rief Duncan verzweifelt und bemühte sich, Paika aus dem eisernen Griff zu befreien. Aber sein Vater zerrte das Mädchen immer tiefer in den Garten hinein. Erst als sie alle außer Hörweite der Festgesellschaft waren, ließ Allan Hamilton Paika los und brüllte: »Was wird hier gespielt? Sind Sie das Liebchen meines Sohnes?«

»Vater, halt den Mund!«, brüllte Duncan zurück und legte den Arm schützend um die am ganzen Körper zitternde Paika. Leise setzte er hinzu: »Ich habe Paika nicht angerührt, lieber Vater, aber ich werde sie heiraten. Mit oder ohne dein Einverständnis. Ich liebe sie, seit ich sie das erste Mal gesehen habe. Und das lasse ich mir nicht verbieten.«

Allan Hamilton fasste sich an die Brust und wandte sich flehend an Olivia. »Sag doch auch mal was!«, keuchte er.

»Gib ihnen deinen Segen!«, lallte sie nur.

»Hab ich es euch nicht gesagt? Duncan hat eine Schwäche für Eingeborene!«, mischte sich nun Helen ein, die ihrem Vater in einigem Abstand gefolgt war.

Duncan versetzte ihr eine schallende Ohrfeige.

Sie heulte laut auf, aber keiner beachtete sie.

»Das ist doch nicht dein Ernst, dass ich so eine Ehe gutheißen und meine Firma später in Maorihände geben soll? Dafür habe ich nicht mein Leben lang geschuftet. Dafür ist mein Großonkel Captain Fane Charles Hamilton nicht in der Schlacht von Gate Pa gegen diese Wilden gefallen. Dafür habe ich dich nicht zu meinem Nachfolger bestimmt!«, presste Allan Hamilton gequält hervor.

»Gewöhn dich an den Gedanken, mein lieber Allan!« Olivia klang spöttisch.

Allan wurde leichenblass.

»Vater!« Helen wollte sich tröstend in seine Arme stürzen. Er aber stieß sie achtlos von sich und trat bedrohlich nah an Duncan heran.

»Wir werden morgen früh abreisen und diesen bedauerlichen Vorfall vergessen«, erklärte er mit schneidender Stimme. »Du wirst mit uns kommen und unterwegs darüber nachdenken, was ich alles für dich getan habe. Und wag es nie wieder, in einem derart unflätigen Ton mit mir zu reden! Eine Maori wird jedenfalls niemals in *Hamilton Castle* einziehen und mich zum Gespött von ganz Auckland machen! Wenn du dir die Hörner abstoßen willst, mein Junge, dann könnten wir sie vielleicht in der Küche einstellen, aber ich fürchte, sie ist zu ehrgeizig, um deine Geliebte zu bleiben.«

Er maß Paika noch einmal mit Todesverachtung, stolzierte hocherhobenen Hauptes an ihr vorbei und verschwand auf der Veranda.

Die schluchzende Helen folgte ihm.

Paika klappte den Mund auf und zu. Das Entsetzen stand ihr ins

Gesicht geschrieben. Das war schrecklicher als alles, was sie je mit einem Pakeha erlebt hatte. Verletzender als der hämische Spott der Kinder in Dargaville und erniedrigender als das Verhalten ihres Stiefvaters ... Sie spürte, wie Duncans schützender Arm sie umfasste. Ich möchte fort von hier, nur fort!, hämmerte es in ihrem Kopf, aber sie konnte sich nicht rühren. Sie war wie versteinert.

Da stieß Olivia einen markerschütternden Schrei aus und sank ohnmächtig zu Boden.

Sofort kam Allan zurückgerannt und beugte sich über sie. »Das kommt vom Trinken«, murmelte er vorwurfsvoll.

Auch Helen lief zitternd zu ihrer Mutter. »Bitte wach auf«, jammerte sie. »Bitte!«

»Schnell, hol Hilfe!«, bat Duncan Paika, die sofort losrannte, um Gordon zu suchen. Sie fand ihn an seinem Platz bei Tisch.

Er und Annabelle stoben augenblicklich hinaus in den Garten, nicht ohne vorher Abigail aufzutragen, umgehend den Doktor zu rufen.

Während um Paika herum die Hektik ausbrach, verfolgte sie noch immer nur ein Gedanke: Sie musste fort von hier! Weit fort! Sie würde sich nur noch rasch von Maryann verabschieden.

Im Haus des Doktors brannte Licht. Abigail polterte mit voller Kraft gegen die Tür. Als ihr nicht geöffnet wurde, wiederholte sie das mehrmals. Endlich sprang die knarrende Haustür auf, und Abigail erschrak bis ins Mark. Vor ihr stand Patrick O'Donnel.

Sie brauchte eine Weile, bis sie begriff, was ihn hierhergeführt hatte: Er war Fullers angehender Schwiegersohn und feierte im Familienkreis, nachdem er und Gwen das Fest der Parkers verlassen hatten. Abigail schluckte trocken. Es war nicht der richtige Zeitpunkt für persönliche Gefühle.

»Bitte, schnell, wir brauchen den Doktor«, brachte sie einigermaßen gefasst heraus. »Olivia liegt ohnmächtig im Garten.«

»Warte!« Patrick eilte ins Haus zurück.

Wenige Minuten später erschien er wieder in Begleitung des alten Arztes, der einen feinen Anzug trug.

»Was ist geschehen?«, fragte Doktor Fuller, der immer noch die Vitalität eines jungen Mannes ausstrahlte. »Kommen Sie!« Er hielt seinen Arztkoffer bereits in der Hand und eilte los.

»Ich weiß es auch nicht genau. Ich habe drinnen am Harmonium gesessen und gespielt und gespielt. Olivia ist draußen im Garten in Ohnmacht gefallen.«

»Hm.« Der Doktor beschleunigte den Schritt, sodass Abigail kaum folgen konnte. Erstaunt bemerkte sie, dass Patrick mitgekommen war und nicht von ihrer Seite wich, aber darüber durfte sie jetzt nicht nachdenken.

Im Hause der Parkers wurden sie von einer aufgeregten Annabelle empfangen: »Sie ist aufgewacht und redet wirres Zeug. Kommen Sie! Sie liegt in ihrem Zimmer.«

Abigail und Patrick blieben allein im Hausflur zurück, genau an der Stelle, an der sie sich am Nachmittag wiederbegegnet waren. Sie trauten sich kaum, einander anzusehen. Abigail starrte angestrengt auf die Spitze ihrer Knöpfstiefel, während Patrick krampfhaft das opulente Ölgemälde an der Wand betrachtete, das die Flucht von Te Kooti und seinen Anhängern am 7. Februar 1870 aus Ohinemutu zeigte.

Das dumpfe Schweigen, in dem so viele unausgesprochene Anschuldigungen lagen, war quälend. Schließlich setzten beide im selben Moment an, etwas zu sagen.

»Abigail …«

»Es war nicht recht von mir, dass ich dir meine Liebe …«

Ihre Blicke trafen sich.

»Ich bewundere deinen Mut, Abi. Denn ich bin feige und verhehle meine Gefühle.«

»Nein, du hast bloß Angst, dass ich dich noch einmal enttäusche.« Abigails Stimme klang dünn.

Statt ihr zu widersprechen, zog er sie an sich und küsste sie. »Ich liebe dich auch«, flüsterte er. »Ich werde dich immer lieben.«

Abigail wollte keine Hoffnung schöpfen, und doch erwärmten diese Worte ihr Herz so sehr, dass sie sich einen Wimpernschlag lang vorstellte, dass sie für immer zusammen sein könnten. Aber da war sie wieder, diese Entschlossenheit in seinem Blick. Der Zug um seinen Mund wurde hart. Versteinert stand er vor ihr, die Zähne zusammengebissen, die Hände zu Fäusten geballt.

»Sag nichts!«, flehte sie. »Ich weiß, du wirst Gwendoline heiraten. Und ich werde fortgehen. Ganz weit fortgehen, denn wenn ich im Tal der Geysire bleibe, werden wir nicht voneinander lassen können. Dann werde ich eines Tages wieder heimlich mit dir nach Mokoia rudern und mich dir unter dem Puriribaum hingeben. Wir werden Gejagte unserer verbotenen Liebe sein – bis ich daran zerbreche.«

»Es ist nicht wegen Gwen. Ganz bestimmt nicht. Du musst mir glauben! Es ist wegen meiner Tochter Emily, die mit keinem, auch nicht mit Gwendoline, spricht, sich aber langsam an ihre Gegenwart gewöhnt hat. Sie wird untröstlich sein, wenn ich Gwen fortschicke ...«

Abigail legte ihm sanft den Finger auf den Mund.

Patrick verstand. Er atmete schwer, riss Abigail ungestüm an sich und murmelte: »Ich sehne mich so nach dir, meine Liebe. Ich kann dich doch nicht noch einmal in die Fremde ziehen lassen. Wie oft habe ich mir Vorwürfe gemacht, weil ich nicht mitgekommen bin!«

Noch einmal küssten sie sich, bis Abigail sich energisch losmachte und in ihrem Zimmer verschwand, ohne sich vorher noch einmal umzudrehen. Dort warf sie sich aufs Bett und begann jämmerlich zu schluchzen. Ich muss schnellstens fort, ging es ihr immer wieder durch den Kopf, und sie beschloss, den Plan bereits in den nächsten Tagen in die Tat umzusetzen. Sie würde auf die Südinsel flüchten, nach Dunedin, wie sie es bereits vor elf Jahren gewollt hatte. Dieses Mal würde sie keiner davon abbringen.

Abigail trocknete sich schließlich die Tränen, putzte und puderte sich die Nase und machte sich auf den Weg zu Olivia, denn der Blick auf die Uhr zeigte ihr, dass in wenigen Minuten das Jahr neunzehnhundert anbrechen würde. Vielleicht werde ich dort unten im Süden doch noch einen Mann kennenlernen, in den ich mich verliebe und der mich spätes Mädchen heiratet, dachte sie. Doch zugleich wusste sie, dass sie ihr Herz unwiderruflich an Patrick verschenkt hatte. Wenn er ihr nach elf Jahren noch so unter die Haut ging, dann würde sie ihn auch in den kommenden elf Jahren nicht vergessen können.

Mit hängenden Schultern betrat Abigail das Zimmer, in das man Olivia gebracht hatte. In der Tür begegnete sie dem Doktor.

»Wie geht es ihr?«, fragte sie besorgt.

»Besser!«, erwiderte er und machte sich hastig auf, um noch rechtzeitig zum Jahreswechsel nach Hause zu kommen.

Am Bett ihrer Schwester waren alle versammelt: Duncan, Helen, Allan, Annabelle, Gordon und sogar Ruiha. Sie blickten besorgt auf Olivias blasses Gesicht, das fast die Farbe der weißen Leinenlaken angenommen hatte. Olivia versuchte zu lächeln, aber ihr Lächeln geriet zur Maske. Ruiha trug ein Tablett mit gefüllten Gläsern, die sie jetzt verteilte. Alle bekamen Champagner – bis auf Olivia.

»Ein frohes neues Jahr, euch allen!«, sagte Allan schließlich in jovialem Ton. Er prostete ihnen zu, als sei nichts geschehen.

Hoffentlich, dachte Abigail beim Anblick ihrer Schwester, und ein ungutes Gefühl rieselte ihr den Rücken hinunter.

Maryann hatte es inzwischen aufgegeben, Paika mit Fragen zu bedrängen. Die junge Frau war vor geraumer Zeit wie ein Gespenst in ihr Schlafzimmer geweht und hockte seitdem zusammengesunken und stumm auf einem Stuhl neben dem Bett.

»Wie kann er so etwas nur machen?«, fragte Paika schließlich in die quälende Stille hinein.

»Was hat er gemacht? Du sprichst von meinem Enkel, oder?«

Paika nickte.

Maryann konnte ihre Neugier kaum mehr unterdrücken. »Kind, nun rede doch endlich! Was hat Duncan getan, dass du wie ein Geist dasitzt und es dir die Sprache verschlagen hat?«

»Er hat seinen Eltern gesagt, dass er mich heiraten will«, stöhnte Paika.

»Um Gottes willen!«, entfuhr es Maryann. »Und was haben seine Eltern gesagt? Ich nehme mal an, meine Tochter ist in Ohnmacht gefallen und mein Schwiegersohn hat ihm gedroht, ihn zu enterben.«

Paika stutzte. Wenn Maryann wüsste, dass sie richtig vermutet hat!, dachte sie, zog es jedoch vor, das aus Rücksicht zu verschweigen. Und auch die widerlichen Worte von Duncans Vaters würde sie nicht wiedergeben. Schon deshalb nicht, weil sie die Verachtung, die dieser Mann ihr entgegengebracht hatte, so schnell wie möglich vergessen wollte.

»Und im Moment wäscht Olivia ihrem Sohn ordentlich den Kopf?«, wollte Maryann wissen. Sie musterte Paika durchdringend. »Aber warum bist du so außer dir? Du müsstest doch jubilieren, dass Duncan dich zu seiner Frau machen will. Er ist eine gute Partie und ein wunderbarer junger Mann.«

»Jetzt sagen Sie bloß noch, ich müsste mich glücklich schätzen. Warum fragt mich eigentlich keiner, was ich will? Dann müssten Sie sich nämlich alle nicht so aufregen, denn ich will um keinen Preis seine Frau werden«, erwiderte Paika trotzig.

»Liebst du ihn denn nicht?«

Paika stieß einen lang anhaltenden Seufzer aus. »Doch. Nein. Oder vielleicht, ja – ich weiß es nicht. Es ist auch egal. Denn eines weiß ich genau: Ich werde niemals einen Pakeha heiraten. Und die Schwiegertochter dieses Kauriharzhändlers werde ich im Leben nicht. Ich werde die Frau eines Maori. Das habe ich mir einst geschworen. Und davon rücke ich nicht ab.« Es klang kämpferisch.

Maryann setzte sich erstaunt auf. »Du willst ihn nicht heiraten, weil er ein Weißer ist? Ich meine, ich stimme dir zu: Auf solchen Ehen liegt kein Segen. Aber ich dachte, ich würde dich beknien müssen, damit du das einsiehst. Und nun sprichst du so vehement dagegen, dass es mir beinah unheimlich ist. Was macht dich so sicher, dass du nicht schwach wirst?«

»Ich habe es mir geschworen und –«

Die Glocken einer Kirche fingen von ferne zu schlagen an.

»Kind«, unterbrach Maryann Paika hastig. »Es ist Mitternacht. Ein neues Jahrhundert bricht an. Schnell, wünsch dir etwas!«

»Ich wünsche mir von ganzem Herzen, dass mir ein Mann aus meinem Stamm begegnet, den ich lieben und ehren kann ...« Eilig setzte sie hinzu: »Und Sie, Maryann?«

»Ich möchte, dass du, mein Kind, endlich in das Zimmer neben mir ziehst und dass meine Tochter mir verzeiht. Und dass ich eines Tages in Frieden Abschied vom Geist meiner Enkelin nehmen kann. Mögen unsere Wünsche in Erfüllung gehen! Komm, lass dich umarmen!«

Paika musste wider Willen lächeln, als sie sich zu der alten Frau hinunterbeugte, doch kaum saß sie wieder aufrecht, wusste sie, dass sie nun verschwinden musste. Was, wenn Duncan gleich hier auftauchte, sie ihren Gefühlen nachgeben und seinem Werben erliegen würde? Sie wollte nicht schuld sein, wenn er von seiner Familie verstoßen wurde.

»Maryann, seien Sie nicht böse, aber ich muss fort. Und zwar auf dem schnellsten Wege. Duncan sucht mich bestimmt schon. Er wird gleich hier sein. Und ich bin nicht so stark, dass ich ihn einfach wegschicken könnte. Er würde gewiss gegen den erbitterten Widerstand seines Vaters zu mir stehen. Heute, morgen, aber dann? Eines Tages würde er vielleicht daran zerbrechen, dass man mich in der feinen Gesellschaft schneidet, noch ehe ich daran zerbrochen wäre. Er liebt mich wirklich, und ich, ich liebe ihn … Würden Sie mir erlauben, ein paar Tage zu verschwinden? Nur so lange, bis er vernünftig geworden und mit seinen Eltern abgereist ist? Bitte!«

»Ach, Kindchen, warum bist du nur keine Weiße?«, seufzte Maryann und fügte hinzu: »Natürlich. Aber wo willst du denn hin?«

»Ich werde bei Ruiha in Ohinemutu unterkommen.« Während Paika von ihrem Stuhl aufsprang, raunte sie: »Ich komme wieder, sobald er fort ist. Und dann ziehe ich sofort in das Zimmer neben Ihnen. Versprochen!«

»Was für eine außergewöhnliche junge Frau!«, murmelte Maryann, aber da war Paika bereits aus der Tür.

Rotorua, 1. Januar 1900

Annabelle schreckte schweißgebadet hoch. Wieder dieser entsetzliche Traum! Um sie herum tiefste, undurchdringliche Dunkelheit. Ein Wimmern, erst leise, dann lauter. Ein verzweifeltes Rufen: »Mama! Mama!«

Annabelles Herz pochte bis zum Hals. Sie hoffte, dass Gordon nicht aufwachte, doch da fragte er bereits schlaftrunken: »Was ist mir dir? Hast du schon wieder schlecht geträumt?«

»Nein, nein. Es ist nichts«, wiegelte sie rasch ab. Sie wollte partout nicht, dass er es erfuhr. Dann würde er wieder so traurig werden, und das ertrug sie nicht.

»Mach mir nichts vor! Du bist verärgert, weil unser großer Tag ganz anders verlaufen ist, als wir es uns gewünscht haben, oder?«

Dankbar ging Annabelle darauf ein. »Ja, es war furchtbar.« Sie war erleichtert, dass er sie nicht durchschaute. Vielleicht weil er nicht in ihrem Gesicht lesen konnte.

»Außer Allan hat keiner das Badehaus besichtigt«, bemerkte Gordon enttäuscht.

»Das werden sie heute bestimmt nachholen.«

»Ach, Annabelle, es fing ja schon so schrecklich an, als diese Gwendoline ihr Gift versprühte.«

»Wie bitte? Du billigst also, dass Abi ihr den Mann wegnehmen will?«

»Erstens ist er nicht ihr Mann, und zweitens hätte sie uns mit ihrer Eifersucht nicht den Abend verderben dürfen. Olivia hat

Recht. Warum will sie auch einen Mann heiraten, der ganz offensichtlich deine Schwester liebt?«

»Sag bloß, du fandest Olivias Verhalten bei Tisch auch noch ehrenwert?«

»Gut, sie war betrunken, das hat mir missfallen, aber ich kann nur bewundern, dass sie so klare Worte gefunden hat. So viel Mut hätte ich ihr gar nicht zugetraut. Und sie hat mir aus der Seele gesprochen, Freund Whisky hin oder her.«

»Meinst du, Olivia trinkt öfter?«

»Keine Ahnung; jedenfalls steht fest, dass die Ehe deiner Schwester mit diesem in Mutters Augen so ›unvergleichlichen Schwiegersohn‹ nicht in Ordnung ist.«

Annabelle stieß einen tiefen Seufzer aus. »Ja, ich glaube auch, dass die beiden nicht glücklich sind. Aber was Gwen angeht, da teile ich deine Meinung nicht. Wie konnte Abigail ihre Gefühle vor allen nur so zur Schau stellen? Sie ist nicht mehr die kleine, süße Abi, die sich alles herausnehmen kann. Ich meine, sie hat Patrick einfach vor allen Gästen aufgefordert, seine Verlobte zu verlassen. Das gehört sich nicht.«

Seine Antwort war ein dröhnendes Lachen. »Du klingst ja schon wie deine Mutter. Wenn ich mich recht entsinne, hast du mit deinen Gefühlen auch nicht hinter dem Berg gehalten, als ich damals bei euch zu Hause aufgekreuzt bin.«

»Das kannst du doch gar nicht vergleichen. Ich habe dich keiner anderen weggenommen.«

»Aber wenn die beiden sich doch lieben! Ich finde, dass der Bursche nicht mehr so herumdrucksen, sondern sich endlich zu Abi bekennen sollte!«

»Nein, er schlägt sich wunderbar. Meine Schwester ist nicht die Richtige für ihn. Denk an die kleine Emily!«

»Annabelle, verurteilst du deine Schwester etwa? Traust du ihr nicht zu, die Mutterstelle zu vertreten, weil sie anders ist als die Frauen, die du sonst kennst?«

Annabelle war froh, dass er die Schamesröte, die ihr bei seinen Worten in die Wangen geschossen war, in der Dunkelheit nicht sehen konnte. Er hatte sie durchschaut. Insgeheim verurteilte sie Abigails lockeren Lebenswandel; und sie traute es ihr tatsächlich nicht zu, dem Kind eine zuverlässige Mutter zu sein. Abigail war einfach zu flatterhaft und zu vergnügungssüchtig, um die brave Lehrersfrau und zuverlässige Stiefmutter eines verstörten Mädchens zu sein. Annabelle schämte sich zwar für diese Überzeugung, doch sie kam nicht dagegen an. Abigail sollte besser die Finger von Patrick O'Donnel lassen, dachte sie.

»Ich verurteile sie doch nicht!«, entgegnete sie schließlich mit übertriebener Empörung.

»Das hat sich aber ganz anders angehört«, sagte er tadelnd, bevor er versöhnlicher hinzufügte: »Wir haben doch alle unsere Fehler. Bitte, werde bloß nicht wie Mutter, die anderen, insbesondere dir, ständig Vorwürfe macht, weil –« Er unterbrach sich erschrocken.

Annabelle beendete seinen Satz mit Grabesstimme: »– weil ich mein kleines Mädchen allein in Te Wairoa zurückgelassen habe. Sei ehrlich! Im Grunde deines Herzens wirfst du mir das doch auch vor. Du fragst dich immer noch, wieso ich unser Kind in die Obhut einer Freundin gegeben habe, nur um zu Hause ein Magengrimmen auszukurieren. Gib es doch endlich zu!«

»Annabelle, hör auf damit, bitte! Ich werfe dir gar nichts vor.«

Sie war aufgesprungen und zündete die Gaslampe an, damit sie sein Gesicht betrachten konnte. Er sah gequält aus. Sie meinte, den stummen Vorwurf darin zu lesen.

»Ich weiß genau, was du denkst! Deine Augen verraten dich. Wie konnte sie nur? Du wirfst mir doch in Wirklichkeit vor, dass ich Elizabeth trotz der mahnenden Worte des alten Maori zurückgelassen habe! Stimmt's?«

»Bitte, quäle mich nicht weiter! Unser Kind ist tot, und daran tragen wir beide nicht die Schuld, weder du noch ich. Aber den

Schmerz über diesen Verlust, den teilen wir. Und wir können ihn nur gemeinsam ertragen.« Tränen rannen ihm über das Gesicht.

Annabelle erbleichte. Was habe ich mir nur dabei gedacht? Ich habe ihn belogen, nicht er mich! Und wer hat mich all die Jahre vor Mutters Vorwürfen beschützt? Gordon, mein treuer, zuverlässiger, lieber Mann!, fuhr es durch ihren Kopf. Sie nahm seine Hand und bat ihn um Verzeihung. Ihr Herz pochte bis zum Hals, als sie plötzlich mit jeder Faser ihres Körpers spürte, dass der Tag gekommen war, vor dem sie sich so sehr fürchtete.

Sie hatte ihm ihr Geheimnis schon längst beichten wollen, weil es mit jedem Tag des Schweigens stärker auf ihrer Seele lastete.

Ihr wurde übel vor Angst. Dennoch nahm sie all ihren Mut zusammen und flüsterte: »Gordon, ich muss dir etwas sagen!«

Te Wairoa 9./10. Juni 1886

Die Sinterterrassen jenseits des Rotomohana-Sees funkelten im Mondlicht wie Tausende von Edelsteinen – ein unwirkliches Bild, dem Annabelle sich nicht entziehen konnte. Schließlich besann sie sich darauf, dass es unhöflich war, Mabel nicht anzusehen, während die Freundin mit ihr sprach.

»Du siehst blass und erschöpft aus. Bist du krank?«, fragte die Freundin nun besorgt.

»Nein, in anderen Umständen!« Annabelle hatte es eigentlich noch niemandem erzählen wollen, aber nun war es ihr einfach so herausgerutscht.

»O Gott, bitte sag, dass das nicht wahr ist!«, entfuhr es Mabel.

»Es ist wahr.«

»Aber du weißt doch, was der Arzt gesagt hat: Du darfst keine Kinder mehr bekommen. Bei Elizabeth haben sie dich gerade noch retten können, aber er hat dich vor einer zweiten Geburt gewarnt.«

»Ich weiß«, flüsterte Annabelle tonlos. »Damit fordere ich das Schicksal heraus, doch nun ist es eben geschehen, und ich möchte dieses Kind gesund zur Welt bringen. Sieh mal, auch dass Elizabeth kam, schien doch ein Wunder. Erst das lange Warten, bis ich schwanger wurde, und dann die schwierige Geburt. Weißt du noch, wie alle sagten, ich würde gar keine Kinder bekommen?«

»Annabelle, du wärest damals fast verblutet. Du darfst dieses Kind nicht austragen. Ich kenne eine alte Maori, die ...«

»Nein. Es ist doch ein Teil von mir.«

»Was sagt Gordon denn dazu?«

Annabelle antwortete nur zögerlich. »Ich werde es ihm erst sagen, wenn es nicht mehr zu verbergen ist.«

»Damit er dich nicht von diesem Irrsinn abhalten kann? Damit er kein schlechtes Gewissen bekommt, weil er nicht aufgepasst hat?«

Annabelle schüttelte den Kopf. »Mabel, es war kein Versehen. Ich habe es absichtlich getan. Nur bitte, bitte, das darf er niemals erfahren.«

»Um Himmels willen, du bist ja noch verrückter, als ich geglaubt habe.«

»Mabel, ich liebe Elizabeth über alles und möchte ihr ...«

»Und deshalb hättest du das niemals riskieren dürfen. Du mutest dem armen Kind womöglich zu, ohne Mutter aufzuwachsen.«

»Aber ich wünsche mir doch so sehr eine Schwester oder einen Bruder für sie.«

»Und dafür setzt du dein Leben aufs Spiel? Das ist verrückt, Annabelle.«

Annabelle schwieg. Sie wusste, dass ihre Freundin Recht hatte. Doktor Fuller und die alte Hebamme hatten ihr nach Elizabeth' Geburt erklärt, warum eine zweite Schwangerschaft gefährlich wäre. Elizabeth war in letzter Sekunde mit einem Kaiserschnitt gerettet worden, und das auch nur, weil Doktor Fuller über diese Methode erst kurz zuvor etwas gelesen hatte. Angewandt hatte er sie noch nie zuvor, aber Gordon hatte ihn angefleht, Mutter und Kind nicht sterben zu lassen. Schließlich hatte Doktor Fuller das Skalpell angesetzt. Es war alles gutgegangen, aber dann hatte Annabelle höllisch zu bluten begonnen und der Doktor seine Not gehabt, ihr den Bauch wieder zuzunähen.

Sie dürfen kein Kind mehr bekommen!, hörte sie ihn sagen, als wäre es gestern gewesen. Die Naht wird aufplatzen, wenn Ihr Bauch wächst, und dann verbluten Sie jämmerlich. Annabelle hatte es ihm hoch und heilig versprechen müssen. Und nun hatte sie dieses Versprechen gebrochen, aber sie bereute es kein bisschen.

Gedankenverloren blickte sie auf den See hinaus. Plötzlich glitt ein Kanu über das Wasser, ein Maorikanu, das aus einer anderen Welt zu stammen schien.

»Schau nur, ein Kanu ... Das kann doch nicht sein«, stammelte sie und deutete aufgeregt zum See.

Mabel schüttelte belustigt den Kopf. »Fängst du nun auch noch an, Gespenster zu sehen? Die Leute im Ort reden von nichts anderem mehr. Am einunddreißigsten Mai, da glaubten sie ein Geisterkanu im Schatten des Berges gesichtet zu haben. Und weil sich an jenem Tag eine ungewöhnlich hohe Welle im See auftürmte, haben sie überall rumerzählt, das wäre ein Zeichen für den Untergang der Welt.« Mabel lachte. »Und nur weil es ein paar sensationslüsterne Reisende aus dem *McCrae's Hotel* angeblich auch gesehen haben, sind jetzt auch einige der Weißen von dem Spuk angesteckt. Ich schwöre dir, das ist wieder so eine Legende der Maori. Die haben viel Phantasie. Wahrscheinlich haben sie nur eine hohe Welle gesehen, in der sich etwas gespiegelt hat ...«

Annabelle hörte gar nicht mehr zu. Sie war verwirrt. Dort, wo sie eben noch ein vollbesetztes Kanu entdeckt hatte, war nur noch Wasser. Mabel hat Recht, dachte sie. Ich habe mich getäuscht. Ich habe mich von den Gerüchten um das Geisterkanu anstecken lassen. Die Nachricht von einem lautlos über den See gleitenden »Totenschiff« hatte sich bis nach Rotorua verbreitet. Als im Kolonialwarenladen darüber getuschelt wurde, hatte Annabelle es noch als »dummes Zeug« abgetan. Konnte sie das immer noch guten Gewissens behaupten?

»Annabelle, guck nicht so! Da war kein Kanu«, sagte Mabel streng.

»Vorbote großes Unheil«, krächzte plötzlich eine Stimme hinter ihnen. Erschrocken drehten sich die beiden Frauen um. Obwohl er noch runzliger und sein krauses Haar schlohweiß geworden war, erkannte Annabelle in ihm den alten Mann, der ihr vor vielen Jahren, als sie zum ersten Mal mit Gordon bei den Sinterterrassen gewesen war, solche Angst eingejagt hatte.

»Geisterkanu eine Warnung. Schon gekommen vor zehn Tagen. Und große Welle über See. Großes Elend für Pakeha und Maori. Ahnen geflohen von Tapu. Sie geschmückt für letzte Reise. Mit Federn von Vogel Huia und Reiher ...«

»Hau ab, alter Mann! Rede kein dummes Zeug!«, zischte Mabel barsch.

»Geht fort von hier, schnell, fort von hier!«, murmelte er, während er weiterhumpelte.

Annabelle erinnerte sich nun an seine Worte von damals. Hatte er da nicht etwas vom Gott des Erdbebens gefaselt? Ein kalter Schauer lief ihr den Rücken hinunter.

»Das Kanu ist verschwunden, als hätte der See es verschluckt«, raunte Annabelle und fügte nachdenklich hinzu: »Mabel, ich habe wirklich ein Kanu gesehen, und ich frage mich, was das zu bedeuten hat.«

»Lass dich nur nicht von dem Alten verunsichern! Er hat schon lange seinen Verstand im Alkohol ertränkt. Und du hattest noch nie besonders gute Augen.«

Annabelle fröstelte. Sie stand hastig auf und murmelte: »Ich werde mal nach Lizzy sehen.« Als sie aufstand, hatte sie das Gefühl, die Erde unter ihr würde schwanken. Nicht viel. Nur ein kleines bisschen.

»Mabel, spürst du das auch? Die Erde bebt«, fragte Annabelle besorgt.

Die Freundin aber erwiderte seelenruhig: »Nein, das bildest du dir ein. Du bist von dem Gerede des Alten verwirrt. Kümmere dich nicht um sein Geschwätz! Er läuft schon seit Jahren im Dorf herum und versucht uns Angst einzujagen.«

Annabelle hätte ihr nur zu gern geglaubt, aber das unheimliche

Gefühl ließ sich nicht vertreiben. Daran konnten auch die lustigen Geschichten über ihre Kinder nichts ändern, die Mabel auf dem Rückweg zum Hotel zum Besten gab. Ihre ältere Tochter Mary war bereits sieben Jahre alt, ein gewitzter Kobold, der sich nicht zu schade war, stundenlang mit den kleinen Mädchen zu spielen. Ihre kleine Tochter Rebecca war ein halbes Jahr jünger als Elizabeth, aber das tat ihrer innigen Kleinmädchenfreundschaft keinerlei Abbruch. Sie waren schier unzertrennlich und teilten alles miteinander. Sogar Elizabeth' geliebte Puppe Lilly, die sie ansonsten niemals aus der Hand gab. »Lizzy ist Lillys Mom, und Beccy ist Lillys Dad«, verkündete die kleine Elizabeth stets mit heiligem Ernst.

Als Annabelle und Mabel an dem hell erleuchteten *McCrae's Hotel* vorbeikamen, stieß Mabel einen tiefen Seufzer aus. »Sieh nur, was für ein hübsches Haus sie haben! Viel ansprechender als unsere Hütte. Kein Wunder, dass es bei den Fremden so beliebt ist. Vielleicht werden die Gerüchte ja dort geschürt, damit noch mehr Reisende bei ihnen absteigen.«

»Aber wir bringen unsere Gästen weiterhin zu euch«, versprach Annabelle der Freundin.

Vor der Tür von *Mabel's House* umarmten sich die beiden zum Abschied, bevor Annabelle sich auf Zehenspitzen in die kleine Kammer schlich, die sie sich mit ihrer Tochter teilte. Dieses Mal war sie allein mit Elizabeth in Te Wairoa geblieben, nachdem Gordon mit den Reisenden zurückgefahren war. *Du siehst so blass aus. Ich möchte, dass du dich ein paar Tage ausruhst*, hatte er gesagt. Annabelle hatte sich vergeblich dagegen gewehrt. Gordon hatte nicht mit sich reden lassen. Selbst ihren Einwand, dass sie im Hotel gebraucht werde, hatte er vom Tisch gewischt: »Deine Mutter wird gern für dich einspringen, wenn du nur wieder deine roten Bäckchen bekommst, meine Liebe.«

Der Abschied war Annabelle schwergefallen, aber Elizabeth hatte vor Freude gejuchzt bei der Aussicht, noch ein paar Tage mit Rebecca spielen zu dürfen.

Annabelle seufzte. Wenn ihre Familie wüsste, was wirklich mit ihr los war! Abi würde sich auf eine Nichte oder einen Neffen freuen und dabei die Gefahr übersehen. Gordon und ihr Vater würden sie anflehen, ihr Leben nicht so leichtfertig aufs Spiel zu setzen. Und Olivia würde ihr mit gespitztem Mund Vorhaltungen machen, denen ihre Mutter sich anschließen würde.

Annabelle beugte sich behutsam über ihr schlafendes Kind. Durch ein kleines Fenster fiel das Mondlicht auf das Kindergesicht. Wie ein Engel sieht sie aus!, dachte Annabelle gerührt. Ein Engelchen mit hellen Locken. Genau solche Locken, wie Abigail sie besaß. Ob ihr Haar wohl einmal so dunkel wird wie Olivias oder ob es hell bleibt wie Abigails? Wie schön sie ist! Diese ebenmäßige, etwas dunklere Haut, wie Maryann in jungen Jahren. Dazu der volle, herzförmige Mund. Liebt Maryann Elizabeth deshalb so abgöttisch, weil sie so unverkennbar nach ihr schlägt? Ist Mutter erleichtert, dass sie nichts von mir hat? Liest sie ihr deshalb jeden Wunsch von den Augen ab und ist ständig besorgt, ihrem Schatz könne etwas zustoßen? Dann fiel ihr Blick auf die schlafende Rebecca, die mit Elizabeth das Bett teilte und Elizabeth' geliebte Stoffpuppe Lilly fest an die Brust gedrückt hielt. Annabelle rührte das, denn jede der beiden besaß schönere Puppen als diese, die sie mit viel Liebe für ihre Tochter entworfen und genäht hatte.

»Meine Süßen«, murmelte Annabelle und strich den Mädchen, die einander nicht unähnlich waren, sah man von Rebeccas pechschwarzem, gekräuseltem Haar ab, zärtlich über die Wangen, bevor sie sich auszog und ins Bett legte. Sie konnte jedoch nicht gleich einschlafen. Die Worte des alten Maori ließen ihr keine Ruhe. Obwohl sie den Unsinn nicht glauben wollte, hatte sein Gerede sie in Angst und Schrecken versetzt. Und dann waren da auch noch Mabels mahnende Worte, die sie nicht einfach beiseiteschieben konnte. War es wirklich eine gute Entscheidung gewesen, eine zweite Schwangerschaft zu riskieren? Was, wenn sie tatsächlich bei der Entbindung sterben würde? Was würde dann aus ihren

Kindern, aus Lizzy und dem Neugeborenen, wenn es die Geburt überhaupt überlebte?

Annabelle erwachte von ihrem eigenen spitzen Schrei. Ein teuflischer Schmerz durchzog ihren Unterleib; es war, als stächen von allen Seiten Nadeln hinein. Ein Blick zeigte ihr, dass die Mädchen nicht aufgewacht waren. Schweißnass setzte sich Annabelle auf und legte die Hände auf den Bauch, doch das linderte den Schmerz nicht. Er kam aus ihrem Innersten, und nun fing auch die Narbe wie verrückt zu pochen an. Das Kind!, fuhr es Annabelle panisch durch den Kopf, ich verliere das Kind! Sie sprang aus dem Bett und kleidete sich unter Schmerzen an. Bevor sie das Zimmer verließ, vergewisserte sie sich, ob Elizabeth und Rebecca immer noch süß und selig schlummerten. Nur Doktor Fuller kann mein Kind retten, dachte sie verzweifelt, während sie an Mabels Schlafzimmertür klopfte und nach der Freundin rief.

Schlaftrunken öffnete Mabel wenig später die Tür.

Annabelle zog sie mit sich fort. Sie wollte vermeiden, dass Benjamin erwachte. »Mabel, ich habe Schmerzen. Das Kind!«, stöhnte sie, während sie beide Hände gegen den Unterleib presste, um Linderung zu erreichen.

»Hast du Blutungen?«

Annabelle schüttelte den Kopf und presste die Lippen zusammen. Ihr war nach Schreien zumute, aber sie konnte sich gerade noch beherrschen.

»Wir bringen dich zu unserer Hebamme«, schlug Mabel vor, doch Annabelle winkte ab.

»Nein, ich muss zu Doktor Fuller. Er ist der einzige Arzt in der ganzen Gegend, der etwas von Geburtshilfe versteht und ...« Weiter kam sie nicht. Der Schmerz drohte sie zu überwältigen. Sie presste die Faust vor den Mund, um ihn nicht laut herauszubrüllen, und schluchzte nur noch.

»Du hast Recht. Und ich weiß auch schon, wer dich fahren kann. Mahora hat nicht nur die besten Kanus, um zu den Sinterterrassen zu paddeln, sondern auch die bequemste Kutsche weit und breit. Ich hole ihn.«

»Gut, dann wecke ich Lizzy und ...«

»Bist du von allen guten Geistern verlassen? Du kannst das Kind doch nicht aus dem Schlaf reißen. Stell dir vor, du verlierst dein Baby unterwegs ... Nein, wir bringen sie dir morgen. Komm, gib mir deinen Arm! Ich helfe dir die Treppe hinunter.« Mabel stützte die Freundin und führte sie zu einem Stuhl auf der Veranda. Dann eilte sie von dannen, um wenig später mit Mahora und seiner Kutsche zurückzukehren.

Mabel und der junge Mann hievten sie in den Wagen. Dann beeilte sich Mabel, um Decken zu bringen. Damit bereitete sie ihrer Freundin ein bequemes Lager, deckte sie zu und strich ihr besorgt über die blassen Wangen.

»Mahora, fahr vorsichtig! Achte darauf, dass sie nicht zu sehr durchgeschüttelt wird. Es ist jetzt kurz nach Mitternacht. Ich denke, du wirst gegen zwei Uhr in Rotorua sein.«

»Danke!«, hauchte Annabelle schwach. Sie ahnte nicht, dass sie ihre Freundin Mabel niemals wiedersehen sollte.

Der Wagen setzte sich langsam in Bewegung. Annabelle sah eine Weile in den sternenklaren Himmel empor, um ihre aufgewühlten Gedanken zu beruhigen. Der Schmerz hatte ein wenig an Heftigkeit nachgelassen. Schließlich schlief sie erschöpft ein.

Sie erwachte von einem ohrenbetäubenden Lärm. Der Wagen hielt, und Mahora kletterte vom Kutschbock herunter.

»Haben Sie das gehört, Missy? Die Erde bebt schon die ganze Zeit. Sie haben geschlafen. Was ist das?«, fragte er verängstigt.

Annabelle versuchte sich aufzusetzen, doch ihr Zustand hinderte sie daran. Während er noch über die Ursache des Donnerns rätselte, ertönte ein zweiter Knall. Die Erde bebte nun heftig. Ein Sturm setzte ein, Regen prasselte vom Himmel.

»Ja, was ist das?«, fragte Annabelle panisch.

Mahora zuckte mit den Achseln, doch als er gen Süden blickte, erstarrte er, als sei ihm ein Gespenst erschienen. Unter lautem Stöhnen schaffte es Annabelle, sich so weit aufzurichten, dass sie ihren Blick nach Süden wenden konnte. Der Himmel war rot und gelb erleuchtet wie von einem Höllenfeuer. Wie betäubt starrte sie auf das Schauspiel am Himmel.

»Ruho Moko«, flüsterte Mahora.

Annabelle erwachte aus ihrer Erstarrung.

»Wir müssen zurück!«, schrie sie. »Wir müssen zurück!« Sie versuchte aufzustehen, aber ein jäher Schmerz fuhr durch ihren Körper, und sie spürte, wie ihr das Blut die Beine hinunterlief. Ihr wurde schwarz vor Augen.

Das Erste, was Annabelle beim Erwachen erblickte, war das besorgte Gesicht von Doktor Fuller, doch sie dachte nicht an ihre Gesundheit oder das Baby, sondern an das Inferno, das sie am südlichen Himmel gesehen hatte.

»Was ist geschehen?«, fragte sie. Das Sprechen fiel ihr schwer. Ihr Mund war so trocken, dass die Zunge am Gaumen zu kleben schien.

»Sie haben Ihr Kind verloren!«, erwiderte Doktor Fuller.

»Ich meine, was ist dort draußen geschehen?« Annabelle versuchte ruhig zu klingen und nicht gleich das Schlimmste anzunehmen.

Doktor Fuller zuckte die Achseln. »Wir wissen es nicht. Es hat immer noch nicht aufgehört zu donnern. Der junge Maori, der Sie gebracht hat, ist gleich zurück nach Te Wairoa.«

»Elizabeth. Sie ist dort. Lizzy! Ich muss zu ihr!«, stöhnte Annabelle. Ihre Stimme zitterte.

»Keine Sorge. In Te Wairoa ist sie sicher«, sagte Doktor Fuller. Er wandte den Blick ab und suchte den seiner Tochter.

Jetzt erst bemerkte Annabelle Gwendoline, die jüngere Tochter des Doktors, die in Abigails Alter war. Ein eiskalter Schrecken durchfuhr ihre Glieder.

»Weißt du etwa auch, warum ich hier bin?«

Gwendoline nickte beschämt.

»Meine Tochter hat dem Maori die Tür geöffnet und ist mir zur Hand gegangen. Früher hat das meine Frau gemacht, aber nach ihrem Tod springen schon mal meine Töchter ein«, erklärte der Doktor beinahe entschuldigend.

»Doktor«, raunte Annabelle, »Sie dürfen es niemals meinem Mann erzählen.«

»Eigentlich sollte er wissen, dass er das Leben seiner Frau aufs Spiel gesetzt hat.«

»Doktor, bitte, mein Mann ahnt nichts von alledem! Ich, ich allein, wollte dieses Kind um jeden Preis.« Bei diesen Worten sah Annabelle an sich herunter. Das waren nicht ihre Kleider. Bei dem Gedanken, dass der Doktor und seine Tochter sie ausgezogen und in trockene Sachen gesteckt hatten, lief sie rot an vor Scham.

»Von mir wird niemand etwas erfahren, aber ich muss es Ihnen jetzt offen sagen: In Zukunft können Sie das Schicksal nicht mehr herausfordern. Sie werden niemals mehr Kinder bekommen.«

»Bitte, sagen Sie ihm nichts davon! Und du auch nicht!«

Annabelle sah flehend vom Arzt zu seiner Tochter, die verschämt zur Seite blickte.

»Ich schwöre, ich werde das, was ich gesehen und gehört habe, für immer tief in meinem Herzen verschließen«, versprach Gwendoline.

»Keine Sorge, es bleibt unser Geheimnis«, bekräftigte der Doktor.

»Und Sie meinen wirklich, mein Kind ist sicher in Te Wairoa?«

Der Doktor seufzte nur und warf seiner Tochter einen verzweifelten Blick zu. »Sie dürfen sich jetzt nicht aufregen, Annabelle. Sie müssen ganz still liegen bleiben. Sonst kann ich keine Verantwortung dafür übernehmen, dass Ihre Tochter Sie in die Arme schließen kann, wenn sie morgen zurückkehrt. Wollen Sie also vernünftig sein und mich meine Arbeit zu Ende bringen lassen?«

Annabelle nickte schwach und schwieg. Auch als sie den Doktor sagen hörte: »Gwen, bitte das Chloroform!«

Rotorua, 1. Januar 1900

Der Morgen graute, als Annabelle ihre Beichte beendet hatte.

Gordon sah sie lange schweigend und durchdringend an.

Annabelle konnte nicht annähernd erahnen, was in ihm vorging. Sein Blick war leer. Eine entsetzliche Panik überfiel sie. Ob er ihr je verzeihen würde?

Langsam, ganz langsam erwachte Gordon wieder zum Leben. Er räusperte sich mehrmals, doch er brachte kein Wort über die Lippen.

Annabelle hielt die Luft an. Wenn er doch bloß endlich etwas sagen würde! Schreien, schimpfen, weinen, aber nicht dieses verdammte Schweigen. Das würde sie nicht mehr lange aushalten.

»Weißt du was, Annabelle?«, fragte er endlich in die quälende Stille hinein. »Deine Unvernunft hat dir das Leben gerettet. Und dafür danke ich Gott!«

»Aber ich habe unseren kleinen Liebling, ich habe Lizzy einfach ihrem Schicksal überlassen.«

»Annabelle, bitte! Jetzt, nachdem du dein Herz ausgeschüttet hast, höre endlich auf, dir Vorwürfe zu machen. Denn die Wahrheit ist, dass du ansonsten auch tot wärest. Glaube mir, ich habe das Haus gesehen, oder das, was davon übrig geblieben war. Es war zusammengefallen und steckte bis zum Dach im Schlamm. Es hat die Menschen im Schlaf überrascht. Glaube mir, da wäre keiner lebend herausgekommen.«

Annabelle seufzte. »Ach, ich denke immer nur an Elizabeth. Dabei hat es auch Mabel, Benjamin und ihre beiden kleinen Töchter verschlungen.« Entschlossen blickte sie ihren Mann an. »Ich verspreche dir, ich werde versuchen, mich nicht mehr so zu quälen. Vielleicht verschwinden dann auch endlich meine Träume.«

»Du bist vorhin wieder davon aufgewacht, stimmt's?«

Annabelle nickte, bevor sie sich ganz tief in Gordons Arm kuschelte.

»Wir müssen aufstehen«, murmelte er nach einer Weile. »Wir haben die Nacht zum Tag gemacht. Und nun ruft die Pflicht.«

Wieder stieß Annabelle einen tiefen Seufzer aus. »Gordon, ich danke dir so, dass du mir alles verziehen hast.«

»Du bist alles, was ich habe«, flüsterte Gordon.

»Bis auf dein Badehaus«, scherzte Annabelle, gab ihm einen Kuss auf die Stirn und sprang aus dem Bett. Sie war erleichtert, dass Gordon die Wahrheit kannte und sie nicht dafür verurteilte. Sie fühlte sich befreit, als habe sie eine riesige Last abgeworfen. Leichtfüßig ging sie zu ihrem Kleiderschrank, um sich etwas Helles und Freundliches zum Anziehen auszusuchen. Schließlich entschied sie sich für ein hellgrünes Kleid, das ihre schlanker gewordene Taille aufs Vortreffliche betonte.

»Annabelle, ist das alles eigentlich auch der Grund, warum du so große Stücke auf Gwendoline Fuller hältst?«

Annabelle lief knallrot an. Sie konnte ihrem Mann nichts vormachen. Er hatte sie durchschaut. Die Angst, Gwendoline könne ihr Geheimnis ausplaudern, hinderte sie in der Tat daran, die Sache mit ihrer Schwester und Patrick unvoreingenommen zu betrachten. Aber sollte sie Gordon wirklich verraten, dass Gwendoline ihr vor ein paar Wochen unverhohlen gedroht hatte? Annabelle klangen die betont freundlichen Worte noch im Ohr. *Wie ich höre, ist deine Schwester wieder zu Hause. Sie wird doch Patrick O'Donnel nicht zu nahe kommen? Ich denke, ich kann diesbezüglich auf dich zählen.*

»Ich glaube nicht, dass sie so gemein wäre. Nein, mich stört wirklich die Tatsache, dass Abi selber noch das Gemüt eines Kindes hat und kaum die geeignete Person ist, die Mutterstelle für eine arme Halbwaise anzunehmen.«

Das war zwar nur die halbe Wahrheit, aber Gordon ging glücklicherweise gar nicht darauf ein; er war damit beschäftigt, sich anzuziehen.

Auf dem Weg in die Küche fragte sich Annabelle, warum sie sich jetzt überhaupt noch davor fürchten sollte, dass Gwendoline ihr Geheimnis ausplauderte. Jetzt, wo Gordon alles wusste.

Die Antwort wurde ihr schlagartig bewusst, als sie das Klingeln ihrer Mutter vernahm, verbunden mit dem Ruf nach ihr, Annabelle. Sie stöhnte auf. Darin bestand ihre größte Angst. Dass ihre Mutter erfuhr, dass sie Elizabeth verlassen hatte, um ein ungeborenes Kind zu retten, das niemals hätte in ihrem Leib wachsen dürfen. Annabelle spürte, wie ihr Tränen in die Augen schossen. Zum ersten Mal in all den Jahren konnte sie um das Ungeborene weinen, das sie in jener Nacht verloren hatte. Hastig wischte sie sich mit dem Ärmel ihres Kleides über das Gesicht. Maryann sollte auf keinen Fall merken, dass sie geweint hatte.

Mit einer Schüssel warmen Wassers und einem Lappen in der Hand betrat sie wenig später Maryanns Zimmer. »Guten Morgen, Mutter, ich wünsche dir ein frohes neues Jahr und alles Gute!«

»Ich wüsste nicht, was man mir Gutes wünschen könnte«, bellte Maryann zurück.

Annabelle schnappte nach Luft. Sie hätte sich denken können, dass selbst gut gemeinte Neujahrswünsche aus ihrem Munde die Mutter verärgern würden. Sie versuchte den feindlichen Ton einfach auszublenden. »Was kann ich für dich tun – außer dich zu waschen?«

Bei aller Liebe zu Paika war die Körperpflege Annabelles Aufgabe geblieben, da Maryann sich vor niemand anderem entblößen wollte als vor ihrer ältesten Tochter.

»Was will ich wohl? Ich möchte gewaschen werden, mein Essen haben, und ich möchte, dass Olivia mir etwas vorliest.«

Annabelle konnte ihre Neugier nicht verbergen. »Wo steckt Paika denn heute Morgen? Weißt du etwas? Sie ist nicht in der Küche.«

»Frag nicht! Sie hat sich ein paar Tage frei genommen. Ich hätte es dir ja gern gestern noch gesagt, aber es war ja keiner bei mir bis auf das gute Kind. Weder Olivia noch Duncan.«

»Olivia hat gestern kurz vor Mitternacht einen ...« – Annabelle stockte und suchte nach den richtigen Worten – »... einen Schwächeanfall erlitten.«

»Um Himmels willen! Warum sagt mir das denn keiner? Hat Paika davon gewusst?«

»Ja, aber sie hat dich sicher nicht unnötig beunruhigen wollen.«

»Wie geht es denn meinem armen Mädchen?«

»Ich glaube, dein anderes Mädchen ist heute Nacht bei ihr gewesen.«

Maryann überhörte diese Anspielung auf Abigail mit zusammengebissenen Zähnen.

»Und wo ist Allan?«, fragte sie schließlich.

»Olivia hat darauf bestanden, in Abis Zimmer zu übernachten.«

Maryann sah Annabelle skeptisch an. »Warum ist sie denn nicht bei ihrem Mann geblieben? Verschweigst du mir noch etwas?«

»Nein, aber ich werde dir Olivia schicken, sobald sie wieder auf den Beinen ist. Dann kann sie dir selber sagen, wie es ihr geht. Ich habe sie heute noch nicht gesehen.«

Mit diesen Worten machte sich Annabelle an der Bettpfanne zu schaffen.

»Du siehst aber auch entsetzlich aus. Und du hast so viel abgenommen! Bist du krank?«

Annabelle seufzte: »Nein, Mutter, ich bin in letzter Zeit nur kaum zum Essen gekommen, aber es gefällt dir doch sicher, dass ich eine schmalere Taille habe. Hast du mir nicht früher ständig zu verstehen gegeben, dass ich zu dick bin?«

»Habe ich das?«, entgegnete Maryann schnippisch, bevor sie giftig hinzusetzte: »Das ist bei deinen merkwürdigen Kleidern doch ziemlich gleichgültig.«

Annabelle holte tief Luft. Sie wollte die Mutter gerade auffordern, sich das schöne Kleid, das sie heute trug, genauer anzusehen, schluckte ihre Bemerkung jedoch herunter.

Es hat keinen Zweck. Was ich auch tue, ich werde es ihr niemals recht machen, dachte Annabelle, während sie ihre Mutter wusch und ihr ein frisches Nachthemd anzog. Als sie damit fertig war, klopfte es.

Duncan trat ein und sah sich suchend um. »Guten Morgen, Großmutter«, sagte er artig und wünschte ihr ein gutes neues Jahr. »Wir haben gestern nicht mehr bei dir vorbeigeschaut, weil es Mutter nicht gutging. Du weißt schon, die Kopfschmerzen.«

Empört blickte Maryann von einem zum anderen. In ihren Augen stand die Frage zu lesen, was ihr wohl der nächste Besucher über Olivias Zustand erzählen würde. Sie klappte den Mund auf, aber Duncan kam ihr zuvor.

»Großmutter, Tante Annabelle, habt ihr Paika heute schon gesehen?«

»Sie hat sich frei genommen«, sagte seine Großmutter.

»Dann wird sie bestimmt noch auf ihrem Zimmer sein«, meinte Annabelle arglos. Erst als ihre Mutter die Augen verdrehte, begriff sie, dass sie sich besser heraushalten sollte.

»Nein, ihr Zimmer ist leer. Und Ruiha hat sie heute auch noch nicht gesehen.« Duncan klang bekümmert.

Maryann räusperte sich verlegen. »Mein Junge, sie ist fort. Sie wollte ein paar Tage im Dorf ihrer Familie verbringen, und ich habe es ihr erlaubt.«

Annabelle schaute ihre Mutter überrascht an. Einmal abgesehen davon, dass ihre Mutter nicht für das Personal zuständig war und

Paika nicht einfach freigeben konnte, hätte sie das auf jeden Fall mit ihr, Annabelle, absprechen müssen. Sie seufzte.

»Aber ... Wo liegt denn das Dorf? Ich muss sie finden. Ich muss! Sie wird meine Frau, ob es euch passt oder nicht!«

Annabelle glaubte, sich verhört zu haben. Duncan wollte eine Maori heiraten?

»Nein, mein Junge. Verrenn dich gar nicht erst in diesen Gedanken! Sie ist nämlich fest entschlossen, einen anderen zu heiraten«, widersprach Maryann streng. »Und ich soll dir ausrichten, dass es keinen Sinn hat, sie zu suchen. Ihr Entschluss steht fest. Sie wird um keinen Preis einen Weißen zum Mann nehmen!«

Der stattliche Duncan stand plötzlich da wie ein geprügeltes Kind. »Das sagst du doch nur, weil mein Vater dieser Ehe nicht zustimmen würde.«

»Nein, mein Junge. Bestimmt nicht. Es waren Paikas Worte.« Maryann klang so versöhnlich wie schon lange nicht mehr.

»Habe ich mich so getäuscht? Fühlt sie denn gar nichts für mich? Großmutter, sag mir die Wahrheit! Hat sie dir gesagt, ob sie mich liebt?«

»Nein, sie hat mir nur erzählt, dass du sie mit deinem Antrag überrumpelt hast«, schwindelte sie und mied seinen Blick.

»Großmutter, sieh mich an: Warum hat sie mir das nicht selber gesagt? Wenn sie nichts für mich empfindet, hätte sie es mir doch offen ins Gesicht sagen können. Sieh mich endlich an!«

Widerwillig hob sie den Blick, aber sie schwieg hartnäckig.

»Sie ist vor ihren eigenen Gefühlen geflüchtet. Nicht vor mir«, mutmaßte Duncan tonlos. »Aber ich werde sie finden. Das schwöre ich euch. Ich lasse mir meine Liebe nicht zerstören. Von keinem. Hört ihr?«

»Duncan, Junge, sei doch vernünftig!«, mischte sich nun Annabelle ein. »Dein Vater wird dir den Segen zu dieser Ehe verweigern. Du kannst Paika dankbar sein, dass sie ihrem Verstand folgt und sich vor dieser Verbindung hütet.«

Duncan funkelte seine Tante wütend an.

»Dass ausgerechnet du solche Ansichten vertrittst, das hätte ich nie gedacht. Was ist denn dabei? Ich bin doch nicht der erste Mann, der eine Maori heiratet.«

»Aber der erste Hamilton«, entgegnete Maryann ungerührt.

»Ich denke, du magst sie, Großmutter. Warum stehst du uns dann nicht bei?«

»Ich habe dieses Mädchen ins Herz geschlossen und würde dir eine Frau wie sie von Herzen wünschen, aber sie kommt aus einer völlig anderen Welt, Junge. Ihre Mutter war eine arme Maori, ihr Vater ein verantwortungsloser Weißer, der sie mit dem Kind hat sitzen lassen, und ihr Stiefvater, der Kauriharzgräber ...«

»Vater lebt vom Kauriharz, verdammt noch mal! Hört endlich auf mit dieser Farce. Was heißt schon: andere Verhältnisse? Was war Großvater, dein Mann, denn anderes als ein einfacher Goldgräber? Und mein Vater hat Mutter, die aus einfachen Verhältnissen stammte, trotzdem heiraten dürfen«, rief Duncan voller Trotz aus.

Maryann war bei seinen Worten rot angelaufen. Wie Recht der Junge hatte! Wenn er erst wüsste, woher sie in Wahrheit stammte ... Es hatte keinen Sinn, mit dem verliebten Jungen vernünftig zu reden. Er hatte es sich in den Kopf gesetzt, Paika zur Frau zu nehmen. Da konnte nur noch diplomatisches Geschick helfen.

»Duncan, Junge, ich mache dir einen Vorschlag: Du fährst mit deinen Eltern zurück nach Auckland. Wenn dein Herz dich nach sechs Monaten immer noch zu Paika zieht, dann kommst du zurück und sprichst mit ihr. Doch wenn sie ihr Wort hält und einen Maori zum Mann nimmt, dann versprich mir, nicht weiter in sie zu dringen. Dann musst du das respektieren und sie mit deinen Liebesschwüren verschonen!«

Annabelle sah ihre Mutter forschend an. Dass sie so milde sein konnte, hätte Annabelle ihr niemals zugetraut. Oder versuchte sie nur, Zeit zu gewinnen? Hoffte sie, dass Duncan sich im fernen Auckland an eine andere Frau binden würde? Oder rechnete sie damit, dass Paika bei ihrer Entscheidung blieb und in sechs Monaten längst einem der ihren versprochen war?

Duncan atmete einmal tief durch, bevor er lauernd fragte: »Und dann würdest du dich wirklich für uns starkmachen?«

Maryann nickte.

Sie scheint sich ihrer Sache sehr sicher zu sein, fuhr es Annabelle durch den Kopf, denn sosehr Mutter Paika auch ins Herz geschlossen hat, mit ihrem geliebten Schwiegersohn Allan würde Maryann sich niemals anlegen.

Duncan blickte unschlüssig von seiner Großmutter zu Annabelle. Bei seiner Tante blieb sein Blick erwartungsfroh hängen.

Sie räusperte sich. »Natürlich stehe ich dir bei. Entschuldige, dass ich gleich so ablehnend reagiert habe. Paika ist eine bezaubernde junge Frau, doch ich dachte an deine Eltern und das, was ihr auf euch nehmen würdet, wenn ihr den steinigen Weg in die Ehe wagt. Deshalb finde ich den Vorschlag deiner Großmutter sehr weise. Wenn du sie in einem halben Jahr immer noch liebst, kehrst du zurück und bittest sie um ihre Hand. Wenn Paika zustimmt, werde ich euch natürlich unterstützen.«

»Und wenn sie bis dahin ihren Maori gefunden hat?«, erwiderte Duncan bitter.

»Dann, lieber Junge, ist das eine eindeutige Antwort, dass sie jemanden aus ihrem Volk heiraten möchte. Dann verlange ich von dir, ihr in Zukunft aus dem Weg zu gehen«, antwortete Maryann ungerührt.

Das gefiel Duncan gar nicht. Er schnaubte wütend und wollte etwas entgegnen, doch Annabelle kam ihm zuvor.

»Duncan, du darfst nicht über sie entscheiden. Ich weiß, dass ihr Hamiltons, wenn ihr euch etwas in den Kopf setzt, es um jeden Preis haben wollt. Aber vergiss nicht: Paika hat ihren Stolz.« Als sie sah, dass Duncan mit den Tränen kämpfte, bedauerte sie ihre harten Worte, und sie warf ihm einen entschuldigenden Blick zu.

»Ich liebe sie«, raunte er leise und fügte trotzig hinzu: »Und sie liebt mich. Das sagt mir nicht der unbeugsame Wille eines Hamilton, der seine Ziele ohne jegliche Rücksichtnahme verfolgt, sondern das spüre ich hier drinnen.« Er hielt inne und deutete auf seine Brust.

»Ihr hofft doch auch, dass wir heiraten werden, oder?«

Statt ihm eine halbherzige Antwort zu geben, nahm Annabelle ihn in den Arm. Es brach ihr beinahe das Herz, diesen jungen Mann, den sie wie ein eigenes Kind liebte, so traurig zu erleben.

»Wir werden sehen; aber mach dir keine allzu großen Hoffnungen«, bemerkte Maryann ausweichend.

»Ich komme wieder«, presste er schließlich tonlos hervor: »Ich komme wieder! Spätestens in sechs Monaten bin ich wieder hier!«

Mit diesen Worten entwand er sich der Umarmung und erklärte kämpferisch: »Ich weiß, was ihr denkt. Schickt den Jungen weit weg, dann erledigt sich diese Geschichte schon von allein. Sie heiratet einen Maori, er eine Weiße, aber da täuscht ihr euch. Ich meine das verdammt ernst. Ich bin nicht so wankelmütig, wie ihr glaubt. Ich komme wieder, um sie zu meiner Frau zu machen. So wahr ich hier stehe!«

Annabelle und Maryann schauten ihn entgeistert an. So entschlossen hatten sie Duncan noch niemals erlebt.

Annabelle hatte ein stärkendes Frühstück für Olivia zubereitet und brachte es zu Abigails Zimmer. Zögernd trat sie ein, nachdem Abigail schroff »Herein!« gebellt hatte. Suchend sah sich Annabelle um, aber von Olivia fehlte jede Spur. Ihre jüngere Schwester war allein im Zimmer. Sie saß zusammengesunken auf einem Stuhl, das Gesicht in den Händen vergraben.

»Abi, was ist denn?«, fragte Annabelle besorgt und mit einem Anflug von schlechtem Gewissen wegen ihrer gestrigen Lobrede auf Gwendoline.

Abigail nahm die Hände zögernd vom Gesicht, sah ihre Schwester aus verheulten Augen an und fauchte: »Du brauchst nicht mehr zu befürchten, dass sich das gefallene Mädchen an Patrick O'Donnel heranmacht. Dem ungetrübten Glück der anständigen Gwen und ihrem Patrick steht nichts mehr im Weg. Ich verlasse Rotorua schon morgen. Dann ist hier wieder alles in bester Ordnung.«

Annabelle wich einen Schritt zurück. »Aber so war das doch gar nicht gemeint. Nur aus Sorge um das arme Kind habe –«

»Genau, es könnte Schaden nehmen, wenn eine wie ich es in die Finger kriegen würde. Und jetzt lass mich allein! Ich hätte niemals gedacht, dass du so über mich denkst. Hätte ich dir bloß nichts von mir erzählt! Eine Frau, die zu einer Engelmacherin geht, die sollte man tunlichst von Kindern fernhalten. Gib doch zu, dass du das denkst!«

»Nein, Abi, nein, es ist nur, also ...«, stammelte Annabelle kleinlaut. Sie trat zu ihrer Schwester und legte ihr tröstend den Arm um die Schulter.

Abigail fauchte: »Du möchtest es immer allen recht machen, nicht wahr? Dieser Gwen und mir, aber das klappt nicht. Dieses Mal hast du Partei ergriffen, und zwar für Gwendoline Fuller. Du bist ja fast gestorben vor Angst, ich könnte den Mann, den ich liebe und der mich liebt, für mich gewinnen. Ach, Annabelle, ich kann es dir ja gar nicht verübeln, aber trotzdem, lasse mich jetzt bitte in Ruhe.« Mit diesen Worten entwand sie sich der Umarmung und fuhr fort, ihren kleinen Reisekoffer zu packen, der auf dem Bett lag.

Annabelle verließ wie betäubt das Zimmer ihrer Schwester; in der Tür drehte sie sich noch einmal um: »Kannst du mir sagen, wo Olivia steckt und wie es ihr geht?«

»Ich würde sagen, sie ist wieder ganz die Alte. Sie hat heute Morgen schon wieder kräftig genörgelt: *Der Gestank, Abigail, dieser furchtbare Gestank von faulen Eiern. Wie an diesem unwirtlichen Ort freiwillig Menschen leben können, ist mir ein Rätsel.*«

Annabelle musste wider Willen lächeln. Abigail hatte den Ton ihrer Schwester so täuschend echt getroffen, als habe Olivia selbst gesprochen.

Dann wurde Abigail wieder ernst. »Sir Allan hat seine Gattin um eine Unterredung gebeten. Und der Herr war ziemlich wütend. Sie ist ihm auf ihr gemeinsames Zimmer gefolgt.«

Annabelle blieb noch einen Augenblick im Türrahmen stehen in der Hoffnung auf eine versöhnliche Geste, aber ihr fiel auch nichts ein, womit sie die bitteren Worte, die gestern zwischen ihnen beiden gefallen waren, vergessen machen könnte. Der Gedanke, dass Abigail sie wieder verlassen würde, brach ihr zwar das Herz, aber es war wirklich das Vernünftigste für ihre kleine Schwester, in der Ferne ein neues Leben zu beginnen. Wenn sie bliebe, würde es unweigerlich in einer Katastrophe enden. »Möchtest du auch ein Frühstück?«, fragte sie schließlich eher hilflos. »Du kannst das hier haben. Dann mache ich für Olivia ein neues.«

Doch Abigail schien kein Interesse zu haben, ihren Streit zu begraben, denn sie schüttelte wortlos den Kopf und beachtete die Schwester gar nicht mehr.

Vor Olivias Zimmer blieb Annabelle abrupt stehen. Drinnen war ein lauter Streit im Gange.

»Wie konntest du dich nur so gehen lassen und uns unmöglich machen? Und dann deine abstrusen Reden, ich solle diese verdammte Ehe erlauben! So können nur Trunkenbolde reden. Denkst du denn gar nicht an unseren Ruf?«, schrie Allan.

»Unser Ruf? Dass ich nicht lache! Du ruinierst doch unser Ansehen in Auckland, indem du zu diesem Flittchen gehst!«

»Flittchen? Sag das ja nie wieder! Sie ist die Witwe eines guten Freundes und eine hochanständige Person.«

»Dann heirate sie doch!«

Annabelle überlegte, ob sie nicht lieber rasch weitergehen solle, aber sie blieb wie angewurzelt vor der Tür stehen, das Frühstückstablett in der Hand, und lauschte angestrengt.

»Ich wünschte, ich hätte damals auf meine Mutter gehört und

ein Mädchen aus unseren Kreisen geheiratet, aber ich musste mich ja ausgerechnet in dich verlieben. Du warst ein so süßes Versprechen, bevor du dich als gefühlskalte Person entpuppt hast. Wenn ich nur daran denke, wie du mich umgarnt hast mit deinen geheuchelten Liebesschwüren und deiner gespielten Hingabe! Heute weiß ich es besser. Deine Liebe galt nur meinem Geld. Aber eine Scheidung, aus der du, liebe Olivia, als Opfer hervorgehst, kommt nicht in Frage. Solltest du mich in Zukunft also weiterhin als betrunkenes Weibsbild blamieren, dann werden alle verstehen, dass ich dich verlassen muss und ganz zu ihr gehe. Und du würdest keinen Penny bekommen!«

»Es schadet deinem vielbeschworenen Ruf also nicht, wenn du bei deiner Witwe ein- und ausgehst?«

»Nein, gar nicht! Ich bin beileibe nicht der einzige Mann in Auckland, der gezwungen ist, sich woanders Liebe zu suchen. Das verübeln uns allenfalls die Ehefrauen, die so berechnend sind wie du. Du dagegen, meine Liebe, du kannst es dir nicht leisten, mit jemand anderem zu poussieren. Pass bloß auf, dass die Leute nicht über dich und deinen Winkeladvokaten zu reden anfangen! Und ich Idiot habe damals geglaubt, ich würde um meiner selbst wegen geliebt, aber du hast uns ja alle um den Finger gewickelt. Nur meine Mutter, die hat noch auf dem Sterbebett gesagt: *Junge, sie liebt dich nicht!*« Sein Ton war mehr als verächtlich.

Annabelle wurde heiß und kalt. So war es also um jene Ehe bestellt, die ihre Mutter ihr ständig als leuchtendes Vorbild hinstellte, wenn Gordon wieder einmal herumlief wie ein Farmer, sprach wie ein Farmer und auch so aß. *Für einen Hamilton müsstest du dich nicht so schämen,* pflegte sie zu sagen. Alles nur Lüge?

»Wenn dir die Liebe so heilig ist, dann beweise es«, brüllte Olivia nun zurück. »Dann gib deinem Sohn und diesem Mädchen deinen Segen! Spring über deinen Schatten! Soll die Auckländer Gesellschaft doch über unsere Schwiegertochter tratschen.«

Annabelle hielt den Atem an. Hatte sie sich gerade verhört?

Oder setzte ihre verwöhnte, überhebliche Schwester Olivia, die sich stets für etwas Besseres hielt, sich tatsächlich für Duncan und Paika ein?

»Hat der Alkohol dich um den Verstand gebracht? Das werde ich geflissentlich nicht tun, meine Liebe. Sollte sich unser Sohn erdreisten, diese Maori gegen meinen erklärten Willen zu heiraten, dann werde ich ihn enterben. Hörst du? Enterben und verstoßen. Dann kann er sehen, wovon er seine Eingeborene ernährt. Und jetzt pack deine Sachen! Ich möchte noch heute abreisen. Mit unserem Sohn.«

Dann hörte Annabelle nur noch energische Schritte. Höchste Zeit für sie zu verschwinden. Sie schaffte es gerade noch, von der Tür zurückzuspringen und den Flur entlangzueilen, bevor man sie beim Lauschen ertappte. Völlig verwirrt betrat sie die Küche.

»Missy, ist Ihnen nicht gut?«, fragte Ruiha mitfühlend.

»Doch, doch, ich habe nur schlecht geschlafen«, entgegnete sie. Dann machte sie sich daran, das Frühstück für die anderen zuzubereiten.

Als sie den Tisch im Wohnzimmer gedeckt hatte, erschien Olivia. Annabelle erschrak bei ihrem Anblick. Olivia wirkte sehr mitgenommen. Ihr schönes Gesicht war aufgequollen, sie hatte dunkle Ränder unter den Augen, und ihr sonst so perfekt frisiertes Haar hing ihr in wirren Locken ins Gesicht.

»Guten Morgen, wie geht es dir?«, fragte Annabelle. Sie wollte sich nicht anmerken lassen, wie besorgniserregend sie das Aussehen ihrer Schwester fand.

»Gut!«, antwortete Olivia in gleichgültigem Ton. Scheinbar beiläufig setzte sie hinzu: »Wo ist diese Paika?«

»Sie ist für ein paar Tage in ihr Dorf gefahren.« Annabelle konnte sich gerade noch die Frage verkneifen, wann Olivia zur Maorifreundin geworden war.

»Wie bitte? Sie ist fort? Aber ich denke, Duncan und sie sind ein Paar. Da kann sie doch nicht einfach verschwinden!« Ihre Stimme vibrierte vor Empörung.

Annabelle zuckte nur mit den Achseln.

Olivia stöhnte plötzlich laut auf und fasste sich an die Schläfen. »Dieser verdammte Kopf! Ich halte es nicht mehr aus. Wo ist das Mädchen hin? Ich muss es dringend sprechen!«

Die Angelegenheit wurde immer verworrener. Zu gern hätte Annabelle gewusst, was das alles zu bedeuten hatte. Was wollte Olivia von Paika? Und warum war sie plötzlich so wild darauf, dass ihr Sohn ein Maorimädchen heiratete? Ausgerechnet Olivia, die als Kind über die schmutzigen Maorikinder aus Ohinemutu die Nase gerümpft hatte?

»Und du weißt wirklich nicht, wo dein Mädchen hin ist?« Der Vorwurf in Olivias Stimme war unüberhörbar. Sie stieß einen unwilligen Seufzer aus. »Gut, dann muss ich eben hierbleiben, bis sie wieder auftaucht.«

Nun konnte Annabelle ihre Neugier trotz aller guten Vorsätze nicht mehr länger zügeln. »Was willst du denn bloß von Paika?«

»Dem Glück meines Sohnes auf die Sprünge helfen!«, erwiderte Olivia schnippisch.

»Du? Dem Glück deines Sohnes mit einer Maori?«

»Ja, ich!«

»Und wenn Paika ihn nun gar nicht will?«, konterte Annabelle.

Olivia lachte bissig. »Das, meine Liebe, vermag ich kaum zu glauben. Welche Maori hat schon die Chance, in eine der besten Familien Aucklands einzuheiraten?«

Annabelle verkniff sich auszusprechen, was ihr auf der Zunge lag: Wirklich in eine der *besten* Familien? Wohl eher in eine der reichsten!

»Also, richte mir mein Zimmer her. Ich bleibe!«, befahl Olivia.

»Da Paika nicht da ist und ich mich auch noch um Mutter kümmern muss, würde ich dich bitten, dich selbst darum zu bemühen«, entgegnete Annabelle scharf. Sie war es leid, von Olivia wie ein Dienstmädchen behandelt zu werden.

»Um Mutter kümmere ich mich. Wenn du es genau wissen

willst, ich bleibe nur ihretwegen hier. Jetzt, wo ihr kleiner Maoriliebling unabkömmlich ist, werde ich mich wohl um sie kümmern müssen.«

»Aber –« Weiter kam Annabelle nicht.

»Es ist doch auch für dich besser, meine Liebe. Mutter und du, ihr habt nun mal nicht das beste Verhältnis. Sie wird dir einfach nie verzeihen, dass du ihren kleinen Schatz allein in Te Wairoa zurückgelassen hast. Und ich kann sie sogar verstehen ...«

»Du bist so gemein!«, rutschte es Annabelle heraus.

»Ich will dich doch nicht beleidigen. Ich will dir nur erklären, warum es besser für euch beide ist, wenn ich noch ein paar Tage bei Mutter bleibe. Ich meine, das Waschen und diese Dinge kannst du ja weiter erledigen ...«

Annabelle hörte Olivia gar nicht weiter zu. Heiße Tränen schossen ihr in die Augen.

Sie drehte sich auf dem Absatz um und lief in das neue Badehaus. Dort sank sie auf den Rand einer Wanne und ballte die Fäuste. Sie hatte so gehofft, dass sie nach ihrem Geständnis vor Gordon nicht mehr so verdammt dünnhäutig sein würde! Doch hatte sie ihm wirklich die ganze Wahrheit erzählt?

Rotorua, 10. Juni 1886

»Bitte, ich möchte nach Te Wairoa!«, stöhnte Annabelle beim Erwachen heiser. Vor ihrem inneren Auge sah sie das Höllenfeuer am Himmel lodern.

Doktor Fuller räusperte sich.

»Sie können jetzt nicht nach Hause, Misses Parker. Selbst der Transport hinüber zu Ihrem Haus ist zu gefährlich. Ich habe es mit Mühe geschafft, die Blutung zu stillen, und Ihr Kind ...« Er stockte.

Jetzt erst wurde sich Annabelle ihrer Lage bewusst. Dennoch, sie musste heim, wie gefährlich es auch sein mochte. Sie brannte darauf, Gordon nach Te Wairoa zu schicken.

»Ich weiß, dass Sie mir das Leben gerettet haben«, flüsterte sie schwach und fügte gequält hinzu: »Zum zweiten Mal schon, aber ich möchte nur noch in mein Bett und meinen Mann bitten, dass er auf schnellstem Wege nach Te Wairoa reitet. Auch wenn noch niemand weiß, was dort draußen donnert und speit, ich brauche Gewissheit. Ich möchte, dass Gordon unser Kind nach Hause holt. Bitte, Doktor! Ich kann nicht hierbleiben. Wie soll ich meiner Familie später erklären, wo ich diese Nacht verbracht habe? Bitte bringen Sie mich nach Hause! Ich schwöre Ihnen, ich rühre mich dort nicht aus dem Bett.«

Der Arzt runzelte die Stirn. Schließlich bat er Gwendoline mürrisch, einen Wagen zur Ausfahrt vorzubereiten. »Ich habe Sie immer für eine vernünftige Frau gehalten, aber dass Sie Ihr Leben aufs Spiel gesetzt haben, um einem Kind das Leben zu schenken, das ist ...« – er unterbrach sich, und Annabelle erwartete eine Standpauke –, »das ist verantwortungslos, aber es zeigt, dass auch unter Ihrer vernünftigen Schale die Leidenschaft der Bradleyfrauen brodelt.«

Annabelle lächelte schief.

Die kurze Fahrt nach Hause verlief problemlos. Doktor Fuller wollte seine Patientin noch hineinbegleiten, aber Annabelle lehnte dankend ab.

»Sieht das nach einer Magenverstimmung aus, wenn Sie mich stützen, Doktor?«

Er gab ihr Recht. Trotzdem machte er ihr unmissverständlich klar, dass er später noch einmal bei ihr vorbeischauen müsse.

»Ich werde schon einen Vorwand finden«, beruhigte er sie, als sie heftig widersprach. Dann fügte er streng hinzu: »Wenn ich Sie nämlich nicht nachbehandle, meine Liebe, ist die Gefahr nicht gebannt. Im Gegenteil, dann werden Sie Ihrem Mann unter den Händen wegsterben. Es ist eben keine Magenverstimmung, an der Sie leiden, Sie unvernünftiges Frauenzimmer, Sie!« Während er mit ihr schimpfte, wischte er sich eine Träne aus dem Augenwinkel.

Annabelle war so gerührt, dass sie den Doktor heftig umarmte, bevor sie sich ins Haus schleppte, sichtlich bemüht, aufrecht zu gehen.

Sie erschrak, als ihr auf der Treppe ihre Mutter entgegenkam.

Auch Maryann sah ihre Tochter an, als wäre ihr ein Geist erschienen.

»Was machst du denn hier?«, fragte sie anklagend. »Und wo ist Elizabeth?«

Bevor Annabelle etwas erwidern konnte, fuhr ein solches Stechen durch ihren Unterleib, dass ihr von dem Schmerz übel wurde.

»Ich habe sie in Mabels Obhut gelassen.«

»Du hast was?«, schrie ihre Mutter.

»Ich leide an einem Magengrimmen und wollte gleich morgen früh Doktor Fuller aufsuchen und ...«

Annabelle taumelte. Lange würde sie es nicht mehr durchhalten. Wenn sie nicht bald ihr Bett erreichte, würde sie ihren Schmerz laut herausbrüllen. Ihre Sehkraft war bereits getrübt. Das wutverzerrte Gesicht ihrer Mutter erschien ihr bereits wie ein Trugbild im Nebel.

Annabelle wollte ihren Mann zu Hilfe rufen, aber sie entrang ihrer Kehle nur ein heiseres Krächzen.

»Gordon ist losgeritten, um euch beide zu retten.«

»Mutter, was ist geschehen?«, fragte Annabelle mit letzter Kraft.

»Am Mount Tarawera ist ein Vulkan ausgebrochen!«

»Nein! Lieber Gott, nein«, keuchte Annabelle, verdrehte die Augen und verlor das Bewusstsein.

Als Annabelle erwachte, war sie sofort wieder da, die überwältigende Angst. Und dann der brennende Schmerz in ihrem Leib. Dunkel, ganz dunkel kam die Erinnerung zurück. Ihr Aufbruch aus Te Wairoa, die sturmgepeitschte Fahrt durch die Nacht, die Hölle am südlichen Himmel, das Erwachen, Doktor Fullers Hilfe, seine Fürsorge, die Worte ihrer Mutter ...

Sie schreckte hoch und blickte in das gequälte Gesicht ihres Vaters.

»Vater! Lieber Vater! Stimmt es, was Mutter sagt?« Ihre Stimme überschlug sich vor Aufregung.

William Bradley atmete tief durch, bis er zögerlich sagte: »Wir wissen noch nichts Genaues, aber es ist so gut wie sicher, dass der Vulkan ausgebrochen ist. Die Gerüchte überschlagen sich.«

»Aber Lizzy ist doch auf der anderen Seite des Sees. Er kann seine Lava doch nicht über den ganzen See spucken. Ihr kann in Te Wairoa doch nichts passieren, oder? Bitte, Vater, schwöre mir, dass sie dort in Sicherheit ist!«

»Ja, mein Kind, Gordon wird sie sicher gesund und munter nach Hause bringen. Keine Sorge! Werd du lieber gesund. Du siehst sehr krank aus!«

»Es ist nur eine Magenverstimmung«, wiegelte Annabelle ab.

Er schaute sie so durchdringend an, als könne er ihr bis in die Seele blicken und habe sie durchschaut. »Magenverstimmung«, wiederholte er tonlos. »Ich weiß nicht. Wir sollten den Doktor holen. Möchtest du Abi sehen? Die lauert schon darauf, dich in die Arme zu schließen.«

Annabelle nickte schwach. Sie war müde, so unendlich müde. Als sie spürte, wie sich die Hand ihrer Schwester unter ihre schob, versuchte sie zu lächeln, bevor ihre Augen so schwer wie Blei wurden und einfach zufielen.

Geweckt wurde Annabelle viele Stunden später durch einen markerschütternden Schrei. Annabelle erstarrte. Wer schrie da so unmenschlich? Schon wieder ein erbärmlicher Schrei. Ihre Mutter! Annabelle wollte sich aufsetzen, aber nicht einmal dazu reichte ihre Kraft. Sie fühlte sich wie zerschlagen. Ihr Mund war trocken, und die Zunge klebte am Gaumen. Als der dritte Schrei durch das Haus gellte, flammte der brennende Schmerz in ihrem Leib erneut auf. Sie stöhnte leise und fühlte sich hilflos. Ihr Herz pochte bis zum Hals, als sich die Gewissheit wie ein Gift in ihrem Körper ausbreitete. Ihr Herz krampfte sich zusammen. Ihr wurde speiübel.

»Nein!«, jammerte sie verzweifelt. »Bitte, lieber Gott, nein!«

Die Tür wurde aufgerissen, und Gordon polterte ins Zimmer – bleich wie der Tod und von Kopf bis Fuß starrend vor Schmutz. Er sah aus leeren Augen an Annabelle vorbei, hob die Hände zum Himmel und brüllte: »Warum, Herr, hast du das getan?« Kaum hatte er die Hände wieder sinken lassen, starrte er Annabelle an, als sei sie ein Geist. Plötzlich huschte ein Lächeln über sein Gesicht. »Du bist hier, du bist in Sicherheit! Dann ist es unsere Kleine auch. Dem Himmel sei Dank! Wo ist sie? Ich muss sie drücken, will sie küssen. Der Herr hat meine Gebete erhört.« Mit diesen Worten rannte Gordon zum Kinderzimmer.

Als er wenig später zurückkehrte, lag ein irres Funkeln in seinem Blick. »Annabelle, wo ist sie? Wo ist unsere Tochter?«

»Ich habe sie bei Mabel gelassen, weil ich mich nicht gut gefühlt habe. Ich wollte sie nicht mitten in der Nacht aus dem Schlaf reißen. Mabel wollte sie morgen herbringen. Bitte sag mir endlich, was los ist!«, flüsterte sie und senkte den Kopf.

Gordon ließ sich wie ein alter Mann auf die Bettkante fallen und stierte vor sich hin, als sei er dem Wahn verfallen.

Annabelle spürte, dass es keinen Sinn hätte, in ihn zu dringen. Sie wollte es auch gar nicht hören, denn tief drinnen wusste sie ja bereits, was geschehen war. Aber solange Gordon es nicht aussprach, war es nicht passiert. Einfach nicht passiert!

Nach einer Weile fing der große, starke Mann, der sonst stets wie ein Fels in der Brandung war, hemmungslos zu schluchzen an.

Annabelle war wie betäubt. Sie hatte ihren Mann noch nie zuvor so weinen sehen. Ein schmerzlicher, fremder Anblick. Bitte, Gordon, hör endlich auf zu weinen! Und bitte sag nichts!, flehte sie insgeheim. Es ist nichts geschehen. Rein gar nichts! Bitte, sag nichts! Beruhige dich, und alles wird gut!

Gordon aber schluchzte laut und stammelte unverständliche Brocken. Annabelle lag wie erstarrt da. Langsam wich das allerletzte Quäntchen Hoffnung, an das sie sich wie eine Ertrinkende geklammert hatte, einer schrecklichen Gewissheit, auch ohne dass Gordon dem Grauen einen Namen gab. Sie wünschte sich, der ewige Schlaf würde sie vor dem schützen, was ihr bevorstand. Wenn sie jetzt einschliefe und nie wieder aufwachte, bliebe ihr das alles erspart. Doch Doktor Fuller hatte gute Arbeit geleistet. Er hatte sie gerettet. Der Tod würde sie nicht gnädig erlösen.

Da erschien ihre Mutter wie eine Rachegöttin im Zimmer. Annabelle wusste, dass es nun kein Entrinnen mehr vor der Wahrheit gab. Maryann musterte ihre Tochter mit Todesverachtung.

»Wie konntest du meine Kleine im Inferno zurücklassen? Du

allein bist schuld, dass sie tot ist. Was hast du dazu zu sagen?«, schrie Maryann, außer sich vor Zorn.

Annabelle, die nicht einmal in der Lage war, sich aufzurichten, hoffte, dass Gordon ihre Mutter aus dem Zimmer werfen würde, aber der bärenstarke Mann weinte immer noch wie ein hilfloses Kind. Sein Schluchzen war in ein rhythmisches Klagen übergegangen.

»Du bist schuld!«, schrie Maryann und deutete mit dem Finger auf Annabelle.

In diesem Moment stürzte William herein. Er legte den Arm um seine Frau und bat sie besänftigend, ihren Zorn über das Unabwendbare nicht an Annabelle auszulassen, doch sein Flehen schien an ihr abzuprallen. Wie eine Furie stürzte Maryann sich auf ihre Tochter, wurde aber im letzten Augenblick von William zurückgerissen. Der packte seine schreiende Frau am Arm und zog sie ungerührt aus dem Zimmer, obwohl sie sich heftig wehrte und um sich trat.

Annabelle war wieder allein mit Gordon. In ihren Ohren rauschte es, als tobe das Meer darin, und in ihrem Magen wüteten Krämpfe.

Nach einer halben Ewigkeit, in der Annabelle nichts anderes tat, als in stummer Verzweiflung für ihre Tochter zu beten, begann Gordon zögernd zu sprechen.

»Ein Donner hat uns geweckt. Die Erde hat gebebt. Wir sind nach draußen gerannt und haben das Feuer am südlichen Himmel gesehen. Keiner wusste, was das zu bedeuten hat. Gegen halb vier habe ich es nicht mehr ausgehalten und bin losgeritten, dem Feuer entgegen. Der Mount Tarawera hat Tod und Vernichtung gebracht. Ich habe es mit eigenen Augen gesehen ...«

Erschöpft hielt er inne und starrte zu Boden, als könne das die Bilder vertreiben, die sich in sein Gedächtnis eingebrannt hatten.

»Ich hätte auf den alten Mann am See hören müssen«, gab Annabelle nun mit belegter Stimme zu. »Und das Kanu ... Ich habe das Geisterkanu gesehen. Der alte Mann hat Mabel und mich gewarnt wie damals, als wir beide zum ersten Mal bei den Terrassen waren. Er hat uns gewarnt und geraten, zu fliehen, doch ich habe nicht auf ihn hören wollen. Stattdessen habe ich mein Kind im Stich gelassen ...« Annabelle wollte nach Elizabeth fragen, aber sie brachte nur noch unartikulierte Laute hervor. Wie ein verletztes Tier, das sich zum Sterben zurückgezogen hatte.

Gordon starrte sie nur mit leerem Blick an. Er schien sie gar nicht gehört zu haben. Mit heiserer Stimme fuhr er mit seiner Schilderung fort, scheinbar unbeteiligt: »Als ich ins Dorf kam, wollte ich zu *Mabel's House*, aber um mich herum gingen Massen von Schlamm auf die Erde nieder. Sie durchschlugen Dächer und trafen fliehende Menschen. Ich konnte mich gerade noch ins *McCrae's* retten. Schlamm und Ascheregen hatten das Dach zerstört, aber die Mauern standen noch. Hier traf ich weinende, klagende Menschen und solche, die sich seelenruhig in ihr Schicksal ergeben hatten. Ich wartete mit ihnen darauf, dass der verdammte Vulkan endlich zu explodieren aufhörte. Plötzlich knirschte es über uns. Wir rannten hinaus, gerade noch rechtzeitig, weil es hinter uns wie ein Kartenhaus zusammenfiel. Dabei ging Ascheregen auf uns nieder, und dem Mann neben mir wurde der Schädel von einem glühenden Stein gespalten. Trotzdem wollte ich mich zu Mabel durchkämpfen, aber zwei Männer zogen mich mit sich in einen Stall. *Das wäre Selbstmord*, hat der eine geschrien und mich am Arm gepackt. Ich habe mich gewehrt, aber sie waren stärker als ich. Schließlich habe ich mit ihnen zusammen am Boden gekauert und jedes Mal gezittert, wenn etwas auf das Dach krachte. Ein grauenerregendes Geräusch ...«

Gordon stockte und starrte immer noch ins Leere.

Annabelle war endlich innerlich bereit, ihn nach Elizabeth zu fragen, doch Gordon war so unerreichbar, dass sie es nicht wagte.

Als er schließlich schleppend fortfuhr, hatte sie das Gefühl, er rede gegen den Schmerz an. Ich darf ihn nicht unterbrechen, dachte sie und wartete mit angehaltenem Atem auf das eine: dass er endlich über Elizabeth sprechen würde.

»Gegen Morgen, als es an Heftigkeit nachließ, habe ich versucht, mich zu *Mabel's House* durchzuschlagen, aber das ganze Dorf war begraben unter Schlamm, Steinbrocken und Asche. Te Wairoa war in eine düstere, staubige Wolke gehüllt. Schließlich habe ich mich durch den zähen Dreck gekämpft, bis ich plötzlich Benjamins Fahne sah, die aus einer Schlammlawine emporragte wie ein blutiges Schwert. Dann erkannte ich einen Teil vom Dach, und ich habe mit bloßen Händen zu graben angefangen. Irgendwann habe ich ...« – er hielt inne, weil er von einem Weinkrampf geschüttelt wurde –, »... habe ich Mabel und Mary in inniger Umarmung gefunden. Benjamin fand ich wenig später.«

Annabelle war vor Entsetzen wie gelähmt. Nicht einmal weinen konnte sie.

»Ich habe weiter und immer weiter gegraben, aber ich habe euch nicht gefunden. Auch die kleine Rebecca nicht. Ich habe gegraben, geweint und geschrien, bis ein Bergungstrupp kam und mich nach Hause geschickt hat. Weil meine Hände kaputt waren und ich dem Wahnsinn nahe war. Ich hatte mein Pferd vor dem Ort an einen Baum gebunden und ...« Er zog eine kleine Stoffpuppe aus der Jackentasche und hielt sie ihr zitternd entgegen.

Lilly! Annabelle starrte auf das Püppchen, als würde sie es zum ersten Mal sehen. Dabei hatte sie Lilly eigenhändig aus Stoffresten genäht. Die Augen aus den großen braunen Knöpfen hatten das Inferno unbeschadet überstanden. Nur dass die Puppe nicht mehr weiß war, sondern von einer dicken Schicht Morast überzogen. Wenn Gordon Lilly aus dem Schlamm gegraben hatte, dann war Elizabeth ...

Bevor Annabelle den Gedanken zu Ende bringen konnte, stieß sie einen unmenschlichen Schrei aus, der gar nicht enden wollte und Gordon aus seiner Starre riss. Er wollte sie umarmen, aber sie schlug nach ihm und schrie immerzu: »Es ist meine Schuld, meine verdammte Schuld!«

Gordon schaffte es schließlich, sie festzuhalten und beruhigend auf sie einzureden, bis sie den Widerstand aufgab und sich wimmernd in seine Arme warf.

Sie weinten gemeinsam um ihr verlorenes Kind und klammerten sich fest aneinander. Nach einer halben Ewigkeit verstummte Gordon und löste sich vorsichtig aus der Umarmung. »Ich möchte nicht, dass sie von anderen ausgegraben wird. Ich will es selbst tun. Deshalb reite ich gleich zurück.«

»Bitte, lass mich nicht allein!«, schluchzte sie und hielt ihn fest, aber Gordon war fest entschlossen, sein Kind selbst zu finden. »Ich bitte Mutter, dass sie zu dir kommt.«

»Nein!«, schluchzte sie. »Auf keinen Fall meine Mutter! Vater soll kommen!«

Wenig später setzte sich William an ihr Bett und nahm ihre Hand. Er weinte nicht, aber er war binnen Stunden gealtert. Seine schütteren blonden Haare waren in dieser Nacht grau und seine Augen müde geworden.

»Vater, es ist meine Schuld. Ich hätte sie nicht allein lassen dürfen«, weinte Annabelle.

»Ach, Liebes, du hättest den Vulkan doch nicht aufhalten können. Wer kann es schon mit der allmächtigen Natur aufnehmen?« William drückte ihre Hand noch fester.

Er blieb den ganzen Tag am Bett seiner Tochter. Irgendwann war Annabelle zu erschöpft, um zu weinen. Er riet ihr, ein wenig zu schlafen, doch daran war gar nicht zu denken. Sie dämmerte nur vor sich hin, immer wieder zitternd und leise wimmernd.

Gegen Abend klopfte es an der Tür, und Doktor Fuller trat beherzt ein, ohne dass ihn jemand hereingebeten hatte. Er sah Annabelle voller Mitgefühl und tiefem Bedauern an.

»Ich habe gehört, was geschehen ist, und wollte nach Ihnen sehen«, sagte er leise, bevor er William höflich aus dem Zimmer schickte.

»Annabelle, ich kann Ihnen gar nicht sagen, wie leid es mir tut. In einer Nacht …«

»Schon gut, Doktor«, brachte sie heiser hervor, bevor sie erneut in Tränen ausbrach.

»Ich muss Sie trotzdem untersuchen«, erklärte der Arzt beinahe schüchtern.

Annabelle ließ alles über sich ergehen, während sie leise vor sich hinschluchzte. Die Schmerzen, die in ihrem Bauch brannten, waren nichts gegen die Schmerzen, die ihre Seele zu verschlingen drohten.

»Sie sind über den Berg«, sagte er schließlich und deckte sie behutsam wieder zu.

Annabelle zuckte mit den Achseln. »Wozu? Damit ich niemals mehr eine Familie haben werde? Für wen soll ich weiterleben?«

In diesem Augenblick kam Gordon, ohne zu klopfen, ins Zimmer. Schmutzig, erschöpft und mit schmerzverzerrtem Gesicht. Doktor Fuller sah Annabelle durchdringend an. Sie verstand sofort, was er ihr mit diesem Blick bedeuten wollte, und sie nickte ihm unmerklich zu. Nein, sie durfte ihren Mann auf keinen Fall in seinem Schmerz alleinlassen. Er brauchte sie jetzt.

Gordon warf sich – so schmutzig, wie er war – auf das Bett und stöhnte laut auf. Dann schlug er sich die Hände vors Gesicht und weinte jämmerlich.

»Hast du unsere Kleine mitgebracht?«, fragte Annabelle mit bebender Stimme.

Gordon schüttelte verzweifelt den Kopf.

»Zeigen Sie mal her!«, befahl Doktor Fuller und nahm Gordons Hände. Dessen Finger waren bis auf den Knochen wund, und dort, wo einst die Fingernägel gewesen waren, befanden sich nur noch blutige Stellen.

»Das muss ich behandeln, Gordon, kommen Sie bitte gleich mit. Ich verbinde es Ihnen. Sonst wird es sich entzünden.«

Gordon aber hörte ihm gar nicht zu.

»Wir haben alle gefunden, auch die Gäste, nur unsere Lizzy und Rebecca nicht.«

»Wenn du sie nicht gefunden hast, dann lebt sie. Solange ich sie nicht mit eigenen Augen gesehen habe, gebe ich die Hoffnung nicht auf«, rief Annabelle mit überschnappender Stimme. »Gordon, unsere Kleine lebt!«

»Annabelle, keiner, der im Haus war, kann es überlebt haben«, widersprach er sanft, »denn *Mabel's House* wurde von einem der ersten Schlammbrocken getroffen und ist sofort unter der Last zusammengebrochen. Sie hatten keine Chance zu fliehen wie viele andere. Sie sind im Schlaf überrascht worden.« Mit diesen Worten rappelte er sich mühsam auf. »Gehen wir, Doktor.«

»Können wir Sie eine Weile allein lassen?«, fragte Doktor Fuller Annabelle besorgt.

Sie nickte.

»Ich bin gleich wieder bei dir«, versprach Gordon.

Kaum war die Tür hinter den beiden Männern zugeschlagen, als Annabelle in Gedanken weit in die Vergangenheit zurückging. Sie sah sich vor ihrem inneren Auge mit der kleinen Lizzy im Arm. Voller Glück, dass sie entgegen aller Unkenrufe einem gesunden Kind das Leben geschenkt hatte. *Na endlich*, hörte sie ihre Mutter sagen. *Das wurde aber auch Zeit. Duncan ist schon zwei Jahre alt!* Und sie erinnerte sich, wie kalt sie die Sticheleien ihrer Mutter an jenem glücklichen Tag gelassen hatten.

Elizabeth!, hörte sie sich ihrem Neugeborenen ins Ohr flüstern. *Ich werde dich lieben und beschützen. Mein Leben lang!*

In diesem Augenblick hörte Annabelle Gordon draußen fluchen und schreien. »Verdammter Berg«, brüllte er. »Verdammter Berg!« Als sie das Geräusch von splitterndem Holz vernahm, wusste sie, was geschehen war: Gordon hatte das hölzerne Schild mit der Aufschrift *Hotel Tarawera* heruntergerissen und in den Boden gestampft ...

Rotorua, 1. Januar 1900

Abigail hatte den gesamten Nachmittag des Neujahrstages auf ihrem Zimmer verbracht. Sie wollte nicht noch einmal mit Annabelle zusammentreffen. Überhaupt verfluchte sie den Tag, an dem sie in das Tal der Geysire zurückgekehrt war. Es war weder zu einer Versöhnung zwischen ihrer Mutter und ihr gekommen, noch hatte sie ihren inneren Frieden gefunden.

Sie würde nach Dunedin gehen und niemals mehr an diesen unwirtlichen Ort zurückkehren. Das Geld für die Reise hatte sie sich von Olivia geliehen. Ihre Schwester hatte sich zunächst geziert und ihr geraten, stattdessen lieber zu bleiben und Gwen die Zähne zu zeigen. Als Abigail ihr aber vorgeflunkert hatte, in Dunedin warte ein reicher Verehrer auf sie, der sie über alles hinwegtrösten werde, hatte Olivia ihr augenzwinkernd einen nicht unbeträchtlichen Geldbetrag als Startkapital zugesteckt.

»Du bist und bleibst ein Stehaufmännchen, Schwesterlein«, hatte sie gescherzt. »Du verstehst es zu leben!«

Hat da nicht ein wenig Neid mitgeklungen?, überlegte Abigail, während sie das Geld in der Reisetasche verstaute. Wenn Olivia wüsste, was wirklich los ist!, dachte sie traurig. Allan war bestimmt nicht gerade begeistert, als Olivia Geld von ihm verlangt hat. Aber er kann ihr eben nichts abschlagen.

Abigail schmunzelte bei dem Gedanken an die überstürzte Abreise der Hamiltons am Vormittag und an den erbitterten Streit, den Olivia und Allan vor der gesamten Familie miteinander geführt hatten. Olivia hatte sich zunächst geweigert, mit nach Auckland zu reisen. *Ich muss Mutter pflegen,* hatte sie behauptet.

Du und pflegen? Dass ich nicht lache. Du meidest das Schlafzimmer doch schon, wenn ich nur einen Schnupfen habe, hatte Allan ihr daraufhin vorgehalten.

Olivia hatte mit dem Fuß aufgestampft und darauf bestanden, vorerst in Rotorua zu bleiben. Erst im allerletzten Augenblick hatte sie widerwillig nachgegeben, nachdem Allan ihr gedroht hatte, dass sie sich entscheiden müsse: Für immer in Rotorua zu bleiben oder auf der Stelle mitzukommen. *Sonst könnt ihr beide euch in Zukunft auch noch um meine trunksüchtige Frau kümmern!*, hatte er Annabelle und Gordon, die die Szene in stummem Entsetzen beobachtet hatten, an den Kopf geworfen. In seinem Zorn hatte der gute Allan sich nicht einmal von seiner Schwiegermutter verabschiedet.

Abigail seufzte. Sie hatte geglaubt, ihre Schwester führe ein sorgloses Leben, und war schockiert angesichts der Erkenntnis, was für ein Despot in dem feinen Allan Hamilton steckte. Und auch darüber, wie ergeben Helen ihrem Vater war. Die Sechzehnjährige hatte auf seiner Seite gestanden, während Duncan offen gezeigt hatte, wie widerwärtig ihm der Streit war und wie schwer ihm die Abreise fiel. Er wirkte blass und krank und hatte kaum ein Wort geredet. Nur zum Abschied, als sein Vater schon zornig zu dem Wagen gerauscht war, der sie nach Auckland bringen sollte, hatte er Annabelle tief in die Augen gesehen und gesagt: »Wir sehen uns wieder, liebe Tante. In sechs Monaten! Das schwör ich, so wahr ich hier stehe!«

»Was hast du für Geheimnisse mit meinem Sohn?«, hatte Olivia Annabelle daraufhin angegiftet.

»Du darfst es gern wissen, Mutter, ich komme in sechs Monaten hierher zurück, um Paika zu bitten, meine Frau zu werden. Und das wirst selbst du nicht verhindern!«, hatte Duncan kämpferisch erwidert.

Zu Abigails Überraschung hatte Olivia mit einem Lächeln auf seine Drohung reagiert.

Merkwürdige Familie, dachte Abigail, während sie nervös im Zimmer auf- und abging. Das tat sie mit kleinen Unterbrechungen bereits seit Stunden. Schließlich hielt sie es nicht mehr aus und beschloss, noch einen letzten Spaziergang zu unternehmen, um sich von ihrem geliebten See für immer zu verabschieden. Jetzt bloß nicht an die Liebesinsel denken!

Auf Zehenspitzen schlich sich Abigail die Treppe hinunter, um ja niemandem zu begegnen. Sie atmete erleichtert auf, als sie unbemerkt in die Abenddämmerung hinaustrat.

Abigail atmete die frische Luft tief ein, die über dem Ort lag, nachdem tagsüber ein leichter Sommerregen gefallen war, und lief hinunter zum Steg. Verträumt betrachtete sie die Ruderboote. Ob sie noch ein letztes Mal nach Mokoia hinüberrudern sollte? Seit sie wieder in Rotorua war, hatte sie die Insel gemieden. Nur ein einziges Mal war sie mit Annabelle über den See gerudert, doch sie waren nicht an Land gegangen. Annabelle fürchtet sich wohl immer noch vor den Seelen der toten Kinder, sinnierte Abigail. Da hörte sie ein Platschen und kurz darauf einen verzweifelten Hilfeschrei.

Abigail blickte zu beiden Seiten auf das Wasser, aber da war nichts. Sie rannte zum Ende des Stegs. Im Wasser trieb ein leeres Boot, und daneben strampelte jemand.

»Hilfe! Hilfe!«

Ein kleines Mädchen war in den See gefallen. Seine Röcke blähten sich im Wasser auf.

»Keine Angst, ich komme!«, rief Abigail der Kleinen zu und riss sich die Kleider vom Leib. Wie gut, dass Patrick ihr das Schwimmen beigebracht hatte! Sie betete, dass sie es nicht verlernt hatte, denn sie war das letzte Mal als junge Frau zusammen mit ihrem Liebsten geschwommen. Beherzt sprang sie mit den Füßen zuerst ins Wasser. Und siehe da, sie beherrschte die Schwimmbewegungen noch, als hätte sie sie erst gestern gelernt. Mit zwei kräftigen Zügen erreichte sie das schreiende, strampelnde Kind. Nur, wie sollte sie es ans Ufer befördern?

»Leg dich auf den Rücken!«, rief Abigail, aber das Mädchen schaute sie nur schreckensbleich an und kämpfte weiter gegen das Untergehen. Da packte Abigail es und drehte es grob auf den Rücken. Die Kleine brüllte wie am Spieß, doch Abigail kümmerte sich nicht darum. Sie griff ihr unter die Achseln und versuchte verzweifelt, rückwärts zu schwimmen. Das fiel ihr nicht gerade leicht, aber es schien die einzige Möglichkeit zu sein, das Kind an Land zu bringen, ohne dass es zu viel Wasser schluckte. Abigail stöhnte und ächzte unter der Last, aber schließlich spürte sie den Grund unter ihrem Rücken. Sie atmete durch, stand auf und zog das Mädchen an den Strand. Dort ließ sie sich mit der Kleinen im Arm erschöpft in den Sand fallen.

Erst als sie ein leises Schluchzen vernahm, setzte sie sich auf und betrachtete das Mädchen. Es war vielleicht sechs Jahre alt, blond und schmal.

»Komm, kuschle dich in meinen Arm. Jetzt ist doch alles gut«, sagte Abigail tröstend. Das ließ sich die Kleine nicht zweimal sagen. Ganz dicht rückte sie an ihre Retterin heran und schmiegte sich zitternd an sie. Abigail schlang ihren Arm fest um das Kind, wobei sie ihm mit der anderen Hand über den Rücken strich, damit es nicht fror.

»Ich bin einmal in den See gefallen, als ich ein wenig älter war als du, weil ich im Boot nicht stillsitzen wollte. Und du? Wie hast du es angestellt?«, fragte Abigail, als das Schluchzen des Mädchens verebbt war.

»Ich wollte zur Insel rudern«, schniefte die Kleine.

»Was wolltest du dort denn am Abend so allein?«

»Ich wollte zu meiner Mutter.«

»Wohnt sie denn dort?«

»Ja, das haben die Maorikinder mir verraten, aber das darfst du auf keinen Fall Papa sagen. Der behauptet immer, Mama ist im Himmel. Aber Papa lügt. Sie wohnt dort, sagen die Maorikinder!«

Abigail schluckte trocken. »Ist deine Mama denn tot?«, fragte sie vorsichtig.

Das Mädchen nickte. »Ich habe die Mama gefunden. Sie lag am Strand, ungefähr hier, an dieser Stelle. Mama ist ins Wasser gefallen wie ich, aber du warst nicht da und konntest sie nicht retten.«

Das Mädchen schmiegte sich noch enger an Abigail, die vor Kälte zu zittern begann, doch es war nicht nur die Nässe in ihrem Unterzeug, die sie frösteln ließ, sondern eine gewisse Ahnung.

»Und du wolltest deine Mama da drüben besuchen?«, fragte Abigail und versuchte, das Zittern in ihrer Stimme zu unterdrücken.

»Ja, ich wollte ihr etwas zu essen bringen, aber der Korb ist ins Wasser gefallen, als ich aufgestanden bin, weil das Ruder weg war, und dann bin ich selber hineingefallen. Und nun kriegt sie nichts zu essen.« Das Mädchen schluchzte erneut. Abigail drückte es noch fester an sich.

»Komm, wir laufen schnell ins Haus und ziehen uns trockene Sachen an.« Abigail sprang auf. Scheinbar beiläufig fügte sie hinzu: »Wie heißt du eigentlich?«

»Emily O'Donnel.«

Obwohl Abigail es längst schwante, zuckte sie unmerklich zusammen.

»Und wie heißt du?«, wollte Emily wissen.

»Ich bin Abigail Bradley.«

Sie waren jetzt beim Haus angekommen. Die Verandatür war geschlossen, sodass sie durch den Garten bis zum Vordereingang gehen mussten. Mittlerweile bibberten die beiden um die Wette.

Im Flur lief Annabelle den beiden über den Weg, die bei ihrem Anblick einen spitzen Schrei ausstieß, aber sofort die Fassung wiedergewann. »Geht ins Wohnzimmer. Ich bringe euch trockene Sachen.«

Abigail und Emily setzten sich dicht nebeneinander. Mit kreisenden Bewegungen strich Abigail über Emilys Rücken, um sie zu wärmen. Da kam auch schon Annabelle angerannt, im Arm einen Berg Kleidung.

»Los, zieh dich aus! Bis auf die Haut«, befahl Abigail und forderte die Kleine zu einem Wettkampf auf. »Wer als Erste fertig ist, hat gewonnen!«

Zum ersten Mal, seit Abigail sie aus dem See gefischt hatte, lachte die Kleine. Sie hatte ein entzückendes Lachen. Prustend rissen sich Abigail und Emily die nassen Sachen vom Körper und ließen sie einfach zu Boden gleiten. Als die Tür aufging und Gordon einen Blick hineinwarf, gerade in dem Augenblick, in dem sie beide splitternackt dastanden, kreischten sie los.

Erschrocken »Entschuldigung!« stammelnd, schloss er die Tür wieder.

Kichernd zogen die beiden wahllos Sachen an. Hauptsache, sie wärmten. Dann betrachteten sie sich gegenseitig und versicherten einander, dass sie sehr komisch aussahen.

Annabelle hatte das Treiben verwundert beobachtet.

Abigail missdeutete den fragenden Blick ihrer Schwester und zischte: »Ich habe sie nicht ins Wasser gestoßen, um sie retten zu können, meine Liebe.« Dann fügte sie laut hinzu: »Erzähl doch mal der Tante Annabelle, wie das alles passiert ist!«

Das ließ sich die Kleine nicht zweimal sagen. Lebhaft schilderte sie Annabelle, wie das Boot gekentert und sie von der netten Tante gerettet worden war. Während sie sprach, griff sie verstohlen nach Abigails Hand und hielt sie fest.

Annabelle konnte sich kaum auf die Worte des Kindes konzentrieren. Sie sah nur immer dieses harmonische Bild vor sich. Ihre Schwester Hand in Hand mit Patrick O'Donnels eben noch verstörter und stummer Tochter, die nun unbeschwert vor sich herplapperte. Ich habe Abi Unrecht getan, ging es ihr bedauernd durch den Kopf. Sie hat ein Herz aus Gold und wäre eine wunderbare Mutter geworden!

»Jetzt musst du aber nach Hause gehen«, sagte Abigail nun streng. »Ich denke, wir sollten Onkel Gordon bitten, deinen Vater und Tante Gwen zu holen.«

»Tante Gwen soll nicht kommen! Sie soll nicht meine Mama werden!«, widersprach das Mädchen scharf.

Die Blicke der Schwestern trafen sich.

Annabelle rief laut nach Gordon. Der eilte kopfschüttelnd herbei und ließ sich erst einmal die ganze Geschichte erzählen, bevor er sich aufmachte, um Patrick O'Donnel zu holen.

Abigail betrachtete das hübsche Mädchen, das erzählte und erzählte. So, als müsse es all das nachholen, was es seit dem Tod seiner Mutter versäumt hat, dachte Abigail, krampfhaft bemüht, aufmerksam zuzuhören. Das war gar nicht so einfach, denn ihre Gedanken schweiften immer wieder zu Patrick ab. Sie überlegte fieberhaft, wie sie es anstellen konnte, sich vor seiner Ankunft aus dem Staub zu machen, ohne dass Emily es bemerkte.

Als es an der Haustür pochte und Emily aufgeregt vom Stuhl hüpfte, um ihrem Vater entgegenzulaufen, sprang Abigail vom Stuhl auf und wollte das Haus über die Veranda verlassen.

»Abi, wo willst du hin?«, fragte Annabelle in ihrem Rücken streng.

»Ich möchte allein sein!« Abigail drehte sich nicht einmal zu ihrer Schwester um.

»Abigail, bitte, es tut mir leid. Ich hatte dumme Vorurteile, was ich zutiefst bedauere. Du kannst doch jetzt nicht gehen, nachdem du seiner Tochter das Leben gerettet hast. Er wird dir danken wollen und ...«

»Ich brauche keinen Dank!«, erwiderte Abigail trotzig und verließ das Haus, ohne sich noch einmal umzudrehen.

Draußen atmete sie tief durch und überlegte kurz, ob sie sich in ihrem Zimmer verschanzen sollte. Das schien ihr allerdings zu unsicher. Nicht, dass man sie mit schalen Danksagungen bis dahin verfolgte.

Ich muss dorthin, wo man mich nicht findet, sagte sie sich und beschloss, zum Pohutu zu schlendern. Am Geysir würde sie kein Mensch vermuten.

Als sie wenig später, auf einer der Terrassen sitzend, den spuckenden Pohutu betrachtete, liefen ihr Tränen über die Wangen. Sie weinte um ihre verlorene Liebe und auch bei der Erinnerung an die Erfahrung, die sie soeben mit dem Mädchen gemacht hatte. Es war auf eine merkwürdige Weise überwältigend gewesen, die Kleine im Arm zu halten. Schade, dass es ihr nur dieses eine Mal vergönnt gewesen war! Ein schwacher Trost in diesem Meer unendlicher Traurigkeit war für Abigail Annabelles Entschuldigung. So ging sie wenigstens nicht für immer aus Rotorua fort, ohne sich mit ihrer Lieblingsschwester versöhnt zu haben.

Ohinemutu, 1. Januar 1900

Paika konnte in ihrer ersten Nacht im Maoridorf nicht einschlafen. Dabei hatten Ruiha und ihre Familie sie rührend aufgenommen, ihr zu Ehren ein Hangi zubereitet und ihr sogar einen eigenen Raum zum Schlafen gegeben. Dennoch wälzte sie sich unruhig von einer Seite auf die andere. Bald war es ihr zu stickig, bald zu kühl. Und immer wieder stellte sie sich die quälende Frage, ob es richtig war, vor Duncan davonzulaufen.

Immer wieder sah sie seine glänzenden braunen Augen vor sich, sein spitzbübisches Lächeln, sie hörte seine Stimme, und sie fühlte seine Berührung beinahe so real, als säßen sie noch am Pohutu.

Schließlich sprang sie auf und zog sich an. Es hatte keinen Zweck, sich zum Schlafen zu zwingen. Das Einzige, was ihr helfen würde, war frische Luft. Paika schlich sich so leise wie möglich hinaus ins Freie. Sie hoffte, der Wind würde ihr die Erinnerungen an den jungen Mister Hamilton aus dem Kopf pusten, aber es half alles nicht. Im Gegenteil, in ihrem Herzen wuchs eine tiefe Sehnsucht, ihn wiederzusehen. Und je mehr sie sich ihrem Sehnen hingab, desto intensiver drängte sich ihr ein Gedanke auf: Ihren Schwur hatte sie doch nur geleistet, weil ihre Mutter so sehr unter Zoltan Gradic gelitten hatte und sie selbst als einziges Maorikind unter den Weißen stets gehänselt worden war. Duncan Hamilton war jedoch ein ganz anderer Mensch als ihr Stiefvater. Er würde sie niemals schlecht behandeln. Dafür würde sie ihre Hand ins Feuer legen.

Paika war jetzt bei dem Versammlungshaus der Maori angelangt, dem *wharenui*. Vielleicht sollte ich die Ahnen fragen, was sie dazu meinen, schoss es ihr durch den Kopf, so wie es Mutter früher oft tat, wenn sie Sorgen hatte.

Prüfend drückte sie den Griff der mit üppigen Schnitzereien verzierten Eingangstür herunter. Und siehe da, die Tür öffnete sich wie von selbst.

Ehrfürchtig betrat Paika den riesigen Raum, der über und über mit Holzschnitzereien verziert war. Beim Anblick dieser Pracht wurde ihr ein wenig mulmig zumute. Wie all diese Masken sie anstarrten! Ihr Herz pochte bis zum Hals. Trotzdem wagte sie sich immer weiter in den Raum hinein. Wenn sie ehrlich war, wollte das Gefühl der Geborgenheit nicht aufkommen, das sie als Kind durchströmt hatte, wenn sie in Begleitung ihrer Mutter ins Versammlungshaus von Tauranga gegangen war.

Trotzdem setzte sie sich auf den Boden und schloss die Augen. Sofort erschien Duncans Gesicht vor ihrem inneren Auge. Duncan, wie er lachte.

Paika seufzte. Sie versuchte sich auf die Frage zu besinnen, deretwegen sie das Versammlungshaus aufgesucht hatte. Durfte sie ihren Schwur brechen, jetzt, wo sie einem jungen Weißen begegnet war, der so ganz anders zu sein schien als all die Weißen in Dargaville? Erneut sah sie ihn vor sich. Dieses Mal mit einem Gesicht, das vor feierlichem Ernst strahlte, während sie ihn entschlossen sagen hörte: *Ich habe sie nicht angerührt, aber ich werde sie heiraten.*

Ein Lächeln huschte über Paikas Gesicht, doch als sich plötzlich die Worte seines Vaters in ihre Gedanken drängten, verdunkelten sich ihre Züge sofort. Dieser Kauriharzhändler hatte sie böse beleidigt. Er hatte seinem Sohn untersagt, sie zu heiraten, ihm aber in aller Öffentlichkeit die Erlaubnis erteilt, sie zu seiner Hure zu machen.

Im Nu waren die zärtlichen Gedanken an Duncan wie weggeblasen. Wütend riss Paika die Augen auf. Sie brauchte die Ahnen nicht mehr zu befragen. Die Antwort war sonnenklar. Diese Demütigungen hatte sie beileibe nicht nötig. Überdies hatte sie das ungute Gefühl, dass die Ahnen ihr ohnehin nicht antworten würden. Sie fühlte sich seltsam fremd in diesem Raum.

Ja, auch ohne den Rat der Ahnen stand ihr Entschluss fest. Sie musste an ihrem Schwur festhalten. Duncan war der Sohn seines Vaters. Was, wenn sein Herz nur geblendet war durch ihre äußere Schönheit? Was, wenn er sie tatsächlich nur körperlich begehrte? Und selbst wenn er sie wirklich liebte und zu seiner Frau machen würde, was, wenn der Großvater seine Enkelkinder so vernichtend ansehen würde, wie er heute sie angesehen hatte?

»Nein, es geht nicht«, murmelte Paika, entschlossen, diesen Ort auf schnellstem Wege wieder zu verlassen. Als sie sich erhoben hatte und zum Gehen wandte, erschrak sie zutiefst. Sie blickte in ein Paar schwarzbrauner Augen, die ihr fremd waren.

»Kia ora«, sagte der junge Mann, dem die Augen gehörten. Er war nicht größer als sie, muskulös gebaut, besaß eine dunkle Hautfarbe und krauses Haar, das er zu einem Knoten gebunden hatte. Er trug einen Maorikilt, und seine nackten Füße steckten in Sandalen. Unter dem Arm trug er einen Federmantel.

»Guten Tag!«, antwortete Paika verlegen in der Hoffnung, dass er sie verstand.

»Was machst du um diese Zeit im Versammlungshaus?«, fragte er sie in einwandfreiem Englisch zurück.

»Ich wollte die Ahnen, also, ich wollte etwas von ihnen wissen«, stammelte Paika peinlich berührt.

Der junge Mann betrachtete sie lächelnd. »Dann ist es ja gut.« Das klang beinahe erleichtert.

»Wie meinst du das?«

Sie war jetzt sichtlich entspannter. Er hatte ihr mit seiner freundlichen Art die Beklemmung genommen.

»Ich habe mich im ersten Augenblick gefragt, ob du eine Maori oder eine Pakeha bist.«

»Mein Vater war ein Weißer«, erklärte sie beinahe entschuldigend.

»Ach, deshalb dieses feine Näschen, die helle Haut und das schmale Gesicht«, stellte er ungerührt fest.

Paika war es unangenehm, dass er sie die ganze Zeit so durchdringend anstarrte. »Und du, was machst du um diese Zeit hier?«

Er deutete seufzend auf den Federmantel.

»Den habe ich in einer Truhe gefunden. Er hat vermutlich meinem Vater gehört, der schon lange bei den Ahnen ist, und nun wollte ich, dass er mir den Mantel mit dem Einverständnis der Ahnen übergibt. Schau, er ist ganz aus Kiwifedern.«

Der junge Mann trat einen Schritt auf Paika zu, hielt ihr den Mantel hin und forderte sie auf, über die weichen Federn zu streicheln.

Zögernd kam sie seiner Aufforderung nach.

»Und verrätst du mir nun, was du die Ahnen fragen wolltest?«

Paika lief bei seiner Frage knallrot an.

»Ich wollte wissen, ob ich einen Schwur einhalten soll oder nicht«, erklärte sie ausweichend, in der Hoffnung, dass ihm diese Antwort genügen würde.

»Und was ist das für ein Schwur?«

»Ich habe mir einst geschworen, nur einen Maori zum Mann zu nehmen. Und ich wollte wissen, ob das ein guter Schwur war.«

»Das will ich meinen!«, entgegnete er lachend. »Die Ahnen werden sich sicher etwas dabei gedacht haben, als sie so ein wunderschönes Wesen wie dich und mich an diesem Ort zusammengeführt haben. Ich, der ich auf Brautschau bin, und du, die du einen Maorimann suchst.«

Paika musste wider Willen lachen.

»Du glaubst offenbar nicht an eine Fügung des Schicksals, oder?«, fragte er scherzhaft drohend. Dann streckte er ihr die Hand entgegen und sagte fröhlich: »Mein Name ist Maaka, und ich komme vom stolzen Stamm der Arawa.«

»Meine Mutter auch!«, erklärte Paika erstaunt. Alle Anspannung war plötzlich von ihr abgefallen.

»Ja, dann sollten wir unbedingt einmal gemeinsam nach Moikoia rudern. Auf die Insel der Liebenden. Kennst du die Geschichte von Hinemoa und Tutanekai?«

Bevor Paika antworten konnte, fing Maaka bereits zu erzählen an:

»Eine Prinzessin verliebte sich so sehr in einen Prinzen, der auf der Insel Mokoia wohnte, dass sie zu ihm über den See schwamm, als sie sein Flötenspiel hörte.«

Paika lachte. »Ich kenne die Geschichte. Meine Mutter hat sie mir oft erzählt, aber du hast ja das Wichtigste vergessen. Die Kürbisse, die sie sich vor dem Schwimmen umgebunden hat, und vor allem den erbitterten Widerstand ihrer Familien gegen diese Liebe.«

»Das war ja nur die Kurzform für die Fremden, die ich zur Insel bringe.«

»Was für Fremde?«

»Ich bin zurzeit Fremdenführer, bevor ich nach Auckland gehe und dort bei einem Gutachter lernen werde, damit ich später vor Gericht die Interessen meiner Leute vertreten kann. Oder ich werde mal Rugbyspieler. Wie blöd es auch immer ist, was ich jetzt mache, ich verdiene viel Geld damit. Ich unterhalte die Leute während der Fahrten mit Maorilegenden. Und manchmal denke ich mir auch welche aus. Oder ich verkürze sie, wenn ich gelangweilte, milchgesichtige Engländer mit einem Dünkel im Boot habe.« Er grinste und fügte ernst hinzu: »Wirst du einmal mit mir auf die Insel rudern?«

Paika lächelte. »Mit den milchgesichtigen Engländern?«

»Um Himmels willen. Wir beide allein!«

Sie zuckte mit den Achseln. »Ich weiß nicht so recht.«

»Dann werde ich dich von dem Vergnügen überzeugen müssen. Und wo kann ich dich finden?«

»Du findest mich in den nächsten Tagen im Haus von Ruiha in Ohinemutu. Ich bin zu Gast bei ihr. Ansonsten wohne ich bei den Bradleys. Im *Hotel Pohutu*. Dort arbeite ich.«

Sie murmelte eine höfliche Abschiedsfloskel und ging zielstrebig zum Ausgang. Der Bursche gefiel ihr, keine Frage. Aber er konnte leider niemals der Mann sein, mit dem sie auf die Liebesinsel rudern wollte. Nein, dieser Platz in ihrem Herzen war bereits besetzt, auch wenn der Verstand ihr dazu riet, noch ein wenig mit dem jungen Maori zu plaudern.

»Dann sehen wir uns in den nächsten Tagen!« Maaka lachte.

Paika blieb bei der Tür stehen und entgegnete schnippisch: »Ich habe in den nächsten Wochen aber keine Zeit. Versuche es also gar nicht erst!«, bevor sie ins Freie stolperte.

»Dann verschieben wir den Ausflug eben. Ich habe alle Zeit der Welt. Verlass dich drauf!«, rief er ihr hinterher, doch seine Worte erreichten sie nicht mehr.

Rotorua, 2. Januar 1900

Prüfend blickte Abigail sich noch einmal im Zimmer um. Für den Fall, dass sie etwas vergessen hatte, doch es lag nichts mehr herum. Entschlossen nahm sie ihren Reisekoffer und schleppte ihn ächzend die Treppe hinunter. An der Rezeption zögerte sie. Sollte sie wirklich gehen, ohne sich von ihrer Familie zu verabschieden? Nein, das würde sie bald bereuen. Also stellte sie kurz entschlossen den Koffer ab und machte sich auf den Weg zum Wohnhaus. Als sie die Tür zum Flur öffnete, musste sie daran denken, wie sie vor knapp zwei Tagen an dieser Stelle Patrick zum ersten Mal wiederbegegnet war. Ist das wirklich erst vorgestern gewesen?, fragte sie sich ungläubig, während sie an die Wohnzimmertür klopfte. Es kam keine Antwort. Leise machte sie die Tür auf und warf einen Blick hinein. Enttäuscht stellte sie fest, dass kein Mensch da war. Abigail wunderte sich. Zumindest Gordon frühstückte eigentlich immer um diese Zeit.

Abigail überlegte. Hinauf zum Schlafzimmer der beiden würde sie nicht gehen. Vielleicht wollen sie mich gar nicht mehr sehen, dachte sie, sie wissen doch, dass ich heute abreise. Als Nächstes warf sie einen flüchtigen Blick in die Küche. Wenigstens Ruiha war schon bei der Arbeit. Als sie Abigail in ihrem Reisekostüm in der Tür stehen sah, wurden ihre Augen feucht.

»Und Sie wollen wirklich fort?«, fragte sie, und ehe sich Abigail versah, hatte Ruiha sie kräftig an den üppigen Busen gedrückt.

Als Abigail wieder Luft bekam, wollte sie sich eigentlich nach

Annabelle erkundigen, aber sie ließ es bleiben und eilte hinaus. Im Flur überlegte sie, ob sie sich nicht wenigstens von ihrer Mutter verabschieden sollte, aber nach kurzem Zögern verwarf sie diesen Gedanken energisch. Ich habe schon lange keine Mutter mehr! Das ist die Wahrheit, dachte Abigail nicht ohne Bitterkeit. Und mit einem Mal fühlte sie sich genauso elend wie damals vor elf Jahren. Ungerecht behandelt und heimatlos.

Seufzend holte sie ihren Koffer und schleppte ihn die staubigen Straßen entlang zur Bahnstation, die sie völlig verschwitzt und erschöpft erreichte. Natürlich hätte sie sich einen Wagen besorgen können, aber wenn sie ehrlich war, wollte sie ein wenig leiden. Diese körperliche Anstrengung lenkte sie davon ab, dass ihr die Abreise aus Rotorua schier das Herz brechen wollte. Und vor allem die Vorstellung, niemals mehr zurückzukehren.

Seufzend ließ sie sich auf ihren Koffer fallen. Während sie wartete, grübelte sie darüber nach, wie ihr Leben wohl weitergehen würde. Sie hegte keine allzu großen Hoffnungen, in Dunedin an einem der Theater arbeiten zu können, jedenfalls nicht als Schauspielerin. Dazu gab es sicher viel zu viele Jüngere, die Karriere machen wollten. Vielleicht konnte sie Karten verkaufen oder als Haushaltshilfe arbeiten. Bei dem, was sie in diesen Monaten bei Annabelle in Rotorua alles gelernt hatte! Oder sie würde auf einer der Vaudeville-Bühnen Trinklieder auf dem Harmonium spielen. Sie würde sich schon irgendwie über Wasser halten.

Plötzlich fühlte Abigail eine zarte Hand auf ihrer Schulter. Erschrocken fuhr sie herum. Es war Emily O'Donnel. In der anderen Hand hielt sie einen Blumenstrauß.

»Was machst du denn hier, Emily?«, fragte Abigail sichtlich verwirrt.

»Ich wollte danke sagen, weil du mich gerettet hast. Außerdem wollte ich dich bitten, ob du nicht doch hierbleiben kannst.«

Abigail schossen vor Rührung Tränen in die Augen.

»Komm her, meine Kleine!«, raunte sie mit belegter Stimme

und zog das Mädchen auf ihren Schoß. »Ich würde ja gern bleiben, aber es geht leider nicht. Weißt du, ich muss Theater spielen. Sie warten schon auf mich. Ich darf sie doch nicht enttäuschen.«

»Aber wir möchten so gern, dass du bei uns bleibst«, wiederholte die Kleine mit flehender Stimme.

»Von wem sprichst du, meine Süße? Wer ist *wir?*«

»Papa und ...« Emily deutete nach links. Abigail drehte den Kopf und glaubte, ihr Herz müsse stehen bleiben, denn von dort kam ein über das ganze Gesicht strahlender Patrick auf sie zu. Hinter ihm standen Gordon und Annabelle. Sie lächelten ebenfalls.

»Was hat das zu bedeuten?«, fragte Abigail heiser, froh, dass ihre Stimme nicht gänzlich den Dienst versagte.

Patrick beugte sich tief zu ihr hinunter und raunte ihr ins Ohr: »Bitte verlass mich kein zweites Mal! Auch wenn ich ein Dummkopf gewesen bin. Wenn du mich trotzdem willst, dann sage ja. Bitte, Abigail! Ich kann mir keine bessere Mutter für mein Töchterchen vorstellen. Aber nur, wenn wir beide gelegentlich ohne Emily nach Mokoia rudern können ...«

Abigail wurde es abwechselnd heiß und kalt. Waren das nicht genau jene Worte, auf die sie seit ihrem Wiedersehen tief im Herzen hoffte?

»Ich liebe dich!«, fügte er zärtlich hinzu.

»Papa, du darfst nicht flüstern!«, mahnte Emily. »Wer flüstert, der lügt.«

»Keine Sorge, meine Kleine!«, hauchte Abigail. »Er hat mich nur gebeten, bei euch zu bleiben.«

»Genau deshalb sind wir auch hier! Wir werden dich schlichtweg nicht ziehen lassen!«, erklärte Annabelle mit gespielter Strenge.

»Glaubst du, du kannst dich einfach davonschleichen? Und wer soll in Zukunft mit unserem Musikus vierhändig das Harmonium für die Gäste spielen?«, ergänzte Gordon und blickte seine Schwägerin verschmitzt an.

»Aber ... Aber ich ... Das geht nicht, ich ...«, stammelte Abigail, doch ihre Einwände wurden vom ohrenbetäubenden Stampfen der Dampflok des einfahrenden ARAWA-Express übertönt.

Auckland, Mai 1900

Duncan Hamilton wirkte nicht besonders zufrieden, als er das Gebäude betrat, in dem sich das Büro des Native Land Court von Auckland befand. Bislang war es den Hamiltons erspart geblieben, vor diesem Gericht zu erscheinen, das alle Anträge überprüfte, die mit dem Landbesitz der Maori zu tun hatten.

Sein Vater prahlte stets damit, dass die Maori ihm sein Land noch niemals hatten streitig machen wollen, doch am heutigen Tag sollte über einen Antrag entschieden werden, der einen kleinen, aber wichtigen Teil seiner Kauriwälder betraf. Duncan hatte sich heftig dagegen verwehrt, als Vertreter seines Vaters aufzutreten, aber Allan Hamilton, der dringend nach Dargaville reisen musste, hatte seinem Sohn keine Wahl gelassen.

Duncan seufzte. Ihm behagte dieser Fall ganz und gar nicht. Wie er inzwischen den Akten entnommen hatte, wurde seinem Großvater vorgeworfen, sich einen Teil des Waldbesitzes erschlichen zu haben, indem er den Häuptling der Kuriki, eines kleinen Unterstammes der Nga Puhi, betrunken gemacht hatte, bevor er ihm den Vertrag zur Unterschrift vorlegte. Duncan traute das seinem Großvater durchaus zu. Er hatte ihn als herrischen Despoten kennengelernt und vor neun Jahren bei dessen Begräbnis keine Träne geweint. Deshalb behagte es Duncan gar nicht, dass er den Enkel des alten Häuptlings nun der Lüge bezichtigen sollte.

»Keinen einzigen Baum darf diese Maoribande zurückbekommen!«, hatte sein Vater ihm eingeschärft. »Wir haben dafür ordnungsgemäß bezahlt.« Diese Position jedenfalls sollte Duncan nach

Anweisung seines Vaters vor Gericht vertreten. Duncan fand die gezahlte Summe allerdings mehr als lächerlich. Es war offensichtlich, dass sein Großvater den Häuptling und seinen Stamm nach Strich und Faden betrogen hatte. Wie sollte er bloß überzeugend das Gegenteil behaupten?

Duncan war so in Gedanken versunken, dass er beinahe mit einem Mann zusammengestoßen wäre.

»Können Sie nicht aufpassen, wohin Sie gehen?«, schimpfte der.

Mit hochrotem Kopf entschuldigte Duncan sich bei dem Fremden, und dann ging ein Strahlen über sein Gesicht: »Sind Sie nicht Mister Rangiti, Paikas Onkel?« Damit streckte er dem verblüfften Mister Rangiti die Hand entgegen. »Wir haben uns ja damals leider nicht mehr im Zug getroffen.«

»Ach, jetzt erinnere ich mich. Sie sind der junge Mister Hamilton!« Mister Rangiti wirkte über diese Begegnung nicht besonders erfreut.

»Sie schickt der Himmel«, rief Duncan umso erfreuter aus. »Kann ich Sie einen Augenblick sprechen?«

»Ich wüsste nicht, was wir beide vor der Verhandlung zu besprechen hätten. Oder wollen Sie unserem Antrag freiwillig stattgeben?«, entgegnete Mister Rangiti scharf.

Duncan hörte ihm gar nicht richtig zu. Er war so aufgeregt bei dem Gedanken, dass er ihn hier auf dem Gerichtsflur um Paikas Hand bitten konnte.

Während er noch nach den richtigen Worten rang, trat ein untersetzter Maori in europäischer Kleidung hinzu und begrüßte Mister Rangiti höflich.

»Tut mir leid, junger Mann, ich muss meine Arbeit machen«, entschuldigte sich Paikas Onkel, der ebenfalls einen feinen Anzug trug, nun höflich, aber bestimmt und ließ Duncan einfach stehen.

Der atmete tief durch. Er überlegte noch, ob er Mister Rangiti nachlaufen solle, doch ein Blick auf seine Taschenuhr hielt ihn davon ab. Zu spät, stellte er bedauernd fest. Er musste sich in die Höhle des Löwen begeben.

Als er wenig später den Saal betrat, stutzte er. Nicht nur drei Richter saßen am Verhandlungstisch, sondern auch Mister Rangiti und der untersetzte Maori. Duncan machte einen Versuch, Paikas Onkel zuzuwinken, aber der blickte demonstrativ geradeaus.

Der vorsitzende Richter begann, die Anwesenden einander vorzustellen. Als er bei Mister Rangiti angelangt war, hielt Duncan den Atem an. Was hat Paikas Onkel hier zu suchen? Und warum hat er das freundliche Lächeln nicht erwidert, das ich ihm eben geschenkt habe?, fragte er sich fieberhaft.

»Das ist Mister Anaru Rangiti, mein Assistent und Gutachter«, erklärte der Richter nun.

»Und was hat ein Gutachter in so einem Fall zu tun?«, unterbrach Duncan ihn eifrig und fügte, als er die verdutzten Gesichter sah, entschuldigend hinzu: »Es tut mir leid, wenn ich Sie unterbrochen habe, aber ich vertrete hier ja nur meinen Vater und kenne die Gepflogenheiten dieses Gerichts nicht.«

»Mister Rangiti übersetzt für uns und macht uns mit den Sitten und Gebräuchen der Maori vertraut, die durch den Landbesitz der Weißen verletzt sein könnten.« Er wandte sich fragend Mister Rangiti zu: »Habe ich das richtig erläutert?«

Der Gutachter nickte knapp. Der untersetzte Maori fixierte daraufhin Duncan und raunte Mister Rangiti etwas ins Ohr. Der nickte wiederum.

Duncan bekam rote Ohren. Je länger er in dieser Runde saß, desto unwohler fühlte er sich. Eine eingeschworene Gemeinschaft, die in ihm sofort das Greenhorn erkannt hatte.

»Mister Orote, wollen Sie dann bitte Ihren Antrag vorbringen?«, forderte der gütig dreinblickende Vorsitzende den untersetzten Maori auf.

Mister Orote erhob sich und schilderte all das, was Duncan bereits aus den Papieren wusste: Der alte Hamilton habe sich im Jahre 1858 mit dem Häuptling zu einer Zeremonie getroffen, um mit den Kuriki zusammen angeblich den Gott des Waldes zu ehren. Anlässlich dieses Treffens habe er den Häuptling sowie die ihn begleitenden Stammesältesten betrunken gemacht und ihnen ein Papier zur Unterschrift vorgelegt. Er habe behauptet, das sei ein Papier, das ihm verbiete, die Kauribäume im Stammesgebiet für seinen Holzhandel zu fällen. In Wirklichkeit sei es der Kaufvertrag für das Waldstück gewesen, das dem Stamm der Kuriki gehörte und immer noch gehöre, denn inmitten des Waldes stehe ein riesiger Kauribaum mit dem Namen *Das Gotteskind des Waldes* und der sei seinem Stamm heilig.

Der Richter hörte dem Maori aufmerksam zu und wandte sich nun, ohne eine Miene zu verziehen, an Duncan.

»Was haben Sie für Einwände, Mister Hamilton?«, fragte er förmlich.

»Ich? Ja, also, wir sagen, mein Großvater hat den Häuptling nicht betrunken gemacht. Wir verwehren uns gegen diese Unterstellung, weil mein Großvater ein Ehrenmann war, der viele Geschäfte mit den Maori gemacht hat. Noch nie hat jemand seine Aufrichtigkeit angezweifelt –«

Duncan unterbrach sich, weil Mister Orote Mister Rangiti wieder etwas ins Ohr flüsterte, woraufhin der kurz auflachte.

»Ja und weiter?«, fragte der Richter ungeduldig.

Duncan lief knallrot an und begann zu stottern.

»Ja, wo, wo war ich stehen geblieben? Also ... Mein Großvater, also der hat einen angemessenen Kaufpreis bezahlt, und ja, der Wald, der gehört uns.« Schwitzend hielt er inne und atmete einmal tief durch. Dann fuhrt er in kämpferischem Ton fort: »Was können wir dafür, dass der Häuptling Land verkauft, auf dem ein heiliger Baum steht? Was können wir dafür, dass er ein Papier unterschrieben hat, das er nicht lesen kann?«

Duncan wurde es abwechselnd heiß und kalt. Was für eine Qual es doch war, gegen seine Überzeugung zu handeln! Aber war nicht jeder Tag, den er im Handelshaus seines Vaters verbrachte, eine Qual? Wie er das Geschäft hasste! Und wie schäbig er sich fühlte.

»Mister Hamilton, sind Sie fertig mit Ihrem Vortrag?«, fragte der Richter streng.

»Ja, ich glaube, damit ist der Fall klar und kann nur in unserem Sinne entschieden werden«, erklärte Duncan, bemüht, überzeugt zu klingen.

»Da bin ich ganz anderer Meinung«, widersprach Mister Rangiti heftig. »Der Kauribaum hat eine große Bedeutung in unserem Glauben. Und das *Gotteskind des Waldes* hat eine besondere Bedeutung für den Stamm der Kuriki. Für die Kuriki ist der Baum ein Kind von Tane, dem Gott des Waldes. Als Tane seine Eltern, den Himmelsgott Rangi und die Erdmutter Papa, die in Liebe verschlungen waren, auseinanderschob, damit Licht werde, wuchsen seine Kinder heran: Menschen, Tiere und Pflanzen. Und dieser Baum war einer der ersten, der entstand. Deshalb wird er von den Kuriki als Zeichen der Liebe und Fruchtbarkeit verehrt. Viele ihrer Fruchtbarkeitsrituale halten die Kuriki unter diesem Baum ab. Einen Kaufvertrag hätten sie jedoch niemals unter dem *Gotteskind des Waldes* geschlossen. Der Platz um den Baum ist ein geheiligter Ort der Kuriki. Mister Hamilton hat sich also zweifelsohne das Vertrauen des Häuptlings erschlichen und ihm vorgelogen, dass er einer Zeremonie beiwohnen wolle. Und dann hat er den Whisky fließen lassen und ihnen weiterhin vorgelogen, er wolle ihnen garantieren, dass er keinen ihrer Bäume fällt. Ich glaube, es gibt nicht den geringsten Zweifel, dass dieses Stück Land den Kuriki gehört. Mister Orotes Leute werden die paar Pfund, die von Hamilton damals gezahlt wurden und die – mit Verlaub – nicht annähernd dem Wert des Waldstücks entsprechen, gern zurückerstatten.«

Mister Orote nickte Mister Rangiti anerkennend zu.

Duncan wurde plötzlich übel. Er wusste nicht, wie lange er sich noch zusammenreißen und vorgeben konnte, ein würdiger Nachfolger seines Großvaters und Vaters zu sein, beide vierschrötige Kerle mit Siedlermentalität, Durchsetzungsvermögen und einem hohen Überlegenheitsgefühl den Ureinwohnern gegenüber, getrieben von dem eisernen Willen, ihren Reichtum zu mehren, koste es, was es wolle.

Der Richter wandte sich ihm zu. Duncan wünschte, es täte sich ein Loch auf, in dem er lautlos verschwinden könnte. Was soll ich nur sagen?, fragte er sich verzweifelt. Sie haben ja Recht.

»Mister Hamilton, ich würde nun wirklich sehr gern aus Ihrem Mund hören, was Sie gegen diese Anwürfe vorzubringen haben. Sie werden doch sicher etwas in der Hinterhand haben, was die Anschuldigungen von Mister Orote widerlegt. Schließlich hat Ihr Vater schriftlich einen Haufen Beweise dafür angekündigt, dass Ihr Großvater den Häuptling bei diesem Geschäft nicht betrogen hat. Wir hören! Dann schießen Sie mal los.« Er klang ungeduldig.

Alle Augen waren nun auf Duncan gerichtet. Verlegen wich er den Blicken aus und starrte stattdessen auf das Ölgemälde, das hinter dem ehrenwerten Richter Delmore an der Wand hing. Es zeigte den seligen Charles Heaphy, einen der ersten Richter am Native Maori Landcourt.

»Mister Hamilton, wir warten!«, mahnte der Vorsitzende nun.

»Ja, meine Herren, Sie sollen hören, was ich gegen diese Vorwürfe vorzubringen habe.« Er legte eine Pause ein und murmelte: »Nämlich gar nichts!«

Mister Orote und Mister Rangiti sahen einander verwundert an. Auch der Richter zog ein Gesicht, als habe er sich verhört.

»Mister Hamilton, bitte, Ihre Späße in Ehren, aber nun bringen Sie endlich Ihre Argumente vor. Wir haben nicht ewig Zeit. Sonst muss ich in dieser Sache zugunsten der Kuriki entscheiden.«

»Genau das habe ich eben sagen wollen. Es gibt keine Beweise, dass mein Großvater den Häuptling nicht betrogen hat. Und die Sache mit dem Baum leuchtet mir ein. Wenn er so verehrt wird, wie Mister Rangiti behauptet, dann glaube ich kaum, dass die Maori ihr Heiligtum an Weiße verschachert haben, während sie unter ihrem Heiligtum saßen, es sei denn, sie waren nicht bei klarem Verstand.«

»Mister Hamilton, wissen Sie, was Sie da reden?«, fragte der Richter schroff.

»Ja, Euer Ehren. Ich bin dafür, dass unsere Handelsgesellschaft den Kuriki dieses Waldstück zurückgibt. Daran werden wir nicht bankrottgehen. Anderenfalls besteht darüber hinaus die Gefahr, dass Vaters Leute auch noch das letzte Harz aus dem *Gotteskind des Waldes* herauspressen.«

Erst als Duncan in das fassungslose Gesicht des Richters blickte, wurde ihm bewusst, was er da eben getan hatte. Er hatte seinen Vater und dessen Interessen für einen heiligen Baum verraten. Er war in Geschäftsdingen seinem Herzen gefolgt. Das aber galt bei den Hamiltons als schweres Vergehen. Mehr noch, er hatte seinen Vater der Habgier bezichtigt – und das vor dessen erklärten Feinden. Duncan wusste, dass er etwas Unverzeihliches begangen hatte, doch er verspürte nicht die Spur von Reue.

»Sie wissen, dass Ihr Vater diesen Fall bis zum bitteren Ende durchfechten wollte. *Ich werde um jeden Baum kämpfen, Euer Ehren*, habe ich ihn jüngst sagen hören«, bemerkte Richter Delmore nun kopfschüttelnd.

»Euer Ehren, man hat aber mich hierhergeschickt, und ich bin nicht mein Vater. Ich besitze ein eigenes Gewissen. Es geht um Recht und Unrecht. Und ich kann das Unrecht, das mein Großvater begangen hat, nicht leugnen, nur um mich vor Gericht durchzusetzen. Ich ersuche Sie darum höflich, dem Antrag von Mister Orote stattzugeben.«

Jetzt traute sich Duncan auch wieder, zu Mister Rangiti hinüberzuschauen. Paikas Onkel schien sichtlich verwirrt. In seinem Gesicht war eine Mischung aus Bewunderung und Skepsis zu lesen.

»Gut, Mister Hamilton, dann nehmen wir zu Protokoll: Die

Familie Hamilton gibt dem Antrag von Mister Orote, dem Stammeshäuptling der Kuriki, statt, jenes Waldgebiet, das der Stamm der Kuriki beansprucht, diesem zurückzuübertragen. Die Besitzurkunden werden entsprechend geändert. Damit ist der Fall erledigt. Ich danke Ihnen, meine Herren.«

Der Vorsitzende warf Duncan einen anerkennenden Blick zu. Dann wandte er sich an Mister Rangiti. »Wir machen eine größere Pause, denn ich hatte für diese Sache wesentlich mehr Zeit eingeplant. Sie können also Mittag essen gehen, wenn Sie wollen.«

Mister Rangiti erhob sich, und Duncan tat es ihm gleich. Er würde Paikas Onkel auf keinen Fall entwischen lassen. Er musste ihm unbedingt sein Anliegen vortragen.

»Mister Rangiti, ich muss Sie dringend sprechen«, rief Duncan auf dem Flur.

Der Maori blieb stehen und blickte Duncan erwartungsvoll an. Dieses Mal schien er geneigt, dem jungen Mann Gehör zu schenken. »Sie haben mich überrascht, Mister Hamilton. Angenehm überrascht, möchte ich hinzufügen«, bemerkte er.

Verwundert bemerkte Duncan, dass Mister Rangiti eine ähnliche Stimme besaß wie er selbst. Wieso war ihm das nicht schon bei ihrer ersten Begegnung in Rotorua aufgefallen? Er lächelte bei dem Gedanken, dass sie etwas gemeinsam hatten.

»Danke, Mister Rangiti, das ist sehr freundlich von Ihnen, aber ich kann nun einmal nicht gegen mein Gewissen handeln. Mein Vater wird meine Meinung sicher nicht teilen. Ich werde es ihm möglichst schonend beibringen müssen. Tja, ich bin wohl aus der Art geschlagen, aber das kommt in den besten Familien vor.« Duncan lächelte gewinnend.

»Sie sind ein feiner Kerl, Hamilton, und wissen Sie was? An Ihnen ist ein Richter verloren gegangen!«

»Meinen Sie?« Duncan war verlegen.

»Haben Sie noch nie daran gedacht, Rechtswissenschaften zu studieren?«

Duncan seufzte. »Mein Traum ist eigentlich, Medizin zu studieren, aber das kann ich meinem Vater nicht antun. Er sieht in mir den Kronprinzen des Kauriharzes. Ich darf ihn nicht enttäuschen.«

»Sie haben ihn bereits enttäuscht. Wenn Ihr Vater erfährt, was Sie heute für die Kuriki getan haben, wird er das, was ich als wahre Größe erkenne, als Schwäche auslegen.«

»Ja, das wird er mir sicherlich verübeln. Trotzdem muss ich in seine Fußstapfen treten, was meine berufliche Zukunft angeht, damit ich wenigstens dort seinen Vorstellungen entspreche.«

»Worin entsprechen Sie denn nicht seinen Vorstellungen? Sie bringen doch alles mit, was jeden Vater mit Stolz erfüllen müsste.« Seine Stimme hatte einen weichen Klang bekommen.

»Mister Rangiti, ich will nicht lange drumherumreden. Meinem Vater missfällt die Wahl meiner zukünftigen Frau.«

»Was hat er gegen sie?«

»Sie ist eine Maori!«

Mister Rangitis eben noch offener Blick wurde binnen Sekunden verschlossen. Seine Augen verengten sich zu Schlitzen.

»Mister Hamilton, in diesem Punkt stimme ich ausnahmsweise mit Ihrem Vater überein. Auf einer Mischehe liegt für alle Beteiligten kein Segen. Zwei grundverschiedene Welten lassen sich auch in der Liebe nicht vereinen. Glauben Sie mir, ich weiß, wovon ich rede. Lassen Sie die Finger davon! Sie machen nicht nur sich und Ihre Familie unglücklich, sondern auch das arme Mädchen.«

»Ich liebe sie aber!«, widersprach Duncan nachdrücklich.

»Die Liebe zwischen einem Maori und einem Pakeha ist wie ein schöner Traum, aus dem man eines Tages zwangsläufig erwachen muss. Und dann steht man vor den Trümmern dessen, was man für Liebe gehalten hat, und traut der Liebe fortan gar nicht mehr. So eine Liebe heißt Leiden. Glauben Sie mir!«

Duncan hielt den Atem an. So leidenschaftlich, wie Mister Rangiti gesprochen hatte, schien er aus eigener Erfahrung zu schöpfen.

»Mister Rangiti, das mögen Sie so erlebt haben, aber ich glaube fest daran, dass es mein Glück und nicht mein Unglück wird«, gab Duncan vorsichtig zu bedenken.

»Wie kommen Sie darauf, dass ich so etwas erlebt hätte?«, fauchte Mister Rangiti. »Und nein, es wird Ihr Unglück, sosehr Sie sich auch wünschen, es wäre anders.«

Duncan wusste, dass er die Sache völlig falsch angegangen war. Aber wie hätte er auch ahnen können, dass Mister Rangiti solche Vorbehalte gegen eine Liebe zwischen den Maori und den Weißen hatte? Und dass der stets sachlich und überlegen wirkende Mister Rangiti bei diesem Thema so emotional wurde? Dennoch, er musste es tun. Duncan nahm all seinen Mut zusammen. »Mister Rangiti, ich respektiere Ihre Meinung, aber ich versichere Ihnen, dass es bei mir anders ist. Ich liebe Paika. Ich werde ihr demnächst einen Antrag machen und sie bitten, meine Frau zu werden. Und da schon mein Vater mir mit Enterbung droht, falls ich eine Maori heirate, möchte ich wenigstens Ihren Segen, denn Sie sind ja wohl ihr nächster Verwandter.«

»Mister Hamilton, ich bin zwar nur ein ganz entfernter Onkel des Mädchens, aber ich versichere Ihnen, ich werde trotzdem alles tun, um Paika von diesem Wahnsinn abzubringen.«

»Mister Rangiti, bitte, ich verstehe nicht, ich hatte nicht den Eindruck, dass Sie mich ablehnen ...«

»Junger Mann, im Gegenteil. Sie sind ein reicher Pakeha mit Herz und Verstand, und davon gibt es in der Tat viel zu wenige in diesem Land. Ich bin an Ihrem persönlichen Schicksal sogar mehr interessiert, als ich sollte. Aber meine Nichte werden Sie nicht unglücklich machen! Ihr Weißen schwört unsereinem die große Liebe, und wenn es darauf ankommt, heiratet ihr doch in eure Kreise ein. Ihre Mutter, mein Lieber, hat mit Sicherheit längst eine geeignete weiße Frau für Sie ausgesucht!«

Duncan schluckte trocken. Seine Mutter hatte ihn vor nicht geraumer Zeit tatsächlich mit jeder Menge Mädchen bekannt gemacht. Seit der Rückkehr aus Rotorua hatte sie ihm allerdings zu verstehen gegeben, dass sie auf seiner Seite sei, was Paika anging.

»Sie täuschen sich, Mister Rangiti, jedenfalls, was meine Mutter angeht. Sie hat nichts gegen diese Ehe einzuwenden. Im Gegenteil, sie sagt, man müsse bereit sein, für seine Liebe zu kämpfen.«

Mister Rangiti lachte bitter auf. »Lady Olivia muss es ja wissen. Junger Mann, das ist nur der Reiz des Exotischen. Wenn das Ganze erst einmal ernst geworden ist, werden Sie sich aber wundern, wie schnell die feine Lady ihre Meinung ändert. Ein wenig braune Haut, bevor Sie eine Pakeha heiraten. Das ist es, was sie Ihnen wünscht. Ein wenig Vergnügen, mehr nicht.«

Duncan schaute sein Gegenüber entgeistert an. »Mister Rangiti, das nehmen Sie sofort zurück! Sie kennen meine Mutter doch gar nicht. Warum urteilen Sie so hart über sie?«, bellte er schließlich.

»Kennst du eine, kennst du alle«, erwiderte Mister Rangiti bissig. Als er Duncans fassungslosen Blick sah, fügte er versöhnlicher hinzu: »Sie sind ein feiner Kerl, mein Junge, und das sage ich selten über einen Pakeha, aber ich werde alles in meiner Macht Stehende tun, um diese Dummheit zu verhindern. Ich weiß, wie das ausgeht. Nach der großen Liebe kommt der Katzenjammer. Ich bin sogar davon überzeugt, dass Sie Paika lieben, aber heiraten werden Sie sie schließlich nicht. Der Schneid dazu fehlt auch Ihnen. Deshalb gebe ich Ihnen den guten Rat: Heiraten Sie eine der Ihren, aber halten Sie sich von meiner Nichte fern!«

»Soll das eine Drohung sein, Mister Rangiti?«

»Ich wollte damit nur sagen, dass ich nicht tatenlos zuschaue, wie meiner Nichte das Herz gebrochen wird!«

»Ich schaffe es auch ohne Ihren Segen, aber ich hätte nie gedacht, dass Sie so ein verbissener Schwarzseher sind, Mister Rangiti! Und ein Gefangener Ihrer Vorurteile«, schnaubte Duncan, drehte sich wortlos um und verließ das Gebäude, ohne sich noch einmal umzusehen.

Rotorua, Mai 1900

Als Paika in ihr Zimmer trat, bemerkte Maryann gleich auf den ersten Blick eine Veränderung an dem Mädchen. Neugierig fragte sie: »Du strahlst so. Gibt es gute Nachrichten?«

Paika lächelte und zuckte die Schultern. »Vielleicht. Ich habe vor ein paar Wochen einen jungen Maori kennengelernt. Er hat mich eben besucht und will morgen mit mir unbedingt einen Ausflug nach Mokoia machen.«

»Nach Mokoia? Ihr beide allein? Sei ja vorsichtig! Da sind alle Männer gleich – ob Weiße oder Maori –, wenn sie eine Frau zur Liebesinsel entführen. Außerdem ist es zurzeit auf dem See sicher sehr stürmisch. Ich merke ja bereits hier in meinem warmen Bett, mit welcher Kraft der Herbstwind ums Haus pfeift.«

»Ich weiß noch nicht, ob ich seinem Wunsch überhaupt entspreche. Ich habe ihm schon dreimal einen Korb gegeben. Aber vielleicht sollte ich dieses Mal nachgeben, wenn wir uns morgen zu einem Spaziergang am See treffen.«

»Bist du verliebt in ihn?«

Paika lief knallrot an. »Er ist ein lustiger, gutaussehender Mann. Mehr nicht.«

»Nicht der Maori, den du dir gewünscht hast?«

»Ich weiß es nicht!«, entgegnete Paika. Sie wusste nur: Einen besseren Mann als Maaka würde sie wohl weder in Ohinemutu noch in Tauranga finden. Wie gern würde sie ihm einen Platz in ihrem Herz schenken! Doch der Platz war schon besetzt. Je länger Duncan fortblieb, desto schmerzlicher vermisste sie ihn.

»Du brauchst mir gar nichts mehr zu sagen«, raunte Maryann. »Ich ahne, was zwischen euch steht. Du denkst immer noch an meinen Enkel, stimmt's?«

Paika schüttelte heftig den Kopf. »Nein, überhaupt nicht.«

»Dann ist es ja gut«, erwiderte Maryann. Ihr war anzumerken, dass sie Paika kein Wort glaubte. Lauernd fügte sie hinzu: »Dann solltest du uns deinen Verehrer bald einmal vorstellen.«

Paika zog es vor, Maryanns Bemerkung zu überhören und das Thema zu wechseln. »Maryann, würdest du mir einen riesigen Gefallen tun?«

»Wenn du mir sagst, womit ich dich glücklich machen kann!«

Paika zögerte, aber dann platzte sie mit ihrem Wunsch heraus: »Indem Sie endlich aufstehen, sich in den Rollstuhl setzen, den Mister Gordon gebaut hat, und wieder unter uns weilen, statt hier im Bett zu verfaulen.«

»Paika, das ist aber nicht fein, was du da sagst!«

»Und ich finde es nicht fein, sich für den Rest des Lebens in der Matratzengruft zu verkriechen«, konterte Paika.

»Hast du keinen Wunsch, den ich dir leichter erfüllen kann? Möchtest du ein Schmuckstück oder ein wenig Geld?«

Paika rümpfte die Nase. »Ich bleibe dabei. Ich möchte, dass Sie endlich aufstehen, damit Sie beim Fest dabei sein –«

Erschrocken schlug Paika die Hand vor den Mund.

»Was für ein Fest?«

»Ich sollte es Ihnen nicht sagen. Ich weiß nicht, ob es Abigail recht ist.«

»Nun rede schon! Sie ist schließlich meine Tochter. Also, was sollte ihr nicht recht sein?«

»Dass Sie von ihrer Hochzeit erfähren. Aber ich finde, das geht nicht. Sie müssen dabei sein. Sie beide sollten sich endlich versöhnen.«

»Wann ist denn dieses Fest?«, fragte Maryann lauernd.

»In einer Woche schon«, seufzte Paika.

»Und wer ist der Glückliche?«

»Patrick. Patrick O'Donnel.«

»Der Lehrer! Tja, da kann man nichts machen. Sie hätte ganz andere Männer haben können. Ein reicher Holzhändlersohn wollte sie unbedingt heiraten. James Morgan ...«

Unbemerkt von Maryann und Paika war Annabelle ins Zimmer getreten. Sie hatte nur noch diesen Namen gehört und fragte zornig: »Mutter, was erzählst du Paika da von diesem Kerl?«

»Die Wahrheit! Dass Abi diesem reichen und gebildeten Morgan einen Korb gegeben hat, obwohl er sie auf Händen getragen und –«

»Mutter, bitte, hör auf, von diesem Mistkerl zu schwärmen!«

Maryann und Paika musterten Annabelle erstaunt. Sie wurde sonst nie so laut. Und in der Regel bezeichnete sie auch keinen Mann als »Mistkerl«.

»Was hast du denn gegen diesen Herren? Und wie sprichst du überhaupt mit mir? Bist du wieder einmal völlig überarbeitet?«, stichelte Maryann.

»Wenn du die Wahrheit über Mister Morgan erfahren wolltest, müsstest du endlich deine Sturheit überwinden und mit Abigail reden. Es ist nicht mehr zum Aushalten, dass du sie so hartnäckig ignorierst. Da kann ich noch von Glück sagen. Mit mir redest du ja wenigstens, auch wenn ich es dir niemals recht machen kann.«

In Maryanns Blick lag eine Mischung aus Bewunderung und Ärger. Sie betrachtete ihre älteste Tochter eingehender. Sie wunderte sich über Annabelles Feuer, das sie bei ihr stets vermisst hatte. Ach, wenn ich sie doch bloß so lieben könnte wie Olivia und mein »Goldkind«!, dachte Maryann und traf binnen Sekunden einen wichtigen Entschluss. Ja, sie würde ihre Sturheit überwinden und das »Goldkind« empfangen. Die Aussicht, Abigail wiederzusehen, ließ ihr Herz höher schlagen. Wenn sie mich bloß nicht nach der Sache in Dunedin fragt, betete Maryann. Ich darf es ihr doch nicht sagen! Auch jetzt nicht! Niemals, solange ich lebe.

Annabelle riss sie aus ihren Gedanken. »Mutter, kannst du vielleicht Paika ein wenig entbehren? Wir brauchen sie unbedingt in der Küche. Es ist eine ganze Reisegruppe gekommen, um hier zu essen.«

Maryann nickte schwach und flüsterte Paika zu: »Pass auf, mein Kind, ich werde dir deinen Wunsch erfüllen, aber psst!« Sie legte verschwörerisch den Finger auf den Mund. Dann wandte sich Maryann direkt an Annabelle. »Könntest du wohl Abigail bitten, mich zu besuchen?«, fragte sie scheinbar beiläufig.

Annabelle starrte ihre Mutter wie einen Geist an. »Du willst Abigail sehen?«

»Man findet keinen Frieden zum Sterben, wenn man so unversöhnlich ist«, seufzte Maryann.

Rotorua, Mai 1900

Der Abend war bereits angebrochen, als Abigail endlich einen Versuch unternahm, über ihren Schatten zu springen. Dabei musste sie sich doch erst einmal von ihrem Schrecken erholen. Ihre Mutter wollte sie sehen. Endlich! Trotzdem blieb sie unschlüssig vor der Kammertür stehen. Mit bangem Herzen fragte sie sich, was sie wohl erwartete. Plötzlich stand jener schreckliche Nachmittag wieder vor ihrem inneren Auge, als sei es gestern gewesen. Ihre Mutter hatte sie wie einen räudigen Hund aus dem Haus gejagt. Trug sie nicht Schuld daran, dass sie, Abigail, in die falschen Hände geraten war? Hatte ihre Mutter sie nicht in James Morgans Arme getrieben? Abigail wurde übel bei dem Gedanken. Wie oft hatte sie sich die Gelegenheit gewünscht, ihrer Mutter zu vergeben. Nun war es endlich so weit, und Abigail erkannte, dass sie es nicht über sich brächte. Sie konnte nicht einfach in dieses Zimmer spazieren und so tun, als seien die Jahre in der Ferne ein Zuckerschlecken für sie gewesen. Sie spürte das unbändige Verlangen, ihrer Mutter an den Kopf zu werfen, dass sie genau so ein gefallenes Mädchen geworden war, wie Maryann stets in ihr hatte sehen wollen.

Abigail würgte. Sie sah wieder die Drehleier vor sich, die gegen die Wand krachte. Einmal, zweimal, dreimal.

Gerade noch rechtzeitig rannte Abigail nach draußen, wo sie sich neben dem blubbernden Schlammloch übergab. Erschöpft ließ sie sich auf die Bank im Garten fallen. Eine innere Stimme riet ihr, Maryann zu vergeben und die Vergangenheit endgültig zu begraben. Eine andere Stimme hämmerte immer nur jene drei Worte:

Ich kann nicht! Ich kann nicht! Was, wenn es eine fürchterliche Begegnung wird? Was, wenn Mutter mich gar nicht um Verzeihung bitten, sondern sich nur wieder in mein Leben einmischen will? Was, wenn ihr die Hochzeitspläne zu Ohren gekommen sind und sie mir »den Lehrer«, wie sie Patrick einst verächtlich genannt hat, auszureden versucht?

So wie Abigail es auch drehte und wendete, sie beschloss, vor ihrer Hochzeit nicht zu ihrer Mutter zu gehen. Vielleicht danach. Irgendwann später, wenn sie sich bei Patrick eingelebt hatte. Bis dahin wollte sie sich lieber um die Hochzeitsvorbereitungen kümmern. Nein, Mutter musste warten. Zu groß war Abigails Angst, dass sie ihr die Hochzeit verderben würde.

Im Flur traf sie auf Annabelle, die sie erwartungsfroh ansah.

»Wie war es bei Mutter? Erzähl!«, fragte sie ungeduldig.

»Ich kann nicht. Ich möchte erst heiraten. Und danach werde ich zu ihr gehen. Wer weiß, ob sie mich wirklich um Verzeihung bitten will«, seufzte Abigail.

Annabelle nahm sie in den Arm. »Ich kann dich gut verstehen«, sagte sie tröstend. »Mutter ist manchmal taktlos und unberechenbar. Wer weiß, vielleicht hat sie längst vergessen, dass sie es war, die dich damals auf die Straße gesetzt hat, und dass du nicht zum Theater durchgebrannt bist, wie sie es früher den Leuten im Ort verkauft hat.«

»Du findest es also nicht schlimm, dass ich meine Zeit brauche?«

»Natürlich nicht, Kleine. Heirate erst einmal unbeschwert, und lass dir von ihr nicht noch einmal die Wahl deines Ehemannes vermiesen. Obwohl sie das ohnehin nicht mehr schaffen würde.«

»Annabelle, habe ich dir eigentlich schon einmal gesagt, dass ich dich lieb habe?«

»Früher eigentlich häufig, in den letzten Monaten weniger.«

»Ich bin so glücklich, dass ich in deiner Nähe leben und endlich nicht mehr Bradley heißen werde.«

»Ja, Misses O'Donnel.«

»Und vor allem darüber, dass mich keiner mehr Miss nennen kann. Mit diesem lauernden Unterton: *Hat die Lady etwa keinen Mann abbekommen?*« Sie lachte, doch dann wurde sie sofort wieder ernst.

»Dass du es all die Jahre mit Mutter unter einem Dach ausgehalten hast, das grenzt für mich an ein Wunder. Sei ehrlich! Ist es nicht entsetzlich, es ihr niemals wirklich recht machen zu können?«

Annabelle seufzte. »Ich habe mich daran gewöhnt. Schließlich kenne ich es gar nicht anders. Außerdem habe ich ja Gordon, der mich beschützt, so wie ich früher Vater hatte.«

Kaum hatte Annabelle ihren Vater erwähnt, als den beiden Schwestern gleichzeitig Tränen in die Augen schossen.

»Er war ein wunderbarer Mensch«, schluchzte Annabelle.

»Und trotzdem habe ich mich manchmal gefragt, warum Mom ihn geheiratet hat. Gerade sie, die immer so viel Wert darauf gelegt hat, dass wir eine gute Partie machen«, bemerkte Abigail nachdenklich.

»Er hat sie abgöttisch geliebt.« Annabelle lächelte versonnen.

»Und sie ihn auch?«, fragte Abigail zweifelnd.

Annabelle zuckte die Achseln. Sie schien mit den Gedanken schon wieder ganz woanders zu sein. »Meinst du, dass sie uns jemals erzählen wird, was der Zeitungsartikel, den du damals gefunden hast, zu bedeuten hat?«

»Ich werde sie niemals danach fragen«, entgegnete Abigail trotzig. »Soll sie ihr verdammtes Geheimnis doch mit ins Grab nehmen.«

Auckland, Mai 1900

Allan Hamilton tigerte mit versteinerter Miene im großen Salon auf und ab. Dabei murmelte er wilde Flüche vor sich hin. Er konnte immer noch nicht glauben, was ihm Richter Delmore soeben brühwarm auf der Straße berichtet hatte. Angeblich hatte Duncan in dieser leidigen Maorigeschichte für den Antrag der Gegenseite plädiert. Der Richter hatte mit Respekt von Duncan gesprochen. Einen »umsichtigen jungen Mann« hatte er ihn genannt. Ein naiver Dummkopf ist er!, dachte Allan wütend. Er ballte die Fäuste. Nein, das konnte und wollte er immer noch nicht so recht glauben. Noch nie zuvor hatte ein Hamilton Feigheit vor dem Feind bewiesen. Und nun eine Kapitulation, bevor der Kampf überhaupt begonnen hatte. Dafür kannte Allan Hamilton nur ein Wort: Verrat!

»Vater, du wünschst mich zu sprechen«, sagte Duncan höflich, als er zögernd den Salon betrat.

»Ja, mein Lieber. Mir ist da etwas Ungeheuerliches zu Ohren gekommen. Du, mein Sohn, sollst den Eingeborenen unseren Wald in den Rachen geworfen haben. Ich hoffe, du kannst diesen ungeheuerlichen Anwurf entkräften!«

»Nicht unseren Wald, Vater, es ist ein kleines Stück Wald, das den Maori gehört, und in den Rachen geworfen habe ich es ihnen auch nicht. Ich habe nur altes Unrecht wiedergutgemacht.«

»Altes Unrecht?«, schnaubte Allan Hamilton. »Was redest du da für einen Blödsinn? Du hast also vor all diesen Leuten zugegeben, dass dein Großvater die Maori mit Alkohol gefügig gemacht hat? Bist du denn nicht mehr ganz bei Trost? Was meinst du, wie viele

Holzhändler damals mit Tricks gearbeitet haben? Ich kenne keinen, der es nicht getan. Und ausgerechnet mein Sohn spielt sich als Rächer der Betrogenen auf! Weißt du, wie ich das nenne? Verrat!« Allan Hamiltons Stimme hatte sich überschlagen.

Duncan ließ die Predigt stumm über sich ergehen. Er hatte mit einem Donnerwetter gerechnet und wartete nun darauf, wann der Vater sich wohl ausgetobt haben würde.

»Duncan, gib wenigstens zu, dass dir ein Fehler unterlaufen ist, den du umgehend ausbügeln wirst. Du schreibst jetzt einen Antrag an das Gericht und beschwörst, dass dich die Gegenseite, dieser Mister Rang oder wie er heißt, eingeschüchtert hat. Er ist als harter Hund bekannt. Und du bist jung und unerfahren und hast dich einfach überrumpelt gefühlt. Ich könnte mir vorstellen, dass es das Gericht überzeugt.« Allan Hamilton war vor Duncan stehen geblieben und funkelte ihn wütend an. »Hast du mich verstanden, mein Sohn?«, fragte er in strengem Ton, bevor er fortfuhr, im Zimmer auf und ab zu wandern.

»Nein, Vater!«, erwiderte Duncan mit fester Stimme. »Ich werde nie wieder zu diesem Gericht gehen mit dem Vorsatz, es zu belügen. Außerdem reise ich noch heute nach Rotorua.«

»Wie bitte? Ich höre wohl nicht richtig? Wir fahren nächste Woche alle gemeinsam zu Abigails Hochzeit!«

»Nein, ich werde vor Ort gebraucht. Tante Annabelle hat mich gebeten, vorher zu kommen, um ihr zu helfen«, beeilte sich Duncan zu sagen, froh, dass ihm auf die Schnelle überhaupt ein Grund eingefallen war, vor der Familie nach Rotorua zu reisen. Er wollte seinem Vater auf keinen Fall verraten, was ihn nach der heutigen Begegnung mit Mister Rangiti so eilig nach Rotorua trieb. Er musste dort sein, bevor dieser Onkel alle Hebel in Bewegung setzte, um Paika von ihm fernzuhalten. Eigentlich hatte er ihr erst anlässlich von Abigails Hochzeit einen Antrag machen wollen, aber nun durfte er keine Zeit mehr verlieren. Mister Rangiti war sicher kein Mann der leeren Drohungen.

Allan sah ihn entgeistert an. »Wo hast du denn deinen Kopf, verdammt noch mal? Ich sagte: Nein. Du wirst hier gebraucht.«

»Ich habe es ihr versprochen und werde mein Wort halten«, entgegnete er entschlossen.

Allan fasste sich an die Stirn. »Meine Güte, wenn ich nicht wüsste, dass du mein eigen Fleisch und Blut bist, ich müsste daran zweifeln, dass du ein Hamilton bist. Hätte dein Großvater je das Geschäft verlassen, um einer alten Tante zu helfen? Nein, niemals! Und würdest du in diesem Wohlstand leben, wenn ich nicht ausschließlich an das Geschäft denken würde?«

»Nein, Vater!«, räumte Duncan ein und fügte eilig hinzu: »Wenn wir aus Rotorua zurück sind, werde ich alles für das Geschäft tun. Das verspreche ich dir. Aber bitte lass mich reisen.«

»Na gut«, knurrte der Vater versöhnlich. »Ich nehme dich beim Wort. Du wirst gleich nach unserer Rückkehr nach Dargaville reisen und die Kaurigräber wieder zur Vernunft bringen. Sie meinen, ich würde ihnen nicht genügend zahlen. Du wirst ihnen mal zeigen, wer der Herr im Hause ist.«

»In Ordnung!«, versprach Duncan, obwohl ihm der Gedanke ganz und gar nicht behagte – wie alles, was zum Geschäft seines Vaters gehörte.

Duncan verabschiedete sich unverzüglich, denn er wollte keine Zeit verlieren. Wenn er den Zug morgen früh nahm, würde er mit Sicherheit vor Mister Rangiti in Rotorua eintreffen, denn von einem war Duncan überzeugt: Der Mann würde es nicht dabei belassen, Paika brieflich vor dieser Ehe zu warnen, nein, er würde sie bestimmt persönlich aufsuchen.

Duncans Herz klopfte bei dem Gedanken, schon morgen bei Paika zu sein. Was sie wohl zu seinem Antrag sagen würde? Was, wenn sie ablehnte? Duncan wollte es sich gar nicht vorstellen. Er war bereit, es mit seinem Vater und mit der feinen Aucklánder Gesellschaft aufzunehmen, aber was, wenn sie ihn nicht liebte? Dagegen wäre er machtlos.

Wenigstens war seine Mutter, was seine Heiratspläne mit Paika anging, ganz auf seiner Seite, was Duncan allerdings bis heute ebenso sehr wunderte wie freute. Sie hat es auch nicht leicht mit Vater, dachte er. Aus heiterem Himmel schweiften seine Gedanken zu seiner Kindheit ab. Erst dunkel und dann immer klarer erinnerte er sich an jene Nacht, in der er von einem unbeschwerten, verwöhnten Kindskopf zu einem misstrauischen kleinen Jungen geworden war.

Auckland, Februar 1888

Duncan erwachte in jener Nacht von einem mächtigen Donnergrollen. Er schreckte hoch und rannte neugierig zum Fenster. Fasziniert beobachtete er, wie ein Blitz nach dem anderen seine Zacken über die Hobson Bay sandte. Das Gewitter kam immer näher. Sein Vater hatte ihm beigebracht, vom Blitz bis zum Donner zu zählen, und behauptet, dass das Gewitter so viele Meilen entfernt sei, wie Sekunden zwischen Blitz und Donner vergangen seien.

Fasziniert beobachtete er das Naturschauspiel. Erst als ein gewaltiger Blitz am Himmel leuchtete und zugleich ein ohrenbetäubendes Krachen ertönte, zuckte er ängstlich zusammen. Der Blitz fuhr in einen großen Baum am Ende des Gartens. Wie von einem riesigen Schwerthieb getroffen, spaltete sich der Stamm in zwei Hälften. Dann wurde es kurz still, gespenstisch still, als habe sich die Natur völlig verausgabt, bis der nächste Blitz den Himmel erhellte. Ein ohrenbetäubender Donner ließ *Hamilton Castle* erzittern.

Erst als der letzte Donner verhallt war, kletterte Duncan zurück in sein Bett. In diesem Augenblick öffnete sich die Zimmertür und seine weinende Schwester stand in ihrem weißen Leinenhemd wie ein Gespenst auf der Schwelle.

»Ich wollte zu Mama ins Bett, aber ihre Tür ist abgeschlossen«, schluchzte die kleine Helen.

Duncan rückte zur Seite. »Du kannst bei mir bleiben. Ich beschütze dich«, versprach er ihr.

»Ich will aber zu Mama!«, jaulte sie.

»Gut«, erklärte Duncan. »Ich werde mal sehen, ob ich sie nicht wecken kann. Du bleibst so lange hier!«

Er wusste, dass es besser war, die Mutter zu holen. Sonst konnte es passieren, dass Helen die ganze Nacht quengelte.

Duncan zog die Hausschuhe an und schlurfte auf den Flur hinaus. Schon bevor er zum Schlafzimmer seiner Mutter abbog, hörte er lautes Geschrei. Auf Zehenspitzen schlich er weiter und lugte vorsichtig um die Ecke. Was er dort sah, bereitete ihm mehr Angst als das schlimmste Gewitter. Mit vor Zorn verzerrtem Gesicht stand sein Vater da. Er trug noch seinen Abendanzug und hämmerte gegen die Schlafzimmertür seiner Frau. Dabei stieß er wilde Flüche aus.

»Mach sofort die Tür auf, oder ich trete sie ein! Wird's bald! Ich sagte, lass mich rein. Ich zähle bis drei!« Drohend begann er zu zählen. »Eins, zwei, drei.« Doch nichts geschah. »Du Hexe, ich fackel nicht mehr lange!«

Duncan rieb sich verwundert die Augen. Noch vor wenigen Stunden hatten seine Eltern einträchtig eine Abendgesellschaft gegeben. Helen und er hatten ihre Sonntagssachen anziehen und die Gäste begrüßen müssen. Duncan hatte mindestens zwanzig Diener gemacht und Helen artig geknickst.

Duncan erschrak. Sein Vater wummerte mit beiden Fäusten gegen die Tür und schrie außer sich vor Wut: »Meine Geduld ist am Ende!«

Plötzlich war es still auf dem Flur. Duncan steckte den Kopf ein wenig weiter vor. Sein Vater war verschwunden. Duncan wollte die Gunst des Augenblicks nutzen und zu seiner Mutter rennen, als sein Vater mit versteinerter Miene zurückkehrte, in der Hand einen Hammer. Duncan hielt sich die Hand vor den Mund aus Angst, er könne laut aufschreien, und duckte sich wieder hinter die Ecke.

»Du kaltes Stück Fleisch!«, schrie sein Vater. »Du wirst mir mein Recht nicht vorenthalten. Du nicht!«

Beim Splittern von Holz und dem lauten Kreischen seiner Mutter erstarrte Duncan bis ins Mark. Er lehnte sich mit dem Rücken an die Wand und glitt zu Boden. In kauernder Haltung verharrte er dort eine halbe Ewigkeit. Im Hintergrund hörte er seine Eltern durcheinanderbrüllen. Sie beschimpften sich grob, bevor das Schreien der Mutter in ein Betteln und ein Flehen überging: »Bitte nicht, bitte, tu das nicht!«

Leise rappelte Duncan sich auf und schlich in sein Zimmer zurück. Was sollte er Helen erzählen? Doch zu seiner Erleichterung schlummerte sie selig. Er legte sich still neben sie.

Als der Morgen graute, glaubte Duncan nicht mehr daran, dass sich seine Eltern lieb hatten.

Rotorua, Mai 1900

Es regnete. Wellen brachen sich am Ufer des Sees, und ein heftiger Südwind fegte durch das Tal der großen Geysire. Mokoia lag hinter einem Nebelschleier, der nur hin und wieder durch eine Böe zerrissen wurde und einen Blick auf das satte Grün der Insel freigab.

Paika war das stürmische Wetter gar nicht so unlieb. Bei dieser Witterung würde Maaka sicher nicht darauf bestehen, mit ihr zur Liebesinsel hinüberzupaddeln.

Sie schaute noch einmal prüfend in den Spiegel, und ihr gefiel, was sie sah. Hier in Rotorua hatte sie ein wenig zugelegt, was ihr gut stand. Und dann dieses Strahlen in ihren dunklen Augen. Alle glaubten, sie wäre in Maaka verliebt. Sollten sie nur! Ihr wäre es ja auch lieber, wenn der nette Maori das in ihr auslösen könnte, was allein die Erinnerung an Duncan vermochte. Es gab keinen Abend, an dem sie vor dem Einschlafen nicht an ihn dachte.

»Paika, Besuch für dich!«, rief Annabelle nun, und Paika zog sich rasch einen dunklen Mantel über.

Am Ende der Treppe wartete Maaka bereits ungeduldig auf sie. Er trat nervös von einem Fuß auf den anderen. Ihr fiel sofort auf, dass er einen schwarzen Anzug trug, der sehr feierlich wirkte. Ein Schreck fuhr Paika durch alle Glieder. Er würde ihr doch nicht etwa einen Antrag machen? Sie kannten sich doch noch nicht einmal fünf Monate.

Obwohl sie ein mulmiges Gefühl im Bauch hatte, versuchte sie, möglichst unbefangen auf ihn zuzugehen.

»Schönen guten Tag, Maaka«, sagte sie mit einem Lächeln auf den Lippen.

»Kia ora, Prinzessin!« Seit ihrer zweiten Begegnung nannte der Maori sie so, nachdem er ihr versichert hatte, sie sei für ihn die Prinzessin seiner Träume.

»Komm, lass uns am See entlangspazieren«, schlug sie vor.

Er seufzte. »Zu einer Kanufahrt kann ich dich heute leider nicht einladen. Der Sturm wird immer heftiger. Aber ich schwöre dir, sobald sich der See wieder beruhigt hat, werde ich dich dorthin entführen.«

Paika lächelte verkrampft. Sie spürte, dass die Stimmung zwischen ihnen heute angestrengter war als sonst und Maaka sie besonders eindringlich betrachtete. Ich bilde mir das bestimmt nur ein, dachte sie, aber ihre Anspannung wollte trotzdem nicht weichen. Dabei gab es nichts an ihm, was sie wirklich störte. Im Gegenteil, dieser Anzug stand ihm hervorragend. Es fiel nicht schwer, sich Maaka als strahlenden Bräutigam vorzustellen.

»Komm, lass uns gehen!«, sagte er nun und reichte ihr höflich den Arm. Als sie vor die Tür traten, blies ihnen der eisige Südwind ins Gesicht.

Duncan hatte auf der Bahnfahrt keine ruhige Minute. Nervös wanderte er durch den Zug, setzte sich zurück auf seinen Platz und sprang gleich wieder auf, um erneut umherzugehen. Sein Plan erschien ihm plötzlich sehr gewagt. Hätte er Paika damals, am ersten Januar, nicht suchen müssen? Stattdessen war er nach Auckland zurückgekehrt. Woher sollte Paika wissen, dass er immer noch unentwegt an sie dachte und sie nach wie vor zu seiner Frau machen wollte?

Die Stunden vergingen quälend langsam. Um sich zu beruhigen, schaute Duncan aus dem Fenster und berauschte sich an der vorbeiziehenden Landschaft. Dichte Wälder, tiefe Schluchten mit gigantischen Wasserfällen und weite Täler flogen in schnellem Wechsel vorüber, und Duncan konnte sich nicht sattsehen an den Grün- und Grautönen des Silberfarns, der mit seinen hohen Wedeln Dickichte bildete. Er glaubte das Zwitschern der Vögel zu hören, die diese unvergleichliche Natur bevölkerten, und freute sich bereits auf seine Ankunft.

Duncans Herz klopfte bis zum Hals, als der Zug in Rotorua einfuhr. Er überlegte kurz, ob er sich einen Wagen nehmen solle, entschied jedoch, sich lieber zu Fuß zum *Hotel Pohutu* zu begeben. Die bange Frage, wie Paika wohl reagieren würde, wühlte ihn so auf, dass ihm übel war und er dringend frische Luft brauchte. Und was eignete sich dazu mehr als ein Gang durch Rotorua, dessen Schwefelgerüche heute wie von Geisterhand weggeweht zu sein schienen? Dafür prasselte heftiger Regen auf ihn nieder, aber das störte Duncan nicht. Völlig durchnässt erreichte er das Hotel.

An der Rezeption saß Annabelle, die ihren Augen nicht trauen wollte.

Juchzend sprang sie hinter dem Empfangstisch hervor und fiel ihrem Neffen um den Hals. »Mein Junge, wie schön dich zu sehen!«

»Na, dann freut sich wenigstens einer«, bemerkte Duncan grinsend, nachdem er wieder Luft bekam.

»Wieso? Was meinst du, wie Gordon und Abigail sich freuen werden und –« Annabelle unterbrach sich und sah ihn prüfend an. »Oder hattest du jemanden Bestimmten im Auge?«, fragte sie lauernd.

»Wenn du schon so fragst, ja. Ich will Paika überraschen, bevor der Trubel losgeht und meine Familie zur Hochzeit herkommt.«

Täuschte er sich, oder huschte ein Schatten über Annabelles Gesicht? »Willst du dir nicht erst einmal trockene Sachen anziehen?«, wollte sie wissen.

Duncan ignorierte den mütterlichen Rat seiner Tante. »Ist sie bei Grandma oder auf ihrem Zimmer?«, fragte er ungeduldig.

»Weder noch. Sie ist unterwegs, macht einen Spaziergang.«

»Bei diesem Wetter? Wo denn? Etwa am See?«

»Ja, ich glaube schon, aber ...«

»Du bist ein Schatz!«, flötete Duncan, gab ihr einen Kuss auf die Wange und eilte davon. Seinen Koffer ließ er einfach stehen.

»Duncan, sie ist nicht allein!«, rief Annabelle noch, doch da war ihr Neffe bereits zur Tür hinaus.

Am See überlegte er, welche Richtung Paika wohl eingeschlagen hatte. Er entschied sich schließlich, nach links zu wandern, aus dem Ort hinaus. Schnellen Schrittes stapfte er durch den feuchten Sand. Den Kopf gebeugt, kämpfte er gegen den Nieselregen und den eisigen Wind an. Er zog den Kragen seines Mantels höher. Erst als er eine Zeitlang am Ufer entlanggewandert war, blieb er stehen und blickte sich um. Weit und breit war niemand zu sehen. Die Dämmerung brach bereits an. Duncan seufzte. Ich bin bestimmt in die falsche Richtung gegangen, sagte er sich ärgerlich, sie wird doch nicht allein in die Nacht hinauslaufen. Also machte er kehrt und eilte zurück. Als er am Hotel angelangt war, überlegte er, ob er dort noch einmal nach Paika suchen solle, doch eine innere Stimme riet ihm, sich lieber nach Ohinemutu zu wenden. Er folgte dieser Eingebung und erreichte schließlich erschöpft das Versammlungshaus der Maori.

Sie ist bestimmt längst wieder im Hotel, überlegte er, entschlossen, nicht weiter durch dieses unwirtliche Wetter zu irren. In dem Moment erblickte er Paika.

Sie kam aus dem Versammlungshaus. Doch was war das? Ein junger Mann folgte ihr und legte vertraulich den Arm um ihre Schulter. Duncan war wie betäubt. Er rührte sich auch nicht von der Stelle, als die beiden nun direkt auf ihn zuhielten. Paikas Wangen erröteten, als er unverhofft vor ihr stand.

»Guten Tag, Paika«, brachte Duncan einigermaßen gefasst heraus.

»Guten Tag, Duncan.« Ihre Stimme bebte.

Maaka sah von einem zu anderen. »Willst du mich diesem jungen Mann nicht vorstellen?«, fragte er schließlich.

»Doch, ja, natürlich«, stammelte Paika, machte aber keinerlei Anstalten, dies auch zu tun.

Angesichts ihrer offenkundigen Unsicherheit fasste Duncan den Mut. »Paika, ich bin nur deinetwegen hier. Ich möchte dich von Herzen bitten, meine Frau zu werden!«

»Aber, nein, das geht nicht, ich will nicht ...«, stotterte Paika.

Maaka funkelte Duncan zornig an. »Nein, Mann, das geht nicht. Ich habe mich sicher verhört. Ich habe Paika gerade eben im Angesicht der Ahnen gefragt, ob sie meine Frau werden möchte, und sie hat meinen Antrag angenommen. Du kommst zu spät.«

»Paika, sag, dass das nicht wahr ist! Sag ihm, dass du *mich* liebst«, verlangte Duncan, der bei den Worten des Maori aschfahl geworden war.

»Bitte, ich kann jetzt nicht. Es verwirrt mich, dass du gekommen bist ...«

Duncan warf seinem Nebenbuhler einen triumphierenden Blick zu. »Hörst du, mein Lieber, sie ist völlig durcheinander! Und zwar meinetwegen! Ich würde sagen: Geh nach Hause! Lass uns allein!«

Statt den Rückzug anzutreten, baute sich der Maori, der zwar einen halben Kopf kleiner, dafür jedoch drahtiger und muskulöser als Duncan war, drohend vor ihm auf.

»Ich glaube, du verkennst die Lage. Wir wollen sie beide zur Frau. Also müssen wir um sie kämpfen wie zwei Männer.«

Paika stand zitternd daneben.

»Gut, dann los!« Duncan ließ seinen Mantel achtlos in den Schlamm gleiten und machte Anstalten, den jungen Maori zu einem Boxkampf herauszufordern. Der aber lachte hämisch auf.

»Hey, Mann, du willst doch nicht etwa, dass wir zwei wie Pakeha kämpfen? Lass es uns in der Tradition unserer Ahnen austragen. Komm mit!«

Duncan zuckte zusammen. Hieß das, dass der andere ihn für einen Maori hielt?

»Nein, bitte nicht! Kämpft nicht mit den Stöcken!«, schrie Paika erschrocken auf.

»Das ist Männersache!«, belehrte Maaka sie, und er ging mit forschem Schritt voran zum Versammlungshaus. Duncan folgte ihm, obwohl er spürte, dass ihm eine entsetzliche Angst in den Nacken kroch. Der Maori schien ihn tatsächlich für seinesgleichen zu halten. Was hatte er vor?

Duncan drehte sich um. Paika folgte ihnen und gestikulierte aufgeregt. Duncan wollte auf sie warten, aber da packte ihn der Gegner bereits am Arm und drohte unverhohlen: »Du wirst sie nicht beeinflussen, Mann. Das machen wir unter uns aus. Derjenige von uns, der den Kampf gewinnt, wird sie zur Frau nehmen.«

Duncan schluckte trocken. Er traute sich nicht, seinem Nebenbuhler zu widersprechen und ihm gar vorzuschlagen, dass derjenige sie zur Frau nahm, für den sie sich in ihrer beider Gegenwart ausdrücklich entscheiden würde. Duncan ließ sich von Maaka in das Versammlungshaus zerren. Dort zog Maaka einen Stock aus einer Ecke, der am Griff mit Schnitzereien verziert war.

»Das ist mein *taiaha*. Wo hast du deinen?«

Duncan zuckte ratlos mit den Achseln. Glaubte der Kerl wirklich, er besäße einen Stock zum Kämpfen? Ich muss ihm endlich sagen, dass ich ein Weißer bin und nur mit Worten um sie kämpfen will und nicht mit den Waffen der Maori, dachte Duncan, als Maaka ihm energisch einen zweiten Stock in die Hand drückte.

»Wir kämpfen draußen auf dem *marae*«, befahl der Maori und lief voraus zu dem umzäunten Vorplatz des Versammlungshauses. Es hatte aufgehört zu regnen.

Paika warf sich ihnen entgegen. »Nicht, tut es nicht!«

Maaka lachte nur. »Keine Sorgen, mein kleiner Schwan, ich werde ihn besiegen!«, rief er übermütig. Für ihn schien das alles ein riesiger Spaß zu sein.

Duncan hingegen schlotterte plötzlich vor Angst. Doch er wollte sich keine Blöße geben.

»Bitte, leg den Taiaha aus der Hand!«, flehte Paika, an Duncan gewandt. »Du bist doch gar nicht geübt ...«

Duncan aber bedeutete ihr zu schweigen. Er wollte nicht, dass sie ihn als Weißen enttarnte. Wenn, dann muss ich selber den Mut dazu aufbringen, dachte er. Doch wer weiß, wie er reagiert, wenn er erfährt, dass sein Nebenbuhler ein Pakeha ist?, fragte sich Duncan ängstlich und nahm Aufstellung.

Er wollte es Maaka, der sich ihm gegenüber aufgebaut hatte, gleichtun, aber das war gar nicht so einfach. Der Maori war in die Knie gegangen, warf den Stock spielerisch von einer Hand in die andere und zog ein Furcht erregendes Gesicht.

Duncan atmete ein paarmal tief durch und versuchte sein Bestes. Aus Maakas Mund kam nun ein Schwall unverständlicher Worte, bevor er zum Angriff überging. Klack, machte es, als sein Stock den von Duncan traf. Ein hartes Klack und noch ein Klack.

Für einen Augenblick befürchtete Duncan, Maaka werde ihm den Stock beim nächsten Klack einfach aus der Hand schlagen. Also umklammerte er die Waffe fester. »Klack, klack, klack«, knallte es. Trotz der heftigen Schläge hatte Duncan es geschafft, seinen Stock festzuhalten. Erneut versuchte sein Gegner, ihn zu entwaffnen, aber Duncan wehrte auch diesen Angriff ab. »Klack, klack, klack.«

Maaka stöhnte vor Anstrengung. »Was bist du denn für ein lausiger Kämpfer? Bedeutet sie dir gar nichts?«, höhnte er, während Duncan die Zähne zusammenbiss. »Klack, klack, klack.«

Er konnte die Angriffe gerade noch abwehren, aber wie lange noch? Maaka hatte Recht. Ihm blieb nur eine Chance: Er musste mutiger werden. Der erste Versuch misslang. Der Stock fiel ihm in hohem Bogen aus der Hand, doch er bückte sich behände und griff so schnell danach, dass Maaka dieses Missgeschick nicht nutzen konnte. Sofort ging Duncan zum Angriff über.

Paika beobachtete das Schauspiel mit einer Mischung aus Faszination und Entsetzen. Sie hatte Angst um Duncan, weil er früher oder später als Verlierer aus diesem Kampf hervorgehen musste, hatte er den *mau taiaha* doch niemals erlernt. Trotzdem schlug er sich beeindruckend gegen den Meister des Stockkampfes. »Klack, klack, klack.« In immer kürzer werdenden Abständen trafen die Stöcke aufeinander, und die beiden Männer bewegten sich so flink, dass Paikas Augen kaum folgen konnten. Schließlich sah es so aus, als würde Maaka Duncan besiegen.

»Duncan, pass auf!«, schrie Paika.

Maaka ließ seinen Stock sinken und starrte sie an. Dann wandte er den Blick dem tapferen Gegner zu, der ihm mit erhobenem Stock gegenüberstand, bereit, den nächsten Angriff abzuwehren.

»*Duncan?* Du bist ein Pakeha?«, fragte Maaka ungläubig.

Duncan nickte schwach.

»Du bist gut, sogar richtig gut. Schade, dass du ein Pakeha bist. Sonst könnte ich dir einen Meister nennen, der dich zu einem großen Kämpfer ausbildet.«

»Nenne ihn mir trotzdem, ich werde ihn aufsuchen«, bat Duncan wie in Trance. Während des Kampfes hatte er gar nicht überlegt, was er mit dem Stock zu machen hatte, sondern ihn nur instinktiv geführt.

Maaka lachte bitter. »Er kann dich nicht im Mau taiaha unterrichten. Du bist kein Maori! Obwohl dir der Stockkampf im Blut liegt, wie ich nur ungern zugebe.«

Dann wandte sich Maaka Paika zu. Sie stand mit hängenden Schultern da, ein bleiches, zitterndes Bündel. »Jetzt ist es an dir zu entscheiden. Im Kampf ist der Pakeha mir ebenbürtig. Entscheide du, wessen Frau du wirst.«

Paika brachte einfach keinen Ton hervor. Dann holte sie tief Luft. Heiser und kaum verständlich murmelte sie: »Ich gehe mit dir, Maaka. Ich habe einen heiligen Schwur getan, nur einen Maori zu heiraten.« Sie vermied es, Duncan anzuschauen. Sein Schmerz würde ihr das Herz brechen.

Maaka trat einen Schritt auf sie zu und legte den Arm um ihre Schulter, bevor er den Blick Duncan zuwandte. »Ich fühle mich geehrt, dass sie meinen Antrag annehmen will. Wie gern würde ich die kleine Prinzessin zu meiner Frau machen, aber sie liebt dich. Sie hat um dich Angst gehabt, nicht um mich. Sie hat deinen Namen gerufen. Was nützt ein Schwur, wenn er Unglück bringt? Und dieser Schwur würde uns alle drei ins Unglück stürzen. Er kann nicht im Sinn der Ahnen und der Götter sein. Ich wünsche euch, dass ihr glücklich werdet.«

Er gab der überraschten Paika einen zärtlichen Nasenkuss, klopfte Duncan freundschaftlich auf die Schulter und hob beide Stöcke auf. Nach kurzem Zögern drückte er dem verdutzten Duncan einen davon in die Hand, bevor er im Dunkel der Nacht verschwand.

Duncan rührte sich zunächst nicht vom Fleck, doch dann erwachte er aus seiner Erstarrung und schloss die immer noch zitternde Paika fest in die Arme.

»Willst du meine Frau werden, Paika?«, fragte er nach einer Weile, in der er sie schweigend in den Armen gehalten hatte.

»Ich ... Ich, ich weiß nicht, ich ...«, stammelte sie. Da verschloss Duncan ihr den Mund mit einem Kuss. Als sich nach einer halben Ewigkeit die Lippen voneinander gelöst hatten, hauchte sie leise: »Bitte, lass mir noch ein wenig Zeit, ich bin so furchtbar durcheinander!«

Duncan schaute sie voller Zärtlichkeit an. »Tut mir leid, dass ich dich so bedränge. Sag mir nur eines: Ist es wahr, was der Maori sagt? Liebst du mich?«

Paika nickte schwach.

»Dann habe ich alle Zeit dieser Welt«, erklärte Duncan mit feierlichem Ernst.

Rotorua, Mai 1900

Am Vorabend der Hochzeit waren alle angespannt. Annabelle hatte sich wie immer zu viel aufgehalst. Sie hatte sogar Abigails Brautkleid genäht, ein wahrer Traum aus Seide, der erst in der letzten Nacht fertig geworden war, und fühlte sich auch für die Speisefolge sowie die Tischdekoration verantwortlich.

Trotz ihrer Erschöpfung fand Annabelle immer noch etwas, was nicht warten konnte. Es sollte schließlich ein rauschendes Fest werden, zu dem fast ganz Rotorua geladen war – schon, um dem Getratsche ein Ende zu bereiten. Gwendoline hatte überall verbreitet, dass Abigail, das zügellose Weibsbild, den armen Patrick verführt und ihn nur deshalb zurückerobert habe. Allerdings hatte sich inzwischen herumgesprochen, dass Abigail Emily aus dem See gezogen und sie wieder zum Sprechen gebracht hatte. Damit waren die Bewohner von Rotorua in zwei Lager gespalten. In diejenigen, die in Abigail eine Ausgeburt des Teufels, und diejenigen, die in ihr einen Engel sahen, der ein Wunder vollbracht hatte.

Abigail aber wollte endlich nur noch als glückliche Braut ihres geliebten Patrick betrachtet werden und versprach sich von einer großen Hochzeit, dass die Neugier der Nachbarn befriedigt und sie endlich als eine der Ihren betrachtet würde.

Gordon war seit Tagen damit beschäftigt, das Wohnzimmer auszuräumen, damit das Fest dort stattfinden konnte. Da es sich draußen eingeregnet hatte, hegte er berechtigte Zweifel daran, dass die Feier auch auf der Veranda stattfinden könnte.

Duncan half, wo er nur konnte. Dabei war er froh über jede

Minute, die er in Paikas Nähe verbringen durfte. Sie lachten viel und gingen unbeschwert miteinander um, seit Paika ihn um Bedenkzeit gebeten hatte. Natürlich hoffte er sehr, dass sie ihm am Abend des Festes endlich die heiß ersehnte Antwort geben würde. Wenn er Paika ansah, wie sie mit Feuereifer Girlanden anbrachte, ging ihm das Herz auf. Und er hegte keinen Zweifel daran, dass sie seinen Antrag annehmen würde. Sie wirkte so glücklich und ausgelassen.

Auch Annabelle und Abigail beobachteten aus den Augenwinkeln, wie vertraut die beiden jungen Leute miteinander umgingen.

»Ein schönes Paar«, raunte Abigail ihrer Schwester verträumt ins Ohr.

Annabelle seufzte. Ja, in der Tat, aber würden die zarten Bande genügen, all die Häme zu ertragen, die über die beiden hereinbrechen würde? Und würde der mächtige Allan Hamilton dieser Verbindung je seinen Segen erteilen?

»Schau nicht so griesgrämig drein!«, ermahnte Abigail die Ältere lachend. »Ich sehe dir an der Nasenspitze an, was dich mit Sorge erfüllt: Du fragst dich, ob die Liebe der beiden Turteltauben Bestand haben wird, stimmt's? Glaube mir, wenn sie sich wirklich lieben, dann werden sie ihren Weg gemeinsam meistern. Daran wird auch unser feiner Schwager nichts ändern können. Manchmal frage ich mich, wie der Apfel so weit vom Stamm fallen konnte.« Sie kicherte und nahm Emily, die ebenfalls beim Schmücken des Salons half, übermütig in den Arm.

»Was soll ich eigentlich zu dir sagen?«, fragte die Kleine plötzlich und legte den Kopf schief.

Abigail überlegte. »Nenn mich doch einfach Tante Abigail!«

Emily strahlte über das ganze Gesicht. »Ja, Tante Abigail!«

Patrick, der Letzteres gehört hatte, schien das nicht zu behagen. »Aber Emily, Abigail ist jetzt deine Mutter. So solltest du sie jetzt auch nennen.«

Emilys Gesicht verfinsterte sich augenblicklich, doch Abigail beeilte sich zu sagen: »Nein, Emily hat schon eine Mutter. Und so wird es immer bleiben. Sie kann mich doch nicht Mutter nennen. Ich meine, wir wollen doch auch mal wild miteinander herumtollen und Sachen machen, die man nur mit Tanten macht. Nicht wahr, Emily?«

Das Mädchen strahlte sie dankbar an.

Patrick versuchte zwar, seine Braut strafend anzusehen, aber es gelang ihm nicht. »Abigail Bradley, hat dir schon mal jemand gesagt, dass dein Herz aus Gold ist?«

»Nein, Mister O'Donnel, solche Komplimente waren bisher das Vorrecht meiner Schwester Annabelle. So etwas Nettes habe ich noch nie gehört.«

Sie fiel Patrick lachend um den Hals, woraufhin Emily in gespielter Empörung die Augen verdrehte. »Macht ihr das etwa auch noch, wenn ihr verheiratet seid?«

»Nein, nur wenn wir unsere Ausflüge nach Mokoia unternehmen«, erklärte Patrick grinsend.

»Aber mit mir fährst du doch auch mal dahin, Tante Abi, oder? Du weißt doch, wir müssen noch was hinbringen. Den Korb!«

Patrick sah fragend von seiner Tochter zu seiner Braut.

»Wollt ihr mich nicht mal aufklären?«

»Nein, auch wir Frauen brauchen unsere kleinen Geheimnisse«, entgegnete Abigail schnell, und ihr wurde warm ums Herz, als sich zum Dank eine Kinderhand in ihre schob.

Annabelle rührte der Anblick des nicht mehr ganz jungen Paares. Wie gut, dass die beiden sich doch noch gefunden haben!, dachte sie erleichtert.

»O Gott, was für eine Luft und diese schreckliche Fahrt«, ertönte nun Olivias nörgelige Stimme. Alle fuhren zusammen. Die gelöste Stimmung im Hause Parker änderte sich schlagartig, denn nun war die Familie Hamilton aus Auckland eingetroffen. Es blieb nicht dabei, dass Olivia über die Luft klagte, nein, Helen nörgelte wegen des Zimmers herum, das Gordon ihr zugeteilt hatte, und Allan warf Paika feindselige Blicke zu.

Trotzdem aßen sie später alle zusammen, ohne dass offene Streitigkeiten ausbrachen.

Abigail aber spürte die unterschwelligen Spannungen beinahe körperlich und wünschte sich, das Gewitter möge sich doch lieber heute entladen statt morgen beim Fest. Sie hoffte allerdings vergeblich. Allan blieb höflich distanziert, obwohl Paika neben seinem Sohn saß und es zwischen den jungen Leuten sichtbar knisterte. Olivia schüttete zwar Wein wie Wasser in sich hinein, aber sie wirkte nicht betrunken.

»Wenn das mal gut geht morgen!«, flüsterte Abigail ihrem Verlobten zu.

»Hauptsache, du gibst mir morgen wirklich dein Jawort«, scherzte Patrick und streichelte ihr zärtlich über die Wange.

Am Hochzeitsmorgen strahlte die Sonne vom Himmel, als wolle sie sich nicht nehmen lassen, die Brautleute persönlich zu begrüßen. Die gesamte Familie und der halbe Ort standen Spalier, als das Ehepaar nach der feierlichen Trauung aus der Kirche schritt. Ein Raunen ging durch die Menge, denn Abigail trug ein weißes Hochzeitskleid mit weißem Schleier. So etwas hatte man in Rotorua noch nie zuvor gesehen. Die Bräute trugen in der Regel dunkle Farben, niemals Weiß. Abigail aber hatte in einer Modezeitschrift gelesen, dass weiße Hochzeitskleider der letzte Schrei in Europa seien. Annabelle hatte eine weiße Robe eigentlich für zu gewagt gehalten, doch Abigail hatte sich schließlich durchgesetzt.

»Unmöglich!«, zischelte Olivia nicht zum ersten Mal an diesem Tag.

Annabelle hingegen bewunderte Abigail mit leuchtenden Augen. Sie fand, dass ihre Schwester hinreißend aussah, was sie schon wieder zu Tränen rührte. Um ihre Rührung zu verbergen, wischte sie sich mit dem Ärmel ihres resedagrünen Kleides übers Gesicht. Bis Gordon ihre Hand festhielt und raunte: »Sie hat niemals schöner ausgeschaut.«

Allan Hamilton verrenkte sich derweil den Hals, um seinen Sohn zu suchen. Erleichtert stellte er fest, dass er neben seiner Schwester Helen stand. Von dem »maorischen Weibsbild«, wie er Paika nannte, weit und breit keine Spur. Das ist eine günstige Gelegenheit, endlich von Mann zu Mann mit Duncan zu reden, schoss ihm durch den Kopf.

Kaum waren Abigail und Patrick zusammen mit Emily in die Kutsche gestiegen, die sie von der Kirche einmal durch den ganzen Ort fahren und dann zum Hotel bringen sollte, bahnte sich Allan den Weg durch die Menge und bat Duncan nachdrücklich, mit ihm zu Fuß zurückzugehen.

Sein Sohn war offenbar gar nicht begeistert von der Aussicht, mit seinem Vater unter vier Augen zu sprechen, doch er stimmte dem Vorschlag schließlich seufzend zu.

Als sich Helen wie selbstverständlich zu ihnen gesellte, forderte Allan seine Tochter barsch dazu auf, sie beide allein zu lassen.

Die junge Frau blieb wie vom Donner gerührt stehen. Tränen traten ihr in die Augen, aber das bemerkte weder ihr Bruder noch ihr Vater.

In einigem Abstand zu den Männern machte Helen sich allein auf den Weg zum Hotel. Als ihre Tränen versiegt waren, bemächtigte sich ein anderes Gefühl ihrer verletzten Seele. Die Lippen fest zusammengepresst und die Fäuste geballt, sann sie nur noch auf Rache.

Duncan war es unangenehm, dass sein Vater den Heimweg dazu nutzen wollte, die längst fällige Aussprache zu suchen. Natürlich waren ihm die feindseligen Blicke nicht entgangen, mit denen sein Vater Paika musterte. Aber er hatte gehofft, ihm erst nach dem Fest

Rede und Antwort stehen zu müssen. Die Stimmung zwischen ihnen war angespannt.

»So, mein Sohn, ich werde nicht lange um den heißen Brei herumreden. Ich habe ein Recht darauf zu erfahren, wie du dir deine Zukunft vorstellst. Verrate mir bitte, warum diese Maori ständig um dich herumscharwenzelt! Schläfst du mit ihr? Dann sei es drum, aber es ist langsam genug mit dem Hörnerabstoßen. Du musst, ob du es willst oder nicht, allmählich daran denken, eine Familie zu gründen!«

»Genau das habe ich vor, Vater!«, erwiderte Duncan mit eiskalter Stimme.

»Ja, dann hör endlich auf, mit diesem Maorimädchen herumzutändeln!«

»Du willst mich nicht verstehen, Vater. Ich werde Paika heiraten und keine andere!«

Allan blieb schnaubend stehen und packte seinen Sohn grob am Arm.

»Dann werde ich dich enterben!«, drohte er ihm.

»Tu das, Vater.« Entschlossen setzte Duncan hinzu: »Für kein Geld dieser Welt würde ich darauf verzichten, Paika zur Frau zu nehmen.«

Allan schnappte empört nach Luft. »Heißt das, du würdest alles hinwerfen nur für dieses Weib?«

»Wenn es sein muss, ja.«

Allan starrte seinen Sohn entgeistert an. Der dynamische Kaurihändler wirkte plötzlich um Jahre gealtert. Seine Haut war wachsweiß, und über seinen Augen lag ein müder Schleier. Nur seine Stimme besaß noch die alte Kraft. »Du hast gewonnen. Heirate sie, aber beklage dich nicht bei mir, wenn man sie in unseren Kreisen schneidet! Das wirst du hinnehmen müssen. Verdammt noch mal, heirate sie, aber nur unter einer Bedingung.«

Duncan sah seinen Vater durchdringend an. »Was verlangst du?«

»Ich verlange von dir, dass du in Zukunft die Interessen unseres Geschäfts über dein Gewissen stellst. Dass du die Tradition der Hamiltons fortsetzt und für unseren Wohlstand kämpfst. Ich möchte, dass du nach unserer Rückkehr Richter Delmore aufsuchst und wenigstens versuchst, dass die Sache mit dem Wald doch noch zu unseren Gunsten entschieden wird.«

Duncan seufzte schwer. »Gut, Vater!«, entgegnete er schließlich wenig überzeugend.

»Nein, nein. So nicht. Ich möchte, dass du es mir in die Hand versprichst!«

»Ich verspreche es.« Duncan konnte seinem Vater dabei aber nicht ins Gesicht sehen, denn er zweifelte selbst daran, dass er dieses Versprechen halten würde. Ihm war es in diesem Augenblick nur wichtig, dass sein Vater ihm seinen Segen erteilte. Er war nämlich fest davon überzeugt, dass Paika mit ihrem Jawort nicht mehr zögern würde, wenn sie erfuhr, dass sie in der Familie willkommen war.

»Bilde dir aber nicht ein, mein lieber Junge, dass ich diese Frau deshalb in mein Herz schließen werde! Ich nehme sie nur in Kauf, damit ich dich nicht verliere.«

»Vater, ich knüpfe auch eine Bedingung daran, wenn ich mit ihr nach *Hamilton Castle* ziehe.«

»Und die wäre?«

»Dass du Paika stets mit dem nötigen Respekt behandelst.«

»Solange du nicht von mir verlangst, dass ich sie wie eine Tochter liebe, soll es mir recht sein. Aber eines wirst du mir trotzdem nicht ausreden können: dass du ein Dummkopf bist. Du wirst deine Sturheit eines Tages bereuen, aber dann beklage dich nicht bei mir. Ich habe dich gewarnt!«, brummelte Allan.

Den Rest des Weges gingen sie schweigend nebeneinander her und merkten nicht einmal, dass Helen sie längst eingeholt hatte und mit gesenktem Kopf an ihnen vorübergerauscht war.

Erst als das Brautpaar im Hotel eintraf und Paika der Kutsche entgegeneilte, fiel Abigail auf, dass die junge Frau gar nicht in der Kirche gewesen war.

»Wo warst du denn?«, fragte sie neugierig.

»Ich habe eine Überraschung für euch vorbereitet«, erklärte sie schmunzelnd. »Es wäre schön, wenn ihr gleich in den Saal kommen würdet, solange die anderen noch nicht hier sind.«

Abigail und Patrick sahen einander fragend an, aber dann folgten sie Paika. Bedächtig öffnete die junge Maori die Tür und ließ Abigail und Patrick eintreten. Der Saal erstrahlte in festlichem Glanz. Und oben, am Haupt der Tafel, saß der Mensch, den Abigail am wenigsten erwartet hatte. Sie wollte ihren Augen nicht trauen, aber die Frau mit dem weißen Haar, die dort im Rollstuhl auf sie wartete, war ohne Zweifel ihre Mutter.

Abigail befreite sich aus Patricks Umarmung und lief mit Tränen in den Augen auf sie zu. »Mutter! Mutter!«, schluchzte sie.

»Goldkind, mein Goldkind!«, schniefte Maryann.

Dann beugte sich Abigail zu ihrer Mutter im Rollstuhl hinunter und fiel ihr um den Hals.

»Herzlichen Glückwunsch, meine Kleine«, hauchte Maryann und flüsterte ihr ins Ohr: »Verzeih mir, bitte, verzeih mir!«

Abigail schluchzte laut und drückte ihre Mutter ganz fest.

Maryann hatte die Fassung schneller wiedererlangt als ihre Tochter. Neugierig musterte sie Patrick. »So, nun möchte ich aber auch meinen neuen Schwiegersohn in die Arme schließen. Sie sind ja immer noch so ein verdammt attraktiver Bursche wie früher.«

Zögernd trat Patrick zu seiner Schwiegermutter und umarmte sie vorsichtig. So ganz geheuer war ihm diese Versöhnung offensichtlich nicht.

»Es ist der glücklichste Tag meines Lebens«, bemerkte Abigail gerührt und schloss auch Paika zum Dank für diese Überraschung fest in die Arme.

Als Annabelle und Gordon hinzukamen, trauten sie ihren

Augen nicht. Wie selbstverständlich saß ihre Mutter am Tisch. So, als hätte sie nicht monatelang abgeschieden in ihrer Kammer verbracht. Sie trug ihr schönstes Kleid, das Haar war frisiert, und ihre Augen leuchteten so lebendig, als wolle sie gleich aufspringen und den Tanz eröffnen.

Gordon fand als Erster die Sprache wieder. »Mutter, wer hat das Wunder vollbracht, dich aus deiner Matratzengruft zu locken?«, fragte er augenzwinkernd.

»Na, ihr beiden sicher nicht. Dazu fehlt euch die Gabe, mich zu begeistern«, bemerkte sie mit gewohntem Biss.

Annabelle versuchte, darüber hinwegzuhören.

»Paika hat mich dazu gebracht«, fügte Maryann nicht ohne Stolz hinzu.

Gordon warf der jungen Frau einen anerkennenden Blick zu.

»Sie ist schon unser kleiner Engel. Was würden wir nur ohne sie machen?«, seufzte Annabelle.

Sie fand, dass Paika niemals hübscher ausgesehen hatte. Ihre Wangen strahlten mit ihrem wunderschönen roten Kleid um die Wette. Das kann nur die Liebe bewirken, dachte Annabelle, und sie fühlte sich Paika in diesem Moment noch inniger verbunden als sonst.

Nach und nach trafen die Gäste ein. Sie wünschten dem Brautpaar alles Gute und begrüßten die alte Dame des Hauses überschwänglich, die Hof hielt und so charmant plauderte wie in ihren besten Zeiten.

Maryann hatte darauf bestanden, von ihrer Tochter Olivia und ihrem geliebten Schwiegersohn Allan eingerahmt zu werden. Auch die beiden staunten nicht schlecht über Maryanns Anwesenheit. Allan entglitten die Gesichtszüge, als Maryann Paika als die Vollbringerin dieses Wunders nannte, doch er fing sich gleich wieder und war die Höflichkeit in Person. Er las seiner Schwiegermutter jeden Wunsch von den Lippen ab und sparte nicht mit Komplimenten.

Trotzdem entgingen Olivia, die ihn scharf beobachtete, seine gelegentlichen, fiebrig flackernden Blicke in Richtung seines Sohnes und dessen Tischdame Paika keinesfalls. Angst schnürte ihr die Kehle zu. Wenn Allan diese Beziehung bloß akzeptieren würde!

Als Paika sich zwischen zwei Gängen erhob und nach draußen ging, um etwas Luft zu schnappen, folgte Allan ihr. Olivia atmete schwer. Sie überlegte, ob sie ihnen nachlaufen sollte, verwarf den Gedanken jedoch wieder. Je mehr sie sich für diese Ehe aussprach, desto ablehnender würde Allan reagieren. So zärtlich, wie ihr Sohn das Mädchen ansah, würde er sich bestimmt nicht mehr von dieser Ehe abhalten lassen. Nein, ihre Fürsprache würde die Fronten nur verhärten. Und Allan würde sicher nicht einfallen, Paika auf einem Hochzeitsfest zur Rede zu stellen ... Energisch goss sich Olivia ein weiteres Glas Wein ein und trank es in einem Zug leer.

Paika atmete tief durch. Ihr war eben im Saal ein wenig schummrig geworden. Schummrig vor Glück, dachte sie. Sie war beseelt von diesem Fest und der Nähe zu Duncan. Noch heute würde sie ihm ihre Antwort geben. Ja, sie hatte keine andere Wahl. Sie würde ihn entgegen ihres heiligen Schwures heiraten. Jetzt, wo ihm sogar sein Vater den Segen gegeben hatte, wie Duncan ihr vorhin mit leuchtenden Augen zugeflüstert hatte. Sie würde sich nicht mehr gegen das Schicksal auflehnen. Wo Duncan doch so sehr für diese Liebe gekämpft hatte, dass er selbst diesen verbohrten Mann auf seine Seite gezogen hatte.

Paika spürte die warme Sonne auf ihrem Gesicht, schloss die Augen, drehte sich ein paarmal im Glückstaumel um die eigene Achse und summte dabei ein Liebeslied der Maori – bis eine zornige Stimme sie unsanft aus ihren Träumen holte. »Fühlen Sie sich Ihrer Sache ja nicht zu sicher, meine Liebe!«

Paika riss erschrocken die Augen auf und sah in das wutverzerrte Gesicht von Allan Hamilton.

»Was wollen Sie von mir?«, fragte sie leise.

»Was wollen Sie von uns?«, erwiderte er drohend.

»Ich liebe Ihren Sohn, und ich werde seinen Antrag annehmen, zumal Sie uns Ihren Segen erteilt haben, wie Duncan mir berichtet hat«, entgegnete sie scharf. Die Angst war einem unbändigen Zorn gewichen.

»Was kostet es, wenn Sie darauf verzichten?«

»Wie meinen Sie das?«

»Tun Sie doch nicht so naiv! Ich frage Sie, wie viel Geld ich Ihnen geben muss, damit Sie meinen Sohn in Ruhe lassen und ihn nicht dazu verführen, die Dummheit seines Lebens zu begehen. Wissen Sie eigentlich, was er sich damit antun würde? Die Aucklander Gesellschaft, in der wir verkehren, wird Duncan meiden; hinter seinem Rücken wird man reden, und eure Kinder werden sich vor Hänseleien kaum retten können ...« Mit diesen Worten zog Allan ein Bündel Geldscheine aus der Westentasche und wollte es ihr in die Hand drücken. »Ich zahle jeden Preis«, setzte er nachdrücklich hinzu.

»Behalten Sie Ihr dreckiges Geld!«, zischte Paika und schlug nach dem Geld, sodass sich die Scheine in alle Winde verteilten. Dann drehte sie sich um und rannte in den Garten hinaus. Erschöpft ließ sie sich auf die Bank fallen.

Mein Glück ist wie ein Windhauch, der mich flüchtig berührt und einfach wieder fortfliegt, dachte sie traurig. Liebe ist das eine, aber das Leben mit dem liebenden Mann etwas völlig anderes. Sein Vater hat gar nicht so Unrecht. Mich zu heiraten bedeutet für Duncan, ein Leben lang schmerzhaft daran erinnert zu werden, dass die Liebe ihn einst vergessen ließ, dass man ihm meinetwegen Steine in den Weg legen wird.

Paika hätte gern geweint, aber sie konnte nicht. Stumm stierte sie in das braune Schlammloch, das vor sich hinblubberte. Sie fühlte sich wie jene zähe Masse, die emporkochte, Blasen schlug und wieder in sich zusammenfiel.

Sie musste fort. Und zwar schnell, bevor Duncan sie hier aufspürte. Ihr Entschluss stand unwiderruflich fest: Sie würde noch heute klammheimlich verschwinden und niemals wiederkehren. Einer von ihnen musste vernünftig sein. Und das konnte nur sie sein. Duncan würde nicht aufgeben. Vielleicht konnte sie sich nach Tauranga durchschlagen und dort Unterschlupf finden.

Plötzlich spürte sie eine Hand auf ihrer Schulter. Sie fuhr erschrocken herum und blickte in das angespannte Gesicht von Anaru Rangiti.

»Was machen Sie denn hier?«, fragte sie erschrocken.

»Es wird Zeit, dass du mich duzt«, erwiderte er. »Ich bin gekommen, um dich zu mir zu holen.«

Paika starrte ihn fassungslos an. Konnte er Gedanken lesen? Hatte der Himmel ihn geschickt? Nichts würde sie lieber tun, als so weit wie möglich fortzugehen. Und Auckland war weit genug. Aber lebte Duncan nicht auch dort? Ihr wurde erneut übel, aber dieses Mal vor Angst.

»Warum willst du das tun?«, fragte sie heiser.

»Ich möchte verhindern, dass du dich in dein Unglück stürzt. Eine Ehe mit Duncan Hamilton wird dir nicht guttun. Du wirst jeden Tag zu spüren bekommen, dass du nicht zu den reichen Pakeha gehörst. Und glaube mir, ich habe nichts gegen den Jungen, im Gegenteil, er ist ein tapferer Kerl, aber trotz aller Liebe, eines Tages wird er die Probleme satthaben, die aus eurer ungleichen Verbindung erwachsen.«

»Onkel Anaru, du musst mich nicht überzeugen. Ich bin ganz deiner Meinung. Ich werde Rotorua verlassen, und zwar sofort! Du kommst also wie gerufen.«

»Dann packe deine Sachen, Kind. Der Zug geht in einer Stunde. Ich warte hier.«

Paika umarmte ihn scheu. Bevor sie sich aufmachte, ihre Habe zu packen, flüsterte sie flehentlich: »Sollte er mich suchen, dann erfinde etwas, was ihn nicht in Aufruhr versetzt, denn ich weiß nicht, ob ich die Kraft habe zu gehen, wenn er mich noch einmal in den Arm nimmt. Ich liebe ihn doch so!«

Anaru Rangiti ließ sich erschüttert auf die Bank fallen. Er bedauerte das Mädchen unendlich. Hatte er nicht einmal genauso gelitten wie Paika? Sofort kam ihm seine erste Begegnung mit der schnippischen und verdammt reizvollen Olivia in den Sinn, und er spürte, wie sein Herzschlag sich beschleunigte. Dabei hatte er sich geschworen, nie wieder an sie zu denken. Sie hatte ihm das Herz gebrochen. Und doch überfielen ihn die Gedanken wie ein Schwarm Insekten – und mit ihnen der Schmerz.

Es war ihm ganz und gar nicht leichtgefallen, nach Rotorua zu reisen, um Paika und Duncan vor einer großen Dummheit zu bewahren. Er wusste, wie weh es tat, wenn man die Liebe nicht leben durfte. In all den Jahren hatte er versucht, die Zeit mit Olivia aus seinem Gedächtnis zu streichen, aber es war ihm nicht gelungen. Olivia war und blieb die Liebe seines Lebens, obwohl sie ihn eiskalt fortgeschickt hatte. Ihre vernichtenden Worte klangen ihm immer noch in den Ohren. Und er musste sich diesen Abschied wieder und wieder vor Augen führen, damit er seine Verletzung nicht unter den Erinnerungen an die unvergleichlich schönen Stunden mit ihr begrub.

Ein paarmal hatte er sich auf andere Frauen eingelassen, aber nie wieder solche Leidenschaft erlebt wie mit Olivia. Für eine Ehe hatte keine seiner Beziehungen gereicht. Er seufzte. Nicht, dass er sich als Junggeselle besonders gefiel, doch sein Herz ließ sich nicht überlisten. Wo früher die reine Liebe gewohnt hatte, war nun Bitterkeit zu Hause.

Während er noch so vor sich hingrübelte, erschien eine Frau im Garten. Eine schlanke Gestalt in einem eleganten Kleid. Dunkelhaarig und wunderschön! In ihren Augen war mehr als Erstaunen zu lesen, als sie nun vor ihm stehen blieb und ihn ungläubig musterte. Dann räusperte sie sich.

»Was tust du denn hier?«, stieß sie erstaunt hervor.

Anaru atmete schwer. Mit unversöhnlicher Stimme sagte er: »Ich habe mich durch den Garten eingeschlichen. Ruiha hat mir erzählt, dass ihr eine Hochzeit feiert. Ich wollte nicht stören. Und vor allem wollte ich dir nicht begegnen, sondern nur Paika für einen Augenblick sprechen. Und wenn es auch nur den geringsten Aufschub geduldet hätte, hätte ich nicht riskiert, möglicherweise die feine Lady zu treffen.«

»Paika? Was hast du mit Paika zu tun?« Ihre Stimme klang beherrscht. Doch ihre weit aufgerissenen Augen zeugten von ihrer Verwirrung.

Anaru lag eine bittere Bemerkung auf der Zunge. Aber er nahm sich zusammen und schluckte sie hinunter. Stattdessen entgegnete er kalt: »Sie ist eine entfernte Verwandte, und ich möchte sie nach Auckland holen, damit sie mir den Haushalt führt. Aber ich wüsste nicht, was es dich angeht. Am besten kehrst du schnell ins Haus zurück und vergisst, dass ich hier auf sie warte, um schnellstens mit ihr abzureisen.«

»Das darfst du nicht!«, widersprach Olivia energisch. »Du darfst sie nicht mitnehmen. Mein Sohn Duncan wird sie heiraten!«

»Das wird er mit Sicherheit nicht!«, entgegnete Anaru barsch. Er konnte ihr nicht in die Augen sehen. Seine Angst, sie könne in seinem Gesicht lesen, dass er trotz allem niemals aufgehört hatte, sie zu lieben, schnürte ihm die Kehle zu. Warum kann ich sie nicht einfach hassen, dachte er gequält, warum nicht?

»Was mischst du dich da ein? Was geht dich Paika an?«, bellte Olivia.

»Ich glaube, das kannst du dir denken. Ich habe einst auch eine Pakeha geliebt und bin wie Küchenabfall weggeworfen worden, als sie meiner überdrüssig geworden war. Dieses Schicksal möchte ich Paika ersparen.« Er stockte und blickte sie prüfend an. »Und es müsste doch ganz in Ihrem Sinne sein, gnädige Frau, dass sich Ihr guter Sohn nicht ernsthaft an eine Maori bindet. Oder sollten Sie Ihre Meinung über das kurze Vergnügen mit braunhäutigen Liebschaften grundlegend verändert haben, *Lady Hamilton?*«

Olivia zitterte plötzlich am ganzen Körper. »Ich will, dass die beiden heiraten. Hast du verstanden?«, sagte sie mit rauer Stimme.

In ihren Augen schimmerte es feucht, aber das berührte Anaru nicht. Endlich hatte er seine Gefühle so weit unter Kontrolle, wie er es sich immer gewünscht hatte. Wie er ihre Überheblichkeit verabscheute! Was fiel ihr eigentlich ein, von ihm zu verlangen, dass er Paika in ihr Unglück rennen ließ?

»Ja, dein Befehl ist hier angekommen«, erwiderte er scharf und zeigte auf seinen Kopf. Dann deutete er auf sein Herz: »Hier allerdings erreicht er mich nicht. Dazu habe ich doch deine Einstellung zu einer gemischten Ehe schmerzhaft am eigenen Leib erfahren müssen. Was sagt überhaupt dein Gatte dazu? Ich kann mir kaum vorstellen, dass Allan Hamilton dieser Verbindung zustimmt.«

Sie starrte ihn fassungslos an. »Woher kennst du meinen Mann? Spionierst du mir nach?« Sie fasste sich mit beiden Händen an den Kopf und stöhnte.

»Keineswegs. Ich hätte auf die Bekanntschaft liebend gern verzichtet. Aber ich arbeite am Native Land Court. Und dort ist er bekannt wie ein bunter Hund. Vor allem dafür, dass er Land für sich beansprucht, um das sein Vater die Maori betrogen hat. Im Gericht bin ich im Übrigen auch deinem Sohn begegnet, und ich muss sagen: ein feiner Kerl, aber ein Pakeha. Leider!«

Olivia geriet bei seinen Worten ins Wanken. Mit letzter Kraft ließ sie sich neben ihn auf die Bank fallen.

»Du kennst meinen Sohn?«

»Kennen ist zu viel gesagt. Wir hatten ein anregendes Gespräch, in dem er mich auch von der Ernsthaftigkeit seiner Pläne, Paika gegen den Willen seiner Familie zu heiraten, überzeugte. Er hat auf jeden Fall mehr Mumm als seine Mutter. Trotzdem traue ich ihm nicht zu, dass er es schafft, seine Maorifrau vor der Häme der

Aucklânder Gesellschaft zu schützen. Außerdem möchte ich nicht, dass meine Nichte deinen Sohn heiratet. Kurzum, Paika kommt mit mir! Diese Ehe wird es niemals geben. Zudem teilt Paika meinen Entschluss!«

»Bitte, Anaru, ich kann es dir nicht erklären, aber du musst ... Nein, bitte vertrau mir!«, stammelte Olivia.

»Dir vertrauen? Du scherzt wohl. Ist es dir so ein tiefes Bedürfnis, dass dein Sohn auch einmal in den Genuss kommt, von den verbotenen Früchten zu naschen wie die Frau Mama? Erspar mir die Heuchelei! Du willst doch gar nicht, dass die beiden heiraten.«

»Anaru, bitte! Ich verstehe ja, dass du mich hasst, aber lass die alte Geschichte ruhen. Gib dieser Verbindung deinen Segen. Ich wünsche mir mehr als alles andere auf der Welt, dass die beiden heiraten. Sie müssen heiraten, versteh das doch!«

Anaru wurde blass. »Bitte, sag jetzt nicht, dass Paika von ihm schwanger ist!«

»Nein, nein! Aber bitte glaube mir, es ist für uns alle das Beste. Bitte, bitte, reise ab, und erlaube Paika, zu bleiben und meinen Sohn zu heiraten. Und wenn sie Angst hat, ermutige sie, es zu tun! Bitte!«

Anaru musterte Olivia befremdet. Niemals hatte er sie so bettelnd erlebt. Was bezweckte sie damit? »Ich denke gar nicht daran. Ich werde sie nicht in ihr Elend rennen lassen. Außerdem packt sie bereits. Paika ist nicht nur ein bezauberndes Mädchen, sondern auch vernünftig genug, die Wirklichkeit nicht zu beschönigen. Wir fahren mit dem nächsten Zug ab. Daran ist nicht mehr zu rütteln. Das sollte nun langsam auch in deinen Dickschädel gehen. Mach's gut, Olivia Bradley!« Mit diesen Worten stand er abrupt auf, doch Olivia klammerte sich schluchzend an seine Jacke. »Bitte, nein, lass sie hier! Duncan ist so glücklich. Bitte, fahr allein zurück. Das bist du uns schuldig!«, flehte sie.

Er riss sich los und fauchte: »Bist du von allen guten Geistern verlassen? Ich bin dir gar nichts schuldig.«

»Dann tu es nicht für mich, sondern für deinen Sohn! Denn nur wenn er Paika heiratet, wird das Geheimnis seiner Herkunft niemals ans Licht kommen«, schrie Olivia außer sich und schlug sich, kaum dass sie das ausgesprochen hatte, erschrocken die Hand vor den Mund. Das hätte sie niemals preisgeben dürfen! Niemals hatte sie es ihm verraten wollen!

Und noch jemand hielt sich die Hand vor den Mund, um nicht laut aufzuschreien. Dieser Jemand stand versteckt hinter einem Baum und bebte am ganzen Körper.

3. Teil

Maryann – die Mutter

Auckland, September 1900

Anaru Rangiti kehrte an diesem trüben Tag völlig erschöpft von der Arbeit zurück. Es war vor Gericht um einen umfangreichen Nachweis gegangen, dass eine geplante Straße so nicht gebaut werden konnte, weil sie einen traditionellen *tapu*, einen geheiligten Ort der Maori, kreuzte. Nach intensiver Beweisführung war es ihm gelungen, Richter Delmore davon zu überzeugen, dem Antrag des Stammes stattzugeben. Nun würde die Straße woanders gebaut.

Anaru bewohnte ein kleines Holzhaus im viktorianischen Stil an der Stephens Avenue, das er ebenso liebte wie den beschaulichen Vorort Aucklands, Parnell, wo viele Maori lebten. Sein einziger weißer Freund Arthur Hensen, ein junger Lehrer, wohnte in der Nachbarschaft. Er unterrichtete in der Mädchenschule der Maori. Anaru hatte ihn gebeten, Paika Privatunterricht zu erteilen. Er hielt sie für ein intelligentes Mädchen, das in der Schule einfach zu wenig gelernt hatte.

Mit Feuereifer brachte der junge Lehrer seiner wissbegierigen Schülerin jeden zweiten Nachmittag bei, was ihr Herz begehrte. Besonders die englische und französische Literatur hatten es ihr angetan. Sie konnte gar nicht genug bekommen von den Stücken Shakespeares und den Romanen Balzacs.

So oft wie möglich brachte Anaru ihr neue Lektüre mit, denn das Lesen war ihre Lieblingsbeschäftigung. Der Maori machte sich Sorgen um die junge Frau. Obwohl sie nun beinahe vier Monate in der neuen Umgebung lebte, kapselte sie sich völlig von der Außenwelt ab. Das Einzige, wozu er sie manchmal überreden konnte, waren sonntägliche Spaziergänge durch Parnell und hinunter zum Hafen.

Seufzend öffnete Anaru die Haustür und wunderte sich. Es war mucksmäuschenstill. Dabei war es ein Mittwoch, einer der Tage, an denen ihn eigentlich immer ein fröhliches Stimmengewirr empfing, weil Arthur seiner Schülerin dann interessante Dinge beibrachte und sie ihm Löcher in den Bauch fragte.

Stattdessen fand er Paika allein vor. Sie saß in einem Sessel und war so in einen Roman vertieft, dass sie erst aufschreckte, als er sich räusperte.

»Entschuldige, ich habe dich gar nicht kommen gehört«, bemerkte sie schuldbewusst, klappte das Buch zu und sprang auf. »Arthur konnte heute nicht. Er hat den Unterricht abgesagt. Und da habe ich mir das Buch gegriffen, nachdem ich mich nützlich gemacht hatte.« Sie lächelte und blickte ihn erwartungsvoll an.

Erst jetzt sah er, was Paika schon wieder für kleine Wunder in seinem Wohnzimmer vollbracht hatte. Alles glänzte frisch, sogar der Holzfußboden wirkte heller, und es duftete nach Scheuersand.

»Danke, mein Kind! Das war aber nicht nötig. Du bist doch nicht meine Hausangestellte, aber schön ist es doch.« Er ließ seinen Blick noch einmal zufrieden über den sauberen Boden schweifen. Dann schaute er sie verlegen an. »Ich habe einen Gast eingeladen, ohne es mit dir abzusprechen ...«

Paika zuckte die Achseln. »Mach dir keine Gedanken, ich habe zwar etwas zum Essen vorbereitet, aber ich kann auch auf mein Zimmer gehen. Ich lese gern noch ein wenig.«

»Nicht doch! Ich hatte eher daran gedacht, dass wir zu dritt speisen. Ich habe auch etwas mitgebracht.« Hastig legte er das Paket, das er die ganze Zeit unter dem Arm trug, auf den Tisch. »Lammbraten. Nichts Besonderes«, murmelte er und fügte rasch hinzu: »Es ist genug für drei.«

Paikas Gesicht verfinsterte sich. Ihr Onkel wusste doch, dass sie keinen Menschen sehen wollte außer Arthur und ihm. »Ich mag nicht«, entgegnete sie trotzig.

»Du brauchst aber endlich Gesellschaft! Und er ist wirklich ein besonders netter Kerl. Ich lerne ihn gerade an. Er wird einmal Gutachter und sicher später am Native Land Court arbeiten – genau wie ich«, erklärte Anaru mit Nachdruck.

»Meinetwegen!«, knurrte Paika. »Ich weiß ja, du meinst es gut. Ich werde mir auch alle Mühe geben, nicht gar so verschlossen zu sein. Du hast ja Recht. Ich kann mich nicht mein Leben lang verkriechen. Sonst ende ich noch eines Tages wie Maryann Bradley. Also, wann kommt der junge Mann?«

Paika merkte gar nicht, dass Anarus Gesichtszüge sich bei dem Namen »Bradley« verhärtet hatten. Weil er die Antwort schuldig blieb, schaute sie ihn fragend an. Er aber schien in Gedanken weit weg. Das geschah öfter, seit Paika bei ihm lebte, und sie fürchtete allmählich um seine Gesundheit.

»Onkel Anaru, träumst du?«

Erschrocken fuhr er zusammen. »Nein, nein, ich, ich habe nur an meinen heutigen Fall denken müssen. Sehr komplizierte Sache. Was hast du mich gefragt?«

»Wann kommt dein Besuch?«

»Gegen sieben.« Er bemühte sich zu lächeln, was ihm gründlich misslang.

Was würde Paika darum geben, seine Gedanken zu lesen! Er war in der Regel sehr offen und zugänglich, aber manchmal zog er sich in seine Gedankenwelt zurück, in der sie ihn nicht mehr erreichen konnte. Bevor sie das Wohnzimmer verließ, warf sie ihm noch einen besorgten Blick zu, aber er schien sie gar nicht mehr zu bemerken.

Anaru kannte das schon. Fast täglich erlebte er in Gedanken jenen Maiabend in Rotorua noch einmal. Er sah Olivias verstörtes Gesicht vor seinem inneren Auge, hörte ihre bettelnden Worte, dann, wie sie ihm eiskalt *Tu es für deinen Sohn!* ins Gesicht schleuderte. Schließlich sah er sich wie ein gehetztes Tier davonrennen.

Seit Mai quälte er sich mit der Frage, ob Olivia ihn belogen oder ihm die Wahrheit gesagt hatte. Er tendierte inzwischen dazu, dass ihr die Wahrheit versehentlich herausgerutscht war.

Manchmal überkam Anaru eine unbändige Lust, die feinen Herrschaften in ihrem Haus aufzusuchen und Olivia zu zwingen, ihr Geständnis im Angesicht ihres Ehemannes zu wiederholen. Was ihn davon abhielt, war seine tiefe Zuneigung zu dem Jungen. Niemals würde er ihm das antun. Für ihn würde doch eine Welt zusammenbrechen, wenn er erfuhr, dass seine Mutter seinen leiblichen Vater kaltblütig um sein Recht betrogen und gleichzeitig einem anderen Mann vorgegaukelt hatte, Duncan wäre sein Kind. Und man konnte wohl vieles gegen den alten Hamilton vorbringen, aber dass er »seinen Sohn« über alles liebte, das war stadtbekannt.

Eigentlich müsste er Olivia hassen, aber das wollte ihm nicht so recht gelingen. Hatte sie es nicht nur für ihren Sohn getan?

Jedes Mal, wenn er in dieses Grübeln verfiel, das doch zu gar nichts führte, endete es mit der Frage, ob er nicht doch sein Jawort zu der Ehe zwischen Paika und Duncan erteilen sollte. Für das Glück der beiden jungen Leute wäre es richtig so. Dessen war er sich sicher. Aber würde er, Anaru, es ertragen, dass Paika, die ihm inzwischen wie eine eigene Tochter war, seinen Sohn heiratete, zu dem er sich nicht bekennen durfte? Nein, das konnte wahrlich keiner von ihm verlangen. Allein die Vorstellung, sie würden Kinder bekommen und er dürfte niemals zeigen, dass es seine Enkelkinder waren und nicht die von Allan Hamilton.

So setzte er seine Hoffnungen lieber in jenen attraktiven jungen Mann, den er heute zum Essen eingeladen hatte.

Das Klingeln der Haustürglocke riss ihn aus den Gedanken, und er eilte zur Tür.

»Kommen Sie rein, Maaka!«, bat Anaru den jungen Mann in sein Haus.

In diesem Augenblick trat auch Paika auf den Flur. »Wann soll ich das Essen servieren?«, fragte sie munter, doch dann erstarrte sie.

»Du?« Mehr wollte ihr nicht einfallen.

Auch Maaka schien sichtlich verwirrt.

»Paika?« Zu größeren Worten schien auch er nicht in der Lage.

Anaru sah verwirrt von einem zum anderen.

»Ihr kennt euch?«, fragte er irritiert.

Maaka fing sich als Erster wieder. Er versuchte zu lächeln, was ihm halbwegs gelang. »Ja, wir beide sind schon einmal miteinander ausgegangen. Mehr noch, ich wollte sie heiraten, aber da tauchte ein Nebenbuhler auf, den ich zum Stockkampf herausforderte. Er hielt sich glänzend. Dabei war er ein Pakeha. Wo ist dein Mann, Paika? Ich würde ihn gern wiedersehen.«

Paika lief feuerrot an.

Anaru hielt den Atem an. Sprach Maaka von Duncan? Er atmete tief durch.

»Dann, liebe Paika, kannst du gern den Braten servieren. So brauche ich euch einander ja nicht mehr vorzustellen. Umso besser«, versuchte Anaru zu scherzen und zwinkerte seiner Nichte zu.

Die Stimmung bei Tisch war trotz des köstlichen Essens, das Paika gezaubert hatte, mehr als angespannt. Maaka musterte sie die ganze Zeit. In seinen Augen war die Frage zu lesen: Was ist mit dem Pakeha? Und vor allem: Warum ist er nicht hier?

Paika hingegen stierte schweigend auf ihren Teller, weil sie befürchtete, genau jene Frage würde früher oder später aus ihm herausplatzen, während Anaru sich redlich bemühte, das Tischgespräch in Gang zu halten.

Sie hatten noch gar nicht den letzten Bissen gekaut, als Maaka überstürzt aufbrach. Er behauptete, er müsse noch trainieren. Dennoch verabschiedete er sich herzlich von Anaru und dankte ihm, dass er ihn für die nächsten Wochen freistellte. Das ermöglichte dem jungen Maori, für ein paar Monate als Mitglied der Auckländer Rugbymannschaft durch Neuseeland zu reisen.

»Ich hoffe, Sie sind von dem Gerangel um den Ball endgültig kuriert, wenn Sie wiederkommen. Mögen sich Ihre Hoffnungen nicht erfüllen, dass man Sie eines Tages in die Nationalmannschaft aufnimmt. Ich sehe Sie nämlich als meinen Nachfolger«, bemerkte Anaru verschmitzt.

»Ich werde Sie sofort aufsuchen, wenn ich wieder in Auckland bin. Und dann würde ich gern mal mit der schweigenden jungen Dame dort ausgehen, aber nur, wenn es den tapferen Pakeha nicht mehr in ihrem Leben gibt. Gibt es ihn noch, Paika?«

Sie lief knallrot an.

»Wir werden nicht heiraten, falls du das meinst«, antwortete sie trotzig.

Er sah sie ernst an. »Ich weiß, dass man einer Frau nicht zweimal dieselbe Frage stellen sollte, aber ich würde es dann wohl versuchen«, erklärte er ungerührt und verließ das Haus.

Kaum war die Tür ins Schloss gefallen, baute sich Paika wütend vor Anaru auf.

»Ach, du wolltest mir also einen Ehemann suchen?« schnaubte sie. »Da hast du aber Glück gehabt, dass du einen gefunden hast, der mir recht bald einen Antrag machen wird. Einen tollen, starken Maorimann. Verdammt, warum lasst ihr mich nicht alle in Ruhe meine Bücher lesen?«

Schluchzend drehte sie sich um und rannte die Treppe hinauf in ihr Zimmer.

Anaru blieb betrübt zurück. Er ahnte, was dieser Ausbruch zu bedeuten hatte.

Ihn beschlich das Gefühl, mit dieser Einladung eine Riesendummheit begangen zu haben. War er denn wirklich so blind gewesen, nicht zu erkennen, wie sehr Paika noch an Duncan hing? War er nicht ein gnadenloser Egoist, wenn er diese Ehe so vehement zu verhindern suchte? Duncan war nicht aus demselben Holz geschnitzt wie seine Mutter. Er würde Paika nicht wegwerfen. Nein, Duncan kam ganz nach ihm. Und ganz tief in seinem Inneren war Anaru auch ein klein wenig stolz, dass sein Sohn dem Maori Maaka im Stockkampf ebenbürtig gewesen war. Doch es würde ihm nie vergönnt sein, ihm auf die Schulter zu klopfen und zu sagen: Das hast du gut gemacht, mein Junge!

Rotorua, November 1900

Abigail O'Donnel hielt einen Brief in der Hand, der in schön geschwungener Schrift an Maryann Bradley adressiert war. Darüber wird Mutter sich hoffentlich freuen, dachte sie.

Seit Paika nicht mehr bei ihnen lebte, hatte Maryann sich auch nie wieder aus ihrer Matratzengruft gerührt. Abigail hatte alles versucht, sie dazu zu bewegen, wieder am Familienleben teilzunehmen. Vergeblich. Maryann trauerte dem Mädchen hinterher. Deshalb verübelte Abigail es Paika auch, dass sie sich nicht wenigstens von Maryann verabschiedet und ihr erklärt hatte, warum sie Rotorua so plötzlich verlassen musste.

Aber nun hat sie es doch noch getan, dachte Abigail versöhnlich und betrat das düstere Zimmer. Sie riss das Fenster auf und ließ die warme Frühlingsluft hinein, bevor sie ans Bett ihrer Mutter trat und sie besorgt betrachtete.

»Ach, Mutter, schau doch nur, wie schön es draußen ist! Die Vögel zwitschern, die Sonne lacht vom Himmel, und der frische Wind –«

»Es stinkt nach Schwefel«, brummelte Maryann. »Alles stinkt nach diesem verdammten Schwefel.«

»Aber, Mutter, du hast dich noch nie über den Geruch beschwert! Du sagst immer zu Olivia, dass die Luft gesund ist, wenn sie darüber nörgelt.«

Maryann gab einen zischenden Laut der Missbilligung von sich. »Was soll denn gesund sein an dem Gestank nach faulen Eiern? Ich habe den vom ersten Tag an gehasst ...« Sie hielt inne.

»Das hast du uns Kinder aber nie spüren lassen«, bemerkte Abigail irritiert.

»Ich wollte, dass ihr diesen Ort liebt, dass ihr vergesst, wie schön ihr es einst hattet ...«

»Du meinst in Dunedin?«, fragte Abigail zögernd.

Da kam Leben in das regungslose Gesicht ihrer Mutter. Wütend funkelte sie Abigail an. »Ich dachte, wir wären uns einig, niemals über Dunedin zu sprechen«, fauchte sie.

»Ja, sicher, ich will auch gar nicht darüber reden, aber du hast davon angefangen.«

»Gib nichts auf das Geschwätz einer alten Frau!«

Abigail schluckte trocken. Wenn die Mutter schon ihr gegenüber so unleidlich war, konnte sie sich ungefähr vorstellen, wie sie erst Annabelle malträtierte.

»Mutter, schau hier. Der ist gerade angekommen.« Sie wedelte mit dem Brief.

»Was ist das?«, wollte Maryann mürrisch wissen.

»Ein Brief an dich!«

»Lies ihn mir vor! Ich hoffe, er ist von Olivia und es geht ihr endlich besser. Sie sah ja ganz entsetzlich aus, als sie nach deiner Hochzeit abgereist ist.«

Abigail seufzte erneut. Tja, das war schon eine merkwürdige Hochzeit gewesen. Erst hatte sich Olivia mit rasenden Kopfschmerzen auf ihr Zimmer zurückgezogen, und dann war Duncan kopflos herumgeirrt und hatte überall nach Paika gesucht. Die aber blieb verschwunden, und keiner wusste, wohin sie gegangen war. Nur dass sie ihre Habe mitgenommen hatte. Daraufhin war Maryann in sich zusammengefallen und hatte darauf bestanden, dass man sie sofort ins Bett brachte. Es war gar nicht so einfach gewesen, inmitten all dieser niedergeschlagenen Verwandten fröhlich Hochzeit zu feiern.

Abigail hatte das alles als schlechtes Zeichen betrachtet, aber Patrick verfügte über einen gesunden Humor.

»Das ist kein schlechtes Omen für unsere Ehe, mein Schatz«, pflegte er zu sagen, wenn sie wieder davon anfing. »Das ist nur der Beweis, dass du mit Sicherheit nicht die Kapriziöseste der Familie Bradley bist, wie es böse Zungen behaupten.«

Ach, wie ich diesen Mann liebe! Und das Leben mit ihm ist so friedlich!, sinnierte Abigail. Und ist dabei alles andere als langweilig. Wenn sie nur an die Abende dachte, an denen sie gemeinsam musizierten oder sich auf die Insel Mokoia schlichen. Auch das Leben mit Emily barg so manche Überraschungen.

»Goldkind, träumst du? Ich möchte hören, wie es Olivia geht. Nun spann mich doch nicht länger auf die Folter! Lies schon!«

»Mutter, der Brief ist nicht von Olivia. Er ist von Paika.«

Maryann setzte sich mit einem Ruck auf. »Von Paika? Schnell! Lies! Worauf wartest du noch? Ich habe es doch gewusst, dass sie mich nicht so einfach im Stich lässt. Bestimmt ist Annabelle schuld daran, dass sie sich davongestohlen hat wie eine Verbrecherin.«

»Mutter, das reicht. Was redest du da für dummes Zeug? Annabelle hat rein gar nichts damit zu tun. Wir wissen doch alle, dass sie wegen Duncan auf und davon ist. Warum lässt du Annabelle nicht endlich in Ruhe? Sie hat dir nichts getan! Wenn du unbedingt einen Sündenbock brauchst, dann nimm zur Abwechslung mal wieder mich.«

Abigail war bei ihren Worten vom Stuhl gesprungen und hatte sich kämpferisch vor dem Bett ihrer Mutter aufgebaut. Wütend funkelte sie die alte Frau an, die nun hochmütig das Gesicht verzog.

»Was weißt du denn schon davon? Du hast schließlich keine Kinder ...«

Abigail zuckte unmerklich zusammen.

Maryann aber schien nicht einmal annähernd zu merken, in welchen Fettnapf sie getreten war.

»Ich weiß, was ich weiß. Deine Schwester ist ein Unglücksrabe. Sie hat ihre Tochter im Stich gelassen, als der Vulkan ...«

»Mutter! Bitte, hör endlich auf mit dieser Leier! Annabelle kann doch nichts dafür, dass der Berg explodiert ist«, widersprach Abigail mit Nachdruck, aber ihre Mutter schien ihr nicht zuzuhören.

»Ich habe vorausgesehen, dass Lizzy stirbt, wenn Annabelle sie verlässt.«

Abigail durchfuhr ein eiskalter Schauer.

»Damals, als wir zu Olivias Verlobung in *Hamilton Castle* waren, da kam eine Fledermaus auf mich zugeflogen, und mir war, als hätte mich der Hauch des Todes gestreift. Damals habe ich ein Kind gehört, das nach seiner Mutter rief. Damals war Elizabeth noch gar nicht geboren. Aber am Tag ihrer Geburt wusste ich: Sie ist das Kind, das in Gefahr schwebt. Seit damals habe ich auf sie geachtet und Annabelle immer gepredigt, dass sie ihr Kind niemals verlassen darf. Sie hat es trotzdem getan, und jetzt irrt die kleine Seele von Elizabeth durch meine Träume und gibt mir Zeichen, die ich nicht verstehe ...«

Als Abigail bemerkte, dass ihre Mutter den Tränen nahe war, hielt sie es für zwecklos, ihr wegen dieser Hirngespinste den Kopf zu waschen. »Mutter, tu mir einen Gefallen: Sag Annabelle nichts davon! Hörst du? So, und jetzt lese ich dir Paikas Brief vor«, sagte sie mit bemüht sanfter Stimme. »Du wirst sehen, Annabelle kann nichts dafür, dass Paika gegangen ist. Genauso wenig, wie sie ihre Tochter im Stich gelassen hat. Sie hat sich damals, in jener Nacht, nicht wohl gefühlt und hat das Kind nicht wecken wollen. Ihre Freundin Mabel hätte es am nächsten Tag nach Rotorua gebracht.«

»Das hat sie aber nicht.«

»Mutter!«, schimpfte Abigail und begann zu lesen.

»Liebe Maryann,

es tut mir so schrecklich leid, dass ich bei Nacht und Nebel aus Rotorua geflüchtet bin. Das haben Sie nicht verdient. Das habt ihr alle nicht verdient. Besonders nicht die herzensgute Misses Parker, die mich fast wie eine eigene Tochter behandelt hat.«

Abigail legte bewusst eine Pause ein und sah ihre Mutter durchdringend an.

Doch die machte nur eine wegwerfende Handbewegung und zischte: »Weiter!«

»Es war nicht schön von mir, mich so vom Fest fortzuschleichen. Ich hoffe, dass Miss Abigails Hochzeit nicht darunter gelitten hat. Doch ich konnte nicht anders. Mir ist an jenem Abend klar geworden, dass meine Liebe zu Duncan keine Zukunft hat, so wahrhaftig sie auch ist. Wir würden immer geächtet sein, und eines Tages würde er mich dafür hassen, dass er meinetwegen so viel Schmach auf sich nehmen muss. Ich hatte an jenem Abend eine einmalige Gelegenheit, Rotorua zu verlassen, und musste sie nutzen. Ich bin bestens untergebracht. Mir geht es gut. Ich lerne fleißig und lese viel. Sie werden verstehen, dass ich Ihnen nicht verraten kann, wo ich bin, denn ich möchte nicht, dass Sie womöglich Duncan belügen müssen. Er darf niemals erfahren, wo ich mich aufhalte. Ich wünsche ihm so sehr, dass er eine passende Frau in Auckland findet.

Ich vermisse Sie, Misses Parker und ihren Mann sowie Miss Abigail, ich meine natürlich Misses O'Donnel. Und natürlich auch Ruiha, der ich auch nicht mitteilen konnte, wo ich mich befinde, aber ich bitte Sie, alle lieb von mir zu grüßen und ihnen zu versichern, dass die Zeit in Rotorua für mich bislang die glücklichste in meinem Leben war. Bei euch habe ich mich wie zu Hause gefühlt.

Paika.«

Abigail wischte sich verstohlen eine Träne aus dem Augenwinkel, nachdem sie geendet hatte. Mit einem Blick auf ihre Mutter sah sie, dass es ihr nicht anders ging.

»Siehst du, Mutter«, sagte Abigail leise. »Es ist die Liebe zu Duncan, vor der sie sich in Sicherheit gebracht hat. Armes Kind! Und sie dankt Annabelle ausdrücklich. Du darfst keine bösartigen

Dinge mehr über meine Schwester verbreiten. Das musst du mir versprechen.«

Abigail blickte ihre Mutter bittend an.

Maryann nickte schwach.

»Versprichst du es mir?«, hakte Abigail nach.

Maryann nickte wieder.

»Du wirst Annabelle also nicht mehr beschuldigen, Paika aus dem Haus getrieben oder damals ihre Tochter im Stich gelassen zu haben?«

Maryann presste trotzig die Lippen zusammen.

»Versprichst du es mir?«

»Meinetwegen!«

Abigail wollte nicht weiter in sie dringen. Außerdem wurde es Zeit zu gehen. Emily würde gleich aus der Schule kommen und brauchte ein Mittagessen.

»Mutter? Ich werde dich in Zukunft am Nachmittag besuchen, denn in der Schule wird jemand gesucht, der mit den Kindern ein wenig Theater spielt, und Patrick hat mich vorgeschlagen.«

»Du willst arbeiten? Als verheiratete Frau?«, fragte Maryann scharf.

»Hast du nicht gearbeitet?«, gab Abigail trotzig zurück.

»Mir blieb nichts anderes übrig, aber dein Lehrer verdient doch wohl genug, um eine Familie durchzubringen, oder?«

»Das schon, Mutter, aber ich werde viel Freude daran haben, mit den kleinen Rackern ein Theaterstück aufzuführen. So, und nun schlaf ein wenig. Und vergiss nicht, was du mir versprochen hast! Mach Annabelle nicht unnötig das Leben schwer. Hörst du?«

Maryann drehte sich mürrisch um und wandte Abigail den Rücken zu. Kaum war ihre Tochter aus der Tür, da dachte sie grimmig: Wer seine Kinder im Stich lässt, der macht sich immer schuldig!

Und außerdem konnte sie keiner zwingen, Annabelle so zu lieben wie die anderen beiden. Sie allein wusste, warum ihr Herz nicht zu überlisten war.

Und wie aus einem Nebeltal stieg die Erinnerung dessen auf, was sie zeitlebens hatte verdrängen können. Der Schleier des Vergessens riss mit einem Ritsch entzwei, und alles stand vor ihr, als wäre es gestern gewesen.

Espa, Hessen-Nassau, Mai 1855

Marianne Heinrici saß in gebückter Haltung vor der ärmlichen Hütte am Rande des Dorfes. Ihre rechte Hand blutete. Sie hatte sich an einem Holzspan verletzt, aber damit durfte sie sich nicht aufhalten. Dabei würde sie sich am liebsten im Bett verkriechen und erst wieder aufstehen, wenn ihre Mutter endlich wieder da war. Dabei wusste sie, dass ihre Mutter nie mehr zurückkehren würde. Sie seufzte. Ich darf keinen Gedanken darauf verschwenden, ermahnte sie sich. Sonst schaffe ich nicht genügend Fliegenwedel und Besen, bevor Sängers Leute sie abholen kommen.

Jakob Sänger suchte »seine Fliegenwedelmädchen«, wie er die Frauen nannte, die den Winter über für ihn schufteten, stets persönlich aus und sammelte einmal im Jahr deren Erzeugnisse ein, die er in England verkaufte. Über die Märkte musste er nicht mehr reisen. Das erledigten seine Leute. Er hatte es mit seinem Handel zu einigem Wohlstand gebracht und ließ Landgänger für sich arbeiten. Obwohl Sänger selbst aus ärmlichen Verhältnissen stammte, kannte er keine Gnade. Wenn die Mädchen die bestellte Stückzahl nicht erreicht hatten, verweigerte er die Zahlung vollkommen und suchte sich andere, die diese Arbeit taten. Den Familien, denen er damit ihr Einkommen nahm, blieb dann nichts anderes übrig, als ihm ihre Töchter als billige Arbeitskräfte zu verkaufen.

Marianne hatte seit Tagen nicht mehr geschlafen, denn sie schuftete für drei, seit ihre Mutter und eine jüngere Schwester sie nicht mehr unterstützten.

Mit einem Blick auf die Birkenzweige, die sie noch zu verarbeiten hatte, tat sie wieder einen tiefen Seufzer. Wie sollte sie das bloß schaffen? Sie konnte nur hoffen, dass Sänger in diesem Jahr etwas später eintreffen würde, um die Ware zu holen.

Obwohl sie genau wusste, dass sie so schnell wie möglich sein musste, ging ihr die Arbeit heute besonders schwer von der Hand. Die Sehnsucht nach ihrer Familie lähmte sie. Sie verbreitete sich in ihrem Körper wie ein schleichendes Gift und machte jeden Handgriff zur Qual. Einmal mehr verfluchte Marianne den kalten Januartag, an dem ihre Mutter mit Mariannes vier kleinen Geschwistern fortgegangen war. Jakob Sänger hatte Hildegard Heinrici auf einem reichen Hof bei Frankfurt eine Anstellung als Magd vermittelt. Er mochte die ruhige, bescheidene Witwe wohl. Er war als Kind mit ihr zur Schule gegangen.

Ja, Mutter mag er, dachte Marianne traurig, aber mich hasst er, weil ich mich mit Händen und Füßen dagegen gewehrt habe, einen seiner Landgänger auf die englischen Märkte zu begleiten. Als Drehleiermädchen, um Kunden zu werben. Dabei weiß doch jeder im Dorf, dass viele der Mädchen, die sich darauf eingelassen haben, auf Nimmerwiedersehen verschwunden sind.

Marianne wollte diese Gedanken abschütteln, doch es gelang ihr nicht. Heute war es wie verhext. Tränen standen ihr in den Augen, und sie konnte die Zweige nicht mehr sehen. Sie schrie auf. Schon wieder hatte sie sich in den Finger gestochen. Wenn es so weiterging, könnte sie überhaupt nicht mehr arbeiten. Daran durfte sie gar nicht erst denken.

Trotzdem bekam sie es nicht aus dem Kopf. Wie froh sie gewesen war, als Sänger ihrer Mutter angeboten hatte, diese ärmliche Hütte endlich zu verlassen! Auf einem reichen Hof gäbe es bestimmt genug zu essen, sodass sie keinen Hunger mehr leiden müssten. Das hatte sie jedenfalls von Herzen gehofft.

Niemals würde sie jenen Augenblick vergessen, als sie alle mit ihren wenigen Habseligkeiten vor der Hütte gestanden hatten und Sänger von seinem Pferd auf sie herabgesehen hatte. Wie verächtlich er sie, Marianne, gemustert hatte! Dann hatte er mit dem Finger auf sie gezeigt. Marianne wurde übel, weil sie seine schnarrende Stimme und die vernichtenden Worte, die er an ihre Mutter gerichtet hatte, zu hören glaubte.

»Die nicht! Die kannst du nicht mitnehmen, Hildegard.«

»Aber kannst du nicht doch eine Ausnahme machen?«

»Sei froh, dass du die Kleinen mitnehmen darfst! Die da ist schon zu groß.«

»Ich kann sie hier nicht alleinlassen«, jammerte Hildegard.

»Du musst. Und das habe ich dir auch gesagt. Die Große bleibt, und du hast eingeschlagen«, erwiderte Sänger kalt.

Marianne hatte diesem Gespräch fassungslos zugehört, sich aber dennoch sicher gefühlt. Ihre Mutter würde bestimmt nicht ohne sie gehen.

»Aber was soll sie denn allein in Espa? Wovon soll sie leben?«

»Wenn sie im Sommer als Drehleiermädchen geht, werde ich mich schon darum kümmern, dass sie gut bei Futter ist. Wir wollen doch keine mageren Hühnchen haben. Das schreckt die Käufer nur ab. Na, was ist? Stehst du zu deinem Wort? Gilt unser Handel?«

Marianne sah vor ihrem inneren Augen, wie gierig er sie dabei gemustert und sich dann an ihre Mutter gewandt hatte. Alles, was dann geschehen war, stand wieder in lebendigen Bildern vor ihr, als sei es erst heute Morgen gewesen.

Sänger beugte sich vom Pferd hinunter und streckte Hildegard die Hand entgegen.

»Nein, das kann ich nicht, Jakob. Ich will sie nicht verkaufen. Gib ihr die Chance, weiter Besen und Wedel herzustellen, bitte! Sie ist so flink«, flehte Mariannes Mutter.

Er runzelte die Stirn und brummte: »Gut, aber nur, weil du es bist. Und nur unter einer Bedingung: Sie muss die gleiche Menge herstellen, die ihr alle zusammen geschafft habt.« Er warf Marianne einen abschätzigen Blick zu.

Sie jedoch blickte nur ängstlich auf die Spitzen ihrer löcherigen Schuhe. In ihrem Kopf wirbelte alles durcheinander, und sie brachte kein Wort über die Lippen.

»Einverstanden!«

Dieses Wort schnitt sich tief in Mariannes Seele hinein. Ihre eigene Mutter feilschte um sie wie um eine Lieferung Fliegenwedel? Und sie war offenbar tatsächlich fest entschlossen, ohne ihre Älteste zu gehen.

Marianne hob den Blick und schaute ihre Mutter ungläubig an.

Die aber zuckte nur bedauernd mit den Schultern.

»Mutter, geh nicht ohne mich!«, bettelte Marianne mit tränenerstickter Stimme.

Aber Hildegard wandte ihrer Tochter abrupt den Rücken zu und setzte sich in Bewegung. Die drei kleinen Jungen und das Mädchen folgten ihr zögerlich und mit hängenden Köpfen.

»Mutter, nein!«, schrie Marianne verzweifelt, doch keine der zerlumpten Gestalten drehte sich zu ihr um. Sie überlegte, ob sie hinterherlaufen und sich an die Rockschöße ihrer Mutter klammern sollte, doch da hörte sie Sängers schneidende Stimme.

»Na, dann fang mal an mit der Arbeit! Wir sehen uns im Frühjahr wieder. Dann wird sich zeigen, ob du genug geschafft hast oder ob ich dich als Drehleiermädchen einem meiner Leute mitgebe.«

Marianne würdigte ihn keines Blickes mehr, sondern stolzierte hocherhobenen Hauptes in die ärmliche Hütte zurück. Dort warf sie sich auf das Bett, das sie sich sonst mit ihren Geschwistern hatte teilen müssen. Wenigstens habe ich jetzt ein Bett für mich, dachte sie trotzig, entschlossen, keine Träne zu vergießen. Doch es gelang ihr nicht. Tränen rannen über ihre Wangen, als ihr bewusst wurde, dass sie weder ihre Mutter noch die Geschwister jemals wiedersehen würde. Zitternd setzte sie sich auf, wischte die Tränen fort und biss die Lippen fest zusammen. Ich werde es schaffen, dachte sie trotzig und machte sich an die Arbeit.

Seit vier Monaten war Marianne inzwischen ihrem Versprechen treu. Sie verbot sich, ihrer Familie auch nur noch eine Träne nachzuweinen, auch wenn ihr das schwerfiel. Gerade heute ließen sich die Erinnerungen partout nicht verscheuchen.

Mit einem Blick auf ihre geschundenen Hände wollte Marianne der Mut verlassen. Sie würde es niemals schaffen, die verlangte Stückzahl Fliegenwedel und Besen herzustellen! Außerdem knurrte ihr leerer Magen. Dass sie überhaupt etwas zu essen bekam, verdankte sie der Mutter ihrer besten Freundin Frieda, Gertrude Reimann. Die Familie hatte selber kaum zu essen. Trotzdem steckte ihr die gute Frau so viel zu, dass sie nicht verhungerte. Das tat sie heimlich und hinter dem Rücken ihres Mannes. Sollte der sie dabei erwischen, dass sie ein weiteres Blag durchfütterte, würde er sie grün und blau schlagen.

Marianne stellte sich gerade ein dampfendes Stück Fleisch auf dem Teller vor, als Frieda sich zu ihrer Freundin gesellte.

»Hier, nimm! Mutter hat heute nur Kartoffelreste für dich aufbewahren können, aber besser als gar nichts«, sagte sie und reichte ihrer Freundin eine kleine Schüssel.

Marianne war so hungrig, dass sie die Kartoffeln in Sekundenschnelle hinunterschlang.

Frieda beobachtete sie nachdenklich. Dann griff sie sich einen halbfertigen Fliegenwedel und machte sich an die Arbeit. Auch ihre Familie stellte im Winter Besen und Fliegenwedel her und konnte genauso wenig wie die Heinricis davon leben. »Marianne?«, raunte Frieda in geheimnisvollem Ton und legte den Wedel aus der Hand. Prüfend musterte sie die Freundin, bevor sie flüsternd hinzufügte: »Ich habe jemanden kennengelernt, der uns hier rausholen kann.«

»Wie meinst du das?«

»Er ist Landgänger, sieht blendend aus und sagt, ich soll mit ihm kommen.«

»Als seine Frau?«, fragte Marianne kritisch.

»Nein, das nicht gerade, ich meine vielleicht später. Ich tanze auf den Märkten, auf denen er die Besen verkauft, um die Kunden anzulocken.«

»Bist du verrückt? Du weißt doch, was die Leute reden. Denk

doch nur, wie viele Mädchen niemals nach Espa zurückgekehrt sind. Böse Zungen behaupten, sie sind tot.«

Frieda stieß einen Seufzer aus. »Ach, was! Das ist lauter dummes Zeug, das sich alte Weiber ausdenken, wenn sie nichts anderes zum Tratschen haben. Ich habe jedenfalls keine Lust mehr zu hungern. Bitte, komm doch mit mir!«

»Nein, ich denke gar nicht daran. Dann kann ich ja gleich mit Sängers Leuten gehen. Er wartet doch nur darauf.«

»Sänger ist ein Menschenschinder. Waldemar ist völlig anders.«

»Waldemar? Ach, so vertraut seid ihr schon? Hast du ihm vielleicht bereits deine Unschuld geschenkt?«

»Marianne! Wie kannst du so etwas nur sagen? Das würde ich niemals tun. Das bewahre ich mir für die Hochzeitsnacht auf«, erwiderte Frieda empört, bevor sie schmeichelnd schnurrte: »Bitte, komm doch mit!«

»Ich will nicht. Wie kommst du überhaupt darauf, dass er mich auch noch mitnehmen möchte? Dann muss er ja zwei mehr durchfüttern.«

»Er hat es mir selbst gesagt. ›Wenn du noch ein schönes Mädchen kennst, überrede es mitzukommen. Ich brauche wenigstens zwei.‹ Und du bist nun mal die Schönste weit und breit. Es wäre doch schade, wenn du dir deine Finger mit dieser blöden Arbeit noch völlig verstümmeln würdest. Außerdem sucht er noch ein Drehleiermädchen, und keine spielt so zauberhaft wie du.«

»Ach, ich soll dich also begleiten, wenn du für die Kunden tanzt? Frieda, ich werd einen Teufel tun und für deinen Waldemar schuften. Sei vernünftig: Geh nicht!«

»Aber was soll ich denn hier auf diesem verdammten Flecken Erde, wo wir nichts zu beißen und keine Zukunft haben?«

»Wissen deine Eltern davon?«

»Nein, Mutter würde mich niemals ziehen lassen, und Vater würde um mich feilschen. Der wird nur froh sein, wenn er einen Esser weniger hat. Marianne, das ist unsere Chance!«

»Bitte verlass du mich nicht auch noch!«, flehte Marianne nun. »Dann habe ich gar keinen Menschen mehr.«

»Genau. Begreif doch endlich, dass du deine Familie niemals wiedersehen wirst! Du wirst dich hier zu Tode plagen. Lern ihn wenigstens mal kennen.«

»Nein! Und jetzt halt mich nicht länger auf, denn bis Juni muss ich noch eine Menge Wedel herstellen.«

»Dann bleib doch bei deinen blöden Wedeln! Ich werde mein Glück auch allein machen.«

»Ha! Glück? Da würde ich den Mund an deiner Stelle nicht so voll nehmen.«

»Ach, mach doch, was du willst, und verrotte hier!«

Der Streit der Freundinnen wurde von lautem Pferdegetrappel unterbrochen. Erschrocken blickte Marianne in die Richtung, aus der drei Reiter heranpreschten, allen voran Jakob Sänger. Marianne begann am ganzen Körper zu zittern. Die wollen doch nicht etwa die Ware abholen?, dachte sie erschrocken. Das haben sie doch immer erst Anfang Juni gemacht.

An Sängers feixendem Gesicht konnte Marianne unschwer erkennen, dass ihre Befürchtung zutraf.

»Hast du dir Hilfe geholt?«, fragte der Händler lauernd und musterte Frieda. Dann huschte ein Lächeln über sein Gesicht. »Sie kann gern mitkommen. Wir suchen noch ein Tanzmädchen. Sie ist zwar nicht ganz so hübsch wie du, aber für unsere Zwecke reicht es.« Mit diesen Worten sprang er vom Pferd, trat auf Frieda zu und befahl: »Dreh dich mal!«

Frieda war viel zu erschrocken, um sich zu wehren. Wie eine Tanzpuppe setzte sie sich langsam in Bewegung und tanzte vor dem Händler.

»Doch, dich können wir auch gebrauchen. Ihr beide zusammen seid ein gutes Gespann. Das mögen die Leute sicherlich: ein schwarzes Teufelsweib und eine holde blonde, ein wenig blasse Maid.«

»Ich werde nicht euer Drehleiermädchen!«, zischte Marianne

und schüttelte die schwarzen Locken. Aus ihren dunklen Augen funkelte sie Jakob Sänger an und bleckte die schneeweißen Zähne angriffslustig.

»Man könnte ja direkt Angst vor dir kriegen, Marianne Heinrici«, spottete der Händler, »wenn man nicht wüsste, dass du nur der Wechselbalg eines Zigeuners bist.«

Marianne lief knallrot an. »Mein Vater ist hier geboren, hat hier gearbeitet und liegt hier auf dem Friedhof, weil er von Ihnen, mein Herr, bis aufs Blut ausgesogen wurde.«

»Du hast Recht. Der gute Fritz Heinrici liegt auf dem Friedhof, aber wer sagt denn, dass er dein Vater ist? Wenn du es genau wissen willst, ich mochte deine Mutter mal sehr gern, aber dann kam dieses fahrende Volk vorbei, und Hildegard hat eine Dummheit gemacht. Sie ist mit einem von ihnen in den Wald gegangen, und der hat nicht lange gefackelt und gar nicht erst gefragt, ob es ihr recht ist, wenn er sich nimmt, was Frauen zu geben haben …«

Marianne spuckte dem Mann in hohem Bogen vor die Füße und schrie: »Verschwinde, du Blutsauger! Komm im Juni wieder, wenn ich die Wedel fertig habe, und dann gib mir meinen Lohn. Und wenn du noch mal so über meine Mutter redest, bringe ich dich um!«

Er lachte dreckig. »Nein, ich nehme die Ware heute mit oder gar nicht.« Er warf einen flüchtigen Blick auf die fertige Ware. »Wo ist der Rest?«

Marianne schluckte trocken. Ihr Widerstand war gebrochen. Sie konnte dem kalten Blick des Mannes nicht länger standhalten. Stattdessen schaute sie in die schreckensstarren Augen ihrer Freundin, als erwarte sie von ihr die Rettung, aber Frieda hob nur hilflos die Hände. Marianne bereute, dass sie sich mit dem Händler angelegt hatte. Aber hatte er sie nicht bis aufs Äußerste gereizt?

»Bitte, lassen Sie mir noch zwei Wochen Zeit. Ich schwöre, dann habe ich die Ware fertig …« Ihr Ton klang jetzt beinahe einschmeichelnd. Von Stolz keine Spur mehr.

»Nein, du kleine Kröte, du wirst mit einem meiner Verkäufer nach England ziehen. Und das ist mein letztes Wort.«

»Und wenn ich mich weigere?«, fragte Marianne beklommen.

»Dann werden meine Begleiter deine Hütte anzünden und dich zwingen, denn du hast deinen Teil der Abmachung nicht eingehalten.«

Mariannes Herz schlug bis zum Hals. Wieder wandte sie sich hilfesuchend Frieda zu.

Die Freundin nickte. Marianne verstand sofort. Sie sollte sich scheinbar ihrem Schicksal ergeben und Demut beweisen. Wenn Jakob Sänger dann fort wäre, konnte man weitersehen. Keine schlechte Idee.

Marianne senkte unterwürfig den Blick. »Gut, ich gebe auf. Aber würden Sie mir noch erlauben, meine Sachen zu packen?«

Sänger lachte laut. »Sachen? Ich wusste gar nicht, dass eine wie du mehr besitzt als das, was sie am Leibe trägt. Aber ich will kein Unmensch sein. Morgen bin ich wieder zur Stelle. Und vergiss die Drehleier nicht! Deine Kleider kannst du hierlassen. Du kriegst neue von mir. Und du auch, Frieda Reimann! Schließlich seid ihr keine Lumpenmädchen, sondern ihr sollt hübsch aussehen und Kunden anlocken.«

Marianne nickte wortlos.

Frieda murmelte: »Ja, Herr!«

Erst als der Hufschlag verklungen war, traute sich Marianne, etwas zu sagen. »Ich packe schnell. Meinst du, dieser Waldemar kann uns noch vor Einbruch der Dunkelheit von hier fortbringen?«

Frieda lächelte. »Keine Sorge, schon morgen sind wir auf einem Schiff nach England. Und wir werden reich zurückkehren. Das schwöre ich dir!«

Dein Wort in Gottes Ohr!, dachte Marianne und raffte eilig ihre Habseligkeiten zusammen.

Auckland, 25. Dezember 1900

Das Weihnachtsfest der Familie Hamilton stand in diesem Jahr unter keinem guten Stern. Das empfand jedenfalls Duncan so, der seinen Blick prüfend über die kleine Festgesellschaft schweifen ließ, die sich nun um das Klavier versammelte, um Weihnachtslieder zu singen. Seine Mutter litt unter entsetzlichen Kopfschmerzen, die sie vor den Gästen zu verbergen versuchte. Ihr Gesicht war zur Maske erstarrt, und sie war stumm wie ein Fisch. Auf den ausdrücklichen Befehl seines Vaters rührte sie keinen Alkohol an. Damit nämlich hatte sie das gestrige Familienessen gründlich ruiniert, indem sie mitten beim Hauptgang einfach vom Tisch aufgestanden und ins Bett gewankt war.

Helen ließ sich mürrisch auf den Klavierhocker fallen. Duncan wunderte sich, warum seine Schwester nicht wenigstens heute Abend vor Glück strahlte. Schließlich war beim Essen ihre Verlobung mit Peter bekannt gegeben worden. Duncan konnte den überheblichen Schwätzer zwar nicht leiden, aber er war die beste Partie, die sein Vater sich hätte wünschen können. Peters Vater, der alte Smith, war der reichste Holzhändler der Gegend. Heute ist Vater bestimmt sehr stolz auf Helen, vermutete Duncan.

Olivia stimmte nun mit versteinerter Miene *Silent Night* an, und alle fielen ein. Ob sie singen konnten oder nicht.

Duncan sang die erste Strophe mit, doch plötzlich versagte ihm die Stimme. Er musste an Paikas Gesang denken, und die Augen wurden ihm feucht. Und wie so oft zerbrach er sich den Kopf darüber, warum sie fortgelaufen war. Was würde er darum geben, wenn sie mit ihm unter diesem Tannenbaum stände! Gut, vielleicht würden einige der vornehmen Damen ihre Köpfe zusammenstecken und tuscheln, aber war das ein Grund, eine Liebe einfach so fortzuwerfen?

Duncan schreckte aus seinen Erinnerungen auf, als sein Vater die Gäste bat, auf den Sitzgarnituren Platz zu nehmen und sich am Weihnachtsgebäck zu bedienen. Duncan ließ sich auf ein Sofa fallen, in Gedanken bereits wieder bei Paika. Jedes Mal, wenn er an sie dachte, stellte er sich irgendwann gequält die Frage, ob es wohl einen anderen Mann in ihrem Leben gab. Und ob sie sich nicht doch noch für diesen Maori entschieden hatte.

»Könntest du mir bitte mal die Kekse reichen, Duncan?« Die schrille Stimme seiner Tischdame holte ihn zurück in die Gegenwart.

Duncan zuckte zusammen und sah Rosa Smith missbilligend an. Dabei war sie eigentlich sehr hübsch. Sie besaß ein schmales Gesicht mit einem süßen Näschen, einem herzförmigen Mund und großen grünen Augen. Doch ihre Stimme und ihr Getue gingen ihm auf die Nerven.

Während Duncan ihr wortlos die Schale mit den Schokoladenkeksen reichte, überfiel ihn die Sehnsucht nach Paikas tiefer, warmer Stimme. Könnte er sie wirklich je vergessen?

Wenn es nach seinem Vater ging, musste er endlich über Paika hinwegkommen. Allan hatte Mitleid geheuchelt, weil seinem Sohn die Braut fortgelaufen war. Aber inzwischen lag er ihm ständig in den Ohren, Rosa zu heiraten, diese affektierte Person, die ihn immer noch erwartungsvoll ansah.

Duncan hatte keine Lust, mit ihr zu plaudern, und wandte den Blick ab. Er blieb bei Helen hängen. Duncan lächelte. Helen verzog keine Miene. Er hätte zu gern gewusst, was sie an ihrem Verlobungstag so verdrießlich stimmte.

Lag es daran, dass Peter, der Bruder seiner Tischdame und Frischverlobte seiner Schwester, ebenso wenig Interesse an Helen zeigte, wie er, Duncan, an Rosa? Statt mit Helen zu plaudern, zwängte sich Peter nämlich nun auf Duncans andere Seite und versuchte ein Gespräch unter Männern zu beginnen. Er blies Duncan dabei den Qualm seiner Zigarre direkt ins Gesicht.

»Es wäre doch keine schlechte Sache, wenn wir ein paar Schiffe gemeinsam bauen ließen. Das spart Kosten und ...«

Duncan hörte nicht zu. Wenn ihn etwas nicht interessierte, dann war es der Bau neuer Schiffe zum Abtransport des Kauriharzes nach Auckland. Er arbeitete zwar für seinen Vater, doch ohne Herzblut. Und immer wenn sein Vater ihn zum Gericht schicken wollte, schützte er Probleme mit der Buchhaltung vor, die er dringend lösen müsse. Obwohl er manchmal versucht war, Mister Rangiti im Gericht abzupassen. Der wusste bestimmt, wo Paika war und warum sie weggelaufen war. Einmal hatte er schon vor dem Gerichtsgebäude gestanden, bis ihn der Mut verlassen hatte. Er hatte Angst, Mister Rangiti würde nur bestätigen, was er befürchtete: dass der Kraftprotz von Maori doch noch gewonnen hatte!

»Duncan, was hast du denn zu Weihnachten bekommen?«, fragte Rosa ihn nun, obwohl Peter noch auf ihn einredete. Duncan verdrehte die Augen. Warum konnten sie ihn nicht endlich in Ruhe lassen?

»Ja, erzähl doch mal, Duncan!«, forderte nun auch Rosas Mutter.

Rosa und ihre Mutter sprachen mit ihm wie mit einem kleinen Kind, das noch aufgeregt zum Kamin rannte, um nachzuschauen, was Santa Claus ihm in den Strumpf gesteckt hatte.

Er wollte die Frage ignorieren. Da mischte sich Helen ein, die sich inzwischen auch an ihren Tisch gesetzt hatte. »Nun erzähl schon, was der gute Vater Weihnacht dir gebracht hat!« Es klang missgünstig und neidisch. Ohne eine Antwort abzuwarten, fuhr sie so laut, dass es jeder am Tisch hören konnte, fort: »Vater hat ihn mit einem dieser neumodischen Wagen beglückt. Er hat für sich einen aus England bestellt und für seinen Sohn auch gleich einen geordert. Ist das nicht wunderbar?«

»Helen, das ist doch nicht so wichtig«, versuchte Duncan das Ganze herunterzuspielen, doch Peter war hellhörig geworden.

»Vater, was sagt man dazu? Ich hätte auch gern so einen Wagen.« Er lachte dröhnend.

»Lieber Peter, selbst ich besitze noch keines von diesen mörderischen Fortbewegungsmitteln. Lass uns erst einmal abwarten, ob die werten Fahrer das überhaupt überleben.« Der alte Smith lachte genauso dröhnend wie sein Sohn.

»Vielleicht schenkt mein Vater ihm ja eins zur Hochzeit, wenn Peter als mein Ehemann auch mehr in unser Geschäft einsteigt«, bemerkte Helen spitz.

»Peter hat ja wohl mit seinem eigenen Geschäft genug zu tun. Er muss nicht noch in meinem Geschäft mitmischen. Außerdem habe ich bereits einen Nachfolger: meinen lieben Duncan!«, erklärte Allan im Brustton der Überzeugung.

»Ja, für seinen Sohn immer nur das Beste«, bemerkte Helen. Ihre Augen funkelten vor Hass.

Duncan erschrak. Was war bloß in sie gefahren?

Nachdem die Gäste gegangen waren, bat Allan seine Familie noch darum, ein wenig mit ihm vor dem Kamin zu verweilen und diesen Freudentag, wie er ihn nannte, ausklingen zu lassen. Er sprühte nur so vor guter Laune.

»Mein lieber Duncan, du solltest dir mal ernsthaft überlegen, ob du Rosa nicht Silvester einen Antrag machen könntest.«

»Ja, Vater!«

»Du wirst sie heiraten?« Allan wirkte hocherfreut.

»Nein, das habe ich nicht gesagt!«

»Aber sie ist hübsch und reich zugleich. Komm, überleg es dir! Sie ist die beste Partie von ganz Auckland. Nimm sie, mein Junge! Sie himmelt dich an. Und so, wie sie gebaut ist, wird sie mir sicher bald Enkelkinder schenken.«

In diesem Augenblick erwachte selbst Olivia aus ihrer Erstarrung.

»Du willst Rosa doch nicht wirklich heiraten?« In ihrer Stimme lag das nackte Entsetzen.

»Mutter, nein, ja. Ich weiß es nicht. Ich möchte, ach, ich weiß nicht ... Ich meine, sie ist ...« Duncan stockte. »Helen, du wirst immer besser auf dem Klavier.«

Olivia sah ihn durchdringend an. Sie ließ sich nicht vom Thema abbringen.

»Aber Junge, du liebst sie doch gar nicht. Dein Herz hängt immer noch an dieser Paika. Du kannst sie doch nicht einfach eintauschen gegen dieses weiße Gänschen.«

Allan warf seiner Frau einen warnenden Blick zu. »Halt du dich da raus! Dass du es mit dieser Schwarzen hältst, hast du ja deutlich genug gemacht, aber nun bist du die Einzige, die noch daran festhält. Dein Sohn ist endlich vernünftig geworden, denn er ist eben mein Sohn. Verstehst du, er kommt nach mir! Er ist ein echter Hamilton.«

Der Stolz in seiner Stimme war nicht zu überhören.

Helen sprang von ihrem Platz auf und lief nervös im Zimmer auf und ab. Sie war so angespannt, dass sie an ihren Fingernägeln kaute.

»Aber, Allan, versteh doch, er liebt dieses Mädchen!« Olivia klang verzweifelt.

Allan tippte sich an die Stirn. »Meine Liebe, ich befürchte, der Alkohol hat bereits deinen Verstand zerstört. Dieses undankbare Ding hat ihn sitzenlassen. Dann wandte er sich an seinen Sohn. »Duncan, sag ihr, dass sie phantasiert. Sag ihr, dass du gar nicht mehr an diese Maori denkst!«

Duncan holte tief Luft. »Mutter, nach allem, was geschehen ist! Wie sollte ich Paika noch heiraten? Sie hat bestimmt längst einen anderen Mann.«

»Da hast du es!«, triumphierte Allan Hamilton. »Er ist eben

mein Sohn. Ich wusste, dass er mich nicht enttäuscht. Rosa und er werden auf *Hamilton Castle* wohnen, und mir wird es vergönnt sein, meinen ersten Enkelsohn in meinem Sinn zu erziehen.« Zufrieden mit sich und der Welt, lehnte er sich auf dem Sofa zurück.

»Dein Sohn?«, kreischte nun eine schrille Stimme. Helen baute sich vor ihrem Vater auf. »Ich bin deine Tochter, und ich würde alles tun, um dich glücklich zu machen, aber du siehst ja nur ihn, deinen edlen Kronprinzen, aber es ist gar nicht so, wie du denkst …«

»Was soll das denn heißen?«, fragte er scharf.

Helen deutete mit dem ausgestreckten Finger auf Olivia, die noch mehr erblasste.

»Frag doch Mutter mal, warum sie so viel Wert darauf legt, dass mein lieber Bruder diese Maori heiratet. Meine Mutter, die stets voller Verachtung von den Eingeborenen gesprochen hat. Meine Mutter will plötzlich eine schwarze Schwiegertochter? Frag sie doch mal nach dem Grund …«

Olivia erhob sich schwerfällig und wankte auf ihre Tochter zu. »Schweig, mein Kind!«, bat sie Helen gequält. »Schweig doch endlich!«

Duncan sah fassungslos von einer zur anderen. Eine undefinierbare Angst bemächtigte sich seiner. Er fröstelte.

»Helen, sag, was du zu sagen hast, aber nur, wenn es Hand und Fuß hat. Solltest du wieder einmal deine neidischen Gehässigkeiten verbreiten wollen, geh mir aus den Augen!«, spie Allan verächtlich aus.

»Vater, bitte!« Helen hatte sich vor ihm auf die Knie geworfen. »Es ist keine Lüge. Ich habe es an jenem Abend selber gehört, wie Mutter es zu dem Maori gesagt hat …« Ein heftiges Schluchzen unterbrach ihre Worte.

Allan packte seine Tochter an den Schultern, schüttelte sie und brüllte: »Was, verdammt noch mal, was hast du gehört?«

»Mutter hat den Maori im Garten angefleht, dass er Paika seinen Segen zur Hochzeit mit Duncan geben soll. Aber er hat sich geweigert. Dann tu es nicht für mich, hat sie schließlich gebettelt, sondern für *deinen* Sohn!«

Für einen Augenblick herrschte Totenstille. Stummes Entsetzen machte sich breit. Duncan war der Erste, der seine Sprache wiederfand.

»Welcher Maori, Mutter?«

Nun erwachte auch Allan aus seiner Erstarrung. Er befreite sich grob aus der Umarmung seiner Tochter, die sich an ihn klammerte wie eine Ertrinkende. Es kümmerte ihn nicht, dass Helen zu Boden fiel und jammerte: »Das wollte ich nicht!« Allan blieb wie angewurzelt mitten im Raum stehen. Mit irrem Blick starrte er Olivia an.

Sie kam langsam auf ihn zu, wollte etwas sagen, fasste nach seiner Hand, doch er schubste sie wortlos von sich. Olivia stolperte, fiel mit dem Hinterkopf gegen den Kaminsims und sackte leblos zu Boden. Blut lief ihr aus Nase und Mund.

»Das wollte ich nicht!«, jammerte Helen. »Das habe ich nicht gewollt!«

Sandhurst/Australien, Januar 1858

Marianne blickte traurig in den Spiegel. Das schöne Kleid, das Waldemar ihr gekauft hatte, konnte sie nicht aufmuntern. Es klebte an ihr, denn es war brütend heiß. Sie sehnte sich plötzlich nach dem strengen Frost der deutschen Winter, und ihr Heimweh wurde immer schlimmer. Hier wurde es nie richtig kalt. Durch das weit geöffnete Fenster drang kein einziger Windhauch. In der Kammer, die Marianne mit Frieda teilte, stand die feuchte Wärme förmlich und trieb Marianne Schweißperlen auf die Stirn. Während sie vor Hitze stöhnte, verklärte sie in ihrer Erinnerung die Kindheit in Espa. Sie sehnte sich nach einem Leben in der häuslichen Hütte, bis sie sich den schrecklichen Hunger in Erinnerung rief, den sie dort gelitten hatte. Dann musste sie auch an die Frostbeulen denken, und sie war im Nu ernüchtert. Hier gab es reichlich zu essen, und das Ergebnis konnte sich sehen lassen: Aus dem knochigen, halb verhungerten Ding war eine schlanke junge Frau geworden.

Fast drei Jahre lang waren Frieda und sie bereits mit Waldemar unterwegs. Erst hatte er auf den Märkten seine Waren verkauft, während sie beide als Tanzmädchen die Kunden angelockt hatten. Inzwischen hatte er sie jedoch an ein Pub vermittelt, in dem Frieda Abend für Abend mit den Männern tanzen und Marianne die Drehleier spielen musste. Diese Aufteilung passte Waldemar allerdings schon lange nicht mehr, denn viele Männer würden offensichtlich lieber mit der »schwarzen Teufelin« tanzen. Marianne aber blieb stur. »Wenn mich auch nur einer dieser betrunkenen Kerle anfasst, dann haue ich ab«, drohte sie ihm stets. Und Waldemar ahnte sehr wohl, dass sie keine leeren Drohungen ausstieß.

Frieda dagegen machte es nichts aus, mit den Männern zu tanzen. Wenn sie ihr zu nahe kamen, wehrte sie deren Vertraulichkeiten ab. Trotzdem sorgte sich Marianne insgeheim um die Freundin, die immer koketter wurde.

Seit dem letzten Sommer waren sie nun in Sandhurst, am anderen Ende der Welt. Waldemar hatte die Mädchen überredet, mit ihm im fernen Australien ihr Glück zu machen. Er hatte von dem sagenhaften Reichtum gehört, den jeder erlangen konnte, der in den überall wie Pilze aus dem Boden schießenden Goldgräberstädten sein Glück versuchte.

In den Saloons wurden dringend *Hurdy-Gurdy-Girls* gebraucht, wie die Tanz- und Leierkastenmädchen dort genannt wurden. Marianne hatte der beschwerlichen Schiffsreise unter der Bedingung zugestimmt, dass sie weiterhin nicht als Tanzmädchen, sondern nur als Musikantin eingesetzt wurde. Waldemar hatte zähneknirschend zugestimmt. Ein paarmal hatte er sie davon überzeugen wollen, dass sie mit dem Tanzen mehr verdienen könne, aber damit ließ sie sich nicht ködern. Sie wusste doch, dass er Frieda nicht mehr Lohn auszahlte als ihr.

Über den Verdienst konnten die Mädchen sich freilich nicht beklagen. Im Saloon war wesentlich mehr Geld zu holen als auf den Märkten in England, und Waldemar von Cleeberg, wie er sich zum großen Amüsement der Mädchen in Sandhurst nannte, denn eigentlich hieß er Schickendanz, war ein großzügiger Arbeitgeber. Er entlohnte sie so gut, dass sie sich genügend Kleidung und Tand kaufen konnten, und manchmal schenkte er ihnen auch noch Sachen, sodass Marianne jeden Penny eisern sparte. Frieda hingegen gab ihr Geld mit vollen Händen aus.

»Wovon willst du nach Deutschland zurückfahren, wenn du genug vom Tingeln hast?«, fragte Marianne die Freundin oft und ermahnte sie zur Sparsamkeit. Doch Frieda war nicht von der

Überzeugung abzubringen, dass Waldemar sie eines Tages heiraten würde.

Marianne zählte täglich ihr kleines Vermögen, das beständig wuchs. Noch ein Jahr müsste sie ausharren, bevor sie ihre Schiffspassage nach Deutschland aus eigener Tasche bezahlen und vom Rest ein Häuschen kaufen könnte, wo sie mit ihrer Mutter und ihren Geschwistern leben wollte. Dann bliebe immer noch genug Geld übrig, um selbst in den Fliegenwedelhandel einzusteigen und alle satt zu machen.

Dann endlich wird Mutter mich lieben, dachte Marianne entschieden, während sie sich eine Blume in ihr schwarzes Haar steckte. Gleich begann ihre Arbeit unten im Saloon. Wo Frieda nur steckte? Sie war vor über zwei Stunden in ihrem Tanzkleid ausgegangen und noch nicht zurückgekehrt.

Es klopfte an der Tür. Ohne eine Antwort abzuwarten, trat der »schöne Waldemar« ein. Frieda und Marianne nannten ihn insgeheim so, weil er ein hochgewachsenes, ansehnliches Mannsbild war, das wie ein Gockel umherstolzierte. Marianne fand ihn viel zu eitel in seiner weißen Weste mit der protzigen Uhrkette, seinem Markenzeichen, während Frieda in ihn vernarrt war und stets auf ein Zeichen seiner Zuneigung wartete.

»Na, meine hübsche Maryann«, raunte er und trat dicht an sie heran. Zu dicht, wie sie fand. Ohne Vorwarnung strich er über ihre dunklen Locken und stöhnte: »Du machst die Männer verrückt. Weißt du das?«

Marianne erstarrte vor Schreck. Sie hatte nicht einmal den Mut, sich umzudrehen und dem unverschämten Kerl die Hand fortzuschlagen.

Im Spiegel hinter ihr tauchte sein teuflisches Grinsen auf. »O verzeih, Fräulein Unberührbar, aber ich habe eben einen Narren an dir gefressen. Jetzt tu doch nicht so, als wüsstest du das nicht. Pass auf, heute sind ein paar der Minenbesitzer im Saloon, und der Boss besteht darauf, mit dir zu tanzen und ...« Er lachte. »Er hat eben auch einen Narren an dir gefressen.«

»Niemals! Und für dich bin ich immer noch Marianne!«

»Ich finde ja auch, der feine Herr soll sich mit Frieda vergnügen. Aber sieh mal, mein Kind, du bist kein kleines Mädchen mehr. Du bist eine Frau. Und was für eine! Ein echtes Prachtweib. Da lassen sich die Kerle da unten nicht mehr mit ein bisschen Gedudel abspeisen, auch wenn du deine Sache gut machst. Seit du auch dazu singst, liegen dir die Männerherzen zu Füßen.«

Er legte ihr beide Hände auf die nackten Schultern, doch Mariannes Erstarrung hatte sich in blanke Wut verwandelt. Blitzschnell griff sie nach seinen Händen, schob sie fort und versetzte ihm eine satte Ohrfeige.

»Au! Bist du verrückt geworden?«, rief er erschrocken aus.

Marianne funkelte ihn zornig an. »Du hast mir dein Ehrenwort gegeben!«

Er rieb sich die Wange und grinste nur. »Ich bin kein Schwein, das weißt du. Ich habe euch immer gut behandelt, aber wenn sie so mit den Scheinen wedeln, dann ... Hier herrscht nun mal Männerüberschuss ...«

»Was soll das heißen?«, fuhr Marianne ihn an und musterte ihn durchdringend.

»Süße, ich mache dir einen Vorschlag. Keiner kommt Maryann zu nahe, wenn du unter meinem persönlichen Schutz stehst.«

Marianne sah ihn fragend an.

Waldemar räusperte sich. »Wenn du möchtest, gehen wir vorher zum Friedensrichter und holen uns ein Papier.«

»Wovon redest du?«

»Als meine Frau wird dich keiner der Kerle anfassen. Dann nehmen sie mit Frieda vorlieb.«

»Aber, du, du wirst mich anfassen. Stimmt's?«, fragte Marianne scheinbar versöhnlich.

Er lachte. »Das ist dann sozusagen meine eheliche Pflicht.«

Marianne wurde knallrot – vor Zorn und vor Scham zugleich. Mit einem Satz war sie an ihm vorbei, griff unter das Bett und presste ihren Schatz an die Brust.

»Was wird das?«, fragte Waldemar streng.

Marianne blieb ihm die Antwort schuldig. Sie nahm ihren Koffer und warf ihre Habseligkeiten hinein. Bis auf die Kleider, die Waldemar ihr geschenkt hatte.

»Was soll das?« Seine Stimme klang bedrohlich.

»Wonach sieht es denn aus?«, erwiderte sie scharf und fuhr unbeirrt mit dem Packen fort.

Erst als er ihre Handgelenke mit eisernem Griff umklammerte, merkte sie, dass sie nicht mit seiner gekränkten Männlichkeit gerechnet hatte.

»Du kleines Stück Dreck willst also lieber abhauen, als mich heiraten? Noch nie habe ich einer Frau die Ehe angeboten. Und du wagst es, meinen Antrag mit Füßen zu treten?«

Bevor sie einen klaren Gedanken fassen konnte, hatte er bereits ihr Geld an sich gerissen.

»Du hast mein Wohlwollen gar nicht verdient. Und ich muss dich auch gar nicht anbetteln. Du gehörst mir, ob du willst oder nicht. Ohne einen Penny kommst du von hier nicht weg. Um uns herum ist nur Buschland. Wenn du dich darin verirrst, freuen sich die Giftschlangen. Also, pass gut auf: Ich gebe dir eine kleine Schonzeit. Die Männer werden nur mit dir tanzen ...«

»Nein ...«

Mehr konnte sie nicht sagen, weil Waldemar sie so kräftig an den Haaren zog, dass sie vor Schmerz aufschrie.

»Sei froh, dass ich dich nicht schlage! Also, los jetzt. Runter in den Saloon, *Maryann*, und vergiss ja nicht zu lächeln!«

»Und wenn ich mit den Männern tanze, lässt du mich dann gehen?«

»Wir werden sehen. Vielleicht möchtest du ja doch meine Frau werden«, sagte er leichthin. Waldemar schien wieder obenauf und sich seiner Sache sehr sicher zu sein. Ehe Marianne sich's versah, hatte er ihren Kopf zurückgebogen und ihr einen Kuss auf die Lippen gedrückt. Sofort ließ er wieder von ihr ab und musterte sie grinsend. »Du wirst doch keinen Fehler machen, oder?«

Waldemar beobachtete Marianne unentwegt. Im rauchgeschwängerten Saloon herrschte wie immer Getöse, als sie zur Drehleier zu singen begann. Die Männer scharten sich dicht um sie und grölten mit. Dann forderte der Erste Frieda auf, die inzwischen aufgetaucht war. Allerdings hatten die Freundinnen noch nicht miteinander sprechen können. Eines war Marianne jedoch aufgefallen: Friedas Augen strahlten, und ihre Haut schimmerte rosiger als sonst.

Marianne hoffte, die Tanznummer bliebe ihr an diesem Abend erspart, aber da trat auch schon Waldemar auf sie zu.

»Meine Herren!«, rief er wie ein Marktschreier. »Auf vielfachen Wunsch wird nun auch Maryann, die schwarze Teufelsbraut, mit Ihnen tanzen. Unsere Frieda übernimmt die Drehleier.«

Frieda schaute ihn entgeistert an.

Er zeigte auf das Mädchen, das mit hochrotem Kopf dastand, und lachte dröhnend. »Meine Herren, Sie haben die Wahl. Schlechte Musik, aber dafür ein Vollweib im Arm oder umgekehrt.«

Die Menge johlte. Marianne blickte beschämt zu Frieda hinüber, die offenbar gar nicht begriffen hatte, dass Waldemar sich auf ihre Kosten lustig gemacht hatte. Gehorsam nahm sie die Drehleier zur Hand. Die Töne, die sie dem Instrument entlockte, waren mehr als kläglich, aber das störte das Publikum nicht. Die Männer riefen in einem Gemisch aus deutscher und englischer Sprache: »Maryann, tanzen! *Maryann, dance with us!*«

Schon packte der bullige Minenbesitzer Marianne, hob sie in die Luft, schleuderte sie unter dem Beifall der Menge umher und rief: »Frieda, spiel was Lustiges!«

Marianne ließ sich willenlos von ihm auf der Tanzfläche drehen. In ihrem Kopf wirbelten die Gedanken wild durcheinander, bis eine drängende Frage Oberhand gewann: Wie kann ich Sandhurst auf schnellstem Wege verlassen und unbemerkt nach Melbourne gelangen? Und das ohne einen einzigen Penny?

Der Minenbesitzer drückte sie immer fester an sich und raunte ihr ins Ohr: »Du bist ein Prachtweib. Merkst du, wie ich dich begehre?« Dabei presste er den dicken Unterleib samt seiner harten Männlichkeit noch fester gegen ihren schmalen Körper.

Marianne wurde sofort übel. Sie würgte, als er hauchte: »Ich will dich haben!«, denn sein Atem stank nach billigem Fusel. Sie würde diese Demütigung nicht mehr lange aushalten. Sie brauchte dringend frische Luft.

Da bahnte sich ein kräftiger junger Mann einen Weg durch die Zuschauer und bat den Minenbesitzer höflich, auch einmal mit der Dame tanzen zu dürfen.

Der zudringliche Tänzer überlegte kurz und grunzte dann: »Okay, aber nur, solange ich noch einen trinke. Halte sie mir warm, Mann!«

Der junge Mann nahm die Tanzhaltung ein, aber er drückte Marianne nicht an sich, sondern hielt einen angemessenen Abstand.

Sie atmete erleichtert auf.

»Miss, verstehen Sie meine Sprache?«, fragte er freundlich.

Marianne nickte. Sie hatte die Vormittage dazu genutzt, die Grundkenntnisse der englischen Sprache zu vertiefen, die sie in England gelernt hatte. »Ja, ich spreche ein bisschen Englisch und verstehe es ganz gut«, fügte sie hinzu.

»Das ist fein. Wie sind Sie hier gelandet?«, fragte er nun. Dabei führte er sie zum Rand der Tanzfläche, wo er in einer Ecke zum Stehen kam. »Ich kann nicht tanzen«, entschuldigte er sich verlegen. »Ich habe nur beobachtet, wie unglücklich Sie in den Armen des ungehobelten Gesellen ausgesehen haben. Ich wollte Ihnen helfen.«

Marianne versuchte zu lächeln. So ein freundlicher Kerl war ihr in Sandhurst noch nicht begegnet. Trotzdem war sie nicht gewillt, ihm ihre Lebensgeschichte zu erzählen. Sie musterte ihn verstohlen. Er war sehr groß und breitschultrig. Seine feinen blonden Locken erinnerten an die eines Kindes. Er hatte zwar kein schönes, aber ein markantes Gesicht, und seine Augen leuchteten in einer Wärme, die bis in ihr Herz strahlte.

»Mir war nur ein wenig heiß«, erklärte sie zögernd.

Er sah sie durchdringend an. »Aber Sie haben doch sonst nie getanzt. Wissen Sie, ich lausche Ihrer Stimme und Ihrem Spiel schon seit Monaten. Ich hab gar nicht damit gerechnet, hier draußen in der Wildnis so etwas Schönes zu hören.«

»Danke«, sagte Marianne und erkundigte sich nach seinem Namen.

»Ich bin William ...« Weiter kam er nicht, denn nun entriss der Minenbesitzer ihm Marianne mit grobem Griff. Er schleuderte sie herum, bis ihr schwindlig wurde. Dann fasste er ihr ungeniert an den Hintern und kniff einmal kräftig hinein.

Marianne schrie laut auf und blieb erschrocken stehen. Bevor sie dem Mann eine saftige Ohrfeige versetzen konnte, war Waldemar bereits bei ihr.

»Was habe ich gesagt? Tanzen ist erlaubt. Mehr nicht«, wies er den Minenbesitzer grob zurecht. Mit einem Seitenblick auf die völlig verstörte Marianne fügte er leiser hinzu: »Noch nicht!«

Damit nahm er sie beim Arm und führte sie weg. »So, meine Liebe, jetzt ist gut mit dem Getue. Was hat er denn Schlimmes getan, dass du dich so zieren musst? Du vergraulst mir noch die Kunden. Also, was hat der Kerl denn verbrochen?«

Marianne biss die Lippen zusammen. Sie würde diese Ungeheuerlichkeit nicht aussprechen, denn er würde sich doch nur über sie lustig machen.

»Hör gut zu: Küssen ist verboten. Und deine Brust dürfen die Kerle auch nicht begrapschen. Erlaubt ist, dass sie sich an dich pressen, um dir zu beweisen, wie scharf du sie machst, und sie dürfen dir auch den Allerwertesten tätscheln.«

»Dürfen sie nicht!«, zischte Marianne verächtlich.

»Du bist wie ein Wildpferd, aber ich werde dich schon noch zähmen«, gab Waldemar grinsend zurück. »Und nun geh zurück! Die Kerle stehen Schlange. Sieh nur!«

Marianne wurde schwindlig bei dem Blick in all die ungepflegten, gierigen Gesichter. Sie suchte nach dem einzigen, das glatt rasiert war, doch William war spurlos verschwunden.

Den Rest des Abends verbrachte Marianne wie hinter einer Nebelwand. Sie wurde herumgewirbelt, während Männerhände über ihr Hinterteil glitten und sich verschwitzte Leiber an sie drückten. Sie überlegte fieberhaft, wie sie Waldemar wohl am besten entkommen könnte.

Marianne war erschöpft in ihrem Kleid auf das Bett gefallen, als sich Frieda ins Zimmer schlich.

»Ach, Marianne! Er ist großartig«, seufzte die Freundin beseelt.

»Wer?«

»Waldemar!«

Marianne stutzte. Nahm die Freundin diesem Kerl denn gar nicht übel, dass er sie öffentlich verhöhnt hatte? Und dass die Männer sie ob ihrer Drehleierkünste mitleidlos ausgepfiffen hatten? Aber wenn ich ihr erzähle, wie gemein er mich vorhin erpresst hat, dann wird sie endlich begreifen, was für ein Schwein er ist, sagte sich Marianne. Zunächst aber wollte sie erfahren, was die Freundin so glücklich stimmte. »Frieda, erzähl, was erfreut dein Herz so?«, fragte sie betont fröhlich.

Ein Lächeln huschte über das Gesicht der Freundin. Sie hat noch nie so schön ausgesehen, schoss es Marianne durch den Kopf.

»Er wird mich heiraten!«, flötete sie.

»Wer, um Himmels willen?«

Frieda blickte sie empört an. »Na, wer wohl? Waldemar!«

»Waldemar … Also Waldemar … der wird dich, der wird dich heiraten?«, stammelte Marianne verwirrt.

»Wundert dich das etwa?«

Marianne wünschte sich in diesem Augenblick, eine Wolke möge sich vor den Mond schieben, der das Zimmer erleuchtete, damit ihr Gesicht im Dunkeln läge, denn sie befürchtete, dass sie verräterisch blass geworden war.

»Freust du dich denn gar nicht? Du ziehst so ein Gesicht«, sagte Frieda vorwurfsvoll.

Marianne spürte, dass Unheil in der Luft lag. »Doch, ja. Es kommt nur so überraschend. Wann hat er dir denn den Antrag gemacht?«, beeilte sie sich zu fragen.

»Noch hat er mir gar keinen Antrag gemacht, aber das wird er bestimmt bald tun. Er kann ja gar nicht anders, denn …« Sie hielt inne und fuhr verschämt kichernd fort: »Seit heute gehöre ich ihm!«

»Du gehörst was?«

»Du hast richtig verstanden. Ich gehöre Waldemar für immer und ewig.«

»Das heißt, du hast ihm … deine …?« Marianne stockte. Sie wagte es nicht auszusprechen.

»Nun tu doch nicht so, als wär das ein Verbrechen! Wir sind doch keine Kinder mehr. Und es ist aus Liebe geschehen. Verstehst du?« Mit diesen Worten setzte sich Frieda auf die Bettkante und griff nach Mariannes Händen. »Es war himmlisch. Er hat mich geküsst und liebkost. Nur ganz kurz hat es wehgetan, aber ansonsten, ach, ich bin so glücklich.«

»Warum glaubst du denn, dass er dich nun heiraten wird?« Mariannes Stimme klang härter, als sie es beabsichtigt hatte.

»Dummerchen! Weil kein Mann eine Frau so inniglich liebkost, die er nicht heiraten will. Er hat selber gesagt: Wenn ich ihn arg lieb habe, muss ich ihm noch den einen oder anderen Gefallen tun. Dann wird er mir jeden Wunsch erfüllen.«

Marianne setzte sich mit einem Ruck auf und starrte die Freundin entsetzt an. Jetzt war kein Platz mehr für falsche Rücksichtnahme. Um Frieda von diesem Irrsinn zu kurieren, würde nur noch die nackte Wahrheit helfen. Sie atmete einmal tief durch. »Merkst du denn nicht, was er von dir will? Auf deinen Heiratsantrag kannst du warten, bis du schwarz wirst. Er versucht dich weichzuklopfen, damit du dich den Goldgräbern hingibst. Er will deinen Körper an die Kerle verschachern. Und er rechnet damit, dass du es für ihn tust, wenn er dir Liebe vorheuchelt.«

»Du bist ja bloß neidisch!«, fauchte Frieda und verkroch sich in ihrem Bett.

Marianne lag noch lange wach, nachdem Frieda längst eingeschlafen war. Sie zerbrach sich fieberhaft den Kopf darüber, wie sie die Freundin vor der Prostitution bewahren könnte. Wenn ich ihr von Waldemars Antrag erzähle, wird sie mich als gemeine Lügnerin abstempeln, dachte sie. Mit dieser quälenden Erkenntnis schlief Marianne schließlich ein.

Inzwischen waren zwei Wochen vergangen. Frieda sprach seither nicht mehr mit ihrer Freundin. Hilflos musste Marianne hinnehmen, dass Frieda den Saloon immer öfter im Arm eines Mannes verließ und nachts gar nicht mehr in ihr Zimmer zurückkehrte. Dabei wirkte Frieda von Tag zu Tag unglücklicher.

Marianne durfte auf Waldemars Geheiß wieder die Drehleier spielen. Aber wie lange würde Waldemar ihr diesen Gefallen zugestehen, bevor er sie erneut zwingen würde, mit den Männern zu tanzen? Unentwegt hielt Marianne nach dem Hünen mit den gepflegten Manieren Ausschau, der vielleicht doch ihre Rettung bedeuten könnte, aber der erschien nicht mehr im Saloon.

Als sie am späten Abend nach getaner Arbeit das Instrument

unter den Arm klemmte und sich zurückziehen wollte, hielt eine Hand sie zurück. Erschrocken fuhr Marianne herum.

»Die Schonzeit ist vorbei, Lady. Du hast die Wahl: die Kerle oder mich!« Waldemars Stimme klang verwaschen.

Schmerzhaft bohrten sich seine Finger in Mariannes Oberarm. Und nun roch sie es auch: Waldemars Atem war mit Whisky getränkt.

»Antworte, du kleine Teufelsbrut! Ich oder die?«

Marianne atmete tief durch. »Darüber reden wir, wenn du wieder nüchtern bist«, erklärte sie fest, riss sich los und rannte davon.

Sie befürchtete, er könne das laute Pochen ihres Herzens hören. Als sie ihre Kammer betrat, lag Frieda bereits im Bett; sie kniff die Augen zu.

»Ach, Frieda, gib dir keine Mühe! Ich weiß, dass du noch gar nicht schläfst. Jetzt hör mir wenigstens mal zu, wenn du schon nicht mit mir redest! Dein feiner Kavalier hat mir eben die Pistole auf die Brust gesetzt: Wenn ich ihn nicht heirate, will er mich zur Dirne machen und an die Männer verkaufen. Ich weiß, dass du dir das nur gefallen lässt, weil du glaubst, er liebt dich, aber da irrst du dich. Er will mich! Deshalb lass uns endlich einen Plan schmieden, wie wir zusammen davonlaufen können. Denn ich will weder seine Frau noch seine Hure werden. Glaub mir, ich bin deine Freundin, und ich will dich nicht in dieser Hölle allein lassen.«

Die Antwort war ein verächtliches Zischen. »Genau das hat er mir prophezeit: dass du mich zur Flucht anstiften willst. Damit du ihn für dich gewinnen kannst, wenn ich erst fort bin.«

Mit einem Satz war Marianne am Bett der Freundin. »Verdammt, begreif doch endlich: Er spielt uns gegeneinander aus. Er belügt dich, damit du dich den Männern hingibst ...«

»Glaubst du, das macht mir Spaß, wenn diese besoffenen, ungewaschenen Kerle sich auf mich wälzen und mir wehtun? Wenn er mir nicht Nacht für Nacht die Tränen vom Gesicht küssen und mich sanft streicheln würde, dann könnte ich das nicht ertragen.

Aber wir brauchen das Geld, um uns nach unserer Rückkehr in Deutschland eine Existenz aufzubauen. Da kannst du Schandmaul so viel reden, wie du willst, ich werde seine Frau! Und jetzt hör endlich auf! Ich muss schlafen.«

Wie ein geprügelter Hund verkroch Marianne sich in ihr Bett. Es tat ihr in der Seele weh, dass sie es nicht schaffte, die Freundin zur Vernunft zu bringen.

Ein Poltern riss Marianne aus dem Schlaf. Eine dunkle Gestalt stand neben ihr. Ehe sie auch nur einen Schrei tun konnte, presste sich eine riesige Hand so fest auf ihren Mund, dass es Marianne beinahe die Luft zum Atmen nahm.

»Keinen Ton!«, zischte eine unmenschlich klingende Stimme.

An der stinkenden Whiskywolke, die ihr unbarmherzig entgegenschlug, erkannte Marianne sofort, wer der ungebetene Gast war, der nun mit der anderen Hand die Bettdecke wegzog. Sie klammerte sich an der Decke fest und trat mit beiden Beinen nach dem Eindringling. Er nahm die Hand von ihrem Mund und versetzte ihr eine Ohrfeige. Marianne schrie auf.

»Lass sie los! Waldemar, lass sie sofort los!«, kreischte Frieda.

Er reagierte nicht darauf, sondern schob seine grobe Pranke, mit der er ihr eben gerade noch ins Gesicht geschlagen hatte, unter Mariannes Nachthemd.

»Du sollst sie loslassen!«, brüllte Frieda. Sie war mit einem Satz hinter ihm und trommelte auf seinen Rücken ein. Für den Bruchteil einer Sekunde ließ Waldemar von Marianne ab, drehte sich um und schubste Frieda mit voller Wucht von sich. Sie fiel zu Boden und jammerte: »Aber was willst du von ihr? Ich denke, du liebst mich?«

Waldemar beachtete sie gar nicht. Keuchend zerrte er an Mariannes Nachthemd, sodass es mit einem lauten Ratsch zerriss. Es kümmerte ihn nicht, dass Marianne verzweifelt ihre Blöße zu bedecken suchte. Mit beiden Händen riss er ihre Oberschenkel auseinander.

»Waldemar, was tust du da? Komm zu mir! Ich gebe dir freiwillig, was du brauchst. Komm her!« Mit diesen Worten zog Frieda ihr Nachthemd hoch und bot ihm ihren entblößten Unterleib dar.

Er wandte sich angewidert ab. »Du dumme Pute, jetzt sei endlich still! Ich muss sie zureiten für die Kunden. Einer muss sie ja mal besteigen, damit Fräulein Rührmichnichtan sich nicht ewig für was Besseres hält«, sagte er verächtlich.

Frieda begann zu schluchzen. »Dann stimmt es also: Du willst sie, nicht mich.«

»Ja, ich habe schon lange genug von dir. Und dieses Teufelsweib macht mich scharf! Und jetzt raus hier! Vor die Tür mit dir!«

Starr vor Entsetzen lag Marianne da.

Frieda rappelte sich langsam vom Boden auf. Ihr Schluchzen war in ein Gewimmer übergegangen, und Marianne befürchtete schon, die Freundin würde sie ihrem Schicksal überlassen. Doch als sie bereits an der Tür war, fuhr Frieda herum und stürzte sich wild fluchend auf Waldemar.

Ein wüstes Gerangel entbrannte zwischen den beiden. Marianne sprang aus dem Bett, doch Waldemar warf sich gegen sie und brachte sie zu Fall. Dann schlug er Frieda mit voller Kraft ins Gesicht. Blut sickerte aus ihrem Mund, doch Waldemar kannte kein Erbarmen. Er packte Frieda an den Haaren, schleifte sie in den Flur hinaus und schlug die Kammertür von innen zu. Grinsend schob er den Riegel vor.

Er stieß Marianne auf die Holzdielen und warf sich grunzend auf sie. Ihr wurde schwarz vor Augen.

AUCKLAND, 27. DEZEMBER 1900

Doktor Green, der Hausarzt der Familie Hamilton, schüttelte bedauernd den Kopf, als er aus Olivias Schlafzimmer auf den Flur trat. Dort warteten Helen, Allan und Duncan auf das Ergebnis seiner Untersuchung. Die drei hatten kein einziges Wort mehr über den Vorfall vom Abend zuvor verloren. Die Sorge um Olivia hatte ihn in den Hintergrund gedrängt. Dennoch spürte Duncan die prüfenden Blicke seines Vaters. Und er selbst fragte sich insgeheim oft, ob er Allan überhaupt noch Vater nennen durfte.

Bevor Mutter nicht wieder aus ihrer Ohnmacht erwacht, bleibt doch alles reine Spekulation, sinnierte Duncan, der nicht im Entferntesten daran dachte, seine Schwester mit Fragen zu bestürmen. Die Szene, die sie in ihrer verzehrenden Eifersucht gemacht hatte, widerte ihn noch immer an.

»Wie geht es ihr, Doktor? Wird sie wieder gesund? Können wir zu ihr?« Allans Stimme verriet tiefe Mutlosigkeit.

Der Arzt atmete tief durch. »Mister Hamilton, wir sollten nicht so laut reden. Ihre Frau ist gerade aufgewacht und ...«, flüsterte er.

Sogleich schickte Allan sich an, ins Krankenzimmer zu stürmen.

Doch der Doktor hielt ihn zurück. »Seien Sie doch vernünftig, Mister Hamilton«, raunte er und zog Allan von der Tür fort in den Salon.

Helen und Duncan folgten ihnen stumm. Der bekümmerte Blick des Doktors, der nun von einem Familienmitglied zum anderen wanderte, sagte alles.

»Nun reden Sie schon!«, schrie Allan.

»Ihre Frau liegt im Sterben.«

»Das ist unmöglich!«, erwiderte Allan mit Tränen in den Augen. »So ein kleiner Sturz kann sie doch nicht umbringen.«

»Es ist nicht der Sturz, der sie das Leben kosten wird. Ich befürchte, bei dem Aufprall ist etwas in ihrem Hirn geplatzt, was früher oder später ohnehin zum Tode geführt hätte. Hat sie manchmal über Kopfschmerzen geklagt?«

»Ja, sehr häufig«, erklärte Duncan.

Der Arzt runzelte nachdenklich die Stirn und murmelte: »Das spricht für meine Diagnose. Für die gibt es noch ein weiteres Anzeichen: Sie kann nicht mehr sprechen. Ich bin untröstlich, aber es grenzt an ein Wunder, dass sie die innere Blutung bis jetzt überlebt hat. Verabschieden Sie sich jetzt von ihr! Sie wird die kommende Nacht nicht überstehen. Es tut mir aufrichtig leid, aber ich wollte Sie nicht belügen.«

Allan hatte die Hände vors Gesicht geschlagen und stand wie versteinert da. Helen hatte Halt am Kaminsims gesucht und schluchzte herzzerreißend. Duncan rührte sich als Erster. Wie in Trance ging er geradewegs ins Schlafzimmer seiner Mutter.

Er erschrak, als er sie so blass und um Jahre gealtert dort liegen sah. Olivia hatte die Augen weit aufgerissen und sah ihn flehentlich an. Sie wollte ihm etwas mitteilen, aber was? Er hätte es vielleicht noch herausbekommen, wäre sein Vater nicht hereingestürzt.

Allan drängte sich vor Duncan und nahm die Hand seiner Frau. »Olivia, meine geliebte Olivia, gib mir ein Zeichen, wenn du mich verstehst!«

Olivia schloss die Lider und öffnete die Augen schnell wieder.

»Bitte, geh nicht, ohne mir die Wahrheit zu sagen: Helen hat doch gelogen, oder nicht?«

Olivia blickte ihn gequält an.

Er streichelte ihre Hand und wiederholte verzweifelt: »Olivia, hat Helen gelogen?«

Duncan glaubte in den Augen ein Geständnis zu lesen, doch da stürzte Helen herbei, das Gesicht vom Weinen verquollen.

»Vater, Mutter, es tut mir so leid«, stammelte sie, »ich bin an allem schuld. Ich ... Ich habe gelogen, ich habe gar nichts mit angehört, als Mutter mit diesem Mann im Garten gestritten hat. Ich war so eifersüchtig auf Duncan. Ich habe gelogen!« Sie brach erneut in Tränen aus.

Duncan beobachtete, dass seine Mutter sich vergeblich aufzurichten versuchte. Und plötzlich wusste er: Ja, Helen hatte gelogen, aber nicht vorgestern, sondern gerade eben. Plötzlich ahnte er, wer jener Maori war. Mister Rangiti! Er war in jener Nacht in Rotorua gewesen, um Paikas Hochzeit mit einem Pakeha zu verhindern ...

Duncan erschauderte. Und wenn dem so war, dann – er traute sich kaum, diesen Gedanken zu Ende zu spinnen – war der Gutachter sein Vater!

Mit halbem Ohr hörte Duncan, dass Allan wie von Sinnen auf seine Frau einredete.

»Olivia, meine Liebste, bitte verzeih mir alles, was ich dir je angetan habe. Ich habe nie aufgehört, dich zu lieben. Was würde ich darum geben, alles ungeschehen zu machen! Und glaube mir, ich bin so glücklich, dass du mir diesen Sohn geschenkt hast.«

Duncan warf Helen einen verstohlenen Blick zu. Seine Schwester stand mit hängenden Schultern da, wie zur Salzsäule erstarrt. Sie tat ihm leid. Aus Liebe zu ihren Eltern hatte sie einen Trumpf aus der Hand gegeben, von dem sie sich so viel versprochen hatte. Erneut wanderten Duncans Gedanken zu Mister Rangiti. Hatte er sich nicht schon bei der ersten Begegnung zu dem Maori hingezogen gefühlt? Besaßen sie nicht die gleiche Stimme? Und hatte er, Duncan, den Stockkampf der Maori nicht mit schlafwandlerischer Sicherheit beherrscht?

Da ertönte ein mörderischer Schrei. Sekunden später schluchzte Allan hemmungslos auf. Er rief Gott an, verfluchte ihn, warf sich auf

Olivias zarte Gestalt und bedeckte ihr Gesicht mit Küssen. Lady Olivia Hamilton hatte die Augen für immer geschlossen.

Duncan war wie erstarrt. Er konnte sich nicht rühren. Benommen beobachtete er das Geschehen wie aus weiter Ferne. Er war nicht einmal in der Lage zu weinen. Natürlich wusste er, dass seine Mutter tot war, und er spürte auch ganz entfernt Trauer, doch er stand unter Schock. Und zwischen ihr und ihm stand dieser ungeheuerliche Betrug. Das Leben erwartete geradezu Übermenschliches von ihm. Trotzdem, ich muss ihr alles verzeihen, hämmerte es in seinem Schädel, und zwar hier, an ihrem Totenbett. Nicht erst, wenn sie für immer fort ist. Dann wird es zu spät sein. Mit pochendem Herzen wartete er, bis sein Vater sich etwas beruhigt hatte. Dann erst trat er zögernd an das Bett seiner Mutter, beugte sich zärtlich hinunter zu ihrer Stirn und gab ihr einen Kuss. Er hatte sich fest vorgenommen, noch einmal in aller Ruhe ihr Gesicht zu betrachten, aber er konnte nicht.

»Ich verzeihe dir«, flüsterte er so leise, dass es weder sein Vater noch seine Schwester hören konnten, bevor er das Zimmer hastig verließ. Er hoffte inständig, dass er den Groll auf seine Mutter tatsächlich eines Tages vergessen würde. Wenn er sie schon nicht mehr zur Rede stellen konnte, musste er doch seinen Zorn entladen, und er wusste auch schon, bei wem.

Sandhurst, Januar 1858

Marianne lag wie tot in ihrem zerwühlten Bett. Der Schmerz über das Ungeheuerliche und der Widerwille, den Geruch ihres Peinigers einzuatmen, der am Bettzeug klebte wie ein Schmutzfilm, lähmten sie. Nur in ihrem Inneren kam sie nicht zur Ruhe, dort tobten Gefühle von Ekel, Hass und Furcht.

Stundenlang lag sie wie in einem Dämmerzustand da, während ihre Ängste nicht weichen wollten. Wie sollte es weitergehen? Was wird aus mir werden, wenn er mich geschwängert hat? Bei dem Gedanken an ein uneheliches Kind drängte sich die Erinnerung an eine hässliche Szene mit Jakob Sänger in Espa auf. Ob Mutter wohl Ähnliches widerfahren ist? Vielleicht hatte ja Sänger damals Recht und ich bin tatsächlich das Kind eines Fremden, der meine Mutter genauso mit Gewalt genommen hat wie Waldemar mich? Wäre es möglich, dass Mutter mich deshalb nie so geliebt hat wie meine Geschwister? Ich würde alles tun, um so ein Kind der Gewalt nicht zur Welt zu bringen, dachte Marianne.

Erst als jemand die Tür aufriss, ohne vorher anzuklopfen, erwachte Marianne aus ihrer Starre. Wer konnte das sein? Sie hob den Kopf und atmete auf, als sie Johanna erkannte, eines der Tanzmädchen, die im Wechsel mit Frieda und ihr im Saloon arbeiteten. »Was führt dich zu uns?«, fragte sie Johanna, die sich suchend in der Kammer umsah.

»Ich wollte nur wissen, ob ihr beide zu Hause seid«, erklärte sie aufgeregt. »Sie haben gerade ein totes Mädchen gefunden, und in der Stadt geht das Gerücht, es wäre ein Tanzmädchen …«

Marianne setzte sich mit einem Ruck auf. Sie hatte das Gefühl, ihr Herzschlag würde aussetzen. Frieda, liebe, gute Frieda! Bitte, lieber Gott, lass es nicht Frieda sein, flehte sie insgeheim. »Was ist mit ihr geschehen?«, fragte sie tonlos.

»Das weiß keiner. Wir wissen es nur, weil der Junge, der sie gefunden hat, es in der Stadt herumerzählt hat. Es sind ein paar Männer draußen ...«

»Wo?« Marianne sprang auf, riss sich die Reste ihres zerfetzten Nachthemdes vom Leib und schlüpfte in ihre Unterwäsche und das Tanzkleid, das noch griffbereit über einem Stuhl hing.

»Sag mir, wo!«, wiederholte sie.

Johanna sah sie nur entgeistert an.

»Bitte, mach den Mund auf, Johanna! Wo haben sie sie gefunden?«

»Bei den Zelten der Goldgräber.«

Barfuß, wie sie war, rannte Marianne auf die staubige Straße hinaus. Sie spürte weder die Steine, die sich in ihre Fußsohlen bohrten, noch die Blicke der Passanten, die bei ihrem Anblick stehen blieben und gafften.

Es dauerte nicht lange, da hatte Marianne die Siedlung hinter sich gelassen und den Weg durch den Busch erreicht. Die Goldgräber hatten diese breite Schneise für ihre Wagen geschlagen, mit denen sie Proviant und Grabungszubehör aus Sandhurst in ihr Lager schafften. Die Hitze war unerträglich. Marianne lief der salzige Schweiß von der Stirn, aber sie wischte ihn nicht ab. Als sie die Zelte der Goldgräber sah, beschleunigte sie die Schritte. Frieda, hämmerte es in ihrem Kopf, bitte lass es nicht Frieda sein!

Am Ziel fiel ihr Blick auf eine Gruppe von Männern, die am Rand von dichtem Buschwerk die Köpfe zusammensteckten.

Marianne rannte wie besessen auf sie zu. »Wo ist sie?«, rief sie noch im Laufen.

Die Männer traten zur Seite. Im Staub lag Frieda. Schön wie nie zuvor. Sie schien friedlich zu schlafen.

Marianne warf sich schluchzend zu Boden und versuchte sie zu wecken, obwohl sie wusste, dass es sinnlos war. Trotzdem schüttelte sie die Freundin und flehte: »Frieda, komm! Wir gehen fort von hier, zurück nach Espa.«

Plötzlich zog jemand Marianne sanft am Arm und raunte: »Bitte, stehen Sie auf, Miss! Ich bringe Sie nach Hause.«

Verstört schaute Marianne auf – und in ein bekanntes Gesicht. Es war der Mann aus dem Saloon, Mister William mit den guten Manieren. Sie ließ sich von ihm aufhelfen und nahm den dargebotenen Arm. Aus den Augenwinkeln bemerkte sie die erstaunten Blicke der anderen Männer.

»Können Sie gehen, oder soll ich uns einen Wagen herbeischaffen?«, fragte er besorgt.

Marianne schaute ihn dankbar an. Noch nie hatte sich ein Mann so um ihr Wohlbefinden gekümmert.

»Es geht schon wieder. Bitte sagen Sie mir, was passiert ist.«

William seufzte. Er hatte Marianne immer noch untergehakt und drückte ihren Arm. »Sie ist vermutlich von einer Schwarzotter gebissen worden. Hier wimmelt es ja nur so von den Biestern. Vermutlich hat sie sich mit Absicht dort hingelegt, weil sie sterben wollte.«

Marianne blieb stehen, machte sich los und schlug entsetzt die Hände vor den Mund. Sie konnte es nicht glauben, und doch: Es war so plausibel. Jeder wusste, dass diese tödliche Gefahr im Busch lauerte. Immer wieder erzählten die Goldgräber im Saloon von Giftschlangen, die in ihre Zelte eingedrungen waren. Frieda hatte sich höllisch vor diesen Kreaturen gefürchtet. Marianne erinnerte sich nur allzu gut daran, dass die Freundin in Panik geraten war, als sich einmal eine Schlange in ihr Zimmer verirrt hatte. Der Besitzer des Saloons hatte sie eingefangen und getötet.

Wie verzweifelt muss Frieda gewesen sein! Ich bringe den verdammten Kerl um, dachte Marianne und ballte die Fäuste.

Erst Williams sanfte Stimme riss sie aus ihren mordlüsternen Gedanken. »Sagen Sie mir, wohin ich Sie begleiten soll?«

»Ich wohne über dem Saloon.«

Schweigend gingen sie nebeneinander her. Marianne hatte das Bedürfnis, zu weinen, aber sie hatte keine Tränen mehr. Dabei hätte sie es als große Erleichterung empfunden. Stattdessen biss sie die Zähne aufeinander, bis es schmerzte.

»Soll ich Sie nach oben begleiten?«, fragte William schüchtern.

Marianne schüttelte den Kopf. »Danke, dass Sie mich hergebracht haben. Sie sind sehr freundlich.« Sie blickte ihn an.

Er errötete. »Ich hoffe, wir treffen uns bald wieder«, murmelte er.

Marianne reichte ihm zum Abschied die Hand. Sein Händedruck war fest, aber er ließ ihre Hand so schnell wieder los, als hätte er sich verbrannt.

Marianne hatte sich auf Friedas Bett geworfen. Ihr eigenes stank zum Himmel! Aber nicht, ohne vorher den Riegel von innen vorzuschieben. In der Hoffnung, Waldemar daran zu hindern, ihre Kammer jemals wieder zu betreten. Und schon hörte sie seine verhasste Stimme.

»Ich weiß, dass du da drinnen bist. Komm sofort raus! Sonst komm ich rein.«

Es war sinnlos! Zitternd tat Marianne, was er verlangte. Die Tür war so dünn, dass selbst sie sich zugetraut hätte, sie einzutreten. Sie musste sich beinahe übergeben, als er breitbeinig und triumphierend dastand.

»Zieh dir etwas Schönes an!«, befahl er. »Ich kann ja von Glück sagen, dass du dich gegen das Leben als ehrbare Frau entschieden hast. Wen hätte ich heute anbieten sollen, wo sich das dumme Ding von einer Schlange hat beißen lassen?«

»Was meinst du damit?«, fragte sie mit bebender Stimme. Dabei wusste sie genau, was das zu bedeuten hatte.

»Frag nicht so dumm!«, fuhr er sie an. »Beeil dich lieber! Ich warte hier auf dich.«

Provozierend blieb er im Türrahmen stehen und beobachtete, wie sie ihr verruchtes Tanzkleid auszog und in ein frisches schlüpfte. Erst, als sie ihre Stiefel anziehen wollte, spürte sie den brennenden Schmerz unter den Fußsohlen. Und nicht nur dort tat es ihr weh, sondern plötzlich zog es in ihrem Unterleib, als bekäme sie ihre Monatsblutung.

»Gehen wir!«, sagte sie mit lebloser Stimme.

Waldemar führte sie die Straße entlang zu einem einfachen Holzhaus, das nicht besonders einladend wirkte. Im Flur saß ein Mann, dem Waldemar wortlos einen Geldschein in die Hand drückte. Dann scheuchte er Marianne eine enge Stiege hinauf und schubste sie in eine Kammer. Dort standen ein Bett und eine Kommode mit einer Waschschüssel.

»Ich kann dir nur raten: Sei nett zu den Kerlen! Benimm dich bloß nicht so störrisch wie bei mir. Hast du verstanden? Und keine Tricks. Der Mann unten passt auf, dass du nicht abhaust.« Mit diesen Worten trat er ganz nahe zu Marianne, die wie versteinert wirkte, und strich ihr über die Wange.

Sie wollte seine Hand wegschlagen, aber da hatte er sie bereits am Gelenk gepackt.

»Du kleine Teufelin. Mit dir bin ich noch lange nicht fertig«, höhnte er und fuhr ihr mit der anderen Hand zwischen die Schenkel, bevor er sie aufs Bett stieß und mit bösem Gelächter hinausging.

Marianne rappelte sich auf. In ihrem Kopf wirbelte alles wild durcheinander. Wenn sie jetzt nicht all ihren Mut zusammennahm, würde sie dieser Hölle niemals entkommen. Vorsichtig schlich sie zur Tür und öffnete sie einen Spaltbreit. Der Flur war leer. Leise stieg sie die Stufen hinunter. Unten atmete sie tief durch und ging wie selbstverständlich an der Rezeption vorbei. Schon war sie an der Eingangstür. Gleich hätte sie es geschafft! Doch da legte sich eine schwere Pranke auf ihre Schulter. Zitternd vor Angst, drehte Marianne sich um. Sie blickte in das hämisch grinsende Gesicht des Kerls, dem Waldemar Geld zugesteckt hatte.

Willenlos ließ sich Marianne die Stiege hinauf und in die Kammer schubsen. Als sie sich weinend auf das Bett warf, hörte sie, wie der Schlüssel von außen im Schloss umgedreht wurde.

Sie schlug die Hände vor ihr Gesicht und wusste nicht mehr, was sie tun sollte. Nur eines, das wusste sie: Den nächsten Mann, der sich ihr gegen ihren Willen zu nähern versuchte, würde sie umbringen.

Als Marianne den Blick hob, blieb er an dem Krug mit Wasser hängen. Sie stand auf, zog sich aus und begann sich wie von Sinnen zu waschen. Sie presste den Lappen auf ihre Haut und rubbelte mit dem groben Stoff so heftig darauf herum, dass ihr Bauch und die Oberschenkel schließlich gerötet waren. Dann zog sie sich hastig wieder an. Nicht, dass die Tür aufging und der Goldgräber die Situation missverstehen würde.

Kaum dass sie sich wieder angekleidet hatte, wurde die Tür aufgeschlossen und der Kunde trat ein. Marianne starrte ihn ungläubig an.

Er war mindestens ebenso verwirrt wie sie.

»Wenn ich gewusst hätte, dass Sie mein erster Kunde werden ...« Sie sah ihn verächtlich an, bevor sie bitter zischelte: »Nun, dann bedienen Sie sich! Ich bin Ihnen zu Dank verpflichtet. Dass der Preis so hoch sein würde, das habe ich allerdings nicht geahnt, aber bitte!« Sie nestelte an ihrem Tanzkleid herum, um es auszuziehen.

»Bitte, Maryann, lassen Sie das!«, presste William heiser hervor. »Ich habe doch nicht geahnt, dass ... dass Sie ...«

»So? Was treibt Sie denn her? Haben Sie gedacht, hier würden Sie in den Schlaf gesungen? Erzählen Sie mir doch nichts. Sie wollten mich zur Hure machen. Bitte schön!«

»Hören Sie auf!«, entfuhr es William eine Spur zu laut. Dann fügte er gedämpft hinzu: »Ja, und noch einmal ja, ich wollte eine Frau für ein paar Stunden kaufen. Sie werden es mir nicht glauben, aber es ist das erste Mal, dass ich dafür zu bezahlen bereit war. Und ich verrate Ihnen auch, warum! Ich habe mich in Sie verliebt. Sie gehen mir nicht mehr aus dem Kopf, aber ich weiß, dass ich so eine Frau wie Sie niemals bekommen werde. So wollte ich wenigstens mit einer Frau geschlafen haben, um nicht ganz kopflos abzureisen.«

»Sie reisen ab?«, fragte sie aufgeregt.

»Ja. In einer Woche nehme ich ein Schiff von Melbourne nach Neuseeland. Ich habe läuten hören, dass in Otago auch Gold zu finden ist. Es wird nicht mehr lange dauern, bis die Goldgräber alle dorthin strömen. Aber ich möchte nicht mehr schürfen; ich werde einen Kolonialwarenladen aufmachen und den Goldgräbern alles verkaufen, was sie zum Leben brauchen.« Erschöpft hielt er inne. Ihm war anzusehen, dass er ansonsten nicht so viel an einem Stück redete.

»Und warum bedienen Sie sich nicht, bevor Sie weggehen? Sie haben doch sicher bereits dort unten für mich bezahlt, oder?« Marianne sah ihn durchdringend an.

»Weil ich Ihnen niemals ein Leid antun würde, denn Sie können mir doch nicht weismachen, dass Sie das hier freiwillig tun.«

»Schwer zu erraten, wenn man mich dazu einsperren muss!« Sie stockte. »Verzeihen Sie bitte, dass ich Sie so angehe, obwohl Sie sicher nicht so ein grober Klotz sind wie die anderen. Ich hasse dieses Leben und würde lieber heute als morgen auf Nimmerwiedersehen von hier verschwinden!« In ihren Augen schimmerte es feucht.

»Ich würde Sie hier herausholen und mit nach Neuseeland nehmen, wenn Sie es wollen«, schlug er leise vor.

»Mitnehmen? Als was würden Sie mich denn mitnehmen?«

»Am liebsten als meine Frau.« William sah verlegen an ihr vorbei ins Leere.

»Sie würden mich heiraten?«, fragte sie ungläubig und sah ihn dann traurig an. »Sie können mich nicht heiraten. Der Mistkerl hat sich gestern über mich hergemacht.«

»Maryann, ich mag Sie.« Nun traute William sich, sie anzusehen.

»Sie würden mich trotzdem heiraten?«

William nickte.

»Und was, wenn ich ein Kind von ihm kriege?«

»Das würde ich wie mein eigenes aufziehen.«

Marianne schaute ihn entgeistert an, bevor sich ihr Blick verfinsterte.

»Ich will das Balg nicht!« Ihre Stimme klang trotzig.

William stand auf, nahm erneut ihre Hände und schaute ihr tief in die Augen.

»Maryann, ich werde auch Ihr Kind lieben. Wenn Sie mich heiraten, machen Sie mich zum glücklichsten Menschen auf dieser Erde.«

Tränen traten Marianne in die Augen. Noch nie hatte ein Mensch so sanftmütig mit ihr gesprochen. Wenn sie daran dachte, wie unverschämt Waldemars Antrag gewesen war. Im Gegensatz zu ihm besaß dieser große, kräftige Mann mit dem spärlichen blonden Haar und den weichen Gesichtszügen Achtung vor ihr. Dieser William würde ihr niemals wehtun.

»Wie heißen Sie eigentlich mit Nachnamen?«, wollte Marianne wissen.

Er machte eine höfliche Verbeugung. »Bradley. William Charles Bradley aus Abertawe, Swansea, und Sie, wie heißen Sie?«

Marianne musste wider Willen lächeln. »Ich bin Marianne Heinrici aus Espa.«

»Haben Sie etwas dagegen, wenn ich Sie weiter Maryann nenne?«

»Nein, aber wie wollen Sie mich denn aus diesem Freudenhaus bringen, ohne dass das Schwein Wind davon bekommt?« Ihr Blick verdüsterte sich.

»Das lassen Sie mal meine Sorge sein«, erklärte er im Brustton der Überzeugung, bevor er sie fragend ansah. »Heißt das, Sie kommen mit und heiraten mich?«

Marianne nickte schwach. Hoffentlich fragt er mich nicht, ob ich ihn auch liebe. Ich würde ihn ungern belügen, ging es ihr durch den Kopf, doch William machte keine Anstalten, Liebesschwüre von ihr zu verlangen.

Ein ungläubiges Strahlen erhellte Williams Gesicht. Dann wurde er gleich wieder ernst und reichte ihr die Hand. »Kommen Sie, lassen Sie mich reden, und folgen Sie mir einfach!«, befahl er und zog sie zur Tür hinaus.

Zitternd stieg Marianne hinter ihm die Treppe hinunter.

William schob dem Mann an der Rezeption einen Schein über den Tresen. »Sie scheint es zum ersten Mal zu machen. Sie ziert sich, wie Jungfrauen es nun mal tun. Ich lass mir Zeit. Ich nehme sie mit zu mir und bringe sie danach wieder zurück.« Er zwinkerte dem Mann jovial zu.

Der grinste breit, nickte und ließ sie passieren.

Der Friedensrichter in Melbourne war ein gütig dreinblickender älterer Herr. »Nun, Miss, gucken Sie nicht so traurig! Das ist ein Freudentag.«

Sie versuchte zu lächeln. Als William seine Braut nach dem Jawort in den Arm nahm, um sie zu küssen, fuhr Marianne zurück, doch dann ließ sie zu, dass er sanft ihre Lippen berührte.

In der Nacht im Hotel machte er keinerlei Anstalten, ihr zu nahe zu kommen.

»Wenn du mit mir eines Tages das Bett teilen möchtest, gib mir ein Zeichen«, sagte er zärtlich und richtete sich ein Lager auf dem Fußboden her.

Marianne war dankbar dafür; nach langer Zeit fühlte sie sich endlich wieder sicher. Trotzdem konnte sie nicht einschlafen. Ganz im Gegensatz zu ihm, der arglos wie ein Kind dalag und im Schlaf zufrieden lächelte. Es wäre ein Leichtes für mich, aus dem Zimmer zu spazieren und in Melbourne unterzutauchen, dachte sie. Vielleicht hätte sie das sogar getan, gäbe es nicht die untrüglichen Zeichen, dass in ihr ein Kind heranwuchs. Ihre Brüste spannten, und sie spürte eine leichte Übelkeit.

Leise erhob sie sich, denn plötzlich fiel ihr ein, was ihre Mutter einmal bei einem Streit mit ihr gerufen hatte: *Wäre ich doch nur noch heftiger vom Tisch gesprungen!* Marianne hatte damals nicht verstanden, was sie ihr damit sagen wollte. In diesem Augenblick aber erschloss sich ihr die grausame Bedeutung dieser Worte.

Mit klopfendem Herzen schlich sich Marianne zum Waschtisch, kletterte auf den Stuhl und dann weiter nach oben. Sie zögerte, bevor sie hinuntersprang. Mit einem Seitenblick auf William stellte sie erleichtert fest, dass er nicht aufgewacht war. Deshalb wiederholte sie das Ganze noch einmal. Und dann wieder und wieder, bis sie schließlich völlig erschöpft doch in Williams starken Armen landete.

Er sah sie mit ernster Miene an. »Maryann, ich verlange nicht viel von dir, denn Liebe lässt sich nicht erzwingen. Nur das eine, das musst du mir schwören: Tu das nie wieder!«

Beschämt flüsterte Marianne: »Ich schwöre es!«

Auckland, Januar 1901

Maaka trug einen eleganten englischen Anzug mit passendem Hut, als er bei Anaru Rangiti an der Tür klingelte.

So feierlich, wie er aussieht, wird er mich heute bitten, ihm Paika zur Frau zu geben, schoss es Anaru durch den Kopf. Seit Maaka von einer Tour durch Neuseeland zurückgekehrt ist, hat er Paika öfter ausgeführt. Die beiden verstehen sich prächtig, sodass eigentlich nichts gegen ihre Verbindung spricht, sofern Paika sie auch will.

Anaru bat den jungen Maori, im Wohnzimmer zu warten, und ging zu Paika.

»Maaka ist gerade gekommen«, sagte er leise.

Täuschte er sich, oder huschte eine leichte Röte über ihr Gesicht?

»Paika, ich will nicht darum herumreden. Maaka wird mich heute um deine Hand bitten. Ich werde sie ihm niemals geben, wenn du ihn nicht wirklich heiraten möchtest.«

»Warum sollte ich ihn nicht heiraten wollen? Er ist ein wunderbarer Mann!«, erklärte Paika entschieden. Eine Spur zu entschieden für Anarus Geschmack.

»Ich wollte damit auch nur sagen, dass ich für meinen Teil nachgedacht habe, was eine mögliche Ehe zwischen dir und Duncan Hamilton angeht.«

Anaru stockte und holte tief Luft. Es war gegen sein Interesse, was er ihr jetzt sagte, aber er würde sich sein Leben lang Vorwürfe machen, wenn er das Glück der jungen Leute zerstörte. Er wollte sich auch lieber gar nicht erst vorstellen, wie schmerzhaft es sein würde, der Hochzeit seines eigenen Sohnes als Brautonkel beizuwohnen, aber er hatte keine andere Wahl. »Ich habe mich nicht richtig verhalten. Ich hätte dir gestatten sollen, den Mann zu heiraten, den du liebst. Wenn der Mann deines Herzens also Duncan Hamilton ist, dann will ich euch meinen Segen geben. Das muss ich dir heute sagen, bevor du vielleicht eine Entscheidung gegen die Stimme deines Herzens fällst.«

Paika sah ihren Onkel erstaunt an. »Nein, nein, ihr beide hattet schon ganz Recht, als ihr mich beschworen habt, dass diese Ehe keine Zukunft hat«, murmelte sie versonnen.

»Wer ist ›ihr‹?«

Sie seufzte. »Ich hatte Duncan an jenem Abend das Jawort bereits gegeben. Für einen Augenblick war ich der glücklichste Mensch der Welt, bis sein Vater mir hinter Duncans Rücken Geld geboten hat, damit ich verschwinde. Und er hat mir in drastischen Worten klar gemacht, was die Verbindung mit Duncan bedeuten würde. Deshalb bin ich so willig mit dir fortgegangen. Wären diese Worte nicht gefallen, ich wäre dir niemals gefolgt. Ich habe mich heimlich davongestohlen, weil Duncan sonst nur versucht hätte, mir die Worte seines Vaters mit aller Macht auszureden. Duncan hätte sich eher mit ihm überworfen als mich verlassen. Deshalb musste ich die Vernünftige sein, denn eines Tages hätte er mich dafür gehasst, dass ich ihm nur dunkelhäutige Kinder schenken kann.« In ihren Augen schimmerte es verdächtig feucht.

Anaru Rangitis Herz krampfte sich zusammen. Wie gern würde er dem Mädchen offenbaren, dass er Duncans Vater war und dass er sich nur das eine von Herzen wünschte: dass sie beide glücklich würden. Wie gern würde er ihr gestehen, dass Duncan gar kein Pakeha war! Nur mühsam konnte er das Geständnis herunterschlucken, das ihm auf der Zunge lag. Insgeheim verfluchte er Olivia und den gemeinen Betrug, mit dem sie ihn, ihren Liebsten, aber auch Duncan und Mister Hamilton getäuscht hatte. Trotzdem, er konnte seinem Sohn nicht die Wahrheit verraten. Entweder besann sich Olivia eines Besseren, oder Duncan blieb ein Pakeha!

»Es ist doch gleichgültig, was sein Vater sagt. Wichtig ist nur, was du glaubst!«, sagte er stattdessen nachdrücklich.

»Ich glaube, dass Maaka der richtige Mann für mich ist.« Paika stand auf und schlang ihre Arme um Anarus Hals. »Du bist so lieb, Onkel Anaru, aber glaub mir: Alles wird gut. Ich werde mit Maaka glücklich und Duncan mit einer weißen Frau.« Sie ließ die Arme sinken und nahm ihn bei der Hand. »Lass uns Maaka nicht länger auf die Folter spannen. Einmal habe ich ihn schon enttäuscht. Das soll nicht noch mal vorkommen.«

Maaka brachte vor lauter Freude kein Wort heraus, als Anaru ihm feierlich Paikas Hand in seine legte, ohne dass der Antrag überhaupt ausgesprochen wurde.

»Werdet glücklich, ihr beiden!«, murmelte Anaru mit belegter Stimme.

Maaka fasste sich schnell wieder und jubelte: »Ich liebe dich, Paika!« Dann wurde er ganz ernst. »Aber da ist etwas, was ich dir sagen muss.« Er blickte Anaru schuldbewusst an, bevor er zögernd gestand: »Man hat mich in die nationale Rugbymannschaft aufgenommen. Das heißt, dass ich viel auf Reisen sein werde. Das bedeutet auch, dass ich meinen werten Lehrmeister verlassen muss.«

»Dann werde ich mich weiter um Paika kümmern, solange du unterwegs bist«, schlug Anaru vor.

Maaka wand sich ein wenig. »Ich möchte, dass Paika bis zu unserer Hochzeit zu meiner Familie nach Ohinemutu geht. Ich schätze Sie sehr, lieber Mister Rangiti –«

»Onkel Anaru«, unterbrach der ihn lächelnd.

»Ich schätze dich über alles, Onkel Anaru, aber du lebst wie ein Pakeha, und ich wünsche mir, dass Paika wieder zu den Traditionen unserer Ahnen zurückkehrt. Sie hat ja schließlich lange genug bei den Pakeha gelebt. Ich würde mich freuen, wenn sie so schnell wie möglich nach Ohinemutu ginge. Ich habe noch zwei wichtige Spiele. Dann würde ich nachkommen, und wir feiern eine große Hochzeit.«

Paika lächelte tapfer. Dabei behagte ihr der Gedanke, nach Rotorua zurückzukehren, ganz und gar nicht, doch sie ließ sich nichts anmerken. »Ja, gut. Ich reise in den nächsten Tagen, wenn es dir recht ist.«

Anaru stieß einen traurigen Seufzer aus. »Was mache ich bloß ohne dich, mein Kind? Und wo wirst du nun die schönen Bücher der Weltliteratur herbekommen?«

Letzteres hatte er mehr zu sich selber gesagt, aber Maaka hatte es sehr wohl gehört. Mit einem Seitenblick auf den auf dem Sofatisch liegenden Roman »Oliver Twist« bemerkte er verstimmt: »Wir haben so viele Legenden zu erzählen. Paika wird es nicht langweilig bei meinen Leuten.«

Bei seinen Leuten? Paika durchfuhr ein eiskalter Schauer. Wenn sie an Rotorua dachte, überkam sie zwar ein nie gekanntes Heimatgefühl. Nur sehnte sie sich nicht nach seinen Leuten. Sie sehnte sich nach Maryann und nach Annabelle, nach Gordon und ihrem Zimmer im Hotel. Wehmut stieg in ihr auf bei dem Gedanken, nicht bei ihnen leben zu dürfen, sondern in Ohinemutu. Ganz in deren Nähe und doch so fern. Sie versuchte, ihre schmerzliche Sehnsucht zu verscheuchen. Vergeblich, denn selbst als sie sich in schillernden Farben ausmalte, wie sie mit Maakas Familie ein Hangi zubereitete, drängten sich Erinnerungen an ihre geliebte Pakeha-Familie auf.

»Onkel Anaru, was weißt du eigentlich über meinen weißen Vater?«, fragte Paika plötzlich. Sie hatte es gar nicht gewollt, aber da war es schon passiert.

Maakas Blick verriet, dass ihm die Erwähnung ihres weißen Vaters nicht passte. »Du kennst ihn doch gar nicht. Warum willst du dich damit belasten?«, fragte er unwirsch.

Anaru zuckte bedauernd mit den Achseln. »Ich weiß gar nichts über ihn, mein Kind. Ich habe deine Mutter ja nicht persönlich gekannt. Meine Mutter kannte sie, aber die ist schon lange tot. Das Heim wollte dich erst nach Tauranga bringen, aber dort hat man offensichtlich keine Verwandten auftreiben können. Und so kam der Stammesälteste auf mich, weil er wusste, dass deine Mutter eine entfernte Nichte meiner Mutter war.«

»Warum haben sie mich eigentlich damals in Tauranga nicht gewollt? Ich hätte doch bei ihnen im Dorf auch ohne einen Verwandten leben können«, fragte Paika versonnen.

Anaru zuckte die Achseln.

»Das ist doch unerheblich. Wichtig ist doch nur eines: dass meine Familie sich freut, wenn meine Braut bei ihr lebt. Sie wird nach deiner Ankunft bestimmt ein großes Fest geben«, mischte sich Maaka ungeduldig ein. Dann fügte er versöhnlicher hinzu: »Ruiha soll dich vom Bahnhof abholen. Ich werde mich darum kümmern. Und, freust du dich?«

Paika nickte freudig. Und das war nicht einmal gelogen. Auf die alte Ruiha freute sie sich wirklich.

Auckland, Januar 1901

Der Friedhof lag ganz in der Nähe des Meeres. Eine leichte Brise wehte salzige Luft herüber, die nach Tang roch. Am stahlblauen Himmel, an dem keine Wolke zu sehen war, kreischten Möwen. Annabelle beobachtete die Szenerie wie durch einen feinen Nebel. Sie war noch nie in Auckland gewesen, und sie vermisste schon jetzt den Geruch des vertrauten Schwefels. Sie schluckte trocken. Tränen hatte sie keine mehr. So unendlich viele hatte sie bereits um ihre Schwester vergossen, dass ihre Augen wie Feuer brannten. Sie verschwendete auch keinen Gedanken mehr daran, wie sie manchmal unter Olivias spitzem Mundwerk gelitten hatte. Nichts konnte ihre Trauer mildern. Gordon hielt ihre Hand, während der anglikanische Geistliche lobende Worte über die viel zu früh verstorbene Lady Hamilton fand.

Annabelle ließ den Blick verstohlen über die Trauergemeinde schweifen. Allan wirkte wie ein gebrochener Mann: die gebückte Haltung, die geschwollenen Augen, die fahle Haut. Von Weinkrämpfen geschüttelt, klammerte Helen sich verzweifelt an ihn. Neben ihr stand mit unbeteiligter Miene Peter, ihr Verlobter.

Duncan blieb abseits, ganz für sich allein, als gehöre er nicht zur Familie. Nicht eine einzige Träne hatte er vergossen, jedenfalls nicht, soweit Annabelle es beobachtet hatte. Er machte einen verstörten Eindruck.

Annabelle hatte gestern nach ihrer Ankunft versucht, mit ihm zu reden, doch er war regelrecht in sein Zimmer geflüchtet. Auch die Begrüßung war eher kühl ausgefallen. Mit dem Jungen stimmte etwas nicht. Und das war nicht nur die Trauer um seine Mutter. Dessen war sich Annabelle mehr als sicher. Schließlich kannte sie ihn wie ein eigenes Kind. Enttäuscht hatte sie sich in das Gästezimmer zurückgezogen, das beinahe so groß war wie daheim die gesamte obere Etage. Ja, die Hamiltons besaßen ein prächtiges Haus, aber mit ihnen tauschen wollte Annabelle dennoch nicht. Die Sehnsucht nach Rotorua schnürte ihr förmlich die Kehle zu. Ob die alte Ruiha wohl mit Mutter zurechtkommt?, fragte sie sich jetzt.

Maryann war zusammengebrochen, nachdem sie von Olivias Tod erfahren hatte. Sie hatte geschrien und geweint, bevor sie schließlich verstummt war und sich in ihren Schmerz eingekapselt hatte. Abigail war nicht von ihrem Bett gewichen.

Annabelle versuchte, sich auf die Worte des Geistlichen zu konzentrieren. Aber was wusste der schon von ihrer Schwester? Für ihn war die Verstorbene doch nur die gute Lady Olivia Hamilton, Gattin des reichen Kauriharzhändlers Allan Hamilton, die Herrin von *Hamilton Castle*.

Annabelles Blick blieb nun bei Abigail hängen. Die gute Abigail. Sie ließ den Tränen ungehemmt ihren Lauf. Patrick hielt sie fest im Arm. Sogar die kleine Emily war mitgekommen. »Eine Beerdigung ist doch nichts für ein kleines Mädchen«, hatte Annabelle gemeint, doch Emily hatte nur gelächelt.

»Aber es ist doch nicht schlimm, Olivia ist doch nur bei den Engeln wie meine Mutter«, hatte sie erklärt. Jetzt sah die Kleine starr auf den Sarg, der gerade in die Erde gesenkt wurde, während sie Abigails Hand fest umschlossen hielt.

Erinnerungen an die gemeinsame Kindheit und Jugend mit Olivia überfielen Annabelle. Bilder von ihrer bildschönen Schwester leuchteten vor ihrem inneren Auge auf, und plötzlich flossen auch die Tränen wieder. Gordon legte den Arm um ihre Schulter und drückte seine Frau fest.

Obwohl Allan nur ein Schatten seiner selbst war, bestand er nach der Trauerfeier auf einem Leichenschmaus im Hause Hamilton. Dabei war er kaum in der Lage, die Anwesenden zu begrüßen.

»Es ist schön, dass ihr in dieser schweren Stunde alle an diesem Tisch versammelt seid«, brachte er heiser hervor. »Und ich möchte die Gelegenheit nutzen, euch zu sagen, dass ich mich jetzt nach Olivias Tod aus dem Geschäft zurückziehen werde. Ja, ich werde es noch in diesem Jahr meinem geliebten Sohn Duncan übergeben …« In diesem Augenblick brach seine Stimme, und er wurde von Weinkrämpfen geschüttelt. Helen, die ihm wie erstarrt zugehört hatte, sprang von ihrem Stuhl auf und stützte den Vater.

»Er hat sie wirklich geliebt«, raunte Annabelle Gordon zu. Dann beobachtete sie, wie sich Duncan erhob. Er war weiß wie eine gekalkte Wand.

»Ich möchte dieses traurige Zusammentreffen zum Anlass nehmen, mich von euch allen bis auf weiteres zu verabschieden. Lieber Vater, es ehrt mich, dass du mich als deinen Nachfolger auserkoren hast, obwohl ich kein gutes Händchen in geschäftlichen Dingen habe. Ich glaube, die Tradition der Hamiltons würde wesentlich besser gewahrt, wenn Helens Verlobter Peter statt meiner in dein Geschäft einstiege.« Er schwieg verlegen und ließ den Blick über die Trauergesellschaft schweifen.

Helen sah ihn mit großen Augen an.

Duncan spürte, wie ihn eine Welle der Zufriedenheit durchströmte. Die ganze Nacht hatte er wach gelegen und sich gefragt, ob er seinem bisherigen Leben den Rücken kehren und einen Neuanfang wagen sollte. Nun konnte er nicht mehr zurück. »Ich habe meine Mutter geliebt. Ich glaube, das wisst ihr alle, aber ich habe vor ein paar Tagen etwas erfahren müssen, was mir den Schlaf raubt.«

»Duncan, schweig!«, krächzte Allan.

Aber Duncan fuhr unbeirrt fort: »Diese Wahrheit hat mir klargemacht, dass ich meinen eigenen Weg gehen muss. Ich verlasse Auckland heute noch und werde in Dunedin die Rechte studieren.

Mir hat einmal ein kluger Mann gesagt, aus mir würde ein guter Richter. Wir wollen es hoffen. Und wenn ihr die ganze Wahrheit wissen möchtet, fragt bitte Helen. Sie weiß, wer ich wirklich bin.«

Mit diesen Worten beugte er sich zu seinem Vater hinunter, umarmte ihn fest und sagte mit klarer Stimme: »Ich danke dir für alles!« Dann verließ er hocherhobenen Hauptes das Esszimmer. Er hatte noch so vieles zu erledigen.

»Helen, hol ihn sofort zurück! Schwöre ihm, dass du dir das alles ausgedacht hast, weil du deinem Bruder schaden wolltest«, bat Allan sie mit letzter Kraft.

Helen senkte den Kopf, doch dann blickte sie ihren Vater herausfordernd an. »Nein, Vater, es ist nicht gelogen. Ich habe an dem Abend in Rotorua mit eigenen Ohren gehört, wie Mutter dem Maori ins Gesicht gesagt hat, dass Duncan sein Sohn ist. Ich habe es nur zurückgenommen, weil ich befürchtete, es würde dich um den Verstand bringen, aber nun kann ich nicht länger verantworten, dass einer, der nicht aus deinem Holz geschnitzt ist, dein Geschäft übernimmt. Duncan hat Recht. Peter ist der richtige Mann dafür. Und es ist gut, dass Duncan uns endlich verlässt.«

Allan fiel bei ihren Worten noch mehr in sich zusammen.

Annabelle hielt den Atem an und warf Gordon einen verstohlenen Seitenblick zu. Selten hatte sie ihren Mann so fassungslos erlebt. Auch Abigail saß mit offenem Mund da, doch sie fand als Erste die Sprache wieder.

»Helen, überleg dir gut, was du da sagst. Wer sollte denn deiner Meinung nach Duncans Vater sein? Meine Schwester hat die Maori stets gemieden. Das kannst du mir glauben. Ich habe mit ihnen getobt und gespielt. Meine Schwester dagegen nie. Also, was soll dieser Blödsinn?«

Helen zuckte mit den Achseln. »Kann ja sein, dass sie nicht mit den Maorikindern gespielt hat, aber trotzdem hat sie dem Onkel eures Maorimädchens gesagt, dass Duncan sein Sohn ist.«

»Mister Rangiti?«, fragte Annabelle tonlos.

»Ja, ich glaube, so hieß er«, erwiderte Helen ungerührt.

Allans Antwort war ein verzweifeltes Schnauben. Er murmelte in sich hinein: »Dein Peter kann das verdammte Geschäft haben, aber Duncan wird mein Sohn bleiben, solange ich lebe.«

Auckland, Januar 1901

Anaru Rangiti saß, tief in Gedanken versunken, an seinem Schreibtisch, als es an der Haustür läutete. Er vermisste Paika. Erst vor ein paar Stunden hatte er sie zum Zug gebracht.

»Sie?«, rutschte ihm heraus, als er seinen Besucher erkannte.

»Darf ich reinkommen?«, fragte Duncan.

»Natürlich, gern. Selbstverständlich«, stammelte der sonst so selbstbewusste Maori, ließ den jungen Mann eintreten und nahm ihm den Mantel ab. Er führte ihn wortlos ins Wohnzimmer und bot ihm ein Glas Portwein an.

Ein Angebot, das der junge Mann dankend annahm. Und nicht nur das, er trank das erste Glas fast in einem Zuge aus. Gesprochen hatten die beiden Männer immer noch kein Wort.

Erst als Duncan das zweite Glas ebenso schnell geleert hatte wie das erste, sah er Anaru Rangiti durchdringend an. »Sie sind also mein Vater? Haben Sie das auch erst im Garten meiner Tante erfahren, oder wussten Sie das schon länger?«, fragte er lauernd.

Anaru zuckte zusammen. »Woher wissen Sie das?«

»Meine Schwester hat das Gespräch zwischen Ihnen und meiner Mutter belauscht.«

»Du meine Güte! Sie hat es doch nicht etwa Ihrem Vater erzählt, oder?«

»O doch, er weiß es.«

»Und ... Und Ihre Mutter? Was sagt die dazu?«

Duncan presste die Lippen zusammen und atmete tief durch. Noch wollte er dem Mann nicht anvertrauen, was wirklich geschehen war. Zunächst wollte er aus seinem Mund hören, was es mit der Beziehung zwischen seiner Mutter und ihm auf sich hatte.

»Hören Sie, Mister Rangiti. Es wäre schön, wenn Sie mir meine Fragen beantworten würden. Haben Sie gewusst, dass ich Ihr Sohn bin?«

Anaru schüttelte heftig den Kopf. »Nein, Ihre Mutter hat sich eines Tages von mir getrennt, um Ihren Vater zu heiraten. Ich bin damals aus allen Wolken gefallen, denn ich wollte sie zu meiner Frau machen ...«

»Sie wollten sie heiraten? Sie haben sie wirklich geliebt?« Duncans Stimme klang erstaunt. Doch dann fiel ihm wieder ein, dass er als Kind einmal erlebt hatte, wie verzweifelt sein Vater Einlass in Olivias Schlafzimmer begehrt hatte. Ob seine Mutter den Maori geliebt und sich ihrem Mann deswegen entzogen hatte? Duncan wurde heiß und kalt bei dem Gedanken, doch er traute sich zu fragen: »Mister Rangiti, bitte erzählen Sie mir von Ihnen und meiner Mutter!«

»Wollen Sie das wirklich wissen?«, fragte Anaru verunsichert.

Duncan nickte.

»Sie war meine große Liebe! Als sie mich damals so Hals über Kopf verließ, war ich gekränkt. Ich habe die Welt nicht mehr verstanden. Nie wieder habe ich mich so in eine Frau verliebt. Als ich erfuhr, dass Sie mein Sohn sind, da habe ich den alten Hass noch einmal schmerzhaft empfunden. Aber langsam glaube ich, Olivia hat sich nur von mir getrennt, weil sie glaubte, dass es für ihr Kind, für Sie, das Beste wäre.« Anaru hielt inne, bis er seine Neugier nicht mehr zügeln konnte. »Bitte sagen Sie mir: Wie hat Ihre Mutter reagiert, als Ihre Schwester das Geheimnis verraten hat?«

Duncan schluckte trocken. Lange würde er ihm nicht mehr verheimlichen können, was geschehen war.

»Mein Vater ist so wütend geworden, dass er meine Mutter geschubst hat. Sie ist gestürzt und ...«

»Junge, sprich weiter!«, bat Anaru schreckensbleich.

»Sie ist unglücklich gestolpert und ...«

»Er hat sie umgebracht!«, stöhnte Anaru verzweifelt auf.

»Nein!«, widersprach Duncan energisch. »Sie hatte eine Schwellung im Kopf, die jederzeit hätte platzen können. Sie wäre früher oder später sowieso daran gestorben. Mein Vater trägt keine Schuld.«

In diesem Augenblick brach Anaru in lautes Schluchzen aus. Tränenblind wankte er auf Duncan zu und weinte an seiner Schulter.

Nun konnte sich auch Duncan nicht mehr beherrschen. Endlich konnte er um seine Mutter trauern.

»Vater!«, stieß er mit tränenerstickter Stimme hervor. »Vater!«

Anaru hob den Kopf und blickte ihn wie ein Wunder an. »Mein Sohn! Ich hätte es wissen müssen. Ich habe dich schon im Gerichtssaal ins Herz geschlossen und mich mit der Frage gemartert, warum ich plötzlich einen Narren an einem Hamilton gefressen habe.«

Die beiden Männer umarmten sich wieder und wieder und wollten einander gar nicht mehr loslassen.

Schließlich ließen sich die beiden gemeinsam auf das Sofa fallen. Plötzlich blickte Anaru seinen Sohn fast ängstlich an. »Und dein Vater, ich meine Mister Hamilton, was sagt er dazu?«

»Ich denke, er wird froh sein, dass ich fort bin.«

»Was heißt fort?«, fragte Anaru.

»Mein Vater hat bis heute geglaubt, dass meine Schwester ihn belogen hat. Aber nun kennt er die Wahrheit. Also habe ich ihm gestanden, dass ich das Leben der Hamiltons hinter mir lassen will. Dann bin ich zu Richter Delmore gegangen und habe nach deiner Adresse gefragt.«

»Und nun?«, fragte Anaru ein wenig hilflos.

»Ich werde in Dunedin die Rechte studieren. Erinnerst du dich an das, was du im Gerichtsflur zu mir gesagt hast?«

»Dass du einen guten Richter abgeben würdest?«

»Genau. Ich habe aus *Hamilton Castle* nur meine persönliche Habe und mein Bargeld mitgenommen. Das reicht, um in den Süden zu kommen. Vielleicht wirst du noch mal stolz auf mich sein.«

»Das bin ich doch jetzt schon«, erklärte Anaru entschieden, stand auf und ging zum Schreibtisch. Mit einem Griff zog er ein Bündel Scheine aus einem Fach hervor und legte es vor Duncan auf den Tisch. Anaru lächelte. »Als junger Mann hatte ich nur einen Wunsch: reicher zu werden als alle Pakeha. Und dann, nach dem Tod meiner Mutter, habe ich das Vermögen meines Vaters geerbt, von dem ich nichts geahnt hatte. Er hatte Land an die Pakeha verkauft. Dieses Geld wollte ich nie anrühren, weil es in meinen Augen schmutziges Geld war, doch nun ergibt alles einen Sinn. Ich kann meinem Sohn damit ein anständiges Studium ermöglichen. Duncan, bitte, nimm es an! Ich glaube, die Ahnen haben es so gewollt.«

Duncan starrte entgeistert auf die Scheine. »Aber ... Aber das ist ja ein Vermögen«, stammelte er. »Das kann ich auf gar keinen Fall annehmen«, protestierte er schwach.

»Ich befehle es dir, mein Sohn!« Anaru lächelte ermutigend.

»Gut, ich nehme es«, erklärte Duncan gerührt. Nach einer Weile des Schweigens traute er sich endlich, die Frage zu stellen, die ihn hergeführt hatte: »Vater, wo ist Paika?«

Anaru war so überrascht, dass er rot anlief. »Sie wird Maaka heiraten!«, erwiderte er schwach.

»Also ist er der Grund, warum sie sich klammheimlich aus dem Staub gemacht hat!«, presste Duncan verbittert hervor.

Anaru kämpfte mit sich. Sollte er dem Jungen erzählen, dass Mister Hamilton Paika schwer beleidigt hatte und sie deshalb mit ihm nach Auckland gegangen war? Doch wem würde das jetzt noch dienen? Das würde Duncan und Paika auch nicht mehr zusammenbringen.

»Nein, sie glaubte, es könne nicht gutgehen mit euch. Deshalb kam sie mit mir nach Auckland. Maaka hat sie erst später wiedergetroffen, hier in Auckland, und auch nur, weil ich ihn zu uns eingeladen habe. Er hat für mich gearbeitet, bevor er in die Nationalmannschaft aufgenommen wurde.«

»Aber warum hat sie damals nicht mit mir gesprochen? Einfach klammheimlich zu verschwinden, das war grausam«, stieß Duncan verzweifelt hervor.

»Sie ist eine großartige junge Frau. Ich denke, sie hat es gut gemeint. Sie wollte euch vor einem riesigen Fehler bewahren.«

»Und du hast gegen unsere Ehe gekämpft, weil Mutter dich verlassen hat. O, was für ein unglückseliger Reigen!«, stöhnte Duncan.

»Ich wünschte, ich könnte alles Unrecht wiedergutmachen«, bemerkte Anaru sichtlich angeschlagen.

Rotorua, Januar 1901

Paika stieg mit wild klopfendem Herzen aus dem Zug. Auf der langen Fahrt von Auckland nach Rotorua hatte sie genügend Zeit zum Nachdenken gehabt und eine klare Entscheidung getroffen. Sie würde in Ohinemutu einen Neuanfang machen und versuchen, das *Hotel Pohutu* und seine Bewohner zu vergessen. Hin- und hergerissen zwischen den beiden Welten konnte sie nicht glücklich werden. Sie musste sich entscheiden. Ihre Zukunft hieß Maaka und mit ihm seine Leute vom Stamm der Te Arawa. Schließlich stammte ihre Mutter auch aus dieser Gegend. Doch was da zu ihr sprach, war ausschließlich ihr Verstand. Ihr Herz zog sie magisch zur Familie Parker.

Was ist nur geschehen, dass es mich nicht mehr zu meinen Leuten zieht, wie einst in Dargaville, wo ich nahezu von dem Gedanken besessen war, in einem Maoridorf zu leben?, fragte sich Paika, während sie ihren Koffer aus dem Zug wuchtete.

»Darf ich Ihnen behilflich sein?«, fragte eine ihr wohlbekannte Stimme. Als sie sich umdrehte, sah sie in die staunenden Augen von Mister Parker.

»Paika, du?«

»Mister Gordon? Waren Sie auch im Zug?«

»Ja, schade, dass wir uns nicht vorher getroffen haben. Das hätte mir die schrecklich lange Fahrt verkürzt. Na, das ist vielleicht eine Überraschung! Da wird sich der alte Drachen aber freuen, dass du zurückgekehrt bist! Sie hat dich so vermisst. Ach, schade, dass Annabelle noch in Auckland ist! Ich habe sie regelrecht dazu überreden müssen, mit Abigail und Patrick noch dort zu bleiben. Sie wollte unbedingt mit mir heute schon heim, aber ich habe sie davon überzeugen können, noch ein wenig auszuspannen und ein paar Einkäufe in der Stadt zu erledigen.«

Gordon ließ Paika vor lauter Freude gar nicht zu Wort kommen. Alle hatten Paika so vermisst. Er wuchtete die Koffer in eine der Droschken, die am Bahnhof auf Fahrgäste warteten, und fuhr fort: »Ach, Kind, ich erzähle dir alles ausführlich, wenn wir erst zu Hause sind. Du kannst dein Zimmer neben Mutter wieder bekommen. Annabelle hat nichts darin verändert. Sie hat immer gesagt: Das geht doch nicht. Wo soll Paika denn hin, wenn sie zurückkehrt?« Erst als er ihr in die Droschke half, bemerkte er, dass ihr Gesicht nass von Tränen war. Er setzte sich neben sie und legte tröstend den Arm um ihre Schulter. »Sind es freudige oder traurige Tränen?«, fragte er verlegen.

»Paika, Mister Gordon!«, japste in diesem Augenblick jemand völlig außer Atem. Es war Ruiha in ihrem schönsten Kleid.

Sie will mich abholen, und ich habe sie ganz vergessen, dachte Paika, doch da half Gordon der guten Ruiha bereits in den Wagen.

»Was machst du eigentlich in deinem Sonntagsstaat am Bahnhof?«, fragte Gordon sie arglos, nachdem er dem Kutscher das Ziel genannt hatte.

Ruiha bat Paika mit einem flehenden Blick, sie möge das Mister Parker erklären, aber Paika schüttelte unmerklich den Kopf und sagte entschieden: »Ich bin so froh, wieder nach Hause zu kommen.«

»Nach Hause?«, wiederholte Ruiha kopfschüttelnd.

»Ja, natürlich ist sie bei uns zu Hause. Wir sind so glücklich, dass wir das Kind wiederhaben«, bemerkte Gordon lachend und drückte Paika jovial an die Brust.

Ruiha schickte Paika einen strafenden Blick.

Paika atmete tief durch. Sie hatte sich entschieden. Ihr Verstand hatte den inneren Kampf endgültig verloren. Das Schicksal hatte ihr Gordon geschickt, und deshalb begleitete sie ihn dorthin, wo ihr Herz schon lange hinwollte.

Paika lächelte selig. Alles war noch genau so, wie sie es verlassen hatte: das Versammlungshaus, die Liebesinsel im See, und auch der Schwefelgeruch hing wie immer über Rotorua. Paika seufzte. Sie war wirklich zu Hause.

Sie konnte es kaum erwarten, Maryann zu überraschen, aber Gordon bat sie, vorsichtig zu sein. Und dann berichtete er ihr von Olivias Tod und erzählte ihr, dass er gerade von ihrer Beerdigung zurückgekommen sei.

»Und wie geht es Duncan?«, fragte Paika besorgt.

»Ach, wie soll es ihm schon gehen? Es ist schwer, die Mutter zu verlieren«, erwiderte Gordon ausweichend.

Er hoffte, dass Annabelle dem Mädchen nach ihrer Rückkehr alles Weitere erzählen würde. Er konnte nicht einschätzen, wie Paika reagieren würde, wenn sie erfuhr, wer Duncans leiblicher Vater war und dass der Junge sein Elternhaus noch am Tag der Beerdigung verlassen hatte. Nein, Annabelle war wesentlich besser geeignet, ihr das zu erzählen, als er selbst.

Als Paika wenig später auf leisen Sohlen Maryanns Schlafzimmer betrat, erschrak sie bis ins Mark. Die schlafende Maryann besaß die gequälten Züge einer alten Frau. Ihre Schönheit war dahin. Erschüttert sank Paika auf den Stuhl neben dem Bett.

Als Maryann die Augen aufschlug und ihren Gast erblickte, veränderte sich ihr Gesicht. Ihre Augen leuchteten, ihr in Seelenpein verzogener Mund entspannte sich zu einem ungläubigen Lächeln, und ihre faltige Haut schien sich wie von Zauberhand zu glätten. »Paika, Kind, bist du es wirklich? Meine Gebete wurden erhört. Ich wusste, dass mich nach Olivias Tod nur noch eines am Leben erhalten würde: die Hoffnung, dass du zurückkehrst. Komm her zu mir!«

Paika beugte sich vor und ließ sich von Maryann drücken. Die

Umarmung war kräftiger, als ihr geschwächter Zustand vermuten ließ.

»Haben Sie sich etwa wieder in Ihrer Matratzengruft verkrochen?«, fragte Paika lachend.

»Seit dem Tag, an dem du so einfach davongelaufen bist, liege ich hier und verrotte.«

»Haben Sie denn meinen Brief nicht gekriegt?«

»Doch schon, aber was ist ein Brief von dir gegen deine Lieder, deine Wärme und deine Strenge, wenn es darum geht, dass ich mich zusammenreißen soll?«

Paika drohte Maryann übertrieben streng mit dem Finger. »Gut, ich werde bei Ihnen bleiben, aber nur unter der Bedingung, dass hier ab morgen andere Saiten aufgezogen werden. Sie werden Ihr Matratzenlager umgehend verlassen«, befahl sie halb im Scherz, aber dann wurde sie wieder ernst. »Es tut mir so leid um Ihre Tochter.«

Maryann stieß einen tiefen Seufzer aus. »Ja, diese elenden Kopfschmerzen. Olivia war todkrank. Und du kannst mir glauben, es bricht einer Mutter das Herz, wenn die Tochter vor ihr gehen muss.«

»Wie gut, dass Sie noch Abigail und Annabelle haben!«

»Ja, ja, mein gutes Goldkind, das ist mir zum Glück geblieben«, murmelte sie.

Paika zuckte bei ihren Worten zusammen. Merkte Maryann gar nicht, was sie da von sich gab?

»Vergessen Sie nicht Annabelle, die gute Seele!«, ergänzte Paika nachdrücklich.

»Ja, Annabelle, die gute Seele«, wiederholte Maryann wie ein sprechender Papagei.

Es hat sich nichts an Maryanns Vorbehalten geändert, dachte Paika betrübt, sie kann Annabelle noch immer nicht aus vollem Herzen lieben. »Ich lasse Sie jetzt allein, Maryann«, sagte sie leise. »Ich muss noch einen Brief schreiben. Dann bringe ich Ihnen das Abendessen.«

»Ich habe keinen Hunger ...«

»Habe ich nicht deutlich gemacht, dass jetzt andere Saiten aufgezogen werden?«, fragte sie betont streng.

»Ab morgen hast du gesagt«, widersprach Maryann gewitzt.

»Das betrifft die Bewegung, aber essen müssen Sie heute schon, damit Sie nicht zu schwach für den Rollstuhl sind. Außerdem steht Ihnen das Abgemagerte ganz und gar nicht. Es macht Sie alt.«

»Findest du, dass ich zu alt aussehe?«, fragte Maryann ehrlich erschrocken, und Paika grinste in sich hinein. Wie gut, dass Maryann immer noch bei ihrer Eitelkeit zu packen war.

Kaum war Paika in ihrem Zimmer, verging ihr das Grinsen. Was hatte sie bloß getan? Sie war Gordon blind gefolgt und hatte ihre Begegnung als Wink des Schicksals betrachtet. Nur würde das den guten Maaka bestimmt wenig trösten.

Ein paarmal begann sie mit dem Schreiben, doch jedes Mal zerknüllte sie den angefangenen Brief. Sie fand einfach nicht die richtigen Worte. Würde er ihr nicht vorwerfen, sie wäre nur bei den Parkers untergekrochen in der Hoffnung, dort eines Tages Duncan wiederzusehen? Aber vielleicht stimmte das sogar ... Ja, gestand sie sich ein. Ich sehne mich nach Duncan – mehr als nach allem anderen auf der Welt!

In diesem Zustand konnte sie keinen Brief an Maaka schreiben. Sie brauchte die Natur, um wieder einen klaren Kopf zu bekommen. Zuerst wollte sie zum Pohutu, aber dann sah sie unten am Ufer, wie neckisch die Sonnenstrahlen auf der Oberfläche des spiegelglatten Sees spielten und wie verlockend grün Mokoia im Wasser thronte.

Paika eilte hinunter zum Steg und setzte sich in eines der Boote. Mit gleichmäßigen Schlägen ruderte sie auf den See hinaus. Je weiter sie sich vom Ufer entfernte, desto leichter wurde ihr zumute. Sie genoss die wärmende Sonne auf der Haut, die in der Stadt blasser geworden war, und spürte neue Lebenskräfte. Immer kleiner wurde das *Hotel Pohutu*, ihr Zuhause.

Sie erreichte Mokoia an einer Stelle, an der sie ihr Boot problemlos auf den weißen Sand ziehen konnte. Langsam entkleidete sie sich. Als Paika splitternackt war, sprang sie laut juchzend in den See und schwamm wie ein Fisch im Wasser. Das hatte ihr einst ein kleiner Junge in Tauranga beigebracht. *Du musst das können*, hatte er gesagt, *damit du mit den Walen schwimmen kannst*. Dazu war es allerdings niemals gekommen. Sie konnte sich nicht einmal mehr an das Gesicht des Jungen erinnern. Es waren nur noch Stimmen, die sich in ihr Gedächtnis eingebrannt hatten. Keine Gesichter.

Während sie zurück zum Ufer schwamm, hörte sie plötzlich weitere Stimmen aus ihrer Vergangenheit. Jetzt kamen auch die inneren Bilder dazu: Sie, Paika, hockt regungslos vor der Hütte und lauscht einem heftigen Wortwechsel, der bis nach draußen schallt. Die Alten reden beschwörend auf ihre Mutter ein: »Mere, wenn du es ihr nicht sagst, dann werden wir es tun. Flieh nicht mit diesem Mann! Du kannst ans Ende der Welt gehen, aber dieses Unrecht wird dich immer begleiten. Begreif es doch endlich: Sie gehört nicht zu uns!« Ihre Mutter schreit verzweifelt: »Sie ist meine Tochter! Daran werdet ihr nichts ändern!« Mere kommt aus der Hütte der Männer gerannt, nimmt Paika an die Hand und befiehlt ihr, ihre Habseligkeiten zusammenzupacken. Der Häuptling folgt ihnen. Ein stolzer, aufrechter Mann, den Paika fürchtet und dessen Sprache sie nicht versteht. Er mustert sie durchdringend. Dann geht er. Ihre Mutter zittert am ganzen Körper. Im Schatten der Nacht brechen sie mit Mister Gradic nach Dargaville auf.

Paika schwamm ans Ufer, schüttelte ihre Locken und legte sich in den weißen, warmen Sand. Ihr war unwohl. Diese plötzlichen Erinnerungen schmerzten.

Sie flüchtete in den Schatten des Puiribaumes. Dort wollte sie einen Augenblick ausruhen. Schließlich war sie heute erst aus Auckland angereist und müde von der langen Strecke.

Als sie wenig später von ihrem eigenen Schrei aufwachte, wusste sie zunächst nicht, wo sie war. Die düsteren Bilder eines Traumes klebten noch an ihr, als wären sie Wirklichkeit. Ihr Herz klopfte zum Zerbersten. Der feuerspeiende Drache hatte so echt gewirkt. Ebenso die Hand, die sie hinter sich herzog. Sie fühlte die Freude, den Drachen zu beobachten, der sich ganz plötzlich in eine Sonne verwandelt hatte. Sie spürte, wie ihre Stimmung ins Gegenteil gekippt war. Mit einem Mal hatte es nur noch diese Angst gegeben, eine unermessliche Angst, die von ihrer Mutter auf sie übergesprungen war. Doch als sie in das Gesicht ihrer Mutter geblickt hatte, war das zu einer fremden, dunklen, angstverzerrten Fratze geworden. Das war nicht ihre Mutter! Paika schrie laut auf.

Rotorua, Mai 1901

Über vier Monate waren nun seit Olivias Beerdigung vergangen, und keiner im Hause Parker hatte je wieder etwas von Duncan gehört. Annabelle und Abigail hatten beschlossen, Maryann und Paika Duncans wahre Herkunft zu verschweigen. Was änderte es, wenn Maryann wusste, dass ihr heiß geliebter Enkel ein halber Maori war? Und würde es Paika das Herz leichter machen, wenn sie erfuhr, dass es das größte Hindernis ihrer Liebe niemals wirklich gegeben hatte? Insgeheim hoffte Annabelle, dass Duncan eines Tages herkommen und die Prinzessin holen würde.

Gordon sah das Ganze allerdings skeptisch. Ihm wäre es lieber gewesen, Klarheit zu schaffen, aber als sich auch noch Patrick der Meinung der Schwestern anschloss, gab er seinen Widerstand auf. Ihm sollte alles recht sein, wenn es Paika nur gutging, denn die junge Frau entlastete Annabelle in einer Weise, die ihn rührte.

Rund um die Uhr kümmerte Paika sich um Maryann, und sie hatte ein wahres Wunder vollbracht. Maryann ließ sich im Rollstuhl umherschieben und nahm sogar mit ihnen das Mittagessen ein. Sie ist Annabelle gegenüber ein wenig leidlicher geworden, dachte Gordon, als sich Maryanns und sein Blick kreuzten. Freundlich schaute ihn »der alte Drache«, wie er seine Schwiegermutter gern hinter ihrem Rücken nannte, allerdings nicht gerade an.

»Was hast du für ein schreckliches Gewürz an den Lammbraten getan?«, bellte sie über den Tisch.

Annabelle errötete. »Mir schmeckt ausgezeichnet, was Ruiha dem Braten hinzugegeben hat.«

»Du lässt sie die Gewürze aussuchen? Das hätte es bei mir nie gegeben!«

Annabelle zuckte unter der Kritik ihrer Mutter zusammen.

Da nutzte es auch nichts, dass alle anderen am Tisch versicherten, wie schmackhaft der Lammbraten war. Sogar die kleine Emily erklärte im Brustton der Überzeugung: »Ich mag alles, was Tante Annabelle und Ruiha kochen.«

»Aber das hier ist scheußlich!«, beharrte Maryann.

Paika warf ihr einen warnenden Blick zu.

»Zügel dein Mundwerk, Mutter!«, knurrte Gordon, der einsehen musste, dass er sich geirrt hatte. Maryann hackte genauso wie eh und je auf Annabelle herum.

Die Einzige, die sich gar nicht an dem Gespräch beteiligte, war Abigail. Sie sah stur auf ihren Teller, bis sie plötzlich aufsprang, sich hastig entschuldigte und nach draußen rannte.

»Siehst du, ihr schmeckt es auch nicht«, bemerkte Maryann triumphierend.

»Das ist ein Irrtum!«, widersprach ihr Patrick hastig. »Ihr Unwohlsein hat andere Gründe.«

»Um Gottes willen, was hat sie denn?«, hakte Maryann sichtlich erschrocken nach.

»Das sollte sie dir doch besser selber sagen«, erwiderte er ausweichend und lief rot an.

Als Abigail zurückkehrte, war ihre Gesichtsfarbe mehr grünlich als weiß. Maryann musterte sie erschrocken. »Goldkind, du bist doch nicht etwa krank? Ich überlebe es nicht, wenn du auch noch stirbst. Hörst du?«

Das brachte ihr einen strafenden Blick von Patrick ein.

Abigail sah verlegen in die Runde und erklärte schließlich zögernd: »Ich erwarte ein Kind!«

»Aber das ist doch viel zu spät. Du bist über dreißig. Da kriegt man keine Kinder mehr«, rutschte es Maryann heraus.

»Mutter!«, ertönte es vorwurfsvoll von allen Seiten.

»Ich meinte auch nur, dass es nicht üblich ist. Ich war sogar noch jünger, als ich mit dir schwanger war, und du bist eine Nachzüglerin.«

Abigail stöhnte auf.

»Ich freue mich für dich.« Annabelle sprang auf und umarmte ihre Schwester.

»Und du, freust du dich gar nicht?«, fragte Maryann nun lauernd, weil Emily keine Anstalten machte, die Stiefmutter zu herzen.

»Und wie! Ich hoffe, es wird ein Schwesterchen.« Das Mädchen strahlte und warf Abigail und Patrick einen stolzen Blick zu.

»Das muss gefeiert werden«, sagte Gordon, nachdem sich die Gemüter wieder beruhigt hatten. »Ich habe noch einen Champagner vom Jahrhundertwechsel im Keller.« Mit diesen Worten verschwand er.

Nach dem Umtrunk brachte Paika Maryann mit Gordons Hilfe zurück in ihr Zimmer. Sie musste die Treppe hinauf- und hinuntergetragen werden, was Gordon, ohne zu murren, zweimal täglich erledigte. Seit Maryann so sehr auf ihren Schwiegersohn angewiesen war, benahm sie sich ihm gegenüber zuckersüß. Er nahm es gleichmütig hin. An ihm war früher ihre Häme abgeprallt. Jetzt überhörte er ihre lobenden Bemerkungen.

Was Gordon Maryann allerdings wirklich verübelte, war dieses Herumgenörgele an Annabelle. Wie gern würde er ihr mal so richtig die Meinung sagen, aber Annabelle hatte es ihm verboten.

Maryann hielt seinen Hals fest umklammert und ließ sich von ihm bis zu ihrem Bett tragen. Wie gut, dass sie so leicht ist, dachte er. Er legte sie vorsichtig auf der Decke ab und machte, dass er aus dem Zimmer kam.

»Danke, lieber Gordon, du hast aber auch eine Kraft, und das in deinem Alter«, flötete sie ihm hinterher.

Paika musste sich ein Grinsen verkneifen. Sie kleidete Maryann nun für die Mittagsstunde aus und deckte sie zu, bevor sie ihr eine

Geschichte vorlas. Längst erzählte Paika keine Maorilegenden mehr, sondern las Maryann aus den vielen Büchern vor, die sie selber so gern verschlang. Patrick besaß eine umfangreiche Bibliothek und hatte ihr erlaubt, sich dort nach Herzenslust zu bedienen.

Heute las Paika aus *Dr. Jekyll und Mr. Hyde* vor, einem Roman, der ihrer Meinung nach als Einschlaflektüre nicht geeignet war, aber Maryann liebte die Geschichte. Nachdem Paika eine Weile gelesen hatte und Maryann sie immer noch aus hellwachen Augen ansah, klappte sie das Buch entschieden zu.

»Schlaf gut, Maryann. Ich bin am späten Nachmittag wieder zurück, und dann machen wir einen kleinen Ausflug an den See«, sagte sie bestimmt. Maryann maulte. Es war unschwer zu erkennen, dass sie gern noch länger zugehört hätte.

»Meinst du, es ist in Ordnung, wenn Abigail noch ein Kind bekommt?«, fragte sie plötzlich.

Paika lächelte. »Ja, natürlich, das ist wunderbar. Sie wird eine großartige Mutter! Und nun schlaf!«

Hastig verließ Paika Maryanns Zimmer. Sosehr sie Abigail ihr spätes Glück auch gönnte, so fragte sie sich seit dem Mittagessen unaufhörlich, ob sie wohl selbst einmal Kinder haben würde. Und vor allem, mit wem? Erst hatte sie keinen Pakeha gewollt und dann keinen Maori. Der gute Maaka! Sie versuchte sich sein Gesicht vorzustellen, aber es gelang ihr nicht, denn unwillkürlich tauchten Duncans ebenmäßige Züge vor ihrem inneren Augen auf. Sie lächelte. Natürlich wusste sie, von wem sie Kinder wollte ...

Unten im Wohnzimmer begegnete ihr Annabelle. Sie hielt etwas hinter ihrem Rücken versteckt. Ihre Wangen waren vor Aufregung gerötet.

»Wie gut, dass ich dich treffe«, raunte Annabelle. »Ich überlege, ob ich Abigail etwas für ihr Kind schenken soll.« Verschämt holte sie eine kleine Stoffpuppe hervor.

Paika starrte sie entgeistert an.

»Ich weiß, die ist alt und zerlumpt. Die will ich ihr ja gar nicht schenken. Ich möchte ihr eine ähnliche machen«, erklärte Annabelle entschuldigend.

Paika aber war in Gedanken weit weg. Verschwommene Erinnerungen an ihre frühe Kindheit stiegen in ihr auf. Vorsichtig streckte sie die Hände aus, streichelte die Stoffpuppe versonnen und murmelte: »Ich hatte auch mal so eine Puppe. Sie sah ganz genauso aus.«

Annabelle erstarrte. »Nein, Paika, diese Puppe ist einmalig, denn ich habe sie selber entworfen und genäht. Und zwar ohne Muster. Sie sollte all das haben, was Elizabeth besaß. Große Augen. Schau nur, was für Riesenknöpfe ich benutzt habe. Und ein breites Lächeln ...« Annabelle hielt inne.

»Vielleicht kann ich mich auch bloß nicht mehr so genau entsinnen«, sagte Paika hastig. »Das Einzige, was ich weiß, ist, dass ich eine Puppe aus Stoff besaß, die ich lieber mochte als all die fein angezogenen Porzellanpuppen, die man nicht mit ins Bett nehmen konnte, weil sie so kalt und steif waren.«

»Du hattest Porzellanpuppen?«, fragte Annabelle skeptisch.

Paika zuckte mit den Achseln. »Ich glaube schon, aber ich erinnere mich nicht an die anderen. Nur an die Stoffpuppe mit den zwei braunen Knöpfen als Augen. Die war so schön weich.«

»Braune Knöpfe?« Annabelle sah Paika ungläubig an. »Braune Knöpfe?«, wiederholte sie in strengem Ton. »Bist du ganz sicher?«

Paika war sich ganz sicher, doch Annabelles Ton hatte sie erschreckt. »Meine Puppe war bestimmt völlig anders«, murmelte sie deshalb matt, obwohl das Gegenteil zutraf. Diese Puppe ähnelte ihrer so sehr, dass sie beschwören könnte, es sei ihre.

»Und du bist dir wirklich sicher, dass du so eine Puppe hattest?«, hakte Annabelle noch einmal nach. Sie musterte Paika durchdringend.

Paika hielt diesem Blick stand. »Du glaubst, ich erzähle Unsinn, nicht wahr? Aber ich mag dich nicht belügen. Ich bin sicher, dass ich als kleines Mädchen einmal eine solche Puppe besessen habe. Und auch, dass sie eines Tages plötzlich fort war. Ich weiß nicht mehr, warum ich sie verloren habe, wie ich mich überhaupt an nichts mehr erinnern kann, was in meinem Leben geschah, bevor ich ungefähr sechs Jahre alt war. Auch an die Puppe habe ich nie mehr gedacht. Bis eben, als ich deine sah. Da ist mir Lilly wieder eingefallen.«

»Deine Puppe hieß *Lilly?*« Annabelles Stimme bebte.

»Ich glaube schon. Ja, doch, sie hieß Lilly, ich erinnere mich genau.«

Annabelle schluchzte laut auf.

»Ich wollte dich doch nicht zum Weinen bringen«, entschuldigte sich Paika und nahm Annabelle in den Arm.

»Ich muss mich bei dir entschuldigen«, schluchzte Annabelle. »Du hast doch nichts getan. Ich bin mit Sicherheit nicht die einzige Mutter gewesen, die ihrer Tochter eine Stoffpuppe genäht hat. Ich weine nur, weil ich an meine kleine Tochter denken muss.«

Paika drückte Annabelle tröstend an sich.

Maryann konnte nicht einschlafen. Die unverhoffte Schwangerschaft ihres Goldkindes geisterte durch ihre Gedanken. Sie hoffte, es würde ein Mädchen. Ein Mädchen wie Elizabeth. Und ihr, Maryann, wie aus dem Gesicht geschnitten. Sie erschrak bei der Erkenntnis, dass sie schon lange nicht mehr an ihre Enkelin gedacht hatte. Das tat sie nun umso intensiver. Sie musste daran denken, wie man ihr das Baby in den Arm gelegt hatte. Einen Seufzer der Erleichterung hatte sie beim Anblick ihrer Enkeltochter ausgestoßen, weil sie nicht Annabelles grüne Augen besaß. Überhaupt hatte das süße Geschöpf gar nichts von Annabelle und damit gar nichts von dem Schwein, das sich einst mit Gewalt ihres, Maryanns, Körpers bemächtigt hatte. Nein, Elizabeth kam ganz nach ihr, der Großmutter. Eine kleine, unschuldige Maryann!

Maryanns Hände zitterten, denn nun erinnerte sie sich daran, wie man ihr viele Jahre zuvor ihr eigenes Baby in den Arm gelegt hatte. Ein hässliches Kind! Sie hatte sich abwenden müssen, als die Augen ihres Peinigers sie so unvermittelt anschauten. Ihr war damals so gewesen, als würde Waldemar höhnen: Sieh nur, du wirst mich nicht los! War sie eine schlechte Mutter, weil sie diese Tochter mit den Augen des Verbrechers nicht so lieben konnte wie Williams Kinder? War sie böse, weil sie Annabelles Anblick nicht immer hatte ertragen können? Oder, weil sie ihr manchmal gern ins Gesicht geschleudert hätte: *Du gehörst nicht zu uns. Der Mann, der dich verwöhnt und über alles liebt, ist nicht dein Vater?*

Maryann weinte leise in sich hinein. O, William! Ihr Ehrenwort hatte sie ihm geben müssen, Annabelle niemals zu offenbaren, wessen Tochter sie wirklich war. Doch hätte William sie wirklich ewiges Schweigen schwören lassen, wenn er geahnt hätte, wie hoch der Preis sein würde, und zwar für die ganze Familie? Denn nur um Annabelle vor der schrecklichen Wahrheit zu schützen, war doch alles so gekommen.

Mit Schaudern dachte Maryann an jenen Tag, an dem das beschauliche Leben, das sie sich mit dem Goldgräber William Bradley aufgebaut hatte, ein bitteres Ende fand.

Dunedin, Januar 1875

Maryann war zufrieden mit ihrem Leben. Glück war in ihren Augen etwas völlig anderes. Etwas für Reiche, die nicht wussten, wohin mit ihrem Geld. Nichts für ein Mädchen aus Espa.

In stillen Stunden dachte sie manchmal daran, wie sie einst in Espa gehungert hatte. Und wenn sie daran dachte, in welchem Überfluss sie dagegen heute lebten, spürte sie eine gewisse Dankbarkeit. Vor allem, wenn sie sich am Anblick ihrer beiden bildhübschen Töchter weidete. Die würden niemals so schuften müssen wie sie. Dessen war sie sicher. Für sie galten andere Gesetze. Sie sollten im puren Glück schwelgen.

Maryann und William besaßen ein schönes Haus inmitten der Stadt. Sie bewohnten die erste Etage, während sich unten der Laden befand. Angefangen hatten sie einst als Anlaufstelle für die Goldgräber, denn Williams Ahnung hatte sich bestätigt. Dunedin war binnen weniger Jahre zu einer wohlhabenden Goldgräberstadt aufgestiegen. Der Goldrausch hatte schließlich auch die Südinsel Neuseelands erfasst. Heute kauften in ihrem Geschäft honorige Bürger aus ganz Dunedin. Bei *Bradley's* bekam man alles: Kartoffeln, Obst und Gemüse, Angelhaken, Arbeitsjacken, Schälmesser und andere Werkzeuge.

Während Maryann einen Kunden bediente, schweiften ihre Gedanken zu ihrer ältesten Tochter ab. Sie müsste bald unter die Haube gebracht werden, aber das war gar nicht so einfach. Keiner der jungen Männer interessierte sich für sie. Und das beruhte ganz auf Gegenseitigkeit. Annabelle hatte mit ihren fast siebzehn Jahren noch niemals einen Schwarm gehabt. Dafür standen die jungen Männer bei Olivia Schlange, doch dass sie mit ihr ausgingen, das wollten William und sie noch nicht erlauben. Sie war mit ihren fünfzehn Jahren einfach noch zu jung für den Heiratsmarkt. Außerdem hatte Maryann für ihre mittlere Tochter Größeres vor. Ihr Zukünftiger sollte schon zu den besten Familien der Stadt gehören. Bei Annabelle legte Maryann nicht ganz so strenge Maßstäbe an.

Sie seufzte bei dem Gedanken an ihre älteste Tochter. Sie war einfach nicht so anmutig wie Olivia.

»Sie kommt ganz nach mir«, pflegte William gern zu scherzen, und es war rührend anzusehen, wie Annabelle an ihm hing und umgekehrt.

Annabelle steuerte eilig auf das Haus zu. Sie hatte ihre Freundin besucht und war spät dran. Das Mittagessen für die Familie musste zubereitet werden, und das war ihre Aufgabe. Ihre Mutter schaffte es nicht mehr, wenn sie im Laden schuftete. Annabelle machte das gern, einmal abgesehen davon, dass sie für ihre Kochkünste viel Lob einheimste. Endlich gab es etwas, worin sie unschlagbar war.

Unauffällig schlich Annabelle am Laden vorbei. Nicht, dass ihre Mutter ihre Verspätung bemerkte und ihr womöglich Vorhaltungen machte.

Sie war schon vor der Wohnungstür angekommen und kramte gerade ihren Schlüssel hervor, als hinter ihr eine männliche Stimme sagte: »Warten Sie bitte, schönes Fräulein, ich habe eine Frage.«

Sie drehte sich verwundert um. An seiner Art zu sprechen war unschwer zu erkennen, dass der Mann nicht von hier war. Annabelle kannte nur einen einzigen Menschen, der das Englische so hart aussprach wie er. Das war ihre Mutter!

Annabelle blickte in die grünen Augen eines blonden, hochgewachsenen Mannes mittleren Alters. Um seinen Mund lag ein spöttischer Zug. Er trug eine weiße Weste mit einer auffälligen Uhrkette.

»Ja, bitte? Was wünschen Sie?«, fragte sie ihn wohlerzogen, obwohl es ihr nicht ganz geheuer war, dass ihr der Fremde offensichtlich bis ins Treppenhaus gefolgt war.

»Ich suche eine Familie Bradley. Man hat mir gesagt, dass sie in diesem Haus wohnt.«

»Das stimmt. Ich bin Annabelle Bradley, die älteste Tochter. Sie wollen bestimmt zu meinem Vater, oder?«

Der Fremde lächelte hintergründig.

»Ach, ich würde auch mit deiner Mutter vorliebnehmen.«

»Die finden Sie im Laden, aber darf ich Sie auch etwas fragen? Sind Sie ein Kunde? Oder woher kennen Sie meine Eltern sonst?« Annabelle sah ihn forschend an. Er kam ihr irgendwie merkwürdig vor.

»Das ist eine lange Geschichte. Wir kennen uns aus der Zeit, als dein Vater Goldgräber in Australien war und deine Mutter –« Er unterbrach sich, trat einen Schritt auf sie zu und fuhr ungefragt mit der Hand über die blonden Löckchen, die unter ihrem Hut hervorlugten. Annabelle zuckte erschrocken zurück. Davon unbeeindruckt murmelte er: »Meine Mutter hatte genauso weiches Haar wie du. Und auch solche grünen Augen. Sieh mal einer an!« Er pfiff durch die Zähne.

Annabelle trat einen Schritt zur Seite. Der Fremde wurde ihr unheimlich. »Ich habe die Haare von meinem Vater«, erwiderte sie rasch.

»So, so, von deinem Vater? Du sprichst von Mister Bradley, oder?« In seiner Stimme schwang etwas Lauerndes mit.

Annabelle hatte plötzlich Angst vor dem Fremden. Warum musterte er sie so unverschämt? Sie hatte nur noch einen Wunsch: schnell in die Wohnung zu schlüpfen und dem Fremden die Tür vor der Nase zuzuschlagen!

»Wie alt bist du denn, Mädchen?«

»Siebzehn!«

»Ein schönes Alter. Kannst du tanzen oder die Drehleier spielen?«

Annabelle schüttelte stumm den Kopf, bevor sie ihm den Rücken zudrehte, die Tür aufschloss und mit klopfendem Herzen in der Wohnung verschwand. Im Ohr das dröhnende Lachen des Fremden. Annabelle nahm sich fest vor, ihren Vater zu bitten, endlich das untere Türschloss zu reparieren.

Nachdem Maryann alle Kunden bedient hatte, räumte sie die Regale auf. Es muss immer alles appetitlich aussehen, war ihre Devise, und sie handelte danach. *Bradley's Kolonialwarenladen* was das adretteste Geschäft von ganz Dunedin.

Maryann wurde aus ihren Gedanken gerissen, als die Türglocke läutete und ein neuer Kunde den Laden betrat. Sie schaute nur flüchtig hoch, bevor sie fortfuhr, die Regale einzuräumen. Manchmal war es den Kunden ganz lieb, wenn sie sich erst einmal ungestört umsehen konnten.

»Wenn ich etwas für Sie tun kann, dann sagen Sie bitte Bescheid!«

»Ich hätte gern das runde Kind, das mir gehört!« Erschrocken fuhr sie herum. Sie weigerte sich zu glauben, wer da vor ihr stand, aber es gab keinen Zweifel. Diese grünen Augen würde sie unter Tausenden wiedererkennen. Sogar diese geckenhafte Weste trug er noch.

»Waldemar, was ... was machst du hier?«, fragte sie mit bebender Stimme.

»Ich hatte noch eine Rechnung offen mit einem gewissen Mister Bradley. Er hat etwas mitgenommen, was mir gehört: meine Hure!«

Er kam drohend näher und stützte sich provozierend auf dem Ladentisch auf.

Maryann wurde übel. Von Nahem wirkte er alt und verbraucht. Ein in die Jahre gekommener Aufschneider. Bloß nicht zeigen, dass ich vor Angst vergehe!, ermahnte sie sich.

»Und was willst du wirklich hier?«, fragte sie heiser.

»Das habe ich dir doch bereits gesagt. Ich will das Mädchen mitnehmen, das mir gehört und mit dem ich eben so nett geplaudert habe.«

»Bist du verrückt? Das ist unsere Tochter. Die von William Bradley und mir! Was hast du mit meinem Kind zu schaffen? Hau ab! Wenn mein Mann dich hier sieht, kannst du was erleben!«

»Oho, immer noch sprühend vor Glut, meine kleine schwarze Teufelin«, zischte er spöttisch. »Aber kommen wir jetzt zum Geschäftlichen! Statt deinen Mann zum Krüppel zu schlagen, würde ich auf eine Begegnung mit ihm verzichten, wenn du mir im Gegenzug meine Tochter mitgibst!«

»Verdammt, wage gar nicht daran zu denken, dass ich dir unser Kind überlasse. Bist du wahnsinnig geworden? Wir leben hier nicht in Espa, wo Mütter ihre Kinder verkaufen, damit die Familie nicht verhungert.«

»Sieh mir in die Augen!«, befahl er barsch. »Na, was siehst du da? Die Augen des Mädchens! Außerdem ist sie meiner Mutter wie aus dem Gesicht geschnitten.«

Maryann wandte den Blick verzweifelt ab. »Wie ... Wie hast du mich gefunden?«, fragte sie mit zitternder Stimme.

»In Sandhurst ist nicht mehr viel los. Viele der Männer sind nach Neuseeland ausgewandert, und da habe ich beschlossen, mein Glück auch hier zu versuchen. Tja, und dann bin ich eines Tages zufällig an diesem Laden vorbeigekommen und hab das Schild entdeckt. *Bradley's*. Da habe ich mich auf die Lauer gelegt. Und tatsächlich: Du bist mit diesem Kerl aufgetaucht, und da reifte der Plan, ihm die Fresse zu polieren für das, was er mir angetan hat. Aber nun weiß ich ja was Besseres.«

»Bitte geh! Willst du Geld? Du kannst die Einnahmen aus der Kasse haben.«

»Du kannst mir doch nicht mein geliebtes Kind vorenthalten«, sagte er feixend.

»Hör auf mit dem widerlichen Theater! Du hast doch gar nicht gewusst, dass du eine Tochter hast! Und du willst sie doch bestimmt nur mitnehmen, um aus ihr –«, Erschrocken schlug Maryann die Hand vor den Mund.

»Danke! Damit hast du es zugegeben. Ich meine, sie sieht mir ähnlich, aber das hätte ja auch ein dummer Zufall sein können ...«

Maryann schnappte nach Luft, schoss hinter dem Ladentisch hervor und stürzte sich auf ihn. »Du elendes Schwein!«, keuchte sie, während sie seinen Brustkorb mit kräftigen Schlägen bearbeitete.

Er aber lachte nur und hielt ihre Hände fest. »Ach, meine kleine schwarze Teufelin! Da könnte man ja glatt auf dumme Gedanken kommen, auch wenn du nicht mehr ganz so knusprig bist wie damals. Hör gut zu, was ich dir jetzt sage: Ich komme wieder, und zwar heute Abend. Und dann hole ich mir mein Kind, verstanden? Als Entschädigung dafür, dass er dich mitgenommen hat.«

»Du willst sie doch nicht etwa ...«, brachte Maryann fassungslos hervor.

»Wo denkst du hin? Ich werde doch mein eigenes Fleisch und Blut nicht an diese versoffenen Mistkerle verschachern. Außerdem ist sie leider nicht so hübsch geraten wie die Mutter. Aber ich werde auch nicht jünger, und da hätte ich gern eine liebende Tochter, die mich bekocht und das Haus in Ordnung hält. Sie kann doch kochen, oder?«

Maryann stand wie betäubt da. Sie brachte keinen Ton heraus.

»Bis heute Abend!«, sagte Waldemar grinsend und kniff ihr zum Abschied einmal kräftig in den Hintern.

Maryann heulte auf vor Wut und Verzweiflung. Dann verließ

sie den Laden gleich nach ihm. Sie hängte draußen an die Tür ein Schild, auf dem in ihrer akkuraten Schrift geschrieben stand: *Ich bin gleich wieder zurück!*

Wenn Maryann Bradley in diesem Augenblick geahnt hätte, dass sie niemals mehr hinter dieser Ladentheke stehen würde, hätte ihr der Gedanke das Herz gebrochen.

Sie eilte nach oben und stürzte in die Küche. Annabelle sah vom Herd auf.

»Mutter, da war ein merkwürdiger Mann in unserem Flur ...«

Maryann ging wortlos auf ihre Tochter zu und umarmte sie kräftig.

»Er wird nicht wiederkommen«, murmelte sie.

Annabelle sah ihre Mutter mit einer Mischung aus Freude und Erstaunen an. Maryann wusste, warum. Sie umarmte Annabelle selten. Viel zu selten! Wenn doch bloß William endlich von seinen Einkäufen zurückkehren würde!, dachte sie, während sie ihrer Tochter beim Kartoffelschälen half.

Gleich nach dem Mittagessen zog Maryann William zum großen Erstaunen ihrer Kinder mit den Worten »Wir machen heute eine Mittagsruhe« ins Schlafzimmer.

Pausen vom Geschäft gab es im Hause Bradley nämlich nur zu den Mahlzeiten. Ansonsten waren sie für ihre Kunden rund um die Uhr zu erreichen.

William ließ es geschehen. Kaum war die Tür hinter ihnen geschlossen, konnte er seine Neugier nicht länger zügeln. »Maryann, was ist denn bloß los mit dir? Du bist leichenblass. Sag mir, was du auf dem Herzen hast.«

Maryann brach in lautes Schluchzen aus. Es dauerte eine ganze Weile, bis sie sich wieder gefangen hatte und William alles erzählen konnte.

Der ballte die Fäuste vor Zorn und fauchte schließlich wütend:

»Das Schwein kriegt meine Tochter nicht. Worauf du dich verlassen kannst. Er soll nur kommen.«

Maryann stieß einen tiefen Seufzer aus. »Und du meinst, du wirst mit ihm fertig?«

»Natürlich, aber ihr müsst verschwinden. Alle vier. Am besten, du fährst mit den Kindern in die Berge, in die verlassene Hütte von Tom. Du weißt schon. Die, in der ihr euch im letzten Sommer eine Woche erholt habt.«

»Aber wie sollen wir ohne dich dorthin kommen? Unser Wagen ist zu groß, als dass ich ihn durch die Berge lenken könnte ...«

»Olivia kann doch reiten, oder?«

»Ja, besser als ich!«

»Gut, dann besorge ich euch zwei kräftige Pferde, die zwei Menschen tragen können. Du reitest mit Annabelle und Olivia mit Abi.«

Mit diesen Worten eilte William zur Tür.

»Wohin willst du?«

»Die Pferde besorgen. Je eher ihr fort seid, desto besser. Ich möchte euch weit weg von diesem Kerl wissen. Also, ich hole die Pferde, und du sagst den Kindern, dass ihr in die Berge fahrt.«

William war redlich bemüht, seine Stimme ruhig klingen zu lassen, doch Maryann konnte er nicht täuschen. Sie spürte, dass er vor Wut nur so schäumte.

Maryanns Töchter waren gar nicht begeistert von der Idee, Hals über Kopf in die Berge zu reiten. Sie hatten zwar Ferien, aber ihre eigenen Pläne für diesen Tag. Annabelle wollte am Nachmittag ihre Freundin besuchen, Olivia hasste die Berghütte von Papas Freund Tom, und Abigail wollte mit dem Nachbarsjungen spielen.

Maryann sprach ein Machtwort.

»Packt das Nötigste ein. In einer Stunde geht's los!«

Eine Stunde später standen sie mit ihren gepackten Sachen vor dem Haus. Wäre die Situation nicht so bedrohlich, wäre Maryann angesichts des Bilds, das sich ihr bot, in schallendes Gelächter ausgebrochen. So unterschiedlich die drei Schwestern waren, so unterschiedlich hatten sie sich auch auf diese Reise vorbereitet. Olivia hatte einen Koffer gepackt, in dem sich vermutlich alle ihre Kleider befanden, während Annabelle nur ein Täschchen mit dem Nötigsten trug und Abigail gar nichts dabeihatte außer zwei ihrer Puppen, die sie sich unter die Arme geklemmt hatte.

Maryann überlegte sich gerade, wie sie Olivia davon überzeugen könnte, ihre schönen Kleider zu Hause zu lassen, als William mit einem kleinen Pferdewagen um die Ecke bog, der auch für die Bergstrecke geeignet war. Also konnte Olivia ihren Koffer mitnehmen.

William lächelte seiner Frau aufmunternd zu und half den Mädchen, ihre Sachen zu verstauen.

Bevor Maryann auf den Kutschbock kletterte, umarmte sie ihren Mann, bemüht, ihre Tränen zu unterdrücken. Auf keinen Fall durften die Töchter sie weinen sehen. Sie schienen ohnehin schon zu spüren, dass Unheil in der Luft lag, denn sie waren ungewöhnlich still. Ansonsten plapperten und stritten sich die Schwestern pausenlos. Heute machten sie betretene Gesichter. Sogar die kleine Abigail wirkte lange nicht so fröhlich wie sonst.

»Pass gut auf dich auf!«, flüsterte Maryann William ins Ohr.

»Ich schaffe das schon«, entgegnete er tapfer.

»Ich liebe dich so sehr«, raunte sie.

William drückte sie noch fester an sich. Ein warmes Gefühl durchströmte seinen Körper. Das hatte Maryann noch nie mit so viel Herzblut gesagt! So viele Jahre hatte er darauf gewartet, und nun, in dieser unheilvollen Lage, machte sie ihm die schönste Liebeserklärung, die er sich nur vorstellen konnte. Das gab ihm Kraft für das, was vor ihm lag. William winkte seiner Familie lange nach.

Die Stunden bis zum Abend schlichen nur so dahin. William wurde zunehmend nervös. Er war ein friedliebender Mann und hatte sich noch nie zuvor geschlagen. Deshalb wünschte er sich nichts sehnlicher, als dass dieser Kerl gar nicht erst wieder auftauchen möge, doch dieser Wunsch, das wusste er mit Sicherheit, würde nicht in Erfüllung gehen.

Kurz nach Einbruch der Dunkelheit ging die Klingel an der Wohnungstür. Noch nie zuvor hatte der Klang William C. Bradley so erschreckt. Wie ein Totenglöckchen!, durchfuhr es ihn eiskalt, während er öffnete.

»Wen haben wir denn da? Den Entführer meiner Liebsten. Sieh mal einer an!«

William hatte Mühe, seine Hände ruhig zu halten. Am liebsten hätte er diesem widerlichen Kerl auf der Stelle das lästernde Maul gestopft.

»Willst du mich denn gar nicht hereinbitten?«, fragte Waldemar grinsend.

»Sie werden keinen Fuß über meine Schwelle setzen!«, erwiderte William scharf, machte einen Schritt vor die Tür und knallte sie hinter sich zu. »Und nun verschwinden Sie! Oder soll ich Ihnen Beine machen?«

Waldemar verging das Grinsen. »Nur, wenn du mir das Mädchen gibst!«

»Sie werden meine Tochter nicht mitnehmen!«

»Deine Tochter?« Waldemar lachte schäbig. »Da hat dir die kleine Hure wohl etwas verheimlicht.«

William verspürte den Impuls, dem niederträchtigen Kerl mitten ins Gesicht zu schlagen, aber er schaffte es gerade noch, sich zusammenzureißen. Lange würde er sich allerdings nicht mehr beherrschen können.

»Sie werden meine Tochter nicht bekommen. Und nun gehen Sie endlich!«

»Du willst sie mir also nicht geben? Gut, dann werden wir die

Entscheidung der jungen Dame überlassen. Du kannst mir nicht verbieten, ihr zu sagen, dass ich ihr Vater bin. Also, hol sie her!«

»Sie ist nicht da. Und ich fordere Sie ein letztes Mal auf, unsere Familie in Ruhe zu lassen.«

Waldemar lachte höhnisch auf. »Ich habe alle Zeit der Welt. Und eines Tages werde ich sie abfangen und es ihr sagen. Das wirst du nicht verhindern können und –«

Waldemar hatte den Satz noch gar nicht zu Ende gesprochen, da hatte William ihn bereits grob an den Schultern gepackt.

»Das werden Sie nicht tun. Sonst ...«

»Du willst mir drohen?« Mit diesen Worten stieß er William von sich.

Der kam ins Straucheln, doch er hielt sich gerade noch im letzten Augenblick am Treppengeländer fest. Aber nun gab es kein Halten mehr für ihn. William holte aus und schlug seinem Gegner mit der Faust auf die Nase. Ein knirschendes Geräusch ertönte, und Waldemar wirkte einen Moment fassungslos, bevor er sich seinerseits auf William stürzte. Ein Schlag traf ihn mitten auf die Stirn. Blut rann ihm in die Augen und raubte ihm die Sicht. Zugleich blind vor Wut, trat William zu. Sein Gegner stieß einen entsetzlichen Schrei aus, und ein ohrenbetäubendes Gepolter ertönte. William wischte sich über die Augen. Erst dann konnte er sehen, was passiert war: Waldemar war rückwärts die Treppe hinuntergefallen. Seltsam verrenkt lag er unten an ihrem Fuß. William rannte hinunter und kniete sich neben Waldemar. Er lag auf dem Rücken und starrte ihn aus weit aufgerissenen Augen leblos an. Nirgendwo war Blut. Er hat sich das Genick gebrochen!, durchfuhr es William eiskalt.

Rotorua, Mai 1901

Annabelle erschrak, als sie das Zimmer ihrer Mutter betrat, um sie zu waschen. Maryann weinte im Schlaf.

»Mutter?«, fragte sie besorgt.

Maryann schluchzte und schrie: »Nein, du bekommst sie nicht. Nein! Niemals!«

Annabelle war ratlos. Sollte sie ihre Mutter schütteln und aufwecken oder in diesem Albtraum belassen?

Bevor sie eine Antwort fand, setzte sich Maryann in ihrem Bett auf und riss panisch die Augen auf.

»Annabelle!«, stöhnte sie. »Meine Annabelle!«

Ehe Annabelle begriff, wie ihr geschah, hatte ihre Mutter sie in den Arm genommen und fest an sich gedrückt.

»Ich habe geträumt, dass du mir weggenommen wurdest«, brachte Maryann mit tränenerstickter Stimme und beinahe entschuldigend heraus.

»Willst du mir den Traum erzählen?«, fragte Annabelle vorsichtig.

Maryann schüttelte heftig den Kopf. Nein, das konnte sie nicht! Waldemar hatte ihr Annabelle im Traum entrissen. Es war entsetzlich gewesen. Er war in die Berghütte eingedrungen und hatte sie einfach mitgenommen. In Maryanns Traum war William nicht bei ihnen gewesen, um Annabelle aus den Klauen des Verbrechers zu retten.

Maryann atmete schwer und versuchte, wach zu werden. Diese Angst, diese entsetzliche Angst, ihr Kind zu verlieren! Maryann spürte sie in jeder Pore. Sie hatte sich an Annabelle geklammert. Maryann schluckte trocken. Annabelle. Sie hatte geweint um Annabelle. Eine Welle der Zärtlichkeit durchflutete ihr Herz. Noch niemals zuvor hatte sie so viel Liebe für ihre älteste Tochter empfunden. Sie griff nach Annabelles Hand und hielt sie fest umklammert.

»Ich hatte so eine schreckliche Angst, dich zu verlieren«, stöhnte sie und betrachtete ihre Tochter näher. Sie ist im letzten Jahr schöner und schlanker geworden, dachte sie. Ich will sie nicht verlieren! Und mit einem Mal schämte sie sich für all das, was sie diesem Mädchen je angetan hatte. War Annabelle nicht immer für sie da? Hatte sie sie nicht stets gewaschen und versorgt und dabei klaglos alle Gemeinheiten ihrer Mutter über sich ergehen lassen?

»Verzeih mir«, schluchzte Maryann. »Bitte, Annabelle, verzeih mir!«

»Du musst dich nicht bei mir entschuldigen.« Annabelle war verlegen.

»Doch, das muss ich!«, widersprach ihr Maryann entschieden. »Ich war nicht immer nett zu dir.«

Als sie in Annabelles verwirrtes Gesicht blickte, fügte sie nachdrücklich hinzu: »Kind, es tut mir aufrichtig leid. Der Traum hat mir die Augen geöffnet. Ich hatte solch entsetzliche Angst, dich zu verlieren. Bitte, glaube es mir. Ich habe doch nur noch Abigail und dich. Und ich liebe dich genauso wie sie. Du warst nur immer so anders als deine Schwestern, du warst niemals vordergründig ein Teil von mir, aber du warst immer für mich da. Denk doch nur daran, wie du schon als junges Mädchen für uns gekocht hast, weil ich im Geschäft stehen musste ... Ach, was sollte ich nur ohne dich anfangen? Annabelle, es tut mir so leid. Ich –«

»Ach, Mutter, bitte!«, seufzte Annabelle und strich ihr unbeholfen über die Wangen. Ihr war es unangenehm, plötzlich mit so innigen Gefühlen ihrer Mutter konfrontiert zu werden, zumal sie gerade furchtbar durcheinander war. Sollte sie Maryann vielleicht einweihen?

»Mutter? Ich habe vorhin etwas Seltsames erlebt. Etwas, was mich sehr bewegt hat. Möchtest du es hören?«, fragte sie vorsichtig.

Über Maryanns Gesicht huschte ein Lächeln.

»Ja, ich möchte erfahren, was dich bewegt.«

»Ich habe vorhin Lilly hervorgeholt, um für Abigails Kind eine Puppe nach ihrem Vorbild zu nähen ...« Seufzend hielt sie inne. Sie war sich plötzlich nicht mehr ganz sicher, ob sie ihre Mutter wirklich damit behelligen sollte.

»Was es auch immer ist, bitte, erzähl's mir!«

Zögernd fuhr Annabelle fort: »Paika hat die Puppe gesehen und behauptet, dass sie einmal so eine Stoffpuppe besessen hat. Sie hat gesagt, dass sie ihre Stoffpuppe lieber hatte als ihre Porzellanpuppen.«

»Paika hat mit Porzellanpuppen gespielt?«

»Genau, das hat mich auch gewundert, aber was mich noch viel mehr irritiert hat: Als sie von ihrer Puppe sprach, hat sie die *Lilly* genannt.«

Maryann setzte sich abrupt auf. »Sie hat sie wirklich *Lilly* genannt?«

Annabelle nickte. »Und sie behauptet, dass sie diese Puppe verloren hat. Ich meine, das ist doch merkwürdig, oder?«

»Aber ... Aber das kann doch nur bedeuten, dass sie ... Ich meine, das kann doch nur Elizabeth wissen, oder?«

Annabelle nickte.

»Wenn ich nicht genau wüsste, dass Paika aus einer Maorifamilie stammt, würde ich glauben, dass ...«

Maryann griff behutsam nach Annabelles Hand. »Ich weiß, was du sagen willst. Ich habe dasselbe gedacht. Was, wenn sie unsere Elizabeth wäre ...«

»Elizabeth war blond.«

»Genauso blond wie Abi! Und wie Olivia einst, bevor ihr Haar pechschwarz wurde ...«

»Mutter, das kann doch nicht sein. Ihre Mutter war eine Maori. Es muss eine andere Erklärung dafür geben.«

»Deshalb war sie mir auch gleich so vertraut. Deshalb habe ich nicht mehr von Elizabeth geträumt, seit Paika im Haus ist.«

»Mutter, das kann nicht sein. Sieh mal, ich träume auch nicht mehr so schrecklich von ihr, aber das liegt daran, dass ich Gordon alles gebeichtet –«

Erschrocken schlug sie sich die Hand auf den Mund.

»Was hast du ihm gebeichtet?«

»Ich bin damals ohne sie zurückgekommen, weil ich in jener Nacht eine Fehlgeburt hatte.«

»O, mein Gott! Und ich habe dir alle diese schrecklichen Vorwürfe gemacht. Es tut mir so leid. Es tut mir so leid«, stammelte Maryann.

»Ach, Mutter, es ist lange her. Ich muss damit leben, dass ich meine beiden Kinder an ein und demselben Tag verloren habe.«

»Aber wenn Lizzy nun gerettet wurde? Schließlich hat keiner je ihren kleinen Körper gefunden. Wer weiß besser als du, dass der Sarg leer geblieben ist?«

Annabelle seufzte schwer. »Ich weiß. Aber wenn sie gerettet worden wäre, dann hätte man sie zu uns zurückgebracht, denn sie war unverkennbar eine Weiße! Und damals wusste doch jeder im Umkreis, dass wir unsere Tochter seit dem Vulkanausbruch vermissen.«

»Ich werde Paika fragen, ob sie sich noch an ihre früheste Kindheit erinnert.« Maryann hatte ganz rote Wangen bekommen vor Aufregung.

»Mutter, nein, auf keinen Fall. Wir dürfen sie nicht mit diesen Hirngespinsten überfallen. Was, wenn Paikas Mutter zufällig auch so eine Stoffpuppe genäht hatte?«

»Und sie auch noch zufällig *Lilly* genannt hat? Das glaubst du doch wohl selber nicht!«

Annabelle stöhnte. »Trotzdem dürfen wie sie nicht bedrängen, nur weil wir …« Sie stockte. »Wir sollten mit Paika nach Te Wairoa fahren, an den Ort, wo das Unglück geschah …« Wieder stockte sie. »Unsinn! Es ist ja alles fort, der See, die Terrassen, das Dorf …«

»Dann lass uns doch zusammen zum Pohutu fahren. Dort habe ich das letzte Mal den Geist von Elizabeth gesehen.«

»Du willst freiwillig zum Pohutu?« Annabelle konnte es einfach nicht glauben.

»Ja, Paika liebt den Geysir. Während wir auf sein Spucken warten, kommen wir ganz unverfänglich auf den Vulkanausbruch und Elizabeth zu sprechen. Wer weiß, ob ihr dazu dann nicht doch etwas einfällt?«

Annabelle blickte ihre Mutter zweifelnd an. »Unverfänglich? Ich glaube, das können wir beide nicht. Ich fange doch schon an zu weinen, wenn ich nur ihren Namen höre.«

Maryann betrachtete ihre Tochter mit ernster Miene. »Das wird nicht ausbleiben. Und deshalb wird es uns allen nutzen, wenn wir gemeinsam um unsere Kleine trauern …« Sie stieß einen tiefen Seufzer aus. »Ich weiß ja auch, dass nur eine vage Hoffnung besteht, dass Paika unser verlorenes Kind ist. Nur bitte, lass mir diesen Halm, an den ich mich klammern kann. Und selbst wenn Paika sich an gar nichts erinnern sollte, weil es für die Stoffpuppe eine ganz andere Erklärung gibt, dann können wir endlich Frieden finden. Einen Frieden, der uns bislang nicht vergönnt war, weil ich dir die Schuld an allem zugeschoben habe.«

»Ich habe Elizabeth ja auch verlassen, weil mir dieses zweite Kind so wichtig war …«, stöhnte Annabelle auf.

»Nein, das hast du nicht! Du hättest an dem Abend gar nichts anderes tun können …«

»Doch, ich hätte dem alten Maori glauben müssen!« Annabelles Stimme klang verzweifelt.

»Kind, ich habe viele Fehler gemacht, aber ich flehe dich an: Quäle dich nicht länger, so wie ich dich damit gequält habe! Bitte, überzeuge deinen Mann von diesem Ausflug. Gordon wird nicht gerade begeistert sein, denn er wird mich das letzte Stück tragen müssen.«

»Was ist überhaupt mit Gordon? Soll ich ihm nicht die Wahrheit sagen?«

»Warte doch, bis wir dort waren. Wie ich deinen Mann kenne, wird der uns nur mitleidig angucken und behaupten, dass wir verrückt geworden sind. Ich höre ihn schon knurren: *Warum soll Paika denn keine Puppe namens* Lilly *gehabt haben?*«

»Du hast ja Recht.«

Plötzlich huschte ein Strahlen über Maryanns Gesicht. »Dann könnte Duncan doch endlich Paika heiraten. Ich meine, dann wäre sie ja gar keine Maori mehr.«

»Mutter, bitte, dafür ist Duncan –«

»Was ist mit Duncan?«, fragte Maryann scharf.

Annabelle zögerte einen Augenblick, aber dann vertraute sie ihrer Mutter an, was sich anlässlich Olivias Beerdigung in Auckland wirklich zugetragen hatte.

Maryann hörte sich alles an, ohne ihr Gesicht zu verziehen. Schließlich murmelte sie: »Sieh mal einer an! Olivia hat dem guten Allan also ein Kuckuckskind untergeschoben ... Jetzt versteh ich so manches ...«

Es klopfte leise. Maryann und Annabelle sahen einander erschrocken an.

Die Tür ging vorsichtig auf, und Paika trat zögernd ins Zimmer.

»Ich wollte nicht stören«, sagte sie entschuldigend.

»Du störst doch nicht!«, erklärten Annabelle und Maryann wie aus einem Mund.

Maryann erlangte als Erste die Fassung zurück. »Was hieltest du davon, Paika, wenn wir bald einen Ausflug zum Pohutu machen würden?«

»Meinetwegen gern, aber ich möchte nicht stören. Ich wollte

euch auch nur erzählen, dass mein Onkel Anaru Rangiti angekommen ist. Er macht ein paar Tage Urlaub im Hotel, und ich würde gern ein wenig mit ihm plaudern. Da wollte ich fragen, ob ich Sie jetzt anziehen und zum See hinunterfahren soll oder –«

»Nein, nein, schon gut, das macht heute Annabelle. Geh du nur zu deinem Onkel, mein Kind!«, unterbrach Maryann sie hastig, wobei sie bei dem »Onkel« einen spitzen Ton bekam.

Kaum war Paika aus der Tür, fragte Annabelle: »Mutter, wäre es nicht eine gute Idee, Mister Rangiti zu unserem Ausflug einzuladen?«

»Den Maori, der meine Tochter ... Niemals!«

Annabelle ging gar nicht auf Maryanns Bissigkeit ein. »Ich dachte nur, vielleicht weiß er etwas über Paikas Kindheit ... Obwohl ... Ich glaube eher nicht. Das hat er mir jedenfalls damals gesagt, als er Paika zu uns brachte, aber vielleicht könnte er sich in dem Dorf erkundigen, wo sie mit ihrer Mutter gelebt hat.«

»Nein! Auf keinen Fall. Diesem Kerl möchte ich nichts schuldig sein. Er hat deine Schwester entehrt.«

»Mutter, er hat es nicht gegen ihren Willen getan. Vielleicht haben sie sich wirklich geliebt!«

Maryann lachte höhnisch auf. »Deine Schwester Olivia und ein Maori? Unvorstellbar. Der Bengel hat sie verführt oder ihr gar Schlimmeres angetan. So sind die Männer!«

Während Annabelle ihr das Kleid anzog, dachte Maryann zum ersten Mal im Leben nicht mehr voller Bitterkeit an den Tag, an dem sie alles hatte hinter sich lassen müssen. Und zum ersten Mal war die Erinnerung auch nicht mit dem stummen Vorwurf vergiftet, dass Annabelle an allem die Schuld trug.

Dunedin, Januar 1875

Erschüttert betrachtete William den Toten. Er war zunächst wie betäubt, doch dann beschloss er, Hilfe zu holen. Er war bereits ein paar Schritte gelaufen, als er innehielt. Würde man ihn nicht für einen Mörder halten? Er dachte an seine Familie und machte auf dem Absatz kehrt.

Nur, was sollte er mit dem Kerl anfangen? Bei dem Gedanken, ihn verschwinden zu lassen, klopfte sein Herz bis zum Halse. Es muss alles wohlüberlegt sein, ermahnte er sich. Ich werde ihn auf unseren Wagen laden und fortbringen.

William zögerte nicht lange, sondern begann augenblicklich, seinen Plan in die Tat umzusetzen. Er hüllte den Toten in Sackleinen, zerrte ihn aus dem Haus und hievte ihn auf den Wagen. Dann fuhr er hinunter zum Wasser, denn er wollte ihn am Strand ablegen. Doch als er dort im Mondschein ein kleines Boot entdeckte, hatte er eine Idee. Er lud Waldemar unter Stöhnen und Ächzen hinein und ruderte aufs Meer hinaus. Es war eine ruhige Sommernacht. Die Luft war mild, und es wehte nur eine leichte Brise.

Als William weit genug vom Ufer entfernt war, kippte er den Mann über Bord und ruderte so schnell, wie er konnte, zurück an den Strand. Erst als er wieder auf seinem Kutschbock saß, überkam ihn das Entsetzen mit aller Macht. Er bebte am ganzen Körper und murmelte verzweifelt: »Ich habe einen Menschen umgebracht. Ich habe einen Menschen umgebracht!« Aber dann dachte er an Annabelle und was ihnen allen dadurch erspart bleiben würde. Sofort wurde er ganz ruhig und lenkte seinen Wagen sicher durch die sternenklare Nacht.

Erst als er die Haustür öffnete, wurde ihm klar, dass man Waldemars Leiche früher oder später finden und die Spur zu ihm führen würde. Ihm war es gleichgültig, dass man ihn womöglich ins Gefängnis sperren würde, aber was wäre mit Annabelle? Dann würde sie ja doch noch erfahren, wer ihr Vater war. Das konnte und wollte William nicht riskieren. Mit zitternden Händen packte er das Nötigste zusammen. Dann suchte er in Maryanns Schrank nach ihren schönsten Kleidungsstücken und warf sie in eine Reisekiste. Auch für seine Töchter packte er genügend Kleidung ein. Als er Olivias Schrank öffnete, huschte ein Lächeln über sein Gesicht. Sie hatte bereits fast alles in die Einöde mitgenommen.

Nachdem er die Sachen auf den Wagen geladen hatte, schlich er in den Laden und suchte sich ausreichend Lebensmittel zusammen. Wer weiß, wie lange sie in der Hütte bleiben würden. Und dann? Wie sollte es weitergehen?

Mit dieser Frage zermarterte er sich die lange, beschwerliche Fahrt nach Lawrence das Hirn. Er fuhr ohne Pause durch die Nacht und hoffte, dass sein Pferd nicht schlappmachen würde. Wenn er sich beeilte, konnte er die Strecke bei der Wetterlage in sieben Stunden schaffen.

Es war schon heller Morgen, als er die Hütte endlich erreichte. Bis auf das Singen der Vögel war alles totenstill. Auf Zehenspitzen trat er ein. Er wollte seine Familie nicht wecken, denn die kleine Holzhütte besaß nur zwei Räume. Doch schon fragte Maryann verschlafen: »William, bist du es?«

»Ja, aber schlaf weiter, mein Schatz! Ich erzähl dir alles später.«

»Nein, bitte lass uns nach draußen gehen, damit die Mädchen nicht aufwachen.« Mit einem Satz war Maryann aufgesprungen. Sie trug immer noch ihre Kleidung, mit der sie sich auf den Weg gemacht hatte.

Kaum waren sie draußen im Licht des Morgens, als Maryann einen spitzen Schrei ausstieß.

»Um Himmels willen, William, was ist geschehen? Er hat dich geschlagen, o, mein Gott! Dein Auge ist beinahe völlig zugeschwollen. Komm, ich hole dir kaltes Wasser aus dem Fluss.«

William aber konnte sie gerade noch am Rockzipfel festhalten.

»Maryann, er ist tot!«

»Wer ist tot?«

»Waldemar. Wir haben uns geprügelt, und er ist die Treppe hinuntergefallen. Hat sich das Genick gebrochen.«

»Um Himmels willen. Und jetzt?«

»Jetzt werden wir in aller Ruhe überlegen, wohin wir gehen.«

»Aber, aber warum können wir nicht wieder nach Hause zurück, jetzt, wo der Kerl uns nichts mehr anhaben kann?«

»Weil sie ihn eines Tages finden werden. Und wenn die Spur zu mir führt, gibt es einen Prozess und dann erfährt Annabelle, dass dieses Schwein ihr Vater war.«

»Aber deswegen können wir doch nicht einfach alles aufgeben ... Vielleicht finden sie ihn ja gar nicht ...«

»Wir müssen! Maryann, bitte schwöre mir, dass du es niemals einer Menschenseele verrätst! Es würde dem armen Kind das Herz brechen. Hast du das verstanden?«

Maryann nickte schwach.

»Bitte schwöre es mir!«

»Ich schwöre dir, dass keine Menschenseele je aus meinem Mund erfahren wird, dass Annabelle nicht deine Tochter ist.«

»Ich danke dir, Maryann. Und nun lass uns in die Zukunft schauen. Ich habe den Wagen vollgeladen mit den wichtigsten Sachen, und wir haben genügend Geld gespart, um woanders einen Laden –« Er stockte und schlug sich die Hände vors Gesicht. »Ich habe vergessen, das Geld mitzunehmen«, erklärte er tonlos.

Vier Tage lebten sie nun schon in der Hütte. William war bereits in der zweiten Nacht fort, um das Geld zu holen. Maryann sorgte sich ein wenig, weil er immer noch nicht zurückgekehrt war.

Die Mädchen aber hatten sich inzwischen mit dem Ausflug zur Hütte versöhnt. Sie waren alle zusammen unten am Fluss und versuchten, Forellen zu fangen. Annabelle war überglücklich, dass sie eine alte Angel vorgefunden hatte, denn das Fischen hatte William ihr beigebracht. Als Kind war sie oft mit ihm zu einem der Flüsse gefahren.

Maryann saß im Gras und schaute ihren Töchtern zu. Beim Fischen hörte alles auf Annabelles Kommando. Selbst Olivia ordnete sich ihr unter, obwohl sie in ihrem entzückenden Stadtkleidchen ein wenig abseits stand. Annabelle und Abigail hingegen liefen den ganzen Tag über nur in den weißen Leibchen ihrer Unterwäsche herum.

Wie immer, wenn Maryann ihre drei Töchter betrachtete, fiel ihr regelrecht ins Auge, wie kindlich Annabelle noch war. Die Wahl einer guten Partie würde wirklich nicht so einfach sein. Was die Zukunft wohl bringen würde? Ob sie jemals geeignete Ehemänner für ihre Töchter finden würde, wenn sie womöglich in einen entlegenen Winkel des Landes flüchteten? William hatte einen Ort namens Rotorua erwähnt und behauptet, in der abgelegenen Gegend werde man sie niemals aufspüren. Dort sei in den nächsten Jahren Geld mit Reisenden zu machen, weil es in der Nähe Sinterterrassen gäbe. Das hatte William neulich von einem Kunden aufgeschnappt. Die Maori dort würden jedenfalls bereits gute Geschäfte mit den Menschen machen, die dieses Wunder der Natur zu sehen wünschten.

Insgeheim hoffte Maryann immer noch, dass sie ihr gewohntes Leben fortsetzen konnten. Sie seufzte. Wo William nur so lange blieb?

Das ist kein gutes Zeichen, dachte Maryann, als Annabelle eine der schwer zu fangenden braunen Forellen an der Angel hatte. Sie strahlte vor Glück, aber Olivia schrie auf, als ihre Schwester den zappelnden Fisch vom Haken nahm und in einen Eimer warf.

»Unser Abendessen!«, rief Annabelle stolz.

Auch wenn Maryann das Fischen wenig damenhaft fand, war sie doch froh, dass ihre Tochter überhaupt etwas gefangen hatte, denn sonst hätten sie sich wieder mit Süßkartoffeln begnügen müssen.

»Gut gemacht!«, gab Maryann zurück. »Vielleicht fängst du noch einen zweiten, damit es für uns alle reicht.«

»Ich esse keinen Bissen davon«, maulte Olivia.

»Du bist eine Mäkelliese!«, mischte sich Abigail ein, doch Annabelle kümmerte sich nicht um den Streit ihrer Schwestern. Mit gekonntem Schwung warf sie die Angel erneut aus und hatte bereits Minuten später eine zweite zappelnde Forelle gefangen.

Nach dem Abendessen saßen sie noch ein wenig auf der Veranda und betrachteten fasziniert, wie die Sonne hinter den Bergen unterging, doch je später es wurde, desto mehr wuchs Maryanns Besorgnis.

»Wo ist Daddy?«, wollte Abigail wissen.

»Einer muss doch im Geschäft stehen«, erklärte Maryann ausweichend und schickte ihre Töchter ins Bett. Das Warten zerrte an ihren Nerven. Sie war so unruhig, dass sie auf der Terrasse sitzen blieb und in den Sternenhimmel starrte.

Da hörte sie Hufschlag. William. Endlich!

»Wo bist du nur so lange gewesen?«, flüsterte sie.

»Wir müssen so schnell wie möglich fort von hier. Sie haben ihn gefunden.«

Über ihnen funkelten die Sterne so hell, dass sie Williams Gesicht sehen konnte, und sie erschrak. Er war blass und ungepflegt. Seine Augen wirkten alt und müde.

»Um Himmels willen, was ist geschehen?«

Stumm vor Entsetzen reichte William seiner Frau eine Spieldose aus ihrem Warenbestand.

Verwirrt drehte Maryann das Spielzeug in den Händen.

»Öffne sie!«, bat er leise.

Maryann gehorchte. Im Innern der Dose fand sie einen Zeitungsartikel. Während sie ihn las, wurde sie bleich. »Wir brechen gleich morgen früh auf!«, sagte sie entschieden.

»Ich liebe dich!«, flüsterte William, während er ihr einen großen Kasten überreichte.

Ungläubig starrte Maryann auf ihre Drehleier.

Dunedin, Juni 1901

Duncan wohnte in einem möblierten Zimmer bei einer alten Schottin nahe der Universität von Otago. Er hatte zunächst Vorlesungen der Rechtswissenschaften besucht, sich dann aber für das Studium der Medizin entschieden. Das war schon immer sein Herzenswunsch gewesen, und er wollte endlich seinen eigenen Weg gehen. Sein leiblicher Vater hätte ihn gern als Richter gesehen, der Vater, bei dem er aufgewachsen war, als Kauriharzhändler. Nun würde er das werden, was er sich selbst erträumte.

Duncan war zufriedener, seit er sich für die Medizin entschieden hatte. Jedenfalls, was seine berufliche Zukunft anging. Ansonsten wurde er mehr und mehr zum stillen Grübler. Wenn er nicht über seinen Lehrbüchern saß, machte er lange Spaziergänge an den weiten Stränden der Stadt. Der salzige Duft des Meeres und der frische Wind halfen ihm, seine Gedanken zu ordnen. Er hatte lange mit sich gehadert und sich schließlich dazu durchgerungen, Allan Hamilton einen Brief zu schreiben. Offiziell galt er noch immer als dessen Sohn, und er wollte wissen, ob ihm das recht wäre. Das lag bereits einige Wochen zurück, und Duncan befürchtete, er werde nie eine Antwort erhalten.

Eine steife Brise wühlte das Meer so auf, dass die Wellen sich mit lautem Getöse am Strand brachen. Wo Paika wohl mit Maaka lebt?, sinnierte Duncan. Im letzten Brief an seinen Vater, mit dem er in regem Briefwechsel stand, hatte er sich endlich getraut, nach ihr zu fragen, aber noch keine Antwort erhalten. Ob Klara ihn wohl eines Tages über Paika hinwegtrösten könnte?

Er hatte wenig Kontakt zu seinen Mitstudenten, weil er so viel Zeit für sich brauchte. Nur mit der hübschen Klara aus Dunedin war er häufig zusammen. Sie studierte Medizin wie er. Obwohl Frauen an der Universität von Otago zu allen Studiengängen zugelassen waren, sahen nur wenige ihre Zukunft in einem Beruf und arbeiteten nicht auf eine Rolle als Ehefrau und Mutter hin. Klara war eine von diesen Ausnahmen. Sie bekam die volle Unterstützung ihres Vaters, weil sie sein einziges Kind war. Und bei Doktor McMurray und seiner Tochter war Duncan heute zum Essen eingeladen.

Duncan wusste nicht, ob er sich über diese Einladung freuen sollte, denn er befürchtete, Klara könne seinen Besuch missverstehen. Bislang hatte er die Beziehung zu Klara auf einer rein freundschaftlichen Ebene halten können, aber er spürte, dass sie sich mehr von ihm erhoffte. Duncan verstand ja selber nicht, warum er sie nicht endlich einmal küsste. Sie war das hübscheste Mädchen weit und breit und konnte sich vor Verehrern nicht retten. Es gab kaum einen Medizinstudenten in Dunedin, der nicht in sie verliebt war.

Duncan blieb abrupt stehen. Jetzt waren es seine Gedanken, die ihm den Atem nahmen, nicht der scharfe Südwind. Ich kann doch mein Herz nicht länger an eine Frau hängen, die sang- und klanglos aus meinem Leben verschwunden ist, sagte er sich und fasste einen Entschluss. Er klappte den Mantelkragen hoch, bevor er den einsamen Strand von St. Clair hinter sich ließ und beschwingt nach Hause eilte.

Doktor McMurray wohnte mit seiner Tochter in einem prächtigen Holzhaus. Seine Frau war erst kürzlich gestorben. Duncan und Klara waren einander nähergekommen, weil sie den Schmerz über den frühen Tod ihrer Mütter teilten.

Klaras blaue Augen leuchteten, als sie Duncan die Tür öffnete.

Auch ihr Vater hieß ihn gleich im Flur herzlich willkommen. Hier herrschte keine förmliche Höflichkeit, sondern unverstellte Herzlichkeit. Duncan fühlte sich sofort rundherum wohl in diesem gemütlichen Heim.

Klara hatte zur Feier des Tages einen Lammbraten zubereitet und entschuldigte sich mehrfach, dass sie nicht gut kochen könne. Ihr Vater lachte und erklärte scherzend, seine Tochter wolle wohl nur ein Lob einheimsen.

»Und, was schwebt Ihnen später einmal vor, wenn Sie fertig sind, meine ich?«, fragte Doktor McMurray.

Wie aus der Pistole geschossen antwortete Duncan: »Ich werde eine kleine Praxis haben. Dort, wo die Menschen mich wirklich brauchen.«

Der Doktor nickte seiner Tochter zufrieden zu und lobte Duncans vernünftige Einstellung.

Klara strahlte ihren Kommilitonen an. Duncan konnte in ihrem Gesicht lesen, was sie dachte. Dass er der Richtige wäre, um später einmal mit ihr zusammen die väterliche Praxis zu übernehmen.

Ich wäre ein Idiot, wenn ich ihr nicht endlich einen Antrag machen würde, schoss es Duncan durch den Kopf. Mir sitzt die bezauberndste junge Frau gegenüber, die ich mir nur wünschen kann; man legt mir die Zukunft zu Füßen in der schönsten Stadt, die ich kenne, und ich hänge der Frau nach, die mir das Herz gebrochen hat …

»Möchten Sie noch ein wenig von dem Braten?«, fragte der Doktor höflich und reichte ihm die Fleischplatte.

Duncan lehnte höflich ab. Ihm war übel. Nicht vom Essen, sondern von der Erkenntnis, dass er ein Dummkopf war. Er fühlte sich gar nicht wohl in seiner Haut. Am liebsten wäre er nach Hause gegangen.

Klara spürte, dass er nicht mehr bei der Sache war. Sie musterte ihn durchdringend. Duncan wurde zunehmend nervös.

Gleich nach dem Essen sagte der Doktor: »Ich ziehe mich jetzt zurück, und Sie, junger Mann, können in Ruhe mit Klara plaudern. Sie müssen sich nicht verstellen. Man sieht Ihnen an der Nasenspitze an, dass Ihnen etwas auf der Seele brennt. Ich denke, dabei störe ich nur.« Er lächelte.

»Aber nein, Sie stören doch nicht«, beeilte sich Duncan zu versichern, doch der Doktor ließ sich nicht davon abbringen.

»Ihr habt einander bestimmt viel zu erzählen. Medizinische Probleme«, scherzte er im Hinausgehen und zwinkerte seiner Tochter zu.

Als seine Schritte im Flur verhallt waren, platzte es geradezu aus Klara heraus. »Das muss auf dich ja so wirken, als wäre das der Antrittsbesuch bei deinem zukünftigen Schwiegervater. Das tut mir leid . . .«

Duncan machte einen Schritt auf Klara zu, nahm sie in den Arm und zog sie zärtlich an sich.

»War es das denn nicht?«, neckte er sie.

Klara lächelte. »Ja, aber du solltest es nicht merken.«

»Dann darf ich dich jetzt küssen, nicht wahr?«, bemerkte er verschmitzt.

»Ich bitte darum!« Klara lächelte immer noch.

Zärtlich nahm Duncan ihr Gesicht in beide Hände und küsste sie. Klara erwiderte seinen Kuss mit großer Leidenschaft, die Duncan keineswegs kaltließ. Im Gegenteil, er hatte für einen winzigen Augenblick das Gefühl, endlich frei zu sein für die richtige Frau.

Vielleicht ist es von Vorteil, dass Klara so ganz anders aussieht als Paika, ging ihm durch den Kopf, nachdem sich ihre Lippen voneinander gelöst hatten. Sie ist so zierlich, hat glattes blondes Haar und wasserblaue Augen, in denen sich ein Mann verlieren könnte.

Wie glücklich Klara strahlte! Und doch, allein dass er eben an Paika gedacht hatte, genügte, um Duncan erneut zu verunsichern.

Ich darf ihr nur einen Antrag machen, wenn ich meiner Sache ganz sicher bin, ging es ihm durch den Kopf, ich darf sie niemals verletzen. Wie vertrauensvoll sie ihn anschaute! Er durfte sie nicht enttäuschen. Plötzlich wusste er, was er zu tun hatte.

»Klara«, begann er mit sanfter Stimme, »ich muss dir etwas Wichtiges mitteilen, bevor ich dich um deine Hand bitte.«

Täuschte er sich, oder war sie leicht zusammengezuckt?

»Liebst du eine andere?«, wollte sie ängstlich wissen.

»Nein ... Doch ... Es ist nur ... Ich habe einmal ein Mädchen geliebt«, stammelte er verlegen.

Klara trat einen Schritt zurück. Ihm kam es so vor, als wolle sie von ihm abrücken.

»Erzähl mir alles!«, bat sie, krampfhaft um ein Lächeln bemüht.

»Sie heißt Paika und ist eine Maori«, sagte er leise. »Ich sollte sie nicht heiraten, weil mein Vater meinte, das ginge nicht in unseren Kreisen. Dann gab uns mein Vater schließlich doch seinen Segen, aber noch in derselben Nacht ist Paika spurlos verschwunden ...«

Duncan senkte den Kopf. Er wollte vermeiden, dass Klara seine tiefe Verletzung und seine wahren Gefühle erriet.

»Du liebst sie immer noch, nicht wahr?« Seine Stimme hatte ihn verraten.

Duncan atmete tief durch. »Sie geht mir nicht aus dem Kopf, aber es ist sinnlos, denn inzwischen ist sie bestimmt längst mit einem anderen verheiratet. Sie hatte sich einst geschworen, nur einen Maori zu heiraten. Tja, und das wäre alles so einfach gewesen, wenn ich damals schon gewusst hätte, dass ich Halbmaori bin.« Er blickte Klara traurig an.

»Erzählst du mir das, um mir durch die Blume zu sagen, dass wir beide deshalb nicht zusammenkommen können oder ...« Sie stockte.

»Nein, natürlich nicht. Ich wollte dich nicht fragen, ob du meine Frau wirst, ohne dir gestanden zu haben, dass ich schon einmal im Leben einer großen Liebe begegnet bin und ...«

»Ist das jetzt ein Antrag?« Sie strahlte endlich wieder.

Duncan wurde beim Anblick ihrer leuchtenden Augen warm ums Herz. Eines Tages werde ich sie von Herzen lieben und Paika vergessen, dachte er und nahm sie zärtlich in den Arm.

»Nein, den werde ich dir in aller Form machen. Aber was wird dein Vater sagen, wenn er erfährt, welches Blut in meinen Adern fließt?«

Klara lachte. »Er wird dich achtkantig hinauswerfen!« Als sie seinen entsetzten Blick sah, wurde sie sofort wieder ernst.

»Vater hat nichts gegen Maori, und vor allem würde er mir niemals einen Wunsch abschlagen. Und mein größter Wunsch ist es eben, deine Frau zu werden.«

Sie küssten sich wieder, und als Duncan vergnügt pfeifend das Haus des Doktors verließ, hatte er Klara versprochen, am nächsten Tag wiederzukommen und bei ihrem Vater förmlich um ihre Hand anzuhalten. Duncan lächelte in sich hinein. Die Zukunft hatte jetzt einen wohlklingenden Namen: Klara McMurray.

Am nächsten Morgen erhielt Duncan gleich zwei Briefe, einen von Anaru und einen von Allan Hamilton. Duncan wusste im ersten Augenblick gar nicht, welchen er zuerst lesen sollte. Er entschied sich für den seines leiblichen Vaters. Kaum hatte er ihn geöffnet, sprang sein Blick zu den Sätzen, die von Paika handelten. Laut las er:

Paika hat Maaka nicht geheiratet. Sie lebt wieder im Haus deiner Tante, Misses Parker, in Rotorua. Sie hat es mir selbst geschrieben. Junge, begreifst du, was das bedeutet? Sie liebt dich. Ich fahre jetzt für ein paar Tage ins Hotel Pohutu, *denn der alte Häuptling aus dem Dorf, in dem Paika mit ihrer Mutter gelebt hat, möchte sie unbedingt dort aufsuchen. Er hat mich gebeten, bei dem Gespräch dabei zu sein. Wenn ich zurück bin, werde ich dir berichten.*

»Sie ist frei«, jubilierte Duncan, »sie ist frei!« Er machte einen Luftsprung, doch kaum war er wieder mit den Füßen am Boden angekommen, musste er an Klara denken. Du kannst nicht mehr zurück, ermahnte ihn eine innere Stimme. Du darfst Klara nicht verletzen. Du hast dich entschieden! Paika hat dich verlassen. Verdammt noch mal, du wirst bald die bezauberndste Frau Dunedins heiraten, alle werden dich um sie beneiden. Schluss mit den Sentimentalitäten!

Um sich abzulenken, öffnete er das zweite Schreiben. Allan Hamilton versicherte ihm, er werde immer sein Vater bleiben, und offenbarte ihm nicht ohne Stolz, dass er dem Kauriharzhandel abgeschworen und das Geschäft an Helen und ihren Verlobten übergeben habe. Er schrieb weiter, dass er eine Witwe heiraten werde, aber dass seine große Liebe Olivia gewesen sei und tief in seinem Herzen immer bleiben werde.

Die Worte seines Ziehvaters rührten Duncan und führten ihm die eigene Situation vor Augen. Kann es richtig sein, dass ich eine Frau heirate, obwohl ich immer noch eine andere liebe?, fragte er sich und las weiter.

Beim nächsten Satz seines Ziehvaters blieb sein Herz beinahe stehen.

Ich muss dir ein Geständnis machen, und ich bete, dass du mir verzeihen kannst. Es war kein Zufall, dass dieses Maorimädchen in jener Nacht fortgelaufen ist. Es war allein meine Schuld. Ich habe ihr Geld geboten, damit sie dich in Ruhe lässt. Ich habe sie mit harten Worten davon zu überzeugen versucht, dass eine Liebe zwischen Eingeborenen und Weißen keine Chance hat und sie dich unglücklich machen wird. Eines Tages würdest du sie hassen, habe ich ihr prophezeit, weil du aus Liebe zu ihr diese Ehe überhaupt eingegangen bist.

Blind vor Tränen, legte Duncan den Brief beiseite und schlug die Hände vors Gesicht. Das erklärte alles. Doch was sollte er tun? Kam diese Erklärung nicht einen Tag zu spät? Er konnte Klara nicht einfach im Stich lassen. Das hatte sie nicht verdient. Er musste sein Versprechen halten. Sonst würde er niemals mehr mit gutem Gewissen in den Spiegel schauen können. Er würde noch heute Abend Doktor McMurray um die Hand seiner Tochter bitten.

Rotorua, Juni 1901

Gordon hatte schlechte Laune. Sein Kreuz schmerzte seit ein paar Tagen, und er verstand partout nicht, warum die Frauen bei diesem grässlichen Wetter zum Geysir fahren wollten. Es stürmte und gab immer wieder Schauer.

Ein Familienausflug zum Pohutu im Winter! Was für ein blöder Einfall!, dachte er schnaufend, während er seine Schwiegermutter in die Kutsche hob, redlich bemüht, sie nicht zu grob anzupacken. Schließlich benahm sie sich seit geraumer Zeit geradezu vorbildlich Annabelle gegenüber. Ja, Mutter und Tochter waren beinahe unzertrennlich geworden.

Maryann war völlig aufgekratzt, während Annabelle mit Magenschmerzen in der Kutsche wartete.

Nur Paika fehlte noch, von der jedoch nichts zu sehen war.

Dafür kam ein uralter Maori in einem Federmantel auf den Hoteleingang zu. Obwohl sein tätowiertes Gesicht zerknittert und sein ebenfalls tätowierter Kopf kahl war, besaß er den aufrechten Gang eines stolzen Mannes.

Gordon blickte sich verwundert zu Annabelle und ihrer Mutter um. »Wisst ihr, was er bei uns sucht?«

Die beiden schüttelten die Köpfe und beobachteten neugierig, was da vor sich ging.

In diesem Augenblick traten Paika und Anaru aus der Tür. Als Paika den alten Mann sah, griff sie ängstlich nach Anarus Hand. Der Häuptling, den sie früher so gefürchtet hatte, redete ganz ruhig auf Anaru ein. Paika verstand ihn nicht. Das war schon damals so gewesen. Aber Anaru lauschte ihm andächtig und gab seine Botschaft an Paika weiter.

»Er muss dich dringend sprechen!«

»Jetzt?«, fragte sie und warf einen Blick in Richtung Kutsche.

Maryann machte ihr bereits ein Zeichen, dass sie endlich einsteigen solle.

»Ja, sofort! Er hat sich nur deinetwegen auf den weiten Weg von Tauranga hierher gemacht. Er will dir etwas mitteilen, bevor er zu den Ahnen geht.«

Paikas Blick wanderte zwischen dem Häuptling und Anaru hin und her. Ihr Onkel schaute sie bittend an.

»Gut, ich sage nur schnell den anderen Bescheid«, seufzte sie und ging zur Kutsche.

»Es tut mir so leid!«, sagte sie entschuldigend. »Der Häuptling will mir etwas Wichtiges mitteilen. Mein Onkel meint, ich darf ihn nicht warten lassen.«

»Was dein Onkel schon sagt!«, zischte Maryann wütend. »Wir haben uns so auf diesen Ausflug mit dir gefreut. Wenn du nicht mitfährst, verschieben wir ihn eben auf später!«

»Genau, red du ruhig mit dem alten Mann. Wir können ja morgen zum Pohutu fahren. Vielleicht haben wir dann auch mit dem Wetter Glück und die Sonne kommt durch«, meinte Annabelle.

»Paika, geh nur, aber wir fahren!«, sagte Gordon und wandte sich an Annabelle und Maryann. »Seid ihr beiden von allen guten Geistern verlassen? Erst liegt ihr mir in den Ohren, dass ihr heute unbedingt zum Pohutu wollt. Es kümmert euch nicht, dass ich Kreuzschmerzen habe. Es stört euch nicht, dass es regnet. Nein, ihr lasst nicht locker. Ich schleppe Mutter vom Bett bis in die Kutsche, und nun soll das alles umsonst gewesen sein? Nur damit ich das alles morgen noch einmal machen darf? Nein, das hättet ihr euch vorher überlegen sollen!« Seine Stimme bebte vor Zorn.

Und bevor die beiden Frauen sich von ihrem Schrecken über

Gordons ungewohnten Ton erholt hatten, setzte sich der Wagen bereits in Bewegung.

Paika winkte ihnen noch nach.

Anschließend bat sie den alten Mann ins Haus. Doch der verlangte, mit ihr in der Natur zu sprechen. Er deutete zum Seeufer.

Unten am Wasser machte der Häuptling ihnen ein Zeichen, sich zu ihm in den Sand zu setzen. Ihm schien die Kälte nichts auszumachen. Paika schlug ihren Mantelkragen hoch. Der Häuptling musterte Paika eindringlich. Ihr wurde ganz flau im Magen. Er jagte ihr keine Angst mehr ein wie früher. Sie fragte sich dennoch voller Anspannung, was er ihr wohl zu sagen hatte. Aber tief im Inneren ahnte Paika bereits, um was es ging. Er wollte ihr das mitteilen, was Mere ihr auf dem Totenbett offenbaren wollte. Der Häuptling sprach in einem gleichmäßigen Singsang auf Anaru ein, wobei er wild gestikulierte. *Mere*, hörte Paika immer wieder heraus, *Mere*. Und: *Pakeha! Pakeha!* Das waren auch die letzten Worte ihrer Mutter gewesen.

Paika beobachtete die Mimik ihres Onkels in der Hoffnung zu erkennen, ob er gute oder schlechte Nachrichten für sie hörte. Plötzlich verfinsterte sich sein Gesicht.

Als der Häuptling seine Rede beendet hatte, betrachtete er Paika forschend. Sein Blick war voller Güte und Liebe.

»Was hat er gesagt, Onkel Anaru?«, flüsterte Paika ergriffen.

Anaru holte tief Luft, bevor er zu sprechen begann. »Paika, der Häuptling wird bald zu den Ahnen gehen. Vorher jedoch wollte er ein Geheimnis enthüllen, das seine Seele belastet. Es geht um deine wahre Herkunft. Als deine Mutter Mere mit dir in sein Dorf kam, behauptete sie, du seist ihr Kind. Sie sagte, dein Vater sei ein Pakeha. Das erkläre deine helle Haut und deine schmalen Gesichtszüge. Dein schwarzes krauses Haar, das sei von ihr. Der Häuptling hat ihr das nicht geglaubt, weil Meres Mutter einst den alten Frauen verraten hatte, dass ihre Tochter keine Kinder bekommen könne. Schließlich hat Mere dem Dorfältesten die Wahrheit gestanden.

Dass sie in der Nacht des schrecklichen Vulkanausbruchs am Mount Tarawera ein kleines Mädchen in Te Wairoa am Ufer des Sees gefunden und gerettet hat. Keiner weiß, ob ihre Eltern die Katastrophe überlebt haben ...«

Er legte eine Pause an, aber Paika sagte nur tonlos: »Weiter!«

»Als du größer wurdest und es für die Stammesältesten immer sichtbarer wurde, dass du keine von ihnen bist, hat der Häuptling Mere aufgefordert, nach Rotorua zu reisen, um herauszufinden, ob eine Familie vor Ort ihr Kind vermisst. Mere aber hat sich geweigert; sie ist mit einem Mann nach Norden geflüchtet. Das war Zoltan Gradic, dein Stiefvater.«

Paika starrte zu Boden. Ein eisiger Schauer lief ihr über den Rücken. »Dann hätte ich Duncan ja problemlos heiraten können!« Sie lachte hysterisch.

Der Alte murmelte beschwörende Worte, aber Paika ließ sich nicht beruhigen. Hatte sie deshalb nicht nach Ohinemutu zu Maakas Familie gehen wollen? Fühlte sie sich deshalb zu den Parkers hingezogen? Weil sie eine von ihnen war? Eine Pakeha!

Anaru Rangiti sah sie besorgt an. »Paika, es tut mir so leid, aber ich habe es nicht geahnt. Glaub mir. Es wussten im Dorf auch nur wenige alte Männer, hat der Häuptling mir versichert. Aber er wollte nicht sterben, ohne dir die Wahrheit zu sagen.«

Der Häuptling erhob sich nun flink wie ein Wiesel. Er verabschiedete sich mit den Worten, dass er sich rasch auf die Reise zurück nach Tauranga begeben müsse, weil er dort auf dem geheiligten Platz seiner Ahnen begraben werden wolle.

Paika dankte dem Maori, bemüht, ihre Tränen zu unterdrücken. Als der Alte hinter einer Uferbiegung verschwand, wiederholte sie mit ruhiger Stimme: »Nun können Duncan und ich heiraten, ohne dass man uns vor den Maorikindern warnt, die wir bekommen werden, und ohne uns mit Häme zu überziehen und ... Ach, Onkel Anaru –« Sie unterbrach sich und fragte ihn entsetzt: »Du bleibst doch mein Onkel, oder?«

Er nickte und murmelte: »Dein Onkel vielleicht nicht, aber ...«

»Was meinst du damit? Und warum guckst du so komisch? Wenn es noch mehr Geheimnisse gibt, bitte verrat sie mir auf der Stelle!«

»Hat dir das denn noch keiner gesagt?«, fragte er verwundert.

»Was?«

Anaru räusperte sich. »Meine große Liebe war eine Pakeha. Aber eines Tages hat sie mir aus heiterem Himmel offenbart, dass sie einen reichen Pakeha heiraten wird. All die Jahre glaubte ich, dass sie mich nie geliebt hat. Heute weiß ich, dass ihr nur der Mut gefehlt hat, das Kind, das sie von mir unter dem Herzen trug, als Maori aufzuziehen. Sie hat sich einen Pakeha als Vater gesucht und diesen in dem Glauben gelassen, dass das Kind sein Sohn ist.«

Paika schaute ihn fassungslos an.

»Duncan ist ...?«

»Ja, er ist mein Sohn!«

Dunedin, Juni 1901

Schon als Klara ihm die Tür öffnete, wusste Duncan, dass er es ihr nicht verheimlichen durfte. Er musste ihr sagen, dass seine große Liebe noch frei war. Das war er ihr schuldig. Klara war so geradeaus, so ehrlich und aufrichtig.

»Komm rein, mein Vater lässt uns noch ein paar Minuten allein«, flötete sie aufgekratzt und nahm ihm lächelnd den Mantel ab.

Duncan fiel auf, dass sie heute besonders bezaubernd aussah. Sie trug ein festliches Kleid, als wolle sie auf einen Ball. Der runde Ausschnitt betonte ihren schlanken weißen Hals, der weiße Seidentüll schmeichelte ihrer Figur, und die Perlenstickereien funkelten mit ihren Augen um die Wette.

Sie nahm ihn bei der Hand und führte ihn ins Wohnzimmer, wo eine Flasche Wein und drei Gläser auf dem Tisch standen.

Duncan versuchte sich zu beruhigen, was ihm auch gelang. Er schaffte es sogar, unbeschwert mit ihr über medizinische Probleme zu plaudern. Der Gesprächsstoff wollte ihnen gar nicht ausgehen. Duncan fragte sich, was er sich Besseres wünschen könnte als eine Frau, die nicht nur schön, klug und charakterfest war, sondern auch noch die Leidenschaft zur Medizin mit ihm teilte.

»Darf ich dir ein Glas Wein anbieten?«

»Danke, gern«, antwortete er höflich und betrachtete ihre schlanke Silhouette. Begehren wollte allerdings nicht aufkommen. Stattdessen hoffte er, dass ihr Vater endlich auftauchen und ihre Zweisamkeit beenden würde.

Wie stolz Allan Hamilton wäre, wenn er mich hier sehen könnte!, dachte er, als ein sonores »Guten Abend« ertönte.

Doktor McMurray war dem Anlass entsprechend gekleidet, denn schließlich handelte es sich um eine Verlobung. Und doch strahlte er nicht die gleiche offene Zuneigung aus wie am Tag zuvor. Er war um einiges reservierter.

Eine Haushaltshilfe servierte Leckereien zum Wein. Beim Anblick der Maorifrau huschte ein Schatten über Duncans Gesicht. Ob der Doktor schon wusste, wen er als Schwiegersohn bekommen sollte? War das der Grund für seine Distanziertheit?

Kaum hatte die Haushaltshilfe das Zimmer verlassen, fragte Duncan provozierend: »Lieber Doktor, wissen Sie eigentlich, woher ich wirklich stamme?«

Doktor McMurrays Gesicht erstarrte. »Meine Tochter erzählt mir alles, falls Sie das meinen. Sprechen Sie von der Tatsache, dass Ihre Frau Mutter einst einen Maori liebte? Das, mein Lieber, ist mir egal, aber ich wünsche nur eines: dass Sie meinem Kind niemals wehtun. Sollte das der Fall sein, junger Mann, werde ich Sie aus dem Haus werfen, ganz gleich, ob Sie ein Weißer oder ein Maori sind!«

Sein Ton klang drohend, und das Gesicht des Doktors verwandelte sich in eine abweisende Maske.

Klara hat ihm also von Paika erzählt, durchfuhr es Duncan eiskalt, und der Gedanke missfiel ihm.

»Ich habe nicht vor, Ihrer Tochter wehzutun«, erwiderte er steif.

»Nachdem die wesentlichen Dinge geklärt sind, wie ich zu behandeln bin, könnten wir ja endlich anstoßen«, versuchte Klara zu scherzen.

Es lag Spannung in der Luft. Da half auch nicht, dass Klara sich eifrig bemühte, ein Gespräch in Gang zu bringen.

Der Doktor schaute grimmig drein, und Duncan fühlte sich zunehmend unwohl in der Gesellschaft von Klara und ihrem Vater. Wie sehr er ihr inniges Verhältnis auch bewunderte, das hier ging ihm zu weit. Er sah Klara bereits nach jedem Ehekrach zu ihrem Daddy rennen.

Kaum hatten sie das erste Glas geleert, da erhob sich Doktor McMurray und knurrte: »Ich ziehe mich noch ein wenig zurück. Wenn ihr mich noch braucht, holt mich, aber ich glaube nicht, dass es nötig sein wird.« Er warf seiner Tochter einen warnenden Blick zu, in dem geschrieben stand: Heirate ihn nicht!

»Was ist denn heute mit deinem Vater los?«, fragte Duncan barsch, als der Doktor aus der Tür war.

Klara blickte ihn an und seufzte. »Willst du mir nicht lieber erzählen, was mit dir los ist? Man muss kein Hellseher sein, um zu erkennen, dass seit gestern etwas vorgefallen ist, was unser Verhältnis trübt. Wo ist dein jungenhafter Charme geblieben, dein Humor? Wo der wärmende Blick, wenn du mich aus deinen braunen Augen ansiehst? Ist er über Nacht verflogen?«

»Aber was hat sich dein Vater einzumischen?« Duncan klang beleidigt.

»Seit Vater weiß, dass es vor mir eine andere –«

»Ach, du hast ihm also alles erzählt?«, fauchte Duncan und schämte sich im selben Moment für sein Benehmen.

»Ich habe nur angedeutet, dass du schon einmal eine Frau sehr geliebt hast«, erklärte Klara, während sie mit den Tränen kämpfte.

Der Anblick ihrer traurigen Augen rührte Duncan. Es war das gute Recht eines besorgten Vaters, seine Tochter vor dem Unglück zu bewahren. Er schluckte trocken, denn er hatte plötzlich einen Kloß im Hals.

Schließlich schaffte er es, seine Worte heiser hervorzupressen. »Klara, ich will dich nicht verletzen. Glaube mir. Und ich werde dich heiraten, aber ich muss dir vorher etwas sagen.«

»Du liebst sie noch immer?«, fragte Klara ängstlich.

Duncan wusste vor lauter Verlegenheit nicht, wohin er schauen sollte. Sein Blick irrte im Raum umher, während er sich ihr erklärte. »Ich habe heute zwei Briefe erhalten. Einen von meinem leiblichen Vater und einen von Allan Hamilton. Und ich weiß nun, warum Paika mich damals verlassen hat ...« Seine Stimme erstarb.

»Warum?«

»Mein Vater, also Allan Hamilton, hat ihr Geld geboten, damit sie geht. Und er hat behauptet, dass ich sie eines Tages für diese Ehe hassen werde.«

Nun blickte Duncan Klara fest in die Augen. »Bist du dir eigentlich sicher, dass es dir nichts ausmacht, wenn deine Kinder vielleicht ganz anders aussehen als ich? Ich meine, mein Vater ist auch nicht so dunkel, aber seine Ahnen vielleicht ...«

»Duncan, hör auf damit! Wenn du Bedenken wegen unserer Heirat hast, dann sprich darüber, aber rede nicht so einen Blödsinn!« Klara funkelte ihn wütend an.

»Entschuldige bitte, aber ich bin völlig durcheinander. Natürlich weiß ich, dass du es dir alles gut überlegt hast. Gut, dann will ich dir die ganze Wahrheit sagen. Paika hat den Maori nicht geheiratet, sondern sie lebt wieder bei meiner Tante und meiner Großmutter in Rotorua.« Er versuchte, in Klaras Augen zu lesen, was seine Worte in ihr auslösten, aber sie verzog keine Miene. »Klara, das ändert nichts an unseren Plänen. Ich werde dich heiraten. Ich, ich liebe dich. Du bist die Frau, mit der ich glücklich werden will. Ich bin nur ein wenig angeschlagen, weil ich so unverhofft mit der Vergangenheit konfrontiert wurde, und glaube mir, Paika ist mir nicht mehr ...«

Bevor er die Liebe seines Lebens verleugnen konnte, hatte Klara ihm den Zeigefinger auf den Mund gelegt, um ihn zum Schweigen zu bringen.

»Worauf wartest du noch?«

Duncan schaute Klara fragend an.

»Sie hat den anderen Mann nicht geheiratet, weil sie dich liebt, und du kannst die andere Frau nicht heiraten, weil du sie liebst. Zögere nicht länger, Duncan. Fahr auf schnellstem Wege nach Rotorua, und kehr mit deiner Frau zurück!«

»Aber, ich, nein, ich werde dich heiraten«, widersprach er schwach.

»Duncan, bitte, mache es uns nicht unnötig schwer! Frage dein Herz. Schlägt es noch für Paika oder nicht?«

Duncan senkte den Blick. Er hoffte, sie würde das Pochen nicht hören.

»Ach, Klara! Ich liebe ... Ich liebe sie noch immer. Und trotzdem ... Du bist eine wunderbare Frau ... Wie kann ich dir jemals für dein Verständnis danken?«

»Duncan, bitte! Ich wünsche dir alles Glück dieser Welt, aber nun geh. Und zwar schnell. Ich möchte allein sein!«

Duncan erhob sich schnell, vielleicht zu schnell, von seinem Platz.

»Ich glaube, du findest die Tür auch ohne mich!«, sagte Klara mit belegter Stimme und rauschte an Duncan vorbei, ohne sich von ihm zu verabschieden.

Rotorua, Juni 1901

Als sie den Geysir erreichten, hatte der Regen aufgehört. Gordon setzte seine Schwiegermutter auf einen Felsen und ermahnte sie scherzhaft, nicht wieder herumzuklettern wie beim letzten Mal. Maryann nahm ihm das nicht übel.

Gemeinsam warteten sie darauf, dass der kleine Geysir endlich zu spucken begann, aber er ließ sich Zeit. Schweigend saßen sie nebeneinander. Jeder hing seinen Gedanken nach. Annabelle dachte daran, wie ihre Mutter an dieser Stelle gestürzt war, Maryann fragte sich, ob der Geist von Elizabeth wohl wieder auftauchen werde, und Gordon spielte mit dem Gedanken, wegen seines Rückens Doktor Fuller aufzusuchen.

Annabelles und Gordons Augen waren starr nach vorn gerichtet, während Maryann zu den Felsen schielte. Genau an jene Stelle, an der sie beim letzten Mal Elizabeth gesehen hatte. Plötzlich meinte sie einen Geist zu sehen. Lizzy, dachte sie erfreut. Doch es war nicht Elizabeth, sondern William.

Maryann schloss die Augen. William stand jetzt vor ihr. Sie redete mit ihm, aber nur in Gedanken. *Ich möchte zu dir kommen, Liebster! Zu dir und zu meiner Olivia!*

Er lächelte. *Sag das noch einmal. Es hört sich so schön an!*

Liebster!

Bald wirst du bei uns sein, aber noch wirst du gebraucht. Von Abigail, wenn sie ihr Kind bekommt. Eine Tochter hat tausend Fragen an ihre Mutter. Du wirst endlich dein ersehntes Enkelkind haben.

William, sag mir, ist Elizabeth bei euch oder noch hier bei uns?

Doch da war William bereits wieder fort.

»Mutter, träumst du?«, fragte Annabelle. »Der Geysir, schau, er fängt zu spucken an.«

Annabelle und Maryann hielten sich bei den Händen, als der Pohutu seine Fontänen in die Luft spritzte.

Paika saß am Wohnzimmertisch, den Kopf auf die Arme gestützt. Sie war so in Gedanken versunken, dass sie ihre Umgebung nicht wahrnahm.

Erst als Annabelle ihr über die Schulter strich, hob sie den Kopf. »Kind, was ist passiert? Du siehst entsetzlich mitgenommen aus. Was hat der alte Mann mit dir angestellt?«

»Ich habe von ihm erfahren, dass mein ganzes Leben eine einzige Lüge war. Meine Mutter war gar nicht ...« Paika stockte.

»Erzähl!« Maryann blitzte die blanke Neugier aus den Augen.

»Mutter, nun lass sie doch erst einmal zu sich kommen«, mischte sich Annabelle ein und warf Maryann einen vorwurfsvollen Blick zu.

»Ich bin in Wirklichkeit eine Pakeha. Meine Mutter, also Mere, hat mir das Leben gerettet, als ich ein kleines Mädchen war. Es war die Nacht ...«

»... die Nacht, in dem der Mount Tarawera ausbrach«, ergänzte Maryann aufgeregt. Ihre Wangen glänzten fiebrig.

Nun wurde auch Gordon sichtlich aufgeregt.

»Du bist von einer Maori in der Nacht des Vulkanausbruchs gerettet worden? Weißt du Näheres? Vielleicht deinen Namen?«

»Nein, ich habe gar keine Erinnerung daran. Ich kann nur das wiedergeben, was Ara Awa, der Häuptling, mir eben erzählt hat. Er sagt, ich bin das Kind weißer Eltern. Ich habe die ganze Zeit gegrübelt, ob ich mich an irgendetwas erinnere, aber mir will nichts einfallen. Es ist wie ein schwarzes Loch, wenn ich an meine frühste Kindheit denke.«

»Verzeih mir, ich wollte dich nicht verunsichern, ich habe nur für einen winzigen Augenblick gehofft …« Gordon biss sich auf die Zunge und verfiel in grüblerisches Schweigen.

»Ob ich wohl jemals herausfinden werde, wer ich wirklich bin?«

»Aber das ist doch sonnenklar«, fuhr Maryann energisch dazwischen. »Seit du Annabelle gestern erzählt hast, dass du eine Stoffpuppe namens Lilly besitzt, fragen wir uns, ob du unsere Kleine bist, denn das ist doch der Beweis. Komm her und drücke deine alte Großmutter, meine Lizzy!«, rief Maryann gerührt und breitete die Arme aus.

»Lizzy?«, fragte Gordon tonlos.

»Lizzy?«, wiederholte Paika und blieb wie angewurzelt stehen.

In diesem Augenblick trat Abigail ins Zimmer.

»Abi, mein Kind, wir haben sie wieder. Das ist unsere Elizabeth!«

Abigail sah ihre Mutter an, als zweifele sie an deren Verstand.

»Dann kannst du ja doch unseren Duncan heiraten und …«, plapperte Maryann und geriet ins Stocken. »Obwohl, nein, die beiden können *nicht* heiraten. Reverend Alister hat immer gesagt, es ist eine Sünde, wenn Cousin und Cousine heiraten. So ein Pech aber auch!«

»Mutter, jetzt hör endlich auf! Siehst du denn gar nicht, dass Paika völlig verstört ist?«, unterbrach Annabelle sie energisch.

Alle Blicke waren jetzt auf Paika gerichtet, die wie betäubt ins Leere stierte.

»Lizzy ist Lillys Mom und Beccy ist Lillys Dad«, murmelte sie mit einem Mal.

Paika schloss die Augen. Bilder aus einer längst vergangenen Zeit drängten sich ihr auf: ein Bett in einer Kammer, schwach vom Mondlicht beleuchtet, ein Mädchen, mit dem sie unter die Decke gekrochen war …

»Lizzy? Ich glaube, ich hatte eine Freundin, die hieß Lizzy. Sie war ein blonder Engel und ein wenig älter als ich. Sie war Lillys

Mutter und ich ihr Vater. Ich habe in der Nacht Stimmen gehört und nach meiner Mutter gerufen, aber keiner hat mich gehört. Auch Lizzy ist nicht aufgewacht. Da habe ich mich auf Zehenspitzen aus dem Haus hinunter an den See geschlichen. Ich habe ein Kanu gesehen, bis mich diese Hand gepackt hat. Wir sind einen Berg hinaufgerannt. Und am anderen Ufer leuchtete die Sonne und sprühte Funken.«

Sie hielt erschöpft inne, öffnete die Augen und blickte in die Runde. Sie sah in versteinerte Gesichter. Nur Annabelles Miene hellte sich ganz langsam auf.

»Du bist Rebecca, Mabels Tochter«, raunte Annabelle heiser.

»Das kann doch nicht sein«, schrie Maryann verzweifelt auf. »Sie muss doch unsere Elizabeth sein.«

»Nein, Maryann«, erwiderte Paika. »Ich glaube, Elizabeth war meine Freundin. Ich bin Rebecca. Ich höre meine Mutter rufen: *Rebecca, spielt nicht im Dreck! Macht euch nicht schmutzig!* Ich hatte eine Schwester –« Ihre Stimme brach.

»Weißt du, ob du ein Muttermal im Nacken hast?«, fragte Annabelle zögernd.

Paika errötete. Duncan hatte sie einmal darauf aufmerksam gemacht. Sie nickte.

»Ein herzförmiges Muttermal, ja«, erklärte sie verlegen.

»Das hast du von Mabel, deiner Mutter.«

Maryann sah ungläubig von Annabelle zu Paika.

Annabelle flüsterte mit Tränen in den Augen: »Ich habe deiner Mutter Mabel, meiner besten Freundin, einmal versprochen, dass ich dich wie eine eigene Tochter aufnehmen werde, wenn ihr etwas zustoßen sollte. Rebecca, du bist also von Herzen mein Kind!«

»Und so sollst du auch meine Enkelin sein!«, schluchzte nun auch Maryann.

Nur Abigail blieb gelassen. Verschmitzt lächelnd sagte sie: »Damit steht auch einer Ehe mit Duncan nichts mehr im Weg ...«

»Das würde ich nicht so sagen. Es stellt sich ja die Frage, ob das sinnvoll wäre, wenn du als weißes Mädchen einen Maori –«, hob Maryann an, bevor sie von allen Seiten lautstark unterbrochen wurde.

Annabelle, Abigail und Gordon zischten wie aus einem Mund: »Mutter!«

Es klopfte an der Tür, und ohne eine Antwort abzuwarten, schob sich Anaru Rangiti ins Zimmer. »Oh, ich wollte nicht stören«, entfuhr es ihm erschrocken, als er die ganze Familie so feierlich um den Tisch herumsitzen sah. »Ich dachte, Paika ist allein.«

»Dann gehen Sie doch wieder!«, fauchte Maryann, aber Annabelle bat ihn höflich, Platz zu nehmen.

»Es wird nicht lange dauern«, erklärte er entschuldigend und wandte sich Paika zu.

Doch bevor er etwas sagen konnte, zischte Maryann: »Was wollen Sie noch hier, Sie elender Verführer?«

»Aber Mutter ...«

»Misses Parker, ich weiß, Sie wollen mir helfen, aber noch einmal lasse ich mich von Ihrer Mutter nicht mit Schimpf und Schande davonjagen. Ich glaube, wenn Sie, Misses Bradley, damals nicht so versessen darauf gewesen wären, Ihre Töchter an die sogenannten besten Pakeha zu verhökern, dann hätte Ihre Tochter vielleicht den Mut gehabt, zu unserer Liebe zu stehen.«

»Liebe? Dass ich nicht lache! Wahrscheinlich haben Sie sich gegen Olivias Willen über sie hergemacht. Und sie war plötzlich schwanger von einem Kerl, den sie nicht wollte. Wenn ich davon gewusst hätte, hätte ich meiner Tochter genau das geraten, was ich auch getan habe. Mir einen anderen Vater für mein Kind gesucht, einen anständigen Mann wie William ...« Erschrocken schlug sie sich die Hände vor den Mund.

Vier Augenpaare starrten sie entgeistert an.

»Ich meine, ich wollte nur sagen, dass meine Tochter Olivia, äh ...« Maryann geriet ins Stottern.

Annabelle war kalkweiß geworden. »Ich glaube, ich verstehe, was du damit sagen wolltest«, brachte sie tonlos hervor.

»Verzeih mir, Annabelle, es ist mir nur so herausgerutscht! Ich musste William schwören, dass du es niemals erfahren wirst. Er hat alles gegeben, um dich vor der Wahrheit zu beschützen. Er hat sich mit ihm geschlagen, damit er aus der Stadt verschwindet, nachdem er uns aufgespürt hat. Dabei hat sich dieses Schwein das Genick gebrochen. Aber einmal musst du es doch erfahren. William möge mir verzeihen, Annabelle, der Name deines Vaters ...«

»Nicht, Mutter!«, schrie Annabelle. »Ich habe nur einen Vater: William Bradley! Alles andere interessiert mich nicht.« Sie sah in die Runde, als sei nichts gewesen und sagte: »Und nun sollten wir alle zusammen essen.« Sie wandte sich an Anaru. »Sie bleiben doch zum Essen, oder? Bitte, tun Sie mir den Gefallen! Meine Mutter wird sich sicher bei Ihnen entschuldigen für die üblen Unterstellungen. Nicht wahr, Mutter?« Annabelle warf ihr einen strengen Blick zu.

Maryann presste die Lippen fest zusammen.

»Sie müssen ihr Verhalten wirklich entschuldigen, Mister Rangiti, aber es ist so viel geschehen in den letzten Stunden. Das kann eine alte Dame wie sie nicht mehr verkraften. Erst die Sache mit Paika ...«

»Genau deswegen bin ich hier!«, unterbrach Anaru sie und fügte hastig hinzu: »Ich habe eben in Ohinemutu mit ein paar alten Frauen gesprochen, die aus Te Wairoa stammen und den Vulkanausbruch überlebt haben. Die haben mir erzählt, dass die Leichen von zwei kleinen Mädchen niemals gefunden wurden. Die von Rebecca Weir und die von Ihrer Tochter, Misses Annabelle und Mister Gordon. Es könnte also durchaus sein, dass Paika ...«

»Onkel Anaru, ich bin Rebecca. Ich konnte mich wieder an jene Nacht erinnern. Lizzy war meine Freundin.« Sie räusperte sich kurz, bevor sie eilig fortfuhr: »Und ich finde den Vorschlag von

Tante Annabelle, dass wir auf den Schrecken alle gemeinsam essen, wunderbar.«

»Du bist also Rebecca?«, wiederholte Anaru erstaunt.

»Ja, und das ist doch auch besser so. Dann kann sie nämlich in Herrgottsnamen endlich Ihren Sohn heiraten und kleine Mischlinge zur Welt bringen«, bemerkte Maryann spitz.

»Mutter, noch ein Wort, und ich trage dich auf der Stelle nach oben und lasse dich bis an das Ende deiner Tage in der Matratzengruft verrotten!«, fuhr Gordon mit scharfer Stimme dazwischen.

»Schon gut, ich halte ja meinen Mund«, grummelte Maryann.

»Ich möchte euch alle nur um eines bitten: Nennt mich weiter Paika!«, bat Rebecca Weir.

Rotorua, Juni 1901

Die Sonne strahlte vom Himmel, als der Zug endlich in Rotorua hielt. Duncan hatte seinem Ziel die gesamte Fahrt über entgegengefiebert. Aber nun verspürte er plötzlich Angst. Er beschloss, zu Fuß zum Hotel zu schlendern, damit er sich die richtigen Worte für das Wiedersehen zurechtlegen konnte. Aber was, wenn Paika längst einen anderen Verehrer hatte? Was, wenn sie inzwischen fort war? Und was, wenn sie ihn einfach abblitzen ließe?

Auf der Höhe des Versammlungshauses verlangsamte Duncan den Schritt. Das mit Holzschnitzereien verzierte Eingangsportal zog ihn magisch an. Seit er über seine Herkunft Bescheid wusste, hatte er noch keine einzige Stätte besucht, die für die Maori Bedeutung besaß. Jetzt war der richtige Augenblick gekommen. Scheu betrat er den Versammlungsraum und sah sich um. Die Augen der geschnitzten Masken blickten ihn an. Merkwürdig, dachte er, es ist so fremd und doch so vertraut.

Duncan setzte sich andächtig auf den Boden. Er wurde plötzlich ganz ruhig und glaubte eine innere Stimme zu hören: *Duncan, wenn du deinen Weg gehst, kann dir nichts geschehen! Nur gehe deinen Weg!* Danach herrschte wieder Stille.

Duncan erhob sich, um auf Zehenspitzen hinauszuschleichen, denn er wollte die heilige Ruhe nicht stören.

Doch da wurde das Portal aufgerissen, ein Mann baute sich bedrohlich vor Duncan auf und starrte ihn grimmig an.

»Was machst du denn hier in unserem Wharenui?« Maakas Stimme vibrierte vor Zorn.

»Ich bin zufällig vorbeigekommen, und da wollte ich das Versammlungshaus besuchen«, erklärte Duncan beschwichtigend.

»Wir haben es nicht gern, wenn sich hier Pakeha herumtreiben, vor allem nicht solche wie du.« Mit diesen Worten packte Maaka Duncan ohne jegliche Vorwarnung am Kragen und zog ihn ins Freie.

»Du hast mir meine Braut zum zweiten Mal weggenommen, und dieses Mal werde ich dir auf Pakeha-Art zeigen, was ich davon halte.« Mit diesen Worten holte er aus und boxte Duncan ins Gesicht.

»Was kann ich dafür, dass Paika sich gegen eine Ehe mit dir entschieden hat?«, bellte Duncan und rieb sich das schmerzende Kinn. Wut kochte in ihm hoch. Noch einmal würde Maaka ihn nicht ungestraft schlagen.

»Du willst mir doch nicht weismachen, dass du nicht deine Hände im Spiel hattest. Es war alles klar zwischen Paika und mir. Ich habe sie sogar noch in den Zug gesetzt. Sie wollte in Ohinemutu bei meinen Leuten auf mich warten. Und was hat sie gemacht? Sie ist zu deiner Familie geflüchtet und hat mir einen dummen Brief geschrieben, dass sie mich nicht heiraten darf. Das ist doch alles nur deine Schuld!«

Maaka holte aus und wollte noch einmal zuschlagen, doch Duncan war schneller und hielt die Faust seines Gegners fest, bevor der die Rechte schwingen konnte.

»Wenn du unbedingt mit mir kämpfen willst, dann lass uns die Sache in der Tradition unserer Ahnen erledigen«, keuchte Duncan.

»*Unserer* Ahnen? Mann, du und ich, wir haben nicht dieselben Ahnen! Und solltest du den Stockkampf meinen, ich kämpfe mit dem Stock nicht gegen einen Pakeha. Ich hätte damals nie so mit dir gekämpft, wenn ich gewusst hätte, dass du ein Pakeha bist.« Zur Bekräftigung seiner Worte riss er sich mit einem Ruck aus Duncans eiserner Umklammerung los.

»Und wenn ich dir sage, dass in mir Maoriblut fließt?«

»Dann würde ich dich einen schändlichen Lügner schimpfen!«

»Aber ich schwöre dir, dass mein leiblicher Vater ein Maori ist.«

»Blödsinn! Das weiß doch inzwischen jeder, dass dein Vater ein Kauriharzhändler ist.«

»Du irrst dich. Mein Vater ist ein Maori wie du. Anaru Rangiti!«

Maaka schnappte nach Luft. »Missbrauche den Namen meines Lehrers nicht! Er hat mich nämlich auch im Stockfechten unterwiesen. Und es gibt keinen besseren Kämpfer als ihn. Also geh mir aus dem Weg, du stinkende Kreatur! Für dich ist mir sogar meine Faust zu schade.« Maaka drehte sich auf dem Absatz um und humpelte davon.

Soll ich das auf mir sitzen lassen?, fragte sich Duncan unschlüssig und schaute ihm nach. Und wieso humpelt der Maori?

Flugs holte er ihn ein. »Warum ziehst du ein Bein nach? Das hast du doch beim letzten Mal nicht getan.«

Mit einem Satz drehte Maaka sich um und fauchte: »Weil Paikas Brief mich vor einem wichtigen Rugbyspiel erreicht hat und ich deshalb nicht bei der Sache war. Deshalb habe ich mich so stark verletzt, dass ich die Mannschaft verlassen musste. Da war an einem Tag nicht nur der Traum von einer Ehe geplatzt, und dafür hasse ich dich. Geh mir aus den Augen! Sonst schlage ich dich nieder!«

»Bist du taub, Mann? Ich habe gesagt: Wir kämpfen fair. Und fair heißt, wir tragen unseren Zwist mit Stöcken aus, wie es sich gehört. Wenn ich gewinne, wirst du einsehen müssen, dass ich dir Paika nicht weggenommen habe. Ich hab sie seit über einem Jahr nicht gesehen. Und geschrieben hab ich ihr auch nicht.«

»Und das soll ich dir glauben? Schwöre es!«

»Ich schwöre!«

»Dann schwöre mir auch, dass du nicht Anaru Rangitis Sohn bist!«

»Ich denke gar nicht daran. Warum sollte ich lügen?«

Maaka hatte die Augen zu Schlitzen zusammengekniffen. »Ich warne dich. Schwöre! Dann kommst du ungeschoren davon.«

»Mann, hast du es immer noch nicht verstanden! Ich will mit dir kämpfen.«

»Wie du willst. Wenn ich dich erst im Stockkampf besiegt habe – und ich versichere dir, *dieses* Mal nehme ich keine Rücksicht –, dann schwörst du mir, dass du nicht Rangitis Sohn bist.«

»Lass uns erst mal kämpfen, Mann!«, antwortete Duncan ausweichend.

Als sie sich hemdsärmelig mit den Stöcken in der Hand gegenüberstanden, bereute Duncan seinen Mut, denn Maaka zog erschreckende Fratzen, um ihn einzuschüchtern. Sogar die Zunge streckte er bis zum Kinn heraus, und er gab kehlige Laute von sich.

Doch Duncan gelang es, den ersten und auch den zweiten Angriff abzuwehren. »Klack! Klack! Klack!« Beim dritten Anlauf wurde es schon schwieriger. Habe ich mich überschätzt?, fragte er sich ängstlich und nahm sich vor, die Verteidigungshaltung aufzugeben und selbst anzugreifen. Und tatsächlich, er schaffte es. Jetzt hatte er die Oberhand. »Klack! Klack! Klack!« So ging es hin und her. Obwohl ein kalter Wind wehte, schwitzten, schnauften und keuchten die jungen Männer um die Wette.

Über eine Woche war vergangen, seit Paika und Annabelle die Wahrheit über ihre Herkunft erfahren hatten.

Annabelle verlor im Familienkreis kein Wort mehr darüber. Nur mit Gordon sprach sie ein einziges Mal davon. »Nicht, dass du jetzt schlecht von Vater denkst«, hatte sie ihm gesagt. Gordon hatte laut gelacht. »Schlecht denken von William C. Bradley?

Nein, dein Vater ist ein wahrer Held, weil er dieses Schwein ins Jenseits befördert hat. Ich hätte ihn eigenhändig erwürgt!«

Und damit war das Thema erledigt, und im *Hotel Pohutu* kehrte der Alltag ein.

Maryann litt, seit sie sich verplappert hatte, unter einem schlechten Gewissen. Sie war zu allen zuckersüß. Ausgenommen zu Anaru Rangiti. An ihm ließ sie kein gutes Haar. Sie drohte sogar damit, sie werde lieber in ihrer Matratzengruft verrotten, als diesem unverschämten Menschen noch einmal zu begegnen. Damit wollte sie verhindern, dass er weiterhin an den Familienessen teilnahm. An Annabelle prallten diese Erpressungsversuche ihrer Mutter allerdings ab wie Regentropfen vom Blatt eines Eisenholzbaums.

An diesem Morgen frohlockte Maryann, weil »dieser Unhold«, wie sie Paikas Onkel hartnäckig zu nennen pflegte, heute endlich wieder nach Auckland reisen würde.

Anaru ließ es sich nicht nehmen, sich formvollendet von ihr zu verabschieden. »Misses Bradley, es war mir eine besondere Ehre, Sie besser kennenzulernen, sodass ich den Eindruck von unserer ersten Begegnung revidieren konnte. Dieses Mal durfte ich immerhin schon mit Ihnen an einem Tisch sitzen. Wer weiß, vielleicht werden Sie bei der Hochzeit meines Sohnes sogar meine Tischdame!«

Maryann schluckte nur, so sprachlos war sie, und durchbohrte ihn mit einem giftigen Blick.

Paika konnte sich ein Kichern kaum verkneifen. »Komm, Onkel!«, sagte sie, hakte sich bei ihm unter und begleitete ihn in den Flur. Dort prustete sie laut los.

Schon eilten auch Annabelle und Gordon herbei, um sich vor Lachen auszuschütten und Anaru zu verabschieden.

»Ich habe mich immer gewundert, woher der Junge diese freundliche Art hat«, raunte Annabelle ihrem Mann ins Ohr.

»Ich schließe mich den Worten meiner Frau an.« Gordon grinste, legte den Arm um Annabelles Schulter und drückte sie sanft.

Auch Ruiha kam aus der Küche gerannt, um Anaru auf Wiedersehen zu sagen. »Ach, mein Junge!«, seufzte sie gerührt. »Weißt du noch, wie du damals auf die schreckliche Pakeha geschimpft hast? Und jetzt gehörst du zur Familie!«

In diesem Augenblick sprang die Tür auf, und Abigail erschien. Sie war ganz außer Atem. »Ich bin von der Schule hierhergerannt, denn ich wollte unbedingt zu Ihrem Abschied da sein. Sie müssen Duncan etwas ausrichten. Ich habe gerade den alten Doktor Fuller getroffen. Der sucht einen Medizinstudenten, der in den Ferien bei ihm arbeitet und vielleicht seine Nachfolge übernimmt, wenn er in drei Jahren aufhört.«

»In drei Jahren ist er bestimmt hundert.« Ruiha lachte.

»Genau, ich glaube, ihr beiden seid im selben Alter.« Annabelle kicherte.

»Ich werde es ihm sofort schreiben«, versprach Anaru.

Arm in Arm mit Paika verließ er das Haus. Sie wollte es sich nicht nehmen lassen, ihn zum Zug zu bringen. Der Wind hatte nachgelassen, und die Sonne kämpfte sich gerade durch die Wolken.

»Ob ich noch jemals mit einem Mann auf die Liebesinsel rudern werde?«, fragte Paika versonnen, als Mokoia im Strahl eines vorwitzigen Sonnenstrahls aufblitzte.

»Paika, du bist ein wunderschönes, liebenswertes Mädchen. Natürlich kommt der Richtige für dich. Und ich wünsche mir aus ganzem Herzen, dass es jemand ist, der dir sehr, sehr nahesteht.«

»Das hoffe ich auch!«, seufzte sie.

Sie hatten das Versammlungshaus noch nicht erreicht, als das Geräusch von aufeinandertreffenden Stöcken sie aufhorchen ließ. »Klack! Klack! Klack!« Und tatsächlich, auf dem Marae kämpften zwei Männer gegeneinander.

Abrupt blieb Anaru stehen. »Das sind ja Maaka und Duncan!«

Paika hatte das Gefühl, ihr Herzschlag würde aussetzen. Das hatte sie doch alles schon einmal erlebt! Aber dieses Mal erschien ihr der Kampf deutlich härter – als ginge es um Leben oder Tod. »Bitte, sag ihnen, dass sie aufhören sollen!«, flehte sie.

»Gut, aber du bleibst hier. Oder besser noch: Verstecke dich dort, hinter dem Baum, denn ich glaube, es ist besser, dass Maaka dich gar nicht erst zu Gesicht bekommt. Denn worum kämpfen sie, wenn nicht um dich?«

Anaru eilte zu den jungen Männern und herrschte sie mit strenger Stimme an: »Ihr müsst beide noch eine Menge lernen. Ihr seid zu verbissen. Wir müssen noch viel üben, bis es elegant aussieht!«

Maaka und Duncan ließen die Stöcke fallen und starrten ihn an wie einen Geist.

»Ist es wirklich nötig, um eine Frau zu kämpfen?«

»Wir kämpfen nicht um eine Frau, Mister Rangiti, wir kämpfen um Sie. Der dumme Pakeha behauptet doch tatsächlich, Sie wären sein Vater ...«

Anaru lächelte versonnen. »Willst du mich zum Bahnhof begleiten, Maaka? Dann erzähle ich dir, wie es sich wirklich verhält. Und du, Duncan, du solltest in die andere Richtung gehen. Da wartet schon jemand sehnsüchtig auf dich!«

»Aber ...«

»Keine Widerrede, mein Sohn!« Damit umarmte er den überrumpelten Duncan und zog dessen nicht minder verwirrten Gegner mit sich fort. »Komm, Maaka, erzähl mir von dir! Ich habe gehört, du würdest unter Umständen weiter bei mir in die Lehre gehen. Ich verrate dir auch, wie ich zu diesem Prachtkerl von Sohn gekommen bin.«

Duncan blieb wie angewurzelt stehen. Gebannt blickte er in die Richtung, die Anaru ihm gewiesen hatte. Sein Herz raste. Ob sie *wirklich* dort wartete? Als Paika hinter einem Baum hervorlugte, hielt Duncan nichts mehr. Er rannte los. Auch sie begann zu laufen – geradewegs in seine ausgebreiteten Arme. Duncan hob Paika hoch und wirbelte sie ausgelassen durch die Luft.

»Lass mich runter, du Kraftprotz!«, rief sie lachend.

Als sie wieder festen Boden unter den Füßen hatte, blickten sie einander tief in die Augen. Dann trafen sich ihre Lippen zu einem nicht enden wollenden Kuss.

»Wenn es Sommer wäre, würde ich mit dir nach Mokoia hinüberrudern wollen ...«, flüsterte Paika, als sie wieder Luft bekam.

»Worauf warten wir noch? Was scheren uns Wind und Wetter? Ich werde dir in Zukunft jeden Wunsch erfüllen, und sollte er noch so verrückt sein.« Er lachte und küsste sie gleich noch einmal.

Hand in Hand rannten sie zum Steg hinunter. Zärtlich hob Duncan Paika in ein Boot. In diesem Augenblick des Glücks gab es nur noch sie beide.

Annabelle, die das Ganze aus sicherer Entfernung beobachtete, ging das Herz auf. Leise schlich sie zurück zum Hotel. Sie lächelte versonnen. Jetzt hatte sie schon, nachdem es draußen noch so schön geworden war, all ihren Mut zusammengenommen, um nach Mokoia zu rudern und dort endlich einmal an Land zu gehen, und nun ... ja, nun musste die Insel eben noch warten!

Register

Hangi	Maorispeise aus Fleisch und Gemüse, im Erdofen zubereitet
Iwi	Maoristamm
Kia ora	»Guten Tag« auf Maori
Kua aroha au kia koe	»Ich liebe dich« auf Maori
Marae	Platz vor dem Versammlungshaus der Maori
Mau taiaha	Traditioneller Stockkampf der Maori
Pakeha	Maoribezeichnung für Weiße
Taiaha	Mit Schnitzereien verzierter Kampfstock der Maori
Tapu	Geheiligter Ort der Maori
Wharenui	Versammlungshaus der Maori

Ein dunkler Fluch im Land der weißen Wolke – ein Leseabenteuer vom anderen Ende der Welt

Laura Walden
DER FLUCH DER MAORIFRAU
Roman
560 Seiten
ISBN 978-3-404-15940-6

Kurz vor ihrer Hochzeit reist die junge Hamburgerin Sophie nach Neuseeland, wo ihre Mutter Emma den Tod fand. Zu ihrer Überraschung erfährt sie, dass Emma Neuseeländerin war und ihr dort ein Haus und ein beachtliches Vermögen hinterlassen hat. Sophie ist verstört: Warum hat Emma all das nie erwähnt? Nur Emmas Tagebuch kann das Geheimnis lüften, in dem sie die Geschichte ihrer Familie offenbart. Fasziniert vom Schicksal ihrer Vorfahren, taucht Sophie ein in eine exotische Welt voller Gefahren, und sie begreift, dass ihre Mutter sie schützen wollte – vor einem Unheil bringenden Fluch.

Bastei Lübbe Taschenbuch

Liebe und Hass, Vertrauen und Feindschaft und zwei Familien, deren Schicksal untrennbar miteinander verknüpft ist.

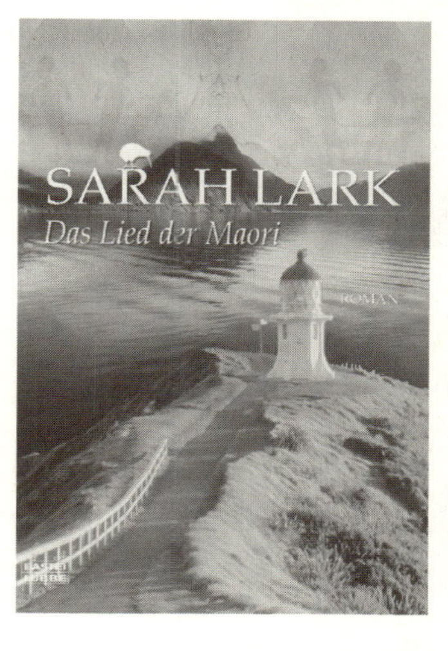

Sarah Lark
DAS LIED DER MAORI
Roman
800 Seiten
ISBN 978-3-404-15867-6

Queenstown 1893: Auf der Suche nach Gold verschlägt es den Iren William Martyn nach Neuseeland. Er hat weder Geld noch Perspektiven, aber Glück bei den Frauen: Die temperamentvolle Elaine verliebt sich in ihn. Doch dann kommt Elaines Cousine Kura zu Besuch, begnadete Sängerin und Halb-Maori. Kuras exotischer Schönheit und Freizügigkeit erliegt William sofort ...